# 어느 시골 신부의 일기

**Journal d'un Curé de Campagne**

세계문학전집 210

# 어느 시골 신부의 일기

Journal d'un Curé de Campagne

조르주 베르나노스

정영란 옮김

민음사

## 차례

어느 시골 신부의 일기  7

일러두기

작품 속에서 인용, 변주되는 성경 텍스트 및 인명과 지명은 2005년 새로이 번역 출간된
천주교 주교회의 성경을 토대로 하여 옮겼다.

# 1

내 본당은 여느 본당과 같다. 모든 본당들이 서로 비슷하다. 물론 오늘날의 본당을 두고 하는 말이다. 어제 노랑퐁트의 주임 신부님에게 어느 본당에서나 선과 악은 무게중심을 아주 아래쪽에 둔 채 힘의 평형을 이루고 있는 것 같다고 말했다. 달리 말하자면 선과 악은 밀도가 다른 두 액체처럼 서로 섞이지 않은 채 포개져 있는 것 같다고도 했다. 신부님은 내 말에 그저 코웃음 치셨다. 그는 선량한 신부로 매우 호의적이고 아버지다운 면모를 지녔으나 대교구에는 약간 위험하기까지 한 반골 인사로 알려져 있다. 당신의 거침없는 입담은 여러 사제관에서 환대를 받는데 그럴 때마다 그분은 당신 자신이야 활활 생기 있게 보이려고 애쓰지만 내가 보기엔 실은 너무나 닳고 지쳐서 울고 싶은 생각이 들게까지 하는 시선을 좌중에 던지며 자신의 말을 강조하곤 하는 분이다.

내 본당은 권태에 먹혀 들고 있다. 이것이 바로 내가 하고 싶은 말이다. 하고많은 다른 본당들과 마찬가지다! 권태가 본당 모두를 우리 보는 앞에서 아귀아귀 먹어 대는데도 우리는 속수무책이다. 언젠가 우리도 그에 걸려들어 몸속에서 암세포를 발견하게 되지 않을까. 그것을 속에 지니고도 아주 오래 살 수도 있으니 말이다.

이런 생각들이 어제 길을 걷는 중 든 것이다. 가슴 가득 들이켜면 증기처럼 복부 깊은 곳까지 퍼져 내려가는 는개가 내리고 있었다. 생바스트 언덕에서 본 마을은 문득 11월의 을씨년스러운 하늘 아래 너무나 푹 짓눌려 가라앉은 채 비참하게 보였다. 마을 위 사방으로 수증기가 피어올랐고 마을은 탈진한 가여운 한 마리 짐승마냥 물기 어린 풀숲에 그냥 누워 있는 것 같았다. 마을 전체라고 해 봐야 얼마나 작은지! 그런데 바로 이 마을이 내 본당이다. 내 본당이건만 나는 아무것도 해주지 못한 채 마을이 밤의 장막 속으로 가라앉으며 시야에서 사라져 가는 것을 슬프게 지켜보고 있었다……. 좀 더 지체했더라면 전혀 보이지 않게 될 때까지 말이다. 마을의 고독과 나의 고독을 이토록 통렬하게 느낀 적이 여태 없었다. 안개 속에서 쿨럭이다가, 겨드랑이에 가방을 끼고 학교에서 돌아오는 어린 목동에 이끌려 축축한 목초지를 가로질러 향내 나고 훈기도는 외양간으로 곧 돌아갈 가축들 생각이 났다……. 마을 또한, 큰 희망이 있는 것도 아니면서 진흙탕 속에서 수많은 밤들을 보낸 후, 있음 직하지도 않은, 감히 꿈꾸어 보기도 어려운 어떤 안식처로 자신을 안내할 주인을 기다리는 듯 보인 것이다.

아, 물론 나 역시 이런 생각이 나 스스로도 정말 진지하게 여기기 힘든 허황된 것임을, 그저 꿈같은 것임을 잘 알고 있다……. 마을은 짐승들처럼 어린 소년의 목소리를 듣고 몸을 일으킬 수 없다. 하지만 상관없다! 어제 저녁 어떤 성인(聖人)이 마을을 향해 그 이름을 불렀던 것 같다는 생각이 든다.

세상은 권태로 파먹히고 있다고 위에서 말했다. 물론 이 말을 이해하자면 약간은 숙고를 해 보아야 한다. 금방 납득이 가는 말은 아니기에 그렇다. 권태, 그것은 일종의 먼지다. 눈에 보이지도 않는 이 먼지를 우리 모두는 오가면서 들이마시는데 하도 입자가 고운지라 이에 걸려도 바드득거리지 않는다. 그러나 1초라도 오가는 걸음을 멈추면 이 먼지는 얼굴과 양손을 포함해 우리를 완전히 덮어 버린다. 이런 재의 비를 털어 내려면 끊임없이 움직여야 한다. 그래서 세상은 마냥 설쳐 대는 것이다.

세상은 오래전부터 권태와 친숙했고 권태야말로 인간의 진정한 조건이라고 말들 할지도 모른다. 권태의 씨앗은 이미 온 사방에 흩어져 싹이 나기 좋은 땅 여기저기에서 발아했을 수도 있다. 그런데 권태, 이 나병의 이러한 감염과 확산을 사람들이 이토록 겪은 적은 여태 없었으리라는 생각이 든다. 궁극에 이르지 못한 채 뒤틀려 버린 절망, 절망의 이 추한 형태는 분명 발효하며 와해되어 가는 그리스도교계 전체의 모습이다.

물론 이런 생각은 나 홀로 간직해야 할 것이다. 그렇다고 해서 이런 생각이 부끄럽지는 않다. 굳이 내놓으면 남에게 잘 이해시킬 수 있다고도 여겨지는 생각 아닌가. 그러자면 내가 평온한 의식을 간직하기에는 어쩌면 너무 큰 대가를 치르겠지만 말이다. 교회 웃어른들의 낙관론은 아예 죽어 버렸다. 낙관론을 아직 들먹이는 분들은 그저 습관이 되어 그렇게 가르칠 뿐 정작 자신들이 그것을 믿지는 않는다. 조금만 반대 의견을 내도 그들은 잘 알았다는 미소를 보내며 그만 좀 두라는 식으로 나온다. 나이 든 신부들이야 정황 파악에 틀림이 없다. 겉보기엔 똑같은 공식 훈화에 바뀔 줄 모르는 특정 어휘를 충실히 구사하지만 주제는 예전과 같지 않은데도 손위 신부들은 그 점을 잘 알아채지 못한다. 예를 들자면 옛날에는 주교의 담화는 닥쳐올 박해나 순교자들의 피에 대한 소신에 찬, 그러나 은근한 암시를 조심스레 던지지 않고는 절대 끝나지 않는 것이 오랜 전통이었다. 이런 예언은 오늘날 정말이지 아주 드물어졌다. 그런 일의 가능성이, 모호한 것을 넘어 아예 희박해졌기 때문일 것이다.

아아! 여러 사제관에 돌기 시작한 유별난 말이 있다. 나로서는 왜인지 모르겠지만 선배들은 우스꽝스러워하고, 또래 신부들은 너무나 추하고 참담하게 받아들이는, 소위 '털북숭이 참전용사'* 말투의 하나라 한다.(참호에서 쓰던 은어가 끔찍한 생각을 흉측한 이미지로 표현해 내곤 했던 일도 놀랍지만, 이 말**이 정말 참호에서 생겨난 은어인지⋯⋯?) 여하튼 "꼬치꼬치 따지려 들지 말아야 한다."라고들 한다. 아아, 우리는 그런데 바로 그렇게 하기 위해서 여기 있지 않은가! 웃어른들이 있다는 것도 잘 안다. 하지만 그분들에게 세상사를 아뢸 이는 누군가? 바로 우리들이다. 그런 만큼 수사들의 복종과 단순성을 과찬하는 말을 들을 때면 아무리 애를 써 보아도 내 마음에 그리 와 닿지 않

---

* 1차 세계대전 참전 병사들을 가리키는 말.
** 화자는 이 말이 무엇인지 굳이 적시하지 않았다.

는다…….*

수련원장이 명령을 내린다면 모두 감자 껍질을 벗기고 돼지
떼도 돌볼 수 있다. 그러나 본당은 단순한 수도 공동체와 달리
일련의 덕행으로 쉬 만족시킬 수 있을 만큼 단순하지가 않다!
'그분들'**은 본당 사람들에 대해 언제나 무지하고 본당 돌아가
는 형편을 전혀 이해하지 못할 것이다.

바이뢰이를 대표하던 원로 신부는 은퇴한 이후 베르쇼크의
샤르트르 수도회*** 신부들을 열심히 방문하신다. 「내가 베르쇼
크에서 본 것」이 그가 하셨던 일련의 강연 중 한 강연 제목이
었는데 참사 신부님은 우리들이 거의 의무적으로 참석하도록
종용하셨다. 우리는 그 강연에서 매우 흥미롭고 감동스럽기까
지 한 내용을 접할 수 있었다. 하지만 저 매력적인 노인은 왕
년의 문학 교수 특유의 순진하달까, 은근한 투로 당신의 두 손
만큼이나 공들여 다듬은 문장을 갈파하셨다. 그런 당신은 수
단****을 입은 청중들 속에, 있을 리도 없는 아나톨 프랑스*****가 있
기를 바라거나 그만큼 혹시 있지나 않을까 두려워하는 모습이
었다고 할까. 그러기에 섬세한 눈길을 보내거나 상통하기를 바
라는 공모의 미소를 짓고 새끼손가락을 이리저리 비틀며, 하느

---

* 교회 조직의 최전선, 참호라 할 본당을 맡은 재속신부와 교구청에 거하는 웃
  어른들의 관계는 수도원의 수사와 수련원장 혹은 수도원장의 관계와 비교될
  수 없다는 뜻.
** 재속사제가 아닌 수도회 신부나 수사들.
*** 성 브루노(St. Bruno)가 11세기에 세운 엄률 관상(觀想) 수도회.
**** 발목까지 내려오는 사제복.
***** 세련됨과 박학함, 명문장과 풍부한 풍자미로 칭송받는, 반 종교적 경향
  의 대문호(1844~1924).

님에 대해 말하는 것에 대해 그 대작가로부터 인간애의 이름으로 양해를 얻으려는 양 보이기까지 했다. 이런 유형의 사제 특유의 다듬어 꾸민 언행은 1900년대에 유행했지만 한마디로 신랄하기를 원하셨으나 정작 전혀 정곡을 찌르지 못하는 그분의 말씀을 우리는 예의 있게 경청하려 애썼다.(나는 천성적으로 너무 투박하고 세련과는 거리가 먼 것 같다. 하지만 학식과 교양을 과시하는 신부는 언제나 내게 거부감을 불러일으킨다는 것이 솔직한 심경이다. 세련된 사상을 가까이 자주 접한다는 것은 요컨대 시내에서 멋진 외식을 하는 것이다. 하지만 배고픔으로 죽어 가는 사람들 코앞에서 멋진 나들이 저녁 식사를 하지는 않는 법이다.)

간단히 말하자면 그 원로 신부님은 우리에게 소위 "신소리"라고 하시면서 여러 가지 일화를 들려주셨다. 나는 알아들었다고 생각한다. 하지만 불행하게도 원했던 만큼의 감응을 받지는 못했다고 느꼈다. 수사들은 내면생활에 관한 한 비교를 허락하지 않는 대가(大家)들임을 누군들 의심하랴. 하지만 산지(産地) 소비용 향토 포도주처럼 소위 "신소리" 중에서도 그런 것이 있으니 그런 말은 현장에서나 의미를 갖지 바깥 멀리까지는 그 맛이 미치지 못한다.

어쩌면 그런 점 외에도…… 이런 얘기까지 해야 할까? 얼마 되지 않은 사람들이 모여 밤낮을 붙어 살 때 그들은 혹 자기도 모르는 새 편안한 환경을 창출해 내는 것이 아닐지……. 나도 수도원은 조금 알고 있다. 그곳에서 수사들이 얼굴을 땅바닥에 대고 한마디 대꾸 없이 자기네들의 교만을 꺾어 놓으려는 의도로 떨어지는 장상(長上)의 부당한 질책을 겸손하게 수용하는 것을 본 적이 있다. 그러나 바깥의 그 어떤 잡음도 흔들어 놓지 않는 이런 집의 정적은 어떤 특수한 결이랄까, 정말이지 각별한 완벽에 다다른 나머지, 더없이 사소한 진동도 아주 예민해진 귀에 감지되고 마는 것이다⋯⋯. 그리하여 수도원 총회장에는 박수 소리에 버금가는 묘한 정적이 깃들 수 있는 것이다.

(그런데 주교님의 질책은⋯⋯.)

나는 내 일기의 이 첫 몇 장을 읽어 보았으나 아무런 기쁜 마음도 들지 않는다. 일기를 쓰려고 마음먹기까지 꽤나 성찰한 것은 사실이다. 그렇다고 해도 별 안도가 되지 않는다. 기도가 습관이 된 사람에게는 성찰이란 너무나 흔히 어떤 알리바이, 특정 의도 속에 자신을 굳히려는 은밀한 방편이 되곤 한다. 이성적으로 따진다는 것이 우리가 원하는 바를 어둠 속에 감춰 놓고 그 속에 쉽게 내버려 두는 일이 되곤 한다. 세상 사람은 자신의 기회를 따져 계산해 본다. 그럴 만하다! 그러나 우리 같은 사람들, 우리 이 가난한 삶의 매 순간에 함께하는 저 엄연한 신의 존재를 전폭적으로 받아들인 사제들이 자기 운을 따져 본다니 말이나 되는가? 신앙을 잃지 않는 한 — 한데 그렇게 된다면 무엇이 남겠는가. 자기 자신을 부인하지 않고는 신앙을 잃을 수 없는데. — 사제는 자기가 거둘 것에 대해 세속의 자녀들이 지닌 분명하고도 너무나 직설적이며 단순하다고 해야 할 관점을 가질 수 없을 것이다. 우리가 가진 기회와 운을 계산해 본다고? 무엇 하러 말인가? 하느님을 맞수로 판을 벌일 수 없는 법.

∾ 필로멘 숙모님으로부터 100프랑*짜리 지폐 두 장이 동봉된 답신을 받았다. 가장 긴급한 데 겨우 쓰일 터이다. 돈은 손가락 사이로 빠져 내리는 모래처럼 새 나간다. 끔찍하다.

내가 어수룩 그 자체임을 고백해야 한다! 예를 들어 외셍에서 식품점을 하는 사람 좋은 파미르 씨는 (아들 중 둘이 사제다.) 친밀감을 듬뿍 표현하며 나를 쾌히 맞아 주었다. 내 동료 신부들도 그의 가게 단골이다. 그는 내가 가게에 들를 때마다 빼놓지 않고 기나나무 껍질을 넣은 포도주와 과자를 가게 뒷방에서 대접하곤 한다. 그러면서 잠시 이런저런 얘기를 하곤 하는 사이다. 사는 것이 어렵다고 한다. 딸애 하나 몫 혼수는 마련도 못 했고 대신학교에 재학 중인 두 아들의 학비가 많이 든다는 것이다. 요컨대 내 주문을 받으면서 어느 날 친절하게 이러는 것이었다. "키나 포도주** 세 병을 더 얹었습니다. 신부님 혈색까지 좋아질 겁니다." 나는 바보처럼 그걸 선물로 생각했던 것이다.

열두 살 나이에 비참한 집안에서 신학교로 옮겨 간 가난한 어린 소년은 돈의 가치를 결코 알 수 없다. 신부 직무 중에도 곧고 엄정한 재무 수행이 늘 어렵다는 생각도 든다. 아무리 순진하다 할지라도, 대부분의 세상 사람들이 수단이 아니라 목적으로 생각하는 것을 가지고 장난처럼 구는 일은 결코 하지 않는 편이 나을 것이다.

---

* 1915년부터 1957년까지 통용되던 이 구(舊) 프랑화는 1958년, 드골의 화폐개혁으로 100대 1로 액면 절하되어 신(新) 프랑이라고 불렸다. 2002년 유로화 도입으로 이 프랑 단위도 사라졌다.
** 기나정기(幾那丁幾)를 섞은 약용 포도주.

입단속이 아주 철저한 사람 축에는 늘 들지 못하는 베르솅의 동료 신부가 파미르 씨에게 이 조그만 오해를 가벼운 농담처럼 언급했던가 보다. 파미르 씨는 그만 정색을 하고 굳어졌다 한다. "신부님께서야 오시고 싶으신 대로 여기 들르시면 기꺼이 같이 한잔 나눌 수 있지요. 천주님 덕분에 포도주 한 병에 우리 밥줄이 달린 건 아니니까요! 하지만 거래는 거래죠. 파는 물건을 거저 드릴 수야 없습니다."라고 그는 말했다 한다. 파미르 부인은 또 이런 말로 거들기까지 한 모양이다. "우리 같은 상인들도 나름대로 본분이 있으니까요."

∽ 나는 일기를 적어 보는 이 일을 앞으로 열두 달 이상은 계속하지 않기로 오늘 아침 마음을 정했다. 다음 해 11월 25일 나는 이 종잇장들을 불에 던져 넣고 잊어버리련다. 아침 미사 후 내렸던 이 결심에 내가 안도한 것도 잠시뿐이었다.

엄밀히 말해 무슨 소심증 때문이 아니다. 하기야 비밀이랄 것도 없는 일상의 더없이 소박하고 자잘한 속내를 정말 솔직하게 하루하루 여기 적어 놓는 일이 무슨 잘못이라고는 생각하지 않는다. 종이 위에 활자로 고정해 두게 될 사실들도, 아직은 마음을 열고 가끔 서로 얘기하는 일이 있는 유일한 한 친구에게도 특별한 내용을 새삼 알려줄 게 없을 것이다. 그 나머지, 아무런 부끄럼 없이 거의 매일 아침 하느님께 의탁하는 바에 대해서는 내 결코 글로 쓰지는 못할 것이라는 느낌이 든다. 아니다, 이것은 소심증 같은 것이 아니다. 내 느낌, 그것은 본능의 경고와 흡사한, 일종의 비이성적 걱정이다. 이 초등학생용 공책 앞에 맨 처음 앉았을 때, 양심성찰 때처럼 마음을 모으고 집중하려고 애를 써 보았다. 그러나 평소에는 그리 고요하면서도, 자질구레한 일은 무시하고 곧바로 핵심으로 향하는 통찰력을 지닌 나의 내적 시선이 바라보게 된 것은 내 양심이 아니었다. 내 내적 시선은 마치, 여태 내가 몰랐던 어느 다른 의식의 표면 위를, 흐릿한 어떤 거울 표면 위를 훑는 것 같았다. 그 거울에서 나는 어떤 얼굴이 ─ 누구의 얼굴이던가? 어쩌면 내 것이었던가……? ─ 솟아오르는 것을 보게 될 것 같아 두려워졌다. 되찾은 듯하다가 다시 잊힌 그 얼굴.

자기 자신에 대해서 단호하게 이야기해야 하리라. 그런데 자기 자신을 파악하기 위한 이 첫 시도 초두에 그만 어디서부터 이런 자기 연민, 동정심이 솟구친단 말인가? 영혼의 가닥가닥이 헤벌어지며 울고 싶어지는 이 마음은 웬일인가?

어제 토르시의 본당 신부님을 뵈러 갔다. 아주 성실하고 좋은 신부님이시다. 평소 조금은 세속적이라고 생각되는 당신은 부농의 아들로서 돈의 가치를 안다. 그리고 세상사에 대한 당신의 경험은 나를 압도한다. 동료 신부들은 그가 외솅의 수석 사제가 되리라고들 한다……. 나를 대하는 그분의 태도에 나는 꽤나 위축된다. 왜냐하면 그분은 속내 이야기를 싫어하셔서 짐짓 호방한, 하지만 겉보기보다 상당히 섬세한 웃음을 터뜨리며 그런 얘기 따위를 아예 못 꺼내게 하기 때문이다. 아아, 내가 그분 같은 건강, 용기, 균형 감각을 가질 수만 있다면! 하지만 당신은 내게 감상벽이 있다고 직언하시면서도 내 이야기를 참고 들어 주시는 관대함도 갖고 계신다. 내가 내 과민함을 허영 삼지 않는다는 것을 그분이 아시기 때문이다. 정말이지 그

건 아니다! 성인(聖人)들의 강하면서도 온유하고 진실한 자애
심과, 내가 다른 이들의 고통에 대해 느끼는 유치한 공포감을
섞어 생각하지 않으려 든 지도 벌써 오래되었다.

"안색이 그리 좋지 못하네, 자네!"

하기야 몇 시간 전 제의실에서 만난 뒤몽셀 영감이 부린 까
탈 때문에 내가 아직 마음이 동요된 상태로 그분을 만났던 정
황임을 밝혀 두어야겠다. 나는 내 시간과 수고뿐만 아니라, 면
깔개, 좀먹은 휘장, 주교관 납품 업자에게 아주 비싼 값을 치
른, 불을 붙이자마자 프라이팬에 기름 튀는 소리를 내며 녹아
내리는 싸구려 기름 초 등등도 그저 다 내어드릴 준비가 되어
있다는 것을 천주께서는 아신다. 하지만 대금은 대금이니 어떻
게 한단 말인가?

"자네는 그 사람을 쫓아내야 할걸세."라고 토르시의 신부님
은 말씀하셨다. 나는 그럴 수 없노라 대답했다.

"말 그대로 바깥으로 내보내 버리란 말이야! 나도 자네의
골칫거리 뒤몽셀을 알고 있네. 그 노인네는 돈도 있으면서…….
그 사람의 죽은 아내는 영감보다 두 배는 더 부자였지. 남편이
자기를 곱게 장례 치러 줄 수 있을 만큼 말이야! 자네 같은 젊
은 신부들은……."

그분은 얼굴이 벌개져서 나를 위아래로 훑어보셨다.

"자네 같은 젊은 신부들은 혈관 속에 뭘 가지고 있는지 궁
금하다네! 우리 시절에는 교회의 인물들을 양성해 내었는데.
눈썹 찌푸리지 말게. 한 대 철썩해 주고 싶으니 말이야. 그래,
교회를 떠받칠 인물들. 이 말을 자네 맘대로 해석하게나. 본당
을 다스릴 인물, 스승, 그래, 행정가 말이야. 그 인물들은 그저

턱만 올리는 시늉 하나로도 온 고장 하나는 다스려 냈지. 그래, 자네가 반박하려는 것 잘 알아. 그이들은 먹기도 잘했고 마시기도 잘했고 트럼프 놀이도 굳이 침 뱉어 금기시하지 않았지. 맞고 말고! 자기 직무를 제대로 장악하면 일을 빠르게 잘하게 되지. 그럼 여가도 생기는 거고. 그게 모두에게 더 좋은 일이지. 한데 요즈음 신학원은 복사(服事) 애들 같은 신부들을 배출하니, 원. 아무 일에도 결말을 못 지으니 항상 그 누구보다 일을 더 많이 한다고 생각하는 떠돌이 애들 같은 신부들을 말이야. 이런 작자들은 명령을 내릴 줄 모르고 그저 징징거리기만 하니. 책이야 엄청 읽지만 결코 이해도 못 한단 말일세, 내 말 알아듣겠나? 신랑과 신부의 비유*도 이해 못 한다니까! 배우자, 바오로 성인의 권고**를 따르지 않을 만큼 어리석은 남자가 찾아내려고 애쓸 그런 좋은 아내감이란 어떤 사람이겠나? 대답 말게, 어리석은 소리나 할 테니 말이야! 내 말해 볼까? 힘든 일 억척스레 늘 잘하면서도 세상사 돌아가는 걸 알아서 세상 일이란 끝날 때까지 매일 다시 해야 하기 마련임을 알고 있는 탁 트인 여자가 좋은 아내감이지. 성(聖)교회가 애는 써 보겠지만 이 한심한 세상을 성체축일***을 위해 만든 제단****처럼 바꿔 놓지는 못할 거니까. 예전에, 그러니까 저번 본당에서 제의실을 맡아 준 대단한 자매님 한 사람을 만난 적 있지. 1908년에 환속한 브뤼즈 출신의 선량한 수녀였다네. 첫 일주일간 정말 닦고 또

---

* 「마태오복음」 25장 1~13절과 「에페소서」 5장 25절 참조.
** 「I 고린토」 7장 참조.
*** 공식 명칭은 성체와 성혈 대축일. 삼위일체 대축일 다음 목요일, 혹은 주일.
**** 성체 행렬을 하며 노상에 만든 임시 제단.

닦으시더니 하느님의 집이 수녀원 접견실만큼 번쩍이기 시작하여 내가 못 알아볼 정도였다니까! 그 무렵이 수확철 농번기였다는 것을 말해 두어야겠지. 그래서 고양이 한 마리 성당에 얼씬 않는데도 그 고집스러운 노파는 나더러 구두까지 벗으라는 거야. 내가 실내화 신기를 정말 싫어하는데도 말이야! 실내화도 그 노파가 제 돈으로 사온 것이 분명했지. 하지만 매일 아침, 당연한 일이지만, 신자석 의자 위로는 먼지가 다시 덮여 있고, 성가대석 바닥 깔개 위로는 버섯이 새로 하나둘 솟아나고, 거미줄이, 자네도 짐작하겠지만 신부(新婦) 혼숫감을 짜 줄 수 있을 만큼 빽빽한 거미줄이 둘러쳐져 있는 게 아니겠나?

나는 혼잣말을 했지. "그래요, 자매님. 그렇게 계속 닦고 닦아서 주일날 어찌되는지 보세요."라고 말이야. 그래, 드디어 주일날이 닥쳤지. 그냥 다른 일요일과 마찬가지 일요일이었지. 주악 종을 울리며 맞이하는 축일도 아니어서 늘 오던 사람들이나 오는 그런 주일 말이야. 얼마나 딱했던지! 왜냐면 자매님은 촛불을 켜 들고 자정이 되도록 초칠 하랴 문지르랴 청소를 했거든. 그리고 그 몇 주 후 모든 성인 대축일*에는 열의 왕성한 구속주회(救贖主會)** 신부 두 사람이 특별 강론차 올 중요한 일정이 잡혀 있었지. 가여운 우리 자매님은 양동이와 걸레 사이에서 여러 밤을 네 발로 기듯 꿇어 엎드려 물 칠하고 또 하고 하시더니만 급기야 이끼가 성당 기둥을 타고 솟아오르고 성당 바닥 돌 틈 사이로는 풀까지 돋아나더군. 그 선량한 왕년의 수

---

* 가톨릭 전례력에 따른 축일 중 하나로서 11월 1일이다.
** 18세기 성 알퐁소 리구오리가 이탈리아에서 창설한 수도회.

녀님을 어디 말릴 수 있어야지! 내가 그 양반 고집을 다 들어 주었더라면 천주님 발이 젖지 않게 사람들을 전부 성당 문 바깥으로 쫓아내야 했을 정도였네. 알아듣겠나? 내가 그래서 그 수녀에게 이렇게 말했다네. "물약 지어 드리느라 거덜 나겠소!" 정말이지 그 가여운 노인네는 기침까지 하던걸! 그러더니 급기야 급성 류머티즘 관절염으로 자리에 눕더니 심장이 주춤하고 그걸로 그만 풍덩! 성 베드로 앞에 가신 걸세. 가여운 자매님 같으니라고. 어떤 점에서는 그것도 순교지. 아니라고는 못할 거야. 다만 그 양반의 잘못은 물론 더러운 것과 싸운 데 있는 것이 아니라 더러운 것을 근절하려고 나선 데 있는 것일세. 마치 그 일이 가당하기나 한 듯 말이야. 본당이란 으레 더럽기 마련이야. 교우 집단 전체는 더 더럽지. 최후 심판의 날 보게 될 테지만 천사들이 더없이 거룩하다는 수도원들에서도 삽질로 퍼낼 더러운 것이 얼마나 많을지! 거름 푸듯 말이야! 그러니 자네, 교회란 자고로 튼실한 살림꾼이어야 한다네. 꿋꿋하고도 분별력 있는 살림꾼 말이야. 내가 말한 그 착하신 자매님은 진정한 살림꾼은 아니었지. 진짜 살림꾼은 집 안이 무슨 성유물 안치소가 아닌 걸 잘 알지. 그렇게 생각한다면 그건 시인 같은 생각이고."

나도 그분이 그런 결론을 내실 줄 알고 있었다. 신부님이 파이프에 담배를 재워 넣는 동안 나는 서투르게도 당신이 드신 예가 아주 적절한 것 같지는 않다고, 과로사 하신 그 수녀님은 "복사 애들"이니 "명령을 내릴 줄 모르고 그저 징징거리기만 하는" "떠돌이 애들"과는 아무 공통점이 없는 것 같다고 설득하려 들었다.

"정신 차리게." 그분은 결연히 말씀하셨다. "환상이란 점에서 똑같지. 다만 떠돌이 애들은 우리 수녀님이 가지셨던 끈기가 없다 그뿐일세. 한 번 애써 본 사목(司牧) 체험이 자기네들 별 오죽잖은 판단에 어긋난다는 구실로 그들은 만사를 그만두고 말지. 잼 단지에 콧등까지 박은 애들 격이지. 사람은 잼만 먹고는 살 수 없듯이 교우 공동체도 그렇지. 하느님께서는 우리가 세상의 꿀물이라고 하시지 않고 소금이라고 하셨어. 젊은 친구, 그렇지 않은가? 그런데 이 가여운 세상은 상처와 부스럼으로 뒤덮인 몸으로 거름더미 위에 앉아 있는 욥 할아버지*와 비슷하지. 갈라진 피부에 소금을 뿌리면 타는 듯하지. 하지만 그러면서 썩는 것은 방지가 되지. 마귀를 뽑아 버린다는 생각과 함께 자네들이 가진 또 다른 괴벽은 사랑받고자 하는 거야. 물론 자네들 자신을 위해 사랑받으려 든다는 말일세. 진정한 사제는 결코 사랑받지 못한다는 사실을 잘 기억하게. 또 한마디 더 할까? 교회는 자네들이 사랑받거나 말거나 아랑곳 않네. 우선 자네를 존경하고 자네에게 복종하게 하도록 하게. 교회에는 질서가 필요해. 하루하루 몫으로 질서를 세우도록 하게. 다음 날이 되면 무질서가 질서를 밀어낼 거라는 사실을 생각하면서 질서를 세우도록 하게. 왜냐하면 어쩌겠나, 전날 해 놓은 일을 밤이 와서 되날려 버리는 것 자체가 바로 순리니까 말이야. 밤은 마귀의 것이니까."

"밤에는 수도자들의 기도**가 있지 않습니까……?"라고 나

---

* 「욥기」 2장 참조.
** 수도자들이 시간경 전례로 규칙적으로 바치는 기도 중 밤 기도.

는 말했다.(그런 말을 하면 그분의 화만 돋우리라는 것을 알면서도 말이다.)

"그렇지, 그들은 음악을 하지."라고 그분은 냉랭히 답하셨다.

나는 당신의 말씀에 자못 반발심이 드는 척해 보았다.

"자네가 언급하는 그 관상 수도자들에 대해 나는 아무 반감도 없다네. 각자 할 일이 있는 거니까. 음악이야 제쳐 두더라도 그들은 꽃 장식가들이기도 하지."

"꽃꽂이하는 사람들이라니요?"

"그렇고 말고. 집 안 청소와 설거지를 다 하고 감자도 다 깎고 식탁보까지 깔고 나면 꽃병에 신선한 꽃들을 갖다 꽂지. 그게 바로 격식*이지. 내가 막 든 비유는 그저 얼간이들 기분이나 거스를 뿐일걸. 왜냐하면 물론 어감의 차이가 있으니 말이야……. 신비의 백합**은 들에 핀 백합***이 아니거든. 어디 그뿐인가, 우리가 쇠고기 안심 스테이크를 협죽도 꽃다발 보다 더 좋아하는 것도 사람이란 원래 배를 채워야 하는 짐승인 연유이고. 요컨대 자네가 말한 그 관상 수도자들은 우리들에게 아주 아름다운 꽃, 진짜 꽃을 공급해 줄 만큼 잘 갖춰진 틀 속에 살지. 하지만 불행하게도 다른 곳에서나 마찬가지로 수도원에서도 때로 태업 사태가 있어서 좀 너무 자주 종이꽃을 우리에게 눈가림으로 넘기고 있지 않나 말이야."

---

* 여기서 사용된 프랑스어 régulier에는 '수도회적'이라는 뜻도 있다.

** 특히 수태고지를 받는 순간 성모가 손에 들고 있거나 꽃병에 꽂힌 모습으로 표현되어 성모의 순결성, 하느님과의 일체성을 상징한다. 여기서는 수도사들이 지향하는 신비적 체험을 언급.

*** 수도사들이 격식을 차려 병에 꽂는 꽃.

그분은 티 안 나게 나를 곁눈으로 지켜보고 계셨다. 그때 나는 그분의 시선 깊은 곳에서 아주 큰 애정과, 어떻게 표현하면 좋을까, 일종의 걱정과 불안을 읽을 수 있었다. 나도 시련을 겪고 있지만 그분도 그런 것이다. 시련을 잠잠히 묻어 두기란 나로서는 힘이 든다. 그런데도 내가 입을 떼지 않는 것은 극기적 용기에서가 아니라 조심성 때문이다. 가령 의사들도 나름대로 체득하게 된다는, 그들 나름 골몰해야 할 일의 순서에 따라 지킬 수밖에 없는 그런 조심성 말이다. 그런데 그분 역시 무슨 일이 있어도 당신의 염려거리에 대해 침묵하시리라. Z 수도회의 복도에서 마주친 적 있는, 하얀 밀랍만큼이나 창백하던 샤르트르회 수도사들보다 더 속내를 알 수 없는 퉁명스러워 보이는 순박한 모습 속에 말이다.

문득 그분은 내 손을 감싸 쥐었다. 그분의 손은 당뇨병으로 부어오르기는 했으나 더듬더듬하지 않고 빠르고 단단히 내 손을 쥐었다.

"자네는 어쩌면 내가 신비가들을 전혀 이해하지 못한다고 얘기할 테지. 그래, 그럴 거야. 이 친구야, 안 그런 척 말게! 그런데 여보게, 내가 아직 신학생이던 시절 대신학교에 시인을 자처하던 교회법 교수가 있었다네. 각운이며 운율상의 중간 휴지 등등 필요한 운각(韻脚)을 동원해서 멋들어진 것들을 척척 뽑아내던 분이었지! 그 선생님은 교회법도 운문으로 옮기라면 능히 해내셨을 거야. 그분에게는 딱 한 가지 빠진 게 있었는데 그걸 영감이라고 하든 재능*ingenium*이라고 하든 그야 자네 마음이겠지. 물론 그런 재능이 내겐 없지. 만일 성령께서 어느 날 나를 부르신다면 나는 내 빗자루와 행주를 내던지고 ── 정말이지! — 세라핌 천사들*이 있는 데까지 찾아가서 음악을 배우려네. 처음에는 화음을 잘 못 맞추기도 하겠지만 말이야. 하지만 합창대에 들었답시고 천주님께서 지휘봉을 드시기도 전에 소리를 지르는 사람들 앞에서는 내가 좀 대놓고 웃어 버린다고 해서 별소리 말게나!"

그분은 잠시 생각에 잠겼다. 그분 얼굴은 창 쪽을 향하고 있었는데도 문득 어둠 속에 잠겨 드는 듯이 보였다. 얼굴 표정은 내게서 아니면 당신 자신, 당신의 내심에서 마치 어떤 반박이나 부인 같은 것을 기다리고 있기라도 한 것처럼 굳어지셨다……. 하지만 그분은 이내 평온한 기색을 회복하셨다.

"여보게, 나에겐 젊은 시절 다윗과 그 수금**에 대해 내 나름대로의 생각이 있는 걸 어쩌겠나. 그 젊은이에겐 확실한 재능이 있었지. 하지만 그 놀라운 음악성도 그를 죄에서 보호해 내지는 못했네.*** 생각도 건전하신 한심한 작가들이 그야말로 수출용 성인전****들을 만들어 내고 있는 걸 나도 잘 알지. 그네들 생각으로야 영적 황홀경에 있는 사람이란 마치 아브라함 품에 안긴 듯 따뜻하고 안전하게 또 확고하게 그 속에서 보호되는 줄 알지……! 아, 물론 어떤 때는 그 높은 경지를 기어오르는 것보다 더 쉬운 일이 없지. 천주께서 친히 그곳에 올려 주시는 경우이긴 하지만 말이야. 그럴 때는 다만 거기에 잘 머물러 있

---

* 「이사야」 6장 2절 참조.
** 「사무엘 상」 16장 14~23절 참조.
*** 「사무엘 하」 12장 7~9절 참조.
**** 교회 바깥의 사람들을 겨냥하여, 성인의 고뇌를 드러내기보다는 성덕의 위대한 업적만을 역설한 유(類)의 성인전.

는 것, 그게 안 되는 경우에는 다시 내려올 줄 알아야겠지. 성인들, 진정한 성인들이 탈혼의 경지에서 다시 일상으로 돌아오면서 겪은 어려움을 많이 표현하신 것을 자네도 알고 있겠지. 공중 줄타기 같은 영의 경지에 있다가 누구 눈에 띄기라도 하면 비밀을 지켜 달라고 간청을 하지. "보신 것을 그 누구에게도 말하지 말아 주십시오……"라고. 부끄러움을 적지 아니 느낀 그분들, 이해하나? 하느님의 특별한 사랑을 받는 자신임을, 다른 사람보다 먼저 지복(至福)의 잔을 마신 것을 송구스러워하시는 거지! 그런데 그 이유가 뭘까? 이유는 없다네. 그야말로 은총이지. 이런 은총을 대할때……! 영혼이 보이는 첫 번째 경향은 그것을 피하려는 거야. "살아 계신 하느님의 손에 떨어지는 것은 무서운 일입니다!"*라는 성서 말씀은 자, 여러 가지로 알아들을 수 있겠지! 나도 달리 말해 볼까? 그분의 팔 안에, 그분의 가슴 위에, 바로 예수의 성심 위에! 자네도 합주단에서 트라이앵글이나 심벌즈 정도를 맡고서 작으나마 한 역할을 하고 있다고 한번 생각해 보세. 그런데 갑자기 그런 자네에게 스트라디바리우스를 건네주면서 "자, 연주해 보게, 들어 보겠네."라고 한다면 부르르 떨리겠지! ……자, 그럼, 내 기도실을 한번 보겠나? 그런데 먼저 신발일랑 닦고. 천 깔개 때문에 말이야."

나는 가구에 대해 별로 아는 것이 없다. 하지만 그분 방은 정말 훌륭하게 보였다. 튼실한 마호가니 목재 침대에 조각이 많이 새겨진 문이 세 짝 달린 장, 우단을 씌운 안락의자들 하

---

* 「히브리서」 10장 31절.

며, 벽난로 위에는 커다란 청동 잔 다르크 상이 있었다. 하지만 토르시의 신부님이 내게 보여 주시고자 한 것은 당신의 그런 침실이 아니었다. 그분은 나를 아주 헐벗다시피 한 다른 방으로 인도하셨는데 거기에는 오직 탁자 하나와 장궤틀뿐이었다. 벽에는 병원 대기실 같은 데서 볼 수 있는 오죽잖은 착색 석판화 한 점이 걸려 있었는데 분홍빛 뺨이 통통한 아기 예수가 당나귀와 황소 사이에 누워 있는 그림이었다.

"이 그림을 보게. 내 대모님의 선물이지. 좀 더 낫고 보다 예술적인 것을 사서 바꿔 달 여유정도야 물론 있지만 난 그래도 여태 이게 더 좋은걸. 내겐 이 그림이 못나고 약간 멍청하게까지 보이네. 바로 그 점이 나를 위로해 주지. 여보게, 젊은 신부, 나는 플랑드르 사람일세. 마시기도 잘하고 먹기도 잘하고……. 그래, 부유한 지방 출신이란 말이야. 자네 같은 이는 이해를 못 하겠지. 흙으로 벽을 바른 초라한 집에 사는 불로네* 출신의 가난하고 가무잡잡한 사람들로선 플랑드르, 그 흑토(黑土)의 부를 감히 생각도 못 하지! 이런 우리들에게 신심 깊은 여신자들을 감동시킬 멋진 어구를 너무 요구해서는 안 되겠지. 하지만 우리도 신비가들을 적지 아니 배출한단 말이야, 알겠나! 폐병쟁이 신비가들 말고. 우리 플랑드르 사람들에게는 인생이 겁날 게 없지. 독주를 잔이 넘치도록 마셔 대고서도, 화가 꼭지까지 치밀어 올라올 때도, 황소라도 한 마리 거꾸러뜨릴 만한 플랑드르 사람들 특유의 화가 치밀어 올라올 때에도, 우리 관자놀이에는 듬직하다고 할까 건강하고 시뻘건 피가 뛰고 있으

---

* 영불해협 근처, 파드칼레 도(道)의 한 고장.

니까. 게다가 그 피가 콸콸 끓어올라 불타도록 하기에 꼭 알맞은 정도로, 말 그대로 스페인식 푸른 피*가 섞여 뛰고 있으니까. 자, 요컨대 지금 자네는 자네 고민이 있고 나도 고민이 있었던 적 있지. 그 둘은 아마 같지는 않을 거야. 들것에 드러눕는 일이 자네에게도 생길 수 있겠지. 나도 들것 안에서 한 번도 아니고 여러 번 발버둥친 적 있다네, 믿어 주겠지. 내가 그 얘기를 지금 하자면…… 아닐세, 딴 날 하도록 하세. 지금은 자네가 너무 피곤하게 보여서 자칫 그런 얘기를 하다가는 픽 쓰러질까 걱정이네. 다시 저 아기 예수 이야기로 돌아가자면 내 출신지 포프랭그의 본당 신부는 완고한 부주교와 합의하여 나를 생쉴피스**에 보내려고 했지. 두 양반 생각으로 생쉴피스는 젊은 성직자를 위한 생시르,*** 아니면 소뮈르의 군사학교****격이었다. 게다가 우리 부친 선생님께서는 (말이 나온 김에 덧붙여 놓지만 나는 처음에는 농담인 줄 알았다. 그런데 토르시의 본당 신부님은 어르신네를 결코 달리 지칭하지 않으시는 걸로 보아서 옛 관례인지 모르겠다.) 그래, 우리 부친 선생님께서는 넉넉한 재산으로 교구의 명예를 위해 무언가를 해야 한다고 생각하신 거야. 그렇지만 어이쿠……! 기름 둥둥 수프 냄새를 풍기는 썩어 빠진

* 축어적으로 번역한 이 말(le sang bleu)은 고귀한 정열에 결부된 귀족 혈통을 흔히 은유한다. 스페인식 푸른 피는 결국 '에스파뇰리즘'이라고도 불리는 정신적 기류를 가리킨다.
** 서원 없이 신학생들을 양성하여 공동체 생활을 하는 한 재속 사제회로서 프랑스 파리의 생쉴피스 성당이 구심점이었다. 17세기 파리에서 시작되었다.
*** 1686년 맹트농 부인이 건립한 학교로, 1808년 나폴레옹이 군사학교로 재정립했다.
**** 1764년에 건립된 유명한 군사학교로 프랑스의 3대 군사학교 중 하나다.

낡은 기숙사 건물을 보니, 어휴! …… 그리고 면상을 정면에서 보아도 옆모습을 본 듯한 생각이 늘 들 정도로 말라 빠진 그 착실파 소년들은 합죽이 유령 꼴이었지……. 드디어 더도 말고 서너 명의 친구들과 나는 교수 신부들을 마구 뒤흔들어 놓았지. 바보짓을 하며 법석 좀 핀 거지 뭐. 말하자면 공부나 식사에는 첫째들이었지만 그걸 빼 놓고는…… 그야말로 진짜 악동들이었지. 어느 날 저녁, 모두가 잠들었을 때 우리는 지붕 위로 기어 올라가 동네 전체를 깨울 만큼 고양이 울음소리를 내지 않았겠나. 수련 책임자 선생님은 침대 밑에서 성호를 그으실 수밖에. 딱한 그분은 온 동네 고양이들이 모두 그 거룩한 집에 모여 흉측한 집회를 하는 줄 아신 거지.* 어리석은 장난이었던 걸 지금 어찌 부인하겠나! 3개월 첫 학기가 끝나자 학교 어른들은 소견서를 써서 나를 집으로 돌려보내 버렸지! 머리가 나쁘지는 않으며 올곧고 착한 성품의 아이 운운하면서 말이야. 간단히 말하자면 나는 소나 치는 데 적격이라는 뜻이었어. 오직 사제가 되기만을 소원했던 나를! 사제가 되거나 아니면 죽기다! 가슴이 찢어져 피가 나는 듯한 고통을 느낀 나머지 하늘은 그야말로 목숨을 끊고 싶은 유혹을 느끼게까지 하셨네. 우리 부친 선생님은 보는 눈이 정확한 분이셨지. 나뮈르에 있는 방문 수도회 원장이신 당고모의 간단한 추천장을 받아 나를 손수 당신 마차에 태워 주교관저로 데려가셨어. 주교님도 판단 바른 분이셨어. 나를 곧바로 집무실로 들어오라고 하시

---

* 프랑스에서 고양이가 가졌던 민속학적 의미 참조. 특히 한밤중에 들려오는 고양이 집단의 울음소리를 (근세 초까지도) 프랑스인들은 악마나 마녀의 사주에 의한 것으로 받아들였고 광란, 학살, 음행 등을 떠올리는 미신이 있었다.

더군. 나는 그분 무릎 앞에 꿇어서 내가 당하고 있던 유혹에 대해 말씀드렸어. 그분은 그다음 주에 당신 휘하의 대신학교로 보내 주셨어. 시대 흐름에 잘 맞는 학교는 아니었지만 탄탄한 곳이었지. 그건 별 상관없었지! 내가 지금 말할 수 있는 것은 내가 죽음을 가까이에서 바짝 맛보았다는 사실이야. 그것도 어떤 죽음이었겠나! 그래서 나는 그때부터 튼튼히 버텨 가면서 그저 묵묵하게 시키는 대로 하려 결심했어. 군인들 말처럼 복무 외에는 딴 생각 말자는 것이었지. 내 아기 예수는 음악이니 문학이니에 큰 관심 가지기에는 너무 어리시지 않은가. 키우는 소에게 신선한 짚단 여물을 갖다 주고 나귀 털을 빗겨 주는 대신, 눈알이나 뒤룩거리는 걸로 만족하려는 사람들에게 당신은 아마 얼굴을 찡그리기까지 하실 거야."

그는 나를 어깨로 밀면서 기도실 밖으로 이끄시고는 그 넓적한 손으로 다정스레 툭툭 쳐 주셨는데 하마터면 내 무릎이 휘청 고꾸라질 뻔했다. 그런 다음 함께 노간주나무 열매로 향을 낸 진을 한 잔씩 마셨다. 그분은 문득 소신 깊은 명령적 태도로 내 눈을 똑바로 쳐다보셨다. 그런 그분은 마치 다른 사람 같아 보였다. 그 누구에도 보고를 올릴 의무가 없는, 어떤 주인 어른 같았다. 그분은 말씀하셨다.

"수사들은 수사들일세. 나는 수사가 아닐세. 수사들의 장상도 아니고, 나에게는 짐승 떼*가 딸려 있네. 진짜 짐승 무리지. 나는 정말이지 그 명백한 짐승 떼와 함께 증거궤** 앞에서 춤

---

\* 구속(救贖)받아야 할 범용한 사람들의 집단인 본당의 비유.

\*\* 혹은 계약궤. 다윗이 회중들과 함께 한 증거궤 앞에서의 춤에 관해서는 「역대기 상」 13장 5~6절과 8절 등 참조.

을 줄 수야 없지. 그런다면 내 꼴이 어떻겠나? 너무 빼어나지도 너무 못나지도 않은 그저 짐승 떼, 소와 나귀, 짐 싣고 밭가는 짐승들을 치는 내가. 염소도 있네 그려. 그 염소들을 내가 어쩌면 좋겠나? 도축해서 팔 수도 없지. 뾰죽한 주교관을 쓰신 수도원장이라면 문지기 수사에게 명령만 내리면 되겠지. 무슨 과오가 있는 경우 수도원장은 손만 한 번 내밀어 말썽 핀 숫염소들을 처리해 버리지. 나는 그럴 수 없네. 우리는 숫염소를 포함해서 모두와 어울려 지내야만 하지. 숫염소이건 암양이건 주인*께서는 짐승들 하나 하나를 온전히 보살펴 데려오라 하시거든. 자네, 숫염소가 숫염소 냄새를 피우는 것을 막아 보려는 생각은 아예 말게. 시간 낭비일 뿐 아니라 실망의 구렁텅이에 빠지기 십상일 테니. 웃연배 신부님들은 나를 낙천가니, 로제 봉탕**이라면서 놀리고 자네 같은 젊은 신부들은 나를 무서운 도깨비라고 하면서 교우들에게 너무 엄격하고 그들을 군대식으로 대하는 완고한 사람 취급하지. 양쪽 다 나를 다른 신부들 같은 개혁안도 하나 없이 사목한다고, 아니면 있어도 주머니 속에 넣어 두고만 지낸다고 탓하지. 전통! 하면서 늙은이들은 못마땅해 웅얼거리고 진보! 하면서 젊은 신부들은 떠들어 대지. 나는 사람은 사람이고, 사람이 외교인(外敎人) 시대***보다 더 나아진 것도 없다고 생각하네. 하긴 사람이 어떤 값어치를 지닌 존재인지를 아는 게 문제가 아니라, 사람을 이끄는

* 재속 사제로서의 본당 신부들에게 사목을 위임한 자, 결국 예수.
** Roger Bontemps. 16세기 작가 로제 드 콜르리(Roger de Collerye)가 창출한 인물 전형으로 '태평 신사' 정도로 해석된다. 그 이름처럼 낙천가를 상징.
*** 그리스도 이전의 시대.

분이 누구신지를 아는 게 중요하겠지. 만일 교회 사람들이 일하는 대로 계속 지내 왔더라면! 내가 무슨 달콤한 중세로 피하려 드는 건 아니라는 것을 알아야 하네. 13세기에 살았다 해서 사람들이 다 소성인(小聖人) 취급받는 건 아니란 말이야. 당시 수사들이 요즘보다 덜 어리석었다 해도 마시기는 요즘 사람보다 더 마셨을 거야. 그 반대는 아니야. 하지만 그 시절, 우리는 한 제국을 건설하고 있었지. 그 제국에 비하면 카이사르의 제국은 그저 개똥밖에 안 되지. 우리가 건설하던 것은 평화, 로마적 평화, 진정한 의미에서의 그 평화였지.* 그리스도교 백성을 세우는 일, 우리 모두는 힘을 합해 그 일을 이뤄 낼 수 있었을 텐데. 그리스도인들로 이뤄진 백성은 거룩한 척 위선 떠는 이들의 집합이 아니지. 교회의 신경은 튼튼하지. 그러니 교회는 죄 때문에 겁내지도 않을 거고. 그 반대지. 그래, 교회는 죄를 침착하게 정면으로 바라볼 거야. 우리 주님의 모범을 따르며 교회는 죄를 떠맡아 제 몫으로 삼기까지 하지. 일주일의 엿새 동안 제대로 일을 한 착실한 일꾼에게는 토요일 저녁에 한바탕 마시는 게 허락되지 않겠나. 아니, 말을 바꿔서 그리스도교 백성에 대한 정의(定義)를 그 반대 경우를 들어 내 자네에게 말해 보겠네. 그리스도교 백성과 반대되는 백성은 슬픈 백성, 늙은 정신을 가진 백성이야. 이런 정의가 별로 신학적이지 않다고 자넨 말하겠지. 그래 좋아. 하지만 주일미사 중에 하품을 하는 신사 양반들에게 성찰을 촉구할 그 무엇이 있는

---

* 카이사르가 통일 국가 개념으로 내세운 로마적 평화가 아니라 정신적 왕국, 보편 (로만 가톨릭) 교회 공동체로서의 평화.

정의가 아니겠나. 실제로 하품을 하고말고! 저 오죽잖은 주당 30분*을 가지고서 교회가 그 하품꾼들에게 환희, 지복을 가르쳐 줄 수 있다고 자네, 꿈꾸지 말게! 트리엔트 공의회**가 발표한 교리문답을 줄줄 외운들 그네들이 정작 더 기쁨을 누리는 자가 되지는 않을 거야.

우리 아주 어렸던 시절이 너무나 그윽하고 환히 빛나 보이는 건 어디서 비롯하는 걸까? 어린이도 누구나 그렇듯 괴로움이 있고, 또 어린이는 고통과 병에 그토록 나약한 존재인데도 말이야! 어린 시절과, 끝점에 이른 노년기야말로 인간이 겪는 양대 시련기인 것 같아. 그런데 어린이는 바로 자신의 무력감에서 제 기쁨의 근본원리를 겸허하게 이끌어 내는 것이지. 어린이는 모든 것을 제 어미에게 맡기지. 제 현재, 과거, 미래를. 알아듣지? 제 온 목숨, 인생 전체가 어머니의 시선 속에 들어 있는데, 그 시선은 바로 미소이지. 그러니 여보게, 우리***가 하던 대로 내버려두었더라면, 교회는 사람들에게 바로 이런 지고한 안정감****을 줄 수 있었을 거야. 그렇다고 해서 사람들이 각자 겪을 배고픔, 목마름, 가난과 시기 같은 고통을 다 사라지게 했을 거란 건 아니지. 우리가 마귀를 호주머니 안에 붙들어 넣어 둘 만큼 강해질 수야 결코 없으니 말이야! 하지만 사람이

---

* 미사 중 특히 말씀의 전례, 강론 시간.
** 루터의 개혁에 대한 가톨릭의 공식 답변격이었던 공의회로 1545년~1563년에 개최되었다. 이후 306년이란 긴 세월 후에 근대의 첫 공의회인 1차 바티칸 공의회(1869~1870)를 맞게 된다.
*** 앞에서 말한 '교회의 사람들'로서의 우리. 사목자들.
**** 아기에게 던지는 어머니의 미소 어린 시선과 같은 안정감.

자신을 하느님의 자녀로 알게 되었으니 기적이 따로 있겠나! 살아가면서도 죽을 때에도 머리통에 바로 이 생각이 자리 잡고 있었을 테니, 이는 그저 책에서만 배운 생각이 아니었을 거란 말일세. 왜냐하면 우리 덕분에 그 생각은 풍습과 관례, 오락거리나 기쁨의 대상, 아니 가장 작은 인간사에까지 영감을 줄 수 있었을 것 아닌가. 그렇게 되었다 해서 노동자가 땅을 파지 않아도 되거나 학자가 대수표(對數表)를 파고들지 않아도 되거나 기술자들이 어른들을 위한 장난감을 제조해 내지 않아도 되지는 못했을 거야. 다만 우리는 아담의 가슴에서 고독감을 없애 버리고 뿌리 뽑을 수는 있었을 거야. 여러 신들을 우글우글 모신 저 외교인들도 그리 어리석지는 않았기에 그네들도 비가시적인 존재와 어설프게나마 일치한다는 환상을 이 쓸쓸한 세상에 부여하는 데 성공한 거겠지. 하지만 그건 지금 와서는 아무 짝에도 가치가 없어. 교회 밖 백성은 언제나 사생아의 무리, 주워 온 아이들의 집단일 거야. 물론 사탄에 의해 점 찍힐 희망이야 남아 있달까. 틀렸어! 그들이 혹 그네들 나름의 흑빛 성탄을 아무리 기다려 본들! 그네들도 구두를 벽난로에 걸 수도 있겠지! 마귀는 그 안에 발명하기가 무섭게 구식이 되어 버리는 조립 기계를 넣어 주는 데도 싫증이 나서, 이제 그 놈은 그 구두 안에 코카인이니, 헤로인이니, 모르핀, 비싸지도 않은 무슨 더러운 가루들이 들어 있는 손톱만 한 꾸러미나 넣어 주거든. 가련한 사람들! 그 작자들은 이제 죄까지 바닥을 드러냈으니. 재미있게 놀고 싶다고 다 제대로 놀 수도 없지. 서너 푼밖에 안 하는 조그만 인형이 어떤 꼬마에게는 한 계절 내내 즐거움을 안겨 주지만 500프랑짜리 장난감을 앞에 두고도 하품을 하는 게 늙은이니까. 왜 그렇게 되는 걸까? 그건 그가 바로 어린이 정신을 상실했기 때문이야. 교회는 바로 하느님으로부터 이 세상 안에 이 어린이 정신을, 이 천진 순수를 이어 가라는 임무를 부여받았지. 이교는 자연을 적대시하지는 않았어. 하지만 그리스도교만이 어린이 정신을 확대하고 고양하여 인간의 척도, 인간이 지닌 꿈에 합당하게 끌어올렸어. 나를 몽매주의자로 치부하는 얼치기 학자들 누구와라도 겨뤄 보고 싶어. 그런 작자를 만나면 나는 다음과 같이 말해 주려네. "내가 장례 업소 사람 같은 복장*을 하고 있어도 그건 내 탓이 아니오. 하긴 교황님이야 흰색 차림이고 추기경들은 빨간 차림이지요. 나야 원대로라면 사바의 여왕처럼 차려 입고 활보할 권리가 있어요. 왜냐하면 나는 환희의 전달자이니까 말이외다. 당신이 내게 그걸 달라 한다면 값 없이 주겠소. 교회는 환희의 분배자라오. 교회는 이 가여운 세상에 약속된 그 환희의 온전한 몫의 전달자라오. 교회를 거슬러 그대가 무언가 했다면 그것은 환희를 거스른 것이오. 내가 당신더러 세차(歲差) 계산을 그만두라고 했던가요, 원자 붕괴를 관두라고 했나요? 하지만 당신이 인생의 의미를 상실했다면 생명 자체를 조작으로 만들어 낸다 한들 당신에게 무슨 소용이겠소? 증류기 시험관 앞에서 당신 머리통을 폭파해 버릴 일밖에는 남은 일이 없을 거요. 원하시는 대로 실컷 생명을 만드시오! 당신이 죽음에 대해 부여하는 이미지가 가여운 사람들의 생각에 차츰차츰 독을 퍼뜨려, 그네들의 마지막 기쁨까지도 흐려 버리고 퇴색시키고 있

---

* 검정색 수단 차림.

소. 당신네들이 굴리는 산업체니 자본이 구리 튀는 소리와 폭죽 터뜨리는 소리를 내며 엄청난 속도로 돌아가는 기계를 동원해서 이 세상을 하나의 시장으로 보도록 허락하는 한, 아직은 어찌 되겠죠. 하지만 잠깐, 처음으로 한 15분간만이라도 침묵을 지켜 볼까요? 그럼 그때 "나는 길이요 진리요 생명이라."* 라고 찬찬히 들려주셨으나 당신네들이 거부했던 그 말씀이 아니라, 어둑한 심연 바닥에서 올라오는 말을 듣게 될 거요. 나는 영원히 잠긴 문이요, 빠져나갈 수 없는 막다른 길이요, 허위이자 멸망이니라라는 말을 말이오.""

그분이 이 마지막 단어들을 너무나 침통한 어조로 말씀하신 나머지 내가 새하얗게 질렸나 보다. 아니, 안색이 누렇게 변했나 보다. 하긴 한심하게도 여러 달 전부터 내 안색은 이 모양이다. 그분은 내 꼴을 보고 진을 두 잔째 따라 주셨고 우리 둘은 화제를 돌렸다. 당신이 보인 그때의 명랑함은 가짜라거나 가식으로 보이지 않았다. 나는 명랑함이 그야말로 그분의 천성이라는 사실과 밝은 그분의 영혼을 믿는다. 그러나 그분의 시선만큼은 순간적으로 그 영혼을 반영해 주지 못했다 할까. 당신 곁을 떠나려는 순간 내가 인사차 몸을 굽힐 때 당신은 엄지손가락으로 내 이마에 조그맣게 십자성호를 그어 주시며 호주머니에 100프랑짜리 지폐를 슬그머니 넣어 주셨다.

"자네 한 푼도 없는 게 분명해. 부임 초기는 항상 힘든 법이야. 형편 될 때 갚아도 되네. 얼른 가 보게. 우리 둘 나눈 이야기는 얼간이들에겐 절대 하지 말고."

---

* 「요한」 14장 6절 참조.

∞ "신선한 짚 여물을 소에게 갖다 주고 나귀 털을 빗겨 주라." 라시던 그 말씀이, 오늘 아침 수프를 끓이려고 감자 껍질을 벗기고 있을 때 머릿속에 다시 떠올랐다. 부면장이 그때 방문차 내 등 뒤로 들어서는 바람에 깎던 감자 껍질을 채 다 떨어내지 못한 채 나는 황망히 의자에서 일어나야 했다. 내 꼴이 우스꽝스럽게 느껴졌다. 사실 부면장은 좋은 소식을 갖고 왔다. 면에서 사제관 우물을 파도 좋다고 허락했다 한다. 그렇게 된다면 샘에 가서 물을 길어 오는 복사 애에게 매주 20수*씩 주던 것을 절약할 수 있을 것이다. 그런데 나는 그가 운영하는 카바레에 대해 언급할 일이 있던 터였다. 그는 매주 목요일뿐만 아니라 주일에도 무도회를 열 계획을 세우고 있었다. 목요일 춤판에는 '가족 무도회'라 이름까지 붙여서 공장에서 나오는 어린 소녀들까지도 불러들이고 청년들은 재미로 그 여자애들에게 술을 마시게 유인하는 정황이었기 때문이다.

그러나 나는 정작 말을 꺼내지 못했다. 그는 전체적으로는 호의 있게 보이는 미소를 지으며 나를 바라보았는데 그 태도는 내가 말하려 했던 바는 결국 전혀 중요하지 않다고 나 스스로 호기를 부리도록 하는 것이었다. 하기는 집으로 찾아가서 그를 만나는 것이 더 나을 것이다. 그이 집을 사목상 방문할 구실은 있다. 그의 아내가 중환이라 여러 주 전부터 바깥출입을 못했기 때문이다. 그 부인은 나쁜 사람으로 평판이 나 있는 것도 아니고, 들리는 얘기로는 예전에 미사에도 꽤 꼬박꼬박 나왔다 한다.

---

\* sou, 옛 프랑화 이하 화폐 단위.

"……신선한 짚 여물을 소에게 갖다 주고 나귀 털을 빗겨 주라……." 그래야 한다. 그런데 간단한 그런 일들이 가장 쉬운 일이 아니라 그 반대라는 점이 문제다. 짐승들이야 매일 꼭 같은, 얼마 안 되는 요구를 할 뿐이다. 하지만 사람들은! 시골 사람들이 단순하다고들 흔히 말한다. 양친이 모두 농부였던 나는 시골 사람들이야 말로 끔찍할 정도로 복잡하다고 잘라 말할 수 있다. 베튄에서 내가 처음으로 보좌 신부로 있을 때 우리가 후원하던 지역의 젊은 노동자들은 처음의 서먹한 기분이 가시자마자 내가 어리둥절할 정도로 자기네들 속내 이야기를 털어놓았고 자신들이 어떠한 사람인지를 끊임없이 드러내려 했기 때문에, 그들이 넘쳐흐르는 자애심으로 스스로를 대하고 있음을 느낄 수 있었다. 하지만 농사일 하는 사람이 자기 자신을 사랑하는 일은 드물다. 자기를 사랑해 주는 사람에게 너무나 심하다 싶을 만큼 무관심하게 대하는 것도 자기가 받는 애정을 의심해서가 아니다. 그는 오히려 그 애정을 무시하는 편이다. 이런 자신을 별로 고치려 들지 않는 것도 분명하다. 하지만 결점이든 악습이든, 그에 대해 환상을 갖지 않고 진작부터 고칠 수 없다고 판단하여 일생 동안 그저 끈질기게 참는 것이다. 그런 촌부의 관심사는 그저 이 무용하면서도 거두는 데 비용만 많이 드는 짐승을 가장 싼값으로 다스려 가는 데나 있는 것이다. 그런데 늘 은밀한 이 농부들의 적막한 생활 속에 괴수의 식욕이 점점 커지는 경우도 있는 법이어서 늙은 농부는 자신을 예전처럼 가누기가 무척 힘들게 되고 어떤 식의 호의 표시도 외려 그의 화를 돋워 버리기나 한다. 왜냐하면 그는 그것을 자신의 기운과 일 그리고 재산까지 차츰 삼켜 버리는 내부의 적과 연루되어 있는 것으로 의심하기 때문이다. 이토록 비참한 사람들에게 무슨 말을 해 줄 수 있으랴? 방탕에 빠졌던 늙은이들이 그저 가혹한 보복으로 여기고 인색과 고집 속에 살다가 죽음의 자리를 맞는 것을 볼 때가 있다. 엄하디 엄하게 몇 년이고 스스로를 벌하며 살아온 그들. 임종의 문턱에서까지도 두려움에서 터져 나온 그의 말은 자기 자신에 대한 증오를 여전히 드러내니 그런 자기 증오에는 아마도 용서가 따라오지 못할 것이다.

∞ 집안일 돕는 아주머니 없이 지내려고 2주 전에 내가 내린 결정에 대해 사람들이 꽤나 나쁘게 해석하는 모양이다. 그 아주머니의 남편인 페그리오 씨가 최근 사냥터 감시인으로 성관(城館)에 들어가면서 일은 더 얽혀 버렸다. 그는 어제 생바스트에서 선서식까지 했다. 그런데 나는 그의 가게에서 포도주를 조그만 통으로 하나 사겠다고 하면서 일을 잘 처리한다고 생각했으니! 결국 나는 아무런 소득도 없이 필로멘 숙모님으로부터 받은 200프랑을 허비해 버린 꼴이다. 왜냐하면 페그리오 씨는 보르도의 회사에 이미 주문을 넘겼겠지만 그곳에 일 보러 갈 일이 더 이상 없을 것이기 때문이다. 돈을 다 털어 부은 나의 작은 호기에서 비롯될 이익은 전부 그의 후임자 몫이 될 것 같다. 그러니 내가 얼마나 어리석었던지!

∞ 그렇다, 얼마나 어리석었던지! 이 일기를 쓰노라면, 내가 조금이나마 성찰을 해 볼 수 있는 흔치 않은 계제에 달아나기만 하는 생각들을 붙잡아 두는 데 도움이 되리라는 게 애초 예견

이었다. 일기란 것이 주님과 나 사이의 대화가 되고, 기도의 연장이 되며, 아마 고통스러운 위경련 때문이겠지만 여전히 너무 자주 극복하기 힘들게 느껴지는 기도 생활의 어려움을 에둘러 가는 한 방편이 될 것이라고 생각했던 것이다. 그런데 정작 일기는 때로는 벗어났다는 생각이 들었던 저 수천수만 가지의 잗다란 일상의 근심이 내 오죽잖은 삶 속에 얼마나 어마어마하게 큰 부분을 차지하는지를 알알이 드러내 보여 준다. 나는 우리 주님께서 우리 근심의 하찮은 것까지도 당신 몫으로 맡아 주시고 아무것도 경멸하지 않으심을 잘 안다. 그러면서도 차차 잊어버리고자 노력해야 할 것을 나는 왜 오히려 종이 위에 적어 놓으려는 걸까? 제일 나쁜 것은 이런 속내를 적어 가는 데서 내가 너무나 큰 위안을 받는다는 점이다. 이 한 가지만으로도 경계를 게을리 하지 않을 수 없다고 생각하기에 족할 정도인데 말이다. 그 누구도 읽지 않을 이 글들을 램프 불 아래에서 끄적거리면서 나는 분명 하느님의 현존 아닌 다른 어떤 비가시적인 현존을 느꼈다. 그것은 내 모습을 한 어떤 벗의 현존이었던가. 나와는 아주 분명히 구별되고 다른 본질을 지닌…… 어제 저녁은 이 현존감이 하도 강하게 느껴져서 부끄럽게도 갑자기 울고 싶은 마음과 함께 저 낯모를 가상의 경청자에게 내 머리를 기울여 얹고 싶은 생각이 나도 모르게 드는 것을 문득 깨달았다.

이 일기 적기를 시험 삼아 끝까지, 즉 적어도 몇 주간은 끌고 나가 보는 것이 좋겠다. 머릿속에 스치는 것을 굳이 가려잡지 말고 적도록 해 보겠다.(아직은 형용어구 선택에도 망설이기도 하고 고쳐 쓰는 일까지 있으니 말이다.) 그런 후 이 종이 나부랭이

들을 서랍 안에 깊이 넣어 두었다가 좀 시간이 지난 후 머릿속
이 안정되면 읽어 보도록 하련다.

# 2

오늘 아침 미사 후 루이즈 양과 긴 대화를 나눴다. 내가 여태까지 평일 미사에서 그녀와 얘기를 나눈 것은 아주 드물었는데 성관의 가정교사라는 그녀의 위치 때문에 서로 아주 신중할 수밖에 없기 때문이다. 백작 부인께서는 그녀를 퍽 존중한다. 가정교사는 원래 글라라회 수녀원에 들어가기로 했던 모양이나 작년에야 돌아가신 늙고 병들었던 어머니 때문에 희생하고 포기를 했다 한다. 백작 댁의 어린 두 남자애들도 그녀를 몹시 따른다.*

불행히도 그 댁 맏딸인 샹탈 양은 그녀에게 그 어떤 호의도 보이지 않고 오히려 그녀를 모욕하고 하녀 취급하는 것을 재미로 알고 있는 듯하다. 애 같은 장난이려니 할 수 있지만 당하는 당사자의 인내심에는 가혹한 시험일 터이다. 더구나 백작

---

* 여기서 언급된 "어린 두 남자애"는 작가의 착각. 215-216쪽 참조.

부인으로부터 듣기에 가정교사는 뛰어난 집안 출신이고 고등교육도 받았다고 하니 말이다.

　내가 전일제 가정부를 두지 않으려는 것을 성관에서 찬성했다는 말을 들은 것 같다. 그렇긴 해도 그저 원칙을 존중하기 위해서라도 일주일에 한두 번 낮에 와서 일해 줄 사람을 쓰는 정도의 지출은 해야 하는 것이 더 바람직하다고들 생각하는 모양이다. 그야 물론 원칙 문제다. 나는 이 고장에서 성관 다음으로 제일 훌륭한 집인 아주 안락한 사제관에 살고 있다. 그런데 속옷을 나 스스로 빤다면 남들은 내가 일부러 그러는 줄 알 만도 하다!

　나보다 더 유족하지도 않지만 조촐한 수입을 가지고서도 더잘 건사해 갈 줄 아는 동료 신부들과 내 처지를 구분 지을 권리도 나에게는 없는지 모른다. 나는 정말이지 넉넉하건 구차하건 내게는 거의 별 문제가 되지 않는다고 믿어 마지않는다. 나는 그저 웃어른들이 그런 문제에 최종 결정을 내려 주시기를 바랄 뿐이다. 우리 신부들도 어느 정도 유족함과 안락함을 체면으로라도 누리며 살라고 사람들은 은근히 강요하지만 그것은 우리의 비참함과 너무나 어울리지 않는다……. 극도의 빈한에 맞추어 합당하게 사는 데는 새삼스레 힘이 들지 않는 법이다. 그러니 왜 겉치레를 해야 하는가? 무엇 때문에 우리를 궁한 소리 하는 사람들로 만든단 말인가?

　나는 교황 비오 10세의 발원에 따라 기초 교리문답을 가르치고 개별 영성체를 준비시키는 일에서 어떤 위로를 받으리라고 기대하고 있었다. 오늘만 해도 교회 묘지 쪽에서 들려오는 아이들의 웅성대는 소리와 그들이 신은 징 박힌 조그만 나막신이 성당 현관 문지방을 넘어오며 내는 달그락 소리를 들었을 때 내 마음은 자애의 정으로 찢어지는 듯한 느낌을 받았다. "어린이들이 오게 두라. *Sinite parvulos.*"* ……내가 아주 쉽고 자연스럽게 되찾게 되는 어린이다운 언어로써, 그저 내 가슴 속에 간직해야 할 모든 것들, 신중해야 한다는 충고를 너무나 여러 번 들어서 강론대에서는 표현할 수 없는 그 모든 것들을 그들에게 말해 주기를 나는 꿈꾸었다. 아, 물론 나는 과장해서 말하지는 않았을 것이다! 그러나 여하튼 그들에게 분수(分數)라든가 선거권이라든가, 기실 물건에 대해 배우는 것에 지나지 않는 그런 끔찍한 물건 공부 외의 다른 어떤 것에 대해 그들에게 말해 줄 무엇이 있다는 데 나는 큰 자긍심을 느꼈다. 사람이 그저 물건이나 배우고 만다면! 그리고 특별한 말이나 이미지를 입에 올려 뜻을 잘 전달해 보려다가 그 열정을 꺾어 버릴 놀림이나 오해를 받을까 봐 거의 병적인 두려움을 느끼곤 하는, 젊은 신부 누구나가 겪는 정황에 나는 구애되지 않았다. 사실 그런 두려움 때문에 젊은 신부들은 절로, 너무나도 진부하고 그렇기에 그 누구에게도 충격을 주지 않는다는 점은 확실해서 막연하고 지루하긴 하지만 바로 그런 나머지 비난조의 입방아는 막아 준다는 장점이 있는 어휘들만을 골라 교리만 곧이곧대로 전달하고 만다. 그런 훈화를 듣노라면 사람들은 우리가 유심론자들의 신이나 지고의 존재자에 대해 설교하는 것이라고 여기기 십상일 터이다. 살아 계신 더없이 좋은 친구, 우리의 고통을 아파해 주시고 우리의 기쁨에 함께 기뻐하

---

* 「마태」 19장 14절.

며, 우리 임종을 함께 나누시고, 끝내 우리를 당신의 팔 안에, 그 가슴 위에 받아 안아 주실 이로 알아들으라고 우리가 배운 바 있는 바로 그 주님과는 정말이지 조금도 닮지 않은 어떤 낯선 존재에 대해 말하는 것으로 오해하기 십상일 거란 말이다.

나는 이내 사내애들의 반발심을 느끼고 입을 다물었다. 요컨대 가축들 생태를 불가피하게 어려서부터 보아 왔던 경험에다가 매주 보는 영화의 경험까지 더해진 것이니 그들 잘못은 아니다.

그들의 입술이 난생 처음으로 사랑이라는 단어를 발음했을 때 그 단어는 이미 우스꽝스럽고 더럽혀졌으니 그네들이 할 수 있다면 돌을 던지며 두꺼비를 뒤따라가듯이 그 말도 그리 몰고 갔을 것이다. 그러나 여자애들은 내게 어느 정도 희망을 주었는데 특히 세라피타 뒤무셸이 그랬다. 그 애는 교리반에서 가장 뛰어난 학생으로 명랑하고 깔끔했지만 그 눈길만큼은 순수하면서도 좀 대담해 보였다. 나는 주의력이 산만한 다른 아이들 중에서 그 아이를 차츰 주목하게 되었고 그 아이에게 자주 질문을 하면서 어떻게 보면 그 애를 위해 말하는 듯한 느낌을 갖기도 했다. 한 주가 지나 제의실에서 그 애에게 그 주의 우수상 격으로 예쁜 상본(像本)을 주면서 아무 딴 생각 없이 두 손을 그 애 어깨 위에 얹고 이렇게 말했다. "예수님을 어서 영(領)하고 싶지? 교리 준비가 길게 느껴지겠구나."

"아뇨."라고 그 애는 말했다. "왜냐고요? 그야 때가 되면 되겠죠." 나는 말문이 막혔다. 아이들의 장난스러운 악의를 잘 알고 있기에 과히 기분이 상한 것은 아니었다. 나는 다시 말해 보았다. "그래도 공부 시간에 이해하고 듣고 있는 거지? 넌 참

열심히 내 말을 듣더구나!" 그러자 그 애의 조그만 얼굴이 굳어지더니 두 눈으로 내 얼굴을 똑바로 바라보며 대답했다. "그야 신부님 눈이 정말 멋져서죠."

나는 물론 그 말에 이렇다 저렇다 하지 않고 제의실 밖으로 같이 나왔다. 그러자 바깥에서 소근거리던 그 애의 친구들이 일시에 입을 다무나 했더니 곧이어 하하 호호 웃음보를 터뜨렸다. 물론 그 계집아이들은 자기네들 간에 작당을 하고서 그런 것이다.

그 사건 이후로 나는 태도를 바꾸지 않으려고 애썼다. 계집아이들이 친 덫에 걸려든 것처럼 보이고 싶지 않았다. 그러나 그 딱한 계집아이는 분명 다른 친구들의 부추김을 받아서 정말 다 큰 여인네 같은 표정을 지으며 은밀하게 이맛살을 찌푸려 나를 곤란하게 한다거나 긴 양말의 대님 대신 쓰는 고무줄을 다시 매기 위해 치마를 걷어 올리는 등 하면서 나를 몰아세운다. 아아, 아이들은 역시 아이들이다. 그러나 이 어린것들의 적의는 과연 무엇이란 말인가? 내가 그 아이들에게 무얼 했단 말인가?

수도자들은 영혼을 위하여 고통을 겪는다. 우리들,* 우리들은 영혼 때문에 고통을 겪는다. 어제 저녁 내게 깃든 이 생각이 마치 수호천사처럼 내 곁에서 밤을 함께 지샜다.

◦◦ 앙브리쿠르 본당에 임명된 월령 기념일. 그새 석 달이 지났다! 오늘 아침 나는 내 본당을 위해 성심으로 기도드렸다. 내

---

* 재속 사제들.

이 측은한 본당은 나의 첫 부임지이자 내 이곳에서 죽기를 희원하는 곳이기에 아마 마지막이 될 본당이 아닐까. 내 본당! 감동을 느끼지 않고는 결코 입에 올릴 수 없는 말, 아니 사랑의 격정을 느끼지 않고서는 하지 못할 '내 본당'이라는 말! 하지만 그 말마디는 아직 내게 막연한 생각밖에는 불러일으키지 못한다. 본당이 실제로 존재하고 우리는 영원토록 서로 유대되어 있다는 것을 안다. 왜냐하면 본당은 결코 사라지지 않을 교회의 살아 있는 세포이지 어떤 행정상의 의제(擬制)가 아니기 때문이다. 나는 하느님께서 내 눈과 귀를 정녕 열어 주셔서 내 본당의 얼굴을 보고, 그 음성을 듣게 해 주시기를 소망한다. 이런 소청이 지나친 것일까? 내 본당의 얼굴! 그리고 그 눈길! 그것은 아마 온유하고도 쓸쓸하며 인내심 있는 그런 눈길이리라. 그리고 그 눈길은 나 자신과 싸우기를 멈추고, 산 자이든 죽은 자이든 우리 모두를 다 함께, 저 아득히 깊은 '영원'으로 인도하는 큰 강물의 흐름에 내 실려 가도록 온전히 의탁할 때 갖게 될 나의 눈길과 얼마간 닮았으리라고 상상해 보게 된다. 그리고 그 눈길은 그리스도인 백성의 눈길, 모든 본당들, 아니 어쩌면…… 이 가여운 인류 전체의 눈길이 아닐까? 하느님께서 십자가 위에서 굽어 내려다보셨을 적 마주친 그 눈길. 저들을 용서하여 주십시오, 저들은 자기들이 무얼 하는지 모르나이다…….*

(나는 이 부분을 좀 정리하여 주일 강론에 넣을 생각을 했다. '본당의 눈길'이라는 표현은 신자들의 미소를 자아내게 하여, 내가 과

---

* 「루카」 23장 34절.

장된 감상적 발언을 하고 있다는 가슴 철썩한 느낌을 분명히 느끼면서 문장 중에 잠시 말이 막혀 버렸다. 그러나 내가 진지했던 것은 하느님께서 분명 아실 것이다! 그렇긴 해도 사람 마음을 너무 뒤흔드는 어떤 이미지들에는 자못 혼란스러운 그 무엇이 언제나 끼여 있기 마련이다. 토르시의 수석 신부님이 들었더라면 나를 분명 질책하셨을 것이다. 미사가 끝난 후 백작은 약간 콧소리가 나는 묘한 음색으로 이렇게 말했다. "신부님은 멋진 비약을 하셨습니다!" 나는 땅속으로라도 기어 들어가고 싶은 심정이었다.)

∞ 루이즈 양이 다음 주 화요일 성관에서 점심에 초대한다는 말을 전하고 갔다. 샹탈 양이 그때 곁에 있어서 좀 거북하기는 했지만 그래도 사양하려는 뜻을 표하려는데 루이즈 양은 수락하라는 신호를 조심스레 비쳤다.

집안일을 도와줄 파출부 아주머니는 화요일 사제관에 오기로 했다. 백작 부인께서 고맙게도 일주일에 한 번 품삯을 내주시기로 했다. 나는 내가 옷 입은 꼴이 하도 부끄러워 오늘 아침 생바스트까지 가서 셔츠 세 벌과 속옷 하의, 손수건 따위를 샀는데, 결국 토르시의 본당 신부님이 주셨던 100프랑이 이 크나큰 지출을 간신히 감당하게 해 주었다. 게다가 아주머니에게 점심 식사도 드려야 하는데 육체노동을 하는 분이니 식사도 제대로 된 것을 드려야 할 것이다. 다행히도 큰 통으로 사둔 보르도 포도주가 긴요하게 쓰일 수 있겠다. 나는 그 포도주를 여러 병에 나눠 담았다. 약간 탁해 보이기는 해도 향은 괜찮았다.

하루하루 세월이 흐르고 또 흘러간다⋯⋯. 참으로 허망한 나날들! 매일 해야 할 일이야 아직까지는 해내고 있지만 기안했던 조그만 계획의 실행은 마냥 다음날로 미루고 있다. 물론 방법을 찾지 못해서다. 그리고 길에서 보내는 시간은 또 얼마나 많은지! 가장 가까운 관할 본당*이 족히 3킬로미터는 떨어져 있고 또 하나는 5킬로미터나 떨어져 있다. 자전거는 조금밖에 도움이 안 된다. 왜냐하면 특히 공복 중에는 끔찍한 위통을 겪지 않고는 자전거로 언덕길을 오를 수 없기 때문이다. 지도상으로는 너무나 조그만 본당인데……! 같은 규율하에 같은 수업을 받는, 나이와 가정환경이 비슷한 20∼30명의 학생들로 구성된 한 반이라 하더라도 선생의 입장에서 그들을 파악하자면 적어도 석 달은 족히 넘겨야 한다는 생각을 해 본다. 뿐이랴! ……내 생활과 내 인생의 모든 힘이 모래 속으로 사르르 흘러 사라져 버리는 느낌이다.

루이즈 양은 이제 매일 미사에 참례한다. 그러나 하도 조용히 왔다간 또 가 버려서 그녀가 와 있는지 알아채지 못할 때도 있다. 그녀가 없었더라면 성당은 텅 비었을지도 모른다.

어제 세라피타가 뒤무셸 씨와 함께 있는 것을 보았다. 이 꼬마 아가씨의 얼굴은 나날이 변하는 것 같다. 예전에는 너무 잘 바뀌고 변하던 얼굴이 뭐랄까, 이제 제 나이보다 훨씬 더 들어 보이게 굳어 딱딱해진 것 같다. 그 애에게 말을 하는 동안 그 애는 거북살스러울 정도로 정색을 하고 내 얼굴을 쳐다보는 바람에 나는 얼굴이 붉어지지 않을 수 없었다. 어쩌면 그 애 부모에게 알려야 할까……? 하지만 구체적으로 무얼 알릴 수

---

* 상주 본당인 앙브리쿠르 외에 본당 두 개를 더 맡고 있다.

있겠는가?

교리 책 중 하나에 분명 고의적으로 넣어 둔 어떤 종잇조각을 오늘 아침 발견했는데 그 위에는 "본당 신부님 애인"이라는 글귀와 함께 예쁜 여자 그림이 서툰 손길로 그려져 있었다. 교리 책을 매번 순서 없이 나누어 준 터라 이런 장난질의 주인공을 찾으려 드는 것은 소용없다.

이런 유의 곤경에 빠지는 일은 더없이 틀이 잘 잡힌 교육기관에서도 흔하디흔한 것이라고 스스로에게 환기해 보았지만 마음이 그저 반쯤밖에는 가라앉지 않는다. 선생이라면 웃어른인 교장에게 사정을 얘기하고 상의 날짜를 잡을 수 있겠다. 그러나 여기에서는……

'영혼들 때문에 고통을 겪는다.' 나를 위로해 줄 이 말을 밤내내 되뇌어 보았다. 그러나 위로의 천사는 오늘 저녁에는 찾아오지 않았다.


페그리오 부인이 어제 일하러 왔다. 백작 부인이 정한 품삯에 너무나 불만스러워하는 듯 보여서 내 호주머니에서 5프랑을 더 얹어 주어야만 겠다는 생각이 들었다. 포도주를 병에 나눠 담았던 것도 조심 없이 너무 서둘렀던 모양이다. 그 탓에 포도주 맛이 가 버렸는지 부엌에는 겨우 부리만 딴 병이 그냥 놓여 있었다.

이 여인네는 천성적으로 감사할 줄 모르고 그 행동거지는 참아 주기 어려운 것은 사실이다. 그러나 공정하게 생각해 보자. 누구에게 돈을 줄 때 나는 하도 서투르고 우스꽝스럽게 쩔쩔매기 때문에 사람들이 당황하는 것 같다. 누구를 기쁘게 해 준다는 느낌을 나로서도 받기가 어려운데 그건 또 내가 남을 기쁘게 해 주기를 너무나도 원하기 때문이기도 할 것이다. 남들이 보면 내가 망설이면서 억지로 주는 듯 보일 것이다.

에뷔테른의 본당 신부 댁에서 월례 강연차 화요일에 모임을 가진다. 역사학 전공 학사인 토마 신부가 다룬 주제는 '종교 개혁, 그 기원과 원인'이었다. 16세기 교회의 모습은 말 그대로 전율을 느끼게 한다. 발표자가 약간 단조로울 수밖에 없는 강연을 계속하는 동안 나는 청중들의 얼굴을 살펴보았는데 그 얼굴들에서 나는 모두들 마치 파라오의 역사를 다룬 어떤 책의 한 부분에 대해 들으러 모인 것인 양, 그저 예의상 갖춘 호기심 정도의 표정밖에는 읽을 수 없었다. 이런 데면데면한 무관심에 예전 같았으면 화가 났을 것이다. 그러나 지금 생각하니 그것이 큰 믿음의 표지이고 어쩌면 무의식적인 크나큰 자만의 표현이라는 생각이 든다. 이 청중들 중 그 누구도 그 어떤 이유로든 교회가 위험에 처했다고 감히 믿지 못할 것이다. 물론 교회에 대한 내 신뢰심도 그보다 덜하지는 않지만 그 유가 다른 것 같다. 그들이 누리는 안도감에 나는 겁이 난다.

(자만이라는 표현을 쓴 것이 약간 후회된다. 그러나 너무나 인간적이면서도 또 구체적인 그때의 내 느낌을 제대로 표현할 다른 말을 찾지 못하겠기에 그 단어를 지워 버릴 수 없다. 요컨대 그들에게 있어 교회란 실현해 가야 할 어떤 이상이 아니라, 이미 존재하는 것이며 그들은 그 안에 안주해 있는 것이다.)

강연이 끝난 뒤 나는 내가 성안한 계획에 대해 조심스레 발언을 해 보았다. 그것도 조목을 절반으로 추려서 말이다. 그런데도 그 계획을 부분적으로나마 실현하자면 하루가 48시간이어도 부족하다는 것과, 내가 전혀 가지지도 못했고 또 앞으로도 결코 갖지 못할 인맥이 필요하다는 것을 모두들 어렵지 않게 증명해 주었다. 다행히도 사람들의 관심이 얼른 내게서 떠났고 룅브르 본당 신부가 농촌 금고와 농협 문제를 그 방면의 전문가답게 능란하게 다루었다.

나는 비를 맞으며 정말 쓸쓸하게 집으로 돌아왔다. 아까 마셨던 얼마 안 되는 포도주가 끔찍한 위통을 일으켰다. 가을부터 내가 무척 마른 것은 분명하다. 혈색이 점점 나빠지는지, 사람들이 더 이상 내 건강에 대한 생각을 감히 이렇다 저렇다 말로 꺼내지도 않는다. 기력이 다 떨어진다면 어떻게 하나! 내가 어떻게 해도 하느님께서 다른 사람 쓰시듯이 나를 속속들이 쓰시리라고는 감히 생각하기 어렵다. 세상 사람 모두가 굳이 배우지 않고도 그저 직관적으로 알고 있는 듯한 일상사의 가장 기본적이고 자질구레한 일들에 내가 얼마나 무지한지 나는 매일같이 놀란다. 물론 나는 이런저런 사람보다 더 어리석지는 않다. 그리고 쉽게 파악되는 공식 정도는 나도 잘 이해하는 듯 보이게 처신할 수도 있다. 그러나 누구나 정확한 뜻을 알고 있는 단어들이 내게는 서로 거의 비슷하게 보여서, 나는 그 단어들을 아무렇게나 골라 쓰는 지경이다. 마치 서툰 도박사가 아무 카드나 내밀 듯 말이다. 농촌 금고에 관한 토론 중 나는 나 자신이 어른들의 대화에 멋모르고 끼어든 어린아이 같다는 느낌을 받았던 것이다.

홍보물이 우리에게 잔뜩 내려오기는 하지만 내 동료 신부들이 나보다 더 특별히 그 주제에 대해 알고 온 것 같지는 않았다. 그런데도 그 문제를 접하자마자 그들이 얼마나 쉽사리 자신 있게 나서는지를 보니 나로서는 어리둥절할 뿐이다. 거의 모두가 가난하고 또 그 가난에 의연하게 굴복한다. 그런데도 돈에 관한 사안들은 그들에게 일종의 현혹감을 불러일으키는 듯하다. 그럴 때 그들의 얼굴은 금방 심각해지고 확신에 차는데 바로 그것에 나는 낙담하고 말을 잃은 채, 그들을 거의 존경하는 마음으로 바라보게 된다.

나는 결코 쓸모 있는 인물이 되지 못할 것이고 경험을 쌓은들 그렇게 되지 못할 것이다. 피상적 관찰자의 눈으로 본다면야 내가 다른 동료들과 별달라 보이지도 않는다. 나도 그들처럼 시골 사람일 뿐이다. 그러나 나는 품팔이 농사꾼, 하루벌이 일꾼, 농장 허드렛일 하는 여인네 같은 아주 가난한 내력의 집안 출신이라 소유 의식이 없다. 여러 세기를 거쳐 오는 중 우리 집안사람들은 아마도 그런 의식을 잃어버린 것이리라. 그런 점에서 보면 부친은 조부와 닮았고 조부는 또 1854년 그 끔찍한 겨울,* 기근으로 세상을 떠난 그 선친을 닮았다. 20수짜리 동전 하나만 생겨도 호주머니에 가만 넣어 두지 못하고 당신들은 얼른 친구를 찾아가 같이 진탕 마셔 대셨다. 소신학교 급우들은 눈치가 빨랐다. 제일 좋은 치마를 입고 제일 예쁜 머리쓰개를 하고 오셔도 어머니는 다른 집 아이를 맡아 키우는 비참한 여인네의 그 가여운 미소, 아래로 숙는 고개와 뒤로 물러나는 듯한 태도를 어찌할 수 없었다. 소유에 대한 의식만 내게 결여되어 있다면 그래도 괜찮다! 소유할 줄 모르는 이상으로 제대로 지휘할 능력이 없는 것 같아 나는 걱정이다. 그건 한결

---

* 강추위로 많은 동사자를 낸 겨울.

심각한 일이다.

하지만 어쩌랴! 평범하고 재능도 타고나지 못한 학생이 첫째 줄에 드는 일도 생기는 법이다. 그렇다고 그들이 결코 출중해지지는 못한다는 것은 어쩌겠는가. 나는 내 천성을 개조해 보려는 야심은 없다. 이런저런 일에 곧잘 마음 내키지 않는 경향을 이겨 내고 싶을 뿐이다. 영혼들, 곧 교우들에게 우선 헌신함이 내 본분인 만큼 본당 교우들의 일상에서 그리도 큰 자리를 차지하고 있는 관심사들, 어쨌든 정당한 그네들의 관심사에 무지한 채 있을 수 없다. 더구나 우리 마을 선생도 파리 출신이지만 윤작(輪作)이니 비료에 대한 강의를 곧잘 하지 않는가. 나도 이런 현안들에 바짝 파고들어 봐야겠다.

대부분의 동료 신부들처럼 운동 모임도 하나 제대로 만들어 놓아야겠다. 우리 마을 청년들은 축구나 권투 혹은 프랑스 일주 자전거 경기에 열광한다. 이런 종류의 오락거리가 ─ 더구나 두말없이 정당한 오락인데! ─ 내 취향이 아니라는 이유로 어찌 그들이 나와 함께 그 이야기를 나눌 기쁨을 막는 격이 되어서야 되겠는가? 시원찮은 건강 때문에 병역의무를 다할 수 없었던 만큼 내가 그들과 함께 경기까지 뛰려 든다는 것은 우스꽝스러운 일일 것이다. 그렇긴 해도 백작이 거의 빼놓지 않고 내게 빌려 주는 신문, 《에코 드 파리》의 스포츠 면을 읽어 둠으로써 소식은 알아둘 수 있겠다.

어제 저녁, 윗줄까지 쓰고 나서 나는 침대 발치에 무릎을 꿇고 내가 막 취한 결심들을 우리 주님께서 강복해 주십사 기도를 올렸다. 그런데 갑자기 내 청춘의 꿈, 희망, 포부가 무너져 내리는 듯한 느낌이 덮치면서 나는 신열로 덜덜 떨며 자리에 누워 겨우 새벽녘이 되어야 잠을 이룰 수 있었다.

∞ 오늘 아침 성(聖)미사 내내 루이즈 양이 얼굴을 두 손에 파묻고 있었다. 그녀가 울고 있는 것을 나는 마지막 복음 낭독* 중에 분명히 볼 수 있었다. 홀로 있음은 가혹한 일이다. 무관심한 사람들이나 배은망덕한 사람들과 자기의 고독을 나눠야 함은 더욱 가혹한 일이다.

어떤 큰 화학비료 회사의 외판원이 된 소신학교 적 친구를, 내 짧은 생각으로 백작 댁 구매 관리인에게 추천 소개한 뒤로 우리 마을 선생이 내게 아예 인사도 않는다. 그 역시 베튄에 있는 다른 대형 회사의 대리인이라고 한다.

∞ 성관에 가서 오찬을 할 날이 바로 다음 토요일이다. 이 일기가 지닌 근본 유용성, 아니 유일한 유용성은 나 자신에 대해 완전히 솔직해지는 것을 습관화하면서 스스로를 건사하는 일인 만큼, 그 점심 초대 때문에 성가시다기보다는 외려 즐겁다는 것을 고백해야겠다……. 이건 얼굴이 붉어질 감정은 아니다. 성주들은 대신학교에서는 말 그대로 평판이 좋지 못하다. 그리고 젊은 사제라면 사교계 인사들에 대해 독립적 거리를 유지해야 한다는 것도 분명하다. 그러나 다른 많은 점에서 그러하듯이 이런 점에 있어서도 나는 아주 가난한 사람들의 후손 그대로이니, 그 조상들은 목숨을 갈아 드는 저 척박한 땅과

---

* 2차 바티칸 공의회(1962~1965) 이전의 미사 마지막 순서는 「요한복음」 서문 독서에 바쳐졌다. 현행 미사 순서와 다르다.

씨름하는 자작농이, 같은 땅에서 그저 도조(賭租)나 앉아서 받는 한가한 사람에 대해 느끼는 질투, 원한 같은 것도 경험해 볼 수 없었던 분들이었다. 우리 같은 집안이 영주니 성주 같은 사람들을 대할 일이 없어진 지는 정말 오래되었다! 여러 세기 전부터 우리 집 조상들은 자작농 밑에서 일했는데 그네들보다 더 비위 맞추기가 힘들고 가혹한 주인도 없다.

∽ 어제 뒤프레티 신부로부터 매우 이상한 편지를 받았다. 뒤프레티 신부는 소신학교 적 동창이었는데 그 뒤 공부는 어디서 마쳤는지 모르지만 최근 들은 바에 의하면 아미앵 교구의 한 조그만 본당 주임 대리 신부로 있었다 한다. 왜냐하면 그 본당 주임 신부는 병이 들어 협력자를 둘 수 있는 허가를 받았던 것이다. 나는 그에 대해 매우 생생하고 정겹기까지 한 추억을 간직한 터였다. 소신학교 시절, 나 혼자 생각이지만 그는 너무 지나칠 정도로 신경질적이고 과민하게 보였다. 그래도 그는 모범적 신심을 가진 학생으로 운위되곤 했다. 3학년 때 그는 학교 부속 성당에서 내 옆자리에 늘 앉곤 했는데 나는 그가 언제나 잉크 얼룩이 묻어 있는 창백하기 이를 데 없는 조그만 두 손에 곧잘 얼굴을 묻고 흐느껴 우는 것을 보았다.

그의 편지에는 릴이라는 발신지와 발신 날짜가 적혀 있었다.(전직 헌병이었던 그의 숙부 중 한 분이 그곳에서 식료품상을 했다는 사실이 기억나는 것 같다.) 소문으로는 분명 병 때문에, 거의 확실하게 떠나 버렸다고 들었던 성직(聖職)에 대한 그 어떤 언급도 편지에서 찾을 수 없어서 의아했다. 그가 결핵을 심하게 앓고 있다고들 했던 것이다. 그의 아버지 어머니 모두 결핵 때문에 세상을 떠났다.

상주하는 부엌 아주머니를 두지 않은 이후 우체부는 현관문 밑으로 우편물을 밀어 넣고 간다. 자기 위해 누우려는 순간 나는 이 밀봉된 편지가 놓여 있는 것을 우연히 발견했던 것이다. 자리에 드는 시간은 내게 매우 괴로운 시간이어서 나는 될 수 있는 대로 그 시점을 미루곤 한다. 위통은 대체로는 견딜 만하다. 그러나 무언가를 오래 겪노라면 그보다 더 지겨운 것도 없다. 불길한 상상이 조금씩 가세하고 급기야 머리가 걸려들어 아파 온다. 그런데도 누운 자리에서 일어나지 않으려면 많은 용기가 필요하다. 하긴 차라리 자리를 박차고 일어나 버리고 싶다는 유혹에 지는 경우가 드물기는 하다. 밤공기가 차기 때문이다.

그러니 나는 이 편지를 나쁜 소식이려니 하는 예감 속에, 아니 그보다 더하게, 여러 나쁜 소식이 줄줄이 들었으려니 하는 상상 속에 뜯어보았다. 그런 내 마음 꼴이 물론 딱하다. 하지만 어쩌랴. 이 편지의 어투가 탐탁스럽지 않다. 편지는 억지로 명랑스레 쓰인 나머지, 내 친구가 다만 임시로라도 사목직을 수행할 수 없는 지경에 처한 것이라면, 편지 어투가 부당하게까지 느껴졌다. "자네는 나를 이해해 줄 수 있는 유일한 사람이네."라고 하니 어쩐 일인지? 나보다 월등히 명석했던 그가 나를 약간 무시했던 것도 기억난다. 물론 그래서 난 그를 더 좋아했다.

그가 나더러 속히 와 달라니 서둘러 날짜를 잡아야겠다.

〰 곧 성관을 방문할 일 때문에 꽤 신경이 쓰인다. 내가 마음

에 품은 큰 계획의 성사가 어쩌면 이 첫 접촉에 달려 있는지 모른다. 백작의 재력과 영향력이 움직인다면 내가 그 계획을 실행하는 데 확실히 도움이 될 테니 말이다. 언제나 그렇듯, 나의 무경험과 어리석음, 그리고 일종의 어처구니없는 불운이 더없이 단순한 일을 무슨 고의적 계획에 의한 것인 양 복잡하게 만들어 놓고 있다. 무슨 말인가 하면, 특별한 기회에 입으려고 아껴 두었던 좋은 겨울 외투가 이제 정작 입으려니 너무 헐렁하다. 게다가, 하긴 내가 부탁해서 벌어진 일이지만, 페그리오 부인이 외투의 얼룩을 빼려고 하다가 너무 서툴게 휘발유를 묻힌 나머지 흉한 얼룩이 덧 생기고 말았다. 너무 기름진 국에 뜬, 무지개처럼 아롱거리는 반점 꼴이다. 그렇다고 매일 입는 외투를 그냥 입고 성관을 방문하려니 썩 내키지 않는다. 여러 번 기운 데다가 특히 팔꿈치는 더 여러 번 손을 본 외투다. 가난하다는 것을 광고하는 꼴이 될까 봐 걱정이다. 사람들이 무슨 생각인들 못 하겠는가!

내가 한편으로 간절히 원하는 바는 사람들의 관심을 끌지 않을 만큼만이라도 식사를 할 수 있는 상태가 되었으면 하는 일이다. 하지만 아무 예측을 할 수 없을 만큼 내 위는 변덕을 부리니! 아무리 작은 신호라 할지라도 이상 신호가 온다 싶으면 그만 오른쪽 옆구리에 예의 그 작은 통증이 번지는데 그러면 그야말로 경련이 일어나거나 제동기가 걸리는 느낌이다. 입안이 곧바로 말라 버리면서 아무것도 삼킬 수가 없게 되는 것이다.

이런 증상이야 그저 불편한 일일 뿐이고 그 이상은 아니다. 나는 이런 불편을 제법 잘 견딘다. 나는 어머니를 닮아서 약골이 아니다. "자네 모친은 튼튼한 분이셨다네."라고 에르네스트 외삼촌은 입버릇처럼 말씀하셨다. 가난한 사람들에게 있어서 이 말은, 피로를 호소하지 않으며, 결코 앓아눕지 않고, 죽을 때 큰 돈 안 드는 살림꾼을 뜻하는 것이라고 나는 생각한다.

∞ 백작에게는, 내가 예전에 보좌 신부로 있을 때 접촉한 적 있는 몇몇 부유한 상공인보다는 나와 같은 농민 출신다운 면모가 확실히 더 많다. 첫 한두 마디로 그는 나를 편안하게 해주었다. 다른 사람들과 별로 달라 보이지 않으면서도 그 어떤 일에서도 그 누구와도 결코 똑같이 하지는 않는 이 핵심 사교계 인사들의 역량은 얼마나 큰지! 그들이 극히 사소한 경의의 표시만 해 와도 나는 당황하게 되는데 나에게 표시하는 그 경의는 오직 내가 부여받은 위치*에 국한된 것일 뿐임을 내가 한순간도 잊지 않게 하면서도 그네들은 내게 극도로 공손한 예를 표할 수 있는 것이다. 백작 부인도 완벽하게 처신하셨다. 그분은 아주 단순한 실내복을 입은 채 반백 머리에는 가여운 우리 어머니가 주일날 쓰셨던 것을 연상시키는 만틸라**를 쓰고 계셨다. 나는 부인께 그것을 언급하지 않고는 배길 수 없었다. 하지만 하도 서투르게 설명을 한 나머지 부인께서 내 말뜻을 알아들었는지 모르겠다.

좌중은 모두 내 수단 때문에 한바탕 웃었다. 이 자리가 아니고 다른 곳 같으면 아마 사람들은 내 옷 꼴을 못 본 척했을

---

* 사제 직분.
** 머리와 어깨까지 덮어쓰는 여자용 긴 스카프.

것이고 그래서 오히려 나는 몹시 괴로웠을 것이다. 하지만 이 귀족 집안사람들은 돈이나 돈에 관련되는 모든 것을 얼마나 자유롭게, 그러면서도 얼마나 남의 맘이 상하지 않게 품위 있게 말하는지! 확실이 드러나기에 진정한 가난은 단숨에 그들의 신뢰를 얻고 그들과 진정 가난한 자 사이에 공감 어린 친밀감이 생겨나게 하는 것처럼 보이기까지 한다. 식사 후 커피를 마시던 중 베르젠 부부(작년에 루브로이의 성을 사들인 매우 부유한 사람들로, 왕년에 제분업을 했다 한다.)가 방문차 왔을 때 나는 그것을 확실히 느낄 수 있었다. 그들이 가고 나자 백작은 분명 다음과 같은 의미의 풍자적 눈길을 보내왔다. '가실 분은 안녕히 가시고, 이제야 겨우 다시 우리끼리 남게 되었군!' 그런데도 샹탈 양과 베르젠 씨 아들이 결혼할 거라는 얘기들이 많이 오고 간다……. 그야 또 그럴 수 있겠다! 여하튼 내가 너무나 서툴게 짚어 낼 뿐인 감정 안에는 친절 이상의 진정이 담긴 그 무엇이 있다고 나는 믿는다. 격식이나 예의로 국한된 것이 분명 아니라는 말이다.

물론 나는 백작께서 청년회를 위한 내 계획인 스포츠 동아리 결성에 좀 더 큰 열성을 보여 주기를 바랐지만 그렇지는 못했다. 개인적으로 협력이야 못 하신다지만 라트리에르에 있는 작은 공터와 전혀 사용하지 않는 낡은 헛간 사용까지 왜 거절하시는 걸까? 헛간을 내주신다면 실내 운동장, 강의실, 영화 관람실 등등을 쉬 만들어 볼 텐데 말이다. 나는 베푸는 데 서투른 것만큼 청하는 데도 별로 낫지 못한 자신을 똑똑히 느낄 수 있었다. 사람들은 생각해 볼 시간적 여유를 가지기 원하는데 나는 언제나 내 열성에 즉각 화응하는 열성, 절로 마음으로부터 우러나는 호응을 기대하고 있으니 말이다.

나는 아주 늦게, 아니 너무 늦게 성관을 떠났다. 나는 제대로 하직의 예를 표할 줄도 모른다. 시곗바늘이 한 바퀴 돌 때마다 그저 떠날 의향을 표시하는 데 그치고 만다. 그러면 예의 바른 항의가 들어오고 나는 그것을 거역하지 못하고 만다. 몇 시간이고 그렇게 계속될 수 있을 것이다! 마침내 나는 내가 한 말을 단 한 마디도 기억 못 하면서 그저 신뢰감과 기쁨을 느끼며 성관을 나왔다. 마치 내게 친구가 있다면 그에게 곧바로 가서 알리고 싶을 좋은 소식, 멋진 소식을 안고 나온다는 느낌이었다. 조금만 더 격앙되었더라면 사제관으로 오는 길 내내 달음질쳤을 것이다.

∽ 거의 매일 나는 일부러라도 제브르 길로 사제관에 돌아온다. 언덕 위에 닿으면 비가 오거나 바람이 불거나 나는 나뭇등걸 위에 앉는다. 그 포플러 등걸은 웬일인지 여러 해 전 겨울부터 그곳에 내버려진 채 썩어 가고 있다. 그 위에는 기생식물이 무슨 덮개처럼 덮여 있는데 내 마음 상태나 하늘 색깔에 따라 흉측하게도 보이고 예쁘게도 보인다. 바로 거기에서 이 일기를 쓸 생각이 났던 것이고 다른 그 어느 곳에서도 이런 착상을 떠올리지 못했을 것 같다. 숲이 많고, 산울타리가 경계를 이루고 사과나무가 심긴 목초지가 널린 이 고장에서, 마을 전체가 이처럼 한 손아귀에 들 듯 조망되는 다른 관측 지점을 따로 찾아내지는 못할 것이다. 나는 마을을 바라본다. 그런데 마을이 나를 바라본다는 느낌은 한 번도 받은 적이 없다. 그렇다고 해서 마을이 나를 모르는 체한다고는 생각하지 않는다.

마을은 내게 등을 돌리고 마치 고양이처럼 두 눈을 반쯤 감은 채 곁눈질로 나를 관찰하는 것 같다고나 할까?

마을은 내게서 무얼 원하는지? 아니, 내게서 원하는 게 있기라도 한지? 이 장소에서 나 말고 다른 사람, 예컨대 부자가 서서 마을을 내려본다면 그는 흙벽을 친 저 집들의 가격을 평가하고 저 밭과 목장들의 정확한 면적을 계산하고 필요한 액수를 들여 마을을 자기 소유로 만드는 공상을 할 수 있으리라. 나는 아니다.

내가 무슨 일을 하건, 내 피의 마지막 한 방울까지 마을을 위해 내준다 해도 (아닌 게 아니라 나는 가끔 마을이 저 등성이의 십자가 위에 나를 못 박아 놓았다고, 혹은 적어도 내가 죽는 것을 지켜보고 있다고 상상하게 될 때가 있다.) 나는 마을을 손에 넣을 수 없을 것이다. 마을이 요즘 아무리 새하얗고 상큼한 빛으로 보인다 해도 (모든 성인 대축일을 맞아 사람들이 집 벽에 파르스름한 염료를 섞은 석회유를 다시 발라 놓은 길이다.) 나는 마을이 저기 제자리에 수 세기 전부터 있어 왔다는 것을 잊을 수 없고 그 오랜 세월은 나를 두렵게 한다. 지금 내가 그저 길손으로 머무는 작은 성당이 15세기에 세워지기 훨씬 전부터 마을은 같은 자리에서 끈기 있게 더위와 추위, 비와 바람 그리고 태양을 참으며 때로는 번창하고 때로는 비참하게 한 조각 땅에 달라붙은 채 그 진액을 빨아올리고 또 죽은 이들을 그 지하로 되돌려 보내고 있는 것이다. 마을의 그런 생명 체험은 얼마나 은밀하고 깊은 것이랴! 마을은 다른 사람들처럼 나를 처리할 것이다. 아니, 다른 이들보다 분명 더 빨리 처리해 버릴 것이다.

∽ 내가 그 누구에게도 털어놓지 못하는 몇 가지 생각이 있다. 그러나 그것들이 잘못된 생각이라고는 여기지 않는다. 전혀 그렇지 않다. 예를 들어 사회 보전, 다시 말해 결국 자기 자신의 보전에 급급한 많은 가톨릭 신자들이 나더러 맡아 주었으면 하는 그런 역할이나 내가 수임하고 만다면 나는 도대체 무엇이 되고 말겠는가? 아, 나는 이 신사들이 위선자라고 비난하지 않는다. 나는 그들도 진실하다고 생각한다. 얼마나 많은 사람들이 질서를 존중한다고 주장하는가? 그러나 실은 그들은 관습만을 수호하는 것이다. 때로는 심지어 그 어느 것도 결코 다시 문제 삼지 않고 그들이 다 옳다고 옹호하는, 하도 많이 써서 이제는 너무 반들반들 닳고 각(角)이 깎여 나가 버린 용어들의 모음집에 지나지 않을 것을 그들은 수호하고 있다. 자기가 가진, 더없이 귀한 것을 애석하게도 언어라는 그토록 불안정하고 그토록 멋대로 구부러지기 쉬운 것에 의탁해야 한다는 것이야말로 인간이 처한 이해하기 어려운 불행 중 하나다. 매번 연장을 점검하고 그 연장을 해당 자물통에 맞게 채비하려면 많은 용기가 필요할 것이다. 사람들은 그리하는 대신 제 손에 우연히 먼저 들어온 연장을 가지고 약간 억지로 힘을 쓰며 쑤셔 대기 십상이다. 그래서 자물쇠의 빗장이 움직이면 그걸로 만족하고 만다. 지당하신 합리론자 양반들의 열쇠 꾸러미만 가지면 아무도 깨우지 않고 조용히 문을 열고 들어가기에 충분할 텐데 다이너마이트로 요새(要塞) 벽을 폭파하느라고 그렇게도 고생을 자초하는 혁명가들이 나는 언제나 존경스럽다.

오늘 아침 동창에게서 편지를 다시 받았는데 첫 번째 편지

보다 더 이상하다. 편지는 이렇게 끝을 맺었다.

건강이 좋지 않다는 것이 내 유일한 현실적 근심거리라네. 왜냐하면 여러 번 폭풍우를 겪고 나서 이제야 항구에 닿았는데 죽는다면 억울하지 않겠나. "인베니 포르툼."* 그렇긴 해도 내 병을 원망하지는 않네. 덕분에 내게 절실했던 휴식을 얻었으니 말이네. 병이 나지 않았으면 결코 쉬지 못했을걸세. 나는 결핵 요양원에서 18개월을 막 보내고 나온 참이네. 그 기간은 인생의 여러 문제를 진지하게 파고들 수 있도록 허락해 주었다네. 조금만 성찰을 깊이 한다면 자네도 나와 같은 결론에 이르리라고 믿는다네. "아우레아 메디오크리타스."** 이 라틴어 두 음절이 내 포부는 소박하다는 것, 나는 반항아가 아니라는 증거를 자네에게 줄 수 있겠지. 반항 아이기는커녕 우리 은사님들에 대해 아주 좋은 추억을 간직하고 있다네. 교리에 무슨 고약한 게 있었던 것이 아니라 당신들이 받으셨던 교육, 달리 생각하고 느끼는 방법을 알지 못했기에 그들이 그대로 우리에게 전수해 준 교육에서 온갖 잘못이 나온 것이야. 그런 교육이 우리들을 개인주의자, 고립된 사람들로 만들어 놓았지. 요컨대 한 번도 유년기에서 벗어나지 못한 채 우리는 그저 계속 만들어 내고 있었지. 괴로움, 기쁨을 말일세. 우리는 '인생'을 누리는 대신 그걸 만들어 내는 꼴이었어. 우리네 편협했던 세상에서 벗어나 단 한 발짝이라도 떼 놓으려면 그전에 우리는 모든 것

---

* Inveni portum, 포구를 발견했다는 뜻.
** Aurea mediocritas, 평범이 좋은 것이라는 뜻. 중도지덕(中道之德). 호라티우스(Horatius)의 오드 시집에서 인용된 말. 137쪽에서 "황금 같은 중도주의"라고 번역하고 설명했다.

을 출발점부터 다시 배워야 한다네. 그건 고통스러운 작업이고 자존심의 희생 없이는 되지 않지. 그러나 고독은 한층 더 고통스럽다네. 자네도 언젠가 알게 될걸세.

나에 대해 자네 주변에 말할 필요는 없네. 열심히 일하고 건전하며 정말 정상적인 생활('정상적인'이라는 단어에는 세 번이나 밑줄이 그어져 있었다.)을 하는데 누구에게 무슨 비밀이 될 터인가. 하지만 애석하게도 우리 사회는 그런 생활의 행복을 항상 수상쩍게 여기고 의심하는 듯하네. 신자, 비신자를 막론하고 모든 이에게 공통된 이 편견에 대해 복음 정신에서 아주 멀어져 버린 그리스 도교 교우 사회에 일정 책임이 있다고 믿어 마지않네. 타인의 자유를 존중하기에 나는 여태까지는 침묵을 지키는 편을 택했네. 그러나 많은 성찰 끝에, 더없이 큰 존경을 받아 마땅한 한 사람을 위해 나는 이제 그 침묵을 깨기로 했네. 몇 개월 전부터 내 상태가 많이 좋아지기는 했어도 아직 걱정이 남아 있다네. 자네를 만나면 얘기하겠네. 어서 와 주게.

인베니 포르툼……. 오늘 아침 교리문답을 가르치러 나서려는데 우체부가 편지를 직접 전해 주었다. 나는 그것을 교회 묘지에서 읽었다. 내일 매장할 피노셰 부인의 묏자리를 파기 시작한 아르셴 영감에게서 몇 발짝 떨어진 곳에서 말이다. 그도 인생을 파고 들어가고 있었다…….

"어서 와 주게!"라는 말에 내 마음이 조여들었다. 그토록 심사숙고해서 적어 내려간 그 변변찮은 진술 다음에 (그가 예전처럼 펜대 끝으로 관자놀이를 긁는 모습이 보이는 것만 같다.) 끝내 억제하지 못하고 새어나온 이 아이 같은 말……. 잠시 동안 나는 내가 공연히 앞질러 생각한다고, 그는 그저 자기 가족 중 한 사람으로부터 보살핌을 받는 중이라고 생각해 보려 했다. 그런데 불행히도 그에게는 몽트뢰이에서 선술집 종업원으로 일하는 누이 한 사람밖에 없지 않은가. "더 없이 큰 존경을 받아 마땅한 한 사람"은 그러니 그 누이가 아닐 것이다.

여하튼 좋다. 꼭 가겠다.


∽ 백작이 나를 만나러 왔다. 매우 기꺼운 방문이었다. 그가 여느 때처럼 공손하면서도 친근했기에 말이다. 그는 나에게 파이프 담배를 피워도 되는지 물어보았고 소블린 숲에서 잡은 산토끼 두 마리를 두고 갔다. "페그리오 부인이 내일 아침에 와서 요리해 드릴 겁니다. 연락을 해 놓았습니다."

요즘 내 위는 마른 빵밖에는 삭이지 못한다는 말을 나는 차마 그에게 하지 못했다. 토끼 고기로 스튜를 만드는 데 파출부 반나절 품삯이 들 것이고, 요리할 당사자도 그걸 맛있게 먹지 못할 것이다. 왜냐하면 사냥터 감시인 가족 모두는 토끼라면 역겨워하기 때문이다. 복사 아이를 시켜서 남은 고기를 성당 종치기 노파에게 보낼 수는 있겠다. 그러나 다른 사람의 공연한 눈길을 끌지 않기 위해서 밤에 보내야 할 것이다. 사람들은 신통치 못한 내 건강 이야기를 너무 많이 하는 터이다.

백작은 내 계획을 썩 인정하지 않는다. 그는 나에게 주민들의 고약한 정신 상태를 경계하라고 한다. 그의 표현을 빌리자면 전쟁 이후에 너무 잘 먹게 된 주민들은 "자업자득"이 뭔지도 알아야 한다는 것이다. "너무 빨리 그들을 찾아 나서지도 말고 신부님 마음도 너무 급히 털어놓지 마십시오. 자기네들이 먼저 몸이 달도록, 그래서 먼저 찾아오도록 두십시오."

그는 로슈마세 후작의 조카로 후작의 영지는 내가 태어난 마을에서 고작 2리유* 떨어진 곳에 있다. 백작은 여름 휴가 일부를 예전에 그곳에서 보내곤 했고 내 측은한 모친도 잘 기억하고 있다 한다. 당시 어머니는 작고한 후작의 성관 하녀로서 매우 인색했던 후작 몰래 꼬마 백작에게 커다랗게 자른 빵에 듬뿍 버터를 발라 주곤 하셨다 한다. 하긴 내가 그에게 그런 질문을 한 것이 꽤나 서툰 행동이었지만 백작은 매우 친절하게 전혀 거북해하는 기색 없이 얼른 대답해 주었다. 그리운 어머니! 그때까지만 해도 아직 그토록 젊고 또 그토록 가난하셨지만 존경과 호감을 불러일으키시곤 했던 당신. 백작은 짐짓 발림으로 들릴 성싶게 "신부님의 자당(慈堂)"이라고 부르지 않고 "신부님의"라는 말에 내가 나도 모르게 눈물을 지을 정도로 점잖으면서도 존경을 가득 담아 강조하면서 "신부님의 어머니"라고 호칭했다.

이 몇 줄 글이 어느 날 우연히 무심한 사람들 눈에 뜨인다면 그들은 나를 정말이지 어지간히 어수룩하다고 할 것이다. 하긴 내가 어수룩한 것은 분명하다. 왜냐하면 겉보기에 그리도 단순하고 때로는 너무나 쾌활해서 날이면 날마다 방학을 즐기는 만년 학동 같은 인상을 주는 이 사람에 대해 내가 품은 흠앙하는 마음에는 비루함이 전혀 없다고 느끼기 때문이다. 나는 그가 다른 사람보다 더 지적이라고 생각하지 않는다.

---

* lieue, 프랑스의 옛 거리 단위로서 4킬로미터 정도다.

듣자니 자기 소작인들에 대해서는 그도 어지간히 깐깐하다고 한다. 백작은 모범적인 본당 교우도 아니다. 매주일 소미사*에는 꼬박꼬박 나오지만 영성체하러 나오는 것을 본 적은 한 번도 없기 때문이다. 그가 부활절을 제대로 맞이하는지 모르겠다.** 그런 그가, 아아, 그리도 자주 비어 있는 내 곁의 친구 자리, 친한 길벗의 자리를 성큼 차지하게 된 것은 무슨 연유일까? 아마도 다른 데서 찾으려 들지만 헛될 뿐인 자연스러운 소탈함을 그에게서 보았다고 내가 여기기 때문일 것이다. 그가 자신의 높은 지위를 의식하고 여러 대에 걸쳐 명령하는 맛이 몸에 익었으며 나이가 많기도 하지만, 그 모든 것도 돈이 많다는 특권 하나로 소부르주아들에게 부여된 음침한 신중함이나 수상쩍은 거드름을 덧씌워 놓지는 못했다. 이자들은 끊임없이 (그들의 용어를 차용하자면) 간격을 유지하고자 애쓰지만 백작은 그저 자신의 지위를 지킨다고 생각한다. 오! 사실은 거의 거칠다 싶기까지 한 그의 간단간단한 말투에는 많은 멋 부림이 ——그것이 무의식적인 것이라고 믿고 싶다.—— 깃들어 있음을 나는 잘 알고 있다. 무뚝뚝한 어투에도 불구하고 교만은 손톱만치도 들어 있지 않은 그의 말은 그 누구에게도 모욕감을 주지 않으며 더없이 가난한 사람도 그 말에서 어떤 종속 관계를 떠올리기보다는 자유롭게 합의한 어떤 규율, 군인의 상하 관계를 떠올리는 것이었다. 멋 부림이 많은 것이야 나도 격

---

* 창(唱) 미사로 진행되어 시간이 오래 걸리기 마련인 대미사와 달리 노래가 따르지 않는 미사.
** 프랑스 가톨릭 교회는 1년에 적어도 한 번 고해성사를 보고 부활절에 영성체하기를 의무적으로 규정하고 있다.

정스럽다. 자부심이 큰 것도 그렇다. 그러나 나는 그의 말을 듣고 있으면 즐겁다. 내가 본당이나 영혼들, 그리고 교회 편에서 그에게 말을 건넬 때 그가 "우리"라는 말로 마치 그와 나, 우리가 같은 명분을 섬길 수 있는 처지이기라도 한 양 답을 해 와도 나는 자연스럽다는 생각이 들지 감히 그 말에 시비곡절을 달고 싶지 않은 것이다.

토르시의 본당 신부님은 그를 별로 좋아하지 않는다. 신부님은 그를 꼭 "허울 백작"이니 "자네네 허울 백작"이라고 부른다. 그 말이 거슬린다. "왜 '허울 백작'이라고 하십니까?" 하고 여쭤 보았다. "왜냐하면 골동품, 그것도 그럴싸한 골동품이니까 그렇지. 그러면서도 이 시대의 것이니까. 농사꾼네 장식용 찬장 위에 얹혀 있다면 근사하지. 그러나 골동품 전문 매장이나 성대한 축제날 경매장에 내다 놓으면 눈에 띄지도 않아 자네는 그걸 알아보지도 못할걸세." 청년회 후원 사업에 백작이 관심을 가져 주기를 여전히 희망하노라고 했더니 신부님은 어깨를 으쓱하셨다. "자네네 허울 백작은 작센 지방 명산물 도자기 저금통이지. 하지만 깨지지 않는다니까."

하긴 나도 백작이 씀씀이가 아주 후한 사람은 아니라고 알고 있다. 백작이 하고많은 다른 사람들처럼 돈에 매인 사람이라는 인상을 주는 법은 전혀 없지만 그래도 그도 돈을 아끼는 점은 사실이다.

샹탈 양에 대해서도 신부님과 한마디 나눠 보고 싶었다. 왜냐하면 내가 걱정이 될 정도로 그녀는 요즘 슬퍼 보였기 때문이다. 신부님은 그 주제에 매우 과묵하게 입을 다무셨다. 그러나 갑자기 명랑하게 상대해 주셨는데 그것이 내게는 억지로 그러시는 것처럼 보였다. 루이즈 양의 이름이 오르자 당신은 굉장히 거슬리는 듯했다. 얼굴을 붉히시더니 엄한 표정을 지으셨다. 나는 입을 다물었다.

뒤리외의 참사 신부님인 옛 은사께서 언젠가 내게 이렇게 지적하신 적도 있다. "자네는 천성적으로 우정에 민감하지. 하지만 그것이 정념으로 변해 버리지 않도록 조심하게. 모든 정념들 중에서 절대로 고쳐지지 않는 것이 바로 그렇게 변해 버린 우정이라네."

∞ 우리는 보존한다. 그렇다. 하지만 우리는 구원하기 위하여 보존한다. 세상이 이해하려 들지 않는 바가 바로 이 사실이다. 왜냐하면 세상은 그저 오래가기만을 바라기 때문이다. 그런데 세상은 더 이상 존속만으로는 만족하지 못하게 되었다.

옛날 세상도 어쩌면 그대로 오래갈 수 있었을지도 모른다. 오래 존속하기. 옛날 세상은 바로 그러기 위해 있었다. 옛 세상은 너무나도 육중해서 어마어마한 무게로 땅에 박혀 있었다. 그 세상은 불의의 편을 들었다. 불의를 잔꾀로 조작하는 대신 불의를 통째로 몽땅 받아들여 다른 헌장들을 만들 듯 불의의 헌장을 만들고 노예제도를 정착시켰다. 아, 물론 옛 세상이 다다를 수 있었을 완성 정도가 어떠하건 간에 그 세상은 아담에게 내려진 저주*의 시련을 피할 수는 없었을 것이다. 이런 사실을 마귀가 모를 리 없었고 그 누구보다도 사실 더 잘 알고 있었다. 그 무게를 부분적으로나마 줄일 수도 있었으련만 거의

---

* 「창세기」 3장 17~19절 참조.

통째로 인간 가축*의 어깨 위에 그 저주를 강제로 걸머지웠던 것이다. 무지와 반항과 절망의 최대 집적치를 희생된 한 백성, 이름도 역사도 재산도, 적어도 떳떳이 내세울 수 있는 동맹자나 법적인 가족도, 그렇다, 이름도, 아예 신도 가지지 못한 한 백성에게 몰아 지운다는 것은 사회문제와 통치 방법을 얼마나 간단히 해 주는 것이었던지!

하지만 요지부동으로 보였던 노예제도는 사실은 가장 취약한 제도였다. 그것을 영원히 파기하기 위해서는 그 제도를 100년간 철폐하면 그만이었다. 어쩌면 하루로도 충분했을 것이다. 계급을 다시 섞어 놓고 희생양 백성을 흩어 놓기만 해도 되는 것이니, 그 백성에게 다시 멍에를 씌워 놓을 힘이 어디에 있겠는가?

노예제도는 사라졌다. 그와 더불어 묵은 세상도 무너졌다. 그 제도가 필요하다고 믿는 척하며 그것을 하나의 기정사실로 인정해 왔던 지난날. 하지만 이제는 노예제도를 되세우지는 않을 것이다. 인류는 이 무서운 기도(企圖)를 다시 감행하지 않을 것이다. 너무 위험부담이 크니까 말이다. 법은 불의를 용납하거나 은밀히 편들 수는 있을 것이다. 그러나 불의를 비준하지는 않을 것이다. 앞으로 불의는 결코 법적 지위를 가지지 못할 것이다. 이제는 끝난 일이다. 그래도 불의는 이 세상 안에 여기저기 흩어져 있기는 할 것이다. 소수의 이익을 위해 불의에 감히 편승하지 못하게 된 사회는 자기 내부에 간직된 악을 계속 깨트려 나가지 않으면 안 되게 되었다. 법조문에서 축출

---

* 노예.

당한 악은 금방 세상 관행 속에 되살아나서 여전한 저 악순환을 끝도 없이 거꾸로 시작하는 것이다. 좋든 싫든 사회는 인간 조건을 함께 나누며 인간과 더불어 초자연적인 모험을 함께하지 않을 수 없다. 전에는 선에도 악에도 무관심했고 자기 권력 외에는 다른 법을 모르던 사회에 그리스도교는 한 영혼을, 잃어버리거나 구하거나 해야 할 한 영혼을 부여했던 것이다.

∾ 나는 이 몇 줄을 써서 토르시의 본당 신부님께 읽어 보시라고 했다. 그러나 그것이 내 글이라는 것은 차마 알리지 못했다. 그분은 워낙 예민하시고 나는 또 워낙 거짓말이 서툴기에 그분이 나의 말을 믿어 주셨는지는 모르겠다. 당신은 조금 웃으시는 듯한 표정으로 종이를 되돌려주셨다. 내가 익히 알기로, 무언가 좋은 말이 나올 것 같지 않았다. 이윽고 그분은 이렇게 말씀하셨다.

"자네 친구 글이 제법이군. 너무 일필휘지, 내달렸다고나 할까. 일반적으로 말하자면 사고(思考)의 정도(正道)를 걷는 것에는 언제나 유익한 점이 있겠지만 그쯤에서 그치는 것이 나을 것 같네. 제 나름 가락을 덧붙이지 않고 세상사를 있는 그대로 본다면 그저 자기나 듣자고 혼자 노래 부르는 일은 없겠지. 지나가는 길에 어떤 진리와 맞닥뜨리게 되거든 잘 들여다보게. 그걸 제대로 잘 알아볼 수 있도록 말이야. 하지만 그 진리가 자네에게 추파를 던지기를 기대하지는 말고. 복음의 진리들은 결코 추파 던지는 법이 없지. 자네에게 와 닿기 전에 어디로 싸다녔는지 알아낼 수도 없는 다른 것들과 홀로 마주보고 이야기하는 것은 위험한 일이야. 나 같은 그저 평범한 노인네를 예로 들고 싶지는 않네. 하지만 영혼에 유익할 생각이 하나 떠오르면 ─ 다른 생각들이야 뭐……! ─ 나는 그걸 하느님 대전에 갖다 드릴 생각으로 얼른 내 기도 속에 집어넣지. 그러노라면 그 생각이 얼마나 크게 모습을 바꾸는지 놀라게 되지. 애초의 생각을 알아볼 수 없는 경우도 번번이 생기니까…….

그건 그렇고, 자네 친구 생각이 옳네. 현대사회가 제 주인*을 부인하기야 하지만 그래도 현대사회는 구속(救贖)되었어. 이제는 공유 자산을 관리하는 일만 해서는 충분하지 못해. 현대사회도 우리 모두처럼 잘하든 못하든 하느님 나라를 찾아 나선 거지. 그런데 그 나라는 이 세상의 것이 아니지. 그러니 현대사회는 계속 달려갈 수밖에. "너 자신을 구하라, 아니면 죽음을!" 이 구호에 반대되는 말은 나올 수 없겠지.

자네 친구가 노예제도에 대해 말한 것도 진리지. 구약이 노예제도를 용인했고 사도들도 옛 법에 따라 그걸 용납했지. 사도들이 노예에게 이렇게 말한 적은 없지. "네 주인에게서 해방되라." 하지만 사도들은 이를테면 음탕한 자를 향해서는 이렇게 말했지. "네 육신의 정욕에서 즉각 벗어나라!" 말의 차이가 있지. 왜 그럴까? 내가 감히 추정하기로는 사도들은 이 세상을 초월적 모험에 몰입시키기 전에 잠깐 호흡을 가눌 여유를 남겨 둔 게 아닌가 싶어. 성바오로같이 격렬한 분도 환상은 없었다고 보네. 노예제도 폐지가 인간 착취를 종식하지는 못할 거니까. 잘 생각해 보면 노예는 비싸게 먹힌 존재였지. 그러니 주

---

* 주님. 현대사회가 그리스도를 알기는 해도 그분을 제 주님으로 인정하지는 않는다는 뜻.

인 입장에서도 언제나 얼마간은 그를 고려해 줘야 했지. 그와 달리, 내가 젊었을 때 본 적 있는 어떤 고약한 유리 공장 사장 은 열다섯 살짜리 어린애들에게 유리 만드는 대롱을 불게 했 지. 그 애들의 여린 가슴이 그만 터져 버리면 그 짐승 같은 주 인 놈은 다른 아이들을 얼마든지 좋을 대로 데려다 쓰곤 했 지. 나는 이런 경우보다는 차라리 저 로마의 선량한 부호네 노 예가 되는 게 백배 낫다 싶어. 물론 그들도 의당 개를 소시지 와 함께 묶어 두지는 않았겠지. 그래, 바오로 성인에게 환상 따 위는 없었지! 그분은 그저 이렇게 생각하셨지. 그리스도교는 이 세상 그 무엇도 멈출 수 없는 진리를 내놓은 것이라고. 왜 냐하면 그 진리는 미리 양심의 가장 깊은 곳에 자리하고 있었 고 인간은 그 안에서 자기 자신의 모습을 즉각 발견했기 때문 이라고. 하느님은 우리 각자를 구원하셨어. 우리 각자를 바로 하느님의 피의 값으로. 이런 곡절을 자네 원하는 대로 옮겨 말 할 수 있겠지. 심지어는 인간 언어 중에서 제일 어리석은 합리 주의자의 언어를 써서라도. 하지만 그러자면 자네는 서로 닿기 만 해도 폭발해 버릴 단어들을 근접시켜야만 하겠지. 미래 사회 가 이 말들을 깔고 앉아 보라지! 엉덩이에 불이 붙을 뿐이지.

그런데 이 측은한 세상은 오래전 마귀하고 맺었던 저 고대 계약*을 항상 얼마간 꿈꾸지. 마치 그것이 휴식을 담보해 주리 라 생각하면서. 인류의 4분의 1, 혹은 3분의 1을 가축으로, 고 급 가축 수준으로 만들어 버리는 일이 어쩌면 초인입네 순수 혈통입네 자처하는 이들이 원하는 진정한 지상 왕국 만들기에

---

* 노예제도. 혹은 부당한 인간 노동력 착취.

뭐 그리 비싼 대가냐는 식이지……. 그리 생각을 하면서도 자기들 입에 감히 올리지는 못할 뿐이야. 우리 주님은 가난과 혼인하셔서 가난한 이를 정말이지 존엄하게 드높이셨기에 아무도 이젠 더 이상 가난한 이를 그 높은 자리에서 끌어내리지 못할걸세. 주님은 그에게 조상을 주셨네. 그것도 어떤 조상이던가! 그 이름은 또 얼마나 높은 이름이던가! 체념자 보다는 반항아의 모습이 더 사랑을 받는 터라 그는 첫째가 꼴찌가 되고 말 하느님 나라*에 벌써 속한 것 같기도 하고 혼인 잔치 자리**에 흰옷 입고 갔다가*** 이 땅에 되돌아온 허깨비 같기도 하지……. 그러니 어쩌겠나. 국가도 불행한 상황에 최선으로 대처하기 시작한 거지. 어린애들을 씻겨 주고 불구자들은 싸매 주고 셔츠도 빨아 주고 거지들 국을 끓여 주고 노망한 노인들이 침 뱉는 그릇도 닦아 주고 그러지. 하지만 탁상시계를 쳐다보면서 자기 일을 할 시간이 남을지 초조해하지. 국가는 물론 옛 노예들에게 주었던 역할을 기계더러 맡아 달라고 기대야 여전히 하겠지. 하지만 틀렸어! 기계들이 아무리 쉴 새 없이 돌아가도 실업자는 늘어나니 기계들은 다른 게 아니라 실업자만 만들어 내는 것 같기까지 하지. 그게 기계들이지. 자네 알겠나? 이래저래 가난한 사람들의 생활은 힘겹지. 그런데 저 러시아에서는 아직도 애를 쓰고 있지……. 내가 러시아인들을 다른 사람들보다 나쁘게 생각하지는 않는다는 걸 알아 두게나.

---

* 「마태」 19장 30절 참조.

** 하느님 나라의 비유.

*** 「마태」 22장 1∼14절 참조. 혼인 잔치 참석에 요구된 흰 예복은 하느님 나라로의 초대에 있어 유일한 조건인 회심(回心), 정결한 마음을 상징한다.

요즘 사람들은 너나없이 모두 미쳤다고 할까, 광증에 걸렸으니 말이야! 하지만 저 러시아인들은 밥통이 크지. 플랑드르 사람들의 북극판이라고 할까! 그네들은 닥치는 대로 집어삼키지. 한 100년, 혹은 두 세기라도 우리나라 우수 과학 인력*을 끌어다 삼켜도 끄떡 않을 거야.

그네들이 가진 생각을 요컨대 어리석다고는 할 수 없지. 의당 그렇듯 가난뱅이 씨 말리기 작전이지. 그런데 가난한 자는 예수그리스도의 증인이자 유대 민족의 후계가 아니던가! 한데 그네들은 가난한 자를 가축으로 만들어 버리거나 도살하는 대신 별 볼일 없는 연금 생활자로 만들거나 심지어는, 생각대로 일이 더 잘 풀려 간다 치고, 하급 공무원으로 만들 생각을 가졌던 거지. 그보다 더 꼬박꼬박 시키는 대로 하는 순응적인 작자란 없으니까."

작은 마을에 사는 나도 가끔 러시아인들을 떠올리곤 한다. 대신학교 학우들은 그네들에 대해 종종 말들이 많았지만 그건 그저 막말이었던 것 같다. 무엇보다 교수 신부들에게 짐짓 충격을 주려는 의도에서 쏟은 말이었을 뿐이었다. 민주주의자를 자처하는 동료 신부들은 매우 친절하고 열성도 대단하지만 내가 보기에 뭐랄까 어쩐지 좀 부르주아 냄새가 난다. 그래서인지 보통 사람들이 그들을 그리 좋아하지 않는 것도 사실이다. 그건 분명 그들을 제대로 이해하지 못해서 그런 것이리라. 여하튼 러시아 사람들에 대해 어떤 호기심과 애정을 가지고 생

---

* 파리의 이공과 대학생을 가리킨다.

각하는 경우가 내게 있다는 말이다. 빈곤을 겪어 보아서 빈곤이 지닌 신비롭고도 남에게는 전달이 불가능한 기쁨을 느껴 본 사람에게는, 이를테면 러시아 작가들은 눈물을 자아낸다. 아버지가 돌아가시던 해에 어머니는 종양 수술을 받으셔야 했고 베르게트의 병원에 너댓 달 입원하셨다. 그동안 숙모님 한 분이 나를 거두어 주셨다. 숙모님은 랑스*와 아주 가까운 곳에 작은 술집을 하고 계셨는데 흉물스럽고 허름한 판잣집이었던 그곳에서는 다른 곳, 이를테면 어엿한 카페 같은 곳에 가기에는 너무 가난한 광부들에게 독주를 조금씩 팔았다. 내가 다니던 학교는 2킬로미터쯤 떨어져 있었고 나는 계산대 겸 스탠드 뒤 마룻바닥에 앉아 공부하곤 했다. 마룻바닥이라지만 완전히 썩어 버린 나무판자일 뿐이었다. 그 판자 틈새로 흙냄새, 언제나 습진 땅 냄새, 진흙 냄새가 스며 올라왔다. 봉급날 저녁이면 손님들은 소변보러 나가는 수고도 생략하고 아예 바닥에 그냥 눴기 때문에 스탠드 밑에서 겁에 질려 있던 나는 그냥 그대로 거기서 잠이 들어 버릴 때도 있었다. 그건 아무래도 괜찮았다. 학교 선생님이 나를 퍽 사랑해 주셨고 책들을 빌려 주셨기 때문이다. 내가 막심 고리키 님의 유년 회고록을 읽은 곳이 바로 거기다.

프랑스 땅에도 물론 빈곤한 가정들이 있다. 그 빈곤한 조그만 섬들. 빈곤한 사람들이 서로 연대된 채 진정한 의미에서의 빈곤한 삶을 살아갈 수 있을 만큼, 크지도 못한 채 고립된 섬들. 이 프랑스 땅에서는 무서운 돈의 위력, 그 눈멀게 하는 힘,

---

* Lens. 파드칼레 도(道)의 한 소읍. 광산촌.

그 가혹함이 그 어디에서도 작열하듯 번득이지 못할 만큼, 부(富) 자체도 그것을 소유한 사람마다 달라지는 인간적인 면모마저 가지고 있다고나 할까. 그런데 러시아 민족은 비참한 백성, 곤궁한 이들로 이루어진 백성으로서 술에 전 빈궁의 장악력을 체험한 거대한 공동체다. 가령 교회가 제단 위에 한 백성을 올려놓을 수 있다면* 교회는 바로 이 백성을 빈궁의 수호성인, 빈한한 이들을 위한 특별한 전구자(轉求者)로 택할 수 있었을 것이다. 고리키 님이 돈을 많이 벌어서 지중해변 어디에서 호화판 생활을 하는 모양이다. 적어도 신문에서 그런 소식을 읽은 적이 있다. 혹 사실이 그렇더라도, 아니 사실이면 더 각별히, 나는 내가 아주 여러 해 전부터 그를 위해 매일 기도해 온 것을 기쁘게 생각한다. 열두 살 적의 내가 천주님을 몰랐노라고 감히 말할 수 없다. 왜냐하면 내 머릿속에서 폭풍우 소리, 거센 파도 소리를 내던 많은 다른 소리 속에서도 나는 그때 벌써 '그분'의 음성을 알아들을 수 있었다. 그렇기는 해도 불행의 첫 경험은 얼마나 가혹한지! 그러니 한 어린이의 마음을 절망으로부터 지켜 준 이**에게 축복이 있기를! 이런 경험은 상류 인사들은 잘 알지 못할 뿐더러 알더라도 너무 무섭기에 차라리 잊고 지낸다. 부유한 사람들 속에서 그러하듯이 가난한 사람들 속에서 비참한 어린이는 마치 왕의 외아들처럼 고독하다. 적어도 우리나라, 이 나라 안에서는 빈궁은 나눔을 모른다. 비참한 이 개개인은 자기 비참 안에서 혼자일 뿐이며 자기 얼굴

---

* 남의 죄를 대신해 벌을 받는 제물로서.
** 고리키.

이나 팔다리처럼 비참은 오직 자기 자신에만 속한 것이다. 나는 이런 고독에 대해 분명한 생각을 끌어낸 바 있다고는 생각하지 않는다. 아니 어쩌면 나는 그에 대해 아예 아무런 생각도 없었는지 모르겠다. 나는 그저 이해도 하지 못한 채 내 삶의 이 법칙에 따랐다. 어쩌면 그것을 사랑하기에 이르렀을 수도 있었을 것이다. 비참한 자들의 자존심보다 더 강한 것도 없다. 그런데 그토록 먼 곳, 저 옛 이야기 같은 땅에서 온 이 책이 한 백성 전체를 동반자로 안겨 준 것이다.

나는 그 책을 어떤 친구에게 빌려 주었는데 그는 물론 책을 돌려주지 않았다. 나는 그 책을 되읽지는 않을 것이다. 굳이 왜 다시 읽어야겠는가? 한 백성의 탄식, 여느 백성의 탄식과 다른 그 탄식, 죽은 자가 방부용 향료에 절어 있듯 오만에 절어 있는 유대 백성의 탄식과도 정말 다른 탄식을 한 번 들은 것으로, 아니, 들었다고 믿는 것으로 충분하다. 아니, 그건 탄식이라기보다는 합창이요 송가다. 아, 물론 나는 그것이 교회의 찬가도 아니고 기도라는 이름으로 불릴 수 없다는 것도 잘 안다. 그 안에는 흔히 말하듯 모든 것이 다 들어 있다. 채찍질 당하는 농노의 신음 소리, 구타 당하는 여인네의 비명, 주정뱅이의 딸꾹질 소리, 기뻐 날뛰는 저 야생적 환성 소리와 오장육부의 으르렁 소리가. 왜냐하면 빈궁과 음탕은 굶주린 두 마리 짐승이 그러하듯 슬프게도 어둠 속에서 서로를 찾고 불러 대는 것이다. 그렇다, 물론 이런 것이 내게 혐오감을 줄 수도 있었을 것이다. 그러나 나는 이토록 뼈에 사무친 비참, 제 이름조차 잊어버린 비참, 이제 찾는 것도 없고, 생각하는 법도 없이 제 흉흉한 얼굴을 아무 데나 무턱대고 드미는 이 비참은, 언젠가는 예수그리스도의 어깨 위에서 눈을 뜨게 되리라는 것을 믿는다.

그래서 나는 이번 기회에 토르시의 신부님께 다시 여쭤보았다.

"그래도 그들의 도모*가 만일 성공하면요?"

그분은 잠시 생각하시더니 "생각해 보게. 난 그 나라 궁한 사람들을 찾아가서 생계 수당 지급 증서를 세관에게 갖다 내라고 조언하지는 않겠네! 그 제도가 지탱할 만큼은 지탱하겠지…… 하지만 어쩌겠나? 우리는 진리를 가르치라고 있는 사람들이고, 진리가 우리에게 수치심을 주어서는 안 될 테지."라고 말하셨다.

탁자 위 그분의 손이 약간 떨렸다. 많이 떨린 것도 아니지만 나는 내 질문이 그분께 당신의 용기, 분별력, 어쩌면 믿음까지도 무너져 내리게 할 뻔했던 무서운 투쟁의 추억을 들추었다는 것을 느낄 수 있었다…… 내게 대답을 주시기 전에 그분은 길이 막힌 것을 보고 길을 비키게 하려는 사람처럼 어깨를 추어올리셨다. 하기는 나야 별로 무겁게 거치적거리지도 않는 존재였을 터이다!

"젊은 친구, 가르친다는 건 쉬운 일이 아닐세! '살다 보면 알게 될 거야.'라는 둥 '차차 알게 될 거야.'라는 둥 가르친답시고 감언이설로 얼버무리는 작자들 생각과는 다른 일이야. 그 작자들은 위로하는 진리라고 말하지. 하지만 진리란 먼저 자유

---

* 러시아 공산혁명에 대한 암시.

롭게 해 주고* 그다음에 위로를 하는 것이지. 게다가 그네들이
운위하는 위로를 참위로라고 부를 권리도 없지. 차라리 그건
조문(弔問)이지! 하느님의 말씀! 그건 벌겋게 단 쇠일세. 그런
데 그 진리를 가르치는 자네는 손으로 덥석 움켜쥐지 않고 화
상을 입을까 봐 부젓가락으로 그걸 집으려 들 텐가? 나 참 우
스워서. 진리를 가르쳐야 할 강단에서 입매를 암탉 부리같이
만들고 약간 들뜨긴 했지만 만족해서 내려오곤 하는 사제는
강론을 한 게 아니고 그저 기껏해야 잠꼬대를 한 것뿐이야. 이
런 일은 하기야 누구에게나 있을 수 있지. 우리 모두가 측은한
잠보들이니까. 때로는 오히려 마귀가 잠에서 먼저 잘 깨지. 사
도들을 보게. 겟세마네**에서 잘도 자지 않았나! 어떻든 알고
넘어가야 할 일이 있네. 이삿짐 나르는 인부처럼 끊임없이 움
직이며 땀을 흘리는 이런저런 사람이 다른 사람들보다 늘 더
깨어 있는 사람이 아니라는 것 말이야. 내가 감히 주장하자면
주님께서 사람들에게 유익한 어떤 한마디라도 우연히 내 입을
통해 나오게 해 주신다면 나는 그 말이 내게 주는 고통을 통
해 그것을 깨닫게 된다네."

그분은 크게 웃으셨다. 그러나 그 웃음은 여느 때와 달리 낯
설었다. 분명 용기 어린 웃음이긴 했으나 상처 어린 웃음이기
도 했다. 모든 면에 있어서 나보다 훨씬 윗길인 어른에 대해 어
찌 감히 판단하랴. 그래도 나는 내가 받은 교육이나 출생 신분
을 통해서 부여받지 못하여 나와는 거리가 먼 어떤 자질을 그

---

* 「요한」 8장 32절 참조.
** 「마태」 26장 36~46절 참조. 예루살렘 성전 맞은편 '올리브산' 기슭의 동산.
  예수가 처형당하기 전 제자들을 데리고 가서 최후로 기도를 드린 곳.

분에게서 보았음을 말해 두고자 한다. 토르시의 신부님이 어떤 사람들에게는 어지간히 둔하고 거의 통속적이거나 아니면 백작 부인의 언급대로 평범한 인물로 통하는 것도 사실이다. 그러나 이 공책에는 내가 쓰고 싶은 대로, 그 누구도 해칠 위험 없이 적어 갈 수 있지 않은가. 그런 점에서 이 걸출한 분의 주된 성격을 적어 두자면, 적어도 인간적 면모에서 본다면 자긍심인 것 같다. 토르시의 신부님이 자긍심 높은 분이 아니라고 한다면 그 단어가 아무 의미 없는 것이거나 아니면 적어도 내가 그 단어에서 그 어떤 의미도 찾아내지 못하는 격이리라. 이런 얘기 나누던 그때, 정말이지 그분은 긍지 높은 인간으로서의 자긍심 때문에 고통스러워하셨던 것이다. 나도 그분처럼 괴로웠고 무언가 실제적으로 유용하게 대응해 드리고 싶었다. 나는 바보스럽게 이렇게 말씀드렸다.

"그러면 저도 종종 잠꼬대만 하는 축에 들겠군요. 왜냐하면……."

"입 다물게." 하고 그분이 대응하셨는데 나는 그분 음성이 갑자기 부드러워진 데 놀랐다. "자네 같은 애송이는 배운 학과나 되뇌는 것 외에 무얼 더 하려 들어선 안 되네. 하지만 하느님께서는 자네가 되뇌는 그 학과에도 강복을 하시지. 왜냐하면 자네는 소미사의 강론자 같은 자족감에 찬 낯짝*을 하고 있지 않으니 말이야……." 그분은 말을 이어가셨다. "여보게, 그 어떤 멍텅구리도, 그 누구라도 말일세, 거룩한 복음이 우리

---

\* 평일 미사에 참석할 정도로 종교 생활이 습관화된 신자들, 소위 미사꾼들에게 듣기 좋은 말만 전달하는 관습적 강론자.

에게 전해 주는 부드럽고 정다운 그 말씀에 감동하지 않을 수는 없을 걸세. 우리 주님께서 그렇게 원하셨고, 무엇보다 사리도 그렇지. 입을 뺑긋하기도 전에 눈알을 부라리고 눈 흰자위가 드러나게 해야 하는 줄 아는 건 약한 자나 소위 사상가들 뿐이지. 자연 순리도 하느님 말씀*처럼 그렇지. 요람에 고이 누워 그 전전날 갓 뜬 눈으로 세상을 품어 안는 아기에게 인생이란 그저 전부 감미롭고 다정한 애무가 아니겠나? 하지만 인생이란 게 얼마나 힘든 건가! 그래도 세상사 좋게 본다면 인생이 우리를 맞아 주는 것도 보기보다는 덜 기만적이지.** 왜냐하면 죽음은 인생의 첫 아침에 맺은 약속을 지킬 생각밖에는 없고, 죽음의 미소가 심각하기는 해도 다른 미소***보다 덜 다정하거나 덜 감미로운 것은 아니니까. 요컨대 말씀도 작은 사람들과 함께 할 때는 작아지는 법. 하지만 거창한 어른들, 대단한 인물들이 복음 말씀 중에서 자기네들 마음을 적셔 주고 시적인 부분만 짚어 내어 한갓 '어미 거위' 동화처럼 되뇌는 것이 꾀바른 처세라고 믿는 걸 보면 나는 겁이 나네. 물론 그들을 향한 걱정에 겁이 나는 것이지. 자네는 위선자, 방탕한 이, 수전노, 고약한 부자가 두꺼운 아랫입술을 내민 채 눈을 번쩍여 가며 "어린이들이 내게 오는 것을 막지 말라. *Sinite parvulos.*"라고 암송하는 걸 들을 기회가 있겠지. 한데 그자들은 그 말씀 뒤에 곧바로 따라 오는 말씀, 아마도 인간의 귀가 여태 들어 본 말씀

---

* 위에서 언급된 특히 온유한 복음 말씀.
** 유년기에 감미롭게 보였던 인생이 살아가면서 어려워 보이더라도 마지막에는 죽음의 위로가 보장되어 있기에 인생은 여전히 그윽한 신비라는 뜻.
*** 인생의 첫 아침 미소.

중 가장 엄준한 말씀, "너희가 이 어린이들 중 하나와 같지 않으면 하느님 나라에 들어가지 못할 것이다."에는 아랑곳 않고 그렇게 외고들 있는 거야."

그분은 혼잣말하시듯이 그 구절을 되뇌시고는 두 손에 얼굴을 묻은 채 또 한동안 말씀을 이어가셨다.

"자네도 동의할지는 모르지만 이상적인 것은 복음을 오직 어린이들에게만 선포하는 일이 아닐까. 우리는 너무 계산이 많거든. 그게 바로 악이지. 그러니 우리는 가난의 정신을 그저 입으로 가르칠 뿐이지. 그런데 그게, 여보게, 정말 힘든 일이지! 그러니 이리저리 정황에 맞추려 애쓸 수밖에. 우선 부자들을 향해서만 말을 하기로 하지. 고약한 부자들이라고!* 그런데 그네들은 매우 강하고 교활한 걸물들이고 으레 외교술도 뛰어나지. 외교관이란 자기 마음에 안 드는 조약문에 서명을 해야 할 입장이 되면 조목조목 따지기 마련이지. 여기 한 자 고치고, 저기 쉼표 옮겨 찍고, 그러다 보면 모든 게 두루뭉수리 제 맘대로 되어 가지. 하긴 저주에 관한 일이니 수고를 들일 만하달까!** 그런데 저주에도 아마 여러 가지가 있겠지만 "부자가 하느님 나라에 들어가는 것은 낙타가 바늘구멍으로 지나가는 것보다 어렵다."라는 경우는 대충 넘어가고 말지⋯⋯. 그 누구 못지않게 나도 이 구절이 가혹하다고 생각한다네. 그래서 경우 나름을 구별해야 된다고 생각하네. 그렇지 않다면 예수회의 권고를 따르는 신자들에게 너무 큰 근심거리가 될 테니까 말일

---

* 여기서는 상대적으로 세속적 타협 속에 사는 신자들을 두고 한 말.
** 부자들이 변용해서 수용하려는, 부자들 위에 내린 복음적 경고의 말씀. 이하 비유는 「마태」 19장 23절 참조.

세.* 그러니 주님께서 부자들, 진짜 부자들, 그리고 부의 정신을 소유한 부자들을 두고 말씀하셨던 거라고 하세나. 그래! 한데 저 외교관마냥 능란한 사람들이 예의 그 바늘구멍은 예루살렘 성문으로서 그저 다른 문보다 조금 더 좁을 뿐이고, 부자가 그 문을 통해 도성 안에 들어갈 때 그저 장딴지 살갗이 좀 벗겨지거나 입고 있는 멋진 웃옷 팔꿈치가 조금 닳을 뿐이라고 넌지시 암시해 버리니 얼마나 난처한 일인가 말이야! 우리 주님은 실은 옛 금화를 넣어 놓은 전대에 친히 "위험 — 만지면 사망"이라고 쓰셨을 걸세. 마치 도로공사에서 변압기를 설치한 기둥 위에 표시하듯 말이야. 그런데도 사람들이 원하는 것은……."

그분은 양팔을 망토의 큰 호주머니에 푹 찌른 채 방을 이리저리 서성이기 시작하셨다. 나도 일어나려 했지만 그분은 머릿짓으로 도로 앉으라는 신호를 주셨다. 그분이 아직 망설이고 계심을 나는 느낄 수 있었다. 그 누구에게도 말씀하시지 않았던 것, 적어도 어쩌면 같은 어법으로는 말씀하시지 않으셨던 것을 털어놓으시기 전에 나를 마지막으로 가늠하고 판단해 보려는 듯 보였다. 그분이 나를 의심의 눈으로 바라보고 계시는 것이 역력했으나 맹세컨대 이런 의심은 전혀 모욕적이지 않았다. 하기는 그분은 그 누구도 모욕하실 수 없는 분이다. 그 순간 당신의 시선은 매우 다정하고 부드러워 보였다. 거의 세속적이라고 할 만큼 강인하고 건장하며 인생과 사람들에 대해

---

* 이를테면 장세니스트적 극단적 금욕주의와는 반대로, 예수회의 권고에는 자못 세속적인 면이 있다는 암시.

아주 풍부한 경험을 하신 분에 대해 이런 말을 하는 것이 이상할지 모르지만 그 시선은 정말 놀랍고도 형언할 수 없는 순수 그 자체였다.

"부자들에게 가난*에 대해 말하기 전에 많은 성찰을 거쳐야 할 거야. 그렇지 않으면 그것을 가난한 자들에게 가르치기에 우리는 부당한 사람이 될 테고. 그렇다면 어찌 예수그리스도의 심판대전에 나아갈 수 있겠나?"

"가난한 자들에게 가난을 가르친다고요?"라고 나는 말했다.

"그래, 가난한 사람들에게. 하느님께서는 우선 그들에게 우리를 보내시면서 그들에게 무엇을 선포하라 하셨던가? 바로 가난**이야. 그네들은 아마 다른 것을 고대했을걸세! 그들은 자기네들의 비참이 끝나기를 기다렸겠지. 그런데 하느님께서는 가난의 손을 잡고 그들에게 와서 "너희들의 여왕을 인정하고, 존경과 충성을 표하라."라고 하셨으니 타격이 대단했겠지! 이건 요컨대 유대 백성과 그들의 지상 왕국에 관한 이야기임을 기억해 두게. 가난한 백성도 유대 백성처럼 육적 충족을 줄 희망을 찾아 이 나라 저 나라를 헤매는 백성, 실망한 백성, 골수까지 실망해 버린 백성이지."

"하지만……."

"그래, 당연지사라 어떻게 해 볼 수 없다는 말이지……. 아, 물론 비겁한 자는 어려움을 피해 갈 수도 있겠지. 잘 다룰 줄만 알면 가난한 백성은 대하기 쉽고 선량한 사람들이지. 가난

---

* 덕으로서의 가난.
** 동양적 덕목으로는 '청빈' 개념과 가깝다.

한 암 환자에게 가서 병이 나을 거라고 말해 보게나. 그는 자네 말을 그저 철석같이 믿을 거야. 요컨대 가난이란, 문명국가에는 가당치 않은 일종의 수치스러운 병이라고, 우리는 눈 깜짝할 사이에 이 더러운 것을 처치할 것이라고 그네들을 납득시키는 일보다 더 쉬운 일도 없을 걸세. 그러나 우리들 중 그 누가 예수그리스도의 가난에 대해 감히 이렇게 말할 수 있겠나?"*

그분은 내 눈을 똑바로 응시하셨다. 당신의 속내를 늘 말없이 들어 주던 친숙한 방 안의 집기들과 나라는 존재를 구분하려고 그러셨던 건지 나는 지금까지도 알지 못한다. 아니다! 그분은 나를 보시지 않았다! 나를 설득하려는 의도밖에 없었다면 당신의 시선에 그토록 비통한 빛이 어릴 리 없었을 것이다. 내가 본 것은 백번 꺾이고 백번 물리쳐졌지만 여전히 반항하는 자신의 어느 한 부분과 겨루며, 자신의 생명을 위해 투쟁하는 한 인간이 그러하듯 제 키만큼, 온 힘을 다해 바로 자기 자신을 추스려 다시 일어서는 당신의 모습이었다. 얼마나 깊은 상처였던지! 그분은 당신 손으로 스스로를 찢으시는 듯 보였다.

"내 생각이 이러니⋯⋯." 하고 그분은 다시 말씀하셨다. "나는 그네들, 가난한 사람들에게, 반란이라도 일으키라고 설교하고 싶다네. 아니, 차라리 나는 그들에게 아무 설교도 하고 싶지 않기도 하고. 나는 외려 우선 저 '투사들', 말로 벌어 먹는 사람들, 혁명 조작꾼들 한 무리를 붙잡아다가 플랑드르 출신

---

* 그리스도교인, 사제는 그리스도의 가난을 악이나 더러운 상처라고 말할 수 없으며 그리스도께서 친히 가난의 신비와 혼인하셨기 때문에 가난한 이들을 향해 부가 가난보다 우월하다고 말한다면 그것이 바로 속임수일 거라는 뜻.

사내가 어떤지를 보여 주고 싶다네. 우리 플랑드르 사람의 피에는 반항심이 흐르지. 역사를 더듬어 보게나! 귀족이나 부자들이라 해서 우리들에게 두려움을 준 적은 결코 없지. 지금의 나니까 선뜻 고백할 수 있는데 감사하게도 나는 아주 건장하지만 천주께서는 내가 육욕의 유혹을 그리 많이 받게 허락하지 않으셨네. 하지만 불의나 불행이라면 내 피가 들끓어오르지. 퍽 오래전 일이라 자네는 알지 못하겠지…… 이를테면 교황 레오 13세의 저 유명한 회칙 「레룸 노바룸」*을 지금 자네들은 무슨 사순절 담화문이나 읽듯 건성으로 흘려 읽지. 그 당시에는, 이보게, 젊은 친구, 우리는 발밑에서 온 땅이 뒤흔들리는 줄 알았다네. 얼마나 열광하고 고무되었던지! 그때 나는 광산 지대 한복판에 있는 노랑퐁트의 본당 신부였지. 노동이 공급과 수요의 법칙을 따르는 상품이 아니라는 저 단순한 사상, 노동 임금과 인간 생명을 놓고는 밀이나 설탕 커피처럼 사고 팔아서는 안 된다는 그 사상이 사람들의 의식을 뒤엎어 놓았지. 알아듣겠나? 강단에서 사람들에게 그걸 설명했다는 이유로 나는 사회주의자로 몰렸고 보수적인 시골 사람들은 나를 몽트뢰이로 좌천해서 몰아냈다네. 자네에게 장담하지만 좌천 따위야 내 상관 않았네. 그러나 당시……."

그분은 정말 부르르 떨며 입을 다무셨다. 그분은 나에게 시선을 줄곧 두셨는데 나는 그만 내 사소한 고민 따위가 부끄러워졌고 당신의 두 손에 입이라도 맞추고 싶은 심정이 되었다.

---

* Rerum Novarum, '새로운 사태'라는 뜻의 「노동 헌장」. 1891년 발표된 가톨릭 교회 최초의 사회 회칙이다.

내가 감히 눈을 들어 그분을 바라보았을 때 그분은 내게 등을 돌린 채 창밖을 보고 계셨다. 다시 한동안 말씀이 없으시더니 한결 가라앉았지만 여전히 갈라진 음성으로 말씀을 이으셨다.

"연민이라는 건 말이야, 짐승이야. 많은 걸 요구할 수는 있어도 모든 것을 요구할 수 없는 짐승이지. 아무리 훌륭한 개라도 미쳐 버릴 수 있지. 연민은 마귀처럼 강한 것이야. 사람들이 왜 연민이라 하면 언제나 좀 훌쩍이는 미련퉁이 같은 것으로 생각하는지 나는 모르겠네. 인간이 가진 가장 강한 정념 중 하나가 바로 연민인데도. 그 시절, 지금 자네에게 이런 얘기를 하고 있는 나는 그 연민에 말려드는 줄 알았네. 교오(驕傲), 질투, 분노, 심지어 미색(迷色)까지 더하여 칠죄종(七罪宗)*이 합창하듯 고통의 소리를 내질러 댔지. 석유를 뒤집어 쓴 채 불까지 붙은 늑대 떼가 그러는 꼴 같았어."

나는 문득 그분의 두 손이 내 어깨 위에 얹힌 것을 느꼈다.

"그래, 나도 내 고민들이 있었던 거지. 제일 힘겨운 것은 그 누구에게서도 이해를 받지 못하고 웃음거리나 되는 처지에 놓이는 것이지. 세상 안목으로 볼 때는 자네도 별 볼일 없는 민주주의적 본당 신부, 허영심 많은 어릿광대로나 보일 걸세. 민주주의적 성향의 본당 신부들이 보통 다혈질이지는 못하다고들 하지. 하지만 나는 혈기라면 남아돌 정도로 넘쳤지. 그래, 그 당시 나는 루터를 이해했어. 그도 혈기 하나는 대단했지. 에르푸르트의 수도승 소굴에서 정의에 대한 배고픔과 목마름

---

* 본문에 나온 것 외에 간린(慳吝, 하는 짓이 소심하고 인색함.), 탐도(貪饕, 음식이나 재물을 지나치게 탐함.), 나태가 있다. 칠죄원(七罪源)이라고도 한다.

이 그를 정말 휘둘러 댔겠지. 하지만 하느님께서는 당신의 정의에 간섭하는 걸 좋아하시지 않고, 우리 같은 약골들이 보기에는 루터의 격분은 좀 지나치지. 그런 격정은 사람을 어질어질 취하게 해서는 급기야 짐승보다 못한 존재로 만들고 말지. 그러기에 추기경들을 덜덜 떨게 했던 루터지만 늙어서는 독일 제후들, 그 잘난 떼거리들의 구유에 제 먹을 여물을 옮겼지. 임종 자리에 누운 그를 그린 초상화를 보게⋯⋯. 두꺼운 아랫입술에 배가 불룩한 욕심장이 노인 꼴새에서 그 누구도 옛 수사의 모습을 찾아볼 수 없을 거야. 원칙적으로는 의로웠던 그 분노가 그에게 차츰차츰 독을 퍼뜨린 것이지. 그것이 고약한 비곗살이 되고 말았을 뿐이야."

"신부님께선 루터를 위해 기도하십니까?"라고 나는 여쭤 보았다.

"매일 기도하지." 그분은 대답했다. "게다가 내 이름이 그 사람과 같이 마르탱*이거든."

그때 매우 놀라운 일이 일어났다. 그분은 의자 하나를 내 곁에 바짝 밀어붙이고 그 위에 앉으시더니 내 시선에서 당신 시선을 떼지 않은 채 당신 두 손으로 내 두 손을 잡으셨다. 그때 그분의 그 멋진 두 눈에는 눈물이 가득하면서도, 그 어느 때보다도 당당한 눈길을 내게 보냈는데 죽음마저도 아주 단순하고 쉬운 것으로 만들어 버릴 수 있을 그런 시선이었다.

"내가 자네를 마냥 맨발의 가난뱅이로 취급하지. 하지만 나는 자네를 존경하네. 이 말을 액면 그대로 받아 주게. 중요한

---

* Martin, 독일에서는 '마틴'이라고 발음한다.

말이네. 내가 느끼기로 천주님은 자네를 부르셨네. 그 점에는 추호도 의심이 들지 않네. 체격으로 봐서는 자네는 천성적으로 딱 수도자라네. 그야 그렇고말고! 자네는 어깨가 떡 벌어지지는 못했어도 대신 용기가 있어서 보병 노릇 할 자격이 있어. 하지만 내가 자네에게 이르는 말 잊지 말게. 절대 후방으로 이송 당해선 안 되네. 한번 병실에 들어가면 다시 나오지 못할 거야. 자네는 소모전에 적합하진 않거든. 끝까지 전진하게. 그리고 언젠가 참호 속에서 배낭을 짊어진 채 조용히 인생을 끝마치도록 하게."

내가 감히 그분 신뢰를 받을 자격이 없다는 것을 나도 잘 안다. 하지만 일단 신뢰를 받은 이상 나는 그것을 저버리지 않을 것 같다. 이것이 약자의, 어린이들의, 바로 내 힘의 전부다.

"사람에 따라서 인생을 빨리 터득하기도 하고 늦게 알게 되기도 하지. 그래도 제 나름대로 다 알기 마련 아닌가. 물론 각자는 자기 경험의 몫밖에는 갖지 못하지만. 20센티리터의 병이 1리터를 담아 낼 수는 절대 없으니까. 하지만 불의에 대한 경험이란 게 있지."*

나는 내 표정이 저절로 굳는 것을 느꼈다. 그 말이 내게 고통으로 다가왔기 때문이다. 대답을 하려고 이미 입을 벌리려던 참이었다.

"입 다물게! 자네는 불의가 뭔지 몰라. 장차 알게 될 거야. 불의란 놈이 멀리서 냄새를 맡고 어느 날 덮치려고 끈질기게 엿보는 대상에 자네는 속하지…… 잡아먹혀서는 안 되네. 무

---

* 사람이 일방적으로 겪거나 겪을 수 있는 한계를 넘어설 정도의 불의 체험.

엇보다도 맹수 조련사가 하듯 그놈의 눈을 똑바로 바라보면 그놈이 뒷걸음칠 거라고 생각해서는 안 되네! 그놈의 그 현기증 나는 유혹에서 자네는 벗어나지 못할걸. 필요한 만큼만 바라보게. 그리고 기도 없이 절대로 불의를 쳐다보아서는 안 되네."

그분의 목소리가 약간 떨리기 시작했다. 그때 그분의 머릿속에서는 어떤 영상이, 어떤 옛 기억이 스쳐 가고 있었을까? 오직 하느님만이 아실 일이다.

"그래, 이가 들끓는 아이들, 걸인들, 주정꾼들을 매일 아침 가뜬한 마음으로 찾아가서 저녁까지 팔을 걷어 붙이고 일하는 어린 수녀님이 부러워질 때가 한두 번이 아닐 거야. 그런 수녀님이야 불의 같은 건 아랑곳 않지! 그 절름발이 무리를 수녀님은 씻기고 닦아 주고 싸매 주고 마지막에는 장례까지 치러 주지. 그런데 주님이 당신의 말씀을 맡기신 것은 그 수녀에게가 아닐세. 하느님의 말씀! "내 말을 돌려 달라."라고 최후의 날 심판자가 말하실 걸세. 이런저런 사람들이 그때 제 조그만 꾸러미 속에서 무얼 꺼내 드릴까 생각하면 웃을 생각이 달아나지. 달아나고말고!"

그분은 다시 자리에서 일어섰다. 다시금 그분은 내 얼굴을 똑바로 쳐다보셨다. 나도 일어섰다.

"우리가 그 말씀을 보존했던가? 그리고 그걸 제대로 보존했다 치더라도 뒷박 안에 숨겨 두지는 않았는지?* 우리는 부자들에게와 마찬가지로 가난한 이들에게도 그걸 주었던지? 우리 주님께서 당신의 가난한 이들에게 온유하게 말씀을 건네시는

---

* 「마태」 5장 15절 참조.

거야 분명하지만 내가 아까 얘기한 대로 주님은 그들에게 가난을 선포하셨어. 그러니 교회가 가난한 이의 보호를 맡은 이상 그 일을 저버릴 수야 없겠지. 하긴 그 일이 가장 쉬운 일이기도 하고. 자비심이 있는 사람이라면 누구나 교회처럼 이들의 보호에 나서지. 그러나 가난의 명예를 수호하는 것은 교회뿐이네. 자네, 알아듣겠나? 하긴 우리 적들의 몫도 멋지지. "너희 가운데 가난한 사람들이 언제나 있을 것이다."라는 말씀은 자네도 알다시피 선동 정치가가 한 것이 아니라네! 그건 바로 복음 말씀이고 우리는 그것을 받은 거야. 이 말씀이 자기들의 이기주의를 정당화하는 거라고 믿는 척하는 부자들은 딱하지. 비참한 이들의 군대가 천국의 성벽을 무너뜨리려고 시도할 때마다 강한 자의 볼모 노릇이나 하는 우리도 딱하지! 이 말씀이야말로 복음 중에서 가장 슬프고, 더없이 깊은 슬픔을 지녔지. 그래, 그 말씀은 우선 유다*를 향해 던진 것이지. 바로 그 유다 말일세! 성 루카에 의하면** 유다는 회계를 맡아보았는데 그의 출납부는 그리 분명하지 못했다지. 그렇다 치고! 그래도 어쨌든 그는 열두 사도 중에서 은행가 격이었고, 완전무결 깔끔한 은행 출납이란 원래 환상이겠지? 거래하면서 누구나처럼 좀 억지를 부린 일도 있을 거야. 그가 한 최후의 거래를 두고 판단해 본다면*** 그 불쌍한 유다는 환전상 노릇도 제대로 못 했던 거고! 하지만 서류상으로만 사회를 일구거나 탁

* 시몬 이스카리옷 유다. 열두 사도의 한 사람. 예수를 팔아넘겼으나 예수가 사형을 선고받자 자살했다.
** 성 요한이 옳다. 작가의 착각. 「요한」 12장 6절 참조.
*** 「마태」 27장 3∼10절 참조.

상공론으로 사회를 개혁한다며 팔을 걷어붙이는 믿을 수 없는 이들과 달리 주님께서는 우리 이 가여운 사회를 있는 그대로 받아들이시네. 간단히 말해 우리 주님도 돈의 힘을 잘 알고 계셨고 당신 곁에 자본주의를 위한 조그만 자리를 허락하시고 그에게 기회도 주셨지.* 당신은 최초의 투자도 하셨지. 자네는 어찌 여길지 모르지만 내게는 이것이 정말 놀라운 일로 보여! 아름답기까지 하고! 하느님께서는 그 무엇도 폄하하지 않으시네. 요컨대 일이 제대로 성사되었더라면 유다는 요양원이나 병원, 도서관, 그리고 연구소에 보조금을 냈을지 모르지.** 그가 무슨 백만장자처럼 빈민 문제에 벌써 관심을 갖고 있었던 것을 생각해 보게. "가난한 이들은 언제나 너희들 중에 있을 것이다. 그러나 나는 언제나 너희들과 같이 있지 않을 것이다."라고 주님은 답하셨지. 그 말이 뜻하는 바는 이렇네. "자비의 때를 헛되이 지나쳐 보내 버리지 말라. 향료 공장 기금이나 사회 구제 계획 따위에 대한 너의 허황한 공론으로 내 사도들의 머리를 어지럽히지 말고 네가 나에게서 훔쳐 간 돈을 도로 내놓는 것이 나을 것이다. 게다가 너는 네가 그리 행동하면 행려자들을 사랑하는 내 마음에 들 것이라고 생각하지만 너는 그야말로 전적으로 착각한 것이다. 내가 내 가난한 백성을 사랑하는 것은 영국 노파들이 주인 잃은 고양이를 사랑하거나 투우장 황소를 사랑하는 것과 다르다. 그런 것들은 그저 부자들의 행태다. 나는 아이를 잘 낳는 충실한 아내를 대등한 입장에

* 유다에게 돈 관리를 맡긴 일.
** 「요한」 12장 5절 참조.

서 사랑하듯이 깊이 성찰하고 혜안 깊은 마음으로 가난을 사랑하는 것이다. 나는 가난에 내 손으로 친히 왕관을 씌웠다. 누구나 원한다 해서 가난의 영예를 드높일 수 있는 것은 아니다. 먼저 흰 삼베옷*을 입지 않고서는 가난을 섬길 수 없다. 누구나 원한다 해서 가난과 함께 고난의 빵을 나눌 수 있는 것도 아니다. 나는 가난이 겸손하고 자긍심 있기를 원하지, 비굴하기를 원하지 않았다. 내 이름**으로 주는 것이라면 그 가난은 물 한 잔도 거절하지 않고 바로 내 이름으로 그것을 받아들인다. 만일 가난한 이의 권리가 생필품 충족에만 국한된다면 너희들의 이기주의는 그 가난뱅이에게 바로 딱 필요한 것이나 주는 데만 그치고 말 것이고 그들은 너희들에게 감사하다며 언제나 굽신대겠지. 그래서 너는 지금, 큰돈을 들여 산 향료를 내 발에 붓고 있는 이 여인***에게 격분하는 것이다. 마치 내 가난한 백성들은 향료 같은 고급품은 절대 사지도 쓰지도 말아야 하는 듯이. 네게서 동전 두 닢을 받은 떠돌이가 곧바로 빵집에 가서, 주인이 전날 만들어 놓고 갓 구웠다고 속인 빵을 사서는 그 자리에서 배를 채우지 않는다고 분개하는 그런 부류에 너는 속한다. 그 부류도 가난뱅이 입장에 처하면 술집으로 갈 것이다. 왜냐하면 비참한 사람의 배는 빵보다는 얼큰한 환상을 더 필요로 하니까 말이다. 불행한 작자들! 너희들이 그다지도 중히 생각하는 황금도 실은 환상, 꿈, 때로는 그저 어떤 꿈의 약속에 지나지 않는 것 아니냐? 가난은 하늘에 계신 내 아버

---

* 수의(壽衣).
** 결국 사랑의 이름을 뜻한다.
*** 「마태」 26장 6~13절 참조.

94

지의 천칭에는 무겁게 달려서 연기 같은 너희들의 온갖 보물도 그것과 평형을 이루지 못할 것이다. 너희들 가운데 부자들, 소유보다는 권력을 더 추구하는 탐욕스럽고 가혹한 인간들이 언제나 있는 바로 그 이유로 너희들 가운데 가난한 사람들도 언제나 있을 것이다. 부자들 중에서처럼 가난한 사람들 중에서도 이런 인간들이 있으니, 개울에 떨어져서야 술이 깨는 비참한 사람도 어쩌면 진홍색 커튼이 달린 침대에서 잠을 자는 카이사르와 같은 꿈을 잔뜩 안고 있을 수 있을 것이다. 부유하건 가난하건, 거울을 들여다보듯 가난에 너희들 자신을 비춰 보아라. 왜냐하면 가난은 너희들의 근원적 실망의 형국이요, 이 지상에 자리한 실낙원이요, 너희들 가슴과 양손의 공허니까. 너희들의 간특함을 내 잘 알고 있기에 나는 가난을 그리도 높이 들어올리고 그 가난과 혼인하고 그 가난에 왕관을 씌운 것이다. 너희들이 가난을 적으로, 아니 그저 타인으로라도 여기도록 만약 내가 허했더라면, 너희들이 그것을 이 세상에서 언젠가 축출해 버리려는 희망의 여지를 갖도록 내가 허했더라면, 나 역시 약자들을 처단해 버린 셈이다. 약자들은 너희들에게는 늘 견디기 힘든 짐 덩이요 너희들 그 오만한 문명이 혐오감에 화를 내며 서로 떠넘기는 부담스러운 무게니까 말이다. 나는 그들 이마에 특별한 표식을 해 두었다. 그러니 너희들은 살금살금 기어서나 그들에게 접근할 수 있을 뿐이고 그중 길 잃은 양을 어쩌다 집어 삼키겠지만 너희들은 그 양 떼 전체*를 공격할 생각은 더 이상 감히 못 할 것이다. 내 팔 힘이 조금만

---

* 하느님의 가난한 백성.

느슨해져도 내가 가증스러워하는 노예제도가 이런저런 구실로 저절로 소생할 테지. 너희네 법률은 약자와도 계산을 철저하게 하려고 하는데 약자는 제 껍질밖에는 내줄 게 없으니 말이다.'"

내 팔 위에 얹힌 그분의 커다란 손이 떨리고 있었고 그분 눈동자에서 내가 분명 보았던 눈물은 그분의 시선이 내게 계속 고정되어 있는 동안 차츰 거둬져 가는 듯 보였다. 나는 울 수가 없었다. 나도 모르는 새 저녁이 찾아와서 이제 나는 당신의 얼굴을, 죽은 사람의 얼굴 마냥 그토록 고상하고 깨끗하고 평화로운 그 얼굴을 간신히 알아볼 수 있을 뿐이었다. 그리고 바로 그 순간 저녁 삼종기도*를 알리는 첫 종소리가 현기증 나도록 하늘 저 높은 곳으로부터, 마치 저녁의 정점에서인 양 울려왔다.

∽ 나는 어제 블랑제르몽의 수석 신부님을 뵈었는데 그분은 내게 매우 자상하지만 또 매우 장황스럽게, 젊은 사제로서 금전 출납을 아주 주의 깊게 관리해야 한다는 것을 역설하셨다. "무엇보다도 빚을 져서는 안 되네. 절대 동의할 수 없는 일이지!"라고 그분은 결론 지으셨다. 바른 말이지만 나는 좀 당황스러워서 하직하려고 자리에서 어색하게 일어났다. 그런데 (분명 내가 기분이 상했다고 생각하신 게 분명하다.) 나더러 다시 앉으라고 그분은 청하셨다. 들어 본즉 파미르 부인이 내 외상값

---

* 성자의 강생과 성모를 공경하는 뜻으로 매일 아침, 정오, 저녁에 세 번 종을 칠 때마다 드리는 기도.

(기나 껍질을 넣은 포도주 몇 병 건.) 갚기를 아직도 기다린다고 불평했던가 보다. 더하여 푸줏간 주인 제오프랭에게 53프랑, 석탄 장수 들라쿠르에게 118프랑*을 치러야 할 게 있는 모양이다. 들라쿠르 씨는 사목 위원이다. 이 양반들이 아무런 청구서도 직접 들이밀지 않았던 터라 수석 신부님은 이 모든 정보를 파미르 부인에게서 들은 거라고 내게 실토하지 않을 수 없었다. 이 고장 사람도 아니고 그 딸이 최근 이혼했다는 얘기가 들려오는 카뮈 씨 가게에서 내가 식료품을 들여오는 것에 대해 이 부인은 나를 도무지 용서치 않는다. 나의 장상인 블랑제르몽 신부님은 당신 자신도 우스꽝스럽다고 여기시는 이런 험구를 그 누구보다 먼저 웃어넘기시는 분이지만 내가 파미르 씨네에 발을 더 이상 들여놓지 않겠다는 뜻을 밝히자 신경이 날카로워지는 듯했다. 그분은 참석하지도 않았던 모임이지만 베르쇼크의 본당 사제관에서 석 달에 한 번씩 갖는 신부 모임에서 내가 발제했던 바를 그분은 내게 환기시켰다. 내가 상업과 상인에 대해 당신이 생각하기에는 너무 지나친 어투로 말을 했다는 것이다. "여보게, 자네같이 경험이 없는 젊은 신부가 하는 말은 선배들의 비평거리가 되기 마련이라는 걸 잘 기억해 두게나. 선배들의 의무야 바로 새내기 신부들에 대한 공론을 조성하는 일이니까 말일세. 자네 나이에는 톡 쏘는 말을 해서는 안 되네. 우리네 사제 사회같이 작고 폐쇄적인 사회에서는 서로 이렇게 견제하는 것이 타당하고, 이를 흔쾌히 수용하

---

* 둘 다 화폐 개혁(1958년) 전에 통용되었던 옛 프랑 단위로서 얼마 되지 않는 돈이다.

지 못한다면 그 생각이 잘못된 걸세. 물론 요즘 상도덕이 예전 같지 않아서 모범 신자들도 이 영역에서는 질책받을 만한 소홀함을 드러내고 있지. 하지만 근래의 끔찍한 경제 위기가 가혹하다는 것도 인정하세나. 근면절약하고 우리 조국의 부와 위대함을 지켜 주는 이 조촐한 중산층 거의 전체가 세상의 부정적 평판이나 매도에 깔려 있던 시절을 나도 겪어 보았지. 오늘날은 또 어떤가. 그들은 자기네 일의 결실이 온갖 무질서한 요소들 때문에 위협받고 있다고 느끼고, 관대한 환상의 시대는 가 버렸으며 사회는 이제 교회 외에는 강한 지주가 달리 없다고 생각하네. 복음서에 소유권에 대한 얘기가 어디 없던가? 아, 물론 구별이야 해야지. 신자들의 양심을 다스리는 데 있어서 자네는 바로 이 소유권에 대응하는 의무에 대한 그네들의 주의를 촉구하기는 해야지. 하지만……"

좋지 못한 내 몸 상태가 나를 끔찍히도 예민하게 만들었다. 입술까지 떠오른 말들을 참을 수 없었을 뿐 아니라 더 고약한 사실은 나 자신에게도 생경할 만큼 떨리는 어조로 그 말들을 토해 버린 것이다.

"고해소를 찾아와 고해하는 사람이 부당 이익을 취했다며 죄를 고백하는 일은 흔하지 않습니다!"

수석 신부님은 내 눈을 정면으로 바라보셨으나 나는 그 눈길을 버텨 냈다. 나는 토르시 본당 신부님을 생각했다. 비록 정당화될 수 있는 것이라 하더라도 분노란 사제가 쉬 빠지기에는 너무나도 수상쩍은 영적 동요다. 사람들이 내게 부자에 대한 의견 피력을 굳이 요구할 때면 정말 부자, 정신까지도 부에 매인 사람, 주머니에는 푼돈밖에 없는 것과는 무관한 유일한 부자, 사람들 말마따나 돈밖에 모르는 사람에 대해, 그래! 수전노에 대해 말하는 나의 분노 속에는 항상 그 무엇이 깃들어 있음을 나도 느끼고 있다.

"자네 생각이 내겐 낯설기만 하군." 하고 수석 신부님은 냉랭한 어투로 말씀하셨다. "자네 생각에는 무슨 원한이나 쓰라린 감정이 개입된 듯하네……." 그분은 한결 부드러워진 어투로 말씀을 이으셨다. "여보게, 자네 학업 성적이 뛰어났던 게 오히려 자네 판단력을 약간 왜곡한 게 아닐까 싶어. 신학교는 세상이 아닐세. 신학교 생활이 인생이 아니라는 말일세. 그 생활이 자네를 지식인, 다른 말로 반항아, 정신을 토대로 하지 못한 사회적 우월이라면 무조건 경멸하고 비판하는 사람으로 만들어 내기는 정말 어렵지 않은 일이었을 테지. 하느님께서 우리를 개혁주의자들로부터 보호해 주시기를!"

"신부님, 하지만 많은 성인들이 개혁자들이셨지 않습니까."

"하느님께서 우리를 성인들로부터도 보호해 주실 지어다! 내 말에 반박은 말게. 그냥 재담이니까. 우선 들어 보기나 하게. 자네도 잘 알듯이 교회는 예외적으로 극히 적은 의인들만, 그것도 대개 그들 사후 오랜 시간이 흐른 후에야 성인위(聖人位)에 올리지. 그분들의 가르침과 영웅적 모습이 엄정 조사*라는 체를 거쳐서 신자들의 공동 보화**로 인정되지만, 신자들이 그 보화를 아무 통제 없이 퍼낼 수는 없다는 것도 알아 둬야지. 외람된 말이겠지만 그러니 이 훌륭한 어른들은, 포도 농사

---

* 시복, 시성을 위한 조사(調査).
** 교회가 공식 인정한 성인들은 모든 신자들의 사랑을 받는, 교회의 보물 같은 존재란 뜻.

꾼이 자기 후손들 입이나 즐겁게 하려고 갖은 수고와 정성을 들여 만드는, 진품이기는 하나 숙성에 시간이 많이 걸리는 포도주와 흡사하다는 결과가 나오지……. 물론 농담이라네. 하지만 천주께서는 수도자들 무리 속에 함께 있는 우리 재속 성직자들 중에서, 감히 말하자면, 이적과 기적을 행하는 성인들, 즉 고위 성직자들도 때로 덜덜 떨게 만드는 초월적 모험가들의 수를 늘리는 것을 절제하신다는 걸 자네도 알 걸세. 아르스의 본당 신부*는 예외가 아니던가? 흠잡을 데 없이 열성을 다하고 온 힘을 성직이라는 무거운 직무 수행에 바치는 존경받아 마땅한 많은 성직자들의 수는 많은데 그들 중 죽어서 성인이 된 자는 정말 적지 않은가 말이야. 그렇다고 영웅적 덕행 수행이 수도자들, 더구나 단순 평신도들만의 특권이라고 누가 감히 주장할 수 있겠는가?

그러니 어떤 의미에 있어서는, 그리고 이런 농담이 갖기 마련인 약간 불경하고 역설적인 특성은 충분히 인정하면서도, 내가 아까 "하느님께서는 우리를 성인들에게서 보호해 주실 지어다."라고 말했던 것을 이제 이해하겠나? 성인들이 교회의 영예가 되기에 앞서 교회의 시련이 되었던 경우가 너무 많았어. 더구나 진정한 성인들 곁에 우글거리는, 되다만 성인들에 대해 지금 말하는 게 아니야. 잔돈, 그래 두꺼운 동전과 같아서 쓰임새가 있기 보다는 오히려 거추장스러운 그런 존재들 말이야!

---

* 성 비안네 신부(1786~1859). 그가 본당 신부로 있던 아르스 마을에서 1824년부터 30년간 이어진 밤새 들리는 소음, 난타, 침실 화재 등, 그가 악마의 소행으로 판정한 이상한 현상들을 평정하고 종교적 해태에 절어 있던 마을을 성화했다.

어떤 목자, 어떤 주교가 이런 무리를 이끌어 가길 원하겠나? 그네들에게 순종의 정신이 있다고 하세. 그래! 그다음에는? 그들이 무엇을 하건 그들의 말, 태도, 그들의 침묵조차도 범용한 이들에게는, 약하고 미지근한 사람들에게는 걸림돌이 되기 마련이지. 주님께서는 미지근한 사람은 뱉으신다고 자네는 내게 말할 셈이지? 하지만 어떤 게 미적지근한 걸까? 우리는 알 수 없지. 이런 자들을 정의 내릴 때 필요한 주님의 확신이 우리에게 있기나 할까? 전혀 아니지. 다른 한편으로 교회에도 필요한 건 있네. 솔직히 털어놓자면 돈이 필요하단 말일세. 이런 필요가 엄존한다는 것, 자네도 나처럼 인정해야 하네. 부끄러워 얼굴 붉힐 필요 없다네. 교회도 육체와 영혼을 지니고 있네. 그러니 그 몸의 욕구를 채워 주어야지. 분별력 있는 사람이라면 먹는 일을 부끄러워하지 않네. 그러니 사물을 있는 대로 보자는 걸세. 좀 전에 우리가 장사꾼들에 대해 얘기했지. 국가가 가장 확실한 수입을 누구에게서 얻어 내는가? 바로 이 소(小)부르주아, 중산계급이 아니던가? 벌이에 악착같고 자기 자신에게 그러하듯 가난한 이에게 가혹하며 축재에 미친 자들 말이야. 현대 사회는 이네들이 만들어 놓은 걸세.

물론 아무도 자네들더러 원칙을 굽히라고 요구하지 않았고 내가 아는 한 그 어떤 교구도 교리문답 중 제4계명*에 조금이라도 손을 대거나 바꿨단 소리 못 들었네. 하지만 우리가 금전 출납부에 코를 박고 들여다볼 수 있는지? 이를테면 육체적 과오에 관련된 훈계에는 사람들은 상대적으로 순순히 따르지. 왜

---

* 십계명 중 네 번째 계명으로 안식일을 거룩히 지내라는 것.

냐하면 사람들의 세속적 지혜가 보기에 육체적 과오는 무질서나 소비를 뜻하고 기껏해야 위험부담이나 지출을 걱정하는 것 이상을 의미하지는 않지. 그러나 그들이 사업이라고 부르는 것은 당사자들에게는 모든 것을 신성화하는 일로서 어떤 특별한 영역일세. 왜냐하면 그네들은 일이라는 종교를 가지고 있으니 말일세. '나 자신을 위하여'라는 것이 그네들 준칙이지. 장사는 일종의 전쟁이니까 진짜 전쟁과 같은 특권과 용납을 요구한다는 그 편견을 깨뜨리며 그네들의 의식을 개명(開明)하는 일은 우리에게 달린 것이 아니라 시간이 많이 흘러야 하는 일일 거야. 어쩌면 수세기가 걸리겠지. 전쟁터의 병사는 자기를 살인범이라고 여기지 않지. 그와 마찬가지로 자기가 한 일에서 폭리를 취하는 장사꾼도 자기를 도둑이라고 생각지 않네. 왜냐하면 푼돈이라도 남의 호주머니에서 직접은 꺼내지 못하는 사람이라고 스스로 생각하거든. 그러니 여보게, 어쩌겠나. 사람은 사람이지! 이런 상인들 중 몇몇이 설령 합법 취득에 관한 신학상의 규정을 문자 그대로 따르려 든다면 그네들 파산은 정해놓은 당상일걸세.

그러니 자립하느라 큰 고생을 했고, 물질주의적 사회를 돌아보는 데 우리에게 가장 큰 참고인이 되어 주고, 갖가지 의식*을 치르는 경비의 한 몫을 담당해 주고, 시골에서 성소** 지망생이 줄어든 이래 우리에게 사제들까지 대 주는*** 이 근면한 시민들

* 교회 의식. 이를테면 성체 행렬 등의 큰 행사.
** 聖召, 성직이나 수도 생활로 이끄는 하느님의 부르심.
*** 다른 계급에서는 줄었으나 소부르주아 계급에서 사제 지망생이 생겨나는 현황에 대한 언급.

을 열등 계급으로 밀어 내려 버리는 것이 바람직한 일이겠는
가? 위대한 공업 운운하지만 이제는 이름만 남았어. 은행에 먹
힌 거지. 귀족 계급은 빈사 상태고 프롤레타리아 계급은 우리
에게서 멀어져 가고. 그러니 많은 시간과 분별, 그리고 기민함
이 필요한 양심 문제를 즉각, 눈부시게 해결해 달라고 요청할
상대가 중산층일 수밖에.* 노예제도는 하느님 법에 가장 큰 위
법이 아니었던가? 하지만 사도들은…… 자네 나이 때에는 너
무 단호한 판단을 하는 경향이 있지. 그런 잘못을 경계해야지.
사람들을 추상적으로 보지 말도록 하게나. 그러니 바로 그 파
미르네 사람들을 보게나. 그 집 사람들이야말로 내가 방금 말
한 논지의 예, 해설이 될 수 있겠지. 그 사람 조부는 그저 미장
일하는 인부였는데 반교회론자로 이름 한번 자자했고 사회주
의자이기도 했네. 바장쿠르의 존경하는 우리 동료 신부는 성
체 거동 행렬이 지나가자 그가 제집 문지방에 일부러 바지를
벗어 깔던 꼴을 기억하고 있지. 그 사람은 우선 평판이 별로
좋지 않던 주류 가게를 하나 사들였지. 2년 후, 공립 중학교를
나온 그의 아들은 들라노아라는 좋은 가정과 인연을 맺었지.
그 집 조카는 브로즐롱 근처의 본당 신부였어. 수완도 좋은 그
규수는 식품 가게를 냈고. 물론 노인이 나서서 일을 보아주었
지. 마차를 몰고 1년 내내 안 돌아다닌 길이 없지. 바로 그런
그가 몽트뢰이에 있는 교구 직속 중학교에 들어간 손자들 기
숙사비를 댔지. 손자들이 귀족 자제들과 친구로 지내는 게 그
는 자랑스러워졌지. 하긴 사회주의자 노릇도 오래전에 그만두

---

* 결국 중산층에서 사제가 나오길 기대할 수밖에 없다는 뜻.

었지. 고용인들은 그를 아주 무서워했지. 스물두 살 되던 해 루이 파미르는 주교관 재정 관리를 맡은 들리볼 공증인의 딸과 결혼하지. 아르센은 가게를 맡고 샤를은 릴에서 의학 공부를 하고 막내 아돌프는 아라스의 신학교에 가 있네. 아, 물론 이런 사람들이 일하는 데 철저하고 사업에 악착같아서 그 지역 돈을 다 걷어 갔다는 걸 누구나 알지. 하지만 말이야! 그들이 우리 돈을 훔쳐 가긴 해도 우리를 존경하는 걸. 이런 식으로 그들과 우리 사이에는 일종의 사회적 연대가 생겨나고 그걸 못마땅해하거나 않거나는 각자 몫이지. 하지만 주어진 것, 주어진 이 모든 것은 좋은 쪽으로 이용되어야 하는 법이야."

그는 얼굴이 좀 벌개지면서 말을 끊었다. 나는 이런 종류의 대화를 잘 따라가는 법이 거의 없다. 왜냐하면 내적인 공감이 나로 하여금 상대방의 생각을 열정적으로 앞질러 가게 만들지 못하는 대화를 하다 보면 내 주의력은 금방 느슨해져 버리고, 그래서 내 옛 은사들 말씀처럼 나는 그냥 "질질 끌려가기" 때문이다…… "가슴에 맺힌 말"이라는 일반적 표현이 얼마나 적절한지! 내가 들은 저 말은 내 가슴에 응어리져서 오직 기도만이 이런 얼음덩이를 녹여 낼 수 있다는 것을 나는 깨달았다.

"내 필경 자네에게 좀 거칠게 말을 한 모양이군." 하고 블랑제르몽의 수석 신부님은 다시 입을 여셨다. "그래도 자네 좋으라고 한 얘기야. 나이를 많이 먹으면 알게 될 거야. 그러기 위해서라도 살아야지."

"살아야 한다니, 끔찍합니다! 그렇게 생각하지 않으십니까?" 나는 앞뒤 없이 대답했다.

나는 그가 강하게 응수할 걸로 생각했다. 왜냐하면 내가 반항심에 젖어 있을 때의 목소리, 내가 잘 아는 그 목소리, "네 아버지 목소리"라고 어머니가 말씀하시던 바로 그런 목소리를 막 내질렀기 때문이다……. 일전에 어느 부랑자가 신분증을 보여 달라는 경찰에게 "신분증이요? 내가 어디서 그런 것을 받을까요? 나는 이름 모를 군인의 아들이올시다!"라고 답하는 것을 들은 적이 있었다. 그 사람의 목소리가 자못 이랬다.

수석 신부님은 찬찬히 내 얼굴을 들여다보시기만 했다.

"자네는 정말이지 시인(그는 '시이인'이라며 발음을 끌었다.) 같구먼. 자네에겐 상주 본당 말고도 관할 본당이 두 군데 있으니 다행히도 할 일이 없지 않겠지. 일을 하다 보면 마음도 가라앉을걸세."

어제 저녁에는 용기가 나지 않았다. 나는 그 대화에 어떤 결론을 내리고 싶었다. 그러나 그런다고 무슨 소용이 있었을까? 물론 나는 내 말에 반박하고 내게 굴욕감을 줌으로써 분명 쾌감을 느꼈을 수석 신부님의 성격을 헤아려야 한다. 그는 민주주의적 정견(政見)을 신봉하는 젊은 사제들을 반대하는 열의로 한때 유명했는데 그는 나를 그런 신부들 중 하나로 생각하는 것이 분명하다. 필경 용납할 수 있는 착각이긴 하다. 지극히 미천한 내 출신이나 보살핌 없이 비참했던 내 유년 시절, 조잡했다고까지 말할 수 있을, 내가 받았던 빈약했던 교육과 많은 일을 직관적으로 알게 하는 나의 일종의 지적 감수성 사이에서 나 스스로도 점점 더 크게 느끼는 불균형 때문에, 나는 당연히 내 웃어른들이 경계심을 품기 마련인, 제대로 틀 잡히지 못한 부류에 속한다. 만약 ……했더라면 나는 어떻게 되었을까? 세상에서 흔히 사회라고 부르는 것에 대한 나의 감정도 퍽 모호하다……. 내가 가난한 집 아들이긴 하나, 아니, 바로 그 이유 때문인지 모르지만 나는 혈통, 피의 우월성만을 진정 우월한 것으로 받아들인다. 내가 이를 고백한다면 사람들의 비웃음이나 살 것이다. 그러나 나는 진정한 주인이라면, 이를테면 그가 군주이든 왕이든 기꺼이 섬겼을 것 같다. 누군가의 손에 모아 잡은 제 두 손을 내드리며 가신으로서 충성 서약을 할 수 있겠지만 백만장자라는 이유 하나 때문에 그 사람의 발 아래 꿇으며 같은 의식을 치를 생각은 그 누구도 하지 않을 것이다. 얼마나 어리석은 일일까. 부의 개념과 권력의 개념은 아직 혼동될 수는 없다. 전자는 여전히 추상적이다. 고리대금업자 부친의 돈 자루 덕분에 봉토를 얻은 군주들이 한둘이 아니라고 강변하기는 쉽다는 걸 나도 잘 알고 있다. 그러나 검 끝으로 봉토를 얻었건 아니건 간에 그가 제 목숨을 검 끝으로 보존해 왔을 것과 마찬가지로 그 봉토를 지켜 온 것도 검 덕분일 것이다. 왜냐하면 사람과 봉토는 같은 이름을 가질 정도로 한 몸을 이루기 마련이기 때문이다…….* 왕들이 제 정체성을 드러내는 신비로운 표징이 바로 봉토 아니었던가? 그리고 성서를 보면 왕은 심판관과 거의 같은 신분이었다. 백만장자는 돈 궤 안에서 그 어떤 군주보다 더 많은 인간 목숨을 좌지우지하지만 그가 휘두르는 권력에는 우상들처럼 귀도 눈도 없다. 그

---

* 프랑스 군주들의 성(姓)은 아버지로부터 물려받을 뿐 아니라 그들이 수호한 봉토의 이름도 포함되어 왔다.

는 죽일 수 있다. 그렇다, 죽이는 대상이 누구인지 알아볼 필요도 없이 그저 죽여 버릴 수 있다. 이런 특권은 어쩌면 악마들의 특권이기도 할 것이다.

(하느님 생각을 차지하려고 애쓰는 사탄은 그분 생각을 헤아리지도 못한 채 그것을 증오할 뿐만 아니라 그 생각을 거꾸로 새기고 있다고 나는 자주 되씹게 된다. 생명의 물길을 따라 순리대로 흘러가는 대신 자기도 모르는 새 사탄은 그 물길을 역류하며, 창조하려는 모든 노력과는 반대로 행동하려는 무섭고 어처구니없는 시도 속에서 기진하게 된다는 생각이 자주 드는 것이다.)

🙰 가정교사가 오늘 아침 나를 만나러 제의실로 왔다. 우리는 샹탈 양에 대해 길게 얘기를 나누었다. 이 아가씨는 점점 더 성깔이 고약해져서 성관에서 지내는 것이 더는 어려워 보이고 기숙사에 들여보내는 것이 좋을 것 같다고 했다. 백작 부인은 아직 이런 조처를 할 결심을 굳히지 못한 듯하다. 그러니 내가 백작 부인께 말을 넣어 주었으면 하는 눈치였다. 하기는 다음 주에 성관 만찬에 가기로 되어 있다.

물론 가정교사는 모든 걸 다 털어놓으려 하지는 않았다. 그녀는 여러 번 거북살스러울 만큼 집요하게 내 두 눈을 똑바로 들여다보았다. 그녀의 입술은 계속 떨렸다. 나는 성당 부속 묘지로 통하는 문께까지 그녀를 배웅했다. 그녀는 그 문턱에서, 굴욕적인 고백을 할 때의 말투, 고해소에서의 말투인 저 빠르고도 토막토막 끊어지는 말투로, 이토록 위험하기까지하고 미묘한 상황에 도움을 청해서 미안하다고 말했다. "샹탈은 성질이 불같고 괴팍해요. 악하다고는 생각하지 않습니다. 그 나이 무렵 청소년이라면 언제나 고삐 풀린 상상력을 갖고 있기 마련이죠. 내가 사랑하고 안타깝게 여기는 그 아이에게 신부님이 경계심을 갖게 하는 일에 저도 많이 망설였답니다. 하지만 그 애가 정말이지 분별없는 일을 벌일 것 같아서요. 이곳에 새로 오셨는데 사제로서의 관대함과 자비심에만 기우신 나머지 만일의 경우 그 아이 속사정을 들어주는 상황을 초래하신다면 쓸데없기도 하거니와 위험한 일이 될 겁니다. 그 속사정이란 것이⋯⋯. 백작께서 그런 일을 용납하시지 않을 거고요."라고 그녀는 덧붙였는데 그 어투가 거슬렸다.

물론 그 여자가 편견과 부당한 생각을 가진 인물이라고 의심할 근거는 내게 전혀 없다. 그런데 손도 내밀지 않고 내가 할 수 있는 한 가장 냉정하게 인사를 하고 보내려는데 그녀의 두 눈에는 눈물이, 그야말로 눈물이 글썽거렸다. 하기는 요즘 샹탈 양의 태도도 영 마땅치 않다. 마음 아프게도 그 아이의 얼굴은 많은 시골 여자들의 얼굴에서 보이는 고집스러움과 퉁명함으로 굳어 있다. 나는 그런 표정의 비밀을 여태 알 수도 없었고 앞으로도 그럴 것이다. 왜냐하면 그 여자들은 임종의 자리에서도 속내를 거의 짐작할 수 없게 잘 드러내지 않기 때문이다. 청년들은 퍽 다르지만! 그런 때에 그 여자들이 모고해(冒告解)*를 한다고는 별로 생각하지 않는다. 내가 말하는 그 죽어 가는 여자들은 자기네들의 과오를 진실로 회개한다고 했으니까 말이다. 그러나 그 여자들의 가엾고도 사랑스러운 얼굴은 저 어둑한 문지방을 넘고 나서야 어린 시절의 고요함(나이로는

* 고해성사를 모독하는 것으로, 중죄를 고의로 말하지 않는 것.

그 시절과 아직 가까운데도!), 무어라 표현하기 어렵지만 믿음과 경이에 찬 순수한 미소를 회복하곤 했다……. 육욕의 악마는 말이 없는 악마다.

그건 그렇고 나는 루이즈 양의 처신이 좀 의심스럽다고 생각하지 않을 수 없다. 내가 이처럼 미묘한 가정사에 개입하기에 경험과 권위가 턱없이 모자라는 만큼 나를 멀리하는 것이 현명했을 것이다. 그러나 내가 그 문제에 개입하는 것이 유익하다고 생각한다면서도 나 스스로 판단하는 것을 금지하는 것은 또 무슨 연고인가. "백작께서 그런 일을 용납하시지 않을 거고요."라고 덧붙였던 그녀의 말은 도를 지나쳤다.

어제 친구의 편지를 새로 받았다. 그저 한마디였다. 사업상 파리에 가야 하는 만큼 내가 릴에 오는 것을 부디 며칠 연기해 달라는 청이었다. 그는 다음과 같이 편지를 맺었다. "사람들 말마따나 내가 수단을 벗어 버린 지 오래된 것은 자네도 짐작했겠지. 하지만 내 마음이야 변하지 않았네. 내 마음은 한층 더 인간적인, 그러니 한층 더 관대한 인생관을 향해 열린 것뿐일세. 나는 내 밥벌이를 하고 있다네. 이건 중요한 말이고, 중요한 일일세. 밥벌이를 한다! 신학교 때부터 그날그날의 빵과 강낭콩 한 접시라도 무슨 동냥이라도 받듯 웃어른으로부터 받아서야 먹도록 길든 버릇은 우리들을 죽을 때까지 어린 초등학생으로 만들어 놓지. 자네도 필경 지금까지 그럴 테지만 나는 내 사회적 자질에 대해 전혀 몰랐네. 정말 변변치 못한 일거리라도 맡을 수 있으리라고는 생각하기 어려웠지. 그런데 내 좋지 못한 건강 때문에 필요한 절차를 다 밟지 못했는데도 나는 아주 고무적인 제안을 많이 받았네. 그래서 보수가 아주 좋은 자리 대여섯 중 하나를 때가 오면 고르기만 하면 될걸세. 그러니 자네의 다음 방문 때 나는 자네를 어엿한 집에서 맞아들이는 기쁨과 긍지를 가질 수 있을 것 같기도 하다네. 지금까지 살던 우리 거처는 더없이 소박해서⋯⋯."

이 모든 넋두리가 무엇보다 유치함을, 내가 어깨 한 번 으쓱하고 넘어가 버려야 할 것임을 나는 잘 안다. 그러나 나는 그럴 수 없었다. 그 편지에는 어떤 어리석음, 어떤 어리석은 어투가 어려 있어서 나는 대번에 끔찍한 수치심을 느끼며 성직자의 교만, 하지만 모든 초월적 특성은 사라져 버리고, 마치 소스가 변해 버리듯 어리석음으로 변해 버린 그런 성직자의 교만을 읽을 수 있었다. 우리 사제들은 사람들과 인생 앞에 얼마나 무력한지! 이 얼마나 어처구니없는 유치함인지!

하지만 내 동창은 신학교에서 우등생 중에서도 가장 재능 있는 학생으로 통했다. 그는 사람들에 대해 조숙하고 약간은 신랄한 경험도 했던 처지라 교수 신부들 중 누구누구를 제법 대단한 통찰력으로 판단하기도 했다. 그런데 그는 오늘 왜 이처럼 처량한 허풍을 내게 보여 주려고 기를 쓰는 것일까? 내가 생각하건대 그 자신도 그것이 허세임을 잘 알 텐데 말이다. 다른 많은 사람들*처럼 그도 어떤 사무실에서 인생을 마감하게 될 거고 사무실에서도 고르지 못한 성격과 병적인 신경과민 때문에 동료들에게는 애매한 사람으로 통할 것이다. 그가 자기 과거를 그들에게 숨기려고 아무리 애를 쓰더라도 결코 친구도 많이 만들지 못하리라 생각한다.

---

* 특히 환속한 신부들.

우리는 우리 천부적 소명의 초인간적 권위에 비싼, 아주 비싼 대가를 치른다. 우스꽝스러움과 숭고함은 간발의 차이일 뿐! 평소 우스꽝스러움에 대해 그리도 너그러운 세상은 우리들의 우스꽝스러움은 본능적으로 증오한다. 여성의 어리석음도 피곤하지만 성직자의 어리석음은 한결 더할뿐더러 때로 그것은 바로 여성의 어리석음에서 돋아난 기이한 싹눈 같다는 생각이 든다. 수많은 사람들이 딱하게도 사제를 멀리하고 그들이 사제에 대해 갖는 깊은 반감은, 흔히 사람들이 우리에게 주지시키려고 드는 것과 달리, 정도의 차이가 있을 뿐 그네들의 육체의 욕구가 법*에 저항한다는 사실과 그 법을 실제로 따르며 살고 있는 자들**에 대한 저항감만으로는 어쩌면 설명되지 않을 것이다…… 부인한들 무슨 소용 있으랴? ‘아름다움’에 대한 아주 분명한 생각을 지니지 못해도 추함에 대해서는 혐오감을 곧바로 느낀다. 범용한 신부는 추하다.

나쁜 신부에 대해 말하는 것이 아니다. 아니 실은 나쁜 신부는 범용한 신부다. 추한 신부는 괴물이다. 괴물성은 모든 척도를 벗어난다. 괴물에 대한 하느님의 계획을 그 누군들 알 수 있으랴? 괴물은 무엇에 도움이 되는 존재일까? 이토록 끔찍한, 실총(失寵)의 초월적 의미는 무엇일까? 유다가 바로 그런 세상에, 우리가 감히 모를 이유에서 예수께서도 기도하시기를 거절한 바로 그런 세상에 속했다는 것을 나는 아무래도 믿을 수 없다. 유다는 그런 세상에 속하지 않았다…….

---

\* 정욕에 관한 계율.
\*\* 독신 정결 서약을 지키며 사는 사제들.

내 불행한 친구가 나쁜 신부로 불릴 근거가 없다고 확신한다. 나는 그가 진심으로 자기 동반자에게 애착을 느끼고 있다고 짐작한다. 그가 예전에도 감상적이었던 것을 나는 알고 있으니까 말이다. 범용한 신부는 애석하게도 거의 예외 없이 감상적이다. 우리 신부에게는 어쩌면 악덕이 어떤 미적지근함보다 덜 위험할 수도 있지 않을까? 뇌가 무르는 경우가 있다.* 마음이 무르는 것은 더 고약하다.

∽ 들을 가로질러 관할본당에서 돌아오는 길에 백작이 리니에르 숲길을 따라 사냥개를 몰고 있는 것을 보았다. 그는 멀리서 내게 인사를 했으나 말을 건넬 생각은 별로 없어 보였다. 루이즈 양이 취한 조처를 그가 어떤 방식으로든 알게 되었을 거라는 생각이 든다. 아주 신중하게, 조심해서 행동해야 한다.

어제는 고해성사를 들었다. 3시에서 5시까지는 아이들 시간이었다. 자연 남자아이들부터 시작했다.

우리 주님은 이 아이들을 얼마나 사랑하시는지! 사제가 아닌 누군가 나 대신 거기 앉아서 매번 양심 성찰서에서 고른 내용을 반복하여 외는 아이들의 저 주절거림을 듣는다면 그는 이내 졸고 말 것이다……. 만일 그가 정황을 똑똑히 파악하려 들고 무턱대고 질문을 해 대면서 그저 호기심에 따라 처신한다면 그는 혐오감에서 벗어나지 못할 것이다. 동물성이 그토록 드러나 보이는 것이다! 그렇지만!

우리는 죄에 대해 과연 무엇을 알고 있는지! 그토록 단단

---

\* 이성적 해이.

하고 안정되어 보이는 땅도 실은, 마치 끓어넘치기 직전의 우유 위에 생기는 얇은 막처럼, 언제나 부그르르 끓는 불꽃 같은 대양 위에 얹힌 얇은 꺼풀에 기실 지나지 않는다고 지질학자들은 우리에게 가르쳐 준다…… 죄의 두께는 얼마만 한지? 얼마나 깊이 파고들어야 새파란 연원(淵源)을 발견할 수 있을지……?

〜 나는 심각한 병에 걸렸다. 어제 마치 계시처럼 문득 그런 확신을 갖게 되었다. 겉으로는 때때로 사라지는 것 같지만 실은 나를 옥죄는 손길을 완전히 늦춘 적 없는 이 끈질긴 고통을 전혀 몰랐던 때가 문득 멀리, 현기증마저 날 정도로 아득히 먼 과거로, 거의 어린 시절까지로 거슬러 올라가는 것을 느꼈던 것이다……. 내가 이 병에 걸렸다는 것을 처음 느낀 것이 꼭 6개월 전이다. 다른 사람들처럼 평범하게 먹고 마시던 시절도 간신히 기억날 뿐이다. 좋지 못한 징조다.

하지만 발작의 고통은 없어졌다. 이제는 발작을 일으키지 않는다. 나는 고기와 야채를 단호하게 끊어 버리고, 가벼운 어지럼증을 느낄 때마다 포도주에 적신 빵을 아주 조금 먹을 뿐이다. 식사를 끊은 것이 내게 아주 잘 맞는 것 같다. 머리가 맑고 3주 전보다 더, 훨씬 더 힘도 나는 것 같다.

이제는 아무도 불편해하는 내 행색에 신경을 쓰지 않는다. 사실 더 이상 마르려고 해야 더 마를 수도 없는 이 한심한 얼굴, 건강한 기색이라고는 감히 말 못 하겠지만 무어라 설명할 수 없는 어떤 젊은 기운을 지닌 내 안색에 나 스스로 익숙해졌다. 내 나이에는 얼굴이 푹 꺼지는 일이란 있을 수 없다. 살

갖은 뼈에 붙었지만 여전히 탄력 있다. 그래도 이게 어딘가!

어제 저녁에 썼던 이 글을 다시 읽어 본다. 간밤엔 아주 편안하게 잘 자서 용기와 희망으로 가득한 느낌이다. 나의 하소연에 대한 하느님의 답, 자애 가득한 하늘의 나무람 덕이다. 나는 종종 이런 미묘한 빈축을 느낀 바 있다. 아니, 느꼈다고 생각한 적이 있다. (불행하게도 빈축이라는 말밖에는 다른 말을 찾을 수가 없다.) 어린 자녀의 서툰 걸음마에 정성어린 눈길을 주면서도 어깨를 으쓱해 보이는 어머니의 태도라고나 할까. 아, 우리가 제대로 잘 기도할 수만 있다면!

백작 부인은 내 인사에 아주 차갑고, 아주 거리감이 느껴지게 머리만 까딱하며 응대할 뿐이다.

오늘 델방드 의사 선생을 만났다. 즐겨 입는 융* 반바지와 언제나 윤이 돌지만 비계 냄새를 풍기는 장화 때문에 동료 의사들이 따돌려 거의 폐업 상태에 있는 이 늙은 의사는 거친 사람으로 소문이 났다. 토르시의 본당 신부님이 내가 방문할 거라고 그에게 미리 알려 놓으셨다. 의사는 나를 긴 의자에 눕힌 다음 과연 그리 깨끗해 보이지 않는 (그는 사냥에서 막 돌아온 후였다.) 길쭉한 두 손으로 내 위 부분을 오랫동안 만져 보았다. 그가 청진하는 동안 문턱에 누워 있던 그의 커다란 개는 흠모에 찬 비상한 집중력을 보이면서 그의 일거수일투족을 지켜보았다.

---

\* 평직이나 능직으로 짠 후 보풀이 일게 만든 면 직물로서 촉감이 부드럽다.

"좋다고 할 수는 없군요."라고 그는 말했다. "여기만 보아도 (그는 자기 개를 증인으로 삼아 말하는 듯 보였다.) 신부님이 평소 양껏 식사를 하지 않으셨다는 것을 알아내기 어렵지 않습니다. 그렇지요……?"

"예전에는 아마 제대로 먹었을 것입니다."라고 나는 대답했다. "하지만 지금은……."

"지금은 너무 늦었어요! 그리고 알코올 말인데 도대체 알코올로 뭘 어쩌신 거요? 아, 물론 본인이 드신 것만을 두고 하는 말이 아닙니다. 신부님이 세상에 오기 훨씬 전에 신부님 대신 사람들이 마셔 댄 술을 두고 하는 말이오. 2주 후에 다시 오시오. 릴에 있는 라비뷰 교수에게 소개장을 써 드리겠소."

아아, 나는 유전이 나 같은 이의 어깨를 무겁게 찍어 누른다는 것을 잘 알고 있기는 하다. 그러나 알코올 의존증이라는 말은 듣기에 벅찼다. 옷을 다시 추스려 입으면서 거울에 비친 내 모습을 보자니 내 한심한 얼굴, 매일 조금씩 더 노래져 가는 그 얼굴이, 길다란 코와 입술 양 언저리까지 내려오는 깊은 겹주름이며 짧게 깎았지만 잘 말을 듣지 않는 면도칼로는 어쩔 수 없어 뿌리가 남아 있는 뻣뻣한 턱수염과 더불어 문득 흉하게 느껴졌다.

의사는 그런 내 눈길을 훔쳐본 게 분명한지 하하 웃기 시작했다. 개도 그에 응해서 짖어 대다가 이어서 좋아라 하며 경중경중 뛰어올랐다. "가만 있어, 폭스! 앉으라니까, 이놈의 개!" 이윽고 우리는 부엌으로 들어갔다. 이 모든 소란 법석이 이유 없이 내게 용기를 주었다. 장작단을 가득 넣어 놓은 높은 벽난로도 숯가마처럼 활활 타고 있었다.

"너무 답답한 일이 생기면 여기 한 번씩 들르세요. 아무에게나 이리 말씀드리는 건 아닙니다. 하지만 토르시 신부님도 당신에 대해 말씀하셨고, 신부님 눈이 제 마음에 듭니다. 충직한 눈, 충견의 눈이랄까요. 내 눈도 그런 개의 눈 같죠. 드문 일 아닐까요. 토르시 신부님과 신부님, 그리고 나, 우리는 같은 종족, 괴상한 종족인 거죠."

저 강인한 두 사람과 내가 같은 종족이라고 생각하는 것은 나 스스로는 결코 꿈도 꿔 보지 못할 일이다. 그렇지만 그가 농담을 하는 것이 아님을 나는 깨달았다.

"무슨 종족 말씀입니까?"라고 나는 물어 보았다.

"꼿꼿이 서 있는 종족 말입니다. 그런데 왜 서 있는 걸까요? 아무도 그 이유를 딱히 알지는 못할 겁니다. 신부님이야 하느님의 은총 덕분이라고 말하실 참이죠? 그런데 여보시오, 나는 하느님을 믿지 않소이다. 잠깐! 신부님이 늘 외시는 그 구절을 제게 들려줄 수고는 안 하셔도 됩니다. 저도 다 외거든요. "성령의 바람은 저 불고 싶은 대로 불고,* 나는 교회의 영혼에 속해 있도다." 운운……. 이거 다 쓸데없는 소립니다. 앉아 있거나 누워 있지 않고 왜 서 있느냐고요? 생리학적 해석은 당치 않다는 것 인정하시지요? 일종의 육체적 운명 예정설을 과학적으로 증명할 수는 없지요. 끄떡없이 견디는 이들**도 알고 보면 대개 끔찍하게도 보수적인 얌전한 시민들이고 그들이 인정하는 것은 대가를 창출하는 자기네들 노력일 뿐이죠. 그게 어

---

* 「요한」 3장 8절.
** 이른바 겉보기에 "꼿꼿이 서 있는 종족".

디 우리 노력입니까. 물론 당신네들은 천국을 만들어 냈죠. 그런데 나는 저번 날 토르시 본당 신부님에게 이렇게 말한 적이 있어요. "천국이 있건 없건 자네는 견뎌 낼 거란 말이지." 그런데 우리 사이 얘기니까 말입니다만 신부님네들이 말하는 천국엔 누구나 다 들어가지 않습니까? 11시의 일꾼들*도 말입니다. 그렇지 않소? 그 말씀 때문에 술을 좀 지나치게 마셨다고 할 때와 같은 뜻으로 내가 좀 지나치게 일을 많이 했다고 나선다면 우리가 교만한 자에 지나지 않는 것 같다는 생각을 하게 된답니다."**

그는 요란하게 웃어넘겼지만 그의 웃음소리가 괴롭게 들렸다. 그의 개도 나와 같은 생각인 것 같았다. 들썩이며 뛰어오르던 그 개도 갑자기 동작을 멈추고 얌전하게 바닥에 배를 깔고 엎드려서 제 주인을 향해 조용하고 주의 깊은 시선을 보내고만 있었다. 모든 것에서 초탈한 듯한 그 시선은 개 자신의 그 가여운 몸뚱이 신경 가닥 끝까지, 배 속 깊은 데까지 전해진 주인의 어떤 고통을 이해해 보려는 막연한 희망에서조차도 초탈한 듯이 보였다. 포개 얹은 앞발 위에 코끝을 조심스레 얹어 놓고 눈꺼풀을 끔뻑거리는 개의 기다란 등줄기 위로 전율이 흘러내렸고, 그 개는 적이 다가오기라도 하는 양 낮게 으르렁거렸다.

"저는 선생님께서 말씀하신 서 있다는 뜻이 무언지 알고 싶

---

* 「마태」 20장 1~16절의 비유. 특히 6절 참조. 여기서 11시는 현 시간 개념으로는 오후 5시에 해당.
** 인간의 척도를 넘어서는 하느님의 자비를 말한 위 비유에 근거할 때 그런 생각이 든다는 말.

어느 시골 신부의 일기  117

습니다만."

"답하자면 길겠죠. 짧게 얘기하자면 직립 자세는 힘 있는 자에게만 적합하다는 것을 인정합시다. 분별력 있는 사람이라면 직립 자세를 취하기 위해서는 힘이나 힘의 표징, 곧 권력이나 돈을 가질 때까지 기다릴 거요. 그러나 나는 기다리지 않았소. 중3 시절에 피정(避靜)*을 간 적이 있는데 몽트뢰이 중학교 교장 선생은 우리들에게 각자 좌우명을 하나 만들라고 했소. 그때 내가 만든 좌우명이 뭐겠소? "대면하라."라는 것이었소. 열세 살 먹은 소년이 무엇과 대면하겠단 말이었을까요……!"

"아마 불의에 대항한다는 것이었겠죠."

"불의라고요? 그렇다고 볼 수도 있고 아닐 수도 있어요. 나는 주둥이에 정의라는 단어만 붙이고 사는 그런 부류의 사람이 아니오. 우선 맹세코 나는 나를 위해 그걸 요구하지는 않소. 내가 하느님을 믿지 않으니 도대체 누구에게 그걸 요구할수 있겠소? 불의 때문에 고통을 받는 것이야말로 죽기 마련인 인간의 조건이에요. 예를 들어 볼까요? 내게 도통 위생 관념이 없다는 소문을 동료들이 흘린 이후 손님들은 다 빠져 버리고, 나를 바보 취급하면서 진료비로 닭 한 마리나 사과 한 바구니를 내미는 시골뜨기들이나 나는 상대하고 있어요. 이 촌사람들은 어떤 면에서는 벼락부자에 비한다면 희생자들이지요. 그런데 신부 양반, 나는 저들 모두도 촌사람을 착취하는 당사자

---

* 일상생활에서 벗어나 조용한 수도원 같은 곳에서 묵상이나 기도를 통해 자신을 살피는 일.

들과 한통속으로 봅니다. 저들도 더 나을 게 없어요. 자기네들도 착취할 차례가 오기만을 기다리면서 나를 속여 먹고 있지요. 다만……"

그는 안 보는 척 슬쩍 나를 곁눈질로 보며 머리를 긁적였다. 나는 그때 그가 얼굴을 붉힌 것을 똑똑히 보았다. 노인의 얼굴 위에 번지는 홍조는 아름다웠다.

"다만 일부러 불의를 찾아가는 것과 불의를 당하는 것은 다른 거요. 가난한 시골 환자들은 그걸 당하는 거죠. 그런 불의는 그들의 품위를 떨어뜨립니다. 나는 그런 꼴을 볼 수 없소. 이런 감정이 드는 것은 사람 맘대로 조절할 수 없는 것 아니겠소? 조용히 죽어 가기를 거부하는 딱한 환자의 머리맡을 지키는 경우 ─ 사실 조용히 죽음을 맞는 일이 드물기는 하지만 가끔 볼 수는 있는 일이죠. ─ 내 고약한 성질이 치밀어 올라서 나는 이렇게 말해 주고 싶어진다오. "이 얼간아, 그만 물러나! 제대로 죽는 게 어떤 건지 내가 보여 줄 테니!" 이런 내 꼬락서니야 교만, 언제나 그렇듯 교만이죠! 어떤 의미에서는, 젊은 신부 양반, 나는 가난한 사람들의 벗이 못 되오. 나는 뉴펀들랜드 산 명견* 구실은 못 하니 말이오. 나는 그네들이 나 없이 권력자들과 더불어 문제를 해결하기를 바라는 입장이오. 그런데 실은! 그네들이 내 직업을 망쳐 놓는달까, 내가 수치를 느끼게 만들어 버리죠. 의학적으로 말해 노폐물 같은 머저리들과 연대감을 느껴야 한다는 건 불행이오. 아마 종족 문제라

---

* 곤경에 처한 사람을 언제나 돕는 이를 비유. 뉴펀들랜드산 개는 눈에 묻혀 조난 당한 사람 구조에 뛰어나다.

고 하겠죠? 나는 켈트족이오. 머리끝에서 발끝까지 켈트인이오. 우리 종족은 희생할 준비가 되어 있지요. 질 걸 알면서도 미친 듯 나서지요! 아닌 게 아니라 정의를 무어라 생각하느냐에 따라 인류는 두 부류로 분명히 구분된다고 보는 게 내 생각이오. 한 부류의 입장에서는 정의란 균형이자 타협이죠. 다른 한 부류의 입장에서는……."

"다른 부류의 사람들에게는 정의란 애덕의 만개, 승리에 찬 애덕의 도래일 겁니다."라고 나는 말했다.

몹시 거북하게도, 의사는 놀라 망설이는 태도로 나를 오랫동안 쳐다보았다. 내가 내놓은 문장이 거슬렸을 거라고 생각했다. 정말 단 한 문장의 답변이었는데 말이다.

"승리에 찼다고요, 승리에! 젊은 양반, 당신이 말한 승리 꼴이 좋소! 하느님 나라는 이 세상의 것이 아니라고 또 응수하실 테죠? 좋소, 하지만 괘종시계 바늘을 손으로 좀 더 돌려 놓는다면 어떨까요? 내가 당신네들을 비난하는 것은 아직도, 오늘까지도 가난한 사람들이 있어서가 아니오. 당신네들에게는 좋은 몫 안겨 드리고 그 가난한 이들을 입히고 치료하고 닦아 줘야 하는 책임은 나 같은 늙은 멍청이에게 돌아온다 해도 좋소. 그러나 그자들을 지킬 책임이 있는 당신네들이 그자들을 그토록 더러워진 채로 우리에게 넘겨주는 것을 나는 용서 못 하겠소. 말뜻을 알겠소? 정말이지 그리스도교가 2000년을 이어 왔는데 이제는 가난함을 부끄러이 생각하지 않아야 하는 것 아닌가요! 그렇지 못하면 당신네들이 당신네들의 그리스도를 배반한 거요! 나는 이 생각에서 한 발짝도 양보할 수 없소. 원, 제기랄! 당신네들은 부자들을 부끄럽게 만들고 그들을 명령에 복종시킬 그 모든 것*을 갖고 있소! 부자는 존경에 기갈이 나 있죠. 더욱더 부자가 될수록 그 갈증은 심해지지요. 당신네들이 부자들을 성당 맨 뒷자리에, 성수반 근처**나 아니면 성당 밖 광장으로 ── 왜 안 된단 말이오? ── 밀어 내쫓을 용기만 있었어도 그네들에게 성찰의 기회를 주었을 터요. 그럼 그네들은 가난한 사람들이 앉아 있는 신자석을 탐하는 눈으로 훔쳐보느라 바빴겠죠. 나는 그자들이 어떤 인물들인지 잘 알죠. '다른 데서는 어디서나 첫 줄에 앉는데 여기 우리 주님 집에서는 맨 뒷줄이구먼.' 아시겠소? 아, 이런 일이 쉽지 않다는 건 나도 알아요. 가난한 사람이 예수의 표상이고 또 그와 닮은 자, 아니 예수 자신임이 진실이라면 2000년이나 흘렀어도 사람들이 가난한 사람 얼굴 위에 뱉어 놓은 침을 당신네들이 닦아 줄 방법을 아직 찾지 못한 채 그렇게 높은 지정석에 앉히기만 한다면, 조롱거리 얼굴을 만민에게 드러내게 하는 격일 뿐이니 곤혹스러운 일일 밖에요. 사회문제는 우선 영예의 문제니까요. 가난한 자들이 받는 부당한 굴욕이 비참한 자들을 만드는 법이죠. 그렇지 않아도 부자(父子) 대대로 이어오면서 살찌는 습관조차 잃어버려 아마도 뻐꾹새처럼 말라 버린 자들을 살찌우라고 당신네들에게 요구하는 것도 아니라오. 그리고 필요하다면 편의상, 꼭두각시 같은 인물들, 게으름뱅이, 고주망태 같은 정말이

---

* 이를테면 "부자가 하늘나라에 들어가는 것은 낙타가 바늘구멍을 통과하는 것보다 어렵다."라는 복음적 비유의 말씀.
** 성수를 담은 그릇을 놓아두는 자리로서 성당 현관문 근처, 즉 제대에서 가장 먼 뒷좌석을 가리킨다.

지 해로운 사람들을 제거하는 것도 승인할 수 있소. 그래도 가난한 이, 진정으로 가난한 이가 제 발로 주님의 집, 바로 자기 집에 찾아가 맨 끝자리에 가 앉으려 할 때 마치 영구차처럼 멋지게 장식한 성당 전례 위원이 성당 맨 구석에 있는 그를 찾아가서 왕족, 그리스도교 혈통을 잇는 왕족에게 합당한 예를 표하며 성당 안쪽으로 모셔 가는 일은 일찍이 아무도 본 적이 없고 또 앞으로도 못 볼 거란 말이오. 이런 생각은 늘 댁 동료들의 비웃음이나 사죠. 하찮은 일에 대한 허영심이라고들 하면서. 그럼 왜 그네들은 세상의 땅을 먹어 치우는 지상의 권자들에게는 그런 예우를 베푼단 말이오? 그런 예우와 존경을 우스꽝스럽게 생각한다면 왜 그것에 그리 비싼 값을 치릅니까? 그네들은 얘기하겠죠. "사람들이 우릴 놀릴 겁니다. 넝마를 걸친 작자가 성당 안쪽에 앉는다면 금방 웃음판에다 구경거리가 될걸요."라고. 그렇다 칩시다! 다만 그 작자가 그 누더기를 벗고 전나무 관*이라는 마지막 옷으로 갈아입고, 이제는 손가락을 대고 코를 풀지도 않고 당신네들 양탄자 위에 침을 뱉지도 않을 거란 사실이 정말 확실해졌을 때 당신네들은 그 작자를 어떻게 대우하시오? 말해 보시오! 나를 바보 취급해도 상관없어요. 내 말이 맞으니 교황님도 내 생각을 철회시키지 못해요. 그리고 젊은 신부 양반, 내가 말한 것, 그건 바로 당신네들 성인(聖人)들이 실천하신 바요. 그러니 그런 일이 그리 어리석은 일이 될 수 없겠죠. 가난한 사람, 불구자, 나환자 앞에 무릎을 꿇은 모습이야말로 당신네들 성인의 모습

---

* 가장 싸구려 관이다.

아니오. 모두를 맞아 주는 왕*의 어깨를 하사(下士)들**이 지나가면서 보호자인 양 건성으로 토닥거리고, 왕의 발밑에는 장군들***이 조아리니 군대치고는 특이한 군대겠죠!"

내가 침묵을 계속 지키자 약간 거북해진 그는 입을 다물었다. 물론 나는 경험이 적다. 그러나 나는 그의 말투에서 대번에 어떤 낌새, 영혼의 깊은 상처를 드러내는 낌새를 분명 느꼈다. 나 아닌 다른 사람이라면 그를 설복시키거나 진정시키는 데 필요한 적절한 말을 그때 찾아냈을지 모르겠다. 나는 그런 말을 모른다. 대신 인간에게서 나오는 진실한 고통은 우선 하느님께 속한 것 같다는 생각이 들 뿐이다. 나는 겸손하게 그것을 있는 그대로 내 마음에 받아 안고 내 것으로 삼아 사랑해 보려 애쓴다. 그럴 즈음 나는 "함께하다."라는 흔해져 버린 표현의 숨은 뜻을 이해하게 된다. 왜냐하면 바로 그런 고통에 나는 지금 함께하고 있으니 말이다.

개가 주인에게 가서 그 무릎에 머리를 얹었다.

(그저께부터 나는 일종의 논고와도 같았던 그의 말에 답변을 하지 않았던 나 자신을 자책하고 있다. 그러면서도 내 마음 깊은 곳에서는 내가 잘못을 저질렀다고 생각하지는 않는다. 하기는 내가 무슨 말을 할 수 있었으랴? 나는 철학자들이 말하는 신(神)의 대사(大使)가 아니고 예수그리스도의 종이다. 만일 그때 내 입술에 어떤 말이 떠올랐다 하더라도 그건 분명 매우 강력한 논박이면서도 동시에 아주 취약했을 것이다. 왜냐하면 그런 논박은 오래전부터 내 마음을 설

---

* 가난한 이, 혹은 예수.
** 예수의 이름으로 가난한 이를 진정 영접하지 못한 범용한 신부들.
*** 교회의 성인(聖人)들.

복은 할 수 있을지언정 가라앉혀 주지는 못하던 터였으니까 말이다.)

　　예수그리스도 아니면 평화는 없다.

∞ 내 계획의 앞부분은 실행 단계다. 나는 적어도 석 달에 한 차례는 각 가정을 방문하기로 하고 막 그 일을 시작했다. 동료 신부들은 망설임도 없이 이 계획을 허황한 것으로 치부한다. 하긴 무엇보다 우선 일상의 의무는 하나도 소홀히 해서는 안 되니까 이 일을 제대로 해내기가 어렵기는 할 것이다. 멀리서, 안락한 사무실에 앉아서 같은 일을 매일 반복하면서 우리를 판단하는 사람들은 우리 일상이 얼마나 무질서로 침해 당하는 '난맥상'을 이루기 일쑤인지 감히 상상도 못 한다. 우리들은 정규 임무도 간신히 해낸다. 달리 말해 우선 틀림없이 해야만, 웃어른들이 "저 본당은 제대로 돌아간다."라고 하는 그런 일 말이다. 그리고 돌발적인 일들의 연속. 그런데 그 돌발사 어느 하나도 소홀히 할 수 없으니! 나는 우리 주님이 있으라고 하신 거기 있는 것인지? 하루에도 수십 번 자문해 본다. 왜냐하면 우리가 섬기는 주인께서는 우리의 생활을 판단하시기도 하지만 그것을 함께 나누고 맡아 져 주시는 분이기에 말이다. 기하학자이자 도덕군자인 신을 만족시키는 일이라면 훨씬 덜 어려울 것이다.

　　오늘 아침 대미사 후 나는 스포츠 팀 결성에 뜻이 있는 운동 좋아하는 본당 젊은이들은 저녁기도 후 사제관에 모이라는 광고를 했다. 이런 결정을 무턱대고 한 것은 아니고 명부(名簿)를 보고 팀원이 되리라고 생각되는 젊은이들의 이름을 꼼꼼하게 짚어 두었는데 분명 열다섯은 될 것이고 아무리 적어도 열명은 될 것이다.

외티샹의 본당 신부님이 백작께 교섭을 해 주었다.(신부님은 백작의 오랜 친구다.) 백작은 부지 제공을 거절하지는 않지만 5년간 (1년에 300프랑으로) 연부 임대하기를 고수한다. 이 임대가 끝나는 시점에는 신규 계약이 없는 한 백작은 부지를 반환받고 혹 중간에 들일 설비나 건축물도 그의 소유가 된다는 것이 조건이다. 백작은 내 계획이 성공하리라는 것을 믿지 않는 것이 분명하다. 그의 지위나 성격과는 아주 거리가 먼 이런 계약 조건을 내세워 기실 미리부터 내 뜻을 꺾어 놓으려는 것 같기까지 하다. 백작은 외티샹의 본당 신부님에게 너무 야단스러운 어떤 선의는 모두에게 위험이 될 수 있다는 둥, 자기는 뜬 구름 잡는 듯한 계획에 끼어들어 계약할 사람이 아니라는 둥, 내가 우선 행동으로 계획이 성사될 수 있음을 증명해야 한다는 둥, 운동복 입은 신부들의 어릿광대 부대를 가능한 빨리 당신께 접견시켜야 한다는 둥 꽤 심한 말을 했다 한다…….

정작 등록한 이는 겨우 넷이었다. 참패다! 나는 일곱 개에 이르는 읍 주민들에게 일거리를 제공하는 제화업자 베르뉴 씨가 두둑하게 후원하는 스포츠 연맹이 에클랭에 있는지 모르고 나섰던 것이다. 에클랭은 12킬로미터나 떨어져 있기는 하다. 그러나 우리 마을 청년들은 자전거로 쉽게 그 거리를 소화한다.

어떻든 모인 우리들은 몇 가지 흥미로운 의견을 서로 나눌 수 있었다. 이 가엾은 청년들은 그네들보다 좀 더 거칠고 여기저기 무도장마다 아가씨들을 뒤쫓아 다니는 친구들과는 거리를 두고 지내는 듯 보였다. 성당의 전임 종 치기의 아들 쉴피스 미토네가 아주 잘 말한 대로 "술집은 해롭기도 하고 비싼 곳"이다. 상황이 좀 나아질 때까지 충분한 인원 구성도 안 되고 하니 우리는 게임과 독서를 할 수 있는 공간에 잡지 몇 권을 두고 소박한 공부 모임이나 하나 결성해 보자는 제안을 하는 것 외에는 더 어쩔 수 없었다.

여태까지는 쉴피스 미토네가 내 주의를 많이 끈 적이 한 번도 없었다. 몹시 허약한 그는 최근에 병역을 마쳤다.(입영 연기를 두 번이나 했다 한다.) 지금은 페인트공 일을 그럭저럭 꾸려 가지만 게으르다는 소문이다.

그는 특히 자신이 몸담고 사는 거친 환경 때문에 고통을 받는 것 같다는 생각이 든다. 그와 비슷한 청년들이 흔히 그렇듯 그도 도시로 나가 자리 잡을 꿈을 꾼다. 그의 글씨체는 반듯하다. 그러나 말이다! 종류는 다르다지만 대도시의 거친 환경도 내가 보기에는 여전히 위험하다. 그것은 아마 보다 은밀하게 작용하면서도 보다 전염력이 강할 것이다. 마음 여린 사람은 그런 덫에서 빠져나오지 못하는 법이다.

다른 청년들이 먼저 떠난 후 우리는 오랫동안 이야기를 했다. 약간은 모호하고 상대의 시선을 피하려는 듯한 그의 시선에는 몰이해와 고독에 처단된 사람들이 갖기 마련인, 내게는 퍽 감동적인 그런 표정이 있다. 그 시선은 루이즈 양의 시선과도 흡사하다.

∞ 어제 페그리오 부인이 더 이상 사제관에 오지 않겠다고 통보했다. 할 일도 별로 없는데 더 이상 돈을 받는다는 건 수치스럽다는 말을 남겼다.(별로 먹는 것도 없는 나의 식사 습관과 내가 내놓는 빨랫감도 많지 않아서 그녀로서는 시간이 남아돈 게 사실

이다.) 그녀는 신통찮은 일에 자기 시간을 투자하기가 싫다는 소리를 덧붙였다.

나는 그 말을 농담으로 받아들이려 했으나 그 여자는 미소를 짓기는커녕 굳어 있었다. 그녀는 화가 나서 작은 눈을 깜박댈 뿐이었다. 살이 늘어진 둥그런 그 얼굴, 보잘것없는 쪽을 틀어 올린 좁은 이마, 특히 가로로 주름이 팬 언제나 땀으로 번들거리는 살찐 목을 보면 나로서도 거의 어쩔 수 없는 혐오감을 느끼게 된다. 이런 느낌은 통제가 불가능해서 그런 느낌이 드러날까 봐 내가 너무 전전긍긍하게 되니 외려 그녀가 내 속을 환히 읽게 되는 것 같다.

그녀는 급기야 "여기서 마주치고 싶지 않은 몇몇 사람들"에 대한 암시까지 던졌다. 무얼 뜻하는 것인지?


∾ 가정교사가 오늘 아침 고해소에 들어왔다. 나는 그녀가 외쉥의 동료 신부를 영적 지도자로 삼고 있음을 안다. 그렇지만 그녀의 고해 듣기를 거절할 수도 없었다. 이 성사(聖事)가 신부들에게 영혼의 비밀에 곧바로 접근할 수 있게 해 줄 거라고 믿는 사람들은 얼마나 순진한지! 그런 이들더러 직접 한번 경험을 해 보시라고 청하고 싶다! 지금까지 신학교의 어린 고해자들에게만 익숙했던 나는 사람들의 내적 생활이 그 어떤 흉측한 변모를 거쳐 저 상투적이고 해독 불가능한 모습밖에는 보여 주지 않게 되어 버리는지 아직 이해하지 못했다……. 신자라고 해도 청소년기를 지나 버리면 모령성체(冒領聖體)*를 해도

---

* 고해성사를 통해 죄의 사함을 받지 않고 성체를 영(領)하는 신성 모독 행위.

죄책감을 느끼는 경우가 드문 것 같다. 전혀 고해를 안 하는 것이 그렇게도 쉬우니! 그러나 더 나쁜 것이 있다. 잗다란 거짓말, 핑계들, 모호한 말들이 양심을 에워싸고 서서히 굳어 가는 것이다. 그 단단한 껍질은 그 자신이 뒤덮고 있는 것의 내부 형태를 간신히 드러낼 뿐이다. 그게 전부다. 습관이 되어 버리고 시간이 흐르면 아무리 우둔한 사람이라도 더할 나위 없이 추상적일 뿐인 그들 고유의 언어를 온전히 만들어 낸다. 그들이 대단한 것을 감추는 것은 아니지만, 그들의 교활한 솔직함은 어렴풋한 빛밖에는 통과시키지 않아서 눈으로 들여나보아도 결국 아무것도 알아볼 수 없는 무광택 반투명 유리판과 흡사하다.

그럼 고백에서 무엇이 남겠는가? 고해는 그저 양심의 겉껍질을 훑을 뿐. 양심의 내부 분해라고는 차마 단정 짓지 못하겠다. 양심은 차라리 화석이 되어 가는 것이다.

∞ 끔찍한 밤. 두 눈을 감자마자 슬픔이 엄습했다. 불행히도 무어라 규정할 수 없는 이 낙담, 그야말로 영혼의 출혈을 달리 표현할 말을 찾지 못하겠다. 그러다 갑자기 귀를 울리는 커다란 부르짖음에 깨어났다. 커다란 부르짖음이라니, 이 표현도 적당한 것일까? 물론 아닐 것이다.

몽롱한 수면 상태에서 완전히 깨고 생각의 갈피를 잡을 수 있게 되자 내 마음속 평안이 대번에 되돌아왔다. 내가 신경과민을 가누기 위해 습관적으로 스스로에게 가하는 제어는 내가 생각하는 것보다 훨씬 더 강한 모양이다. 지난 몇 시간 동안 끔찍한 괴로움을 겪은 터라 이런 생각이 내게 위로가 되어 준다. 왜냐하면 내가 나도 모르는 사이에 하는 이 노력, 그러기에 아무 자만심도 느끼게 되지 않는 이런 노력은 오직 하느님께서만 가능하시기 때문이다.

인간의 삶이 진정 무언지 우리는 너무나 모른다! 특히 우리 사제의 삶. 우리가 자신의 행동이라고 부르는 것에 근거하여 우리 자신을 판단한다는 것은 우리가 꾸는 꿈으로 우리를 판단하는 일만큼이나 아마 허탄할 것이다. 오직 하느님께서 당신 정의에 따라 이 막연한 것들의 더미에서 선택하시고, 그가 성부께 거양(擧揚)의 자세로 높이 들어올리는 바로 그것만이 문득 광채를 내며 태양처럼 빛나는 것이다.

어떻든 간에, 오늘 아침 나는 워낙 탈진해서 공감과 애정에 찬 사람의 말 한마디를 들을 수만 있다면 그 무엇이라도 바칠 심경이었다. 토르시의 신부님을 뵈러 달려갈까도 생각해 보았다. 그러나 공교롭게도 11시에 어린이 교리문답이 있었다. 자전거로 간다 해도 그 시간에 맞춰 돌아올 수 없을 것이다.

제일 나은 교리반 학생은 실베스트르 갈리셰다. 썩 단정한 편은 아니지만 (엄마를 잃고, 술을 꽤 드시는 나이 많은 할머니 밑에서 자라고 있다.) 용모가 아주 독특하고 준수해서 순수함, 죄 이전의 무구함, 깨끗한 동물 같은 순진무구함이 불가항력적으로 가슴을 에이게 한다. 좋은 성적에 대한 상을 나눠주는데 그 아이가 상본을 받으러 제의실로 들어왔다. 그 아이의 고요하고 침착한 눈 속에서 나는 내가 고대했던 연민을 발견한 것만 같이 느껴졌다. 내 두 팔이 저절로 그를 잠시 둘렀고 나는 그 아이의 어깨에 머리를 대고 바보처럼 울고 말았다.

⌇ 우리 '연구 모임'이 첫 번째 공식 회합을 가졌다. 나는 회장
직을 쉴피스 미토네에게 줄 생각이었으나 그의 친구들이 그를
약간 멀리하는 것 같았다. 물론 굳이 강요할 일은 아니라고 생
각했다.

하기는 우리가 한 일은 그저 우리가 가진 자원 범위 내에
서, 그러니 어쩔 수 없이 매우 조촐한 계획 한 가지에 대해 몇
가지 조목을 조율한 데 지나지 않았다. 가여운 이 젊은이들은
당연히 상상력도 열의도 갖추지 못한 실정이다. 앙글르베르 드
니잔이 실토했듯 그들은 '웃음거리가 되는 것'을 두려워한다.
그들은 하릴없이 지루한 나머지 그저 어떻게 되어 가려는지 보
려고 나를 찾은 것 같다는 느낌이 든다…….


⌇ 데브르 대로에서 토르시 본당 신부님을 우연히 만났다. 그
분은 나를 당신 차에 태워서 사제관까지 데려다 주셨고 앞서
말한 그 오죽잖은 나의 붉은 포도주도 거절하지 않고 한 잔
받으셨다. "자네는 이걸 먹을 만하다고 생각하나?"라고 당신은
물어 오셨다. 나는 '네 그루 보리수' 식품점에서 산 이 막 포도
주로 만족한다고 말씀드렸다. 그는 안심하는 기색이었다.

그가 분명히 머릿속에 무슨 특별한 생각을 하고 계시면서도
그저 자신만 간직하려고 작심하셨다는 느낌을 나는 받았다.
내 말은 흘려들으면서도 그분의 시선만큼은 그 자체로도 내게
어떤 질문을 던지고 계셨다. 당신이 질문을 입 밖에 내지 않으
시는 만큼 나는 대답하기가 힘들었을 것이다. 주눅이 들 때 내
꼴이 늘 그렇듯이 나는 되는대로 말을 이어갔다. 사람을 끌어
들이고 홀리는 이런 침묵 앞에서는 그 안에 아무거나, 이런저

런 말을 던져 넣고 싶어지는 것이다…….

"자네 몸이 참 한심하네." 하고 신부님은 마침내 입을 여셨다. "자네보다 더 한심한 사람은 참말이지 온 교구를 다 뒤져도 찾아볼 수 없을 거야! 그런 몸을 하고 일은 말(馬)처럼 하니 쓰러질 수밖에. 자네 같은 이에게 본당을 맡기는 걸 보면 주교님도 어지간히 신부가 아쉬운 모양이야! 다행인 건 본당이란 사실 퍽 견고하다는 거지! 그렇지 않다면 자네는 그걸 깨뜨려 버릴지도 모르지."

나는 그분이 나를 동정한 나머지 깊은 성찰에서 우러난, 정말 진지하게 생각하는 바를 농담조로 돌려 버렸다는 것을 분명 느꼈다. 그도 내 시선에서 내 생각을 읽으셨다.

"자네에게 귀 따갑게 충고를 할 수도 있네. 하지만 그게 무슨 소용이겠는가? 내가 성(聖)오메르 중학교에서 수학 교사를 하던 시절, 대단히 복잡한 문제를 일반 공식을 적용하지 않고 무시한 채 그저 쉽게 꾀로 풀어 내는 놀라운 아이들을 본 적이 있지. 게다가 자네는 내 지휘권 아래 있지 않으니 나는 자네가 하는 대로, 자네 요량대로 하게 내버려 둘 수밖에 없네. 자네 웃어른들이 판단을 그르치게 할 권리는 없으니까. 내가 일하는 방식일랑 다음에 일러 줌세."

"어떤 방식인지요?"

그는 바로 대답하지 않았다.

"보게나, 웃어른들이 신중하라고 충고하는 건 다 이유가 있는 법이네. 나만 해도 달리 어쩔 도리가 없을 때까지 신중히 생각하지. 내 천성이 그렇기도 하고. 아무 짝에도 소용 없는데 그저 골이 빈 사람처럼 구는 사려 없는 사제보다 더 어리석은 건 없네. 어쨌거나 우리의 길은 세상의 길과 다르지! 우리는 사람들에게 '진리'를 무슨 보험 증권이나 정혈제 마냥 사라고 내밀지는 않네. '생명'은 '생명'이지. 하느님의 '진리'는 생명이야. 우리가 그것을 이리저리 가져다주는 듯 보이지만 실은 그 '생명'이 우리를 품고 있지, 이 친구야."

"제가 무얼 잘못 생각하고 있다는 말씀이십니까?"라고 나는 말했다.(목소리가 떨려서 중간에 한 번 쉬었다가 간신히 말을 마칠 수 있었다.)

"자네는 너무 설치지. 병 속에 든 말벌 같다니까. 하지만 나는 자네가 기도의 정신을 지니고 있음은 믿어 마지않지."

나는 그가 나더러 솔렘*으로 물러가 수도자가 되라고 권하려는 줄 알았다. 그런데 이번에도 그분은 내 생각을 간파하셨다.(하긴 그리 어려운 일도 아니었으리라.)

"수도자는 우리보다 더 약았지. 자네는 현실감각이 없고 자네의 그 대단한 계획은 성사되기가 어렵지. 사람들에 대한 경험에 관해서는 아예 말을 안 꺼내는 게 더 낫겠지. 자네는 자네의 그 허울 백작을 무슨 군주나 되는 듯이 생각하고, 교리문답 꼬맹이들을 자네 같은 시인인 양 착각하고, 자네 수석 신부를 사회주의자로 알고 있지. 요컨대 막 새로 맞대면한 자네 본당 앞에서 자네는 괴상한 행색을 하고 있는 격이야. 미안한 말이지만 아내는 한눈에 척 보아서 가로세로 남편 치수를 다 재어 놓았는데, '아내 연구'를 한답시고 으스대는 젊은 남편과 자

---

* 수많은 베네딕트회 수도회 중 11세기에 창립된 솔렘(Solesmes)의 수도원은 특히 그레고리안 성가와 전례로 유명하다.

네가 닮았네."

"그럼……?"(나는 어리둥절해서 간신히 말을 할 수 있었다.)

"그럼 어떻게 하느냐 말이지? 그냥 계속하게나. 내가 무슨 말을 해 줄 수 있겠나! 자네에게는 자만심이 한 점도 없고, 철저하게 전력투구해서 일들을 하니 자네 경험에 대해 남이 뭐라 하기도 어렵지. 물론 인간적 신중함에 따라 운신하는 게 잘못일 수야 없지. 나처럼 플랑드르 사람이고, 걸물이라는 별명이 따라 다녔던 루이스브렉*께서 말씀하신 걸 기억하겠지? "비록 그대가 하느님과의 열락에 취했을 때라도 만일 어떤 병든 이가 국 한 그릇 달라고 청하면 제7천국**에서 내려와 그가 청하는 것을 주라."라고 하지 않으셨나. 훌륭한 가르침이지. 하지만 이걸 핑계로 영적으로 게을러져서는 안 되지. 왜냐하면 나이와 경험과 실망이 쌓여 가면서 생기는 초자연적 나태가 있으니 말이야. 늙은 사제들이란 얼마나 완고한지! 하느님 없이도 지낼 수 있도록 우리를 차츰차츰 길들여 간다면 신중이야말로 가장 고약한 경솔이겠지. 형편없는 늙은 사제들이 있기 마련이지."

나는 그분이 하신 말씀을 내가 할 수 있는 대로 옮겨 적어 놓지만 제대로 잘 옮기지 못한 것 같다. 왜냐하면 그 말을 겨우 듣고 있었으니까 말이다. 대신 나는 참으로 많은 것을 간과할 수 있었다! 나는 나 자신을 전혀 믿지 않으면서도 내 선의는 워낙 커서 남의 눈에 바로 띄고 사람들이 바로 그런 내 모

---

* Jan van Ruysbroeck, 14세기 신학자이자 신비가. 수도원장으로서 네덜란드어로 된 중요 저술들을 발표. 사후 복자품(福者品)에 올랐다.
** 최고의 천국.

습으로 나를 판단해 줄 거라고 언제나 쉬 생각하는 버릇이 있다. 미친 짓이다! 나는 내가 이 조그만 세계의 문지방에 여태 서성이고 있다고 생각했는데 이미 혼자 훨씬 안쪽으로 들어가 있었고 더구나 퇴로는 막혀 있어서 그 어디로도 피할 수 없다. 나는 내 본당을 잘 알지 못했고 내 본당은 나를 못 본 척 외면했다. 그래도 내 본당이 나에 대해 가진 이미지는 이미 너무 고착되고 분명해져 있었던 것이다. 정말 대단한 노력이 아니고서는 그것을 조금이라도 바꿔 놓을 수 없을 것이다.

토르시의 본당 신부님은 내 우스꽝스러운 얼굴이 당혹으로 일그러지는 것을 보시고 그 순간 나를 안심시키려 그 어떤 시도를 한다 해도 허사일 것임을 알아차리신 듯했다. 당신은 입을 다무셨다. 나는 억지로라도 미소를 띠어 보려 했다. 그럴 수 있었던 것 같다. 힘든 일이었다.


∞ 괴로운 밤. 새벽 3시에 랜턴을 들고 성당까지 가 보았다. 쪽문 열쇠를 찾을 수 없어서 큰 출입문을 열 수밖에 없었다. 성당의 둥근 천장 아래로 자물쇠 삐걱거리는 소리는 굉음처럼 울렸다.

나는 머리를 두 손에 묻은 채 내 의자에서 잠이 들어 버렸다. 워낙 깊이 잠들었던지 동틀 무렵에야 빗소리에 잠에서 깼다. 깨진 색 유리창 틈으로 비가 들이치고 있었다. 묘지 밖을 나서면서 아르센 미롱과 마주쳤지만 얼른 분간을 할 수 없었다. 그는 약간 빈정대는 투로 인사말을 던졌다. 잠에서 덜 깨 아직도 부석부석한 눈하며 비에 젖은 수단하며, 내 꼴이 아마 우습게 보였을 것이다.

토르시까지 달려가고 싶은 충동과 끝없이 싸워야 한다. 져버린 줄 잘 알면서도 졌다는 말을 다른 사람에게서 끊임없이 확인받으려 드는 도박사의 어리석은 초조감. 내가 처한 그런 과민한 상태로는 그곳에 갔었다 해도 쓸데없는 변명이나 주절거렸으리라. 지난 일을 얘기해서 무슨 소용 있으랴? 내게는 오직 미래만 중요하지만 그것에 맞대면할 힘이 아직은 없는 듯하다.

토르시의 신부님도 아마 나와 같은 생각이리라. 분명 그럴 것이다. 오늘 아침 마리 페르드로의 장례 미사 준비를 하면서 휘장을 성당 벽에 걸고 있는데 그 신부님의 발자국 소리, 그토록 힘차고 약간은 둔중하기까지 한 발자국 소리가 돌바닥 위로 울려오는 착각이 들었다. 정작은 일을 다 끝냈다고 말하러 온 무덤 파는 인부였을 뿐.

실망한 나머지 사다리에서 떨어질 뻔했다……. 아니다, 정말 아니다, 나는 준비가 되어 있지 않다…….

∽ 나는 델방드 의사에게 교회는 그가 상상하는 것, 즉 법과 관리들과 군대를 지닌 일종의 주권국가라거나, 인류 역사의 한때 빛나던 영광의 시기에 지나지 않는 것만은 아니라고 일러주어야 했다. 그 어떤 정상적 군수 보급이 불가능한 미지의 땅을 행군하는 군대처럼 교회도 시간을 뚫고 행진하는 것이다. 군대가 그날그날 현지 보급으로 지내는 것처럼 교회는 그 시대 시대의 제도와 사회를 바탕으로 살아가는 것이다.

하느님의 정통 상속자인 '가난한 자'에게 교회는 이 세상에 속해 있지 않은 그 나라를 어떻게 돌려줄 수 있을 것인가? '가난한 자'를 찾아 나선 교회는 지상의 모든 길을 돌며 그를 부른다. 그런데 '가난한 자'는 언제나 같은 자리에, 저 현기증 나는 산꼭대기에, 2000년부터 끊임없이 마치 '천사'의 목소리 같은 숭고한 목소리로, 그 유혹적인 목소리로 "너 만일 엎디어 나를 경배하면 이 모든 것 네게 주리라⋯⋯."*라고 되뇌는 '심연의 주인' 앞에 맞닥뜨려 있는 것이다.

많은 사람들이 놀랍게도 체념하고 마는 것에 대한 초자연적 해석을 내린다면 이런 것이 아닐까. '참힘'은 '가난한 자'의 손이 닿는 곳에 있지만 '가난한 자'는 그것을 모르거나 혹은 모르는 것 같아 보인다. 그는 눈을 땅으로 내리깔고 있고 '유혹자'는 우리 인류를 자기에게 넘겨줄 한마디를 이제나저제나 기다리고 있지만 하느님께서 친히 봉하신 저 엄숙한 입에서 그 말은 영영 나오지 않을 것이다.

'가난한 자'에게 '참힘'은 주지 않은 채 그 권리를 회복해 주려 한다면 문제는 해결 불가능하다. 만일에라도, 수백만의 첩보원과, 헌병의 힘을 빌리는 수많은 관리들과, 전문가들 및 통계학자들이 지원해 주는 가혹한 독재 체제가 있어, 세계 곳곳에서 포식자 특유의 지혜를 가진, 이익 추구만을 위해 존재하는 흉포하고 간교한 짐승들, 인간들을 먹고 사는 인종 ── 왜냐하면 그 인종의 영원한 금전욕은 분명 인간 자신을 집어삼키는 끔찍하고도 차마 고백하기 어려운 배고픔의 가면적 혹은 무의식적 형태일 뿐이기에 말이다. ── 을 동시에 제압할 수 있게 된다면, 그 결과 보편 규칙으로 정립된 '황금 같은 중도주

---

* 「마태」 4장 1~11절 참조.

의'*에 금방 환멸을 느끼게 되어, 도처에서 자발적으로 선택된 가난이 마치 새봄을 만난 듯 되피어나는 것을 보게 되련만.

그 어느 사회도 '가난한 자'를 눌러 이기지 못할 것이다. 어떤 이들은 타인의 어리석음, 허영, 악덕에 기대어 산다. 그러나 '가난한 자'는 애덕으로 살아간다.** 이 얼마나 숭고한 말인가.

∽ 간밤에 무슨 일이 있었는지 모르겠다. 꿈을 꾼 게 아닐까. 새벽 3시경 (포도주 조금을 막 데워서 늘 하던 대로 그 안에 빵을 부스러뜨려 넣고 난 다음이었다.) 정원 문이 덜컹거리기 시작하더니 하도 심하게 계속 그러기에 내려가 보아야만 했다. 나는 문이 잠겨 있는 것을 확인했다. 매일 저녁 하던 대로 어제 저녁에도 걸어 두었던 것이 분명한 만큼 어떻게 생각하면 외려 이상할 것도 없다. 그런데 약 20분 후에 문은 다시 덜컹거리기 시작하지 않는가. 첫 번 보다 더 심하게 말이다.(바람이 몹시 불고 있었다. 진짜 폭풍우였다.) 이상한 일이다…….

가정방문을 다시 시작했다. 하느님 굽어 살피시기를! 토르시 신부님이 주의를 주신 만큼 나는 신중하게 처신하게 되었다. 신중을 다한 나머지 적어도 겉보기에는 평범하게 보이

---

* 63쪽에서 "아우레아 메디오크리타스"라고도 했다. 18세기 볼테르까지 메디오크리타스(프랑스어로는 la médiocrité)에는 현대 프랑스어와는 달리 폄하적 뜻(소부르주아적 범용함, 보신주의)이 없었다. 그러나 여기서는 특별히 잘 사는 이도 가난한 이도 없는 사회를 꿈꾼 초기 공산주의자들의 생각을, '중도 만능주의'라고도 새길 수 있을 위의 격언으로 지적함으로써 폄하적 뜻으로 사용했다.

** 타인의 애덕의 발현, 자비 덕분에 살아간다는 뜻. 바꾸어 말하면 상대방은 가난한 자의 존재 덕분에 애덕을 행하게 된다는 뜻.

는 몇 개 안 되는 질문만 하고 접으려고 애쓴다. 대답에 따라서 나는 대화를 너무 심하게는 말고 약간 더 수준 높게 진척해 최대한 겸손하게 진리와 쌍방이 함께 대면할 수 있도록 해 본다. 그런데 중간치기 진리란 원래 없는 법이다! 내가 그 어떤 주의를 기울이건 간에, 내가 입술로 그것을 발음하는 것을 피한다 하더라도 천주의 이름은 갑자기 텁텁하게 숨 막히는 실내 공기를 뚫고 광채를 발하는 것 같아, 막 열리기 시작한 사람들의 얼굴은 그만 다시 닫혀 버리곤 한다. 그 얼굴들이 어두워지고 캄캄해진다고 말하는 것이 더 정확한 표현일 것이다.

아아! 욕설과 독성의 언사 속에서 자진(自盡)해 버리고 마는 반항은 어쩌면 아무것도 아니지 않을까⋯⋯? 하느님을 향한 증오는 늘 부마*에 대해 생각하게 한다. "그때 악마가 그 (유다)에게 들어갔다."** 그렇다, 부마와 광기를 생각하지 않을 수 없다. 빛이 사방에서 빛나고 있지만, 신적인 것에 대한 은밀한 두려움으로, 담장 밑에 드리운 좁다란 그늘을 끼고 게걸음 가듯 '생명' 옆을 따라 이처럼 비스듬히 기울어져 달아나는 도피는⋯⋯. 나는 어린아이들의 짓궂은 장난에 시달리다가 제 구멍을 찾아 기어드는 가여운 짐승들을 생각하게 된다. 마귀들의 사나운 호기심, 인간에 대한 그들의 가공할 집착은 정말이지 한층 더 기묘한 것이다⋯⋯. 아아! 우리에게 '천사'의 눈이 있어, 손발이 잘려 버린 저 피조물들을 볼 수 있다면!

---

* 付魔, 귀신 들림.
** 「루카」 22장 3절.

∾ 내 건강 상태는 많이 나아졌다. 발작도 드물어졌고 식욕 비슷한 느낌도 가끔 느끼게 되는 것 같다. 어쨌든 이제는 식사를 싫은 생각 없이 준비할 수 있게 되었다. 하긴 늘 똑같이 빵과 포도주다. 새로운 게 있다면 포도주에는 설탕을 많이 넣고 빵은 아주 딱딱해지도록, 너무 딱딱하게 굳어서 썰지 못해 아예 뻐갤 정도로 — 여기에는 고기 다지는 부엌칼이 아주 유용하다. — 며칠간 내버려 둔다는 점이다. 이렇게 하면 소화가 훨씬 잘 된다.

이런 식사 덕분에 나는 극도의 피로를 느끼지 않고 임무를 다할 수 있고 얼마간 자신감까지 회복하기 시작했다⋯⋯. 어쩌면 금요일에 토르시의 신부님 댁에 가게 될지? 쉴피스 미토네가 나를 보러 매일 온다. 머리가 아주 좋은 것은 물론 아니지만 눈치가 빠르고 차근하다. 나는 그에게 세탁장 열쇠를 주었다. 내가 없을 때에도 그는 그곳으로 집에 들어와 여기저기 손질을 해 준다. 덕분에 내 조촐한 집은 완연 달라졌다. 그는 포도주는 위에 받지 않는다면서 대신 설탕을 많이 집어 먹는다.

그는 두 눈에 눈물까지 글썽이면서 자기가 사제관에 자주 드나드는 바람에 따돌림 받고 놀림감이 되는 일도 많다고 했다. 무엇보다 그의 느슨한 생활 태도가 너무나 근면한 이 고장 농부들 보기에 거슬릴 거라고 생각한 나는 그의 게으름을 진지하게 꾸짖었다. 그는 일거리를 찾아보겠노라고 약속했다.

뒤무셸 부인이 제의실로 나를 보러 왔다. 석 달에 한 번 있는 교리 시험에 자기 딸을 응시 못 하게 했다는 비난이었다.

나는 이 일기장에 내가 곧장 잊어버렸으면 하는 내 일상의 어떤 시련들에 대해서는 가능한 한 언급하기를 피한다. 왜냐하

면 그런 일들은 내가 기쁜 마음으로 참고 받을 수 있는 것이
아니기 때문이다. 한데 기쁨 없는 체념이란 무엇이던가? 아, 물
론 나는 그런 사안의 중요성을 강조하지 않는다. 정말 아니다!
그것들이 더없이 흔한 일들 축에 속함을 나는 잘 알고 있다.
그에 대해 내가 느끼는 수치심, 내가 가누지 못하는 이 혼란스
러운 마음이 내게 영예스러울 것이 없다. 그런데도 그런 일들
이 내게 일으키는 육적인 느낌, 일종의 혐오감을 나는 떨칠 수
없다. 그런 사실을 부인해서 무엇 하겠는가? 나는 너무나 일찍
악덕의 참모습을 보아 버렸다. 저 불쌍한 사람들에 대해 정녕
마음 깊이 큰 동정심을 느끼면서도 그들이 처한 불행을 생각
하면 절로 떠올리게 되는 영상은 참기 어려울 정도로 끔찍하
다. 요컨대, 음란이 두렵다.

특히 어린이들이 순수하지 못한 모습은…… 나는 그것을
잘 알고 있다. 물론 나는 그것을 비극적으로까지 생각하는 것
도 아니다! 반대로, 나는 우리들이 그것을 아주 인내심 있게
참아 주어야 한다고 생각한다. 왜냐하면 이런 문제에 경솔하
게 행동하다가는 자칫 끔찍한 결과를 초래할 수 있으니까 말
이다. 다른 깊은 상처들과 구별하는 것도 너무 어렵고 그 깊이
를 재어 보는 것은 위험하기까지 하다! 때로는 그 상처들이 저
절로 아물도록 내버려두는 것이 낫다. 솟아오르기 시작한 종
기는 자꾸 건드리는 법이 아니다. 그렇기는 해도, 눈에 확 띄는
그것을 짐짓 아니 보려는 태도를, 다 큰 사람들의 언어로는 표
현될 수 없다 해서 중대하지 않다고 치부해 버리는 그런 고통
에 다 알고 있다는 양 비겁하게 미소 짓고 마는 어른들의 보편
적 공모를 나는 혐오하지 않을 수 없다. 나 역시 너무 일찍 슬

픔을 경험했기에, 어린이들이 느끼는 저 묘연한 슬픔에 대한 너나 없는 어리석음과 부당함에 분격을 아니 느낄 수 없다. 정말 슬프게도 어린이들도 절망에 처한다는 것을 경험이 우리에게 증명해 주지 않는가! 그런데 내 생각에는 고뇌의 마귀는 본질적으로 불순한 마귀다.

그러니까 세라피타 뒤무셸이 여러 주 전부터 내게 꽤나 근심을 끼쳤지만 그 아이에 대해 여기서 자주 언급하지 않았다. 그 아이가 나를 증오하는 게 아닐까라는 생각이 들 때도 있다. 그만큼 나를 괴롭히는 그 아이의 재간이 제 나이보다 윗길로 보인다. 예전에는 어리석고 데면데면하게 보였던 우스꽝스러운 교태 공격이 이제는 그 애 또래의 많은 아이들에게서 공통적으로 드러나는 병적 호기심으로만 치부할 수 없을 만큼 어떤 고의적 집요함을 드러내는 것 같다. 우선, 제 꼬마 여자 친구들 앞에서가 아니면 그 애는 결코 그런 태도를 취하는 일이 없고 관객이 있을 때만 그 애는 마치 나와 내통하여 짜고 하는 듯한 태도를 지어낸다. 나는 오랫동안 그저 웃고 지나쳐 왔지만 이제는 위험을 느끼기 시작한다. 길에서 우연히 그 계집아이와 맞닥뜨리기라도 하면 — 그런데 약간 필요 이상으로 그리 마주치게 된다. — 그 애는 얌전하고 진중하게, 완벽하리만큼 순박하게 인사를 한다. 어느 날 거기에 걸려들었다. 부드럽게 말을 건네며 그 애 쪽으로 걸어가는 동안 그 애는 두 눈을 내리깐 채 꼼짝도 않고 나를 기다리고 있었다. 나는 마치 새 호리는 사람 격이 되어 버렸다. 내 손이 닿지 않을 거리에 있는 동안 그 애는 미동도 않고 있더니 내 손이 닿으려 하니까 — 그때 그 애의 머리는 땅을 향해 하도 숙어 있어서 그 애가 사실 별로 쳐드는 법도 없는 그 고집스러운 목덜미밖에는 보이지 않았다. ─ 등교용 가방을 도랑에 집어던지며 한숨에 빠져 달아나 버렸다. 나는 복사 아이를 시켜 그 가방을 돌려주었는데 복사 아이는 공연히 심한 푸대접을 받았다.

뒤무셸 부인은 공손하게 나왔다. 그 딸이 교리를 모른다는 사실이 내가 내린 결론을 정당화해 주긴 하겠지만 그건 그저 구실에 지나지 않을 것이다. 세라피타는 게다가 매우 영리해서 자기에게 유리하게 두 번째 교리 시험을 잘 치를 수 있다. 그럼 내가 내린 조처의 이유가 다른 데 있다는 것이 드러날 위험이 있는데 그래서도 안 될 일이다. 그래서 나는 최대한 조심스러운 말로 뒤무셸 부인에게 딸아이가 너무 돌출적이고 조숙하여 몇 주간 잘 지켜보는 게 좋을 것이라고 이해시켜 보려 했다. 아이는 이렇게 뒤처지는 것을 얼른 따라잡을 것이고 어떻든 이번 일이 교훈이 되어 좋은 결과가 있을 거라는 요지였다.

가여운 여인네는 화가 나서 얼굴이 벌개져서 내 말을 듣고 있었다. 노기가 뺨을 타고 눈까지 치밀어 오르는 것이 보였다. 여인네의 두 귓바퀴가 새빨개졌다. "우리집 애도 다른 애들만큼은 합니다."라고 그녀는 마침내 입을 열었다. "걔가 원하는 것은 제 권리를 인정받는 것뿐이지 그 이상도 그 이하도 아니에요." 나는 세라피타는 과연 뛰어난 학생이긴 한데 그 행동이, 아니면 적어도 태도가 적절치 못해 보였다고 대답을 했다.

"무슨 태도가요?"

"좀 교태를 부리는 편입니다."라고 나는 답했다. 이 단어가 그 여인네를 걷잡을 수 없는 분노로 몰아갔다. "교태라니요! 이제 무슨 일에 다 참견이세요! 교태가 신부님과 무슨 상관이 있습니까? 교태라니! 이젠 사제가 그런 일까지 참견하시나요! 죄송한 말씀이지만, 신부님, 그런 말씀을 하시기에는 너무 젊으신 것 같아요. 더구나 아직 어린애를 두고 말입니다!"

그녀는 이 말을 남겨 두고 나갔다. 딸은 텅 빈 성당 의자 위에 앉아 제 어미를 얌전히 기다리고 있었다. 빠끔 열린 문틈으로 또래 계집아이들의 얼굴이 보였다. 여자애들은 안을 들여다보려고 필경 서로 떠밀거나 하고 있을 것이다. 세라피타는 흐느껴 울며 제 어머니의 품에 덜컥 뛰어들었다. 나는 그 애가 연극을 한 게 아닐까 퍽 의심스럽다.

어떻게 해야 할지? 어린이들은 우스꽝스러운 일에 대해 퍽 예민한 감각을 갖고 있고, 어떤 상황만 주어지면 놀라운 논리를 밟아 그 우스꽝스러운 꼬투리를 최후의 결과까지 발전시켜 나가는 데 천재다. 자기네 친구와 본당 신부 간에 벌어졌다고 상상하는 이 실랑이는 그 아이들을 정말 눈에 보이게 열광시켜 놓았다. 필요하다면 그 애들은 이야기가 더 재미있고 더 오래 끌 수 있도록, 꾸민 얘기까지 덧달 것이다.

내가 교리 수업을 충분히 정성 들여 준비하는지 자문하게 된다. 결국은 내 사목 직무 중에서 의무에 지나지 않고 노력에 비해 가장 수확이 적고 가장 힘든 축에 드는 일에 너무 지나친 기대를 걸고 있었다는 생각이 오늘 저녁 문득 들었다. 저 꼬마들에게서 위로를 구하다니 난 도대체 무슨 존재일까? 나는 그 아이들에게 마음을 열고 말을 하고 내 고통과 기쁨을 그들과 함께 나누기를 꿈꾸었고, 내 삶을 내 기도 속에 몰입하듯이, 그 아이들에게 상처 줄 위험은 물론 피하면서 그 아이들을 잘 가르치는 일에도 내 삶을 몰입하기를 원했던 것이다……. 이 모두가 이기적이다.

그런 만큼 영감에 의지하던 몫을 훨씬 줄이겠다. 불행히도 시간이 부족하니 쉴 시간을 좀 더 할애하여 일해야 한다. 완전히 소화된 야식 덕분에 오늘 밤에는 그렇게 해낼 수 있었다. 이처럼 도움이 되는 포도주를 샀던 일을 후회했던 내가!

∞ 어제 성을 방문했는데 참혹한 꼴로 끝이 났다. 계속 병중인 피종 부인 댁 방문 때문에 베르게즈에서 시간을 너무 많이 쓴 나머지 아주 늦게야 점심을 마친 후 백작 댁 방문을 갑자기 결정했던 터였다. 거의 오후 4시경이었고 사람들 말마따나 '컨디션이 좋아' 의욕으로 넘쳐 있었다. 너무나 예상 밖으로 — 목요일 오후는 성에서 지내는 것이 백작의 관례였으니 말이다. — 나는 백작 부인밖에는 만날 수 없었다.

그토록 가뿐한 몸으로 도착했는데 갑자기 대화를 계속할 수 없는 상태가 되어 버리고 심지어는 질문에 답변조차 제대로 할 수 없게 되다니 어떻게 설명할 수 있을까? 내가 아주 빨리 걸었던 것은 사실이다. 백작 부인께서는 완벽한 예의로 처음에는 아무것도 못 본 척해 주셨다. 그러나 끝내는 내 건강을 걱정해 주지 않으실 수 없게 되었다. 여러 주 전부터 나는 이런 질문은 슬쩍 넘겨 버리는 것을 일종의 의무로 삼아 왔고 아예 꾸며 낸 답을 대도 무방할 거라는 생각까지 갖고 있었다. 그리고 그리 처신하는 일에 곧잘 성공해서 사람들은 내가 잘 지낸다고 단호히 말하기만 하면 금방 내 말을 곧이곧대로 믿어 준다는 것을 알아차렸다. 내가 굉장히 말라 버린 것은 확실하다. (아이들은 내게 '처량한 얼굴'이라는 뜻으로 사투리 별명까지

지어 주었다.) 하지만 '집안 내력으로 마른 것'이라고만 잘라 말하면 사람들 얼굴에는 금방 안도의 빛이 번진다. 나는 그것을 섭섭해하는 것과는 거리가 멀다. 내 곤경을 고백한다면 토르시의 본당 신부님이 말씀하시듯 나는 쫓겨날 위험이 있을 것이다. 게다가 달리 어쩔 도리도 없으니 ── 기도를 따로 드릴 시간이 거의 없다. ── 할 수 있는 대로 오래 이런 잔다란 괴로움들을 오직 우리 주님과 함께 나눠야 할 것 같다는 생각이 든다.

그래서 나는 백작 부인께 워낙 늦게 점심을 먹은 터라 위가 좀 아플 뿐이라고 대답드렸다. 가장 곤란했던 것은 갑자기 하직을 고할 수밖에 없었던 일이다. 나는 마치 몽유병자처럼 현관 돌계단을 내려왔다. 성관 마님께서는 계단 제일 아랫단까지 다정하게 나와 동행해 주셨지만 나는 감사의 말도 드릴 수 없는 처지였다. 손수건으로 입을 가리고 있어야 했던 터였다. 그분은 우정이랄까, 놀람, 동정, 그리고 분명 얼마간의 역겨움까지 섞였을 매우 이상한, 뭐라 할 수 없는 표정으로 나를 바라보았다. 구역질을 부여잡고 있는 남자의 꼴은 언제 봐도 우습기 마련이리라! 마침내 그녀는 내가 내민 손을 잡으며 마치 혼잣말듯 ── 왜냐하면 입술 모양을 보고 짐작한 것이기에 ── 이렇게 말했다. "가여운 아가!" 아니면 "내 가여운 아가!"*

나는 너무나 벅찬 감동을 받아 잔디밭을 가로질러 한길로 나왔다. 백작이 아주 소중히 생각하는 고운 영국식 잔디밭에

---

* 노부인으로서 병색이 짙은 젊디젊은 사제에게서 자식의 고통을 본 듯한 마음의 발로. 프랑스어로 친밀감을 표현하는 호격으로 쓰여 대개는 군이 받아 옮기지 않아도 될 '아가(enfant)'라는 단어를 여기서는 축어적으로 옮겨 둔다. 작품 해설 중 어린이 정신의 화육에 관한 부분 참고할 것.

는 지금 아마 내 투박한 구두 자국이 남아 있을 것이다.

그렇다, 나는 기도를 별로 하지 못하고 또 제대로 드리지 못하는 것을 자책한다. 거의 매일, 미사 후 감사 기도*는 이런저런 사람들, 대개는 환자들의 면담을 받느라 중단되곤 한다. 몽트뢰이 근처에서 약사로 정착한 소신학교 시절의 옛 동창 파브르가르그는 광고용 견본 약을 내게 보내 준다. 우리 본당 마을의 초등학교 선생은 이런 경쟁에 불만인 듯하다. 왜냐하면 예전에는 이런 유의 사소한 봉사를 그 혼자 독점해 왔기 때문이다.

아무도 불만을 갖게 하지 않기란 얼마나 어려운 일인지! 한쪽에서 좋게 처신 하더라도 사람들은 그것을 선선히 받아들이기보다는 무의식적으로 그런 선의를 상호 대치 관계에 놓아 버리는 경향이 더 크다. 뭇 영혼의 이해할 수 없는 건조함은 어디서 기인하는 것일까?

확실히 인간은 저 자신의 원수다. 저 자신의 비밀스럽고도 은밀한 적이다. 아무 데나 뿌려도 악(惡)의 씨는 거의 틀림없이 싹을 틔운다. 반대로 정말 어쩌다 갖게 되는 작으나마 선(善)의 씨가 짓눌려 죽어 버리지 않기 위해서는 대단한 행운, 비상한 천운이 따라야 한다.

∞ 오늘 아침 우편물 속에 불로뉴 소인이 찍힌 편지 한 통이 있었는데 객줏집 같은 곳에 흔히 굴러다니는 질 낮은 방안지

---

* 통상 말하는 영성체 후의 기도. 사제는 미사 후 이 감사의 기도를 홀로 더 계속하게 된다.

에 쓴 것이었다.

"선의를 갖춘 사람으로서 당신의 전임 신청을 충고하는 바입니다. 빠를수록 좋을 것입니다. 누구의 눈에나 뻔히 다 보이는 일을 당신이 비로소 깨달을 때면 당신은 피눈물을 흘릴 것입니다. 동정은 하지만 거듭 고합니다. 꺼지시오!"

이건 도대체 무엇일까? 비누, 세제, 표백액 등의 지출 경비를 적던 수첩을 여기 두고 간 페그리오 부인의 글씨 같다는 생각이 들었다. 물론 그 여자는 나를 그리 탐탁치 않아 했다. 하지만 내가 이곳을 떠나기를 그 여자는 왜 그리 원하는 걸까?

나는 백작 부인에게 간단한 사과의 말을 적어 보냈다. 그걸 성관에 가져간 것은 썰피스 미토네였다. 그는 별말 없이 순순히 심부름을 해 주었다.

∽ 또다시 참혹한 밤. 토막진 밤. 비가 너무 세차게 오고 있어서 성당까지 갈 엄두가 나지 않았다. 기도를 드리려고 그토록 기를 쓴 일은 여태 없었다. 처음에는 침착하고 조용히, 이어서는 사납다고 할 만큼 집요한 격정으로, 그리고 마침내는 아주 힘겹게야 냉정을 회복한 후 거의 절망적인 (지금 막 쓴 이 단어가 끔찍하다.) 의지로, 내 마음이 온통 고뇌로 전율할 만큼 부추겨 올린 의지로. 그러나 아무것도 얻지 못했다.

물론 나는 기도를 드리려는 발원이 이미 하나의 기도라는 것과, 하느님도 그 이상을 요구하지 않으시리라는 것을 잘 알고 있다. 그러나 내가 어떤 의무 이행으로 그러는 것이 아니다. 공기가 내 허파에 없어서는 안 되는 것처럼, 산소가 내 피에 없어서는 안 되는 것처럼, 간밤, 그때, 기도는 내게 그토록 절실한 것이었다. 내 뒤로는 이미, 언제든 원하면 곧장 되돌아 갈 수 있으리라는 확신 한 자락을 마음 깊이 남겨 두고서 어떤 격정 때문에 막 박차고 나온 그런 낯익은 일상 생활이란 것이 존재하지 않게 되었다. 내 뒤로는 아무것도 없었다. 그리고 내 앞으로는 벽이, 검은 벽이 놓여 있다.

우리는 일반적으로 기도에 대해 얼마나 당치 않은 관념을 갖고 있는지! 기도가 무언지 거의 알지 못하는 — 안다 해도 내용이 없거나 아니면 아주 모르는 — 사람들이 그것에 대해 어쩌면 그렇게도 경솔하게 감히 말들을 하는지! 트라피스트회*나 샤르트르회 수도자는 기도하는 사람이 되기 위해 오랜 세월을 두고 정진해야 하는데 그런 일생의 노력을 사려 엷은 사람 아무나가 감히 판단하려 들다니! 만일 기도가 정말이지 사람들이 생각하듯 일종의 수다, 제 그림자와 나누는 미친 사람의 대화, 아니면 그보다 더 못하게, 이 세상 재물을 얻기 위한 헛되고도 미신적인 탄원이라고 한다면, 저 수천수만의 사람들이 그들의 마지막 날까지 저렇듯 많은 위안을 받았다기보다는 — 사실 그들은 감각적 위로를 경계한다. — 정녕 강하고도 힘차며 충만한 환희를 거기에서 발견했다는 사실이 어찌 믿어지겠는가! 아 물론 학자들은 암시**라고도 한다. 그건 그들이, 굽힐 수 없는 판단에는 그리도 깊고 현명하게 성찰하면서도 포용력과 자비심, 그리고 너무나 온유한 인간성으로 넘치는 나이 든 수도사들을 분명 한 번도 본 적이 없는 탓이다. 이 반미

---

* 랑세(Rancé)가 17세기에 창립한 엄률 관상(觀想) 수도회.
** 기도가 자기 암시라는 학설.

치광이들, 꿈에 갇힌 사람들, 깨어 있으면서도 잠자는 것 같은 이런 사람들이 타인의 불행을 이해하는 데 있어 매일 점점 깊이를 더해 가는 것은 과연 무슨 기적에 의해서일까? 개인을 자기 관심에만 몰아넣기는커녕, 자신을 다른 사람들에게서 고립하기는커녕, 보편적 박애 정신으로 모든 이들과 연대되게 맺어 주니 기묘한 꿈, 이상한 아편*이 아니던가!

내가 이런 비유를 감히 내놓다니 용납이 될는지. 그러나 어쨌든 자기네들을 당혹시키는 의외의 이미지에 자극을 받지 않으면 아무런 자기반성도 기대할 수 없는 많은 사람들을, 이 비유는 만족시켜 줄지 모르겠다. 손가락 끝으로 몇 번 되는대로 피아노 건반을 두들겨 보았다 해서 높은 위치에서 음악을 판단할 자격이 있다고는 양식 있는 사람이면 어찌 감히 생각하겠는가? 베토벤의 어떤 교향곡, 바흐의 어떤 푸가가 그에게 감동을 주지 않아서 다른 청중들 얼굴 위에 가득한, 자기로서는 다가가지 못한 그 고상한 열락의 반영을 지켜보는 것만으로 만족해야 한다면 그는 오직 자기 자신만을 탓하지 않겠는가?

슬프다! 사람들은 정신분석의의 말은 믿으면서 뭇 성인(聖人)들의 한결같은 증언은 거의 무시하거나 아무것도 아니라고 치부한다. 성인들이 체험하는 내면 심화는 다른 내적 탐색과는 같지 않고, 인간 고유의 복잡성을 차츰차츰 드러내기보다는, 별안간 전적인 계시에 다다르며 천상을 향해 열리는 것이라고 그분들이 강조하셔도 사람들은 그저 어깨나 으쓱하고 말

---

* 종교는 아편이라는 마르크스의 저 유명한 표현을 차용하되 그 판단을 뒤집으며 기도의 덕목을 언급.

것이다. 사람들의 그런 무시에도 불구하고 기도하는 사람 그 누가 기도가 자신을 실망시켰다고 말한 적이 있던가?

오늘 아침에는 문자 그대로 서 있을 수가 없다. 그토록 길게 느껴진 시간들이건만 그 어떤 분명한 기억도 없다. 그저 어디서 날아왔는지 모를 총탄이 한 알 내 가슴 한복판을 뚫어 놓은 느낌뿐. 그 충격에 외려 다행히도 무감각한 혼수상태에 빠져 상처의 깊이도 미처 파악하지 못하고 있는 상태…….

사람은 결코 혼자서 기도하지 않는다.* 내 슬픔이 정말 너무 컸던 탓이었을까, 나는 오직 나만을 위해 하느님을 청했다. 그분은 아니 오셨다.

오늘 아침, 잠에서 깨는 길에, 앞서 썼던 몇 줄을 되읽어 본다. 그러고는…….

만일 이것이 환각일 뿐이라면……? 아니면 혹시……. 성인들께서도 이런 유의 낙담을 경험하셨다……. 그러나 바로 이 은밀한 반항심, 거의 증오에 가까운 영혼의 이 심술 맞은 침묵은 분명 아니었을 것이다…….

새벽 1시. 마을의 마지막 등불이 막 꺼지다. 바람과 비.

* 모든 참된 기도는 '성인(聖人)들의 통공(通功)' 속에서 연대되고 확대된다는 뜻.

똑같은 고독, 똑같은 침묵. 그런데 이번에는 장애물을 통과한다거나 혹은 그걸 에둘러 갈 수 있으리란 그 어떤 희망도 없다. 아니 장애물이란 것이 있지도 않다. 아무것도 없을 뿐. 아아! 나는 밤을 내쉬고 밤을 들이마신다. 밤은 어떤 식으로든 감히 생각할 수도 상상할 수도 없는, 영혼에 난 틈새를 통해 내 안에 들어앉는다. 나 자신이 밤이다.

나의 이런 고뇌와 유사한 것을 겪은 이들이 있겠거니 애써 생각해 본다. 그러나 미지의 그이들에 대해 아무런 측은지심도 일어나지 않는다. 내 고독, 그 완벽한 고독을 나는 증오한다. 나 자신에 대해서도 그 어떤 연민도 느껴지지 않는다.

내가 만일 더 이상 사랑하지 않게 된다면!

나는 침대 발치에서 얼굴을 바닥에 대고 엎드렸다.* 아, 물론 나는 이런 처신의 효과를 믿을 만큼 유치하지는 않다. 나는 그저 전적인 수용과 내맡김의 그 자세를 정말 취하고 싶었을 뿐이다. 나는 공허와 허무의 구렁텅이 바로 곁에 마치 걸인처럼, 주정뱅이처럼, 죽은 이처럼 누워서 누가 나를 거두어 주기를 기다리고 있었다.

그러는 동작의 첫 순간부터, 내 입술이 바닥에 닿기도 전부터, 나는 이 거짓에 수치심을 느꼈다. 왜냐하면 나는 아무것도 기다리지 않았던 것이다.

---

* 사제직 수품식에서 기도의 자세이기도 하다.

고통을 당할 수만 있다면 무엇이든 내놓지 않겠는가! 그런데 고통마저도 나를 찾아 주지 않는다. 제일 흔히 매일같이 겪던 정말 하찮은 위(胃)의 통증마저. 몸은 끔찍하게도 멀쩡하다.

나는 죽음이 두렵지 않다. 생명이 내게 무관심한 것처럼 그것도 아무렇지 않게 여겨진다. 이런 사실을 어찌 표현하랴.

하느님께서 무(無)에서 나를 끌어내신 이래 디뎌 온 길 전체를 나는 거꾸로 되짚어 가 버린 것 같다. 그 처음에 나는 하느님 자비의 그 불똥, 불그레하게 달아오른 먼지 한 점에 지나지 않았다. 나는 깊이를 헤아리지 못할 '밤' 속에 되잠긴 채 다시 그것에 지나지 않게 되었다. 그런데 이제 그 먼지 한 톨은 더 이상 붉게 빛을 발하지 못하고 거의 꺼져 가려고 한다.

아주 늦게야 잠에서 깨었다. 내가 쓰러져 엎드렸던 그 자리에서 필경 갑자기 잠들었나 보다. 벌써 미사 시간이다. 그렇지만 미사에 가기 전에 이 다짐을 써 두고 싶다. "무슨 일이 생기더라도 이 일을 아무에게도, 특히 토르시의 본당 신부님께는 절대 이야기하지 않겠다."

아침은 이다지도 청명하고 아늑하고 또 놀라우리만큼 경쾌하다……. 아주 어렸을 적, 나는 물방울이 뚝뚝 듣는 새벽녘의 생 울타리 속을 파고들곤 했다. 그러고선 흠뻑 젖어 덜덜 떨면서도 행복한 맘으로 집에 돌아와서는 내 다정한 어머니로부터 살짝 따귀 한 대와 뜨거운 우유 한 사발을 안겨 받곤 했다.

종일 머릿속에 어린 시절의 영상만이 가득했다. 나는 죽은 자에 대해 생각하듯 나 자신에 대해 생각한다.

편집자 주: 일기장 열 장 정도가 뜯겨 나가고 없음. 뜯겨 나간 종이 좌측 여백에 남아 있는 몇 마디도 박박 지워져 있음.

———————————————————
———————————————————
———————————————————

오늘 아침 델방드 의사가 바장쿠르 숲 기슭에서 머리가 깨진 차가운 시체로 발견되었다. 아주 무성한 개암나무들이 가장자리를 둘러치고 있는 움푹 꺼진 작은 길바닥으로 굴러 떨어져 있었다. 나뭇가지에 걸려 끼어 버린 사냥총을 자기 쪽으로 끌어당기다가 탄환이 발사되었을 거라고 추측들 한다.

———————————————————
———————————————————
———————————————————

이 일기장을 찢어 없애려고 마음먹었더랬다. 하지만 여러 생각 끝에 불필요하다고 생각되는 한 부분만을 없애 버렸다. 하기야 거기 적힌 부분도 내가 하도 여러 번 반복해서 외울 정도다. 그것은 밤이고 낮이고 입 다물지 않은 채 내게 말하는 어떤 목소리와 같다. 그러나 그것도 나와 함께 사그라질 거라고 생각한다. 아니면…….

며칠 전부터 죄에 대해 많이 생각해 보았다. 흔히들 하느님 계명을 위반하는 것이라고 그것을 정의한 나머지 그에 대해 너무 엉성한 관념을 줄 위험이 있는 것 같다. 사람들은 그에 대해 어리석은 소리들을 얼마나 해 대는지! 그리고 언제나 그렇듯 사람들은 도무지 깊이 생각을 하려 들지 않는다. 의사들은 병에 대해 자기네들끼리 수세기를 두고 갑론을박하고 있다. 만일 의사들이 병을 건강을 위한 규칙의 위반으로 정의 내리고 말았다면 그들은 벌써 오래전부터 의견일치를 보았을 것이다. 그러나 그들은 환자를 고칠 의도에서 환자를 두고 병에 대해 연구한다. 바로 이것이 우리들*이 하려고 애쓰는 것이다. 그러니 죄에 대한 농담이며 비아냥거림, 조소 따위를 우리는 그리 괘념하지 않는다.

물론 사람들은 과오 이상의 것을 보러 들지 않는다. 그런데 과오란 결국 하나의 증세일 뿐이다. 믿지 않는 사람들의 눈에 가장 무섭게 보이는 증세들이 반드시 가장 걱정스럽거나 가장 심각한 것이 아니다.

나는 많은 사람들이 자신의 존재를, 자신의 깊은 진정성을 결코 삶에 걸지 않는다고 생각한다. 아니 확신한다. 그들은 자신들의 겉껍질에서 살고 있다. 그런데 인간의 토양은 워낙 기름져서 그들은 이 얇은 겉껍질 층만에서도 자기네들의 진정한 운명이라는 착각을 안겨 줄 소박한 수확을 거둘 수 있다. 지난 대전 중에 소심한 하급 직원들이 차츰차츰 지도자의 역량을 발휘한 경우가 있는 듯한데 그런 그들은 자신도 모르는 역량을 가지고 있었던 것이다. 아, 물론, 거기에는 우리가 회심 *converter*이라는 너무나 아름다운 말로 부르는 것과 유사한 그 어떤 요소**도 있지는 않다. 그렇긴 해도 그 오죽잖은 존

---

* 사제들.

** 영성적 요소. 회심의 어원은 '얼굴을 하느님께 돌리다.'라는 뜻.

재들이 순수 경지에는 이르지 못한 거친 상태로나마 영예감을 체험할 수 있었던 것만으로도 어딘가. 얼마나 많은 사람들이 초월적 영예의 감정에 대해 아무런 생각도 결코 갖지 못하는지! 초월적 영예 없이는 내적 생활도 없는 법이거늘. 그런데 그들이 심판을 받을 것은 바로 이 생활에 대해서다. 그것을 조금만이라도 생각해 본다면 앞뒤가 분명하고 명백해진다. 그러면……? 그러면 사회가 그 부류의 사람들에게 제공하는 인공 손과 발을 죽음으로 앗기고 나면, 그들은 있는 그대로의 자기 모습을 발견하게 될 것이다. 자기네들도 모르는 새 그렇게 되어 버렸던 모습, 발육부전의 흉측한 괴물, 왜소증에 갇힌 인간의 모습을…….

이리 생긴 그들이 죄에 대해 무슨 말을 할 수 있겠는가? 그들이 죄에 대해 무엇을 안단 말인가? 그네들을 파먹는 암도 다른 많은 종기가 그렇듯이 통증을 수반하지 않는다. 아니면 적어도 무얼 느낀 경우라 해도 대부분의 경우는 삶의 어떤 한 시기에 그저 금방 지워지는 덧없는 인상으로 느끼고 말았을 따름이다. 어린이라 하더라도 비록 초급 상태로나마 그리스도교적 의미로서의 일종의 내적 생활을 체험하지 않는 일은 드물다. 어느 날이건 그에게도 그 어린 생명의 약동이 더 강하게 맥박치는 날이 있었을 것이고 의연한 정신이 그 순수한 마음속에 용솟음쳤을 터. 많이는 아니겠지만 아마도 그 어린 존재가 인간 실존을 일체의 신적(神的)인 것으로 옮겨가는 구원에의 저 무한 모험을 어슴푸레 보게 되거나 때로는 그것을 막연히라도 받아들이기에 충분할 만큼 말이다. 그도 선과 악에 대해 무언가를 알았으니 사회적 규범과 관례는 아직 모르기에 그런 것에서는 벗어나 있는 순수한 선악의 관념 말이다. 하지만 의당 그는 어린이로서 반응했고, 어른이 되어서는 그때의 저 결정적이고 엄숙한 순간에 대해서는 그저 애같이 유치한 드라마로, 자못 맹랑했던 것으로만 떠올리며 그것의 진정한 의미를 파악하지 못한 채 그것에 대해 말할 기회가 있노라면 죽을 때까지 늙은이들 특유의 거의 음란하기까지 한, 지나치게 번들거리는, 딱해 하는 듯한 미소를 머금고 이야기할 뿐이리라…….

세상이 신중하다고들 하는 사람들이 어느 정도로 유치한지를 감히 상상하기도 힘들다. 그네들은 정말이지 초자연적 견지에서 설명이 불가능할 정도로 유치하다. 내가 젊은 신부이긴 하지만 그런 이들을 만나 미소를 짓게 되는 일을 종종 겪곤 한다. 그런데 그들은 우리 같은 신부를 대할 때는 정작 그 얼마나 관대하고 동정하는 말투를 쓰는지! 내가 임종을 지킨 일이 있는 아라스의 어떤 공증인은 전직 의원으로 꽤나 주목받던 인물이면서 출신 도(道)에서 가장 큰 토지 소유자들 중 한 사람이었는데 어느 날 아마도 내 권고를 호의적이긴 하나 적이 회의적인 태도로 받아들이는 자신을 변명하기 위해 내게 이렇게 말한 적이 있다. "신부님, 신부님 말씀 이해합니다. 저도 같은 감정을 느낀 적이 있어요. 저도 무척 열성 신자였죠. 열한 살 때는 저도 성모송*Ave Maria*을 세상없어도 세 번 외워야 잠이 들었고 그것도 숨도 안 쉬고 단숨에 외워야 직성이 풀렸습

---

* "(은총이 가득하신) 마리아 님, 기뻐하소서!"라는, 가브리엘 천사의 성모에 대한 인사말로 시작되는 대표적 기도문.

니다. 그렇지 않으면 불행한 일이 덮칠 것 같은 생각이 들었거든요……."

그는 내가 그런 단계에 머물러 있는 존재로, 아니 우리들 불쌍한 사제들은 다 그런 정도에서 정지해 있는 자들로 믿고 있었다. 마침내 그가 죽기 전날 나는 그의 고해를 들었다. 무어라 할 수 있을까? 별것 아니랄까, 공증인의 삶이란 때로 그저 몇 마디로 다 담길 수 있는 것이었다고나 할 수 있을지.

─────────────
─────────────
─────────────

희망*에 대한 죄는 모든 죄들 중에서 가장 치명적인 죄이면서도 어쩌면 사람들이 가장 잘 수용하고 애착하여 머무는 죄일 것이다. 그 죄를 제대로 알아보려면 시간이 많이 걸리고 그 죄를 예고하며 그에 앞서 오는 슬픔은 너무나도 감미롭기까지 하다……. 그것은 마귀가 만들어 내는 묘약, 진미 중에서도 가장 영묘한 것이다. 왜냐하면 고뇌란…….

페이지가 찢겨 있다.

오늘 기이한 발견을 했다. 루이즈 양은 보통 자기 기도서를 늘 앉는 자기 자리 앞 의자 뒤에 달린, 책 넣는 작은 칸막이 안에 두고 다닌다. 나는 오늘 아침 그 큰 책이 성당 바닥 돌 위에 떨어져 있는 것을 보았는데 그 책 가득 끼워져 있었을 온

---

* 대신덕(對神德), 향주덕(向主德) 중 하나로서 신, 망, 애를 일컫는다. 신덕(信德), 망덕(望德), 애덕(愛德), 혹은 믿음, 희망(바람), 사랑 등으로 옮긴다. 여기서는 가장 현대적이면서도 무난한 어감의 '희망'을 역어로 택했다.

갓 상본들이 여기저기 흩어져 있어서 할 수 없이, 내키지 않았지만 책을 좀 뒤적여 그림들을 정리해 넣어야 했다. 책의 간지 뒷면에 손으로 써 둔 몇 줄이 눈에 들어왔다. 그것은 그 여자의 성명과 주소로서 아마도 전 주소겠지만 아르덴 도(道)의 샤를르빌 주소였다. 그런데 글씨가 저 익명의 편지 필적과 같았다. 적어도 그렇게 느껴졌다.

이제 와서 그게 무슨 중요한 일이랴?

이 세상의 패권자들은 손짓, 눈짓을 하거나, 아니 그보다 작은 어떤 신호로서도 상대를 움찔도 못 하게 하며 축줄해 버릴 줄 안다. 하지만 하느님께서는…….

나는 믿음도, 희망도, 사랑도 잃지 않았다. 그러나 죽게 될 사람의 이 세상살이 중에 영원 보화가 무슨 가치가 있는 것일까? 중요한 것은 영원 보화들을 원하는 것이다. 그런데 나는 더 이상 그것들을 원하지 않는 것 같다.

∞ 토르시의 본당 신부님을 당신의 옛 친구 장례미사에서 뵙다. 의사 델방드 씨 생각이 내 머리를 떠나지 않는 것이 사실이다. 하지만 그것이 제 아무리 에이는 것이라 하더라도 생각은 기도가 될 수는 없다.

하느님께서 나를 보고 계시고 나를 판단하신다.

나는 이 일기를 계속하기로 결심했다. 왜냐하면 내가 치르고 있는 이 시련 중에 겪는 사건들을 성실하게, 조심을 다해 정확하게 진술해 둔다는 것이 언젠가 내게 유익할 수 있을 것이기에 말이다. 내게 그러하듯 혹은 다른 이에게도 그럴 수 있을지 누가 알겠는가. 왜냐하면 내 마음이 이리도 굳어 버렸는데도 (이제 나는 그 누구에게도 측은지심을 느끼지 못하는 것 같다. 측은지심이 기도만큼이나 어렵게 되었다. 간밤에 할 수 있는 최선을 다해 아들린 수포의 임종을 도와주면서도 그렇게 느꼈다.) 나는 이 일기를 읽게 될 필경 가상적인 미래의 독자들에게는 어떤 우의를 아니 느낄 수 없기 때문이다……. 나는 그런 애정을 그리 옳은 것이라고 자평하지 않는다. 왜냐하면 그건 결국 이 일기장 페이지 페이지를 타고 아마 내게밖에는 되돌아오지 않을 것이기 때문이다. 나는 작가가 되었다. 아니, 블랑제르몽 수석 신부님 말씀처럼 시인 따위가 되었다……. 그렇지만…….

그런 만큼 더욱 솔직한 견지에서 봐도 나는 내 의무를 방기하지 않고 있음을 여기 적어 둔다. 의무 방기는커녕 그 반대다. 내 건강이 거의 믿기 어려울 정도로 호전되어서 일하기가 아주 수월해졌다. 그리고 델방드 의사를 위해 기도하지 않고 있다고 말하는 것도 완전히 옳은 말은 아니다. 나는 이 본분도 다른 것들을 지키듯 해내고 있다. 최근 며칠은 포도주를 끊기까지 했다. 그랬더니 기력이 아슬아슬할 정도로 떨어져 버렸다.

토르시의 본당 신부님과 짧은 대화. 이 훌륭하신 사제가 당신을 통제하려 애쓰고 계심이 역력하다. 눈에 금방 띄지만 통제의 구체적 징표는 찾아봐야 소용없다. 그분의 그 어떤 몸짓이나 구체적 말에 의지나 노력을 표백하는 것은 없다. 그의 얼굴은 당신의 고통을 아예 솔직하게, 정말이지 고결할 정도로 담백하게 드러내 보이고 있다. 이런 정황을 훌륭하게 버티는 사람들에게서 애매한 눈길, 분명한 정도는 다르지만 이렇게 말하는 시선을 읽게 되는 일이 있다. "보십시오, 저는 잘 견디고 있습니다. 그렇다고 제 칭찬 마십시오. 제 천성이 그러니까요.

감사합니다……." 그러나 신부님의 눈길은 소박하게 우리의 동정을, 우리의 공감을 구하고 있었다. 그러나 정말이지 기품 있게 말이다! 어떤 왕이 탁발을 한다면 아마 이런 태도로 했을 것이다. 그는 시신을 이틀 밤 곁에서 지켰다. 언제나 깔끔하고 단정하던 당신의 수단은 부채꼴 커다란 주름들로 구겨져 있었고 여기저기 얼룩이 져 있었다. 아마 당신 생애 처음으로 그분은 면도하는 일조차도 잊고 계셨을 것이다.

하지만 당신이 자신을 가누고 있음은 바로 이런 표식으로 드러난다. 그에게서 발산되는 초월적 힘은 그 어떤 손상도 입지 않았다. 고뇌가 덮쳐 저리도 명백히 상했으면서도 (델방드 의사가 자살했다는 소문이 돈다.) 그분은 평온과 확신, 평화를 구현하고 있다. 오늘 아침 나는 차부제 격으로* 그분과 함께 미사를 올렸다. 보통 때는 성체 축성 순간에 성작(聖爵)** 위로 펼쳐진 당신의 아름다운 두 손이 약간 떨리곤 했던 것으로 기억하는데 정작 오늘 아침 당신의 두 손은 떨리지 않았다. 그 손은 어떤 권위, 위엄까지도 드러내고 있었다……. 밤샘과 피로, 내 짐작하는 바이지만 그보다 더 괴로움을 안겨 주는 어떤 환영(幻影) 때문에 움푹 패어 버린 얼굴과 이루는 그 손의 대조적 모습은 도저히 글로는 표현될 수 없을 것이다.

그는 의사 선생의 질녀, 몸피가 훨씬 더 불었지만 페그리오 부인과 많이 닮은 질녀가 차린 장례 후 식사 대접에는 참석하

---

* 여기서 주인공 신부는 장엄미사 주례 신부를 돕는 두 번째 공동 집전 사제다. 집전 사제가 혼자일 때 부제 및 차부제도 미사를 도울 수 있다. 2차 바티칸 공의회 이후 차부제품은 폐지되었다.

** 미사 제구의 하나로, 포도주를 담는 잔.

지 않고 떠났다. 나는 그를 역까지 배웅해 드렸다. 기차는 30분 후에나 올 것이어서 우리는 벤치에 가 앉았다. 그분은 무척 지쳐 있었다. 대낮의 환한 햇살 아래 얼굴은 한결 더 상해 보였다. 내가 여태 못 보았으나 정말이지 큰 슬픔과 회한으로 그분 입가에는 두 줄기 주름이 각인되어 있었다. 나는 그 모습을 보고 말할 결심을 한 것 같다. 나는 그분께 돌연 이렇게 말했다.

"신부님은 걱정하고 계시죠, 의사 선생님이 혹시……."

그분은 내가 말을 끝맺게 내버려두지 않았다. 위엄 있는 그분 눈길이 내가 미처 못 꺼낸 마지막 단어를 내 입술에 못 박아 버린 것 같았다. 눈길을 거두며 떨어뜨리지 않자니 몹시 힘이 들었지만 그렇게 시선을 회피하는 것을 '주춤거리는 시선'이라며 당신이 싫어하심을 알기에 애써 그리했다. 이윽고 그분 표정이 조금씩 부드러워지더니 엷은 미소까지 띠셨다.

그분과의 대화를 여기 적지는 않겠다. 하긴 그게 대화랄 수 있을까? 아마 20분도 채 안 되었을 것이다……. 보리수가 두 줄로 서 있는 한적한 작은 광장은 평상시보다도 한층 더 조용했던 것 같다. 날갯짓 소리가 들릴 만큼 비둘기들이 낮게, 바로 우리 둘 머리 위로 휙휙대며 날고 있던 것이 기억난다.

그분도 사실 오랜 친구가 스스로 목숨을 끊은 것이 아닐까 괴로워하고 계신다. 의사 선생은 매우 연로한 한 숙모로부터의 유산 상속을 마지막까지 믿고 있었는데 정작 숙모는 최근 종신 연금을 받는 조건으로 S의 주교 대리인이기도 한 유명 사업가에게 전 재산을 위탁해 버려 매우 실망했다는 소식도 있다. 의사 선생은 예전에는 돈을 많이 벌었지만 약간은 돌았다고까지 할 매우 독특한 호방한 방식으로 다 탕진해 버렸다. 그런 사실들은 늘 비밀 유지가 되는 것은 아니어서 그가 정치적 야망이 있었다는 의심을 끌어들였다. 그만 찾던 환자들을 젊은 의사들이 이리저리 나눠 가진 후에도 그는 습관을 고치려 들지 않았다.

"어쩌겠나, 그는 손해를 줄일 거나 생각하는 사람은 아니었으니까. 그는 내게 수도 없이 되뇌었지. 자기가 인간의 잔인함과 운명의 어리석음이라 부르던 것과 대항해 싸우는 것은 소위 양식(良識)을 거스르며 치르는 싸움이지만, 사회를 불의에서 구해 내지는 못할 것이며, 그 이유는 하나를 죽이면 다른 하나도 죽이게 되기 때문이라고 했지. 그는 개혁자들의 환상을, 완벽 멸균된 세상을 꿈꾸던 옛날 파스퇴르 신봉자들의 환상에 비교하곤 했지. 요컨대, 그는 자신을 하나의 반항자로만 생각했지. 자기는 오래전에 자취를 감춘 어떤 종족, 그런 종족이 있었다 치고, 바로 그 종족에서 살아남은 자였다고 생각했지. 여러 세기가 흐르는 동안 그만 정당한 소유자가 되어 버린 침입자에 저항하여 이길 희망도 없는 싸움을 끝끝내 고집하는 사람이었다고나 할까. "난 복수 중이야."라고 그는 말하곤 했어. 요컨대 그는 정규군을 믿지 않았어. 이해하겠나? "호위병을 거느리지 않은 채 혼자 나다니고 있는 어떤 불의를 만나면 그리고 그놈이 너무 약골도 아니고 너무 강골도 아니어서 내 맞수가 되어 보이면, 나는 그놈 위로 덤벼 목을 졸라 놓는다네."라는 게 그의 말이었지. 이런 태도가 그에게는 큰 희생을 치르게 했지. 지난 가을에도 그는 가슈봄 할머니의 빚을 대신 1만 1000프랑이나 갚아 주었어. 제분업자 뒤퐁소 씨가 채권을 사서 토지를 탐내고 있었기 때문이지. 물론 의사 선생의 그 고약한 숙모가 그리 죽은 것도 마지막 치명적 타격이 되기도 했지.

하지만 말일세! 30~40만 프랑쯤이야 정작 그의 손에 들어갔더라도 대번에 없어졌을 거야! 나이가 들수록 그 딱한 양반은 점점 외골수가 되었거든. 르바튀라는 왕년의 밀렵꾼이자 들쥐 마냥 게을러 터진 늙은 주정뱅이를 그야말로 부양할 생각을 머리에 박았던 것도 그렇지. 구보네 토지 바깥에 있는 숯 굽는 이들 막사에서 살면서 소 치는 어린 처녀들이나 따라다닌다는 소문에 항상 술에 취한 데다가 우리 의사 선생조차도 우습게 보고 있는 작자를 말이야. 의사 선생도 이 마지막 사실을 모르고 있지 않았다는 것도 알아두게나. 아니고말고! 다만 의사에겐 자기 나름의 이유, 언제나 그렇듯 각별한 이유가 있었던 거지."

"어떤 이유인지요?"

"르바튀가 자신이 만난 최고의 사냥꾼이고, 먹고 마시는 즐거움을 뺏을 수 없듯이 사냥의 즐거움을 그자에게서 앗을 수는 없다는 이유지. 공권력이 조서를 올려 버리면 남에게 무해한 이 수렵광을 위험한 야만인으로 오히려 몰고 말 거라는 생각이었지. 이 모든 게 그의 늙은 머릿속에서 고정 관념과 더불어 그야말로 강박관념이 되었지. 그는 내게 이런 말을 하곤 했어. "사람들에게 열정을 주고 그것을 충족하기를 또 금지해 버린다는 것은 내가 보기에는 너무한 것 같아. 나는 하느님이 아니야." 그가 볼벡 후작을 아주 싫어했다는 걸 털어놓지 않을 수 없는데 그건 이 후작이 자기 사냥터지기들을 시켜서 르바튀를 조금씩 더 멀리 몰아내고 급기야는 귀이얀*까지 쫓아내려고

---

* 남미대륙 북동부에 있는 프랑스 해외 도(道). 1852년부터 1945년까지 공안범들을 수용하는 악명 높은 도형장이 있었다.

벼르고 있었던 사실도 말해 둬야겠지. 그러니 알 만하지!"

나는 언젠가 이 일기장에 슬픔이란 토르시의 본당 신부님과는 거리가 멀다고 적은 적이 있는 것 같다. 그분의 영혼은 명랑하다. 바로 이 순간에도, 당신이 언제나 아주 곧바르게 위로 꼿꼿이 세우고 계시는 얼굴에서 눈길을 떼자마자 나는 그분 목소리가 지닌 어떤 음조에 깜짝 놀랐다. 엄숙했지만 슬프다고는 할 수 없는 그 목소리는 마치 폭풍우 아래에서도 고요한 큰 물이 그러하듯이 너무나 깊기에 그 어느 것도 손상시킬 수 없는 그런 환희, 내적 환희의 떨림과도 같은 그런 어떤 떨림을 지니고 있었다.

그분은 내게 다른 얘기들, 믿기 거의 어려운, 거의 미친 것 같은 얘기들도 들려주셨다. 열네 살 적에 우리 둘 다의 친구인 의사 선생은 선교사가 되고 싶어 했지만 의학 공부를 하던 중 신앙을 잃었다 한다. 이름은 잊어버렸지만, 그는 어떤 큰 스승의 총애를 받던 제자였고, 동창들도 출중하게 빛날 그의 앞날을 예견했다. 그러니 그가 이 시골구석에 자리 잡았다는 소식은 매우 놀라웠다. 그는 당시 교수 자격시험을 준비하기에는 너무 가난하다고 스스로 생각했고 게다가 과로 때문에 건강이 심각하게 나빠져 버렸다. 그러나 사실은 그가 신앙 상실에서 스스로 위안을 찾지 못했던 데 있었다. 그는 유별난 습관을 갖고 있었으니 예를 들자면 자기 방에 걸린 십자 고상(苦像)에 말을 걸기도 했고 때로는 그 발치에 꿇어 양손에 머리를 파묻고 흐느끼기도 하다가 또 어떤 때는 십자가에 도전하며 주먹질을 올려 보내기도 했다 한다.

며칠 전까지만 하더라도 나는 토르시의 신부님의 그런 내밀한 전언을 훨씬 더 담담하게 들었을 것이다. 그러나 이때는 그런 얘기를 잘 견뎌 들을 상태가 아니었다. 아린 상처에 뜨거운 납 물을 줄줄 부어 대는 것 같았다. 물론 나는 의사 선생만큼 고통을 깊게 겪은 적이 없고 죽을 때가 오더라도 아마 결코 그보다 더 큰 고통을 당하지 않을 것이다. 내가 할 수 있는 일이라고는 그저 시선을 내리깔고 있는 일뿐이었다. 내가 그때 눈을 들어 토르시의 신부님을 바라보았더라면 나는 아마도 비명을 질렀을 것 같다. 불행히도 이런 경우에 우리는 종종 눈보다는 혀를 더 억제하지 못하는 법이다.

"만일 그분이 정말로 자살을 했다면, 신부님 생각에는……."

토르시의 본당 신부님은 내가 던진 질문 때문에 별안간 꿈꾸다 깬 사람처럼 깜짝 놀라셨다. (실상 5분 전부터 그분은 꿈속에서처럼 말씀을 이어가고 계셨던 게다.) 나는 그분이 나를 슬며시 살펴보심을 느낄 수 있었다. 그분은 내 속의 여러 가지 생각을 알아내신 듯했다.

"자네 말고 다른 사람이 그따위 질문을 했다면!"

그러신 후 그분은 오래 침묵을 지켰다. 작은 광장은 여전히 적막했고 여전히 청명했으며 일정 간격으로 단조로운 원을 그리며 큰 새들이 하늘 꼭대기에서 우리를 향해 내려오는 듯 보였다. 나는 그저 그 새들이 돌아오기를, 거대한 낫이나 낼 법한 그 휘익 소리를 기다리고 있었다.

"오직 하느님만이 심판자이시네."라고 그는 침착한 목소리로 말씀하셨다. "그리고 막상스는 (나는 신부님이 당신의 오랜 친구를 이렇게 부르는 것을 처음 들었다.) 올곧은 사람이었네. 하느님은 올곧은 사람들을 평가하시지. 내가 몹시 염려하는 대상은 얼간이나 단순한 무뢰한이 아니야, 알겠나! '성인'들이 무슨 소용에 닿느냐고? 성인들은 이 얼간이들을 속량하기 위해 값을 치르시지. 강인한 분들이시니까. 하지만……."

그분의 두 손은 양 무릎에 얹혀 있었고 당신의 넓은 어깨는 그 앞으로 커다란 그림자를 만들고 있었다.

"우리는 전쟁 중이니 어쩌겠나? 적을 정면으로 바라보아야지. 정면 대항, 그가 말했듯이. 기억나지? 그게 바로 그의 좌우명이었지. 전쟁 중에 3전선, 혹은 4전선에 있는 어떤 인간 하나가, 후방 병참 지역의 노새 부리는 마부 하나가 비틀한다 해서 그리 중대한 일은 아니지 않은가? 그리고 신문이나 읽는 일밖엔 할 일이 없는 후방의 망령든 늙은이라면 총사령관하고 무슨 상관이 있겠나? 하지만 최전선에 있는 사람들이 있지. 일선에선 가슴팍 하나가 그야말로 가슴팍 하나 몫을 하지. 그 가슴팍 하나만 줄어도 영향이 미치지. 성인들도 그렇지. 나는 다른 사람들보다 많이 받은 이들을 성인이라고 부르지. 부유한 자들 말이야. 나는 늘 혼자 이런 생각을 해 왔다네. 우리가 인간 사회 구석구석을 초자연적 정신으로 관찰할 줄 안다면 그래서 나온 연구는 많은 신비를 풀 열쇠를 줄 거라고 말일세. 여하튼 인간은 하느님의 모상으로 하느님과 닮은 모습으로 만들어졌지. 그런 만큼 인간이 자기의 척도에 맞는 질서를 세우려 할 때는 의당 서투르게나마라도 참 질서인 다른 질서*를 따르려 해야 한다고 생각하네. 부자와 가난한 자가 갈라져 있는 것도 어떤 우주적 큰 법에 부응하는 것이어야겠지. 교회의 눈

---

* 하느님의 질서.

으로 보면 부자는 가난한 자의 보호자요 그의 형이란 말일세! 하긴 부자가 세인들 말마따나 그저 경제력의 역학 때문에 마음에도 없이 흔히 그런 역할을 하고는 있지. 한 사람의 억만장자가 파산하면 수천 명의 사람들이 거리에 나앉게 되질 않나. 그러니, 내가 말하는 부자들* 중 한 사람, 다시 말해 하느님의 은총을 오롯이 맡아 보는 분 한사람이 휘청거리면 저 보이지 않는 세계에서 무슨 일이 일어나고 말지 상상해 볼 수 있겠지. 범용한 자들이 느끼는 안도감이야 어리석은 것이지. 하지만 성인들이 안도감에 젖어 있다면 큰 문제지! 초자연적 조건상의 불평등을 유일하게 설명해 줄 수 있는 것은 모험의 몫이라는 것을 미친 사람이 아니고야 어찌 모르겠나. 우리들의 모험. 자네의 영적 모험. 그리고 나의 모험."

그분은 이렇게 말씀하시는 동안 몸을 꼿꼿이 부동자세로 유지하고 있었다. 겨울 햇살이 번지기는 했지만 추운 오후에 이렇게 벤치에 앉아 있는 그분을 누가 보았더라면 아마 공손히 귀 기울이는 젊은 동료 사제 옆에서 당신 본당의 수천 가지 잡다한 이런저런 일에 대해 얘기하며 무탈하게 허풍을 부리고 있는 사람 좋은 신부로나 여겼을 것이다.

"내가 이제부터 자네에게 말하려는 걸 꼭 새겨 두게. 이 모든 불행은 아마 그가 범용한 자들을 증오한 데서부터 왔을 거야. 내 여러 번 그에게 말한 적 있었지. "자넨 범용한 자들을 너무 미워하는구먼."이라고 말이야. 내 말에 그는 별로 변명하지 않더군. 왜냐하면 정말이지 그는 정의로운 사람이니까. 우

---

* 성인(聖人)들.

리 모두 경계를 해야겠지. 자네도 동의하겠지. 범용한 사람은 마귀가 던져 놓은 함정이야. 범용의 문제는 우리가 다 이해하기엔 너무 복잡한 문제야. 그건 하느님 소관이라네. 하느님이 개입하시기 전에 범용한 자는 우선 우리 그늘, 우리 날개 밑에서 보호처를 찾아야 할 거야. 따뜻한 보호처 말이야. 정말이지 그 딱한 자들은 훈훈한 열기를 필요로 한다네! 나는 그에게 "자네가 정말로 우리 주님을 찾는다면 자네는 그분을 발견하게 될 거야."라고 한 적도 있는데 이렇게 대답하더군. "나는 찾을 확률이 가장 많은 곳에서 하느님을 찾고 있다네. 그분의 가난한 사람들 속에서." 어이쿠! 정말 한 대 맞은 느낌이었어. 한데 그가 말하는 가난한 사람들은 모두 자기 자신과 같은 유형과 족속이었지. 달리 말해 반항아이자 고고한 양반들 말일세. 어느 날 그에게 이런 질문도 해 본 적 있지. "그런데 만일 예수 그리스도께서 자네가 멸시하는 저런 얼간이들의 모습을 하고 자네를 기다리고 계시다면 어쩌지?" 왜냐하면 그분은 오직 죄만을 제외하고 우리 모든 비참을 받아 안으시고 또 성화하시니 말일세. 설령 비겁하게 보이는 사람이 있다 해도 그자는 사실 대들보에 깔린 한 마리 쥐처럼 거대한 사회 구조 밑에 눌려 버린 비참한 한 사람에 지나지 않을 수도 있거든. 수전노도 사실은 자기가 얼마나 무능한가에 뼈저린 나머지 '결핍'에 대한 공포에 질려 버린 인간일 따름이지. 가혹하게 보이는 자도 기실은 가난한 자에 대한 일종의 공포증을 앓는 환자일 수 있고. 이런 일은 곧잘 만날 수 있지. 신경이 과민한 자들이 거미나 생쥐를 보고 갖는 공포심만큼이나 설명하기 어려운 공포증 말이야. "자네는 우리 주님을 이런 부류의 인간들 중에서 찾고 있는가?"라고 물으면서 그에게 재차 말했지. "그런데 자네가 그 분을 거기서 찾고 있는 것이 아니라면 자네는 무얼 원망하려 나? 주님을 놓친 건 바로 자네네……'" 사실 그는 그분을 놓쳐 버린 것인지도 모른다.

∞ 간밤(아니 해질 무렵)에 사제관 정원에 누가 다시 찾아왔다. 그 누군가 방울이 울리게 되어 있는 줄을 당기려는 순간 아마 내가 큰 창문 바로 위의 조그만 채광창을 재빨리 열고 내다보 았던 것 같다. 발자국 소리는 아주 빨리 멀어져 갔다. 어쩌면 어린애였는지?

비 때문에 들렀다는 구실로 백작이 찾아 왔다가 여기서 막 나간 길이다. 발자국을 뗄 때마다 그의 길다란 장화에서 물이 튀어 올랐다. 그가 사냥으로 잡은 서너 마리의 토끼가 사냥 전 대 바닥에 보기 끔찍한 피투성이를 한 채 회색 털 더미로 엉 겨 붙어 있었다. 그는 이런 전대를 벽에 걸었다. 그가 나에게 말을 건네는 동안 나는 전대 그물코 사이로 쭈뼛한 저 털 더 미 안에 아직도 촉촉하니 아주 상냥한 토끼 눈알 하나가 나를 지켜보고 있음을 마주하고 있었다.

백작은 거두절미하고 군대식으로 솔직하게 자기 용건을 꺼 내는 것을 사과하라면서 말했다. 쉴피스의 품행과 습관이 고 약하다고 온 마을에 소문이 난 모양이라 한다. 병역 중에는 백 작의 표현을 빌자면 "군법회의를 아슬아슬하게 면했다."라고들 했다. 사악하고 음흉하다는 것이 결론이었다.

언제나 그런 것처럼 떠도는 소문에 이렇다 저렇다 입방아 해석일 뿐 정확한 것은 아무것도 없었다. 예를 들어, 쉴피스가 의심스러운 평판이 따라다니던 퇴직한 식민지 관리의 집에서 여러 달 일한 것은 사실이다. 나는 그 점에 대해서도 쉴피스가 주인을 고를 입장이 아니지 않느냐고 대답했다. 백작은 어깨를 들먹이며 나를 위에서 아래로 재빨리 훑어보았다. '저 자는 바보가 아니면 바보인 척하는가!'라는 의미가 역력한 눈길이었다.

내 태도에 그를 놀라게 한 무언가가 있었음을 나도 안다. 생각하기로 그는 내가 항변을 할 줄 알았을 것이다. 무관심을 표백했다고는 할 수 없겠지만 나는 잠자코 있었다. 참고 있는 것만으로도 벅찼다. 더구나 나는 그의 말이 나 아닌 다른 사람에게, 예전의 나였으나 이제는 내가 아닌 타인을 향한 것 같은 기이한 느낌을 받고 있었다. 너무 늦어 버린 말들. 백작이 찾아온 것도 너무 늦은 일일 뿐. 그가 보여 주는 친근함이 이제는 교묘히 꾸민 것처럼 느껴졌고 적잖이 속되 보이기까지 했다. 실내 이 구석에서 저 구석으로 놀랄 만큼 빠르게 대번에 옮겨 가며 사방을 훑다가 내 두 눈을 정면으로 바라보는 그의 시선에도 더 이상 호감이 가지 않는다.

나는 막 저녁식사를 마친 참이어서 식탁용 포도주 단지가 그대로 놓여 있었다. 그는 서슴없이 잔을 채우더니 내게 이렇게 말했다. "신부님은 삭은 포도주를 드시는군요. 건강에 해롭습니다. 단지도 아주 깨끗하게 유지해야지요. 삶아 가면서 말입니다."

미토네가 평상시처럼 오늘 저녁 찾아왔다. 옆구리가 좀 아프고 숨이 막힌다고 하소연하면서 기침을 많이 한다. 그에게 말을 하려는 순간 갑자기 일종의 오한 같은 혐오감이 엄습하여 나는 그가 일하도록 내버려두고 (그는 마루의 썩은 판자 몇 장을 아주 정교하게 갈고 있는 중이다.) 한길에 나가 얼마간 걸어 보았다. 그러다 돌아왔을 적에도 나는 물론 그때까지 아무것도 정한 것이 없었다. 나는 방문을 열었다. 판자 대패질에 몰두해 있던 그는 나를 본 것도 아니고 또 내가 오는 소리를 듣지도 못했다. 그런데도 그가 갑자기 뒤돌아보는 바람에 우리 시선이 서로 마주쳤다. 나는 그의 시선 속에서 놀람을, 이어서는 경계심을, 그다음에는 거짓말을 읽을 수 있었다. 이런 저런 거짓말이 아니라 '거짓말을 하려는 의지'. 그것은 흐려진 물, 진흙탕 같은 것이었다. 그리고 마침내 — 나는 그를 여전히 똑바로 바라보고 있었는데 그 모든 것은 한 순간 아마 몇 초간의 일에 지나지 않았을 것이다. — 이 가라앉은 찌끼 아래로부터 그의 눈 원래 색이 떠올라 드러났다. 무어라 형용할 수 없었다. 그의 입술이 떨리기 시작했다. 그는 연장들을 주워 모아 천 조각에 정성스레 말아서 아무 말 없이 밖으로 나가 버렸다.

내가 그를 만류하며 질문을 해 보았어야 했을 것이다. 그런데 그럴 수 없었다. 나는 한길로 나선 그의 처량한 뒷모습에서 눈길을 뗄 수 없었다. 하기는 그의 뒷모습은 차츰차츰 꼿꼿해지더니 드가네 근처를 지날 즈음에는 퍽이나 도전적인 투로 작업모를 벗어 높이 쳐들기까지 했다. 스무 걸음쯤 더 멀어져 가서는 그는 자기가 좋아하는, 끔찍스레 감상적이고 작은 수첩에 가사를 정성스레 베껴 둔 유행가들 중 한 곡을 휘파람 곁들여 부르기까지 했다.

나는 녹초가 되어, 정말 이상할 정도로 기진해 방으로 들어왔다. 나는 무슨 일이 어떻게 된 것인지 전혀 모른다. 쉴피스는 겉으로는 약간 소심하지만 오히려 뻔뻔한 편이다. 게다가 그는 자기가 언변이 좋은 줄 알고 너무 말이 많은 편이다. 그가 저보기엔 쉬운 일인 변명을 할 기회를 놓쳤다는 것이 ─ 왜냐하면 나의 경험이나 판단 따위를 분명 별로 대수롭지 않게 생각하는 그였으니 말이다. ─ 나로서는 무척 놀랍다. 그렇지만 그는 어떻게 짐작을 해냈을까? 내가 말을 한마디도 안했던 것이 분명하고 내가 그를 바라보기는 했어도 정녕 경멸이나 화를 담지는 않았는데⋯⋯. 그가 다시 돌아오려는지?

좀 쉬려고 침대에 몸을 누이니 내 안에서, 내 가슴속에서 무언가가 부서지는 것 같았다. 그리고 몸이 떨리기 시작하더니 이 글을 쓰는 지금 이 순간까지도 계속되고 있다.


아니다, 나는 신앙을 잃지 않았다! 손지갑이나 열쇠 꾸러미가 그 대상일 때처럼 말하는 '신앙을 잃다.'라는 이 표현이 나는 늘 어리석게 느껴졌다. 이 표현 역시, 꽤나 말이 많던 18세기의 저 궁한 사제들*이 남겨 놓은, 부르주아적 신심에 관련된 어휘에 속할 것이다.

신앙을 잃는 것이 아니고, 다만 그것이 생명력을 고양해 주지 않을 뿐. 그러기에 생각보다는 훨씬 드문 이런 지적 위기에 회의적 태도를 보인 옛날 영성 지도자들이 그른 것도 아니다. 교양을 갖춘 한 인간이 차츰 그런 상태에 도달하여 더구나 알지도 못하는 새 자신의 신앙심을 자기 두뇌 어느 한 귀퉁이에 밀어 넣어 버려서 그걸 찾자면 성찰하고 기억하는 노력을 해야만 하는 상태가 되면, 존재했을 수는 있으나 더 이상은 존재하

* 대혁명 이후 비관주의에 내몰린 사제들.

지 않는 것에 대해 그가 아직 애정을 느낄 수는 있겠지만, 더이상은 신앙과 같지 않은 이런 추상적 기호에 신앙이라는 이름을 부여할 수는 없을 것이다. 백조좌 별자리가 백조와 같지 않다는 유명한 비유를 빌려 말하더라도 말이다.

나는 신앙을 잃지 않았다. 시련이 가혹하고 설명할 길 없이 너무나 순식간에 들이닥쳐서 내 이성과 신경을 뒤흔들어 놓을 수는 있을지언정, 그리고 내 안에서 ─ 영원히 그럴지도 모르지 않은가? ─ 기도의 정신을 고갈해 버리고, 커다란 절망의 엄습이나 그 끝없는 나락보다도 더 무서운, 암담한 체념으로 나를 대신 가득 채울지라도, 내 신앙은 온전한 모습으로 남아 있다. 나는 그렇게 느낀다. 그러나 그것이 어디에 있는지 쉬잡을 수 없다. 거의 착란에 가까운 영상이나 그릴 뿐, 두 가지 관념을 제대로 연결하지도 못하는 내 빈약한 두뇌 안에서도, 내 감수성 속에서도, 심지어는 내 양심 속에서도 나는 그것을 찾을 수 없다. 내 신앙은 내가 찾지 않았던 곳, 이를테면 내 육체 안에, 내 이 가련한 살 속에, 내 피와 내 살 속에, 죽어 가겠지만 세례를 받은 이 육신 속으로 숨어 들어가 존속하고 있는 듯한 생각이 가끔 든다. 나는 내 생각을 가장 단순하게, 가장 진솔하게 표현하고 싶을 뿐이다. 나는 신앙을 잃지 않았다. 왜냐하면 하느님께서 나를 부정(不淨)함으로부터 지켜 주셨기 때문이다. 물론 이런 식으로 양자를 접근하여 말하는 것은 철학자들에게는 웃음거리가 될 것이다! 그리고 더없이 심한 방탕이라 하더라도, 분별력 있는 사람의 정신을, 이를테면 기하학자들이 말하는 어떤 공리(公理)가 갖고 있는 정당성을 의심하게 만들 만큼 빼놓지는 않을 것이다. 그러나 하나의 예외가 있으니 그것은 광증에까지 이르는 음란벽이다. 그런데 이 미친 듯한 탐닉에 대해 우리는 무엇을 아는가? 색정에 대해서 사람들은 정녕 무엇을 아는가? 이것들 간의 내밀한 관계에 대해 무엇을 아는가? 색정은 인류의 옆구리에 나 있는 신비한 상처다. 그 옆구리라니, 어떻게 말할까? 생명의 원천 바로 그곳이란 뜻이다. 인간에게 고유한 색정과 양성(兩性)을 접근시키는 욕망을 혼동하는 것은 종양과, 그 종양이 파괴하는 장기에 같은 이름을 붙이는 것과 마찬가지다. 장기의 모양이 너무나 일그러져서 그 자체가 종양 형상을 이루기도 하지만 말이다. 세상은 예술의 온갖 위광을 업고 이 부끄러운 상처를 감추느라 안간힘을 쓴다. 마치 세상은 새 세대를 맞을 때마다 자긍심과 절망에서 치민 그네들의 반항, 아직 순결하고 무구한 그네들의 도리질을 두려워하는 것 같다. 매혹적인 이미지의 힘을 빌려 필경은 끔찍할 뿐인 첫 경험의 굴욕감을 미리 경감해 주려고 세상은 그 얼마나 이상하리만큼 의욕을 다해 어린것들을 보살피는지! 그러다가도 마귀에게 농락당하고 모욕당한 젊은 인간의 존엄성이 어느 정도 의식(意識)을 갖추면서 호소의 목소리를 내지르게 되면 세상은 와르르 웃음으로 그것을 그만 덮어 눌러 버리고 만다! 청소년들을 에워싸고 감각, 기지, 동정, 애정, 빈정거림을 얼마나 교묘하게 섞어 가면서 또 얼마나 합심 공모하여 경계망을 쳐 두는지! 늙은 명매기*들도 새끼 새가 첫 비상을 시도할 때 이보다 더 야단을 떨지 않을 것이다. 그리고 혐오감이 너무 심할 때나, 아직 수호천사들이 지키고 있는 저 소

* 제빗과의 여름 철새.

중한 어린 피조물이 구역질을 일으키며 토하려 할 때면 오케 스트라가 은은히 나뭇잎과 신선한 샘물을 아우르는 소리로 그 의 욕지기를 가려 주는 가운데, 공예가들이 새겨 조각하고 시 인들이 황금에 보석을 박은 침 뱉는 그릇을, 사람들은 그 얼마 나 자상한 손길로 그에게 내미는 것일까!

그러나 세상은 나에게는 이렇게까지 공들이지 않았다……. 가난한 집 아이는 열두 살이면 많은 것을 알게 된다. 그런데 이해한들 내게 무슨 도움이 되었겠는가? 나는 그저 보았던 것 이다. 색정은 이해된다기보다 드러나 보이는 것이다. 나는 저 흉흉한 얼굴들이 갑자기 무어라 말할 수 없는 미소 속에 고 착되는 것을 목격하곤 했다. 아아! 모든 위선이 벗겨져 나간 쾌락의 면모는 바로 고뇌의 면모라는 것에 사람들은 어찌 좀 더 자주 생각이 미치지 못하는 것일까? 아아, 열흘에 하루 꼴 로 아직도 내 꿈결에 나타나는 저 탐욕스러운 얼굴들, 저 고통 에 일그러진 얼굴들! 술집 계산대 뒤에 쪼그리고 앉아 있노라 면 ― 왜냐하면 나는 내 숙모님이 내가 열심히 공부하고 있으 리라고 생각한 장소인 컴컴한 헛간에서 수도 없이 빠져 나와 버렸으니 말이다. ― 그 얼굴들은 내 머리 위로 솟아오르곤 했 고 매일같이 어떤 취객이 걸려 흔들리는 구리줄에 매달린 낡 은 램프 때문에 천장에는 그네들의 그림자가 어른어른 춤을 추고 있었다. 아무리 어렸지만 나는 술에 취한 것과 다른 것 에 취한 것을 정말 잘 구별할 수 있었다. 바로 그 다른 것에 취 한 것만이 정말 무섭게 느껴졌다. 잿빛 안색에 다리를 저는 가 여운 젊은 종업원 아가씨가 나타나기만 하면 멍청하던 시선들 은 갑자기 너무나도 강렬하게 그 아가씨에 고정되곤 했는데 나는 아직까지도 마음의 동요를 느끼지 않고는 그 장면을 떠올릴 수가 없다……. 아, 물론 어린애가 가졌던 인상이라고, 그런 인상이 이토록 여러 해가 지났는데도 내게 아직 공포심을 준다는 것 자체가 그 인상이 의심스러운 것으로 보이게 한다고들 사람들은 말할 것이다……. 그렇다 치자! 세상일에 관심 많은 이들에게 거기 가 보라고 하자! 너무 예민하고, 너무 잘 변하고, 가식에 능하며, 짐승들이 죽음을 맞기 위해 몸을 숨기듯이 질탕하게 즐기기 위해 숨어드는 얼굴에서는 별 대단한 것을 알아낼 수 있으리란 생각이 들지 않는다. 수많은 사람들이 방탕으로 일생을 탕진하고 노년의 문턱에 들어서기까지, 때로는 그보다 더 늙어서까지도, 한 번도 완전히 충족된 적 없는 청소년기의 호기심을 이어가고 있다는 것을 나는 정말 부인하지 않는다. 이 경박한 인간들에게서 무엇을 알아낼 수 있을까? 그들은 아마도 마귀들의 노리개인지 모른다. 그러나 그놈들이 진정 노리는 노획물은 되지 못한다. 하느님께서는 정녕 미처 헤아릴 수도 없는 신비로운 계획 속에서 그들이 그 일에 진정으로 영혼을 거는 것을 허락하지 않으셨다는 것 같다는 생각이 든다. 아마 비참한 유전적 희생물로서 그네들은 그런 자신의 형국을 그저 소박하게 희화(戲畵)하고 있을 뿐, 발육 부진아, 오욕 범벅이이면서도 썩어 버리지는 않은 유아들인 저들을 향한 하늘의 섭리는 그네들도 어린이 정신이 가지는 어떤 면역력을 누리도록 허락하시는 것이다……. 그렇다면 뭐랄까? 어떤 결론을 내려야하는가? 편집증 환자이면서도 남에게 해를 끼치지는 않는 사람들이 있다고 해서 위험한 광인의 존재를 부인해야 하는가? 윤리학자는 정의를 내리고, 심리학자는 분석하고 분류하며, 시인은 가락을 지어내고, 마치 고양이가 제 꼬리를 갖고 그렇게 하듯이 화가는 온갖 물감으로 놀고, 익살광대는 웃음보를 터뜨리고 한들, 무슨 상관이 있으랴! 사람들이 색정에 대해 무지하듯 광증에 대해서도 무지하며, 사회는 그저 똑같은 은밀한 두려움과, 똑같은 은근한 수치심을 갖고 양자 대처에 거의 똑같은 수단을 들이대고 있을 뿐임을 나는 강조해 둔다…… 만일 광증과 색정이 같은 것에 지나지 않는다면……?

자기 서재에 편안히 들어앉아 있는 철학자는 이에 대해 사제, 특히 시골 사제의 의견과는 의당 다른 견해를 가질 것이다. 나는 고해를 듣는 신부들 중에서 시간이 지남에 따라 그들이 듣는 고백의 중압감 가득한 단조로움에 일종의 현기증을 느끼지 않는 이는 별로 없을 것이라고 생각한다. 듣는 내용보다 오히려, 눈으로 읽는다면 그 어리석음에 숨이 막힐 지경의 말이지만, 침묵과 어둠 속에서 속삭일 때면 벌레처럼 우글거리며 무덤 냄새를 풍기는 몇 마디 안 되는 그 말들, 늘 똑같은 그 단어들 너머로 짐작하게 되는 것에서 현기증을 느끼게 되는 것이다. 그러니 우리 비참한 인간이라는 존재의 실체가 녹아 흘러 나가 버리는, 언제나 벌어져 있는 상처의 이미지가 우리네 신부들에게 강박처럼 남게 되는 것이다. 독을 가진 파리가 쉬를 슬지 않았더라면 인간 두뇌는 그 어떤 분발인들 할 수 없었겠는가!*

---

* 악에 의한 이성의 위축이 아니었더라면 신의 인식에까지 나아갈 수 있었을 것이라는 뜻.

사람들은 우리 신부들이 마음 깊숙이 남성적 생식력에 대한 질투 어리고 위선적인 증오심을 키우고 있다고 비난한다. 앞으로도 늘 그럴 것이다. 참으로 하기 쉬운 비난이다! 그러나 죄에 대해 약간의 경험이라도 있는 이라면 누구나 색정이 그 기생적 생장 작용과 그 흉측한 증식 작용을 통해 지력과 더불어 남성성도 위협적으로 질식시키려 든다는 것을 모를 리 없다. 창조력이 없는 색정은 인류에게 부여된 가냘픈 약속을 배아 때부터 더럽힐 뿐이다. 색정은 아마도 우리 인류가 가진 온갖 흠집의 근원이자 원리일 것이다. 숲 속 오솔길이 어디에 있는지 모를 커다란 원시림 모퉁이에서 그것과 맞대면하게 되자마자, 기적도 주무르는 '명장'*의 손에서 나온 모습 그대로의 그것과 마주치게 되자마자, 오장육부에서 솟아오르는 외침은 단지 경악의 외침만이 아니라 저주의 부르짖음이기도 하다. "세상에 죽음을 풀어놓은 것은 너다. 오직, 너뿐이다!"

　현명함보다는 열성만 앞선 많은 사제들의 운명은 불성실함을 자책하며 내세운다. "신앙생활이 거북해져서** 더 이상 신앙생활을 못 하겠습니다."라고들 말하니! 얼마나 많은 사제들이 이런 식으로 말하는 것을 내가 들었던가! 그러나 다음과 같이 말하는 것이 더 옳지 않을까? "정결이라는 덕은 무슨 징벌처럼 우리들에게 내려져 있는 것이 아니라 자기 자신에 대한 초월적 인식, 하느님 안에서의 자신에 대한 인식으로서, 신앙이

---

* 마귀.
** 특히 사제 신원의 한 바탕일 정결의 서약에 대한 암시.

라 불리는 것의 신비하면서도 분명한 (경험이 그것을 증명한다.) 조건들 중 하나다. 정결 위배는 이런 인식을 파괴하는 것이 아니라 그 인식에 대한 욕구를 무화해 버린다. 더 이상 믿지 않는 것은 더 이상 믿기를 원하지 않기 때문이다. 그대들은 더이상 그대 자신을 알기를 원하지 않는 것이다. 이 깊은 진리, 바로 그대들의 것인 이 진리가 그대들의 흥미를 끌지 못하게 된 것이다. 어제까지 그대들이 동의했던 교의가 언제나 그대들 생각을 떠나지 않고 있긴 하지만 이성만이 그것을 배척한다고 말한들 무슨 소용이랴. 정말 소용이 없는 것이다! 원하는 것만 참으로 소유하거늘. 왜냐하면 인간에게는 전적이고 절대적인 소유란 허락되지 않기 때문이다. 그대들은 더 이상 자신을 원하지 않는다. 그대들은 더 이상 그대들의 기쁨을 원하지 않는다. 하느님 안에서만 자신을 사랑할 수 있었거늘 그대들은 이제 더 이상 자신을 사랑하지 않는다. 그리하여 그대들은 이 세상에서도 또 내세에서도, 그러니 영원히, 그대 자신들을 이제는 더 이상 사랑하지 않을 것이다."

이 페이지 아래 여백에 여러 번 지웠는데도 알아볼 수 있는 다음 몇 줄이 적혀 있다. "나는 이 대목을 심장과 감각을 온통 장악하는 처음 겪는 큰 고뇌 속에서 썼다. 생각들, 영상들, 말들의 소란. 그러나 영혼은 침묵하고 있다. 하느님도 침묵하고 계신다. 절대 침묵."

∽ 이건 아직 아무것도 아니라는 느낌, 내가 예감하는 진짜 유혹은 저 뒤에 멀리 있고 저 미칠 듯한 울부짖음이 예고하는 가운데 그것은 나를 향해 천천히 오고 있다는 느낌. 내 가여운 영혼도 그것을 기다리고 있다. 내 영혼은 침묵한다. 육신과

영혼의 현혹.

(내 불행의 급작스러움, 번개 치듯 다가온 그것. 찢기는 통증도 없이, 기도의 정신이 저절로, 마치 열매가 떨어지듯 내게서 떠나갔다……)

경악을 느낀 것은 그 뒤의 일이다. 나는 텅 빈 내 두 손을 보고서야 단지가 깨진 것을 깨달았다.

∽ 이런 시련이 새로운 것이 아님은 알고 있다. 의사라면 분명 내가 그저 신경과민을 겪고 있고 빵과 포도수만 조금 먹는 걸로 살아가겠다고 우기는 것이 말도 안 되는 일이라고 할 것이다. 그러나 우선 나는 고단하다고 느끼지 않는다. 그런 상태와 멀다. 내 건강은 더 좋아진 것 같다. 어제는 거의 식사 다운 꼴을 갖춰 먹기도 했다. 감자와 버터를 곁들였으니까 말이다. 더구나 나는 업무를 가뜬히 끝낼 수 있다. 내가 나 자신과의 투쟁을 꿋꿋이 견디기를 원할 때가 있음을 하느님도 아신다! 다시 용기를 가질 수 있을 것 같다. 위통이 가끔 재발하기는 한다. 그러나 그것은 불시에 찾아오는 것이어서 예전처럼 이제일까 저제일까 시시각각 기다리지는 않는다…….

나는 성인들이 겪은 내적 고통에 대해 진위 여부를 떠나 많은 이야기들이 전해져 오고 있음도 알고 있다. 내 고통과의 유사성은 불행히도 그저 표면적인 것일 뿐이다! 성인들은 그들의 불행에 익숙해지지 않았을 텐데 나는 이미 내 고통과 일체가 되어 버린 것 같다. 만일 상대가 그 누구든 하소연을 늘어놓고 싶은 유혹에 내가 진다면 하느님과 나 사이의 마지막 끈이 끊어지고 나는 영원한 침묵 속에 들어갈 것같이 여겨진다.

그런데도 어제 나는 토르시로 가는 길로 멀리까지 걸어갔다. 내가 느끼는 고독은 이제 너무 깊고 정말이지 너무나도 비인간적인 것이어서 델방드 노의사 선생의 묘소를 찾아가서 기도하고 싶은 생각이 별안간 들었던 것이다. 그리고 그 의사가 후견하던, 아직 내가 만나 본 적 없는 르바튀 생각도 났다. 그러나 마지막 순간 힘이 빠져 버렸다.

ഗ 샹탈 양의 방문. 나는 이 저녁 그토록 통렬했던 그녀와의 대화에 대해 그 무엇이든 적어 둘 상태가 되지 못한다……. 내 딱한 처지라니! 나는 사람들에 대해 아는 것이 없다. 결코 아무것도 알지 못하고 말 것이다. 내가 저지르는 실수들이 도움을 주지도 않는다. 실수들 때문에 나는 그저 너무 혼란스럽다. 나는 필경, 의도는 좋으나 평생을 두고 무지와 절망 사이를 오가는 약하고 가련한 부류에 속하나 보다.

오늘 아침 미사 후 나는 토르시까지 달려갔다. 토르시의 본당 신부님이 릴에 있는 질녀들 중 한 분 댁에 병으로 누워 계시다. 그분은 적어도 일주일 혹은 열흘 전에는 돌아오시지 못할 것이다. 지금부터 그때까지…….

글을 써 둔다는 것이 내게는 쓸모없이 느껴진다. 나는 종이 위에 비밀을 털어놓을 줄 모른다. 나는 그렇게는 못 할 것 같다. 게다가 아마 그럴 권리가 내게는 없을 것이다.

본당 신부님이 떠나고 안 계시다는 소식을 접하면서 실망이 하도 커서 쓰러지려는 바람에 벽에 바싹 등을 기대야 했을 정도였다. 가정부 아주머니는 불쌍해한다기보다는 호기심 어린 시선으로 나를 주시하고 있었다. 그 눈길은 바로 내가 몇 주

전부터 각양각색의 다른 사람들에게서, 백작 부인이며, 쉴피스, 그리고 또 다른 사람들에게서 여러 번 느낀 그런 시선이었다……. 내 꼴이 사람들에게 겁을 주기라도 하는지.

세탁 일을 하는 마르시알 부인이 마당에 빨래를 널고 있었는데 길을 다시 떠나려고 숨을 좀 돌리고 있자니 두 여인이 나에 관해 말하고 있는 것이 역력히 들려왔다. 둘 중 한 사람의 목소리가 더 높았는데 그 어조 때문에 나는 얼굴이 붉어졌다. "애같이 가엾기도 하지!" 그 여인네들은 무얼 어떻게 알고 있는 것일까?

∽ 무서운 하루였다. 가장 곤혹스러운 것은 내가 어쩌면 그 진실된 의미를 모르고 지나는 여러 사실들에 대해 합리적이고 적정한 식별이라고는 전혀 할 수 없다고 느껴지는 일이다. 아, 나도 혼란과 비통의 순간들을 수차 경험한 바 있다. 그러나 그 때에는 나도 모르는 새 저 내적 평화를, 마치 거울에 비치듯 사건들과 사람들이 내게 되비쳐 오는 맑은 수면을 지니고 있었다. 그 샘이 지금은 동요되어 흐려져 버렸다.

이상하기도 하고 아마도 부끄러워해야 할 일은 분명 내 탓이겠지만 기도는 내게 미약한 도움을 줄 뿐이고 이 테이블에서 바로 이 공책의 백지장을 마주하고서만 나는 어느 정도 평정을 회복하고 있다는 사실이다.

아, 나는 이 모든 것이 그저 꿈이기를, 한 편의 악몽이기를 바랄 뿐이다!

폐랑 부인의 장례 때문에 오늘 아침 미사는 6시에 드려야했다. 복사 아이도 오지 않아서 나는 성당에 나 혼자만 있는 줄 알았다. 이 계절의 이 시간대에는 시선이 성당 내진(內陣) 층계 조금 너머까지밖에는 미치지 못하고 성당의 다른 공간은 어둠에 묻혀 있다. 나는 갑자기, 분명히, 참나무로 된 의자를 따라 성당 바닥 돌로 미끄러지며 떨어지는 묵주가 내는 작은 소리를 들었다. 그러고는 아무 일도 없었다. 강복을 줄 적에 나는 감히 눈길을 들지 못했다.

그녀는 제의실 문에서 나를 기다리고 있었다. 나는 그럴 줄 알고 있었다. 그녀의 홀쭉한 얼굴은 그저께 보았을 때보다도 더 고통으로 일그러져 있었고 입술 가에는 너무나 경멸하는 듯한, 너무나 고집스러운 주름이 져 있었다. 나는 그녀에게 말했다. "내가 아가씨를 여기서 접견할 수 없다는 것을 잘 아시죠. 그러니 가십시오!" 그녀의 시선에 겁이 날 정도였지만 나 자신이 소심해서는 아니었다. 아, 하느님! 그녀 목소리에는 얼마나 강한 증오심이 어려 있는지. 그리고 그 시선은 아무 수치심도 없이 외려 오만에 차 있었다. 그러니 수치심을 느끼지 않으면서도 누구를 증오할 수 있는 것일까?

"아가씨, 제가 하기로 약속한 것을 하겠습니다."라고 나는 말했다.

"오늘요?"

"오늘이라도."

"사실, 신부님, 내일이면 너무 늦을 테니까 그래요. 그 여자는 내가 사제관에 찾아갔던 걸 알고 있어요. 그 여자는 모르는 게 없어요. 짐승처럼 교활하죠! 나는 예전에는 별 경계를 하지 않았어요. 그 여자 눈길에 익숙해지면 선한 눈이라고 생각하게 되죠. 지금은 나는 그 여자의 두 눈을 뽑아 버리고 싶어요, 정말 그래요! 그래서 두 발로 이처럼 으깨 버리고 싶어요!"

"성체가 계신 바로 곁에서 그리 말하다니 하느님이 조금도 두렵지 않으십니까!"

"난 그년을 죽여 버릴 거예요."라고 그녀는 말했다. "그 여자를 죽이든지 제가 죽든지. 신부님은 언젠가 당신의 하느님 앞에 가서 이 일을 설명하셔야 됩니다!"

아가씨는 목소리도 높이지 않고, 아니, 그 반대로 때로는 내가 겨우 들을 수 있을 정도로 낮은 음성으로 이런 광기를 풀어냈다. 나는 그녀를 잘 볼 수도 없었다. 적어도 그 얼굴 표정을 잘 알아볼 수 없었다. 한 손은 벽을 짚고 다른 한 손으로는 모피 숄을 엉덩이께로 늘어뜨리면서 그녀는 내게로 몸을 굽히고 있었다. 성당 바닥에 아주 길게 뻗은 그녀의 그림자는 활 모양을 이루고 있었다. 고해성사를 계기로 우리들이 여성들에게 위험할 정도로 가까워지게 된다고 믿는 이들은 정말이지 그 얼마나 큰 오해를 하고 있는 것인지! 거짓말쟁이 여성이나 기벽을 가진 여성들은 외려 우리들에게 동정심을 불러일으키고, 다른 여성들, 진솔한 여성들이 겪은 모욕은 우리에게도 전해진다. 바로 그런 순간만큼은 여성이 역사를 은밀히 지배해 왔다는 사실, 그 숙명성을 나도 깨달을 수 있었다. 화난 남자는 미친 것 같기만 하다. 내가 유년시절부터 잘 알고 있는 낮은 계층의 불쌍한 아가씨들은 손짓과 악쓰는 소리, 그 우스꽝스러운 과장으로 오히려 내 웃음을 자아내곤 했다. 나는 저항이 불가능해 보이는 이 고요한 흥분, 악을 향해, 먹이를 향해 여성의 존재 자체가 열정적으로 달려가는 것, 악과 증오, 수치 속에서 확보하는 이런 자유와 천연덕스러움에 대해서는 아무 것도 몰랐다……. 그것은 이 세상의 것이 아니며 내세의 것도 아닌 어떤 미(美)로까지 보였다. 더 옛적의 세상, 어쩌면 죄 이전의 세상, 천사들의 범죄 이전의 세상이 지녔던 미로 그러하다고나 할까.

나는 그 후 이 생각을 할 수 있는 대로 뿌리쳤다. 이 생각은 어처구니없고 위험하다. 아름답지도 않거니와 겨우 하다 만 불완전한 생각이니 말이다. 샹탈 양의 얼굴이 내 얼굴 바로 곁에 있었다. 새벽빛이 제의실의 탁한 유리창을 거쳐 번져 오르고 있었다. 겨울의 새벽, 사무치게 쓸쓸한 겨울 새벽빛이었다. 우리 둘 사이의 침묵은 물론 한순간, '살베 레지나'*를 한 번 외울 정도의 시간뿐이었다.(그런데 기실 '살베 레지나' 기도문, 그토록 아름답고 순수한 그 경문이 나도 모르는 새 정말로 내 입술에 떠올랐다.)

아가씨는 내가 기도를 드리고 있음을 눈치 챈 모양이었다. 그녀는 성이 나서 발을 굴렀다. 나는 그 손을 붙잡았다. 너무나 작고 너무나 부드러워 내 손안에 잡혀서도 별로 뻣뻣해지지도 않는 손이었다. 필경 생각한 것 이상으로 강하게 그 손

---

* Salve Regina, 성모찬송가 중 하나. "모후이시며 사랑이 넘친 어머니, 우리의 생명, 기쁨, 희망이시여, 당신을 우러러 하와의 그 자손들이 눈물을 흘리며 애원하나이다. 슬픔의 골짜기에서. 우리들의 보호자 성모여, 불쌍한 우리, 인자로운 눈으로 굽어보소서. 귀양살이 끝날 그때 당신의 아드님 우리 주 예수를 뵙게 하소서. 너그러우시고, 자애로우시며, 오! 아름다우신 동정 마리아."

을 움켜쥐었던 것 같다. 나는 그녀에게 말했다. "우선 무릎을 꿇으시오!" 그녀는 영성체 난간* 앞에 무릎을 약간 꿇었다. 그녀는 양손을 거기에 짚고 상상할 수 없을 정도의 당돌함과 절망이 어린 모습으로 나를 쳐다보았다. "이렇게 말하시오. '천주여, 이 순간 저는 당신의 마음을 상하게 하는 일 이외에는 아무것도 못 하는 것 같습니다. 그러나 당신을 거역하는 것은 제가 아니고 내 마음속의 마귀가 하는 것입니다.'" 그녀는 암송하는 어린아이의 목소리로 한 마디 한 마디를 따라하기는 했다. 그렇다, 아가씨도 결국 어린 소녀에 불과한 것이다! 그녀의 기다란 모피 숄이 바닥에 완전히 떨어져 있어서 나는 그것을 밟고 지나갔다. 그녀가 갑자기 몸을 일으켰다. 아니, 내게서 도망쳤다는 말이 더 옳겠다. 그러고는 제단 쪽으로 얼굴을 돌린 채 이 사이로 이렇게 으르렁거렸다. "나를 저주하셔도 좋아요, 그런 것쯤이야, 흥!" 나는 못 들은 척했다. 들었다 한들 무슨 소용이 있으랴?

나는 다시 말을 꺼냈다. "아가씨, 나는 이런 이야기를 여기, 성당 한 가운데서는 계속할 수 없습니다. 내가 아가씨 말을 들을 수 있는 곳은 한 군데뿐이오."라면서 나는 그녀를 고해소 쪽으로 부드럽게 밀어붙였다. 그녀는 자진해서 무릎을 꿇었다.

"난 고해하고 싶지 않아요."

"제가 아가씨더러 꼭 그러라고는 하지 않습니다. 다만 이 고해소 나무 판자는 너무나 많은 부끄러운 고백을 들은 나머지 그 부끄러움들로 절어 있다고나 할까요. 아가씨가 귀족 댁 따

---

* 2차 바티칸 공의회 이전의 성당 구조와 전례 양식에 따름.

님이긴 하지만 여기서는 교만도 다른 죄와 마찬가지로 죄입니다. 진흙 더미 위에 한 줌 더 얹힌 진흙에 불과하지요."

"그런 얘기는 좀 그만 하세요."라고 그녀는 말했다. "신부님은 내가 정의밖에는 원하지 않는다는 것 잘 아시잖아요. 게다가 전 진흙이 무섭지 않아요. 내가 지금 당하듯 모욕을 당하는 것이 바로 진흙이죠. 그 끔찍한 여자가 집에 들어온 이후나는 빵보다는 진흙을 더 많이 먹었습니다."

"그건 아가씨가 책에서 배운 말이오. 아가씨는 아이니까 아이답게 말을 해야 합니다."

"아이라니요! 저는 오래전부터 아이가 아닙니다. 사람들이알 수 있는 것은 다 압니다. 그때부터요. 평생 필요한 만큼 다알죠."

"침착하십시오!"

"저는 침착해요. 저는 신부님이 저만큼 침착하셨으면 합니다. 나는 간밤에 두 사람이 말하는 것을 들었습니다. 제가 마침 그들의 창 바로 아래, 정원에 있었거든요. 그들은 이제 커튼을 치는 수고도 생략하죠. (그녀는 흉측하게 웃기 시작했다. 그녀가 무릎을 계속 꿇고 있지 않으려 했기 때문에 그녀는 아마 이마를 고해소 칸막이에 갖다 댄 채 몸을 반으로 접은 상태로 구부리고 있었을 것이고 화가 치밀어 숨이 막히는 듯 보였다.) 나는 그네들이 어떻게 해서라도 나를 집에서 쫓아낼 계획인 것을 잘 알고있습니다. 나는 다음 화요일 영국으로 가야 한대요. 어머니 쪽사촌 언니가 거기 있으니까 엄마도 이 계획이 합당하고 현실적이라고 하죠……. 합당하다니! 정말 포복절도할 일이죠! 그렇지만 엄마는 그들이 말하는 것은 무엇이든지, 정말이지 개구리가 파리를 삼키듯 뭐든지 다 믿죠. 정말 끔찍해요……!"

"아가씨 어머님께서는……." 하고 내가 막 말을 시작하자…… 그녀는 내가 여기 감히 옮기지 못할 상스럽기까지 한 말로 응수를 했다. 그 불행한 여편네는 자신의 행복과 생명을 지킬 줄도 모르고 어리석으며 비겁하다는 공격이었다. 나는 다시 말을 이었다. "문에서 엿듣고 열쇠 구멍으로 들여다보고, 염탐꾼 노릇을 하는군요. 귀족의 딸로 의연해야 할 아가씨가 말이오! 나는 가난한 농부에 불과하고 아가씨 같으면 발도 들여놓지 않으려 할 고약한 선술집에서 어린 시절을 2년이나 보냈소. 하지만 내가 내 목숨을 구하기 위해서라 하더라도 아가씨가 한 것처럼 굴지는 않겠소." 아가씨는 화닥닥 일어나더니 고개를 숙인 채 얼굴은 여전히 굳은 모습으로 고해소 앞에 나가 우뚝 섰다. 나는 외쳤다. "무릎을 꿇고 계시오. 꿇으십시오……!" 그녀는 다시 내 말에 따랐다.

나는 이틀 전, 막연한 질투, 불건전한 공상, 악몽에 지나지 않을지도 모르는 것을 심각하게 생각한 것을 후회한 바 있다. 쾌쾌 묵은 윤리 책이 "성(性)을 가진 존재들"이라고 우스꽝스럽게 지칭한 여자들의 악의에 대해 경계하라는 말을 우리 신부들은 정말 많이 들어 왔다! 토르시 본당 신부님이라면 어깨를 으쓱하고 말리라는 생각도 들었다. 그러나 이틀 전 그때는 내가 책상에 혼자 앉아, 그 어조는 영영 사라져 버린 채 기억만이 기계적으로 붙잡아 둔 말들에 대해 곰곰 생각하던 정황이었다. 그런데 지금 바로 내 앞에는 공포 때문이 아니라 그보다 더 심각하고 내면적인 공황으로 일그러져 버린 야릇한 얼굴이 있었다. 물론 나는 이와 유사한 표정 변화를 예전에도 본 적 있다. 그러나 그때까지는 죽음에 임한 자들의 얼굴에서만 그런 현상을 보았을 뿐이어서 나는 그것을 그저 평범하게 육체적 원인 탓으로 돌려 왔다. 의사들은 곧잘 "단말마의 얼굴"이라는 표현을 쓴다. 의사들도 틀리는 수가 많은 법이다.

눈에 보이지 않는 어떤 데가 절단되어 그곳으로부터 생명이 콸콸 흘러나가 버리는 듯한 이 상처 입은 피조물을 위해 무얼 말해 주고 무얼 해 줄 것인가? 여하튼 나는 몇 초 더 침묵을 지킨다는 모험을 감수해야만 할 것 같았다. 게다가 나는 기도할 만한 기력을 약간 회복했다. 아가씨도 입을 다물고 있었다.

그 순간, 이상한 일이 생겼다. 나는 그걸 설명하는 것이 아니라 그대로를 여기 그냥 적어 둔다. 너무 피곤하고 예민한 상태여서 결국 내가 꿈을 잠시 꾼 것일 수도 있다. 요컨대, 대낮에도 상대 얼굴을 알아보기 힘든 저 구멍*을 응시하자니 샹탈양의 얼굴이 차츰차츰 더 잘 보이며 나타나기 시작했다. 그 영상은 기묘한 불안정 상태로 내 눈 아래 있었다. 내가 조금만 움직여도 그 영상을 지워 버리게 될까 봐 나는 꼼짝도 않았다. 물론 나는 그것을 그때 당장 알아차린 것은 아니고 다 지난 후 나중에야 깨달은 것이다. 이런 환영이 나의 기도와 연관되어 있는 것이 아니었을까 자문하게 된다. 어쩌면 그 환영은 내 기도 자체였을까? 나의 기도는 슬펐고 그 영상도 내 기도처럼 슬퍼 보였다. 나는 이 슬픔을 간신히 가누고 있었다. 그러면서 나는 그것을 함께 나누고, 그것을 온통 떠안아 그것이 내 심장과 영혼, 내 골수, 내 존재 전부를 채워 주기를 바라고 있

* 고해소 내 격자 창.

었다. 그 슬픔은 내가 2주 전부터 끊임없이 듣고 있었던 저 혼란스럽고 적의에 가득하던 내 안의 은밀한 수런거림을 침묵시켰고, 예전의 고요, 그것 안에서만 천주께서 말씀하시려는 바로 그 복된 고요를 다시 회복시켜 놓았다. 천주께서 말씀하시다…….

내가 고해소에서 나왔더니 그녀는 나보다 먼저 일어나 서 있었다. 우리는 다시 얼굴을 맞대면한 것이지만 아까 아가씨에게서 보았던 그 영상은 사라지고 없었다. 아가씨는 거의 야릇할 정도로 창백해져 있었다. 그녀는 두 손을 떨고 있었다. 그녀는 어린애 같은 목소리로 말했다. "더 이상 못 견디겠어요! 왜 저를 그렇게 바라보셨죠? 날 내버려두세요!" 그녀의 눈은 바싹 타는 듯했다. 나는 무어라 대답할지 몰랐다. 나는 그녀를 성당 문까지 조용히 바래다 주었다. "아가씨가 아버지를 사랑한다면 이런 끔찍한 반항 상태에 머물러 있지 않을 겁니다. 이런 일을 아가씨는 사랑이라고 부르는 겁니까?"

"전 아버지를 더 이상 사랑하지 않아요. 미워한다고 생각해요. 그들 모두가 다 미워요."라고 그녀는 대답했다. 단어들이 입속에서 획획 소리를 내었고 한 구절이 끝날 때마다 그녀는 혐오감에서인지 피로감에서인지 모를 딸꾹질을 껄떡였다. 아가씨는 자만심과 교만이 어린 투로 말을 이었다. "나는 신부님으로부터 바보 취급 당하기 싫어요. 늘 하는 말대로 어머니는 내가 인생에 대해 아무것도 모르는 줄 알고 있어요. 그러려면 내 눈알을 호주머니에 넣어 두었어야 했을 거예요. 우리 집 하인들은 약삭빠르기가 원숭이 같죠. 그런데도 어머니는 그들이 나무랄 데 없는 인간들인 줄 믿고 있죠. 아주 "확실한 사람들"

이라나요. 하긴 그들을 고른 것도 어머니니까요! 여자애들은 다 기숙사에 넣어야 할 판이죠. 요컨대 열 살 무렵, 아니면 그전에 벌써 나는 모르는 일이 별로 없게 되었죠. 망측하고 불쌍하게도 느껴졌지만 나는 받아들였죠. 마치 사람들이 병이나 죽음, 그리고 체념할 수밖에 없는 끔찍한 필연적 일들을 받아들이는 것처럼 말이죠. 하지만 아버지가 계셨죠. 아버지는 내게 모든 것이었어요. 주인이고 왕이고 신이었어요. 아니 친구, 좋은 친구였어요. 내가 아주 꼬마였을 때도 아버지는 내게 끝없이 얘기도 해 주었고 나를 거의 동등하게 대우해 주셨죠. 나는 아버지 사진과 머리칼 한 줌을 목걸이 로케트에 넣어 가슴팍에 지니고 다녔죠. 어머니는 아버지를 전혀 이해하지 못했어요. 어머니는……."

"어머니에 대해서는 말하지 마십시오. 아가씨는 어머니를 사랑하지 않습니다. 심지어……."

"그래요, 말씀 계속해 보세요, 전 어머니를 미워해요, 언제나 미워……."

"그만두시오! 슬프지만 어느 집에나, 그리스도를 믿는다는 집에도 보이지 않는 짐승들, 마귀들이 있습니다. 그중 가장 사나운 놈이 오래전부터 아가씨 마음속에 있었건만 그걸 아가씨는 몰랐던 겁니다."

"잘 됐군요. 그 짐승이 무섭고 흉흉한 놈이면 좋겠어요!"라면서 그녀는 받아쳤다. "난 아버지를 더 이상 존경 안 해요. 아버지를 더 이상 믿을 수 없어요. 나머지 일이야 난 상관 안 해요. 아버지는 나를 속였어요. 아내를 속이듯 딸을 속인 것이죠. 그건 같은 것이 아닙니다. 더 나쁜 일이죠. 그렇지만 난 복수를 할 겁니다. 파리로 달아나서 내 몸을 망치고 편지를 써 보낼 겁니다. "아버지가 바로 날 이런 꼴로 만들었어요!"라고. 그럼 내가 당한 고통을 그도 당하게 되겠죠!" 나는 잠시 생각에 젖어 들었다. 그녀가 정작 발설하지 않은 다른 말들도 그녀의 입술 위에서 나는 읽었던 것 같다. 그리고 그 말들은 하나씩 온통 불로 지지듯 내 뇌리에 와서 박혔다. 나는 나도 모르는 새 이렇게 외쳤다. "아가씨는 그렇게 안 할 겁니다. 아가씨가 지금 휘둘리고 있는 유혹은 그런 것이 아니라는 것을 나는 알고 있습니다!" 그녀는 너무 심하게 몸을 떨기 시작해서 두 손을 벽에 짚고 기대 있어야 할 정도였다. 그때 조그만 어떤 일이 생겼다. 나는 그것을 아까 말한 사건과 함께 역시 설명 없이 여기 그냥 적어 둔다. 나는 무턱대고 우연히 말을 했던 거라고 생각한다. 그러면서도 나는 내가 틀리지 않았다는 확신을 갖고 있었다. "편지를 내게 내놓으시오. 거기 핸드백 안에 있는 편지 말입니다. 그걸 당장 제게 주시오!" 아가씨는 반항하려 들지는 않았다. 다만 깊은 한숨을 쉬더니 어깨를 으쓱하면서 종이를 내밀었다. "정말 신부님은 마귀네요!"라고 그녀는 말했다.

우리는 침착하기까지 한 태도로 밖으로 나왔다. 그러나 나는 바로 서기도 힘들어 허리를 잔뜩 구부리고 걸었다. 거의 잊고 있었던 위통이, 전에 겪었던 것보다 훨씬 강하게 더 무시무시하게 일었다. 그리운 델방드 노의사 선생의 표현이 기억에 떠올랐다. 쇠꼬챙이로 찌르는 고통이라는 표현이었는데 바로 그랬다. 백작이 내 보는 앞에서 수렵용 창으로 땅에 꽂듯 여기저기 찍어 버리자, 사냥개들조차도 돌아보지 않는 구덩이 속에 들어가 죽어 가던 오소리 생각이 났다.

게다가 샹탈 양은 내게는 전혀 관심을 두지 않고 있었다. 그녀는 성당 묘지 무덤들 사이로 고개를 쳐든 채 걸어가고 있었다. 나는 간신히 그녀를 건너다보았고 그녀의 편지는 내 손가락 사이에 쥐어져 있었는데 그녀는 가끔씩 이상한 표정을 지으며 삐딱하니 그 편지로 시선을 던지곤 했다. 나는 아가씨의 걸음을 따라가기가 어려웠다. 한 걸음 뗄 적마다 비명이 나올 것 같아 입술을 꽉 깨물었다. 이윽고 나는 고통에 대해 이렇게 고집스레 저항하는 것도 교만이 많은 데서 비롯된 것이리라 판단하면서 더는 견딜 수 없으니 1분만이라도 그저 걸음을 멈춰 달라고 아가씨에게 청했다.

여성의 얼굴을 들여다본 것은 아마 그때가 처음이었을 것이다. 물론 내가 평상시에 여자들을 피하는 것은 아니다. 그리고 그들 중에서 기분 좋은 이들을 보게 되는 때도 있다. 그러나 신학교 동창들 중 몇몇이 여자들에 대해 가지고 있는 소심증과는 다르지만 사제에게는 필수적인 근신을 지키지 않기에는, 사람들의 간악함을 나도 너무 잘 알고 있다. 오늘은 호기심이 더 우세했다. 부끄러워할 필요가 없는 호기심으로 말이다. 생각해 보면 그건 마침내 엄폐물 없이 다가오는 적을 대면하러 참호 밖으로 나오는 모험을 감수하는 병사의 호기심 같은 것이었다. 아니면…… 일곱 살이던가 여덟 살 때 할머니를 따라 늙어서 돌아가신 사촌 형 댁에 갔다가 방에 홀로 남자 가리개 천을 들치고 망자의 얼굴을 들여다보았던 기억이 난다.

순수함이 빛을 발하는 깨끗한 얼굴들이 있다. 내가 굽어보고 있는 이 얼굴*도 예전에는 분명 그랬을 것이다. 그런데 지금 이 얼굴은 닫혀 버려, 채 꿰뚫어 볼 수 없는 무언가를 지니고 있었다. 순수함은 이미 떠나 버렸지만 분노와 멸시, 수치심도 아직 채 지워 버리지 못한 신비한 기운은 남아 있었다. 분노, 멸시, 수치심은 그 얼굴 위에 그저 찡그리고 있을 뿐이었다. 그 얼굴이 가진 무섭기까지 한 기이한 고상함은 악의 힘, 죄의 힘, 그녀의 것이 아닌 죄의 힘을 증명하고 있었다……. 아아! 자존심 강한 한 영혼의 반항은 결국 자기 자신을 등지고 말 만큼 우리는 비참한 존재들인가! "아가씨가 무슨 말로 어떻게 나오더라도 나 아닌 다른 신부는 아마도 아가씨 고해를 듣지 않았을 것입니다. 나는 들었습니다. 그리된 건 좋습니다. 하지만 아가씨가 거는 도전에는 응수하지 않겠습니다. 하느님은 도전에 응하지 않으십니다." 하고 나는 말했다.(우리는 카지미르네 목초지 쪽으로 향한 작은 쪽문 근처, 성당 묘지 아주 안쪽에 와 있었다. 잡초가 하도 높이 자라서 100년이나 되도록 버려진 채 무덤들을 거의 가리다시피 하고 있는 쓸쓸한 외딴 구석이었다.) "편지를 돌려주세요. 그러면 신부님이 저 때문에 괴로울 일 없도록 훌훌 털어 드리죠. 저 혼자서도 저 자신을 잘 지켜 낼 겁니다."라고 그녀는 말했다. "누구에 대항하여, 무엇에 대항하여 자신을 지킨다는 말씀입니까? 내 딸이여, 악은 그대보다 강합니다. 아가씨는 자기가 악마의 손아귀 바깥에 있다고 믿을 만큼 그리 교만하십니까?"

"적어도 진흙에는 빠지지 않아요, 마음만 먹으면." 하고 그

---

* 상탈의 얼굴.

녀는 대답했다. "아가씨 자신이 진흙에서 나온 존재입니다."

"무슨 말이 그렇습니까! 신부님의 하느님은 이제 자기 아버지를 사랑하는 것도 금지하나요?"

"사랑이라는 그 말을 그리하지 마시오. 아가씨는 그럴 자격을, 분명 그럴 능력을 잃었습니다. 사랑이라! 이 세상에는 그것을 하느님께 청하면서 바싹 타든 자기 입안에 물 한 방울, 사마리아 여인에게도 거절하지 않은 바로 그 물 한 방울*만 떨어진다면 천 번 죽어도 좋겠다고 생각하지만 그런 간청이 아무 소용이 없는 사람들이 무수합니다. 아가씨께 이런 말을 하고 있는 나도······."

나는 다행히 거기서 말을 멈출 수 있었다. 그러나 그녀는 말귀를 알아들었는지 충격을 받은 듯이 보였다. 내가 낮은 목소리로 말을 했지만, 아니면 목소리가 낮았기 때문에 바로 내가 스스로에게 과하던 자제의 노력이 목소리에 이상한 억양을 띄게 했던 것 같다. 나는 내 음성이 내 가슴속에서 떨리고 있음을 느꼈다. 필경 이 아가씨는 내가 미친 줄 알지 않았을까? 그녀의 시선은 내 눈길을 피했다. 그녀의 팬 양 뺨에 드리운 그림자가 더 넓어지는 것이 똑똑히 보이는 듯했다. 나는 말을 이었다. "그렇습니다. 그런 해명은 다른 이들을 위해서나 간직해 두십시오. 나는 아주 보잘것없고 매우 불행한 가엾은 신부에 지나지 않습니다. 그러나 나는 죄가 무엇인지는 압니다. 아가씨는 그것을 모르고 있습니다. 모든 죄는 서로 닮아서 오직 하나의 죄밖에 없습니다. 막연한 말을 드리는 게 아

---

* 「요한」 4장 1~42절 참조.

닙니다! 우리 사제들에게서 그것을 듣고 받아들이기를 원하기만 한다면 이런 진리는 아무리 믿음이 미약한 신자라도 알아들을 만한 것입니다. 죄의 세계는 은총의 세계와 마주하고 있습니다. 마치 검고 깊은 물가로 어떤 풍경이 비쳐 보이는 것처럼 말입니다. 성인들의 통공*이 있듯이 죄인들의 상호 소통도 있는 것입니다. 죄인들이 서로서로 증오하고 멸시하는 가운데 그들은 서로 결합하고 부둥켜안은 격이며, 그들은 한 덩어리가 되어 마침내는 '영원하신 분'의 눈으로 보면 그저 언제나 끈적거리는 진흙 못에 지나지 않게 될 겁니다. 그 위로는 하느님 사랑의 큰 밀물이, 혼돈에서 창조를 일궈 낸 활활 타오르며 윙윙거리는 불꽃 바다의 물결이 아무리 덮쳐들고 또 찾아들어도 전혀 소용이 없는 그런 진흙 못 말입니다. 남의 과오를 판단하다니 그대는 대관절 무엇입니까? 과오를 판단하는 자는 그 과오와 한 몸을 이루고 그것과 결합하는 것입니다. 아가씨가 증오하는 그 여인만 하더라도 아가씨는 그 여자와는 아주 동떨어진 존재라고 스스로 생각하지만, 당신의 증오와 그 여자의 과오는 한 그루터기에서 내민 두 개의 싹과 같습니다. 당신들의 싸움이 무슨 의미가 있습니까? 몸짓, 부르짖음일 뿐 아무것도 아닙니다. 그저 지나가는 바람일 뿐. 어쨌든 결국 죽음이 그대들을 설쳐 대지 못하게, 외치지 못하게 침묵으로 돌려놓을 것입니다. 그건 그렇다 치더라도, 벌써 지금부터 그대들은 악 속에서 결합되어 당신네들 세 사람이

---

* 가톨릭교회의 사도신경 중 "성인들의 통공(通功)을 믿으며"라는 대목 참고. 개신교에서는 이 부분을 "모든 신자들이 서로 교통하는 것"이라 번역한다.

똑같은 죄의 덫에 빠져 있으니, 그대들은 죄에 물든 하나의 살덩어리를 이루는, 영원한 길동무, 그래요 길동무가 되었으니 말입니다!"

내가 했던 말을 여기 적어 두지만 매우 부정확할 것 같다. 왜냐하면 내 말을 되읽을 수 있다고 생각한 그녀 얼굴의 표정 변화 말고는 내 기억에 분명히 남아 있는 것은 아무것도 없기 때문이다. "그만 하세요!" 하고 그녀는 가라앉은 목소리로 말했다. 그래도 그 두 눈만은 용서를 빌지 않고 있었다. 그토록 굳은 얼굴은 여태 본 적이 없고 필경 앞으로도 결코 볼 수 없을 것 같다. 그런데도 무언지 모를 예감이, 그것이 하느님께 대한 그녀의 최대 최후의 저항이며 죄가 그녀에게서 빠져나가고 있다는 확신을 내게 안겨 주었다. 청년기며 노년기에 대해 사람들은 무슨 말을 하는지? 이 고통 어린 얼굴이 대관절 내가 불과 몇 주 전 보았던 거의 어린애 같던 그 얼굴과 정녕 같은 얼굴이란 말인가? 나는 그 얼굴의 나이를 대지 못했을 것이다. 아니 어쩌면 그런 얼굴에는 나이도 없지 않을까? 교만에게는 나이가 없다. 고통도 결국 그런 것이다.

그녀는 긴 침묵 끝에 한마디 말도 없이 불현듯 떠나가 버렸다……. 내가 무슨 일을 했던가!

∽ 저녁 식사 후 병자들을 방문하러 오뱅에 갔다가 아주 늦어서야 돌아왔다. 잠을 청하려 애써도 분명 소용이 없을 것이다.

어찌 그녀가 그렇게 가 버리도록 놔두었을까? 그녀가 내게 무엇을 기대했는지 나는 묻지도 못했다!

편지는 내 호주머니 안에 여전히 들어 있다. 지금 막 겉봉에 쓰인 것을 보았더니 백작에게 보내는 것이었다.

 '꼬챙이에 꿰뚫린 듯한' 명치 부분의 통증은 그치지를 않고 등까지 아프다. 계속 메슥거린다. 골똘히 생각할 수 없으니 오히려 다행이라고나 할까. 통증이 너무 심해서 그것에 정신이 팔려 있으니 고민이 덜하다. 어렸을 적에 제철공 카르디노의 집에 가서, 징을 신길 때 뒷걸음치며 저항하던 말들을 구경한 일이 생각난다. 피와 거품으로 범벅이 된 가는 끈이 말의 콧등을 졸라매기만 하면 그 가여운 짐승들은 귀를 뉘고 긴 다리를 떨면서 반항을 멈추었다. "이 미친 녀석아, 혼이 나니 이제야 알겠지!" 제철공은 호방하게 웃으며 이렇게 말하곤 했다.

 나도 정말이지 혼이 나고 있다.

 통증이 갑자기 멈췄다. 하기는 통증이 하도 규칙적이고 지속적일뿐더러 피로감까지 더하여 나는 거의 졸고 있었다. 통증이 물러갔을 때 관자놀이는 뛰었지만 머릿속은 기가 막히게 맑았고 누가 나를 부르는 것을 들었다는 느낌, 아니 확신과 함께 후닥딱 일어났다⋯⋯.

 내 램프는 탁자 위에서 여전히 빛을 발하고 있었다.

 정원을 한 바퀴 돌아보았으나 헛일이었다. 아무도 발견하지 못하리라는 것을 나는 알고 있었다. 모든 것이 그저 아직도 꿈 같다. 하지만 그 꿈의 내용은 하나하나 아주 명료해서, 약간의 안도감이나 어떤 휴식이라도 찾을 수 있을 조그만 그늘 자락 하나도 남겨 놓지 않은 일종의 내적 광명, 얼음판처럼 명징한

빛 속에서 알알하게 드러나 보였다……. 죽음을 넘어 인간이 제 모습을 다시 보는 것도 이와 같을 것이다. 아아, 그래, 난 도대체 무슨 일을 했단 말인가!

기도를 드리지 않는 것, 기도를 더 이상 드릴 수 없게 된 것이 벌써 몇 주일이다. 정말 기도를 드릴 수 없게 된 것일까. 알 수 없는 일이다. 이 은총 중의 은총은 다른 은총과 마찬가지로 그것을 얻을 자격이 있어야 하는데 나는 이제 분명 더 이상 그럴 자격이 없게 되었나 보다. 정녕 하느님께서는 내게서 떠나가셨다. 적어도 그 점만은 확실히 안다. 그럴 즈음부터 나는 더 이상 아무것도 아니었다. 그리고 이 비밀을 나 홀로 간직하고 있었다! 한술 더 떠서 이렇게 침묵을 지키는 것으로 자만심까지 품으며 아름답고 영웅적인 일로 치부해 왔다. 토르시의 신부님을 뵈러 가려고 한 적은 물론 있다. 하지만 정작 나는 나의 웃어른인 블랑제르몽의 수석 신부님께 가서 그 무릎 앞에 조아려야 했다. 그리고 이렇게 말해야 했을 것이다. "저는 더 이상 한 본당을 다스릴 상태가 아닙니다. 저는 신중함도, 판단력도, 양식(良識)도, 참된 겸손도 없습니다. 며칠 전만 하더라도 신부님을 감히 판단했고 거의 멸시하기까지 했습니다. 하느님께서 저를 벌하셨습니다. 저를 도로 신학교로 보내주십시오, 저는 영혼들에게 위험한 존재입니다!"

그랬더라면 그분은 이해했을 것이다! 하기는 나의 약함이, 내 부끄러운 이 나약함이 매 줄마다 확연히 드러나 보이는 이 가련한 공책을 읽기만 한다면 그 누군들 그리 이해하지 못하겠는가! 이것이 본당의 책임자, 영혼들의 지도자, 스승 된 이의 증언이란 말인가? 왜냐하면 나는 이 본당의 스승이어야 할 텐데 나는 이곳에서, 손은 내밀었으나 문을 두드릴 엄두도 내지 못한 채 이집 저집 방황하는 딱한 거지일 뿐인 내 있는 그대로의 꼴만 보이고 있지 않은가. 그야 물론 내가 해야 할 일에 손사래 친 적은 없었고 최선을 다하기도 했다. 하지만 무슨 소용인가? 그 최선이라는 것은 아무것도 아니었다. 책임자는 의도만으로 심판받지는 않을 것이다. 책임을 수용한 이상 결과를 헤아려야 할 것이다. 예를 들어 내 건강이 좋지 못한 상태에 처했음을 털어놓기를 거부한 일은 높아졌다고까지 할 책임 의식에만 따른 것이었다고 여겨야 할 것인가? 게다가 이런 위험을 감수할 권리가 내게 주어지기라도 했던가? 책임자의 위기는 모든 이에게 위험한 것이다.

그저께 일만 보더라도 나는 샹탈 양을 만나 주지 말았어야 했다. 그녀는 사제관에 처음 방문한 것인데 별로 적절치 못한 일이었다. 적어도 …… 전에 그녀의 말을 중단시킬 수 있었을 텐데 그러지 못했다. 대신 나는 늘 그러하듯 혼자 행동했다. 마치 겹구렁텅이 같은 증오와 절망의 벼랑 끝에서 마구 비틀거리며 내 앞에 서 있던 그 존재밖에는 나는 보려 들지 않았다……. 아아, 고문을 겪고 있던 그 얼굴! 그런 지경의 얼굴, 그 같은 고뇌는 거짓말을 할 줄은 모를 것이다. 다른 유의 고뇌들은 내 가슴을 이토록 저민 적이 없다. 그녀의 고뇌가 용납할 수 없는 도전으로 보인 연유는 어디에 있을까? 내 비참했던 어린 시절의 기억은 너무나 가까이 있고 나는 그걸 느낀다. 나 역시 이 세상의 불행과 수치 앞에서 무서워 뒷걸음질친 경험이 있다……. 아아! 색정이 우리 자신을 우리에게 알려주는 것이 아니라면 색정에 대해 알게 되는 것도 하나의 평범한 시런에 지나지 않을 것이다. 들어 본 적 없던 저 추잡한 목소리, 그러나 한번 듣기만 하면 대번 우리 안에 길고 긴 수런거림을 일깨워 버리는 저 목소리……

어떻든 간에 보다 숙려하고 신중하게 행동해야 했다. 그런데 나는 먹이를 물고 달아나는 짐승을 찌르는 게 아니라 무턱대고 창을 휘두르다 보니 저 짐승의 죄 없고 무력한 먹잇감을 외려 찌를 위험을 범했다……. 사제라는 이름에 합당한 신부는 드러난 사례만을 보지 않는다. 여느 때와 마찬가지로 나는 불가피한 가정과 사회의 사정들이나 거기서 비롯할 필경 정당할 타협 따위를 전혀 고려하지 않았다는 것을 느낀다. 무정부주의자, 몽상가, 시인 유라고 나를 질타하신 블랑제르몽 수석 신부님의 말씀이 과연 옳다.


추웠지만 막 지금까지 한 시간 넘게 창가에 앉아 있었다. 달빛은 계곡 안에 반짝이는 솜 타래처럼 보이는 것을 펼쳐 놓았는데 너무나 가벼운 그것은 바람결에 올올이 풀어지며 자락을 길게 끈 채 비스듬히 하늘로 솟아 올라가 이제는 현기증이 날 정도로 높은 곳에 떠 있는 것 같다. 그 자락은 기실 너무도 가까이 있건만……. 너무나 가까이 있어서 포플러들 꼭대기 위에 그 조각들이 나부끼고 있는 것이 보일 정도다. 오, 환영이여!

우리는 이 세상에 대해 정녕 아무것도 모른다. 우리는 이 세상에 있는 것이 아니다.

내 왼편으로 후광을 두른 채, 현무암 바위 같은 광택과 광물질의 밀도를 지닌 듯 대조적으로 단단해 보이는 거대하고 컴컴한 덩이가 보인다. 그것은 백작 댁 정원의 가장 높은 지대로 느릅나무가 심어진 숲이다. 그리고 언덕 정상에는 매년 가을이면 강한 서풍에 가지가 잘려 나가는 거대한 전나무들이 서 있다. 성관 자체는 반대편 비탈에 기대 있어 결국 마을에, 우리 모두에게 등을 지고 있다.

아니, 아무리 애를 써 보아도 그 대화에 대해 아무것도, 정확한 구절 하나도 기억이 나지 않는다……! 그 대화를 몇 줄로 요약해서 이 일기에 적어 두려는 내 노력이 반대로 그것을 지워 버리고 말았다고 할까. 내 기억은 텅 비었다. 하지만 한 가지 사실은 또렷하다. 보통 때는 열 마디도 한꺼번에 죽 늘어놓지 못하는데 그때는 내가 말을 많이 한 것 같다. 아마도 처음으로 조심성 없이, 단도직입적으로, 두려움도 없이, 지금 돌이켜보면 걱정이 되지만, 아주 생생한 그 감정에 대해 (하지만 그것은 감정이 아니라 전혀 추상적이지 않은 하나의 영상에 가깝다.) 내가 악과 그 악의 힘에 대해 가지고 있던 이미지를 털어 냈던 것이다. 보통 때는 악에 대한 이런 생각을 물리쳐 왔던 게 사실이다. 왜냐하면 이런 생각은 내게 너무 가혹한 고문이 되고 해명이 불가한 어떤 죽음, 어떤 자살 건들에 대한 이해를 내게 촉구하기 때문이다……. 정녕 그렇다. 겉보기에는 그 어떤 종교와 도덕에도 무관심해 보이는 많은 영혼, 우리 생각보다 훨씬 많은 영혼들이 어느 날 문득 ── 한 순간으로 족하다. ── 악의 이런 장악력에 대해 어떤 의혹을 느끼고 어떻게 해서라도 거기서 벗어나려고 버둥댄 적이 있을 것이다. 악 안에서의 연대성이야말로 무서운 것이다! 성인들의 더없이 고매한 행업(行業)도 정작 하느님의 광채에 대해 제대로 가르쳐 주지 못하는 것과 거의 마찬가지로 범죄는 아무리 잔혹하게 보여도 악의 본성에 대해 별로 알려 주지 못한다. 이름이 레오 탁실이었다고 생각되는 지난 세기의 프리메이슨* 언론인이 『고해 신부의 비밀에 관한 집성』이라는, 심히 허위적인 표제 하에 대중들을 끌었던 그 문제서들을 우리들이 대신학교 시절 연구한 적이 있는데 그때 우리에게 무엇보다 충격을 준 것은 사람이 하느님을 거역한다기보다는 모욕하는 데, 그리고 가련하게도 마귀들 흉내를 내는 데 동원하는 수단들이 너무나도 빈약하다는 사실이었다……. 왜냐하면 사탄은 너무나 가혹한 수장으로,** 다른 분***께서 정말 천상적 단순한 어법으로 나를 본받으라!라고 하신 것처럼 명하지 못할 것이며 자기 희생자****들이 자기를 온전히 닮는 것을 견디지 못하기 때문이다. 사탄은, 결코 포만감을 누리지 못한 채 희생자들을 삼켜 대는 잔인한 심연으로서, 자신에게 끌려드는 희생자들이 거칠고 추하며 무력하고 우스꽝스럽게 자신을 흉내 내는 것이나 허락할 따름이다.

'악'의 세계는 요컨대 우리 정신으로 파악하기 힘든 것이다! 더구나 그것을 하나의 세계, 하나의 우주로 상상해 보는 것도 정작 늘 가능한 일이 아니다. 그것은 결국 존재, 유(有)의 한 아슬아슬한 극한점에 있는, 되다 만 피조물의 추하고 엉성

---

* 자유주의자들의 세계적 비밀결사로서 반가톨릭적인 이들은 특히 프랑스 3공화국 시절(1870~1940) 극단적 반교권주의 경향을 띠었다.
** 인간의 온갖 행악으로도 사탄을 만족시킬 수 없다는 뜻. 그러기에 사탄을 추종한다고까지 생각하는 행악자의 악도 결국은, 불가능한 절대적 악의 희화일 뿐이라는 뜻.
*** 그리스도.
**** 스승 예수를 따르는 제자들의 희화적 존재로서의 사탄 추종자.

한 얼거리일 뿐이며 영원히 그럴 것이다. 나는 바다에 떠다니는 물컹하고 투명한 해파리를 생각해 본다. 괴물*에게는 범죄자가 하나 더 있거나 덜 있거나 하는 것이 도대체 무슨 중요한 일이겠는가! 그 괴물은 그 범죄자의 행악을 대번에 꿀꺽 삼켜 자신의 그 가증스러운 실체와 합체하고 그것을 삭혀 버린다. 더구나 단 한순간도 저 무섭고도 영원한 부동성에서 벗어나지 않은 채 말이다. 그런데도 역사가, 윤리학자, 철학자 들조차도 그저 범죄자밖에는 보려 들지 않고, 그들 모두는 악을 인간의 모습으로, 인간 비슷하게 나시 주물러 놓기나 한다. 그들은 악 그 자체에 대해, 공허와 허무에 대한 저 엄청난 갈망에 대해, 아무 개념도 갖지 못한 것이다. 실제로 우리 인류가 멸망한다면 바로 혐오와 권태 때문일 것이다. 몇 주 만에 떡갈나무 목재를 손가락만 갖다 대도 푹 들어가며 넘어지는 푸석한 상태로 만들어 버리는 보이지 않는 버섯들로 대들보가 갉혀 들듯이 인간 존재는 차츰 갉혀 들고 있었던 것이다. 그런데도 윤리학자는 정념을 논하고 국가 경영자는 헌병과 관리를 증원하고, 교육가는 교육 과정을 개편하는 등, 누룩이 이미 없어진 반죽을 쓸데없이 주물러 대느라고 보화를 낭비할 것이다.

(다른 예를 들자면 인간의 놀라운 활동성을 증언하는 듯한 저 전면 전쟁만 하더라도 실은 인간의 점점 더 심해지는 무기력을 증언할 따름이다……. 어떤 시점이 되면 저들은 거대한 체념자 무리를 살육장으로 끌고 가고야 말 것이다.)

그들은 수천 세기가 지났지만 지구는 혹성 생성기의 초기

---

\* 해파리처럼 존재를 삼키는 악.

단계 때와 마찬가지로 여전히 활력에 차 있다고 말한다. 악도 역시 늘 새로 돋아나는 것일진대.

천주여, 저는 제 힘을 과신하였나이다. 당신은 마치 사람들이 막 태어나 눈도 못 뜬 짐승 새끼를 물에 던지듯 저를 절망속에 던져 넣으셨나이다.

───────────────
──────────
───────────────

이 밤은 영원히 끝나지 않을 것 같다. 바깥 대기는 워낙 고요하고 맑아서 매 15분마다 3킬로미터나 떨어져 있는 모리앙발 성당의 큰 괘종시계 치는 소리가 똑똑히 들려온다……. 아아, 태연자약한 사람이라면 나의 이런 불안을 비웃을 것이다. 하지만 사람이 예감을 어찌 제어할 수 있겠는가?

어떻게 나는 그녀가 그리 떠나도록 내버려 두었던 것일까? 왜 도로 불러 세우지 않았던 것일까……?

───────────────
──────────
───────────────

편지는 저기, 내 탁자 위에 있었다. 내가 호주머니에서 다른 종이 한 다발을 꺼내면서 무심코 그것도 꺼냈던 것이다. 이상하고 이해할 수 없는 것은 편지 생각은 더 이상 않고 있었다는 점이다. "당신이 쓴 편지를 내놓으시오."라는 말 한 마디 한 마디를 나로 하여금 부르짖게 했던 저 거역할 수 없던 충동에 속한 무언가를 지금 새삼 내 깊은 곳에서 되찾아보려면 엄청난 집중과 의지의 노력이 필요하기까지 하다. 나의 그 말들은 과연 실제 입 밖에 나온 것일까? 확실히 모를 일이다. 두려움과 가책에 경황이 없어진 아가씨가 자기 비밀을 내게 감추는 것이 불가능해졌다고 생각했는지도 모르겠다. 그래서 제풀에 그만 그 편지를 내게 내민 것은 아닐까. 나머지는 내 상상력에서 나온 대로일 것인지…….

나는 그 편지를 읽지 않고 막 난롯불에 던져 넣었다. 나는 그것이 타들어 가는 것을 바라보았다. 불길에 뚫린 봉투에서 편지지 한 귀퉁이가 비어 나와서 금방 시꺼멓게 되었다. 글씨가 그 검은 바탕 위에서 일순간 하얀빛으로 드러났는데 "영원히 안녕……."이라는 문구를 똑똑히 보았던 것 같다.

위통이 견딜 수 없을 만큼 끔찍하게 또 시작되었다. 돌바닥에 드러누워 짐승처럼 끙끙거리며 뒹굴고 싶은 충동을 억제해야 할 지경이다. 내가 어떤 고통을 견디고 있는지는 하느님께서나 홀로 아실 일이다. 하지만 그분이 그걸 정녕 아시는지?

여백에 적혔던 이 마지막 문장은 빗금으로 지워져 있다.

∞ 가족 중 죽은 이들을 위해서 백작 부인이 6개월에 한 번씩 드리도록 하는 미사의 예물*을 받으러 간다는 구실이 하나 떠오르자마자 나는 바로 오늘 아침 성관에 갔다. 마음의 동요가 워낙 심한 상태여서 성관 정원 입구에서 한참 멈춰 서서 노(老) 정원사 클로비스가 여느 때처럼 죽은 나뭇가지들을 묶고 있는 것을 바라보았다. 그의 침착함을 보니 마음이 좀 가라앉았다.

* 보통 봉헌금.

하인이 약간 지체를 하는 동안 나는 갑자기 백작 부인이 지난달에 경비 지불을 이미 했다는 것이 생각나서 아찔해졌다. 어떻게 무슨 말을 해야 할까? 벙긋 열린 문 너머로는 막 물린 듯한 오전 간식 상차림이 보였다. 찻잔을 세어 보려 했지만 숫자가 머릿속에서 가물거리며 뒤엉켜 버렸다. 접견실 어귀에서 백작 부인은 잠시 전부터 그 근시안으로 나를 지켜보고 있었다. 그녀는 어깨를 으쓱 올린 것 같았지만 무슨 심술 때문은 아니었다. 외려 '불쌍한 젊은이 같으니! 늘 똑같군. 바뀔 수는 없을 거야……'라는 뜻이거나 혹은 그와 비슷한 뜻에서 그랬을 것이다.

우리는 접견실에 연결된 작은 부속실로 들어갔다. 백작 부인이 의자를 권했으나 나는 그것을 보지 못했다. 그래서 그녀는 급기야 친히 그것을 내가 있는 데까지 밀어 주었다. 용렬함에 그만 부끄러워진 나는 "따님 일을 말씀드리러 왔습니다."라고 말해 버렸다.

잠시 침묵이 흘렀다. 분명한 일은, 하느님의 그윽한 자비가 밤낮으로 지켜 주시는 모든 피조물들 중에서 나는 정말이지 가장 버림받은, 가장 비참한 존재 중 하나라는 것이다. 그러나 내 속에서 모든 자존심은 죽어 버린 것 같았다. 백작 부인은 미소를 거두었다. 그녀는 말했다. "듣겠습니다. 서슴지 마시고 말씀하십시오. 그 딱한 애에 관해서는 제가 신부님보다 훨씬 많이 알고 있다고 믿습니다만." 나는 말을 이었다. "부인, 하느님만이, 오직 그분만이 영혼들의 비밀을 알고 계십니다. 아무리 통찰력이 있는 사람이라도 자칫 틀리는 수가 있습니다."

"그럼 신부님은요? (그녀는 짐짓 집중하여 벽난로의 잉걸불을 부젓가락으로 일으키는 척했다.) 신부님도 그런 통찰력 있는 사람 축에 속하시나요?" 아마 그녀는 내게 모욕을 주려 했는지도 모른다. 그러나 그 순간 나로서는 그 어떤 모욕감도 느낄 수 없었다. 보통 내 마음을 지배하는 것은 우리 모두, 불쌍한 존재들인 우리 모두에 공통되는 무력감, 극복할 수 없는 우리들의 맹목에 대한 느낌인데 바로 그 순간 그 어느 때보다도 강한 그 느낌이 내 심장을 마치 압착기처럼 죘다. "부인, 부와 가문 덕분에 아무리 높은 위치에 놓여 있더라도 사람은 언제나 누군가의 종*입니다. 저는 모든 이의 종입니다.** 그런데 종이라는 말도 저같이 불쌍하고 보잘것없는 신부에게는 너무나 고귀합니다. 하느님 앞에서 저는 모든 이를 위한 무슨 물건, 아니 그 이하의 것이라고 해야 할 겁니다."

"사람이 물건 이하의 것이 될 수 있다니요?"

"폐품이 있지요. 쓸 수 없게 되어서 던져 버리는 것들 말입니다. 그러니 예를 들어 제 웃어른들이 맡겨 주신 소박한 직무를 제가 수행할 수 없다고 그분들이 판단하게 된다면 저는 폐물일 터입니다."

"자기 자신에 대해 그런 생각을 갖고 계시다면 신부님이 무얼 주장하시는 것이 퍽이나 경솔하다고 생각되는데요⋯⋯."

"저는 아무것도 주장하지 않습니다." 나는 말을 이었다. "그

---

\* 「요한」 5장 17절, 「루카」 12장 37절, 「필립비」 2장 6~8절 등 참조. 하느님이신 예수가 종이 되어서 노예 상태인 인간을 세상의 주인이신 당신 위치로 올려 주신다는 복음서적 의미에서의 종. 노예적 굴종, 자유의 박탈을 의미하지 않음.

\** 사제는 모든 이의 모든 것이라는 신원(身元)은 성 바오로의 말에서 유래한다. 「I 코린토」 9장 19절 및 22절 참조.

부젓가락은 부인 손에 들린 하나의 도구에 지나지 않습니다. 가령 부인께서 그것이 필요하실 때 저절로 부인 손 닿는 곳에 스스로를 대령할 만한 지각만이라도 하느님께서 그 부젓가락에게 주셨다면, 제가 되고 싶은 존재, 백작님 댁 여러분 모두를 위한 제 구실이 아마 그런 부젓가락과 흡사할 것입니다." 부인의 얼굴은 명랑함이나 혹은 빈정거림과는 분명 다른 어떤 표정을 지으면서도 빙그레 미소를 지었다. 하기는 나 자신도 스스로의 침착함에 퍽 놀랐다. 어쩌면 이런 침착함이 내 말의 겸손과 대조를 이루어 부인 마음에 걸리고 그분을 거북하게까지 만든 것이었을지……? 그녀는 한숨을 쉬면서 여러 번 나를 훔쳐보았다. "제 딸에 대해 무슨 말씀을 하시려는 겁니까?"

"어제 성당에서 따님을 보았습니다."

"성당에서요? 놀랍군요. 부모에게 반항하는 딸애들이 성당과 무슨 볼일이 있겠어요."

"성당은 모든 이를 위한 곳입니다, 부인." 그녀는 나를 다시 바라보았는데 이번에는 똑바로 얼굴을 쳐다보았다. 두 눈은 여전히 미소를 머금은 것 같았지만 얼굴 아래쪽은 온통 놀람과 경계심, 표현할 길 없는 고집스러움을 드러내고 있었다. "신부님은 일 꾸미기 잘하는 어린 여자애에게 걸려드신 겁니다."

"따님을 절망 속으로 떠밀어 넣지 마십시오. 하느님께서 금하십니다."라고 나는 말했다.

나는 잠시 마음을 진정시켰다. 장작더미가 벽난로 화덕 안에서 획획대며 타오르고 있었다. 열린 창문에 드리운 명주 망사 커튼 너머로, 묵직하니 입 다문 듯한 하늘 아래, 소나무들이 이루는 시커먼 옹벽에 갇힌 거대한 잔디밭이 보였다. 그것은 마치 썩어 드는 물로 가득한 연못 같아 보였다. 내가 막 입 밖에 낸 말들이 나 자신을 경악시켰다. 불과 15분 전만 해도 생각지도 못했던 말들이었다! 그런데 이제 그 말을 돌이킬 수 없게 되었다는 것과, 끝까지 갈 수밖에 없다는 것을 똑똑히 느꼈다. 내 앞에 있는 사람도 내가 상상했던 존재와 더 이상 닮은 데가 거의 없었다. 백작 부인이 다시 입을 열었다.

"신부님, 신부님의 의향은 선하고 가상하기까지 하다는 것은 의심치 않습니다. 신부님 스스로 경험 부족을 기꺼이 인정하시니 그 점은 새삼 들추지 않겠습니다. 그런데 경험 유무를 떠나 남자로서는 결코 아무것도 이해할 수 없는 특별한 정황들이 있답니다. 오로지 여자들만이 그것에 똑바로 대면할 수 있지요. 남자들은 겉으로 드러나는 것만 보고 믿지요. 그리고 이른바 문란이라는 것이 있어서……."

"모든 문란은 한 아비에서 나온 것입니다. 그것은 허위라는 아비입니다."

"문란도 문란 나름이지요."

"그렇겠지요. 하지만 우리는 알고 있습니다. 오직 하나의 질서가 있으니 그것은 애덕의 질서입니다."라고 나는 그녀를 향해 말했다. 그녀는 끔찍하고 증오에 찬 웃음보를 터뜨리기 시작했다. "정말 생각지도 못한 걸요……"라고 그녀는 말을 시작하다가 내 눈길에서 놀라는 빛과 연민을 읽었는지 금방 자제했다. "신부님은 도대체 무얼 알고 계시다는 말입니까? 그 애가 무슨 말을 지껄여 대던가요? 어린 계집애들은 항상 불행하고 이해를 못 받고 있다고 생각하죠. 그런 애들의 말을 믿는 순진한 사람들이 언제나 있기 마련이지요……." 나는 그녀의 얼굴을 직시했다. 내가 어찌 이런 말을 대담하게 했을까? 나는 말했던 것이다. "부인은 따님을 사랑하지 않습니다."

"아니, 어찌 감히……!"

"부인, 오늘 아침 제가 여기 온 것은 댁의 모두께 도움이 되기 위한 의도였음을 하느님께서 친히 아십니다. 그러나 제가 너무 어리석어서 미리 아무 준비도 못 했습니다. 제가 한 말은 바로 부인 자신께서 막 제게 일러주셨습니다. 그 말이 마음을 상하게 했다면 죄송합니다."

"신부님께서 제 마음을 들여다보고 읽는 능력이라도 갖고 계시다는 말씀입니까?"

"그렇다고 생각합니다, 부인." 하고 나는 대답했다. 그녀가 참지 못하고 내게 욕을 퍼붓지나 않을까 걱정이 되었다. 평상시에는 그리도 부드러운 그녀의 잿빛 눈이 검은빛을 떠어 가는 것처럼 보였다. 그러나 그녀는 급기야 머리를 떨어뜨리더니 부젓가락 끝으로 잿더미 위에 동그라미를 그렸다.

그녀는 마침내 부드러운 목소리로 입을 열었다. "신부님의 웃어른들이 신부님 행동을 엄중하게 판단하리라는 걸 알고 계십니까?"

"제 웃어른들은 마음 내키면 저를 비난할 수도 있습니다. 그럴 권리가 있으니까요."

"저는 신부님을 알고 있습니다. 신부님은 허영심도 야심도 갖지 않은 의연한 젊은 사제입니다. 그 어떤 작당도 좋아하지 않으심도 분명하고요. 그러나 누군가 신부님을 조종하지 않고서야…… 말씀하시는 태도며 그 확신이며…… 정말이지 꿈을 꾸는 것 같아요! 자, 솔직하게 말씀해 보세요. 신부님은 저를 고약한 어미로, 계모같이 여기는 거죠?"

"저는 부인을 판단할 자격이 없습니다."

"그래요?"

"저는 따님을 판단할 위치도 아닙니다. 그러나 저는 고통을 겪어 본지라 고통이 무언지 압니다."

"신부님 연세에?"

"그런 데는 나이는 아무 상관이 없습니다. 고통은 고통의 어법(語法)을 가지고 있어서 그것이 하는 말을 그대로 받아들여서도 안 되고, 그 말하는 것을 가지고 비난해서도 안 된다는 것을 압니다. 고통은 모든 것을, 사회도, 가정도, 조국도, 하느님까지도 저주한다는 것을 저는 압니다."

"신부님은 어쩜 그런 것이 옳다고 생각하시는 겁니까?"

"옳다고는 여기지 않지만 이해하려고 애써 봅니다. 사제는 의사와 같습니다. 상처나 고름, 혈농 따위를 무서워해서는 안 됩니다. 영혼의 모든 상처는 곪습니다, 부인." 그녀는 갑자기 창백해지더니 일어나려고 했다. "그러기에 제가 따님의 말마디를 기억해 두지 않은 겁니다. 그럴 권리가 없기도 하고요. 고통이 진정한 것일 경우 사제는 그 고통에만 주의를 기울이는 겁니다. 그것을 표현하는 말이 아무려면 어떻겠습니까? 그 말이 다 거짓말이라 하더라도……."

"아이코, 거짓말과 진리를 같이 놓으시다니 참 멋진 윤리군요!"

"저는 윤리 선생이 아닙니다."라고 나는 답했다.

백작 부인은 눈에 보이게 인내심을 잃어 가고 있었다. 그래서 나는 그녀가 나를 내보내 버리기를 차라리 기다리고 있었다. 그러나 그녀가 내 처량한 얼굴(거울에 비친 내 얼굴이 눈에 들어왔는데 잔디밭의 녹색이 반사되어 더욱 우스꽝스럽고도 한층 더 창백하게 보였다.)에 시선을 던질 때마다 그녀는 턱을 보일락 말락 움직이며 나를 설복하고 나를 완전히 억박질러 버릴 힘과 의지를 회복하는 듯 보였다. "내 딸애는 그저 가정교사를 질투하고 있습니다. 그 애가 온갖 끔찍한 얘기를 신부님께 다 떠들었겠죠?"

"저는 따님이 무엇보다 아버지의 애정을 질투한다고 생각합니다."

"아버지를 두고 질투를 한다고요? 그럼 저는 무엇입니까?"

"아이를 안심시키고 가라앉혀야 할 것입니다."

"그래요, 제가 그 애 발아래 꿇고 용서를 빌어야 한단 말입니까?"

"적어도 따님이 마음에 절망감을 품은 채 집을, 당신 곁을 떠나도록 내버려두어서는 안 됩니다."

"그 애는 그래도 떠날 겁니다."

"부인께서 강요해서 그럴 수는 있겠지요. 하느님께서 심판하실 겁니다."

나는 일어섰다. 부인도 나와 동시에 일어섰는데 그녀 눈에서 일종의 공포감을 읽을 수 있었다. 부인은 내가 하직하고 떠나 버릴까 두려워하는 동시에 모든 것을 다 말해 버리고 싶은 욕망, 그녀의 그 가여운 비밀을 다 털어 내놓고 싶은 욕망과 싸우고 있는 듯이 보였다. 그녀는 그것을 더 이상 감추지 못했다. 비밀은 그녀로부터, 마치 그녀의 딸의 입에서 나왔던 것처럼 기어코 나오고 말았다. "신부님은 제가 당한 고통을 모르십니다. 신부님은 인생에 대해 아무것도 모르십니다. 다섯 살 때 벌써 내 딸은 지금과 같은 아이였습니다. '뭐든지, 당장.' 이것이 그 애의 주장이죠. 신부님 같은 사제들은 가정생활에 대해 말도 안 되게 순진한 생각을 갖고 계시죠. 장례미사 같은 때 말씀하시는 것을 듣기만 해도 잘 알 수 있죠. (부인은 웃음을 터뜨렸다.) 단란한 가정, 존경받는 아버지, 더할 나위 없는 어머니, 위로를 주는 모습, 사회의 기본 세포, 우리들의 사랑하는 프랑스, 어쩌고저쩌고 말이죠. 신부님들이 이런 것들을 언급하시는 게 이상하다기보다는 이런 것들이 사람에게 감동을 준다고 생각하시면서 기꺼이 그리 읊으시는 게 생소하다는 거죠. 젊은 신부 양반, 가정이란……."

그녀는 돌연 말을 멈췄다. 워낙 급작스러워서 문자 그대로 말을 삼켜 버리는 것같이 보였다. 아니! 이 분이 내가 성관을 처음 방문했을 때 검은 레이스 만틸라를 쓰고 생각에 잠긴 얼굴로 크고 깊은 안락의자에 깊숙하니 앉아 있던, 그토록 신중하고 그토록 부드러웠던 그 부인과 같은 사람이란 말인가……? 목소리조차 너무 변해서 같은 사람의 목소리라 할 수 없을 정도였으니 날카로운 쇳소리같이 되어 버린 음색은 마지막 음절에서는 우물우물거렸다. 그녀 자신도 그것을 깨닫기는 했지만 스스로 통제하지 못해 엄청나게 고통을 받고 있다는 생각이 들었다. 보통 때는 너무나도 자기 자신을 잘 가누는 여성이 보인 이런 나약함에 대해 어떻게 생각해야 좋을지 알 수 없었다. 사실 나의 감연함은 그래도 해명이 되는 것이다. 그래, 나는 아마 이성을 잃고, 자기 임무를 끝까지 확실히 다 하려고 모든 퇴로를 차단하고 철저히 앞으로 달려드는 어떤 소심한 사람처럼 그렇게 돌진해 들어갔던 것이다. 그러나 부인은? 내 생각으로는, 나를 좌절시키기란 그녀로서는 너무나 쉬운 일이었을 것이다! 어떤 미소를 짓는 것만으로도 족했을지 모르는 일이었다.

아아, 이 모든 것이 내 생각과 내 마음의 혼란에서 비롯한 것일까? 내가 괴로워하며 겪고 있는 불안은 전염력을 가진 것일까? 나는 얼마 전부터 내가 자리하고 있는 것만으로도 죄를 소굴에서 끌어내고 그것을 인간 존재의 표면으로 끌어올려 그 눈과 입과 음색 안에 데려다 놓는다는 느낌을 받고 있다……. 그 적은 마치 이토록 약한 적 앞에 몸을 감추고 있는 것을 떳떳치 못하다고 여기면서 나를 조롱하며 정면으로 나서서 내게 도전하고 있는 것 같다고나 할까.

우리는 나란히 서 있었다. 비가 창을 두드리던 것이 기억난다. 클로비스 영감이 일을 마치고 작업용 파란 앞치마에 두 손을 닦던 것도 기억난다. 현관 건너편으로부터 유리잔이 부딪치는 소리와 그릇 옮기는 소리가 들려왔다. 모든 것이 고요하고 평온하며 친숙하게 느껴졌다.

"이상한 희생자죠! 아니 작은 포식자죠. 그 애가 바로 그렇단 말입니다."라고 그녀는 다시 말을 꺼냈다.

그녀의 시선은 나를 내려다보고 있었다. 나는 아무 대답할 말이 없어 입을 다물고 있었다. 그런 침묵이 그녀를 약 올린 것 같았다.

"왜 제가 제 삶의 이런 비밀을 신부님께 털어놓는지 저 자신도 모르겠군요. 할 수 없죠! 하지만 거짓말은 하지 않겠습니다! 내가 정말이지 사내아이를 원했던 건 사실입니다. 아들을 두긴 했죠. 하지만 1년 6개월밖에 살지 못했습니다. 누나는 진작부터 동생을 몹시 미워했어요……. 그래요, 아주 꼬마였지만 그 애는 동생을 증오했습니다. 그 애 아버지는……."

그녀는 말을 잇기 전에 숨을 가누어야만 했다. 두 눈은 고정되어 있었고 늘어뜨린 손은 무언가 보이지 않는 것에 바싹 붙어 의지하는 시늉을 했다. 그녀는 가풀막을 내려가는 사람처럼 보였다.

"마지막 날도 그 두 사람*은 외출을 했습니다. 그들이 돌아왔을 때는 어린것이 이미 죽은 후였죠. 두 사람은 서로 떨어지는 법이 없었어요. 그리고 딸애는 얼마나 수완이 좋은지! 이런 말이 물론 신부님에게는 이상하게 들리겠지요? 신부님들은 소녀는 성인이 되기 위해 나이 차기만을 얌전히 기다린다고 생각하고 계시죠? 사제들은 대개 순진하죠. 새끼 고양이가 털실 뭉치를 가지고 놀고 있을 때 그 새끼 고양이가 벌써 생쥐를 생각하는지는 저도 모르겠지만 할 일은 정확하게 다 합니다. 남자에게는 애정이 필요하다고들 하죠. 그렇다고 해 둡시다. 하지만 한 종류, 오직 한 종류의 애정, 딱 하나의 애정, 남자의 천성에 맞는 그것, 오직 그것을 위해 그가 태어난 그런 유의 애정이 필요하겠죠. 성실이라고요, 그런 건 문제가 아닙니다! 우리 어미들은 사내애들이 요람에 있을 때부터 얼리고 안심시켜 주고 재워 주는 거짓말, 젖통처럼 부드럽고 따스한 거짓말의 맛을 알게 해 주지 않습니까? 어떻든, 나는 그 어린 딸년이 우리 집의 실제 여주인이라는 것, 나는 체념하고 희생적 역할이

* 샹탈과 아버지.

216

나 맡고 그저 구경꾼이나 하인 노릇을 해야 된다는 것을 진작 알게 되었습니다. 죽은 아들에 대한 추억으로 살아가던 나는 집 안 곳곳에서 그 애를 다시 보는 것 같았습니다. 그 애의 의자며, 옷, 부서진 장난감에서 말입니다. 얼마나 참담한 일입니까! 무어라 할까요? 나 같은 여인은 불명예스러운 어떤 경쟁을 할 만큼 자신을 낮추지 못합니다. 그러나저러나 저의 비참에는 치유책이 없는 것이었죠. 가정사의 더없이 고약한 불상사에는 무언가 우스꽝스러운 것이 언제나 끼어 있는 법입니다. 어떻든 저는 살아 왔습니다. 저는 그 두 사람 사이에서, 완벽하게 서로 다르면서도 너무나 정확하게도 서로가 서로에게 맞는 그 두 사람 사이에서 말입니다. 그리고 둘이서 언제나 짜고서 내게 친절하게 대하는 태도에 저는 속이 끓었습니다. 그래요, 꾸짖고 싶으시다면 저를 꾸짖으십시오. 하지만 그런 친절은 내 심장을 갈기갈기 찢어 온갖 독약을 부어 넣었습니다. 차라리 그들이 나를 미워하기를 더 바랄 정도였습니다. 하지만 저는 잘 견뎌 냈고 고통을 말없이 감내했습니다. 당시만 해도 나는 젊었고 호감도 사는 편이었죠. 호감을 끌 자신이 있고 사랑하고 사랑받는 것이 자기 자신에게만 달렸을 때에는 적어도 나 같은 여성에게는 덕을 닦는 것이 어려운 것도 아닙니다. 자존심 하나로도 우리 같은 사람들은 충분히 견디기 마련이니까요. 나는 내 의무를 하나도 소홀히 하지 않았습니다. 어떤 때는 심지어 행복하다는 생각이 들기도 했어요. 제 남편은 대단한 사람이 아닙니다. 어림없죠. 판단력이 지극히 확실해서 때로 무섭기까지 한 샹탈이 무슨 조화로 깨닫지 못했는지⋯⋯. 그 애는 아무것도 깨닫지 못했어요. 그러나 어느 날⋯⋯. 신부님, 저는 평생 살아오면서 수도 없는 부정(不貞)을 겪어 왔고, 거칠고 유치한 그런 부정에 아무런 고통도 느끼지 않게 되었다는 것을 유념하고 들어 주세요. 하기는 그 애와 나 둘 중에서 더 많이, 가장 많이 배반당한 것은 분명 제가 아니었습니다⋯⋯!"

그녀는 다시 입을 다물었다. 나는 부지불식간에 부인의 팔에 손을 얹었던 것 같다. 나는 너무나 놀랐고 더없는 측은지심이 들었다. "알았습니다, 부인. 오직 사제만이 들을 수 있는 말을 저처럼 보잘것없는 사람에게 하셨다고 후일 후회하시는 일은 원치 않습니다."라고 나는 말했다. 그녀는 내게 황망한 시선을 던졌다. "저는 끝까지 말씀드리겠어요."라고 그녀는 색색거리는 목소리로 외쳤다. "신부님이 그걸 원하신 겁니다."

"저는 그렇게 하라고는 하지 않았습니다!"

"그럼 아예 오시지를 마셔야 했어요. 더구나 신부님은 속내 이야기를 털어놓게 하는 데 탁월하세요. 젊은 분이 안 그런 척 영악하세요. 자! 얘기 끝을 짓자구요! 샹탈이 신부님께 뭐라던가요? 솔직히 대답해 주세요." 부인도 딸처럼 발을 굴렀다. 그녀는 벽난로 상판에 한 팔을 괸 채 서 있었으나 그 손은 거기 다른 골동 장식품들과 함께 놓여 있었던 오래된 부채를 너무 세게 움켜쥔 나머지 거북 껍질로 된 부채 손잡이가 그녀의 손가락들 사이로 차차 으스러져 가는 것을 나는 보았다. "그 애는 가정교사를 참을 수 없어 하죠. 고통을 주는 존재라면 그누구도 이 집 안에 있는 걸 견딜 수 없어 한 애거든요!" 나는 입을 다물었다. "대답 좀 해 보시라니까요! 아버지가 어떠했다고 그 애는 신부님께 말씀드렸을 테죠⋯⋯. 아, 부인하지 마세요. 신부님 눈을 보니 진실을 알겠는걸요, 뭘. 그런데 신부님은 그 애 말을 믿으셨겠지요? 정말이지 애년이 감히……." 그녀는 차마 말을 맺지 못했다……. 나의 침묵 혹은 나의 시선, 또 혹은 내게서 나오는 내가 알지 못할 그 무엇, 어떤 슬픔 같은 것이 백작 부인으로 하여금 목소리를 높이기 전에 그것을 막아 버려서, 대들어 보느라고 떨리기는 하면서도 아주 조금 더 쉰 듯한 것만 다를 뿐 평상시 목소리로 거듭 그녀를 되돌아가게 만들어 버렸다는 생각이 든다. 처음에는 그녀 자신을 분노로 내몰았던 무력감이 마침내 그녀를 불안에 빠트린 것이리라. 그녀가 부채를 쥐었던 손가락의 힘을 빼자 이미 부서진 부채는 그녀의 손바닥에서 떨어져 내렸고, 그녀는 얼굴을 붉히면서 부서진 그 조각들을 좌종(坐鐘) 시계 밑으로 밀쳐 넣었다. "제가 좀 흥분했군요."라면서 말을 꺼냈으나 그녀의 어조에 담긴 꾸며낸 부드러움은 너무나 어색했다. 그녀는 마치 필요한 것을 찾으러 연장들 하나하나를 시험 삼아 써 보다가 끝내 찾지 못해서 그 모두를 화를 내며 내던져 버리는 서툰 일꾼 같은 모습이었다. "자, 이제는 신부님이 말씀하실 차례입니다. 웬일로 오셨고 무얼 하라는 말씀인가요?"

"샹탈 양이 곧 집을 떠난다고 하더군요."

"그래요, 정말 곧 그럴 겁니다. 그렇게 하기로 오래전부터 결정된 일이거든요. 그 애는 신부님께 거짓말을 한 겁니다. 신부님이 무슨 권리로 반대를 하시겠다는 겁니까……?"라고 그녀는 억지웃음을 띠며 말했다. "저는 아무 권한이 없습니다. 저는 그저 부인의 의향을 알고 싶었고 또 그 결정 사항이 변경 불가능한지……."

"바로 그렇습니다. 생각이 바로 박혔다면 어떤 처녀 애가 영국에서 그것도 지인의 집에서 몇 달 지내는 것을 힘겨운 시련으로 생각할 수 있겠어요?"

"바로 그렇기 때문에 저는 따님이 납득하여 복종할 수 있도록 부인과 의논할 생각이었습니다."

"복종하게 하신다고요? 차라리 그 애를 죽일 수는 있겠죠!"

"사실 저도 따님이 무슨 극단적 행동을 하지나 않을까 걱정하고 있습니다."

"극단적 행동이라고요……. 말씀도 잘하시네요! 그 애가 자살이라도 할 거란 말씀을 필경 하고 싶으신가요? 하지만 그 애로서는 정말 해내지 못할 일이 바로 그것일걸요! 그 애는 편도선만 부어도 난리를 칩니다. 죽을까 봐 엄청나게 두려워하죠. 그 점만큼은 제 아비를 꼭 닮았답니다."

"부인, 자살하는 것은 바로 그런 사람들입니다."

"아니, 뭐라고요?"

"구렁텅이는 그것을 똑바로 내려다보지 못하는 사람들을 호려 불러 당깁니다. 그네들은 그 속에 떨어질까 무서워 차라리 스스로 뛰어드는 것이죠."

"누가 하는 말을 듣거나 읽고서 그리 말씀하시는 거죠. 신부님 경험에서 나왔을 리도 없고요. 신부님은 죽음이 두려우세요?"

"예, 그렇습니다. 하지만 진솔히 말씀드리자면 죽음은 아주 어려운 관문입니다. 교만한 얼굴을 치켜든 사람들은 지나가지 못할 문이죠." 나는 더 이상 참을 수 없었다. 그래서 이렇게 뱉고 말았다. "부인의 죽음보다는 제 죽음이 덜 무섭습니다." 그 말을 하던 순간 나는 정녕 죽은 그녀의 모습을 보고 있었던 것이 사실이다. 아니면 적어도 그렇게 보고 있었다는 생각이 들었다. 그리고 내 시선 속에 떠오른 그 영상이 분명 그녀의 눈으로 건너갔으리라. 왜냐하면 그녀는 사나운 웅얼거림 같은 숨 막힌 비명을 질렀기 때문이다. 부인은 창가로 갔다. "남편은 마음에 드는 사람을 이 집에 자기 마음대로 둘 수 있어요. 게다가 가정교사는 돈 한 푼 없으니 우리로서는 빤빤한 애의 원한을 풀어 주느라고 길에 내쫓을 수도 없습니다!" 여기서도 부인은 같은 어조를 유지하며 말을 이어가지 못했다. 그 목소리는 잦아들어 버렸다. "남편이 가정교사에게 너무…… 너무 주의 깊고 친근했을 수도 있습니다. 그런 나이의 남정네들은 즐겨 감상주의자가 되곤 하죠……. 아니면 그렇다고 스스로 생각하지요." 그녀는 다시 말을 멈추었다. "하지만 이 모든 일은 제게만큼은 아무 상관이 없어요! 그래요! 그렇게 오랜 세월을 두고 말도 안 되는 모욕을 겪어 왔는데, 그래요, 남편은 온갖 하녀들과 정말 저질스러운 계집애들을 상대로 저를 배반해 왔는데, 저는 이제 그저 나이 든 노파에 지나지 않고 이런 나이면 체념도 하는 마당에 무엇 하러 두 눈을 부릅뜨고 싸우며 위험을 무릅써야 할까요? 무엇을 얻으려고? 내 자존심보다는 딸애의 자존심을 더 중히 여겨 주어야 한다는 말입니까? 내가 인고한 것을 그 애는 그래 참을 수 없다는 말입니까?" 이 끔찍한 말을 그녀는 어조도 높이지 않은 채 뱉어 냈다. 커다란 창어귀에 선 채 한쪽 팔은 몸을 따라 늘어뜨리고 다른 팔은 머리 위로 올려 손으로 명주 망사 커튼을 꾸깃거리면서 그녀는 뜨거운 독이라도 내뱉듯 이 독설을 나를 향해 쏟아 냈다. 비로 젖은 창 유리 너머로 너무나 고상하고 고요한 정원, 잔디밭의 기품 있는 곡선, 위엄 있는 노목들이 보였다……. 물론 이 부인은 애초 내게 연민의 정밖에는 불러일으키지 못했을 분이셨다. 그런데 다른 때는 남의 과오를 받아들이고 그 수치감을 함께 나누는 것이 그리도 쉽게 느껴졌던 나였지만 이번에는 겉으로 보기엔 이 평화로운 집과 그 끔찍한 내면의 비밀이 반감을 불러일으켰다. 정녕 그렇다. 완고함이나 악의, 사람들이 감히 하느님 시선 아래에서 혼란과 죽음의 온갖 세력에 갖다 바치는 은밀한 협력보다 사람들의 방탕은 내 눈에는 평소 덜 중요하게 비칠 뿐이었다. 그런데 아아! 무지, 질병, 비참이 수많은 죄 없는 이들을 집어삼키는 중에도, 평화가 꽃필 수 있을 어떤 안식처를 하늘의 섭리가 기적적으로 만들어 놓으면 그만 정욕이 살금살금 기어 들어와 그 안식처에 웅크리고 있다가 일단 자리를 잡고 나면 짐승처럼 밤이고 낮이고 으르렁거리다니……! "부인, 조심하십시오!" 하고 나는 말했다. "누구에게, 무엇에 조심하라고요? 아마도 신부님을 조심해야겠지요? 일을 너무 과장하지 맙시다. 신부님이 막 들으신 말씀은 제가 아직도 그 누구에게도 털어놓은 적 없습니다."

"부인의 고해신부님께도?"

"고해신부와 상관없는 일입니다. 내가 통제하지 못하는 감정들일 뿐인 걸요. 하긴 그래도 그 감정들이 내 행동에 영향을 미친 일은 한 번도 없습니다. 신부님, 이 집은 그리스도교 가정입니다."

"그리스도교라고요!"라고 나는 외쳤다. 그 단어는 내 가슴에 명중하듯 와서 꽂히며 불을 질렀다. "부인, 분명 댁에서는 그리스도를 모시기는 합니다. 하지만 그분을 어떻게 대하셨습니까? 그분은 카야파의 저택에도 계셨습니다."*

"카야파라고요? 아니 신부님 정신 나가셨습니까? 저는 남편이나 딸애가 나를 이해하지 못한다고 해서 그들을 비난하지 않습니다. 어떤 오해는 풀 수가 없는 법이죠. 그냥 체념할 뿐이죠."

"그렇습니다, 부인, 사랑하지 않기로 체념하는 거지요. 마귀는 성인들의 포기까지도, 그야말로 모든 것을 다 더럽힐 수 있습니다."

"신부님은 하층민들처럼 말씀하시는군요. 각 가정마다 비밀은 있습니다. 우리 가정의 비밀을 창에 내걸 듯 드러낸다 해서 더 나아질 무엇이 있겠습니까? 워낙 여러 번 배신을 당한만큼 나도 부정한 아내가 될 수도 있었을 겁니다. 그러나 지난날 내가 얼굴 붉힐 일을 한 적은 한 번도 없습니다."

"우리에게 부끄러워할 줄 아는 마음을 남겨 주는 과오는 축복을 받을 겁니다! 부인이 자신을 경멸하게 된다면 외려 하느님께 기쁠 일입니다!"

"이상하기도 한 교훈이군요."

"그렇습니다, 세상에서 통용되는 교훈이 아니지요. 허세나 품위, 허식, 이 모든 것이 썩어 가는 시체를 덮은 비단 염포에 지나지 않는다면 하느님 앞에 무슨 소용이 있겠습니까?"

"신부님은 추문이 터지는 것이 더 낫다고 생각하시나 보군요?"

---

* 예수가 하느님을 모독했다고 최고 의회에서 선언했던 유대인 대사제. 「마태」 26장 57~68절 참조.

"가난한 자들은 눈도 귀도 멀었다고 생각하십니까? 하지만 비참은 너무나도 눈이 밝지요! 포만한 배를 두드리는 사람들의 경박한 믿음보다 더 아둔한 것도 없습니다. 하치 사람들에게 아무리 댁의 악덕을 감추더라도 그들은 멀리서 냄새를 맡고 알아냅니다. 이방인들*의 끔찍한 행동에 대해 우리는 귀 따갑게 많이 들어 왔지요. 노예들에게 가축과 같은 복종밖에는 요구하지 않았던 자만 보더라도 말입니다. 그러나 그들은 사투르누스 명절** 때 골탕 먹이는 놀이에 웃을 줄 알았습니다. 그런데 당신네들은 가난한 이에게 마음에서 우러나는 복종을 가르치는 하느님의 말씀을 오남용하면서, 하늘로부터 내려오는 선물을 받듯 무릎을 꿇고 받아 마땅한 것을 잔꾀를 써서 훔치려 듭니다. 이 세상에 강자의 위선보다 더한 무질서는 없습니다."

"강자라고요! 우리 집보다 더 부자인 농부를 열 사람이라도 댈 수 있습니다. 딱한 신부님, 우리는 아주 보잘것없는 사람들입니다."

"사람들은 댁을, 영주로, 세도가로 믿습니다. 비천한 사람들이 가지는 환상 이외에 권세의 터전은 달리 없습니다."

"그건 겉만 남은 말일 뿐입니다. 가난한 사람들이 우리 집안 사정을 잘도 걱정해 주겠어요!"

"부인, 기실은 우리 주님을 가장으로 모시는 한 가족, 인류의 대가족밖에는 없습니다. 그리고 댁 같은 부자들은 그 가정

---

* 여기서는 특히 고대 로마인들을 가리킴.
** 고대 로마의 사투르누스 신을 기리는 명절. 노예들도 이 날만은 주인의 결점을 놀리거나 주인과 노예 간의 역할을 전환하는 등의 자유를 누릴 수 있었다.

의 특권을 누리는 아들이 될 수 있었을 겁니다. 구약을 떠올려 보십시오. 세상의 재화는 천상 은총의 단골 보증이었습니다. 그래요! 가난한 이들의 인생살이를, 살아가는 데 필요한 것을 따분하고 단조롭게 찾아야 하는 노역으로, 배고픔과 목마름, 매일 제 몫을 요구하는 저 결코 채워질 줄 모르는 배를 달래기 위한 고투로 만들고 마는 평생의 굴종 상태에서 벗어난 신분으로 태어난다는 것이 어찌 상당한 특권이 아니겠습니까? 댁의 가정은 평화와 기도의 집이 되어야 했을 터입니다. 그대들에 대해 가지는 소박한 영상을 가난한 이들이 꾸준히 지켜 가고 있다는 사실에 가슴 뭉클하신 적이 한 번도 없으신가요? 아아, 그대들은 가난한 이들의 삶에 대해 말들 하지만 실은 그들은 당신네들의 재화보다는 뭐랄까 그들도 정작 딱히 이름을 대지는 못하지만 때로 그들의 고독을 위로해 주는 그 무엇, 위엄에 대한 꿈, 숭고함에 대한 꿈, 가난한 꿈, 가난한 자들의 꿈, 하나 천주께서 강복하신 꿈을 더 소망한다는 것을 왜 깨닫지 못하십니까?"

부인은 마치 나더러 그만 가 보라고 말하려는 듯 다가왔다. 내가 막 한 말이 그녀에게 침착함을 회복할 여유를 준 것을 깨닫자 나는 그 말을 한 것을 후회했다. 지금 그것을 되읽어보니 불안해진다. 아, 물론 나는 그 말을 취소하지는 않는다, 결코 아니다! 그러나 그 말들은 그저 인간적인 말에 지나지 않을 뿐, 그 이상 아무것도 아니다. 어린이 같은 내 마음이 겪은 아주 혹독하고 깊었던 실망의 표백일 뿐. 물론 나 말고 다른 사람, 나와 같은 계급, 나와 같은 부류의 수많은 사람들도 이런 실망을 여전히 겪을 것이다. 이런 실망은 가난한 이가 물려받는 것으로, 가난의 근본 요소의 하나이며 어쩌면 가난 그 자체이리라. 존엄이 가난한 이에게서 자신도 모르게 번져 나오 건만 하느님께서는 가난한 이로 하여금 다른 것을 구걸하듯 그 존엄도 구걸하기를 원하시는 것이다.

나는 의자 위에 놓아두었던 모자를 집어 들었다. 문지방에서 내가 문손잡이를 잡는 것을 보자 부인은 너무나 당혹스럽게도 온몸에 격렬한 경련을 일으켰다. 나는 부인의 눈에서 이해할 수 없는 불안을 감지했다.

"신부님은 이상한 분이십니다." 그녀는 초조와 짜증으로 떨리는 목소리로 말했다. "당신 같은 신부는 한 번도 본 적이 없어요. 적어도 좋은 친구처럼 우호적으로 헤어집시다."

"제가 어찌 부인의 친구가 되지 않을 수 있겠습니까. 저는 부인의 사제요, 부인의 목자입니다."

"말이야 그렇지요! 도대체 신부님이 저에 대해 똑바로 아는 게 어디 있습니까?"

"부인께서 말씀해 주신 것이지요."

"신부님은 저를 곤경에 빠트리려 하지만 그렇게는 안 될 겁니다. 저도 양식(良識)이라면 넘치니까요." 나는 입을 다물었다. 부인은 발을 구르며 말했다. "그래요, 우리는 행동거지에 따라 심판을 받는다는 거죠? 제가 무슨 과오를 저질렀나요? 우리, 그러니까 딸애와 내가 서로 이방인처럼 지내는 건 사실입니다. 지금껏 우리 두 사람은 그걸 드러낸 적 없습니다. 그런데 위기가 온 것이죠. 나는 남편의 의지를 집행할 뿐입니다. 만일 그가 잘못 생각한 것이라면…… 아뇨, 그는 딸이 자기에게 되돌아오리라 믿어요." 부인의 얼굴에서 무엇인가가 움직였다. 부인은 입술을 깨물었지만 이미 너무 늦어 버렸다. "그래, 부인께서 도 그렇게 믿으십니까?"라고 나는 말했다. 아아! 부인은 머리 를 뒤로 젖혔는데 그때 나는 순식간에 매몰찬 그녀의 영혼 저 깊은 곳으로부터 자신도 모르는 새 진실한 고백이 올라오는 것을 볼 수 있었다. 정말이지 눈으로 볼 수 있었다. 한창 거짓 말 중에 들킨 시선은 "그렇습니다."라고 말하고 있었지만 내면 으로부터 나오는 제어할 수 없는 움직임은 벙싯 열린 입으로 "아닙니다."라고 토로했다.

이 "아닙니다."가 부인 자신에게도 경악스러웠으리라고 나는 생각한다. 그러나 그녀는 그것을 취소하려 들지는 않았다. 끊 임없는 접촉 가운데 만족을 채워 갈 수 있기 때문에 가족 간 의 증오는 모든 증오 중에서 가장 위험한 것이며, 열이 끓지 않 으면서도 차츰차츰 독소를 퍼뜨리는 열개(裂開)된 종기 비슷한 것이다.

"부인, 부인께서는 어린 자녀를 집 밖으로 내쫓으시려는 겁 니다. 영영 내쫓는 일이라는 것을 아시면서요."

"기간이야 그 애에게 달린 겁니다."

"저는 그렇게 못 하게 나서겠습니다."

"신부님은 그 애를 거의 모르지 않습니까. 그 애는 자존심 이 너무 강해서 참으면서 여기서 지내지 못할 애입니다. 결코 견디지 못할 겁니다." 나는 더 이상 자제할 수 없었다. "천주께 서 부인을 꺾어 놓으실 겁니다!"라고 나는 외쳤다. 그녀는 신음 같은 소리를 질렀다. 그러나 그것은 자비를 청하는 패자의 신 음이 아니라 재도전에 앞서 힘을 가다듬는 어떤 이의 큰 숨쉬 기, 깊은 숨 고르기와도 같았다. "나를 꺾어 놓으신다고요? 그분은 저를 벌써 꺾어 놓으신걸요……. 아직도 무얼 더 제게 하실 수 있단 말씀이에요? 천주는 제게서 제 아들을 앗아가셨어요. 나는 그런 분이 더 이상 두렵지 않습니다."

"하느님께서는 그 아이를 당신에게서 잠시 떼어 놓으신 겁니다. 그런데 부인의 굳어 버린 마음은……."

"그만 하세요!"

"부인의 굳어 버린 마음은 그 아이에게서 부인을 영원토록 떼어 놓을 수도 있습니다."

"하느님을 모독하는 말씀입니다. 하느님은 보복을 하지 않으신다고 하셨잖아요."

"하느님께서는 보복하지 않으신다는 것은 인간적 언사입니다. 그건 부인에게나 뜻이 있는 말입니다."

"그럼 제 아들이 저를 증오할지도 모른단 말인가요? 내가 배고 내가 기른 아들인걸요!"

"두 사람은 서로 증오하는 것이 아니라 서로 알아보지도 못할 것입니다."

"제발 그만 하세요!"

"아닙니다, 부인, 저는 잠자코 있지 않으렵니다. 사제들이 입을 다물고 있는 경우가 너무 많습니다만 저는 그것이 오직 연민에서 그런 것이기를 원할 따름입니다. 그러나 우리는 비겁합니다. 원칙만 한 번 세워 놓고는 사람들 말하는 대로 그냥 내버려 두곤 하지요. 그런데 당신들은 지옥을 무엇으로 만들어 버렸던가요? 당신네들의 실제 감옥과 비슷한 영원한 감옥과 같은 것으로 만들어 버렸습니다. 그리고 당신네들은 당신네들의 경찰이 세상 첫날부터 쫓아다니던 인간 사냥감을 미리 은밀하게 가두어 넣곤 합니다. 누구냐고요? 사회의 적들 말입니다. 더하여 독성자(瀆聖者)들과 불경스러운 자들을 집어넣으려 하죠. 제대로 의식이 있고 자긍심이 있는 인간이라면 하느님 정의를 이 따위 이미지로 그리는 데 구역질을 느끼지 않겠습니까? 이런 이미지가 거북하게 느껴지면 그걸 떨쳐 버리는 일도 당신네들에겐 너무나 쉬운 일이기만 하죠. 사람들은 지옥을 이 세상 사고방식으로 생각합니다만 지옥은 이 세상의 것이 아닙니다. 지옥은 이 세상의 것이 아닐뿐더러 그리스도적 세상의 것은 더욱 아닙니다. 우리가 이 세상에서 영원한 형벌, 영원한 속죄에 대해 무어라고 생각을 가질 수 있다는 것이 외려 놀랍기만 한 일입니다. 왜냐하면 우리에게서 어떤 과오가 하나 생겨 나오자마자 시선 한 번, 신호 하나, 무언의 호소를 한 번 보내기만 해도 용서가 하늘에서, 마치 독수리가 덮쳐 오듯 곧바로 내려오기 때문입니다. 아아! 살아 있는 사람들 중에서 가장 비참한 사람이라도 그가 더 이상 사랑하지 않게 되었다고 자신을 돌이키는 한 그는 아직도 사랑할 힘을 가지고 있는 것입니다. 우리들의 증오조차도 빛을 발합니다. 그래서 마귀들 중에서 가장 덜 뒤틀린 그것은 우리가 절망이라고 부르는 것 안에서, 마치 승리에 빛나는 아침을 맞이한 양 기지개를 켤 것입니다. 부인, 지옥이란 더 이상 사랑하지 않는 것입니다. 더 이상 사랑하지 않는다는 말이 당신 귀에 익숙한 표현으로 들리겠지요. 더 이상 사랑하지 않는다는 말은 살아 있는 사람에게 있어서는 덜 사랑한다거나 달리 다른 대상을 사랑한다는 말입니다. 우리 존재와 불가분으로 보이는 이런 기능, 우리 존재 바로 그 자체가 — 그런데 이해한다는 것도 사랑의 한 형태이긴 합니다만 — 만일 사라진다면 어찌되겠습니까? 더 이상 사랑하지도 않고 더 이상 이해하지도 않으면서 그래도 살아간다는 것은 아, 끔찍하게도 놀라운 일입니다! 우리 모두가 한결같이 가지고 있는 착각은, 이런 버림받은 조물들*도 우리들의 그 무엇, 우리들에게 고유한 끊임없는 동성(動性)을 여전히 지니고 있다고 여기는 것입니다. 사실 그들은 시간성 바깥에, 동성의 권역 바깥에, 영원히 고정되어 굳어 있는데도 말입니다. 아아! 만일 하느님께서 이런 비참한 존재들 중 하나를 향해 우리 손을 잡고 데려가신다면 그 존재가 예전에 더없이 가까운 친구였다 하더라도 우리는 그에게 어떤 말을 할 수 있겠습니까? 물론 살아 있는 사람, 우리와 비슷한 사람, 모든 이들 중의 말째, 사악한 자들 중에서 가장 극악한 자가 그대로 저 뜨거운 지옥 변경에 던져진다면 저는 그와 운명을 같이하고 그를 처단하려는 자에게서 그를 빼앗아 내려 갈 겁니다. 운명을 같이할 겁니다……! 그러나 한때는 사람이었으나 벌겋게 단 돌이 되고 만 이 존재들의 상상을 넘어서는 불행은 그들이 이미 남과 나눌 것이라고는 아무것도 지니지 않고 있다는 데 있습니다."

나는 내가 했던 말을 거의 그대로 적어 놓는다고 생각한다. 그걸 되읽어 보자니 무서운 느낌이 들기도 한다. 그러나 나는 그 말을 실제로는 너무나 서툴고 너무나 어색하게 해서 아마 우스꽝스럽게 들렸을 것이다. 마지막 말마디는 제대로 발음이나 했는지 모르겠다. 나는 완전히 지쳤던 것이다. 저 당당한 여

---

* 더 이상 사랑하지 않고 이해하지도 않으면서 살아가는 사람들.

인 옆에 서서 벽에 등을 기댄 채 손가락으로 모자를 주물럭거리는 나를 누가 보았더라면 헛된 자기변명에 쩔쩔매는 죄인으로 여겼을 것이다. (사실 내 존재는 그랬던 것인지도 모른다.) 부인은 비상한 관심을 집중하여 나를 관찰하고 있었다. "정당화할 수 있는 과오는 없겠지요……."라고 그녀는 쉰 목소리로 말했다. 그녀의 말은 소리를 먹어 대는 저 두터운 안개 너머로 들려오는 것 같았다. 그리고 그와 동시에 슬픔이 나를 엄습했다. 나로서는 도저히 가눌 수 없는, 무어라 형용할 수 없는 슬픔이었다. 어쩌면 그것은 내 일생의 가장 큰 유혹이었는지도 모른다. 그 순간, 하느님께서 나를 도우셨다. 나는 갑자기 볼 위에 눈물이 흘러내리는 것을 느꼈다. 비참의 마지막 고비에 임한 임종하는 자의 얼굴 위에서 볼 수 있는 것과 같은 단 한 방울의 눈물이었다. 부인도 이 눈물이 흘러내리는 것을 지켜보고 있었다.

그녀는 입을 열었다. "제 말 들으셨어요? 제 말뜻 알아들으셨어요? 저는 신부님께 말씀드렸죠, 이 세상의 그 어떤 과오도……." 나는 아니라고, 그녀 말을 듣지 못했노라고 털어놓았다. 부인은 내게서 시선을 떼지 않았다. "좀 쉬십시오. 그 상태로는 열 걸음도 못 떼실 것 같습니다. 제가 신부님보다 더 튼튼합니다. 자! 이 모든 일이 그리 볼 만하진 않군요. 죄다 몽상이요, 시(詩) 같은 넋두리죠. 저는 신부님에게 악의가 있다고 생각지 않습니다. 그저 나중에 곰곰 생각해 보시면 이 흉한 말들 때문에 얼굴이 붉어지실 거라고 생각할 뿐이죠. 이 세상에서건 다른 세상에서건 그 무엇도 우리 자신보다, 생명이나 구원보다 더 사랑했던 것들로부터 우리를 떼어 놓지 못할 겁니다."

"부인." 하고 나는 말했다. "이 세상에서만 해도 정말 아무 것도 아닌 것, 이를테면 약간의 뇌출혈이나 그보다 작은 변이 생겨도 우리가 예전에 지극히 사랑했던 사람들을 더 이상 못 알아보게 되기도 합니다."

"그렇다고 죽는 일이 미치는 일은 아니겠지요."

"사실 죽음은 더 알 수 없는 영역입니다."

"사랑은 죽음보다 강하다고 신부님들 책에 적혀 있죠."

"사랑을 창안했던 것은 우리가 아닙니다. 사랑은 제 질서와 제 법칙을 지니고 있습니다."

"하느님이 그걸 주재하신다죠."

"하느님은 사랑을 주재하시는 것이 아니라 사랑 그 자체이십니다.* 부인께서 사랑하고자 하신다면 사랑 바깥에 머물러 계시지 마십시오." 그녀는 두 손을 내 한 팔에 얹었다. 그녀의 얼굴이 거의 내 얼굴과 맞닿을 정도였다. "터무니없는 말씀입니다. 신부님은 마치 범죄자에게 말씀하시는 것 같아요. 내 남편의 온갖 부정, 딸애의 냉대와 반항, 이 모든 것이 다 아무것도, 정말 아무것도 아니란 말씀이시죠!"

"부인." 하고 나는 말했다. "저는 부인께 사제로서, 저에게 부여된 빛에 따라 말씀드리는 것입니다. 저를 광신자로 여기신다면 잘못일 겁니다. 제가 아직 아무리 젊기는 해도 부인 댁과 같은 가정들, 아니 더 불행한 가정들이 있다는 것을 모르지 않습니다. 그런데 어느 가정에는 해를 끼치지 않으면서 다른 가정은 죽이기까지 하는 그런 악이 있습니다. 그런데 하느님께

---

* 「요한 1서」 4장 16절 참조.

서는 바로 부인을, 오직 부인 한 분을 위협하고 있는 위험을 식별하도록 제게 허락하셨다는 생각이 듭니다."

"그건 제가 이 모든 것의 원인 제공자란 말씀이시죠."

"아니, 부인, 하나의 나쁜 생각에서 시간이 흘러감에 따라 무엇이 생겨날 수 있을지는 그 누군들 미리 알지 못합니다. 좋은 것도 있을 수 있고 나쁜 것도 있을 수 있겠지요. 바람결에 실려 가고 가시 덩굴에 뒤덮이고 볕에 말라 버리는 천 가지 생각 중에 오직 하나만이 뿌리를 내립니다. 악의 씨앗과 선의 씨앗은 사방을 날아다닙니다. 인간의 정의가 언제나 너무 늦게야 개입한다는 것이야말로 불행 중의 불행입니다. 인간의 정의는 행위만을 벌하고 비방하지만 그런 행위를 저지른 자보다 더 높이, 더 멀리 거슬러 올라가지 못합니다. 그러나 숨어 있는 우리의 과오는 다른 사람들이 숨쉬는 공기를 오염합니다. 그래서 어느 비참한 사람이 자기도 모르게 싹을 지니고 있던 어떤 범죄는 바로 이런 부패의 원칙이 없었다면 결코 그런 결과에 이르지 않았을 겁니다."

"무슨 미친 말씀이세요. 정말 허황하고 불건전한 몽상입니다. (그녀의 얼굴은 창백했다.) 그런 생각이나 하다 보면 살 수도 없을 겁니다."

"저도 그러리라 생각합니다, 부인. 만일 하느님께서 우리가 서로에게 얼마나 연대되어 있는지에 대한, 선에 있어서나 악에 있어서나 얼마나 연대되어 있는지에 대한 뚜렷한 생각을 우리에게 허락하신다면 우리는 정말이지 더 이상 살 수도 없을 겁니다."

이 몇 줄을 읽어 본다면 필경들 내가 우연한 말을 흘려 댄 것이 아니라 어떤 계획에 따라 말을 했다고들 생각할 것이다. 그러나 맹세코 전혀 그렇지 않았다. 나는 그저 나를 변호하고 있었을 뿐이다.

"그 숨어 있는 과오, 과일 속 벌레가 어떤 것인지 말해 주시렵니까……?"라고 오랜 침묵 끝에 부인은 말했다. "감수하시고…… 하느님의 뜻에 맡겨야 합니다. 마음을 여시고 말입니다." 나는 부인의 죽은 어린 아들 이야기를 차마 더 분명히 할 수 없었다. 그런데 감수하며 맡긴다는 말이 그녀에게 생경하게 들렸던 것 같다. "제가 무엇을…… 감수하라고요?" 그러더니 그녀는 갑자기 깨달은 모양이었다.

완고해져 버린 죄인들을 만나게 되는 때가 있다. 대부분은 그저 일종의 맹목적 감정으로 하느님께 대적하는데 자신의 악행을 변명하는 어떤 늙은이의 얼굴에서 토라진 어린애의 어리석고도 사나운 표정을 발견할 때는 마음이 저리기까지 한다. 그러나 이번에는 반항이, 진정한 반항이 한 인간의 얼굴 위에서 폭발하는 것을 나는 보았다. 그것은 멍한 듯하면서도 응시하는 눈매를 통해 드러나는 것도, 혹은 입매를 통해 드러나는 것도 아니었다. 머리도 당돌하게 치켜들리는 것이 아니라 오히려 어깨 쪽으로 기울어지며 마치 보이지 않는 짐에 짓눌려 꺾여 드는 것 같았다……. 아아! 신을 모독하며 내뿜는 과장된 그 어떤 언사라 하더라도 이 단순한 비장함에 어디 근접이나 할 수 있으랴! 의지가 느닷없이 솟구치고 또 소진된 나머지 그녀의 몸은 무기력하고 무감각하게, 존재의 너무나 큰 소모 끝에 탈진 상태가 된 것 같았다.

"감수하고 맡긴다고요?" 그녀는 가슴이 서늘해질 정도로 조용한 목소리로 말했다. "무슨 뜻을 담고 하신 말씀이시죠? 제가 전혀 감수하지 않는단 말씀인가요? 제가 감수하지 않았더라면 저는 이미 죽었을 겁니다. 감수라! 저는 너무 감수했어요! 그래서 부끄럽습니다. (그녀의 목소리는 높아지지 않았으나 음색은 이상한 금속성 울림을 띄었다.) 아, 저는 예전에 이런 미끄러운 길을 올라가지 못하는 허약한 여인네들을 부러워한 적이 한두 번이 아니었습니다. 하지만 우리 집안 여인네들은 몸도 정신력도 강골이지요. 이 비참한 육체가 망각하는 걸 차단하려면 나는 내 몸을 죽여 버려야 했을 겁니다. 그러나 원한다고 다 자살을 하는 것도 아니죠."

"저는 그런 유의 감수를 말씀드리는 것이 아닙니다. 부인도 잘 아실 겁니다."라고 나는 말했다. "그럼 뭔가요? 저는 미사에도 가고 부활절에는 영성체도 합니다. 교회 다니는 걸 다 그만둘 수도 있었어요. 실제로 그럴까 생각해 보았습니다. 그러나 나답지 못한 일 같더군요."

"부인, 그 어떤 신성모독도 그 말씀보다는 나을 것 같습니다. 부인의 입안에 담긴 그 말에는 지옥의 온갖 가혹함이 들어 있습니다." 그녀는 벽에 시선을 고정한 채 입을 다물었다. "부인은 하느님을 어찌 감히 이렇게 대하십니까? 그분께 마음을 닫고서 당신은……."

"저는 적어도 평화롭게 살고 있었어요. 그리 죽었을 수도 있었고요."

"이제는 그리될 수 없습니다." 그녀는 독사처럼 머리를 치켜들었다. "하느님은 오래전에 저와 무관하게 되었습니다. 내가 그를 증오한다는 것을 자백하게 만들었다 해서 당신께 무슨 이득이 되나요? 어리석은 사람 같으니."

"부인은 더 이상 그분을 증오하지 않습니다."라고 나는 그녀에게 말했다. "증오는 무관심과 무시입니다. 그런데 지금 당신은 마침내 그분과 정면으로 마주하고 계십니다. 그분과 부인께서 말입니다." 그녀는 아무 대답 없이 여전히 허공의 한 곳을 응시하고 있었다.

그때 알 수 없는 무서움이 나를 사로잡았다. 내가 막 말한 모든 것, 그녀가 말했던 모든 것, 이 끝없는 대화가 의미 없는 것처럼 느껴진 것이다. 분별력 있는 사람이라면 그 누군들 달리 판단했겠는가? 질투와 교만심에 약이 달아오른 젊은 아가씨에게 분명 휘둘려서 그녀의 시선 속에서 마치 벽 위에 적힌 글씨처럼 분명하게 자살을, 자살에의 의지를 읽었다고 나는 믿었던 것이다. 그러나 그것은 그 격렬함부터 의심스러운 경솔한 충동의 하나에 지나지 않았다. 그리고 마치 재판관 앞에서인 양 내 앞에 서 있는 이 여인은 절망의 가장 가혹하고 가장 치유하기 어려우며 가장 비인간적인 형태인 버림받은 자들로서의 저 참담한 평온 속에서 정말이지 여러 해 하루하루 살아왔던 것이 엄연하지 않은가. 그런데 이런 불행 중 불행은 사제라면 두려움에 떨며 조심조심 다뤄야 할 그런 유의 것이다. 그러나 나는 이 얼어붙은 마음을 단번에 따듯하게 만들어 보려고, 하느님의 측은지심이 어쩌면 아직도 저 자비로운 어둠 속에 머물도록 두려하는지 모를 의식의 가장 깊은 영역에 빛을 들이대려고 했던 것이다. 이제 무슨 말을 해야 할 것인가? 어떻게 해야 할 것인가? 나는 아찔한 고갯길을 단숨에 기어오르고 나서 눈을 뜨자 어질어질해져서 멈춰 서고는 올라갈 수도 내려갈 수도 없는 상태에 처한 사람과 같은 꼴이었다.

　바로 그때 ── 정녕 무어라 제대로 표현할 길이 없지만 ── 내가 온 힘을 다해 의혹과 두려움에 대항해서 싸우던 그때 기도의 정신이 내게 돌아왔다. 이 말뜻에 오해 없기를 바라며 적는다. 이 뜻밖의 대화 시초부터 나는 사실 경박한 그리스도인들이 기도라는 말에 부여하는 의미의 기도는 줄곧 드리고 있었다. 인공호흡기를 달고 있는 가여운 짐승 같은 존재도 호흡운동이야 어쨌든 가능하겠지만 그게 무슨 참소용이겠는가! 그런데 별안간 공기가 다시 쉬익 소리를 내며 기관지로 흘러들어 이미 시들어 가던 폐의 섬세한 조직들을 하나하나 펼쳐 부풀리기에 이르면, 붉은 피가 이제 막 펌프질되면서 동맥들은 부르르 진동을 시작하고 이어 온몸은 마치, 부풀어 오르며 팽팽해지는 돛을 올린 큰 배와 같이 된다.

　그녀는 머리를 두 손으로 싸안고 안락의자에 털썩 내려앉았다. 머리에 쓰고 있던 만틸라가 찢어져 어깨 위에 걸리자 그녀는 그것을 가만히 걷어 내어 살그머니 발 쪽으로 던져 버렸다. 나는 그녀가 하는 동작 어느 하나도 놓치지 않았다. 그런데도 우리들 중 그 누구도 이 쓸쓸한 작은 응접실에 있지 않고, 방은 텅 비어 있는 것 같다는 기이한 느낌이 들었다.

　나는 부인이 소박한 은줄 끝에 달린 로케트를 상의 안섶에서 꺼내는 것을 보았다. 그 어떤 격렬함보다도 더 무섭게 여전히 그렇듯 고요하게 그녀는 로케트 뚜껑을 손톱으로 젖혀 올렸다. 뚜껑의 유리가 양탄자 위로 떨어져 굴렀으나 그녀는 거기에는 전혀 상관하지 않는 듯했다. 그녀의 손가락 끝에는 그저 금발 한 가닥이 남아 있었는데 마치 금빛 대팻밥처럼 보였다.

"맹세해 주십시오……." 하고 그녀는 말문을 열었다. 그러나 부인은 내 시선에서 내가 이해를 했고 아무것도 맹세하지 않으리라는 것을 이내 알아차렸다. "내 딸이여.(내 입술에서 이 말이 저절로 흘러나왔다.)" 하고 나는 말했다. "좋으신 하느님과 더불어 흥정을 하는 법이 아닙니다. 그분께 조건 없이 자신을 되돌려드려야 합당합니다. 그분께 모든 것을 드리십시오. 그러면 그분께서는 그 이상을 부인께 돌려주실 것입니다. 저는 예언자도 점쟁이도 아닙니다. 그러나 우리 모두가 가는 그곳에서 '그분'은 홀로 돌아오셨습니다." 부인은 항변 없이 그저 방바닥 쪽으로 몸을 더 숙였다. 그리고 말 한 마디 한 마디마다에 그녀의 어깨가 떨리는 것을 나는 보았다. "그렇기는 해도 제가 부인께 단언할 수 있는 것은 산 자의 나라와 죽은 자의 나라가 있는 것이 아니고 오직 하느님의 나라가 있을 뿐이며 산 사람이건 죽은 사람이건 우리 모두가 그 안에 있다는 사실입니다." 내가 한 말은 이것이었지만 다른 말을 할 수도 있었을 것이다. 그 순간 그런 것이 무어 중요했으랴! 어떤 신비로운 한 손길이 알지 못할 보이지 않는 커다란 벽에 막 틈새를 하나 열어 주어서 그 틈새로 평화가 사방에서 들어와 물이 차오르듯 도도하게 방을 채워 가는 듯 보였다. 지상에는 알려지지 않은 평화, 깊은 물처럼 아늑한 죽은 이들의 평화였다.

부인은 놀랄 만큼 변한, 그러나 고요한 목소리로 말했다. "제 생각에도 그건 분명한 것 같습니다. 제가 아까, 조금 전에 무슨 생각을 하고 있었는지 신부님은 아시겠지요? 그런 건 아마 고백하지 않아도 되는 것이겠지요? 그래도 말씀드리겠어요. 저는 이런 생각 중이었습니다. 이 세상이건 다른 세상이건 하느님이 안 계신 곳이 어딘가에 있다면 내가 거기서 시시각각 영원히 수천 번 죽어도 좋으니 나는 그곳에 내……(그녀는 죽은 어린 아들의 이름을 차마 입에 올리지 못했다.)……를 데리고 가면서 하느님께 이렇게 윽박지르려 했어요. '만족하신다면 우리를 눌러 죽이시오!'라고요. 이런 생각이 신부님께는 끔찍하게 보이겠지요?"

"아니요, 부인."

"어째 아니라는 겁니까?"

"왜냐하면 저 역시, 부인……. 제게도 가끔……."

나는 말을 맺지 못했다. 델방드 의사의 영상이 내 앞에 떠올랐다. 나로서는 그 뜻을 읽어 내기가 두려웠던, 늙고 지쳤으면서도 꿋꿋하던 그 시선이 내 눈 위에 고정되어 있던 모습으로 말이다. 그리고 바로 그 같은 시각에 수많은 사람의 심장에서 쥐어짜듯 새어나온 신음과 탄식, 흐느낌, 헐떡임, 압착기 아래 눌려 있는 우리 비참한 인류의 저 무시무시한 웅성거림이 들렸다. 아니 들리는 것 같았다……. "설마!" 하고 그녀는 천천히 말했다. "그럴 수가……? 어린아이들까지, 마음 순박한 착한 어린아이들까지……. 신부님은 어린애가 죽는 것을 보기라도 하셨습니까?"

"아닙니다, 부인."

"그 애는 제 조그만 두 손을 얌전하게 모으고, 엄숙한 표정을 짓고 있었죠……. 그리고…… 그리고…… 나는 그 조금 전에 젖을 먹여 보려고 했더랬어요. 그래서 그 애의 갈라 터진 입 위에는 그때까지도 젖 한 방울이 남아 있었습니다……." 그녀는 나뭇잎처럼 떨기 시작했다. 나는 하느님과 이 고통스러워하는 피조물 사이에 홀로, 홀로 서 있는 것 같았다. 가슴이 쿵쿵 울리며 크게 뛰었다. 우리 주님께서는 하지만 내게 대면할 힘을 허락해 주셨다. 나는 말했다. "부인, 우리 하느님께서 만일 외교인(外敎人)이나 철학자들의 신이라면 (제겐 그게 같은 이야기입니다.) 그가 하늘 아무리 높은 곳으로 피신한다 하더라도 우리네 불행이 그를 거기서 떨어뜨려 버릴 것입니다. 그러나 부인도 아시다시피 우리 주님께서는 우리 불행을 맞이하러 앞서 오셨습니다. 당신네들이 그분께 주먹을 들이대고 얼굴에 침을 뱉고 채찍으로 내려치고 그리고 끝내 십자가 형틀에 못 박고, 무엇인들 못 하겠습니까? 내 딸이여, 이일은 이미 이루어졌습니다……." 그녀는 여태 손에 들고 있던 로케트를 들여다볼 엄두를 내지 못하고 있었다. 나는 그녀가 막 결행하려는 것을 전혀 예측하지 못하고 있었다! 그녀는 내게 말했다. "그 구절을…… 지옥이란 더 이상 사랑하지 않는 것이라 하신 그 구절을 한 번 더 말해 주십시오."

"그러겠습니다, 부인."

"한 번 더 말해 주세요!"

"지옥이란 더 이상 사랑하지 않게 되는 바로 그것입니다. 살아 있는 동안 우리는 환상을 가질 수도 있어서 우리 자신의 힘으로 사랑하느니 하느님 밖에서 사랑하느니 생각할 수 있습니다. 그러나 그런 우리는 물 속에 비친 달의 그림자를 향해 두 팔을 내미는 미치광이 격입니다. 제 생각을 이리 서투르게 표현하는 것을 용서하십시오." 그녀는 이상야릇한 미소를 지었으나 그것은 긴장된 그녀 얼굴을 부드럽게 펴 주지는 못했다. 그저 음울한 미소였을 뿐. 부인은 로케트를 한 손에 감싸 쥐고 다른 손으로는 이 주먹 쥔 손을 가슴에 끌어다 붙였다. "제가 무슨 말을 하면 되겠습니까?"

"당신의 나라가 임하소서라고 하십시오."

"당신의 나라가 임하소서!"

"당신 뜻이 이루어질지어다." 그녀는 가슴에 손을 여전히 꼭 댄 채 화닥닥 일어섰다. 나는 소리를 질렀다. "자, 이것은 부인께서 여러 번 외우셨던 말씀입니다만 이제는 정녕 가슴 깊은 곳으로부터 그 말을 토로해야 합니다."

"저는 '주님의 기도'를 그때…… 그때 이래로…… 한 번도 올린 적이 없습니다. 하긴 신부님은 그걸 아시겠죠. 신부님은 누가 무얼 말하기도 전에 다 아시니까요."라고 그녀는 이번에는 화가 나서 어깨를 들썩이며 말했다. 그런 다음 그녀는 어떤 몸짓을 했는데 나는 나중에야 그 의미를 깨달을 수 있었다. 부인의 이마는 땀으로 번들거렸다. 부인은 신음하듯 말했다. "저는 그 기도를 할 수 없어요. 그 아이를 두 번 잃는 느낌이 듭니다."

"부인께서 방금 임하시기를 기도한 그 나라는 부인의 것이기도 하고 그 아이의 것이기도 합니다."

"그럼 그 나라가 임하소서!" 그녀는 시선을 들어 내 눈을 바라보았다. 우리는 잠시 그렇게 있었다. 이윽고 부인은 말을 꺼냈다. "나는 신부님께 자신을 맡깁니다."

"저에게요?"

"네, 신부님께. 저는 하느님을 거역했고 그분을 미워했나 봅니다. 그래요, 저는 가슴에 이 증오를 품은 채 죽을 수도 있다는 생각이 지금 듭니다. 그러나 저는 신부님에게만 저를 맡겨 드립니다."

"저는 너무나 미약한 인간이어서, 부인께서 그리하신다면 금화를 구멍 뚫린 손에 올려놓는 격일 겁니다."

"한 시간 전까지만 해도 내 인생은 정연한 질서 속에서 모든 것이 제자리에 있는 듯했습니다. 그런데 신부님은 이젠 제 인생 속에 제대로 놓여 있는 게 하나도, 하나도 없게 해 버리셨습니다."

"그럼 그대로 하느님께 바치십시오."

"저는 다 바치든지 아니면 아무것도 안 바치든지 할 겁니다. 우리 집안 여자의 성격은 그렇습니다."

"모든 것을 바치십시오."

"아아, 신부님은 이해를 못 하십니다. 제가 벌써 온순해졌다고 생각하시나 봅니다만 내게 남은 교만만 가지고도 신부님을 지옥에 빠뜨리기에 족할걸요!"

"부인의 교오도 나머지 것들과 함께 바치십시오, 모두 바치십시오." 나의 이 말이 끝나기 무섭게 그녀의 시선 속에 무어라 모를 불길이 치미는 것을 나는 보았다. 그러나 그것이 무엇이었든 간에 내가 막아 내기에는 이미 너무 늦어 버린 일이었다. 그녀는 활활 타는 벽난로 장작더미에 로케트를 집어던진 것이다. 나는 무릎을 꿇고 팔을 불 속에 집어넣었다. 뜨거운 것도 느낄 수 없었다. 잠깐 동안 나는 조그만 금발을 손가락으로 집어든 것 같았지만 그것은 손에서 되빠져나가 붉은 잉걸불 위에 떨어졌다. 내 뒤로는 얼마나 무시무시할 정도로 고요했던지 나는 몸을 돌릴 엄두를 내지 못하고 있었다. 옷소매는 팔꿈치까지 타 버렸다.

"어찌 그렇게 하셨습니까!" 하고 나는 더듬거렸다. "무슨 짓이란 말씀입니까!" 그녀는 벽 쪽으로 뒷걸음쳐서 거기에 등과 두 손을 기대고 있었다. "용서해 주십시오."라고 그녀는 꺾인 목소리로 말했다. "부인께서는 하느님을 사람 잡는 자로 생각하십니까? 주님께서는 우리들이 자신을 긍휼히 여기기를 원하십니다. 그렇기도 할뿐더러 우리의 온갖 고통은 우리 것이 아닙니다. 그분께서 그것들을 맡아 주셔서 그것은 천주의 성심 안에 있습니다. 그러기에 우리가 그 고통에 도전하고 모욕을 주려고 그것을 거기로 찾으러 갈 권리가 우리에게 없습니다. 알아들으시겠습니까?"

"이미 해 버린 지난 일인데 달리 도리가 없습니다."

"그러면 평화가 함께 있을지어다, 내 딸이여."라고 말하며 나는 부인에게 강복을 주었다.

내 손가락에서는 피가 좀 나면서 피부가 부풀어 물집들이 생겼다. 부인은 손수건을 찢어 붕대 삼아 매어 주었다. 우리는 아무 말도 나누지 않았다. 부인 위로 내리기를 청원한 평화가 내게로 내려왔다. 그것은 너무나 단순하고 친숙한 것이어서 그 어떤 존재도 그것을 흩트릴 수 없을 것 같았다. 그렇다, 그렇게 우리 두 사람은 일상의 삶으로 너무나 조용히 돌아갔기에 더 없이 주의 깊은 목격자라 하더라도 이미 우리에게 속하지 않게 된 이 비밀을 전혀 알아채지 못했을 것이다.

부인은 내일 고해를 들어 달라고 내게 청했다. 나는 나 자신도 절대 침묵을 지키겠다고 언약하면서 부인에게 우리 사이에 있었던 일을 아무에게도 말하지 말 것을 약속시켰다. "무슨 일이 있더라도."라고 나는 말했다. 이 마지막 말을 할 때 나는 가슴이 미어지는 것을 느꼈고 슬픔이 다시금 나를 엄습했다. 하느님의 뜻이 이루어질지어다.

내가 성관을 하직한 것은 11시였는데 그 길로 바로 동발로 가야했다. 돌아오는 길에, 평야 지대와 바다를 향해 서서히 내려가는 거의 깨닫지 못할 정도의 민틋한 내리막길이 보이는 숲 모퉁이에 멈춰 섰다. 마을에서 빵과 버터를 조금 샀던 터라 나는 그것을 맛있게 먹었다. 살아 오면서 중대한 시련을 겪고 났을 때마다 그랬듯이 이번에도 나는 일종의 무감각, 사고의 마비 상태를 체험했다. 그런데 그것은 불쾌한 것은 아니고 오히려 마음 가벼운 행복감 같은 이상한 착각을 줬다. 어떤 행복일까? 그것을 나로서는 말할 수 없다. 얼굴 없는 환희. 있어야 할 것이 있었고 이미 더 이상은 존재하지 않는다. 그게 전부다. 나는 아주 늦어서야 집에 돌아왔는데 길에서 클로비스 영감과 마주쳤다. 노인은 내게 백작 부인이 보내는 조그만 상자를 전해 주었다. 그것을 열어 볼 염을 내기 전에 그 상자 안에 무엇이 있을지 나는 알고 있었다. 그것은 끊어진 목걸이 줄 끝에 매달린, 이제는 비어 버린 작은 로케트였다.

편지도 한 장 있었다. 아래와 같다. 이상한 편지다.

신부님, 신부님께서 저를 어떤 상태에 둔 채 가셨는지 신부님은 상상치 못 하시리라 생각합니다. 이런 심리적 문제는 신부님 관심 밖이리라 싶습니다. 무어라 말씀드릴 수 있을지요? 그 조그만 아기에 대한 절망적 추억이 저를 모든 것에서 별리하여 무서운 고독 속에 몰아넣어 두고 있었는데 이제 다른 어린아이 하나가 이 고독에서 저를 끌어내 준 것같이 생각됩니다. 제가 신부님을 이처럼 어린이로 취급한다 해서 새삼 감정 상하는 일이 되지는 않겠지요? 신부님은 정녕 어린이시니까요. 좋으신 주님께서 신부님을 그대로, 또 영원히 지켜 주시기를!

저는 신부님이 무얼 하셨고 어떻게 하셨는지 새삼 모르겠습니다. 아니 외려 이제는 그 일에 대해 생각지 않습니다. 모든 것이 잘 되었습니다. 저는 체념이 가능하리라곤 생각지 않았습니다. 기실 이번에 저를 찾아온 것은 체념이 아니었습니다. 체념이란 제 성격에는 맞지 않는 것이고 그에 대한 제 예감이 저를 속인 적은 없습니다. 저는 체념해 버린 것이 아니라 행복합니다. 저는 이제 아무것도 바라지 않습니다.

내일 저를 기다리지 마십시오. 저는 여느 때처럼 X 신부님께 고해하러 가겠습니다. 저는 정말 성실하게, 그러면서도 할 수 있는 대로 조심성 있게 고해하겠습니다. 그래야겠지요? 이 모든 것이 정말 단순한걸요! '저는 11년 전부터 나날이 매시간 희망을 거슬러 의도적으로 죄를 지었습니다.'라고 말씀드리면 다 말씀드리는 것이 될 테니까요. 희망! 바람 불고 쓸쓸하고 무섭던 어느 3월 밤에 그것은 내 두 팔에 안겨 죽었습니다……. 내 뺨 위로, 나만이 아는 부위에 나는 그것의 마지막 숨결을 느꼈더랬습니다. 그런데 바로 그것이 제게 다시 돌아왔습니다. 이번에는 얻어 온 것이 아니라 주어진 것입니다. 진정 제 것인, 나만의 것인 희망, 사랑이라는 단어가 사랑받는 자와 다르듯, 철학자들이 같은 이름으로 운위하는 것과도 다른 희망이 말입니다. 내 살의 살과도 같은 희망. 제대로 형언할 수가 없군요. 제대로 표현하자면 아주 어린아이의 말을 할 줄 알아야 할 것 같습니다.

이런 일들을 바로 오늘 저녁 신부님께 말씀드리고 싶었습니다. 그럴 필요가 있었습니다. 하기는 이리 말씀 나누고 나면 저희는 다시는 이 이야기를 하지 않겠지요, 그렇지 않습니까? 영원히 말입니다! 이 말이 평화롭게 느껴집니다. 다시는 영원히. 이 단어를 쓰면서 저는 아주 조용히 발음해 봅니다. 그랬더니, 그 말은 제가 신부님으로부터 받았던 평화를 놀랍게, 그리고 숭엄하게 표현해 주는 것같이 느껴집니다.

나는 이 편지를 내가 지닌 『준주성범』* 책 안에 끼워 두었다. 원래 어머니가 지니셨던 낡은 책으로, 오랜 풍습대로 어머니가 속옷 장 갈피에 끼워 두셨던 작은 천 주머니에 든 라벤더 향내가 아직도 난다. 어머니는 그 책을 정작 자주 읽지는 않으셨다. 활자도 작고 종이가 너무 얇은 책이라, 평생 하셨던 빨래 때문에 가엾게도 트고 갈라진 손가락으로는 제대로 책장을 넘길 수가 없으셨던 것이다.

영원히…… 다시는 영원히…… 왜 그렇다는 것인가……? 이 말이 아늑하고 다정하기는 하지만 말이다.

졸음이 몰려온다. 두 눈이 저절로 감겨 오는 바람에 성무일도**를 마치기 위해서는 종횡으로 오가지 않으면 안 되었다. 나는 행복한가 아닌가. 모를 일이다.

6시 30분.

---

* 토마스 아 켐피스의 신심서. 『그리스도를 본받음』이라고도 한다.
** 성직자 수도자가 매일 정해진 시간에 드리는 하느님을 찬미하는 기도.

백작 부인이 간밤에 세상을 떠났다.

———————————————————————
———————————————————————
———————————————————————

나는 이 끔찍한 날의 첫 몇 시간을 반항에 가까운 상태로
보냈다. 반항이란 이해를 못 하는 것인데 나는 이해할 수 없다.
처음에는 우리 힘을 넘어서는 듯 보이는 시련을 잘 감내할 수
도 있다. 하기는 우리 중 그 누가 자신의 힘을 제대로 아는가?
그러나 나는 불행 중에 우스꽝스러운 꼴이나 하고 있는 자, 유
익한 일이라고는 아무것도 할 수 없으며 모든 이에게 방해나
되는 자라는 느낌이 들었다. 이 수치스러운 자괴감이 너무나
커서 얼굴을 찡그리지 않을 수 없었다. 나는 거울이며 창유리
를 통해서 슬픔보다는 두려움에 더 일그러진 듯 보이는 얼굴,
보기 흉측한 미소처럼 동정을 구하는 듯 참담하게 비죽이는
입매를 한 얼굴과 마주쳤다. 아아!

내가 아무 일도 못 하고 그저 허둥댈 때 다른 사람들은 각
자 자신이 할 수 있는 일에 전력 몰입하고 있었고 결국 나는
홀로 남았다. 백작은 나를 거의 아랑곳하지 않았고 샹탈 양은
나를 못 본 척했다. 일이 일어난 것은 새벽 2시경이었다. 백작
부인은 침대에서 미끄러져 떨어졌는데, 그러면서 머리맡 테이
블에 놓여 있던 자명종을 깨뜨렸던 것이다. 그러나 시체를 발
견한 것은 물론 그보다 훨씬 시간이 흐른 후의 일이었다. 벌써
뻣뻣해진 부인의 왼팔은 약간 구부러져 있었다. 백작 부인은
여러 달 전부터 몸이 불편하다고 해 왔지만 의사는 대수롭지
않게 생각하고 있었다. 분명 협심증이었을 것이다.

나는 땀이 줄줄 흐르도록 마구 뛰어서 성관에 도착했다. 나는 나도 모를 무언가를 소망하고 있었다. 방문턱에서 방으로 들어가는데 대단한, 터무니없으리만큼 큰 안간힘을 쓴 나머지 이가 딱딱 마주쳤다. 내가 이다지도 한심하단 말인가! 부인의 얼굴은 모슬린 천으로 덮여 있어서 그 모습을 간신히 알아볼 수 있을 정도였지만 천에 닿아 있는 그녀의 입술은 아주 분명하게 볼 수 있었다. 나는 부인이 미소를 띠고 있었으면 하고 얼마나 소망했는지 모른다. 저들의 그윽한 침묵과 너무나도 잘 일치하는, 망자들의 저 알지 못할 신비한 미소를……! 그러나 그녀는 미소를 띠고 있지 않았다. 오른쪽으로 기울어진 입은 거의 경멸에 가까운 무관심과 오만의 빛을 띠고 있었다. 부인에게 강복을 주려고 손을 들었을 때 내 팔은 납덩이같이 무거웠다.

이상한 우연으로 간밤에 탁발(托鉢)을 하러 수녀 두 사람이 성관에 왔는데 백작은 수녀들이 마을을 마저 돌고 나면 오늘 승용차로 기차역까지 배웅해 주겠다고 제안했다 한다. 그래서 수녀들은 성관에서 밤을 났다. 흙투성이가 된 투박하면서도 조그만 신발을 신은 채 너무 커다란 제복 아래 정말 왜소한 그 두 사람과 나는 마주쳤다. 내 태도가 두 사람에게 이상하게 보였던 것 같다. 두 사람은 번갈아 가며 곁눈질로 나를 관찰해서 나는 묵상기도에 정신을 집중할 수 없었다. 말 그대로 타는 듯한 이 명치끝만 제외하고는 몸이 얼음장처럼 차갑게 느껴졌다. 쓰러질 것만 같았다.

마침내 하느님의 도우심으로 기도를 드릴 수 있는 상태가 되었다. 지금 되짚어 보아도 나는 아무것도 후회하지 않는다.

무엇을 후회하겠는가? 아니, 그래도 후회되는 것이 있기는 하다! 간밤을 지샜더라면 마지막이 되어 버린 저 대화의 추억을 몇 시간 더 온전히 원래 그대로 간직할 수 있었으리라는 생각이 든다. 그 대화는 게다가 첫 번째 대화이기도 했다. 처음이자 마지막 대화. 내가 행복한가 아닌가라고 썼던 나……. 얼마나 어리석었던가! 나는 이제야, 어제 저녁, 내 탁자에 기대어 마치 확실하고 입이 무거운 한 친구에게 맡기듯 내가 받은 편지를 보관차 넣어 둔 그 오래된 책을 내 손아귀에 꼭 쥐고 있던 그때처럼 그토록 충만하고 그윽하며 어떤 현존으로, 어떤 시선과 인간의 생명력으로 가득한 시간을 일찍이 체험했던 적이 전에도 없었고 앞으로도 결코 없으리라는 것을 알게 되었다. 그런데 이렇게도 빨리 잃어버리게 될 것을, 굳이 잠자려 애쓰며, 캄캄하고 꿈 없는 수면 속에 파묻어 버렸다니…….

이제는 틀린 일이다. 벌써 생시의 부인에 대한 추억은 사라져 가고, 내 기억에는 천주의 손길이 놓인 망자의 영상만 남게 될 것임을 나는 안다. 내가 눈먼 듯 더듬거리며 건너 지나간 그토록 우연한 상황 중에서 무엇이 내 정신에 남아 있을 수 있겠는가? 주님께는 증인이 한 사람 필요했던 것이고, 분명 마땅한 이가 없어 마치 지나가는 행인을 불러 와서 증인으로 세우듯 다만 그렇게 내가 선택된 것이리라. 내가 무슨 역할을, 참다운 역할을 수행했다고 스스로 생각한다면 나는 미쳐도 단단히 미친 사람일 터이다. 한 영혼이 희망, 망덕(望德)과 화해하는 저 엄숙한 혼인에 참석하는 은혜를 하느님께서 내게 주신 것만 해도 과분한 일이다.

나는 오후 2시경 성관을 떠나야 했다. 한창 석 달에 걸친 시험 기간이라 교리 수업은 생각했던 것보다 훨씬 더 늦게까지 끌었다. 백작 부인 곁에서 밤샘을 하고 싶은 생각이 간절했지만 수녀들이 그대로 거기 있고 백작의 숙부뻘인 라모트뵈브롱 참사 신부가 수녀들과 함께 철야하기로 결정을 내렸기에 감히 내 뜻을 고집할 수 없었다. 더구나 백작은 이해할 수 없는 냉랭한 태도로 계속 나를 대한다. 거의 적의에 가까운 태도다. 무슨 곡절일까?

역시 나를 못마땅해하는 것이 역력한 라모트뵈브롱 참사 신부님은 나를 잠시 따로 불러서 어제 우리 대화 중에 백작 부인이 자신의 건강에 대해 무슨 말이라도 비친 적이 있었는지 물으셨다. 그것은 그가 나더러 말을 하라고 넌지시 이끄는 것임을 나는 잘 알 수 있었다. 말을 했어야 할까? 그렇게는 생각지 않는다. 말을 한다면 다 말해야 할 것이다. 그런데 내게 온전히 맡긴 일이 결코 없는 백작 부인의 비밀은 지금은 더구나 그 어떤 때보다도 내게 속하지 않으며, 아니 더 정확히 말하자면 막 내게서 영원히 빠져나가 버렸다. 무지와 질투, 어쩌면 증오가 그것을 어떻게 멋대로 이용할지 내가 예상이나 할 수 있겠는가? 그 잔인한 대적 경쟁이 더 이상 의미를 잃은 지금 내가 새삼 그 추억을 되살릴 위험을 어찌 자초할 것인가? 게다가 죽음으로도 무장해제하지 못하는 무지, 증오, 질투는 아직도 오랫동안 생생하게 살아남지 않을까 걱정이 되는 만큼 그저 추억 문제만이라고 할 수 없기도 하다. 더구나 내가 들은 고백은, 내가 만약 그것을 말로 전한다면 묵은 원한을 정당화하는 것처럼 들리지 않겠는가? 백작 댁 딸은 젊다. 그런데 나는 젊은 시절에 받은 인상이 얼마나 지우기 힘든 것인지를 경험으로 알고 있다……. 그래서 나는 참사 신부님에게 백작 부인은 집안 식구들 사이에 화해가 다시 성립되기를 희망한다는 말을 했다고 간략히 답해 드렸다. "그래요?" 하고 그는 냉랭하게 말했다. "신부님이 부인의 고해신부였습니까?"

"아닙니다." 그의 어조가 내게 좀 거북했음을 고백하지 않을 수 없다. "저는 부인이 천주대전에 나아갈 준비가 되어 있었다고 믿습니다."라고 나는 덧붙여 말했다. 그는 묘한 태도로 나를 바라보았다.

나는 마지막으로 방에 다시 들어갔다. 수녀들은 묵주기도를 끝내 가고 있었다. 종일토록 이어지며 찾아오는 친구들과 친척들이 가져온 꽃다발이 벽 아래로 죽 쌓여 있었다. 거의 즐겁게까지 들리는 방문객들의 수런거림이 집 안 가득했다. 끊임없이 자동차 전조등이 유리창에 획 빛을 던지고 정원 길의 자갈이 바퀴 밑에서 바드득대는 소리며 운전사들이 외치는 소리와 경적 소리가 들려왔다. 이 모든 와중에도 수녀들의 단조로운 기도문 암송 소리는 멈추지 않았다. 마치 실 잣는 두 여인네 같았다.

햇빛보다 촛불이, 모슬린 천에 덮인 부인의 얼굴을 더 잘 드러내 주고 있었다. 몇 시간 만에 벌써 그녀의 얼굴은 화평하게 이완되었고 감긴 눈꺼풀 주위로 움푹한 자리가 더 커져서 마치 생각에 잠긴 눈 같았다. 물론 여전히 의연하고 위압적이기까지 한 표정이기는 했다. 그러나 오랫동안 정면 대항하던 적에게서 이제는 얼굴을 돌리고 차츰차츰 끝도 없고 깊이도 모를 묵상 속에 빠져 들어가는 듯 보이는 모습이었다. 그것은 벌써 우리 힘 밖 저 멀리로 멀어져 가고 있었다! 그런데 문득 나는 합장한 그녀의 가여운 손, 아주 가늘고 아주 길쭉한 그 손, 얼굴보다 더 죽음의 자취가 밴 그 손에 시선이 가 닿았는데, 그녀가 어제 로케트를 가슴에 바싹 끌어안고 있었을 때 내가 우연히 본 적 있는 한 작은 표징, 조금 할퀴인 상처를 알아볼 수 있었다. 얇은 콜로디온* 조각이 아직도 거기 붙어 있었다. 그때 내 가슴은 웬일인지 모르게 뻐개지는 것만 같았다. 부인이 내 앞에서 내가 지켜보는 가운데 치른 투쟁, 영원한 생명을 위해 치른 저 위대한 투쟁, 부인이 탈진하면서도 지지 않고 치러 낸 그 투쟁에 대한 추억이 내 기억에 너무나 강하게 되살아나서 나는 실신할 것만 같았다. 그런 날은 다음날을 기약할 수 없다는 것, 우리 두 사람은 눈에 보이는 이 세상의 극한점, 그래, 빛의 심연 가장자리에서 대치하고 있었던 것임을 어찌 나는 진작 짐작하지 못한 걸까? 어찌 우리 둘 다 그 심연 속에 굴러 떨어지지 않았는지! "평안히 있을지어다."라고 나는 부인에게 강복했고 그녀는 이 평화를 무릎을 꿇고 받아들였더랬다. 부인께서는 그것을 영원히 간직하실지어다! 그것을 그녀에게 준 것이 바로 나라니! 자신은 정작 지니지 못한 것을 이처럼 선물로 줄 수 있다니. 오, 우리들 두 빈손의 그윽한 기적이여! 내 마음속에서 죽어 가던 희망이 부인의 마음 안에 되살아났고 내가 단연코 잃어버렸다고 생각했던 기도의 정신도 하느님께서는 그녀에게 되안겨 주셨으니, 어쩌면 그것도 아마 나의 이름으로……. 부인께서는 이것도 보존하시기를, 모두를 간직하시기를! 주님, 오직 당신만이 우리를 헐벗게 비워 낼 수 있

---

* 죽은 아들의 불타 버린 사진 인화지의 피막.

으시매, 저는 이제 이렇게 모든 것을 앗겼나이다. 연유인즉 당신의 무서운 배려, 당신의 놀랍도록 무서운 사랑에서 벗어날 수 있는 것은 아무것도 없기 때문이나이다.

나는 모슬린 천을 젖히고 침묵에 잠긴 저 높고 깨끗한 이마를 손가락으로 살포시 어루만져 보았다. 그러자 불쌍하고 미소한 일개 사제인 나는 어제까지만 해도 나이로나 가문으로나 또 재산과 정신력으로도 월등 나보다 높은 분이었던 이 부인 앞에서 정녕 부성(父性)이 무엇인지를 확연히 깨닫게 되었다.

성관에서 나올 적에 복도를 지나야 했다. 접견실과 식당 문은 활짝 열려 있었고 그 안에서는 문상객들이 식탁을 에워싼 채 귀가하기 전에 샌드위치를 황망히 먹고들 있었다. 그것이 이 지방 풍속이다. 그러던 중 집안 식구 한 사람이 지나가면 입안에 음식을 잔뜩 넣은 채 볼까지 불룩해 가지고 슬퍼하고 애통해하는 표정을 꾸미느라 갑자기 무척 애를 쓰는 인물들도 있었다. 특히 나이 든 부인들이, 이런 단어를 쓰기가 정말 벅차긴 하지만, 결신들린 듯 흉하게 보였다. 샹탈 양은 내게 등을 돌렸고 내가 지나가자 등 뒤로 사람들이 수군대는 것이 들려왔다. 내 말을 하고 있던 모양이었다.

나는 막 창턱에 팔꿈치를 괸 길이다. 저 멀리 자동차 행렬은 이어지고, 마치 명절 같은 수선스러운 듯 웅웅거리는 소음도 여전하다……. 매장은 이번 토요일이다.

∽ 나는 오늘 아침 최대한 일찍 성으로 갔다. 백작은 너무 슬픔에 잠겨 나를 만나 줄 수 없고, 라모트뵈브롱 참사 신부님이 오늘 오후 2시경 내 사제관에 와서 장례식에 대해 나와 의논

을 하리라는 전갈을 간접적으로 내려 보냈다. 무슨 일일까?

두 수녀는 내 안색이 너무 나쁜 것을 보고 나도 모르는 사이 하인에게 포르투갈 산 포도주 한 잔을 가져오게 했다. 나는 그것을 기꺼이 마셨다. 보통 때는 예의를 차리고 공손하기까지 하던 클로비스 영감의 조카인 이 하인은 내가 먼저 건네는 말에 아주 차갑게 대꾸할 뿐이었다.(하기는 대갓집 하인들은 친절을 별로 달갑게 여기지 않는다. 자기들 보기에도 서툰 나 같은 사람의 친밀감 표시야 말해 무엇 하랴.) 그러나 그가 어제 저녁 식사 심부름을 했던지라 분명 무슨 이야기를 우연히 들었으리라는 생각이 든다. 무슨 이야기였을까?

점심을 먹고 솜 외투를 갈아 입고 (비가 다시 오기 시작한다.) 며칠 전부터 끔찍하게 어질러진 채 있던 집을 그나마 좀 정리하는 데 30분밖에 여유가 없다. 나에 대해 벌써 너무나 나쁜 인상을 가진 라모트뷔브롱 참사 신부님의 신경을 더 거스르고 싶지는 않았다. 그러니 이런 글을 몇 줄 쓰고 있는 것보다 해야 할 나은 일이 있을 것 같기도 하다. 그런데도 나는 그 어느 때 보다도 이 일기 쓰는 일에 절실하다. 이 일에 쓰는 얼마 되지 않는 시간만이 내 내면을 밝혀 보려는 어떤 의지를 느끼는 시간이다. 성찰은 너무나 고통스러운 일이 되어 버렸고 기억력도 나쁘고 — 최근 일에 대한 기억을 말할 뿐이다. 왜냐하면 옛 일에 대한 기억은! — 상상력은 너무나 굼떠서, 답답한 일이지만 기도를 통해서도 반드시 벗어나지 못하는 어떤 막연하고 애매한 몽상에서 벗어 나오려면 나는 정말 죽자 사자 일에 몰두해야 한다. 일을 중단하면 곧장 내 기억의 온 시야를 흐려 버리고 지난 하루하루 일과를 지표도 길도 없는 안개 속

풍경으로 만들어 버리는 반쯤 잠든 상태에 나는 그만 빠져드는 것 같다. 아침저녁 꼼꼼하게 더듬어 쓰는 일기는 이 허허한 광야에 어떤 표지물을 세워 주는 것만 같다. 그래서 서로 떨어져 있는 한 관할 본당에서 다른 관할 본당으로 너무나 고단한 단조로운 길을 걷는 동안 덮쳐 들곤 하는 현기증 같은 증세에 쓰러질 것 같을 때 되읽어 보려고 일기 마지막 몇 장을 주머니에 집어넣고 나서는 때도 있다.

이런 정황이니 이 일기는 내 삶에서 너무 많은 자리를 차지하는지…… 모르겠다. 하느님만이 아실 일이다.

∞ 라모트뵈브롱 참사 신부님이 여기서 막 나가신 길이다. 내가 상상했던 것과 아주 다른 사제셨다. 왜 그분은 내게 보다 분명하고 솔직하게 말씀하시지 않으셨을까? 그도 필경 그러시길 원하기야 하셨을 것이다. 그러나 너무나 처신 바른 저 사교계의 인사들은 감응과 교감을 그야말로 경계해 마지않는다.

우리는 우선 장례식 세부 사항을 정했다. 백작은 그저 예의에 합당한 정도로만 치르기를 원한다 한다. 부인이 여러 번 말했던 희망사항을 따르는 것이라고 강조하면서 말이다. 의논이 끝나자 우리 두 사람은 꽤 오랫동안 말없이 앉아 있었다. 나는 매우 거북했다. 시선은 천장을 향한 채 참사 신부님은 커다란 금 손목시계 뚜껑을 기계적으로 열었다 닫았다 했다. 그분은 마침내 입을 열었다. "내 조카 오메르(백작 이름이 오메르라는 것을 나는 여태 몰랐다.)가 오늘 저녁 당신을 따로 만나고 싶어 한다는 것을 미리 알려 드려야겠군요." 나는 오후 4시에 성당지기에게 휘장을 치러 오라고 약속한 것이 있으니 그 일을 마치는 대로 곧 성으로 가겠노라고 대답했다. "자, 여보게 젊은 신부, 그가 사제관으로 올 겁니다. 당신이 무슨 백작 댁 전속 신부라도 됩니까? 그리고 아주 신중하게 처신해 주기를 덧붙여 충고하겠소. 당신의 그 사목 활동에 대해 그와 무슨 토론을 벌이는 일은 없도록 하시오."

"무슨 활동 말씀이십니까?" 그는 대답하기 전 잠시 생각에 잠겼다. "당신은 여기서 내 조카네 여식(女息)을 만났지요?"

"샹탈 양이 저를 만나러 여기 찾아왔습니다, 참사 신부님."

"그 애는 위험하고 휘어잡을 수 없는 성질을 가졌어요. 그 애가 분명 신부님 마음을 움직여 놓았겠지요?"

"저는 그 애를 엄하게 대했습니다. 오히려 모욕을 주기까지 한 것 같습니다."

"그 애는 당신을 매우 미워합니다."

"저는 그렇게는 생각지 않습니다, 참사 신부님. 그 아이는 나를 미워한다고 스스로 생각할지도 모르겠지만 그것은 같은 것이 아닙니다."

"신부님이 그 애에게 어떤 영향력을 행사한 것으로 생각하시죠?"

"아닙니다. 지금은 분명 그렇게 생각하지 않습니다. 그러나 저같이 오죽잖은 사람이 어느 날 아가씨 자신과 맞섰다는 것을, 그리고 하느님을 속일 수는 없다는 것을 어쩌면 본인도 잊지 않을 겁니다."

"그 애는 당신과 만났던 일에 대해 전혀 다른 해석을 하던 걸요."

"그건 아가씨 마음이겠지요. 아가씨의 자긍심은 너무나 높으니 자신이 거짓말을 했다면 언젠가 부끄러움을 느낄 겁니다. 그러니 이번 거짓말에 대해서도 수치심을 느끼겠지요. 아가씨는 수치심을 정말 느끼셔야 하고요."

"그럼 신부님은?"

"아, 저야……." 하고 나는 말했다. "제 얼굴을 보십시오. 하느님께서 무언가를 위해서 이 얼굴을 만드셨다면 그건 따귀를 맞기 위해서입니다. 그런데 아직 뺨따귀를 맞아 본 적이 없습니다." 그 순간 그의 시선이 반쯤 열려 있던 부엌문 쪽으로 향했다. 그리고 그는 아직도 비닐 식탁보가 덮인 채 내가 먹다 남겨 둔 것, 빵과 사과(어제 한 광주리를 받았다.) 그리고 4분의 3이 빈 포도주 병 따위가 놓인 식탁을 바라보았다. "당신은 건강에 그리 주의하지 않는군요!"

"위의 까탈이 심해서 소화할 수 있는 것이 적습니다. 빵과 과일, 포도주 정도입니다."

"제가 본 당신 상태에는 포도주가 이롭기보다는 해가 더 될 것 같습니다. 건강에 대한 환상이 건강은 아닙니다." 나는 그에게 포도주는 산림 감시원이 가져다 준 잘 익은 보르도 산이라는 것을 애써 설명했다. 그는 미소를 지었다.

그는 대등한 위치의 사람에게 하는 어조로, 아니 거의 겸양을 담아 말을 이었다. "신부님, 우리는 본당을 관장하는 일에 대해 아마 공통 견해를 갖고 있지는 않은 듯합니다. 하지만 당신이 이 본당 지도자이니 그 권한을 가지고 있고 그러니 신부님 말만 들으면 되겠지요. 나는 지금까지, 하도 자주 복종을 해 온 터라, 권위가 어디에 있든지 간에 진정한 권위가 무언지를 모르지 않습니다. 신부님의 권위를 그저 신중하게 행사하십시오. 그 권위는 어떤 영혼에게는 대단한 영향력을 가질 수도 있습니다. 나는 늙은 신부인지라, 신학교 교육이 사람들의 성격을 유감스럽게도 얼마나 다 똑같이 만들어 버리는지, 그래서 곧잘 너나없이 범속하게 섞어 버리기까지 한다는 것을 잘 알고 있습니다. 그러나 그런 교육도 신부님은 전혀 바꿔 놓지 않았습니다. 신부님의 힘의 근거는 바로 신부님이 다른 신부들과 어느 정도까지 다르다는 것을 모르신다는 데에, 아니면 그걸 알려고 하지 않는 데 있습니다."

"저를 놀리시는군요."라고 나는 그분께 말했다. 이상한 불안감이 엄습했고, 싸늘하게 얼어붙게 하는 침착함을 지닌 형용하기 어려운 그 시선 앞에서 나는 두려움으로 몸까지 떨려 오는 것을 느꼈다. 그는 말을 이었다. "신부님, 자기 권한을 아는 게 문제가 아니라 그걸 행사하는 방법이 문제겠지요. 왜냐하면 그것이야말로 사람됨을 말하는 것이니까요. 그러니 한 번도 행사하지 않은 권한, 혹은 반쯤만 행사한 권한이야 무슨 소용이겠습니까? 그런데 신부님은 중대 사안이건 작은 일에서건 그 권한을 철저히 행사하고 나서는 분입니다. 그것도 분명 본인도 모르는 새 말입니다. 여러 가지가 이런 맥락에서 다 해명되겠지요."

이렇게 말씀하시는 중에 그는 내 책상 위에서 종이 한 장을 집어들고 펜 꽂이와 잉크병을 당신 쪽으로 끌어당겼다. 그러고선 그 모든 것을 내 앞으로 밀어놓으며 말했다. "신부님과 그…… 고인 사이에 무슨 일이 있었는지 내가 굳이 알 필요는 없습니다. 그러나 위험할 것이 뻔한 어리석은 뒷말이 도는 것은 아예 차단하고 싶습니다. 내 조카는 하늘과 땅이라도 주무를 테고 주교님은 너무나 단순한 분이라 그를 무슨 대단한 인물로 여기는 터. 그러니 여기 그저께 두 사람이 주고받은 대화를 몇 줄로 간추려 주십시오. 정확하지 않아도 상관 없습니다. 두말할 나위도 없지만 신부님의 사제로서의 영예뿐만 아니라 한 인간으로서도 함구하실 것을 믿고 부인이 했던 말을 조금도 공개하지 않는다 해도 ─ 그는 이 말에 힘을 주었다. ─ 상관 없습니다. 더구나 이 종이는 주교님 목전에 보여 드릴 일 외에는 달리 내 호주머니에서 나갈 일이 없을 겁니다. 그러나 저는 험담이 도는 것을 경계해 마지 않습니다." 내가 아무 답을 않자 그는 일부러 멍한 눈빛, 아예 죽은 듯한 눈빛을 하고서 나를 다시 한 번 아주 오랫동안 지켜보았다. 그 얼굴의 근육 하나도 움직이지 않았다. "신부님은 내게 도전하시는군요."라고 그는 알았다는 듯 조용한 어조로, 이론의 여지가 없다는 듯이 다시 말을 꺼냈다. 나는 그런 대화가 무슨 보고거리가 되는지 모르겠노라고, 그 대화는 더구나 곁에서 들은 증인도 없는 것이니 오직 백작 부인 당사자만이 필요하다면 그것에 대해 발설하는 것을 허락할 수 있었을 거라고 말씀드렸다. 그는 어깨를 으쓱거렸다. "당신은 관료정신을 모릅니다. 내 손을 거쳐 제출된다면 당신의 증언은 후의적으로 수리되고 정리되어 아무도 더 이상 그것에 대해 생각하지 않게 될 겁니다. 그렇지 않으면, 신부님은 구두 설명을 하느라 혼이 나실 건데 더구나 신부님은 저들 식으로 말할 줄 모르니 그나마도 헛수고가 될 테지요. 신부님이 저들 앞에서 둘에 둘을 더하면 넷이 된다고 정확히 말하더라도 저들은 신부님을 여전히 광신도나 광인 취급할 겁니다." 나는 침묵을 지키고 있었다. 그는 내 어깨에 손을 얹었다. "자, 그만해 둡시다. 괜찮으시면 내일 다시 만나도록 합시다. 내 조카가 당신을 찾아올 것에 대비하라고 신부님 마음을 준비시키러 왔던 길임을 굳이 감추지 않겠습니다만 소용이 없군요. 당신은 아무 말이나 하는 사람이 아닌데 불행스럽게도 그런 말을 해야만 하는 상황이군요."

"대체 제가 무슨 잘못을 했다고 무슨 비난들을 한단 말입니까?"라고 나는 외쳤다. "당신이 그런 사람임을 비난하는 거죠. 거기엔 무슨 구제약(救濟藥)도 없는 겁니다. 어쩌겠습니까? 여린 사람 같으니, 사람들은 신부님의 순박함을 증오하는 것이 아니고 그 순박함에 대해 자신을 방어하기에 급급한 것이죠. 신부님의 순박함은 그들을 태워 버리는 불길 같은 것이죠. 당신은 양치기 지팡이라고 생각하겠지만 정작은 횃불을 움켜쥐고 용서를 청하는 겸손하고 측은한 미소를 띠고 이 세상을 오가는 터. 필경 저들은 열에 아홉 번은 그 횃불을 당신 손에서 빼앗아 발로 뭉개 꺼 버릴 겁니다. 하지만 잠시 동안만 부주의하면, 아시겠어요? 게다가 솔직히 말해서, 나는 고인이 된 내 조카며느리를 그리 좋게 생각하지 않았습니다. 트레빌솜므랑쥬 가(家)의 여자들은 마냥 이상한 부류들이라 마귀가 나서더라도 그 여자들 입술에서 한숨을 끌어내고 눈에서는 눈물을 흘리게 만드는 일이 쉽지 않을 거라고 생각합니다. 내 조카를 보거든 당신 생각대로 말씀하십시오. 하지만 그 위인은 어리석은 작자라는 것만은 잊지 마시고. 신부님은 너그러운 분이라 너무 큰 배려를 하지나 않을까 걱정이 됩니다만 여하간 가문이니 작위니 하는 따위의 하찮은 것에 전혀 괘념치 마세요. 이젠 귀족은 없습니다. 이 사실을 잘 기억해 두세요. 내가 젊었던 시절만 해도 귀족 두셋은 있었지요. 우스꽝스러운 인물들이었지만 개성만은 유별난 사람들이었소. 그네들은 일본인들이 조그만 화분에 가꾸는 20센티미터짜리 참나무를 연상시켰지요. 조그만 화분이란 현행 관습과 풍토입니다. 법이 모든 이에게 평등하게 되고 여론이 재판관과 영주의 자리를 차지한 마당에 인색의 그 완만한 마손(摩損)에 버텨 낼 수 있는 집안은 없습니다*. 요즘 귀족들은 낯 뜨거운 부르주아일 뿐입니다."

나는 그분을 문까지 배웅하고서 큰길로 몇 걸음 동행해 드렸다. 그는 나에게서 솔직함과 신뢰감에서 우러나올 어떤 고백을 기대한 것이겠지만 나는 침묵을 선택하기로 했다. 나는 그때 괴로운 느낌을 극복하기에는 너무나 역부족이었고, 찬찬한 호기심으로 가끔씩 나에게 와서 얽히는 그의 야릇한 시선 앞에서 그것을 감추기도 어려웠다. 백작의 불만에 대해 도무지 종을 잡을 수 없었고, 그러니 참사 신부님으로서는 눈치 채지 못했으나 우리는 방금 동문서답이나 한 격임을 어찌 그에게 말씀드릴 수 있겠는가?

너무 늦어 버려서 성당에 가 둘러보는 일은 소용이 없을 것 같았다. 성당지기가 필요한 준비는 다 해 놓았을 것이다.

백작이 찾아 왔지만 나는 아무것도 더 알 수 없었다. 나는 그 사이 식탁을 치우고 방은 정리했지만 찬장 문은 — 그냥 — 또 열린 채 놓아두었다. 일종의 도전으로 말이다. 참사 신부의 시선이 그러했듯이 백작의 시선도 대번에 포도주 병을

---

* 경제 기반을 잃은 귀족은 절약 혹은 인색함으로 명맥을 유지하나 그러면서 결국 서서히 명예를 상실하고 말아, 배금주의적 부르주아와 다를 바가 없게 되었다는 뜻.

향했다. 어째서일까. 대부분의 가난한 이들도 만족하지 못할 나의 식사를 생각하면, 내가 물만 마시지는 않는다는 것을 보고 모두들 이리 놀라는 것이 적이 거북하다. 나는 서두르지 않고 일어나 그 문을 닫았다.

∞ 백작은 아주 차가웠지만 예의를 차렸다. 그는 당신의 숙부가 나섰던 일은 모르는 모양이어서 장례식 문제를 다시 그와 정산해야 했다. 그는 비용에 관한 것은 나보다 더 잘 알고 있어서 초 값을 따지고, 성당 도면 위에 펜으로, 영구대를 안치해 주기 원하는 자리에 직접 표까지 했다. 그러나 그의 얼굴에는 슬픔과 피로가 새겨져 있고 목소리조차 변한 나머지 평상시보다 그 콧소리가 덜 거슬렸다. 그리고 투박한 구두에 매우 검소한 검은 옷을 상복으로 입은 그는 흔히 만날 수 있는 부유한 농사꾼 같아도 보였다. '저렇게 어색한 옷을 입은 저 노인이 그래 한 여인의 남편이요 또 아가씨의 아비더란 말인가⋯⋯.' 라는 생각이 들었다. 슬프다! 우리는 '조국'을 운위하듯 '가정'이니, 가정들에 대해 말한다. 가정들을 위해 정녕 많은 기도를 드려야 할 것이다. 나는 가정들이 무섭다. 하느님께서는 뭇 가정들을 너그러이 용납하시기를!

나는 여하튼 라모트뵈브롱 참사 신부님이 나를 속이지 않았음을 확실히 알게 되었다. 참으려 애를 쓰는 것 같은데도 백작은 점점 더 신경질적이 되어 갔다. 끝날 무렵, 그가 나에게 무어라 말할 참이었던 것 같았는데 그 순간 끔찍한 일이 벌어졌다. 필요한 서식 용지를 찾느라고 책상 서랍을 뒤지던 나는 종이와 서류 따위를 사방에 흩어놓게 되었다. 그것을 급히 다시 정리하고 있는데 내 등 뒤로 더 가빠지고 더 헐떡거리는 그의 숨소리가 들려오는 듯했다. 나는 그가 이제나저제나 침묵을 깨뜨리려니 기대까지 하면서 부러 동작의 속도를 늦추기까지 했다. 그러나 이상한 느낌이 너무 강해서 문득 몸을 돌렸는데 하마터면 그와 부딪힐 뻔했다. 그는 얼굴이 온통 벌겋게 되어 내 바로 곁에 서 있었다. 그는 탁자 밑에 떨어져 있던 네 절로 접은 종잇장 하나를 내게 내밀었다. 그것은 백작 부인의 편지였다. 나는 자칫 소리를 지를 뻔했다. 그리고 내가 그것을 그의 손에서 받을 때 손가락이 서로 닿았으니까 그는 내가 떨고 있는 것을 알아차렸을 것이다. 별 의미 없는 몇 마디를 나눈 후 우리는 정중한 인사를 하고 헤어졌다. 내일 아침 성관을 방문해야 할 것이다.

나는 밤을 꼬박 샜다. 동이 터 오기 시작한다. 창이 열려 있어서 오스스 떨린다. 손가락 사이에 펜을 쥐기만 해도 숨쉬기가 편해지며 마음이 한결 가라앉는다. 분명히 잠을 이룰 수는 없을 테지만 스며드는 추위가 잠을 대신해 준다. 한두 시간 전, 발뒤꿈치를 괴고 꿇어앉아 뺨을 탁자의 판자에 괸 채 기도를 드리노라니까 나는 문득 너무나 허전하고 비어 버린 듯 느껴지면서 정말 죽는 것 같았다. 그것은 아늑한 느낌이었다.

다행히도 병 바닥에 포도주가 약간 남아 있었다. 나는 그것을 아주 뜨겁게 데워서 설탕을 많이 넣어 마셨다. 내 나이의 남자가 포도주 몇 잔과 야채, 그리고 어쩌다 라드 기름 조금을 먹는 걸로 기력을 지탱하길 바랄 수는 없는 일임을 고백해야 마땅하다. 릴에 있는 의사를 만나러 가는 것을 하루하루 미루는 일은 분명 큰 잘못을 저지르고 있는 셈일 것이다.

그렇다 해서 나는 내가 비겁하다고는 생각하지 않는다. 다만 무관심도 아니고 체념도 아니고 그러면서도 내가 나도 모르는 새 내 고통에 대한 처방을 구하고 있는 이런 일종의 멍한 상태에 저항하기가 아주 어려울 따름이다. 좋은 일이라고는 아무것도 할 수 없다는 것을 나날의 체험으로 알게 되면 하느님의 뜻에 자신을 맡기는 일은 참으로 쉽다! 그러나 그러노라면 그저 우리 어리석음의 치명적 결과에 지나지 않는 굴욕과 패배를 마치 은총인 양 다소곳 받아들이고 말게 될 것이다. 이 일기가 내게 크나큰 도움이 되는 것은 그렇게도 많은 아픔 중에서 내게 책임이 돌아올 몫을 찾아내도록 나를 이끌어 주기 때문이다. 그래서 이번에도 다시금, 종이에 펜을 대는 것만으로, 일을 잘 해낼 수 없는 저 심각하고도 설명할 수 없는 무력감과 나의 초자연적 우둔함에 대한 느낌을 내 안에 일깨우기에 족했다.

(15분 전만 하더라도, 전체적으로 보면 너무나도 사려 깊은 이런 글을 내가 쓸 수 있으리라고 그 누가 생각할 수 있었겠는가? 그런데도 지금 나는 이런 글을 쓰고 있는 것이다.)

∞ 약속했던 대로 나는 어제 아침 성관에 갔다. 문을 열어 준 것은 바로 샹탈 양이었다. 그래서 경계심이 생겼다. 아가씨가 접견실에서 나를 만나 줄 것으로 생각했지만 그녀는 나를 떠밀다시피 하여 덧창이 닫혀 있는 작은 살롱으로 밀어 넣었다. 부서진 장식 부채가 벽난로 위, 좌종시계 뒤에 여태 그대로 있었다. 아가씨가 내 시선을 엿본 게 분명했다. 그녀의 얼굴은 그

어느 때보다 더 딱딱했다. 아가씨는 이틀 전만 하더라도 ……
께서 계셨던 바로 그 안락의자에 가 앉는 시늉을 했다. 그 순
간 나는 그녀의 눈에서 번갯불 같은 것이 지나는 것을 본 듯
하여 이렇게 말했다. "아가씨, 저는 시간이 별로 없으니 선 채
로 이야기하겠습니다." 아가씨는 얼굴이 빨개지면서 입술은 화
가 나서 떨렸다. "왜요?"

"왜냐하면 여기는 저나 아가씨가 있을 곳이 아닙니다." 그녀
는 끔찍한 말을 내뱉었는데 그 나이 또래로서는 도저히 할 수
없는 말이라 마귀가 그녀에게 속삭여 준 것이라고밖에는 생각
할 수 없었다. 그녀는 내게 말했다. "나는 죽은 사람들이 무섭
지 않아요." 나는 그녀에게 등을 돌리며 돌아섰다. 그녀는 몸
을 날려 나와 문 사이에 와 서서는 두 팔을 펼쳐 문지방을 가
로막았다. "제가 연극을 하는 게 더 낫겠어요? 만일 내가 기도
할 수 있다면 하죠. 시도도 해 보긴 했어요. 그렇지만 여기 이
런 것을 갖고는 기도 못 해요……"라면서 그녀는 자신의 가슴
을 가리켰다. "무얼 말입니까?"

"좋으실 대로 부르세요. 나는 그것이 환희심이라고 생각합니
다. 나는 신부님이 무얼 생각하는지 알아요. 신부님은 저를 괴
물이라 생각하시죠?"

"괴물은 없습니다."

"만일 내세라는 것이 사람들이 말하는 그런 것이라면 어머
니는 어제 깨달았을 겁니다. 어머니는 나를 결코 사랑하지 않
았어요. 내 남동생이 죽은 후부터 나를 미워하셨어요. 신부님
께 솔직히 말씀드리는 게 옳지 않겠어요?"

"제 의견이 아가씨께 별로 중요하지 않은 듯 보입니다

만……."

"아뇨, 그렇지 않은 걸 아시면서도 신부님은 다만 실토를 안할 뿐이죠. 그러니 신부님의 교만도 제 교만만 하죠."

"아가씨는 어린애처럼 말하는군요. 하느님 욕하는 것도 어린애 식으로 말입니다." 나는 이렇게 말하고 문 쪽으로 한 걸음 더 다가갔지만 그녀는 문손잡이를 두 손으로 움켜쥐고 있었다. "가정교사는 가방을 싸고 있어요. 목요일 떠날 겁니다. 보세요, 저는 제가 원하는 것을 얻고 말지요."

"그런들 무슨 소용이겠습니까? 그런들 더 나아질 일이 없을 겁니다. 아가씨가 변하지 않으면 증오할 대상은 언제라도 계속 있기 마련입니다. 만일 제 말을 들을 수 있는 상태라면 덧붙이고 싶습니다만……."라고 나는 말했다. "무얼 말입니까?"

"그건, 아가씨는 아가씨 자신을, 오직 자신만을 미워한다는 사실입니다!" 그녀는 잠시 생각에 잠겼다. "푸, 아무렴 어때요. 나는 내가 원하는 것을 얻어 내지 못하면 나 자신을 미워하겠어요. 나는 행복해야 합니다. 그렇지 않으면……! 게다가 이번 일도 그들 탓이죠. 왜 그들은 나를 이 더러운 요새 같은 집에 가두어 두었단 말입니까? 여기 갇혀 살면서 연신 고약하게 굴어 댈 계집애들도 있을 수 있을 겁니다. 그럼 속이라도 후련하겠죠. 그렇지만 저는 요란한 언쟁을 벌이는 건 정말 질색입니다. 추하다고 생각하거든요. 저는 무엇이든 간에 입 딱 다물고 견뎌 낼 수 있습니다. 온몸의 피가 핏줄 속에서 부글거릴 때, 목소리를 높이지 않고 일거리를 붙잡은 채 눈은 착 내리깔고 혀를 깨물고 있는 게 어떤 쾌감을 주는지 아세요! 어머니도 그랬죠. 우리 두 사람은 각자 자기 생각과 자기 분노에 잠긴 채 둘이 나란히 앉은 채 일을 하며 몇 시간이고 보낼 수 있었답니다. 그런데 아버지는 당연히 아무것도 눈치 채지 못하셨죠. 그렇게 하고 있노라면 뭐랄까, 굉장한 힘이 몸 안에 쌓여 가는 걸 느끼는 것 같아요. 그 힘을 다 쓰자면 한평생도 짧을 겁니다……. 물론 신부님은 나를 거짓말쟁이, 위선자 취급하시겠지요?"

"제가 아가씨를 어떻게 생각하는지는 하느님께서 알고 계십니다."라고 나는 답했다. "바로 그게 저를 약 올리는 겁니다. 신부님 생각을 알 수가 없단 말입니다. 하지만 제가 어떤 인간인지 있는 그대로 알아주세요. 소원입니다! 남의 영혼을 독파하는 사람들 얘기가 있던데 사실인가요? 신부님도 그런 이야기를 믿으세요? 어떻게 그런 일이 있을 수 있나요?"

"그렇게 수다를 쏟아 놓는 것이 부끄럽지 않습니까? 아가씨가 제게 저는 알지 못하는 무슨 잘못을 한 것이 있어서 그것을 당사자인 제게 실토해 버리고 싶어 안달 중이라는 것을 제가 오래전부터 짐작하고 있지 못한 줄 아십니까?"

"네, 맞아요. 그런데 신부님은 제게 용서 운운하며 저더러 순교자 노릇을 하라고 하시겠죠?"

"아니, 잘못 생각했습니다. 저는 권능 있는 주님의 종입니다. 사제로서 저는 그분의 이름으로만 사죄를 해 드릴 수 있습니다. 애덕이라는 것은 세상이 상상하는 그런 것이 아닙니다. 아가씨가 예전에 배운 것을 잘 생각해 보면 아가씨도 저와 함께, 자비의 때가 있는가 하면 정의의 때가 있고, 통회하지 않은 채 언젠가 문득 용서하시려는 주의 면전에 가 있게 되는 것보다 더 돌이킬 수 없는 불행이 없다는 것을 인정하시게 될 겁니다."

"그래요, 그렇다면 아무것도 말씀 못 드려요!"라고 그녀는 말했다. 그녀는 문에서 물러나면서 길을 내주었다. 문지방을 넘으면서 본 그녀의 마지막 모습은 벽에 기댄 채 양팔은 축 늘어뜨리고 고개를 가슴팍으로 푹 숙이고 있는 것이었다.

백작은 15분 뒤에야 귀가했다. 그는 들판에서 돌아오는 길로 진흙투성이가 된 채 입에는 파이프를 물고 행복한 기색이었다. 그는 분명 술 냄새를 풍기는 것 같았다. 그는 내가 성관에 있는 것을 보고 놀라는 기색이었다. "딸애가 신부님께 서류를 드렸겠지요. 신부님 선임자가 제 장모를 위해 드렸던 장례식 내역입니다. 몇 가지 소소한 점만 빼고 저는 이번 장례도 그대로 했으면 합니다."

"송구하지만 그 뒤로 제반 경비가 달라졌습니다."

"제 딸과 의논하시지요."

"하지만 아가씨는 제게 아무것도 전해 주지 않았습니다."

"뭐라고요! 그 애를 만나지 않으셨습니까?"

"지금 막 만난 길입니다."

"그 참! 아가씨를 오라 하게나."라고 그는 안채 심부름하는 여자에게 말했다. 아가씨는 예의 그 작은 살롱을 떠나지 않고 있던 터였다. 재깍 나타난 걸로 보면 내 생각으로는 아가씨는 문 바로 뒤에 있었던 것 같은 생각까지 든다. 백작의 얼굴이 너무나 갑자기 변해 나는 내 눈을 의심할 정도였다. 그는 너무나 거북한 듯했다. 한편 아가씨는 무책임한 어린애를 바라보듯 미소까지 지으며 서글픈 표정으로 아버지를 바라보았다. 그녀는 내게 고갯짓으로 아는 척까지 했다. 아직 어리다고까지 해야 할 사람이 어쩌면 저토록 냉정할 수 있는지 어떻게 믿을 수 있단 말인가! 그녀는 조용한 목소리로 말했다. "신부님과 저는 다른 이야기를 했습니다. 제 생각에는 아버지가 신부님께 전권을 맡기셔야 할 것 같아요. 자질구레한 것을 따지는 것은 우스꽝스럽습니다. 그리고 페랑 양을 위한 수표에도 서명하셔야 합니다. 그 여자가 오늘 저녁 떠난다는 걸 기억하시겠지요."

"뭐라고, 오늘 저녁이라고! 장례식에도 참석하지 않고? 그럼 모두가 이상하게 생각할 텐데."

"모두라고요? 저는 오히려 그 여자가 없는 걸 그 누군들 눈치나 채겠나 싶군요. 그리고 그 여자가 떠나기를 원하니 어쩌겠어요?" 내가 거기 있는 것이 백작은 너무나 거북한 모양이어서 그는 양 귀밑까지 붉어졌지만, 아가씨의 목소리는 여전히 너무나 완벽하리만큼 반듯하고 차분해서 상대방도 같은 어조로 대답하지 않을 수 없을 정도였다. 그는 말했다. "6개월치 보상 급료를 준다는 것은 좀 지나치고 이상하지 않느냐……."

"하지만 두 분, 엄마와 아버지가 그 여자를 내보내는 의논을 하셨을 적에 두 분이 정한 금액이죠. 게다가 그 3000프랑을 갖고서는 ─ 딱한 가정교사 같으니! ─ 여행 경비나 겨우 될걸요. 유람 뱃삯이 2500프랑이니까요."

"뭐라고? 유람? 나는 네 선생님이 릴에 있는 프레모지 숙모 댁에 가서 좀 쉬려는 걸로 알고 있었는데?"

"천만에요. 그 여자는 벌써 10년 전부터 지중해 유람을 꿈꿨죠. 좋은 시간을 좀 가지려는 것도 너무나 당연하겠죠. 여하간 여기 생활이 그리 즐겁지 못했으니까요." 백작은 결연히 화를 터뜨렸다. "그래, 알았다. 하지만 그런 생각은 너 혼자서나 속으로 하도록 해라. 그래 또 무얼 기다리는 거냐?"

"수표요. 아버지 수표책은 접견실 책상 서랍에 있습니다."

"그만 성가시게 해라!"

"그러세요, 아버지. 저는 그저 당황하여 어쩔 줄 모르는 그 여자와 이런 문제로 따지는 수고를 덜어 드리려고 말씀드린 것뿐입니다." 백작은 딸을 처음으로 똑바로 쳐다보았다. 그러나 그녀는 놀란 듯 순진한 태도로 그 시선을 받아 넘겼다. 그녀가 그때 끔찍한 연극을 했다는 것은 의심할 여지가 없었지만 그녀의 태도에는 무언가 모를 고상함, 아직도 어린이다운 기품, 마음을 저미게 하는 조숙한 고뇌가 깃들어 있었다. 정녕 아가씨가 아버지를 심판하고 있다는 것, 이 판결은 확정되었으며, 또 어쩌면 용서도 없는 것이었지만, 슬픔이 깃들지 않은 것도 아니었다. 이 노인을 딸 앞에서 꼼짝 못 하게 만드는 것은 모멸이 아니라 바로 이 슬픔이었다. 왜냐하면 그 위인의 속에는 불행히도 이러한 슬픔과 동조될 수 있을 그 어떤 것도 없어, 그는 그것을 전혀 이해할 수 없었던 것이다. "네가 말하는 수표에 서명을 하마. 10분 후에 오너라."라고 그는 말했다. 아가씨는 미소로 감사를 표했다.

"애가 워낙 섬세하고 예민해서 매우 조심조심 다뤄야 합니다."라고 그는 거만하게 내게 말했다. "그런데 가정교사는 별로 그리 다루지 않았죠. 제 어미가 살아 있는 동안은 그 덕에라도 충돌*을 피할 수 있었지만 지금은……."

백작은 앞장서서 나를 식당으로 인도했으나 앉기를 권하지는 않았다. 그는 다시 말을 꺼냈다. "신부님, 솔직히 말합니다

---

* 상탈과 가정교사 간의 충돌.

만 저는 성직자를 존경하고 제 집안사람들은 선임 신부님들과 아주 좋은 관계를 지녀 왔습니다. 그러나 그것은 공경과 존중의 관계였고 혹 드물게는 우정의 관계도 있었습니다. 저는 사제가 제 가정사에 개입하는 것을 원치 않습니다."

"우리 본의 아니게 그런 일에 개입하게 되는 일이 생기기도 합니다."라고 나는 말했다. "신부님은 고의는 아니고…… 적어도 의식적으로 그런 것은 아니겠지만…… 큰 불행의 원인이 되었습니다. 저는 신부님이 제 딸과 아까 가진 대화가 마지막 대화이길 바랍니다. 당신처럼 젊은 신부가 저 애 또래 처녀의 양심 지도를 감히 맡을 수 없을 것임은 세상 누구라도, 신부님 웃어른들도 인정하실 겁니다. 샹탈은 가뜩이나 너무 과민합니다. 종교에 괜찮은 면이 있고 정말 훌륭한 면도 있는 거야 사실이죠. 그러나 교회의 주요 사명은 가정과 사회를 보호하는 것입니다. 교회는 지나친 일은 모두 배척합니다. 교회는 질서와 중용의 권력이니까요."

"제가 불행의 원인이 되었다니 어찌 그렇습니까?"라고 나는 말했다. "라모트뵈브롱, 제 숙부님이 거기에 대해 짚어 주실 겁니다. 저는 다만 신부님의 무모함을 인정할 수 없고, 저는 신부님의 성격, ─ 그는 잠시 뜸을 들였다. ─ 그 성격과 습관이 본당에 해가 된다고 생각하는 것을 아셨으면 합니다. 그만 실례하겠습니다."

그는 내게 등을 돌려 버렸다. 나는 백작 부인의 방에까지 올라가 볼 엄두를 내지 못했다. 참으로 평정한 마음일 때만 고인들을 찾아뵐 수 있으리란 것이 내 평소의 생각이다. 그런데 지금은 막 들었던 말들, 더구나 아무런 의미도 찾아낼 수 없는 그 말들 때문에 너무나 마음이 혼란스러웠다. 내 성격, 그건 그렇다 치자. 그러나 습관이라니? 무슨 습관이란 말인지?

왜 그렇게들 부르는지 이유는 모르지만 '천국의 길'이라고들 부르는 길, 양쪽에 생 울타리가 서 있는 진흙투성이 오솔길로 해서 나는 사제관에 돌아왔다. 잠시 지체할 틈도 없이 곧바로 성당으로 달려가야 했다. 제의실 성당지기가 오래전부터 기다리고 있었다. 여러 비품*은 한심한 상태였다. 때마다 목록을 꼼꼼히 작성해 두었더라면 많은 고민을 덜 수 있었을 것임을 인정하지 않을 수 없다.

성당지기는 퍽이나 시무룩한 늙은이로 무뚝뚝하고 거칠기까지 한 겉모습 아래 변덕스럽고 괴팍한 감수성을 감춘 인물이다. 부유한 유한층의 특권처럼 보이는 거의 여성적 성격이라 할 이런 기질을 농민들에게서 발견하는 경우는 생각보다 훨씬 흔하다. 그것을 깨뜨릴 방법이 전혀 없고, 더구나 단조로운 일상의 노동에 자기네들 꿈의 느릿한 전개를 결부한 채, 타파의 방법일랑 아예 생각도 않은 채, 수세대 전부터, 때로는 수세기 전부터 그렇게 깊이를 측량할 수 없는 침묵 속에 갇혀 살아 온 이 사람들은 스스로 미처 모르지만 얼마나 연약할 수 있는지 정말 알 수 없는 일이다……. 그러다가 때로 어느 날…… 아아, 가난한 자들의 고독이여!

휘장을 치고 나서 우리는 제의실 돌 의자에 잠시 앉아 쉬었다. 깍지 긴 커다란 두 손으로 앙상한 무릎을 조신하게 안은

---

* 여기서는 특히 장례미사 전례 용품.

채, 상체는 앞으로 수그리고, 반백의 짧은 머리칼은 땀으로 온통 번들거리는 이마에 달라붙은 대로 어둠 속에 잠겨 있는 그를 나는 바라보았다. "본당에서는 나를 어떻게들 생각합니까?" 하고 나는 불쑥 질문을 던졌다. 그와는 그저 별 뜻 없는 말밖에는 나눈 적이 없어서 이런 나의 질문이 엉뚱하게 들릴 수 있었을 것이다. 그래서 나는 그가 대답을 해 오리라고 별로 기대하지 않았다. 사실 그는 한참을 아무 답 없이 그냥 있었다. "사람들은 신부님이 전혀 드시지를 않는다고들 합니다."라면서 그는 굵고 낮은 목소리로 말을 시작했다. "그리고 교리 시간에 계집아이들을 딴 세상 이야기로 홀린다고들 합니다."

"그럼 당신은? 아르센, 당신은 저에 대해 어떻게 생각합니까?" 그는 처음보다 더 오래 생각에 잠겨서 나는 아까 하던 일을 다시 시작했고 그에게서 등을 돌리고 있었다. "제 생각에는 신부님은 아직 연세가……." 나는 웃어 버리려 했으나 그럴 기분이 나지 않았다. "어쩌겠소, 아르센, 나이야 때 되면 차겠죠!" 그러나 그는 내 말에는 귀를 기울이지 않고 끈질기고 고집스러운 자기 생각을 이어갔다. "본당 신부는 공증인과 같습니다. 필요할 때 있으면 되지 먼저 나서서 그 누구라도 성가시게 해서는 안 되겠지요."

"하지만 아르센, 공증인은 자신을 위해 일하지만 나는 하느님을 위해 일합니다. 사람들이 제 홀로 회심하는 경우는 드물거든요." 그는 지팡이를 가져다가 턱을 그 손잡이 위에 얹었다. 그런 채 잠이 든 것처럼 보일 정도였다. "회심이라…… 회심이라……." 하며 그는 마침내 다시 운을 떼었다. "나는 70 하고도 3년을 살았지만 내 눈으로 그런 일을 본 적은 한 번도 없습니다. 태어난 대로 각자 살다가 또 그렇게 죽어 가죠. 우리 집안 사람들 모두가 성당에 속했습니다. 조부는 리용에서 성당 종치기였고, 돌아가신 어머니는 월만 신부님 댁 식복사*였습니다. 그리고 우리 집안사람 중 성사**를 받지 않고 죽은 이는 없습니다. 혈통이 그런 거죠. 어쩔 수 없는 겁니다.”

“당신은 하늘나라에서 그분들을 다 만날 겁니다.”라고 나는 그에게 말했다. 그러자 이번에도 그는 아주 오랫동안 생각에 잠겼다. 나는 일손을 놀리면서 그를 곁눈질로 바라보았다. 그의 말을 다시 듣게 되리라는 기대를 버렸을 때 그는 결코 잊어버릴 수 없는 지친 목소리, 저 아득한 세월의 깊이에서 울려나오는 듯한 목소리로 신탁인 양 마지막 말을 뱉어 놓았다. “사람이 죽으면 다 끝장입지요, 뭐.”

나는 못 알아듣는 척했다. 도시 대답할 수 없을 것처럼 느껴졌다. 사실 그의 이런 말에 대답한들 무슨 소용이랴? 그의 세상 경험은 영생에 대해 그 어떤 유효한 증거도 제공해 주지 못했다. 그러나 자기 혈통에서 비롯한 소박한 지혜는 영생이 확실하다고 계시해 주었다. 그러기에 납득이 덜 가는 불평은 있지만 영세를 받은 무수한 조상들의 적출후손으로서 자신의 믿음으로는 아무것도 표현할 수 없어도 그저 받아들이고 있었던 영생이라는 것을 스스로는 상상해 볼 수 없음을 고백한 것에 지나지 않는 이런 독성적 말이 하느님을 거스르는 것이라고는 그 자신도 분명 생각하지 않았을 것이다…… 어쨌든 나는

---

\* 미사 집전사제를 돕는 복사 개념에 준하여 사제관 주방 일을 하는 여인을 높여 부르는 말로 통용되지만 공인된 단어는 아니다.

\*\* 종부성사. 요즘은 병자성사라 한다.

몸이 오싹했고 갑자기 가슴이 쾡해 왔다. 두통이 있다고 하고 비와 바람 속에 나는 혼자 자리를 떴다.

────────────────────────────
────────────────────
────────────────────────────
────────────────────────────
──────────────────

이 몇 줄을 쓰고 난 지금 나는 밤을 향해 열린 내 창과 어질러진 탁자, 지난 몇 시간 겪은 그 큰 고뇌가 마치 신비한 언어로 새겨진 양, 오직 내 눈에만 보이는 저 무수한 작은 징표들을 멍하니 바라보고 있다. 내 정신은 이제 좀 맑아졌는지? 아니면 그것들 자체로는 중요성이 없는 여러 사건들을 하나의 묶음으로 정리해 주곤 하던 예감의 힘이 피로와 불면, 그리고 환멸감으로 그만 둔해져 버린 것인지? 모를 일이다. 이 모든 것이 부조리하게 보인다. 왜 나는 백작에게서, 라모트뵈브롱 참사 신부가 필요하다고 판단하신 그 해명을 요구하지 않았던가? 우선 나는 샹탈 양이 어떤 끔찍한 계책을 꾸몄다는 생각이 들어 그것을 알기가 두려웠다. 그다음, 고인이 아직 집에 안치되어 있는 동안만이라도, 내일까지 만이라도 사람들이 입을 좀 다물고 있었으면 한다! 그 후에는 어쩌면…… 그러나 그 후라는 것이 없을지도 모른다. 본당에서 나는 너무나 어려운 처지가 되고 말아서 백작이 주교에게 가서 청하면 나의 퇴임이 성사되고야 말 것이다.

그야 아무래도 좋다! 내 판단으로는 고쳐 나무랄 것이 없어 보이는 이 몇 장을 아무리 여러 번 읽어 보아도 이 몇 장의 글마저 헛된 듯 보인다. 세상의 그 어떤 추론도 진정한 슬폼 ― 영혼의 슬픔 ― 을 야기할 수 없고 혹은 그것이 우리 존재의 알지 못할 간극으로 우리 안에 들어왔을 때 그것을 이겨낼 수도 없는 것이 사실이다……. 무어라 말할까? 그것은 들어온 것이 아니라 우리 안에 있었다. 나는 사람들이 슬픔, 고뇌, 절망을 영혼의 어떤 움직임으로 설명하기 위해서 그리 부르지만 그것들은 기실 영혼 그 자체라고 본다. 더하여, 원죄 이후, 인간의 조건은 오직 고뇌의 형태를 취하지 않고는 자기 안팎의 상태를 깨닫지 못하게 되었다는 것을 점점 더 깊이 믿게 된다. 초자연의 문제에 더없이 무관심한 자도 육체의 쾌락 속에서는 유일 환희의 만개라는 무서운 기적*에 대해 어렴풋한 의식을 가지기 마련이다. 그것은 자기 존재에 닥칠 무화(無化)에 대한 의식을 가지면서 그 터무니없고 흉측한 가정(假定)**에 대해 필사적으로 육체적 저항을 하지만 언제나 미흡하기 마련인 추론으로는 간신히 그것을 정당화할 수 있을 뿐인 인간의 정황이기도 하다. 하느님의 주도면밀하신 자비가 없다면 인간은 자기 자신에 대해 의식을 갖게 되자마자 먼지로 화(化)해 버릴 것 같다는 생각이 든다.

막 창문을 닫고 불을 좀 지폈다. 내 관할 본당 중 하나가 아주 멀어서 거기 가서 성 미사를 집전하는 날은 공복재(空腹齋)를 지키지 않아도 된다는 관면(寬免)을 받아 둔 상황이다. 지금까지는 이 관면을 적용한 적이 없었지만, 오늘은 설탕을 많이 넣은 포도주 한 대접을 데워 마시련다.

---

\* 죽음 혹은 무화를 넘어서는 것으로서의 유일 환희라면 영생 혹은 부활이라는 초월적 지복.

\*\* 자신의 무화, 죽음.

백작 부인의 편지를 다시 읽어 보자니 그분을 뵙고 그분의 이야기를 듣고 있는 것만 같았다……. "저는 이제 아무것도 바라지 않습니다." 그녀의 길고 길었던 시련은 끝나고 완성되었다. 내 시련은 이제 시작이다. 어쩌면 그것은 같은 것일까? 하느님께서는 어쩌면 기진한 한 피조물에게서 막 벗겨 주신 그 짐을 내 어깨 위에 올려놓으시기를 원하셨던 것일까? 내가 백작 부인에게 강복을 주던 그 순간 내게 찾아들었던, 의념과 뒤섞인 그 기쁨, 절박한 아늑함은 어디로부터 온 것이었을까? 내가 막 죄를 사한 뒤, 그 몇 시간 후, 안정과 휴식을 위해 존재하던 친근한 방의 문턱을 넘어 죽음이 찾아와 거두어들인 그 여인은 이미 보이지 않는 세계에 속해 버렸다. (사건 다음 날, 그녀의 손목시계가 그녀가 자리에 누우면서 걸어 두었던 그대로 벽에 매달려 있던 것을 보았던 것이 기억난다.) 나는 미처 알지도 못한 채 그녀의 이마에 '죽음'의 평화가 빛처럼 깃든 것을 보았던 것이다.

정녕 그 값을 치러야 한다.

여기 여러 장이 아마도 황급히 찢겨 나간 것 같다. 여백에 남아 있는 글씨도 해독이 불가능하고 종이 여러 곳이 뚫릴 만큼 강하게, 단어 하나하나에 펜으로 벅벅 줄을 그어 지워 놓았다.

백지 한 장은 그대로 남아 있다. 거기에는 다만 다음과 같이 몇 줄이 적혀 있다.

이 일기장을 없애 버리지 않기로 결심을 했으나, 정말 정신 착란 상태에서 쓴 위 몇 장은 없애 버려야 마땅한 것으로 판단했다. 그러면서도 이 가혹한 시련 ── 더 심한 실망을 상상할 수 없으리만큼 내 가련한 일생 중의 가장 큰 실망 — 때문에 나는 천주께 대한 의탁의 염과 용기를 상실했다는 이 자책의 증언을 남겨 두고자 한다. 그런 유혹이 덮쳐 와서……

문장은 미완으로 남아 있다. 다음 장 첫 몇 줄도 없어졌다.

"……어떤 대가를 치르더라도 끊을 줄 알아야지." 나는 여쭈었다. "아니, 어떤 대가를 치르고서라도 말입니까? 저는 이해 못 하겠습니다. 그런 섬세한 모든 것, 하나도 이해 못 하겠습니다. 저는 그저 가능한 한 남의 눈에 띄지 않기만 바라는 불쌍하고 미약한 본당 신부일 뿐입니다. 제가 어리석은 일을 저지른대도 그건 제 격에 걸맞는 정도의 것이고 저를 실없는 사람으로 만드는 그런 일들은 그저 남의 비웃음이나 살 뿐입니다. 제가 일을 바로 볼 시간의 여유를 주실 수는 없단 말입니까? 네, 사제가 부족하다고요? 그것이 누구 잘못입니까? 뛰어난 자들은 자기들 말마따나 수도원에 들어가고 본당 셋*을 떠맡는 일은 저처럼 불쌍한 농촌 출신이지요! 하기는 아시다시피 저는 진정한 농부이지도 못합니다. 진짜 농부는 밀매업자들, 밀렵꾼들, 아예 보잘것없는 이나 내쳐 놓은 무적자(無籍者)가 아니면 우리 같은 사람들, 하인이나 식모 노릇을 하며 주인

---

* 상주하는 앙브리쿠르 본당과 비상주하는 관할 본당 두개.

찾아 옮겨 다니는 사람들을 경멸합니다. 아, 저는 자신을 바보라고는 생각하지 않습니다. 차라리 얼간이였다면 좋았을 겁니다. 영웅도, 성인도, 더구나……."

"닥치게! 어린애 같은 소리는 그만 두게나."라고 토르시의 신부님은 말씀하셨다.

바람은 세차게 불고 있었고 나는 갑자기 그분의 다정한 얼굴이 추위로 푸르스름해지는 것을 보았다. "저리로 들어가세, 아주 얼겠는걸." 그곳은 클로비스가 장작단을 보관하는 작은 헛간이었다. "지금 자네와 집까지 동행하지는 못할 것 같네. 우리 꼴이 어떻게 비치겠나? 더구나 자동차 정비업소장 비그르 씨가 차로 나를 토르시까지 데려다 준다고 했어. 사실 릴에 며칠 더 있을 걸 그랬어. 이런 날씨는 정말이지 반갑지 않네."

"신부님은 저를 위해 돌아오신 거죠!"라고 나는 말했다. 그분은 화가 난 듯 어깨부터 으쓱해 보이셨다. "장례식이 있지 않나? 무엇보다 내가 오고가는 건 자네하고 무관해. 여보게, 난 내가 좋은 대로 하는 것뿐이야. 내일 나를 보러 오게나."

"내일도, 모레도, 어쩌면 이번 주 내내 아마…… 하지 않는 한……."

"……하지 않는 한이란 소리는 그만 하게나. 오거나 아니면 말거나. 자넨 너무 생각이 많아 탈이야. 자네는 부사(副詞)를 너무 많이 써서 문맥을 놓치고 있어. 좋은 프랑스어 문장처럼 자기 인생도 아주 명료하게 지어 올려야지. 각자 자기 방식대로 말하자면 각자의 언어로 하느님을 섬겨야 한단 말이야! 그런데 자네의 차림새, 모습, 가령 그 외투하며……."

"이 외투는 제 숙모님이 주신 선물입니다!"

"자네는 독일 낭만주의자를 닮았네. 게다가 그 안색하며!" 그분은 내가 여태 본 적 없는, 거의 증오에 찬 표정을 지으셨다. 처음에는 내게 엄히 말씀하시려고 일부러 애쓰는 것이라고 생각했지만 이제는 더없이 준열한 마디마디가 저절로 그의 입에서 새어나와 버려서 아마도 당신 자신도 그것을 억제하지 못하심에 스스로 화를 내는 것 같기도 했다. "안색을 꾸며 델 수야 없지 않습니까!"라고 나는 말했다. "천만에! 우선 자네는 너무 말도 안 되는 식사를 하지. 이 사안에 대해 아주 심각하게 내가 자네에게 일러두어야 할 거야. 나는 자네가 제대로 인식이나 하고 있는지 궁금하네……." 그분은 갑자기 입을 다무셨다. "아니, 다음에 얘기하세나."라고 그분은 다시 좀 누그러진 음성으로 말을 이으셨다. "이런 움막 안에서 이야기할 건 아니지. 요컨대 자네는 얼토당토않은 식사를 하고 있지. 그러면서 아프다고 놀라기도……. 내가 자네라도 위경련이 날걸세! 내면 생활에 관한 측면도, 여보게, 같은 상황이 아닐까 염려스럽네. 자네는 기도를 충분히 하지 않네. 기도의 대상을 위해 너무 고통을 느끼지 않나 싶어. 피로도에 따라 영양 섭취도 달라져야 하듯이 기도도 괴로움과 보조를 맞춰야겠지."

"저는…… 저는 아예 기도를 드릴 수 없어서 그렇습니다!"라고 나는 비명을 질렀다. 그러고는 그분의 시선이 준열해지는 것을 보고 이런 고백을 금방 후회했다. "기도를 할 수 없거든 같은 말이라도 반복하게! 여보게, 나도 여러 번 난관을 겪었네! 마귀가 나한테 기도에 거부감을 느끼게 얼마나 사주하던지. 묵주기도 하는 데도 구슬땀을 흘릴 정도였으니 어찌 좀 알 만한가?"

"네, 알아듣겠습니다!"하고 그야말로 용수철처럼 답변하자 그분은 머리부터 발끝까지 악의 없이, 외려 그 반대의 태도로 나를 오래오래 살펴보셨다……. 그분이 다시 운을 떼었다. "여보게, 나는 자네에 대해 잘못 판단했다고는 생각지 않네. 내가 자네에게 할 질문에 잘 대답해 보게. 아, 그야, 내가 자네에게 던지는 질문은 그냥 질문에 지나지 않고 내 생각에서 나온 것일 뿐으로 나 자신도 그에 비추어 스스로 반추해 보곤 하지. 하긴 그 질문에 여러 번 봉착한 것도 사실이고. 요컨대 나는 성소(聖召)에 대해 많이 생각해 보았어. 우리 모두 성소를 받았다고 인정해 두세. 하지만 같은 방법으로 받은 것은 아니지. 그 점에 대한 성찰 방법을 좀 단순화하여 나는 우리 각자를 복음서 안에서 가질 제 진정한 위치에 옮겨놓아 보려네. 아, 그러면 우리는 2000년이나 젊어지겠지! 그 시간이야 어디 대수란 말인가! 시간이란 하느님께는 아무것도 아니지. 당신의 시선은 시간을 꿰뚫으시니까. 우리가 태어나기 훨씬 전 — 인간의 언어로 말해서 — 우리 주님은 베들레헴*이나 나자렛**이나 혹은 갈릴래아*** 땅 어느 길에서인지 모르겠지만 우리를 만나셨어. 어느 날 그분의 눈길이 우리 위에 머무셨고 그 장소와 시간, 상황에 따라 우리의 성소는 각기 독특한 성격을 갖추게 되었지. 아, 물론 무슨 신학적 관점에서 이리 말하는 것은 아니네! 요컨대 나는 이리 생각하네. 아니, 상상한다네. 이를테면 꿈꾼단 말일세! 즉 잊지 않고 영원히 기억하는 우리 영혼 .

---

\* 예수의 탄생지.

\*\* 예수가 유년 시절을 보낸 곳.

\*\*\* 예수의 공생애 기간 복음을 전파한 지방.

이 우리 이 가련한 육신을 수세기를 건너 2000년이라는 저 어마어마한 고갯길을 거슬러 올라가게 할 수 있다면, 그 영혼은 우리 몸을 곧바로 예의 그 장소에…… 인도해 줄 거라고 말일세……. 아니, 자네 왜 그러나? 무슨 일인가?" 나는 내가 울고 있다는 것을 미처 몰랐고 울 거라고는 생각하지도 않았다. "자네 왜 우는가?" 사실 나는 오래전부터 언제나 저 '올리브 동산'*에서, 그리고 바로 그 순간, 그렇다, 기이한 일이지만 바로 그 순간, 그분께서 베드로의 어깨 위에 손을 얹으시며, 실상 물을 필요도 없지만 천진하다시피 한 음성으로, 그러나 너무나 정중하고 다정하게 "그대 잠자고 있는가?"라고 물어보시던 그 순간 속에서 나의 모습을 보고 있었던 것이다. 그것은 매우 친숙하고 자연스러운 내 마음 상태였는데 여태껏 인지하지 못했는데 이렇게 문득……. "무슨 일인가?"라고 토르시의 본당 신부님은 초조해하시며 반복해 물으셨다. "자네는 내 말은 듣지도 않고 꿈을 꾸고 있군 그래. 여보게, 기도하려는 자는 꿈에 빠져선 안 되네. 자네 기도가 꿈으로 흘러내리고 흩어져 버린단 말이야. 영혼에겐 그런 출혈보다 더 위험한 것도 없다네!" 나는 입을 열어 대답하려 했으나 그러지 못했다. 유감이지만 어쩌겠는가! 오늘 우리 주님께서 내 노스승의 입을 통해, 영원으로부터 나를 위해 선택된 그 장소에서 그 아무것도 나를 떼내 버리지 못하리라는 것과 내가 '거룩한 고뇌'**의 포로임을 깨우쳐 주신 은혜를 베풀어 주신 것으로 족하지 않겠는가? 이

---

* 「마르코」 14장 26절 이하, 「루카」 22장 39절 참조.
** 예수의 수난 고통.

런 은혜를 입은 일에 누가 감히 우쭐댈 수 있단 말인가? 나는 눈시울을 닦고 어떻게나 서투르게 코를 풀었던지 신부님은 빙그레 웃으셨다. "나는 자네가 그렇게까지 애 같다고는 생각하지 않았는데. 여보게, 자넨 신경이 너무 섬약해졌네 그래."(그러나 동시에 그분은 다시 나를 너무나 주의 깊게 살펴보셔서 나는 침묵을 지키기가 세상없이 벅찼다. 나는 그분의 시선이 움직이는 것을 보았는데 그 시선은 내 비밀의 바로 가장자리에 와 닿아 있는 것 같았다. 그분은 진정 영혼의 지도자, 스승이시다!) 이윽고 그분은 체념한 사람 마냥 어깨를 추석이셨다. "이제 그만 해 두세. 저녁까지 이 헛간에 이렇게 있을 수야 없지. 여하튼 주님께서는 자네를 슬픔 속에 머물도록 하실지도 모를 일이지. 그런데 우리를 아무리 큰 곤경에 빠트린다 하더라도 이런 시험은 영혼의 선익을 위한 판단이 요구될 때 우리 판단을 결코 흩트리지 않는다는 것을 늘 주목해 왔네. 사람들이 자네에 관해 거북하고 곤란한 얘기들을 내게 여러 번 되뇌었지만 나는 상관 않네! 사람들의 악의를 난 알거든. 하지만 자네가 그 불쌍한 백작 부인과는 어리석은 짓만 한 것은 사실이야. 그게 다 무슨 연극이냐고!"

"무슨 말씀인지 모르겠습니다."

"자네는 폴 클로델의 『볼모』를 읽어 본 적 있나?" 나는 그분이 말씀하시는 사람도 작품도 전혀 알지 못한다고 대답했다. "그래! 외려 잘됐네. 거기에는 자네 같은 부류의 본당 신부의 권고를 따라 언약을 저버리고 어떤 늙은 배교자와 결혼하는 성녀 같은 아가씨 이야기가 나오는데 그녀는 절망에 빠져 버리지. 이 모든 일을 교황이 투옥되는 것을 막는다는 구실로 했지만 말이야. 마치 성 베드로 이래로 교황이 있을 자리가, 동정 성모를 그리는 데 제 동성애 파트너인 미동(美童)을 모델로 썼던 르네상스 시대의 저 고약한 인간들이 위에서 아래까지 치장해 놓은 궁전이지 마메르티노 감옥*은 아니라는 듯이 말이야! 하긴 클로델 씨가 천재이긴 하지. 아니라고 부인은 안 하겠네. 그렇지만 이런 문인들은 다 비슷해. 성덕에 대해 언급하려 드는 순간 그네들은 숭고함으로 도배를 하고 온 사방에 숭고함을 처바르지! 성덕은 숭고한 것이 아니야. 내가 그 작품 여주인공 고해를 만약 늙었다면 나는 그녀에게 새(鳥) 이름을 딴 이름을 ── 그녀 이름은 시뉴, 백조라네. ── 진정한 그리스도교인다운 이름으로 바꾸라고 먼저 요구했을 거야. 그런 다음 언약을 지키라고 했을걸세. 대체 언약이란 오직 하나 아니겠는가. 그런 언약에 대해 교황 성하라도 어쩔 수는 없는 법이네."

"그런데 어떤 점에서 저 자신과……."라고 나는 말했다.

"저 로케트 이야기는 무언가?"

"로케트요?" 나는 미처 알아듣지 못했다. "자아, 이 어리석은 사람아. 두 사람 말을 듣고 본 사람이 있단 말일세. 무슨 요술을 부린 건 아니니 안심하게나."

"누가 저희들을 보았다고요?"

"백작 부인의 딸일세. 라모트뵈브롱이 자네에게 이미 일렀을 텐데 공연히 어수룩하게 나오지 말게나."

"못 들었습니다."

---

* 로마 포럼 근처의 감옥. 전승(傳承)에 의하면 베드로가 순교하기 전 오래 갇혀 있었다 한다.

"아니, 뭐라고? 못 들었다고? 세상에 그럴 리가! 아니 그럼 내가 걸려들었군. 이렇게 된 이상 끝까지 갈 수밖에 없겠군 그래?" 나는 아무 말도 하지 않았다. 침착함을 약간 되찾을 여유가 있었던 것이다. 샹탈 양이 진실을 왜곡한 경우라면 그녀는 그 왜곡도 재간을 다해 부렸을 것이니 만일 내가 입을 연다면 나는 고인의 비밀을 누설할 위험을 감수하지 않고서는 빠져나오지 못할 어정쩡한 거짓말의 그물망 안에 갇혀 허덕여야 할 것이다. 본당 신부님은 나의 침묵에 놀라고 당황하신 듯 보였다. "'맡겨 드려라.'라는 말로 자네가 무얼 의미하려 했는지 나는 궁금하네……. 죽은 자식의 유일한 추억, 기념품을 불 속에 던져 버리라고 그 어미에게 강요한다는 것은 유대인들 이야기 같네 그려. 구약에나 있는 이야기 말이야. 그리고 무슨 권리로 자네는 영원한 이별 이야기를 한 건가? 여보게, 사람들에게 그런 것을 강요해서는 안 되는 법이야."

"신부님은 경위를 그렇게 말씀하시지만 저는 다르게 말할 수 있습니다. 하지만 그런들 무슨 소용이겠습니까? 핵심은 사실이니까요."라고 나는 그분께 말씀드렸다. "자, 그게 자네가 답변할 수 있는 전부란 말인가?"

"네." 나는 그분이 나를 몹시 꾸중하실 줄 알았다. 그러나 외려 그분 안색은 너무나 창백해진 나머지 거의 납빛이 되었다. 그 모습을 보며 나는 그분이 얼마나 나를 사랑하시는지 깨달았다. 그분은 더듬으며 말씀하셨다. "여기 더 이상 있지 마세나. 무엇보다 백작 딸을 만나 주지 말게. 그야말로 마귀야."

"그녀가 저를 찾아온다면 문을 닫아 버리지는 않을 겁니다. 이 본당의 신부로 있는 한 저는 그 누구에게도 문을 닫아걸지 않겠습니다."

"그 애 말을 들으면 제 어미가 끝까지 자네에게 저항했고, 자네는 부인을 믿을 수 없을 정도의 정신적 혼란과 동요 속에 남겨 두고 떠났다 하더군. 그게 사실인가?"

"아닙니다."

"자네는 부인을……"

"저는 부인을 하느님이 함께하신 평화 속에 남겨 뒀습니다."

"아아, (그는 깊은 탄식을 내질렀다.) 부인이 자네의 강요와 엄혹함에 대한 기억을 간직한 채 죽음을 맞이했을 수도 있음을 생각해 보았나……?"

"그분은 평화 속에 세상을 떠나셨습니다."

"자네가 그걸 어떻게 아나?" 나는 편지에 대해 얘기할 마음조차 없었다. 이런 표현이 우스꽝스럽게 보이지 않는다면 나는 머리에서 발끝까지 오직 침묵에 지나지 않았다고 말하겠다. 침묵과 밤. "여하간 부인은 돌아가셨네. 사람들이 무슨 생각을 하는지 알겠나! 심장병이 있는 사람에게는 그런 극적 대좌는 아무런 이득이 될 수 없지 않은가." 나는 침묵을 지켰다. 신부님의 이 말씀을 끝으로 우리는 헤어졌다.

나는 사제관으로 천천히 돌아왔다. 나는 고통스럽지 않았다. 오히려 무거운 짐을 벗은 듯 느껴졌다. 토르시 본당 신부님과의 이 만남은 내가 곧 내 웃어른들과 끝도 없이 가지게 될 대질(對質)의 총연습 같았는데 나는 여기서 아무 할 말이 없음을 깨닫고 기쁘기까지 했다. 이틀 전부터, 아주 분명하게 의식하지는 못한 채 나는 내가 저지르지 않았던 잘못에 대해 비난을 받을까 두려워하고 있었다. 이런 경우 정직하자면 침묵을 지킬 수 없었을 것이다. 그러나 이제는, 아주 상이하게 평가할 수 있는 나의 사목 활동에 대해 사람들이 각자 제멋대로 판단하도록 내버려둘 수 있게 되었다. 또 상탈 양이 아마도 아주 부실하게, 겨우 들었을까 말까 한 대화의 진정한 성격에 대해 비고의적으로 오해할 수도 있었으리라는 생각이 드는 것도 내게 크나큰 위로가 되었다. 그녀는 아마 정원에서, 땅에서 창틀이 매우 높이 떨어진 창문 밑에서 엿들었던 것 같다.

사제관에 이르자 아주 예상 밖으로 시장기를 느꼈다. 준비해 둔 사과가 여태 떨어지지 않았다. 나는 그것을 가끔 장작불에 구워 버터를 발라 먹는다. 달걀도 있다. 포도주는 정말 오죽잖지만 데워서 설탕을 넣으면 마실 만하다. 어찌나 한기가 드는지 이번에는 포도주를 작은 냄비 하나 가득 부었다. 냄비 분량이라야 물컵 하나 정도지 그 이상은 결코 아니다. 식사를 끝내 가려는데 토르시의 신부님이 들어오셨다. 놀라서 — 그러나 단순히 놀람 때문만은 아니었다. — 나는 그 자리에 못 박힌 듯 꼼짝도 못했다. 나는 완연히 비틀거리며 일어섰는데 아마 넋 나간 사람같이 보였을 것이다. 일어서면서 내 왼손은 서투르게도 그만 포도주 병을 건드렸고 그 병은 떨어져 끔찍한 소리를 내며 깨져 버렸다. 검고 탁한 포도주가 바닥 돌 위로 고랑을 만들며 흘러내렸다.

"이 가여운 친구 같으니!"라고 그분은 말씀하셨다. 그리고 "아니 이렇게…… 그래 이렇게……"라며 부드러운 목소리로 되뇌셨다. 나는 아직 이해하지 못했다. 내가 방금 누렸던 기이한 평화는 언제나 그렇듯이 새로운 불행의 예고에 지나지 않는다는 것 외에는 아무것도 이해하지 못했다. "그건 포도주가 아니라 끔찍한 염료일세. 자네는 독을 마시는 거야, 이 멍청한 사람아!"

"제게는 이것밖에는 없습니다."

"그럼 나더러 달라고 했어야지."

"저는 결코……."

"입 다물게!" 그분은 더러운 짐승을 발로 밟아 뭉개는 듯이 병 조각들을 발로 밀어 놓았다. 나는 감히 한마디도 못 한 채 그분이 그런 행동을 끝내시기만 기다렸다. "이따위 액체를 위에 흘려 넣으면서 어떤 안색을 갖추려고 했나 그래, 이 불쌍한 사람아. 자네는 벌써 죽었을 수도 있었겠네 그려." 그분은 솜 외투 양 호주머니에 두 손을 넣은 채 내 앞에 서 있었는데 그의 어깨가 움찔하는 것을 보고 나는 그분이 모든 것을 다 털어놓고 말하리라는 것을, 한 마디도 남겨 놓지 않으리라는 것을 느꼈다. "그래, 비그르 씨의 차를 놓쳐 버렸네. 그래서 되돌아온 거지만 잘됐네. 우선 여기 앉게!"

"아닙니다!"라고 나는 말했다. 나는 무언지 모를 영혼의 움직임을 통해 결정적 순간이 왔음을, 정면 대응의 때가 왔음을 깨닫게 될 때마다 그러하듯 내 목소리가 가슴속에서부터 떨리는 것을 느꼈다. 정면 대응이란 반드시 저항을 의미하지는 않는다. 그 순간 나를 하느님과 더불어 조용히 있게 해 준다면 외려 무엇이나 자백했을 것이라는 생각마저 든다. 그러나 세상의 그 어떤 힘도 내가 서 있는 것을 막지는 못했을 것이다. 토르시의 본당 신부님은 다시 입을 열었다. "들어 보게나. 나는 자네를 탓하지 않아. 그리고 내가 자네를 주정뱅이로 여긴다고 생각해선 안 되네. 우리 친구 델방드가 대번에 진단을 내렸지. 우리 시골 사람들, 우리 모두는 너나 할 것 없이 정도의 차이는 있지만 알코올중독자들의 자손들이지. 자네 부모님이 다른 사람들보다 술을 더 많이 마신 건 아니야. 어쩌면 덜 마셨을 거야. 다만 그분들은 제대로 드시질 못했지. 아니 식사를 도무지 못한 편이지. 달리 더 나은 길이 없으니 그분들은 말(馬)이라도 죽일 수 있는 독약 같은, 이런저런 것을 섞은 듯한 술로 빈 배를 채웠지. 그러니 어떻게 되겠나? 바로 자네가 이런 갈증, 자네 탓이 아닌 이런 갈증을 일찍부터 느끼게 되었을 것이고, 또 이런 것은 오래 가지. 그래, 수세기 동안이라도 계속될 수 있지. 가난한 사람들의 갈증이야말로 확실한 유산이지! 후손으로 백만장자들이 다섯 세대에 걸쳐 이어져도 그 갈증이 반드시 풀리는 것은 아니야. 그 갈증은 골수에까지 박혀 있으니까. 그런 걸 미처 알지 못했다고 대답해 보았자 소용이 없네. 그런 사실은 내가 확신하는 바니까! 자네가 하루에 처녀애가 마시는 분량 정도의 포도주밖에는 안 마신다 해도 사실은 마찬가지야. 내 이 딱한 사람아, 자네는 아예 술에 절어 태어났으니 말이야. 그리고 큼직하고 든든한 쇠고기 구이에서 찾아야 할 힘과 용기를 자네는 차츰차츰 포도주에서 구하게 된 것이고. 한데 그 포도주의 품질은 또 어떤가! 인간적 차원에서 일어날 수 있는 최악의 사태는 죽는 것인데 자네는 자신을 조금씩 죽여 가고 있었어. 앙주 지방* 포도 농사꾼에게 기쁨과 건강을 안겨 주기에도 넉넉하지 않을 음주량으로 자네가 땅속 무덤으로 들어갔다고 사람들이 나중에 말한다고 해서 무슨

---

* 보르도나 샹파뉴 등, 대규모 포도주 산지와 달리 생산자가 자급자족할 정도의 소규모 포도주 산지를 예로 든 것. 향리 포도주.

위로가 되겠나? 자네는 하느님을 거스르지는 않았지. 하지만 이제는 경고를 받았으니, 앞으로는 지키지 않으면 하느님을 거스르는 것*이 될 것일세."

그분은 입을 다물었다. 나는 군이 생각지는 않았으나 그분을 마치 내가 미토네나 샹탈 양, 혹은 ……를 바라보았을 때처럼 바라보았다. 아아, 정녕 그렇다! 나는 속에서부터 그때와 같은 슬픔이 넘쳐 나오는 것을 느꼈다……. 그러나 신부님은 강건하고 침착한 분이요 진정한 하느님의 일꾼이요 남자다운 남자다. 그분도 정면으로 나를 대했다. 우리는 보이지 않는 어느 길양 끝에 멀찍이 서서 서로 고별인사를 나누는 사람들 같았다.

신부님은 보통 때보다 한결 갈라진 목소리로 말을 맺었다. "자, 이제부터는 너무 과하게 설치지 말게. 나는 두말 안 하네. 그래 단 한마디만 하자면 자네는 그래도 제법 훌륭한 사제야! 불쌍한 고인을 나쁘게 말할 뜻은 없지만 사실 털어놓고 말하자면……."

"그 이야기는 그만둡시다!"라고 나는 말했다.

"자네 좋을 대로 하세!"

나는 한 시간 전에 정원사의 헛간에서 나왔던 것처럼 할 수만 있다면 자리를 정말 떠나고 싶었다. 그러나 그분이 내 집에 와 계신 터여서 그분이 그만 가겠다는 의향을 발하기만을 기다릴 수밖에 없었다. 하느님은 찬미받으소서! 하느님은 나의 노스승이 나를 내쳐 버리지 않고 다시 한 번 나를 향한 당신의 직무를 다하시도록 허락하셨다. 신부님의 걱정스러운 시선

---

* 본의 아니게 알코올중독이 될 수 있다는 사실에 대한 주의 촉구.

이 별안간 강한 빛을 띠더니 나는 다시금 익히 잘 아는 그 음성, 강하고도 대담하며 신비롭게도 경쾌함마저 지닌 그 음성을 들을 수 있었다. 그분은 말씀하셨다.

"일하게. 우선 매일매일 작은 일들을 하게나. 정성을 들여서 말이야. 공책 위에 몸을 숙이고 혀까지 내민 채 글씨 공부하는 꼬마 학생을 기억하게. 하느님께서 우리를 그저 우리의 힘에만 맡겨 놓고 계시는 계제에는 그분께서는 우리가 바로 그렇게 하는 것을 보고 싶어 하시는 걸세. 작은 것들은 아무것도 아닌 듯하지만 그것들은 평화를 주네. 그건, 그래, 들에 핀 꽃들 같은 것이지. 향기도 없다고 오해들 하지만 전부 합치면 향기를 뿜는 거야. 작은 것들의 기도는 천진하지. 작은 것들 하나하나마다 '천사'가 있지. 자네는 천사들에게도 기도를 드리나?"

"아, 그야…… 물론이지요."

"사람들은 천사들에게 기도를 충분히 드리지 않지. 천사들은 신학자들에게 적잖이 두려움을 주는 존재랄까. 동방교회의 옛 이단 탓이지만 그런 두려움은 기우일 뿐이네! 세상은 천사들로 가득하네. 그리고 성모님은? 자네는 성모님께 기도를 올리나?"

"신부님도 참!"

"말은 그리하지만…… 정말 제대로 잘 기도드리는가 말이야? 그분은 물론 우리 어머니시지. 새로운 이브이자, 인류의 어머니시지. 그러나 그분은 인류의 딸이기도 해. 옛 세계, 고통에 찬 세계, '거룩한 은총' 이전의 세계는 어머니인 동정녀 *Virgo genitrix*에 대한 막연하고 이해할 수 없는 기다림 속에 오랫동안, 몇 세기나 슬픔에 잠긴 제 가슴에 그분을 안고 고이 흔들어 주었네……. 수세기를 걸쳐 세상은 범죄로 온통 물든 늙은 양손으로, 그 무거운 손으로, 이름도 알지 못하는 그 신묘한 어린 딸을 보호해 왔네. 한 소녀, 저 '천사들'의 모후 말이야! 성모님은 지금도 여전히 천사들의 모후임을 잊지 말게나! 중세 시대는 이것을 잘 알고 있었지. 중세는 모든 것을 알았다. 하지만 어리석은 작자들이 '강생*극'을 자기네들 식으로 다시 만들려는 것은 가서 막게나! 권위를 세운답시고 보잘것없는 치안관에게 꼭 두각시 군사 같은 옷을 입히고, 기차 차장의 옷소매 위에 장식줄을 박아 달아 주어야 한다고 생각하지만, 유일한 극, 비길 데 없는 극, 극중의 극이 ── 왜냐하면 극다운 다른 극은 없으니 말이야. ── 무대 장치도 없고 장식끈으로 치장하지도 않은 채 성사(成事)되었다고 불신자들에게 고백해야 한다는 것은 그네들로서는 너무나 부끄러운 일인 모양이지. 생각해 보게! '말씀'이 사람이 되셨는데** 그 당시의 언론계는 그것에 대해 전혀 몰랐단 말이네! 그냥 인간적인 차원의 것이라 하더라도 진정한 위대함, 즉 천부의 자질이나 영웅성, 사랑마저도 ── 그들의 저 측은한 사랑마저도 ── 제대로 알아보기가 너무나 어렵다는 것을 나날의 경험으로 깨우치면서도 말일세! 백에 아흔아홉 번 그들은 미사여구의 꽃다발을 무덤에 갖다 바치고 죽은 자들에게밖에는 항복을 안 할 정도지. 하느님의 거룩함! 하느님의 단순함! 천사들의 교만을 처단하신 하느님의 그 무섭도록 놀라운 순진함! 정말 그렇다네. 마귀는 하느님의 그 단순

---

* 신이 인간으로 태어남.
** 「요한」 1장 14절 참조.

함을 똑바로 바라보려 애써 보았을 거야. 그러다 피조물의 정점에 있던 활활 타는 그 햇불은 대번에 밤의 심연으로 떨어져 버린 거지.* 유대 백성들은 머리가 둔했어. 그렇지 않았더라면 인간성의 완성을 실현하면서 인간이 되신 하느님이 눈에 띠지 않을 염려가 있는 만큼 눈을 크게 뜨고 있어야 한다는 것을 깨달았을 텐데 말이야. 그래, 바로 저 예루살렘 개선 입성 이야기**를 보세. 나는 그것이 더없이 아름답다 생각하네! 우리 주님은 이제 당신께 남아 있는 것, 곧 죽음과 마찬가지로 개선(凱旋)도 맛보시기를 물리치지 않으셨네. 그분은 우리 인간의 기쁨은 어느 하나 물리치지 않으셨네. 그분은 오직 죄만 물리치셨지. 하지만 당신의 죽음에는 정말이지 정성을 들이셨어! 무엇 하나 소홀히 하지 않으셨어. 그런데 그분의 개선은 아이들을 위한 개선 행렬 같지 않은가? 어린 암나귀 새끼, 푸른 종려가지들, 손뼉을 치는 시골 사람들을 새겨 놓은 에피날 판화*** 같은 것이지. 황제의 호사스러운 위풍을 약간 풍자적으로 얌전하게 옮겨 놓은 것이랄까. 우리 주님은 웃음을 띠고 계시지. 우리 주님은 곧잘 미소를 지으시지. 그분은 우리에게 이렇게 말씀하시는 거야. "이런 일을 너무 심각하게 생각하지 말거라. 요컨대 정당한 개선이 있는 것이니 개선 행진 자체가 금지된 것은 아니란다. 잔 다르크가 금실로 수놓은 천으로 만든

---

* "횃불을 든 자"라는 라틴어. 루시퍼. 하늘에서 떨어진 새벽별에도 비유되는 사탄의 우두머리.
** 주의 수난 성지(聖枝)주일의 기원. 「마태」 21장 1~11절 참조.
*** 보쥬 지방 에피날 출신 펠르랭(1756~1836)이 유명한 통속 판화 인쇄 제작소를 고향에 세운 이래 에피날은 통속 판화의 대명사가 되었다.

아름다운 군복을 입고 꽃과 프랑스 국왕 깃발 행렬에 파묻혀 오를레앙에 입성했을 때 그녀가 스스로 잘못한다고 생각지 않았기를 나는 바란다. 내 자녀들아, 너희들이 그토록 애착을 가지는 만큼 나는 너희들의 개선을 성화(聖化)했고, 내가 너희들의 포도밭의 포도를 축복했듯이 나는 그 개선도 미리 축복하느니라."라고. 그리고 기적들을 두고 말하더라도 마찬가지임을 잘 알아야 하네. 주님은 필요 이상으로는 그것을 행하지 않으시네. 기적들이란 책에 깃든 삽화, 아름다운 그림이지! 하지만 이제 자네, 잘 주의해 두게! 성모님은 개선도 기적도 누리지 않으셨어. 인간의 영광이 그 크고 거친 날개의 아주 가느다란 끝자락으로라도 성모님을 스치는 것을 당신 아드님께서는 허락하지 않으셨다네. 성모님처럼 자신의 품위에 대해, 자기 자신을 모든 천사들 위에 올려 앉히는 당신의 그 품위에 대해 그렇게까지 까맣게 모르며 순진하게 사시고, 고통 당하시고, 또 죽은 사람은 아무도 없네. 요컨대 성모님은 죄 없이 나셨으니 그 얼마나 놀라운 고독인가! 너무나도 깨끗하고 투명한 샘물, 오직 성부의 기쁨만을 위해 예비된 ─ 당신의 얼굴조차 비춰 볼 수 없을 만큼 그리도 투명하고 깨끗한 샘 ─ 아아, 그 거룩한 고독! 인간과 친숙한 주인이자 종인, 저 오래전부터 존재해 온 마귀, 저주받은 세상 문턱까지 아담의 첫 발걸음을 인도한 그 무서운 권세의 노장들, '교활'이자 '오만'인 그 마귀들이 자기네들의 손이 닿지 않는 곳에 놓인, 아무 무장도 하지 않은 약하면서도 결코 손상을 입지 않을 저 기적의 피조물을 멀리서 바라보고 있는 것을 자네도 보겠지. 정말이지 우리 가엾은 인류는 그 자체로는 별 가치가 없네. 하지만 어린 시절은 언제나 우리 인류의 오장육부까지 감동시키고 어린것의 무지는 우리 인류의 눈 — 선과 악을 아는 눈, 별별 것을 다 본 우리 인류의 눈을 내리깔게 만들지! 하지만 그건 결국 무지일 뿐. 그러나 '성모'님은 '결백' 그 자체셨어. 우리 인류가 성모님에게 어떤 존재인지를 자네는 알겠나? 아, 물론 성모님은 죄를 미워하시지. 그렇지만 그분은 죄에 대한 그 어떤 경험도 하지 않으셨어. 위대한 성인들, 천사와도 같았던 아시시의 성인*까지도 아니 가질 수 없었던 그 경험을 말일세. '동정녀'의 눈길만이 진실로 어린이다운 눈길, 우리의 치욕과 불행 위에 머무신 눈길로서는 오직 유일한 진실로 어린이다운 눈길일세. 그러니 여보게, 그분께 기도를 잘 드리자면 전적으로 용납의 눈길이라고만 말할 수 없는 — 왜냐하면 용납이란 어떤 씁쓸한 경험을 전제하지 않을 수 없으니까 말이야. — 그 눈길이 우리 위에 있음을 잘 느껴야 하네. 그 눈길은 다정한 측은지심의 눈길, 비통한 놀람의 눈길이지. 그리고 성모님을, 낳아 주신 인류보다 더 젊게 만들고, 거룩한 은총으로 모든 은총의 '어머니'가 되셨으면서도 인류의 가장 어린 막내딸이 되게 하시는, 감히 생각할 수도 없고 표현할 수도 없으리만큼 깊은 어떤 감정에서 우러나온 눈길이겠지."

"신부님께 감사합니다."라고 나는 말했다. 나는 이 말밖에는 찾아내지 못했다. 그리고 그 말도 아주 냉랭하게 내뱉었다! "저를 강복해 주십시오."라고 같은 어투로 다시 말했다. 사실

---

* 성 프란체스코. 프란체스코 수도회를 창립했으며 청빈주의를 기본으로 수도 생활의 이상을 실현했다.

인즉 나는 10분 전부터 일찍이 이만한 압박감으로 느껴진 적 없는 고통, 무서운 통증과 싸우고 있었던 것이다. 아아, 통증이야 그래도 참을 수 있을 것이다. 그러나 그것에 수반된 구역질이 날 것 같은 느낌은 나의 의지를 이제 완전히 꺾어 놓았다. 우리는 문지방에 서 있었다. "고난을 겪고 있는 자네야말로 나를 강복해 주어야 하네."라고 그분은 대답했다. 그리고 내 손을 당신 손으로 잡아 당신 이마에까지 재빨리 끌어올리시더니 나가 버리셨다. 바람이 세차게 불기 시작한 것은 사실이다. 그런데 그분이 그 큰 키를 꼿꼿이 세우지 않은 채 몸을 아주 구부리고 걸어가시는 것을 본 것은 이번이 처음이었다.

신부님이 떠나신 후 나는 부엌에 잠시 앉아 있었다. 나는 너무 깊이 생각하고 싶지 않았다. 내게 일어나는 일이 그렇게 중요하게 보이는 것은 내가 무죄하다고 스스로 여기는 때문이라는 생각이 그저 들 뿐이었다. 아주 무모한 일을 벌일 수 있는 사제들이 많이 있는 것도 사실이고, 사람들이 나를 비난하는 것도 다른 일이 아니다. 마음의 동요가 백작 부인의 죽음을 재촉했다는 것은 정녕 있을 수 있는 일이다. 다만 토르시 본당 신부님이 잘못 생각하신 것은 부인과 내가 나눈 대화의 진정한 성격에 관한 것일 뿐이다. 아주 이상하게 보일지라도 이렇게 생각하니 내게 위로가 되었다. 자신의 부족함을 끝없이 안쓰러워하는 입장인 내가 범용한 사제들 축에 스스로 끼기를 그렇게 주저하겠는가? 초등학교 시절 성적이 좋았던 그 첫 추억은 당시 불행한 어린이였던 내 마음에 너무도 흡족함을 준 첫 성공이었던 모양으로 그 추억은 만사 불구하고 내게 남아 있다. '우수한' 학생이었던 내가 — 어쩌면 너무 우수해서 탈이었을 것이다! —— 지금은 열등생들과 같이 맨 뒷자리에 멀찍이 앉아 있어야 한다는 생각은 견디기 쉽지 않다. 신부님의 마지막 비난이 내가 그때 생각했던 것처럼 그리 부당한 것도 아니라는 생각도 든다. 그 점에 대해 내 양심에는 아무 가책이 없는 것은 사실이다. 즉 나는 그가 괴상하다고 여기신 나의 식사법을 좋아서 택한 것은 아니었다. 내 위가 다른 음식은 받아들이지 못한 것일 뿐이다. 게다가 이런 잘못은 적어도 다른 사람에게 피해를 주는 일은 아니라는 생각도 들었다. 내 노스승에게 진작 언질을 준 것은 델방드 의사였고, 포도주 병을 깨뜨린 우스꽝스러운 사건이 신부님으로 하여금 전혀 근거 없는 그분 의견을 확인해 준 데 지나지 않을 것이다.

이런 생각들을 되뇌며 나는 이윽고 내 염려들을 미소로 되바라보게 되었다. 물론 페그리오 부인, 미토네, 백작, 그리고 몇몇 다른 이들이 내가 포도주를 마시는 일을 모르지 않는다. 그래서 어떻단 말인가? 기껏해야 우리 동료 신부들 중 많은 이들에게 흔히 있는 탐식 죄밖에 되지 않을 잘못을 두고 내게 범죄 혐의를 둔다는 것은 너무나 말도 되지 않는 일이리라. 그런데 내가 마을에서 탐식자로 통하지 않는다는 것은 하느님께서도 아신다.


(일기를 중단한 지 이틀째. 계속 써 대는 일에 큰 거역감을 느꼈던 것이다. 곰곰 성찰해 보니 정당한 조심성보다는 수치심 때문에 그랬던 것 같다. 끝까지 가 보련다.)


토르시의 본당 신부님께서 떠나신 후 나도 외출했다. 우선 병석에 누워 있는 뒤플루이 씨의 병문안을 가야 했다. 그는 숨을 갈그랑거리고 있었다. 의사 말로는 그저 가벼운 폐렴에 지나지 않는다는데 뚱뚱한 사람이라 너무 지방이 낀 심장이 그만 갑자기 약해져 버린 경우다. 화덕 앞에 웅크리고 앉아 있던 그의 아내는 묵묵히 커피 한 잔을 데웠다. 그 여자는 아무것도 이해하지 못했다. 그녀는 그저 이렇게 말했다. "아마 신부님 말씀이 옳겠죠. 이이는 곧 떠날 겁니다." 얼마 뒤 시트를 들춰 보면서 그녀는 다시 이렇게 말했다. "탁 까부라졌네요. 이제 끝이로군요." 내가 성유(聖油)를 가지고 다시 도착했을 때 그는 이미 죽어 있었다.

나는 뛰어서 오갔다. 진을 탄 커피를 큰 잔으로 한 잔 받아 마신 것이 잘못이었다. 진을 마시면 구역이 나는데 말이다. 델방드 의사가 단언했던 것이 분명 맞을 것이다. 내가 느끼는 구역증은 포만감, 끔찍한 포만감에서 오는 구역질과 흡사하다. 냄새만 맡아도 그렇게 된다. 혀가 입속에서 해면처럼 부풀어 오르는 듯한 느낌이다.

사제관으로 바로 돌아왔어야 했을 것이다. 사람들이야 비웃건 말건 나는 내 경험으로 내 고통을 이겨내거나 잠재우는 몇몇 방법을 터득하고 있기에 내 집, 내 방에 있었더라면 넘어갈 수 있었을 것이다. 병고를 달고 사는 이는 누구나 통증을 달래야 한다는 것, 꾀를 쓰면 종종 그것을 넘길 수도 있다는 것을 깨닫기 마련이다. 통증은 저마다 개성이 있고 보채는 것도 다 다르다. 하지만 고약하고 어리석은 것은 한결같아서 한 번 유효하게 판명된 방법이 계속 사용될 수 있기도 하다. 그런데 이번에는 통증의 공격이 심하리라는 것을 느끼면서도 그것에 정면으로 맞대응하려는 어리석은 짓을 나는 저지른 것이다. 하느님이 그리 허락하신 것이다. 그것이 나를 곤경에 처하게 한 것이 아닌가 싶다.

밤이 금방 찾아왔다. 엎친 데 덮친 격으로 나는 갈바 소유지 근처 몇 군데를 방문해야 했는데 그곳 길은 늘 엉망이다. 비는 오지 않았으나 워낙 진탕 지역이라 구두창에 진흙이 철석철석 달라붙었다. 8월이나 되어야 마르는 땅인 것이다. 매번, 어느 집에서나 사람들은 나를 굵다란 브뤼에* 석탄을 잔뜩 넣어 불 지핀 난로 옆 상좌에 앉혔다. 관자놀이가 하도 뛰어 제대로 말도 알아듣기 어려워져서 나는 적지 아니 건성으로 대답을 했으니 사람들 눈에 내 꼴이 얼마나 이상하게 보였을 것인가! 그렇기는 해도 나는 잘 견뎌 냈다. 갈바 소유지 쪽으로의 사목 방문은 집들이 목초지 여기저기에 흩어져 있는 까닭에 언제나 어려운 일이다. 하지만 다른 날 저녁을 또 같은 일로 보내기가 싫었다. 나는 가끔 작은 수첩을 살짝 꺼내 보면서 이름들을 하나씩 지워 갔는데도 방문 대상 명단은 끝이 없어 보였다. 일을 끝내고 다시 바깥으로 나왔을 때 어떻게나 몸이 아픈지 대로를 찾아 접어들 엄두가 나지 않아 그냥 수풀 길을 따라 걸었다. 그 길로 가자니 방문 계획에 들어 있었던 뒤무셀 집 아주 가까이를 지나게 되었다. 사실 2주 전부터 세라피타가 교리 준비 시간에 나오지 않았기에 나는 그 애의 아버지에게 물어 보려던 참이었다. 나는 처음에는 꽤 용기 있게 걸었다. 심하

---

* Bruays, 브뤼에앙아르트와(Bruay-en-Artois)를 가리키는 듯하다. 파드칼레의 주도. 석탄광으로 유명.

던 위통이 좀 덜해진 것 같았고 현기증과 구역질만 괴로운 정
도였다. 오쉬 숲 모퉁이를 지난 것은 아주 잘 기억난다. 첫 번
째 실신이 나를 덮친 것은 그보다 좀 더 지나서였을 것이다. 나
는 여전히 서 있으려고 버둥거리고 있다고 생각했는데 정작 뺨
에는 차가운 진흙이 닿는 것을 느꼈다. 나는 마침내 일어섰다.
놓친 내 묵주를 가시덤불 속에서 찾아내기까지 했다. 내 가련
한 머리는 지칠 대로 지쳐 있었다. 토르시 본당 신부님이 내게
그려 주셨던 '어린 동정 마리아'의 영상이 머릿속에서 끊임없이
떠올랐고 내가 아무리 제정신을 차리려고 애를 써도 시작한 기
도는 순간순간 어처구니없다는 각성을 하게 되는 몽상으로 끝
나 버리곤 했다. 이런 식으로 얼마간 걸었는지 모르겠다. 유쾌
한 것이건 아니건 환영은 내 몸을 두 동강으로 꺾어 놓은 듯한
저 지독한 통증을 진정시켜 주지 못했다. 그 고통만이 내가 정
신착란에 빠져 버리는 것을 막았고, 허황한 몽상의 전개 중에
유일한 고정점 같은 것이 되어 주었다. 그 몽상은 이 글을 쓰고
있는 지금까지도 나를 쫓아온다. 그러나 고맙게도 그 어떤 회
한도 남기지 않으니 왜냐하면 내 의지는 그것을 전혀 받아들이
지 않고 그것의 허황됨을 책벌했기 때문이다. 하느님께 속한 사
람의 말은 얼마나 힘이 있는 것인지! 정녕 나는 여기서 엄숙하
게 단언하거니와 사람들이 통념적으로 생각하는 것과 같은 허
깨비를 볼 수 있다고 믿은 적은 결코 없다. 나의 무능과 불행에
대한 기억이 말하자면 그때의 나를 느슨하게 놓아주지 않고 있
었다. 그렇기는 해도, 내 안에서 떠오르던 그 영상은 내 정신의
분별력이 저 좋은 대로 수용하거나 물리치거나 할 수 있는 성
질의 것도 아니었다. 그 경험을 감히 실토할 것인가……?

여기서 열 줄이 지워져 있다.

———————————
———————————
—————————————

……하늘의 진노를 막아 준 조그만 손을 가지신 숭고한 피조물, 은총이 가득한 그분의 두 손…… 나는 그 손을 바라보고 있었다. 그 손은 보였다가 또 안 보이기도 했다. 통증이 워낙 심해졌고 몸은 다시 미끌어지는 것 같아서 나는 그 두 손 중 하나를 내 손으로 잡았다. 그것은 어린이의 손, 이미 일과 빨래로 거칠어진 가난한 어린이의 손이었다. 이것을 어떻게 표현할 수 있을까? 나는 그것이 꿈이기를 원하지 않았지만 그래도 눈을 감았던 것이 지금 기억난다. 눈꺼풀을 들어올리면 모두가 그 앞에서 무릎을 꿇게 될 얼굴을 뵈옵게 되지 않을까 두려웠던 것이다. 나는 그 얼굴을 보았다. 까칠한 손과 마찬가지로 전혀 윤기 없는 어린이의 얼굴, 아주 어린 소녀의 얼굴이었다. 그것은 정녕 슬픔의 얼굴이었다. 그러나 그것은 내가 알지 못하는 슬픔, 내 마음, 비참한 한 인간의 마음에 그리 가까이 있으면서도 가까이 할 수 없어 나로서는 도무지 한몫 나눌 수 없는 그런 슬픔의 얼굴이었다. 회한이 따르지 않는 인간적 슬픔이란 있을 수 없는데 이 슬픔은 반항을 모르는 그윽함이었고, 오직 수락, 바로 그것이었다. 이 슬픔은 알지 못할 어떤 밤, 장대하고 고요하며 무한한 밤을 생각나게 했다. 우리의 슬픔은 우리 비참의 경험, 요컨대 언제나 불순한 경험에서 비롯하는 것이지만 이 슬픔은 순수였다. 일전에 분명히 깨닫지 못했던 토르시 본당 신부님 말씀 중의 어떤 대목이 무슨 뜻이었

는지 나는 그때 깨달았다. 일찍이 천주께서는 어떤 기적으로 이 순결한 슬픔을 살포시 덮어 두셔야만 했다. 사실 인간들이 아무리 눈멀고 완고하다 하더라도 이 징표를 보았다면 그네들은 그네들의 저 귀한 딸, 저 오랜 혈통의 막내딸, 마귀들이 둘러싸고 으르렁대는 천상의 볼모를 알아보았을 테고 인간들은 모두 함께 일어나 죽음을 피할 수 없는 육체로 그 막내딸*을 위해 성벽을 쌓아 주었을 것이리라.

나는 조금 더 걸었던 것 같다. 그러나 길에서 벗어나 버려 구두창 밑으로 푹푹 꺼지는, 비로 젖은 무성한 풀섶 속에서 비틀거리고 있었다. 길을 잘못 든 것을 알아차렸을 때 내 앞에는 감히 뛰어 넘기에 너무 높고 너무 무성한 생 울타리가 서 있었다. 나는 그것을 따라 걸어갔다. 빗물이 생 울타리에서 흘러내려 목과 팔을 적셨다. 통증은 차츰 가라앉아 갔으나 눈물 같은 맛이 느껴지는 미지근한 물을 자주 뱉게 되었다. 호주머니에서 손수건을 꺼내는 것은 그 시도조차도 해 볼 수 없는 것처럼 어렵게 느껴졌다. 하기는 의식을 잃은 것도 절대 아니었다. 다만 너무 생생한 고통의 노예가 된 듯, 아니 그 고통에 대한 기억의 노예가 된 듯 느껴졌다. 왜냐하면 고통이 되돌아오리라는 확신은 고통 그 자체보다 더 괴로운 것이었기 때문이고 나는 개가 주인을 따라가듯 그 고통을 따르고 있었다. 내가 잠시 후 넘어져 버리면 그 쓰러진 자리에서 빈사 상태로 나중에 발견될 것이고 그래서 입방아거리를 하나 더 추가하게 될 것이라는 생각도 들었다. 나는 사람을 부른 것 같다. 생울타

---

* 성모가 되신 어린 마리아.

리에 기대고 있던 내 팔은 별안간 허공을 휘저었고 땅은 밑으로 꺼졌다. 나도 모르는 새 나는 비탈길 언저리에 도착했던 것이고 두 무릎과 이마가 자갈 많은 도로 표면과 세게 부딪혔다. 그래도 잠시 동안은 다시 일어서서 걷고 있는 듯이 생각되었다. 이어서 그것은 꿈속에서의 일에 지나지 않는다는 것을 깨달았다. 밤이 돌연 더 어둡고 캄캄하게 나를 에워싸는 듯 여겨졌고, 다시 쓰러진다는 생각이 들었는데 이번에는 적막 속으로 들어가는 것이었다. 나는 그 속으로 대번에 미끌어져 들어갔고 적막은 나를 가두며 하늘을 덮어 버렸다.

눈을 다시 뜨자 기억이 금방 되살아났다. 날이 새고 있는 것 같았다. 그러나 그것은 내 앞, 비탈 위에 놓인 랜턴 불빛이었다. 왼쪽 나무들 사이로 다른 불빛도 보였다. 나는 우스꽝스러운 베란다를 보고 뒤무셸 집이라는 것을 대번에 깨달았다. 비에 젖은 수단은 등에 착 달라붙어 있었고 나는 혼자였다.

랜턴은 내 머리 아주 가까이 놓여 있었다. 불빛보다는 검댕이 더 많이 나오는, 마구간에서 쓰는 석유 랜턴이었다. 커다란 날벌레 한 마리가 그 둘레를 날고 있었다. 나는 일어서려 애써 보았으나 헛일이었다. 그러나 기운이 좀 나는 듯하면서 통증이 느껴지지 않았다. 마침내 나는 일어나 앉을 수 있었다. 울타리 건너편에서 가축들이 울면서 쉭쉭 숨 쉬는 소리가 들려왔다. 내가 일어설 수 있게 된다 하더라도 몰래 사라지기에는 이미 너무 늦어 버렸고 나를 발견했던 사람, 조만간 랜턴을 찾으러 다시 올 그 사람의 호기심을 인내심으로 참는 일밖에는 도리가 없다는 것을 나는 잘 알고 있었다. 아아, 그 어느 집보다도 뒤무셸 집 옆에서 쓰러진 내 꼴이 발견되는 것은 정말 싫었는데라고 나는 생각했다. 나는 무릎을 땅에 짚은 채 몸을 일으킬 수 있었다. 그러자 갑자기 우리는 서로 얼굴을 마주하게 되었다. 서 있는데도 그녀는 나보다 더 크지 않았다. 보통 때와 별 차이 없이 꾀발라 보이는 그 애의 야윈 조그만 얼굴에서 내가 처음으로 보게 된 것은 거의 우스울 정도로 적잖이 엄숙하고 상냥하며 심각한 표정이었다. 세라피타였다. 나는 그 애에게 미소를 지었다. 내가 자기를 놀리는 거라고 아마 생각했던지 어린이 티라고는 거의 없는 그 애의 회색 눈에는 나로 하여금 외려 시선을 거두게 한 것이 한두 번이 아니었던 바로 그 고약한 빛이 한차례 번득였다. 그때 나는 그 애가 그리 깨끗하지는 못한 헝겊 같은 것이 떠 있는, 물 담긴 토기 사발을 손에 들고 있는 것을 보았다. 그 애는 그릇을 무릎 사이에 고정하고 말했다. "웅덩이에 가서 물을 떠 왔어요. 그게 더 안전하거든요. 사촌 오빠 빅토르의 결혼 때문에 식구들이 저기 모두 집에 있어요. 전 짐승들을 들이느라고 나왔던 거고요."

"야단맞을라, 너무 늦지 말아야지."

"야단맞는다고요? 전 혼난 일이 한 번도 없어요. 하긴 아버지가 한 번 저를 때리려고 손을 쳐들긴 했죠. "날 건드릴 생각도 마세요. 건드리면 진 누렁이를 독초 밭에 몰고 갈 테니까요. 그럼 소는 통통 부어 뒈져 버릴 걸요."라고 쏘아붙였죠. 진 누렁이는 우리 집에서 제일 좋은 소니까요."

"그렇게는 말하지 말았어야지. 좋지 않아."

"좋지 않은 건 지금 신부님의 상태를 말하는 거겠죠."라고 그 애는 짐짓 영악스럽게 어깨를 들썩이며 말했다. 나는 하얗게 질리는 듯했다. 그 애는 나를 이상한 듯 뜯어보았다. "제가 신부님을 발견한 게 다행이죠. 가축들을 뒤따라가다가 제 나막신이 벗겨져 그만 길에서 굴렀어요. 그래서 내려와 봤는데, 신부님이 죽으신 줄 알았어요."

"좀 낫다. 일어나련다."

"적어도 그 모양을 하신 채 돌아가시진 마세요!"

"내가 어떤데?"

"신부님은 토하셨어요. 마치 오디를 드셨던 것처럼 얼굴이 엉망이에요." 나는 물그릇을 잡으려 했으나 손에서 하마터면 떨어뜨릴 뻔했다. "신부님은 너무 덜덜 떠시는걸요. 제가 해 드릴게요. 전 이런 일은 익숙하답니다. 제 오빠 나르시스의 결혼 때는 더 심했죠. 네? 뭐라고요?"

나는 아래 위 이가 딱딱 맞부딪쳐 제대로 말을 할 수 없었다. 그 애는 내가 그네에게 다음 날 사제관으로 오라고, 그러면 어찌 된 연유인지 말해 주마 한다는 것을 간신히 알아들었다. "아이쿠, 전 안 가요. 저는 신부님에 대해 온갖 험하고 끔찍한 소리를 다 한걸요. 신부님은 저를 때리셔야 해요. 저는 질투가 많아요. 마치 짐승처럼 정말 너무 샘이 많아요. 그런데 다른 애들도 조심하세요. 전부 착실한 척하지만 위선자들이랍니다." 온통 이런 소리를 늘어놓으면서도 그 애는 헝겊으로 내 이마와 뺨을 닦아 주었다. 신선한 물이 닿자 기운이 돌면서 나는 일어설 수 있었다. 그러나 여전히 심하게 떨렸다. 이윽고 떨리는 것이 멈추었다. 내 어린 사마리아 여인*은 내 턱 높이까지 랜턴을 치켜들었다. 제가 한 일이 제대로 되었는지 보다 잘

---

* 착한 사마리아 사람에 관해서는 「루카」 10장 25~37절 참조.

살펴보려는 것이었으리라. "괜찮으시다면 이 길 끝까지 바래다 드릴게요. 구덩이들을 조심하세요. 목장 바깥으로 나가시기만 하면 혼자라도 문제 없으실 거예요." 그 애는 내 앞에 서서 걷기 시작했고 그러다 오솔길이 넓어지자 내 옆에 나란히 서서 걸었고 몇 걸음 더 가서는 제 손으로 얌전하게 내 손을 붙들었다. 우리는 둘 다 말이 없었다. 암소들이 구슬프게 울고 있었다. 멀리서 문이 삐걱거리는 소리가 들렸다. "들어가야겠어요." 하고 그 애는 말했다. 그러면서도 그 애는 조그만 다리를 꼿꼿이 세운 채 내 앞에 오뚝 멈춰 서 있었다. "댁에 돌아가시면 잊지 말고 바로 자리에 누우세요. 그게 제일입니다. 하지만 신부님에게 커피를 끓여 드릴 사람이 아무도 없죠. 부인 없는 남자, 저는 그게 정말 불행하고 어색하고 힘들다고 생각해요." 나는 그 애의 얼굴에서 눈을 떼지 못했다. 아주 해맑게 남아 있는 이마를 제외하고는 그 애 얼굴 전체는 시들어 거의 늙어 보이기까지 했다. 나는 그 애의 이마가 그리 해맑은지 미처 생각지도 못했더랬지! "신부님, 제가 말했던 것 그대로 믿으시면 안 돼요! 저는 신부님이 일부러 그러시지 않은 것 잘 알고 있어요. 사람들이 신부님 잔에다가 무얼 탔을 겁니다. 그네들의 장난이죠. 하지만 제 덕분에 그이들은 아무것도 모르게 될 거고 그러니 그네들이 오히려 걸려들겠죠……."

"이 말썽꾼아, 어디 있냐?" 그 애 아버지의 목소리였다. 그 애는 한 손에는 나막신 두 짝을 모아 쥐고 다른 손에는 랜턴을 들고 고양이처럼 소리 없이 비탈 아래로 뛰어내렸다. "쉿! 빨리 돌아가세요! 간밤에 신부님 꿈을 꿨어요. 신부님은 지금처럼 슬퍼 보이셨어요. 저는 엉엉 울면서 잠에서 깼답니다."

집에 돌아와서 나는 수단을 빨아야 했다. 천은 뻣뻣했고 물은 벌겋게 되었다. 피를 많이 토했다는 것을 알 수 있었다.

자리에 들면서 내일 날이 밝는 대로 릴행 기차를 타기로 거의 결심을 했다. 얼마나 놀랐는지 죽음에 대한 두려움은 나중에야 찾아들었을 뿐이고 의사 델방드 선생이 살아 있었더라면 한밤중이었지만 분명 제브르까지 달려갔을 정도였다. 그런데 언제나 그러하듯이 일은 내가 예기치 않은 방향으로 흘러갔다. 나는 푹 내처 잠을 잤고 닭 우는 소리에 아주 가뿐한 상태로 잠에서 깨어났다. 어떤 면도날로도 도저히 깎아 낼 수 없을 것 같은, 그야말로 뜨내기 노동자나 짐마차꾼 수염 같은 턱수염에 몇 번이나 면도질을 하느라 한심한 얼굴을 들여다보면서 느닷없이 큰 웃음이 터져 나오기까지 했다……. 결국 내 수단에 얼룩을 남긴 피는 그저 코피일 수도 있지 않을까? 이렇게 안도감을 주는 가정이 어찌 진작 떠오르지 않았던가? 그러나 출혈은 내가 잠시 실신 상태에 빠졌을 때 있었을 텐데 의식을 잃기 전 끔찍한 구역증을 느꼈던 것은 여전히 사실이다.

여하튼 이번 주 내로 릴에 반드시 진찰을 받으러 가리라.

미사 후, 내가 없을 때 일을 대신 보아 달라고 부탁하러 오콜트의 동료 신부를 방문했다. 별로 잘 알지 못하는 사제이나 연배도 비슷하고 믿음이 가는 사람이다. 여러 번 빨았지만 내 수단의 가슴팍은 보기 흉했다. 옷장 속에서 붉은 잉크병이 엎질러져서 그렇다고 했더니 그는 친절하게도 낡은 외투 한 벌을 빌려 주었다. 그가 나에 대해 어떤 생각을 했을까? 그의 시선을 보아서는 알 수 없었다.

토르시의 본당 신부님은 어제 아미앵의 병원으로 호송되었다. 심각하지는 않은 심장 발작이라지만 치료가 필요하고 간호사가 계속 곁에 있어야 하는 상태라고들 한다. 구급차를 타시면서 연필로 긁적인 쪽지를 내 앞으로 남기고 떠나셨다.

이 미련한 젊은 친구, 하느님께 정성껏 기도드리게. 다음 주에는 아미앵으로 보러 와 주게나.

성당에서 나오려는데 루이즈 양과 마주쳤다. 나는 그녀가 이 고장을 떠나 멀리 가 있는 줄 알았다. 그녀는 아르슈에서 걸어왔던 터로 신발은 진흙투성이고 얼굴은 추하게 일그러져 보였다. 털실 장갑 한 짝에는 온통 구멍이 나서 손가락들이 비죽이 나와 있었다. 예전에는 그리도 단정하고 가지런하던 이였는데! 그런 모습에 내 마음은 몹시 아팠다. 그러나 그녀의 첫마디를 듣고부터 그녀의 고통은 고백할 수 없는 종류의 것임을 나는 깨달았다.

월급을 6개월 전부터 받지 못했다는 것과 백작의 공증인이 자기로서는 수락할 수 없는 타협안을 제시해서 아르슈를 떠나지 못하고 호텔에 머무르는 처지라고 그녀는 내게 말했다. "백작님은 무척 외로우실 겁니다. 아주 약하고 당신만 생각하면서 습관에 집착하는 분이거든요. 딸애가 아버지를 한입에, 말한마디로 요리할걸요." 나는 그 여자가 아직도 희망을 두고 있다는 것을 깨달았지만 무엇을 희망하는 것인지는 차마 말하지 못하겠다. 그 여자는 예전처럼 말을 에두르려고 애쓰고 있었고 그녀의 목소리는 백작 부인의 음성과 때로 비슷하게 들렸다. 근시여서 가끔 눈꺼풀을 찌푸리는 모습도 백작 부인과 비슷했다……. 자원해서 굴욕을 수용하는 것은 대단한 것이다. 그러나 허물어져 가는 허영심은 그리 보기 아름다운 것이 못된다……!

"백작 마님도 저를 신분 있는 사람으로 대하셨어요."라고 그녀는 입을 열었다. "하기는 제 종조부이신 외드베르 사령관이 느와젤 집안의 따님과 혼인했는데 느와젤 집안은 백작 부인의 친척이죠. 하느님이 제게 내리신 시련은……." 나는 그녀의 말을 중단시키지 않을 수 없었다. "하느님을 그리 경솔하게 부르지 마십시오."

"아, 그야 신부님이 저를 단죄하고 경멸하기는 쉬운 일이죠. 신부님은 고독이 무언지 모르십니다!"

"그 누구도 그것은 절대 모릅니다. 그 누구도 자신의 고독, 그 밑바닥까지 내려가는 법이 없으니까요."라고 나는 답했다. "여하간 신부님은 하실 일이 있으시니 시간이 빨리 지나가겠죠." 이 말을 들으니 나는 절로 웃음이 나왔다. "당신은 이제 이 지방을 떠나 멀리 가셔야 합니다. 당신이 받아야 할 것은 받아 드리기로 약속하리다. 당신이 일러 주는 곳으로 보내 드리겠습니다."

"샹탈 양을 위해서 그렇게 하실 거란 말이죠? 필시? 나는 그 애에 대해 전혀 나쁘게 생각하지 않고 그 애를 용서합니다. 격렬한 성격이지만 마음은 너그러운 아이죠. 가끔 이런 상상도 해 봅니다. 서로 솔직하게 터놓고 해명을 해 본다면……." 그 여자는 장갑 한 짝을 벗어서 손바닥에 대고 초조한 듯 뭉갰다. 그녀가 내게 가여운 생각이 들게 한 것은 사실이다. 그러나 그와 함께 약간 끔찍한 감정도 불러일으켰다. 나는 말했다. "아가씨께 다른 것이 달리 없고 오직 자긍심만 남았다 하더라도 아가씨의 그 자긍심은 이제는 더구나 소용도 없게 된 어떤 조처를 당신이 밟지 않도록 금할 겁니다. 그런데 기가 막히게도 당신은 그 일에 나까지도 연대하려 한 겁니다."

"자긍심이라고요? 제가 주인들과 거의 대등하게 존중받으며 행복하게 살았던 이 고장을 버리고 거지처럼 떠나가는 것을 신부님은 자긍심의 발로라는 겁니까? 벌써 어제만 해도 예전 같으면 허리를 90도로 굽히고 절을 했을 농사꾼들이 저를 모르는 체하더군요."

"당신도 그런 그들은 모르는 체하십시오. 자긍심을 가지십시오!"

"자긍심, 또 그 자긍심! 도대체 자긍심이 무엇입니까? 저는 자긍심이 향주덕(向主德)*의 하나라고 생각해 본 적이 한 번도 없습니다……. 신부님 입에서 그 말을 듣는 게 이상하기까지 합니다."

"미안하지만 당신이 사제로서의 나에게 말하고 싶다면 사제인 저는 당신의 과오를 사해 줄 권리를 갖기 위해 먼저 당신더러 과오를 고백하라고 요구할 겁니다."

"저는 그따위 것은 원하지 않습니다."

"그러면 당신이 알아들을 수 있는 말로 제가 당신 이야기에 응해야겠군요."

"인간의 말로요?"

---

* 대신덕(對神德). 157쪽 역주 참조. 믿음(信德), 소망(望德), 사랑(愛德).

"그래서 안 될 일이 없지 않겠소? 자긍심을 넘어서는 것은 아름다운 일입니다. 그러기에 앞서 우선 자긍심에까지 이르러야 합니다. 나는 세상이 말하는 명예에 대해 내 마음대로 말할 권리는 없습니다. 그것은 나 같은 보잘것없는 사제가 나눌 수 있는 대화 주제가 못 됩니다. 하지만 사람들이 명예를 너무 헐값으로 치부한다는 생각은 가끔 듭니다. 아아! 우리 모두는 진흙 속에 누워 잘 수 있습니다. 왜냐하면 지친 마음에는 진흙이 오히려 상쾌하게 여겨지니까요. 그런데 수치심도 일종의 잠입니다. 깊은 잠, 꿈도 없이 취한 채 자는 잠이죠. 만일 자존심이 한 점이라도 남아 있어서 불행했던 사람이 다시 일어설 수만 있다면 그런 곡절은 무엇 하러 따지겠습니까?"

"제가 신부님이 말씀하시는 그런 불행한 사람인가요?"

"그렇습니다. 그런데 제가 당신께 감히 창피를 주는 것은, 당신이 보기에도 자신의 품격을 영원히 떨어트려 버리게 될 더 고통스럽고 회복 불가능한 굴욕을 당신이 당하지 않게 하겠다는 희망에서일 따름입니다. 샹탈 양을 다시 만나겠다는 그 계획을 버리시오. 당신은 헛되이 스스로를 욕되게 할 뿐이고 짓이겨지고 짓밟히기나 할 겁니다……." 나는 입을 다물었다. 나는 그 여자가 짐짓 반항하며 화를 터뜨리려 드는 것을 지켜보고 있었다. 위로의 말을 찾아내려 했지만 내 머리에 떠오른 그런 말들은 그 여자로 하여금 자기 연민에나 빠져들게 하고 결국 비열한 눈물이나 쏟아 내게 할 뿐이라는 것을 나는 느꼈다. 내가 무얼 어떻게 아무리 해도 제대로 관여할 수 없을 이런 각별한 불행에 직면해서 나의 무능을 이토록 깊이 실감한 적이 일찍이 없었다. 그 여자는 말했다. "그래요, 샹탈과 나 사이에서 신부님은 주저하시지 않지요. 힘이 없는 쪽이 저니까요. 그 애가 벌써 저를 꺾어 버렸습니다." 이 말은 백작 부인과의 마지막 대화 중 내가 했던 말을 상기시켰다. "하느님께서 부인을 꺾어 버리실 겁니다!"라고 나는 부르짖었더랬다. 이런 순간 떠오른 이 같은 추억은 고통스러웠다. "당신 안에는 꺾일 것이 아무것도 없습니다!"라고 나는 말했다. 나는 이 말을 후회했지만 지금은 더 이상 후회하지 않는다. 그 말은 내 마음에서 우러나온 말이었다. "신부님이야말로 그 애한테 속아 넘어가고 있습니다!"라고 루이즈 양은 서글프게 찡그리며 쏘아붙였다. 목소리를 높이지도 않고 그저 더 빨리, 아주 빨리 말했다. 그것을 여기 다 적어 둘 수 없다. 갈라진 입술 사이로 끝도 없이 흘러나온 그 말들. "그 애는 신부님을 증오해요. 첫날부터 그렇습니다. 그 애는 악마 같은 통찰력을 갖고 있습니다. 그리고 그 꾀 하며! 놓치는 게 있을 수 없죠. 그 애가 밖으로 나오기 무섭게 어린애들이 뒤를 졸졸 따르죠. 어린애들에게 사탕을 잔뜩 안겨 주니 어린애들은 그 애를 따를 밖에요. 그 애가 꼬마들에게 신부님 언급을 하면 꼬마들은 그 애에게 교리문답 시간인가 뭔가에 대해 떠들어 대죠. 그럼 그 애는 신부님 거동이며 목소리를 흉내 내지요. 그 애 마음에서 신부님이 떠나지 않는다는 것은 분명하죠. 그런데 누구든 자기 마음에 걸려 떠나지 않는 사람을 그 애는 놀림감으로 만들고 상대방이 죽을 때까지 못살게 굴지요. 정말 매정한 아이죠. 그저께만 해도……." 나는 가슴 한 가운데가 푹 찔리는 것 같았다. "그만 두시오!"라고 나는 말했다. "하지만 그 애가 어떤 애인지 신부님은 아셔야 합니다."

"나는 다 알고 있습니다. 샹탈을 이해하지 못하는 것은 당신입니다." 그 여자는 수치 당한 그 가련한 얼굴을 내 쪽으로 내밀었다. 거의 회색빛이 나는 창백한 뺨 위로 흘러내렸던 눈물은 바람에 얼추 말라 버린 모양으로, 광대뼈들 안쪽 움푹한 그늘 안을 향해 사라지는 한 줄기 번들거리는 고랑을 그려 놓았다. "프랑수아가 없을 때 대신 식탁 심부름을 하는 보조 정원사 파므숑과 얘기를 해 보았어요. 샹탈이 자기 아버지한테 한바탕 다 이야기를 해서 그네들은 포복절도를 했다나요. 샹탈이 뒤무셸 집 근처에서 조그만 책을 한 권 주웠는데 첫 페이지에 신부님 성함이 적혀 있더래요. 그래서 샹탈은 세라피타한테 물어볼 생각이 났던 거고 언제나 그렇듯이 그 꼬마는 유도신문에 줄줄이 걸려든 거죠……." 나는 멍하니 한마디도 못한 채 그 여자를 건너다보았다. 그 여자가 복수의 쾌감을 음미하고 있었을 바로 그 순간에도 분노는 그녀의 서글픈 눈매에 그저 가축과 같이 체념한 듯한 표정밖에는 주지 못했다. 다만 얼굴의 창백한 기만 조금 가셨을 뿐이었다. "그 꼬마가……길바닥…… 에서 코를 골고 계신 신부님을 발견했다던 모양입니다." 나는 그녀에게서 등을 돌렸다. 그 여자는 뛰어서 나를 쫓아왔다. 그 여자의 손이 내 소맷자락을 부여잡는 것을 보고 나는 혐오감을 억제할 수 없었다. 그 손을 잡아 부드럽게 물리쳐 놓는 데 몹시 힘이 들었다. "그만 가시오! 당신을 위해 기도하리다."라고 나는 말했다. 마침내 그녀가 불쌍하다는 생각이 들었다. "다 잘될 겁니다. 약속합니다. 내가 백작을 만나 보겠소." 그 여자는 상처 입은 짐승처럼 머리를 약간 옆으로 숙이고 빠른 걸음으로 멀어져 갔다.

라모트뵈브롱 참사 신부님이 앙브리쿠르를 방금 떠나셨다. 나는 그분을 다시 뵙지는 않았다.

오늘 세라피타를 보았다. 언덕 위에 앉아 소를 지키고 있었다. 나는 그 애 쪽으로 조금 다가가 보았다. 그 애는 달아났다.

∞ 내 소심함은 얼마 전부터 정말이지 강박증 같은 성격을 띠고 있다. 행인의 시선이 내게 머무는 것을 느끼면 후닥닥 뒤를 돌아보게 되는, 이치에 맞지도 않고 어린애 같은 이런 두려움을 이겨 내기란 쉬운 일이 아니다. 심장은 가슴팍에서 쿵쿵거리고, 상대방이 내 인사에 답하는 말을 듣고서야 비로소 다시 제대로 숨을 쉬게 된다. 상대의 답례 인사는 이미 내가 그것을 바라지 않을 시점을 넘어서야 그렇게 뒤늦게 돌아오곤 하니 말이다.

사람들의 호기심은 내게서 어쨌든 떠나가고 있다. 사람들은 이미 나를 판단해 버렸으니 무얼 더 바라겠는가? 사람들은 내 행동에 대해 그럴싸하고 익숙하고 납득되는 해명을 확보한 나머지 나에게서 관심을 돌려 보다 심각한 일에 집중하는 것이다. 사람들은 내가 혼자서 몰래 '술을 마신다'고 알고 있다. 젊은이들은 이것을 '스위스 사람 식'으로 마신다고 한다. 이 사실로도 충분한 모양이다. 폭음 폭식하는 사람과는 도무지 걸맞지 않는 이 창백한 안색, 물론 나로서는 어찌 떨칠 수 없는 이 음울한 안색이 문제로 남아 있다. 사람들은 나의 이 안색도 용납하지 못할 것이다.

∞ 나는 목요일 교리 시간이 무척 걱정되었다. 아, 하기야 청소년들의 은어로 '왕창 소란'이 일어나리라고 생각한 것은 아니다. (시골 아이들은 그런 야단법석을 별로 벌이지 않는다.) 그러나 소곤거림이나 깜찍한 미소들 때문에 골탕을 먹으리라고는 예상했던 것이다. 그러나 아무 일도 없었다.

세라피타는 헐레벌떡 얼굴이 새빨개진 채 지각했다. 다리를 좀 저는 듯이 보였다. 수업이 끝나서 '마침 기도'*를 하고 있을 때 그 애가 제 친구들 뒤로 살며시 빠져나가는 것이 보였고 '아멘'이라고 하기도 전에 성당 바닥 돌 위로 그 아이의 황망한 나막신 소리가 따각거리는 것이 들려왔다.

성당이 텅 비고 나서 나는 강론대 밑에서, 너무 커서 그 애의 앞치마 주머니에 쏙 들어가지 않기 때문에 그 애가 곧잘 떨어뜨리곤 하는, 흰 줄무늬의 커다란 파란색 손수건을 발견했다. 이 소중한 물건을 잃어버린 채 그 애가 집에 돌아갈 염을 내지 못할 것이라는 생각이 들었다. 뒤무셸 부인은 물건 아끼기로 유명하지 않은가.

과연 그 애는 되돌아왔다. 그 애는 소리도 내지 않고 단숨에 아까 제가 앉았던 자리까지 달려갔다.(나막신을 벗고 있었다.) 아까보다 훨씬 더 절뚝거리고 있었다. 그러나 내가 성당 안쪽에서 부르자 그 애는 다시 거의 꼿꼿하게 몸을 세워 바른 걸음으로 걸어왔다. "자, 여기 손수건 받으렴. 잃어버리지 말아라!" 그 애는 무척 창백했다.(그 애 안색이 이런 것을 본 적이 거

---

* Sub tuum, '당신의 보호 아래' 의탁을 청하는 일과 마침 기도. 2차 바티칸 공의회 전이라 기도문들이 전부 라틴어로 암송되었다.

의 없었다. 조그만 일에도 얼굴이 곧 새빨개지는 아이였다.) 그 애는 고맙다는 말 한마디 없이 내 손에서 손수건을 홱 낚아챘다. 그러고는 아픈 다리를 구부린 채 가만히 서 있었다. "가 보렴." 하고 나는 부드럽게 말했다. 그 애는 문 쪽으로 한 걸음 가는 가 했더니 제 조그만 어깨를 멋들어지게 과시하며 곧장 내게로 돌아왔다. "상탈 아가씨가 처음에 제게 억지로 말을 시켰어요.(그 애는 내 얼굴을 제대로 마주 들여다보려고 발꿈치를 올려 세웠다.) 그다음엔…… 그다음엔……."

"그다음엔 네 스스로 말을 했다는 거지? 어쩌겠니, 아가씨들은 으레 재잘거리길 잘하니."

"저는 재잘거리지 않아요. 저는 심술궂어요."

"정말이냐?"

"하느님이 절 보고 계시는 것만큼 정말이죠!(검정 잉크가 묻은 엄지를 들어 그 애는 이마와 입술에 십자성호를 그었다.) 저는 신부님이 딴 애들에게 하신 말씀을 잘 기억해요. 고마우신 말씀, 칭찬하시는 말씀들 말이에요. 예를 들어 볼까요? 신부님은 젤리다를 "귀여운 젤리다"라고 하시죠! 애꾸에다 뚱뚱한 암말 같은 애에게 귀엽다니! 신부님이 아니고서야 그런 생각은 못할 겁니다!"

"넌 질투가 많구나." 그 애는 자기 생각의 밑바닥, 아주 밑바닥까지를 들여다보려는 듯이 눈까지 깜박이며 커다란 한숨을 내쉬었다. "하지만 신부님은 미남은 아니세요."라고 그 애는 상상할 수 없으리만큼 심각하게 중얼거렸다. "그저 신부님이 슬퍼하시기 때문에 제가 그리 군 거죠. 신부님은 웃고 계실 때에도 슬퍼 보이세요. 신부님이 왜 슬프신지 이유를 알 수 있다면 전 더 이상 다시는 고약한 애가 안 될 것 같아요."

"하느님께서 사랑받지 못하시기 때문에 나는 슬프단다."라고 말하자 그 애는 도리질을 했다. 그 애의 숱 적은 머리칼을 머리 꼭대기에 잡아매 놓은, 땟국이 꾀죄죄한 파란 리본이 풀려서 그 애의 턱 언저리에서 우스꽝스레 펄럭여 댔다. 물론 내 말이 그 아이에게 어렵게, 매우 어렵게 들렸을 것이다. 그러나 그 애는 오랫동안 생각에 잠겨 있지 않았다. "저도 슬퍼요. 슬픈 건 좋은 거예요. 죄를 보속하는 거죠. 그래서 저는 가끔 생각한답니다……."

"너는 그럼 죄를 많이 짓니?"

"어이쿠! (그 애는 힐책이나 하듯, 다 아시면서라는 의미가 깃든 소박한 눈길을 보내왔다.) 신부님은 잘 아시잖아요. 사내아이들이 재미있어서 그런 건 아니에요! 사내애들은 별 볼일 없어요. 다 머저리들이죠. 정말 미친개 같아요."

"부끄럽지 않니?"

"왜 안 부끄러워요. 부끄럽죠. 이자벨하고 노에미랑 우리 셋은 저기 저쪽 모래 퍼 내는 말리코른 언덕에서 사내애들을 종종 만나죠. 처음엔 미끄럼 타며 놀죠. 물론 제가 제일 말괄량이죠! 그러다 모두 가고 나면 나는 죽은 사람 놀이를 한답니다……."

"죽은 사람 놀이라니?"

"네, 죽은 사람 놀이요. 모래에 구덩이를 파고 그 안에 들어가 등을 바닥에 붙이고 잘 누운 채 두 손은 가슴 앞에 모으고 눈을 감죠. 제가 아주 조금만 움직여도 모래가 목덜미로, 귓속으로, 입안으로 마구 들어오죠. 저는 그것이 그저 장난이 아니고 정말 죽었으면 해요. 샹탈 아가씨한테 말을 하고 나서는 저는 거기 가서 그렇게 여러 시간을 있었어요. 집에 돌아와서는 아빠한테 매를 맞았죠. 울기도 했어요. 드문 일인데……."

"너는 그래, 도무지 울지는 않는 모양이구나?"

"그래요, 전 우는 게 역겹고 더러운 일이라 생각해요. 울면 슬픔이 빠져나가 버리고 마음은 버터 녹듯 녹아 버리죠. 끔찍한 일이죠! 아니면……. (그 애는 다시 눈꺼풀을 깜박거렸다.) 다른…… 달리 우는 방법을 찾아야겠지요! 이런 일이 어리석다고 생각하세요?"

"아니."라고 나는 말했다. 나는 그 아이에게 대답하기를 망설이고 있었다. 조금만 부주의해도 이 조그만 맹수를 나에게서 영원히 떠나보내게 될 듯한 생각이 들었다. "언젠가 기도야말로 바로 네가 말한 그런 우는 법, 비겁하지 않은 유일한 눈물이란 것을 깨닫게 될 거야." 기도라는 말에 그 애의 눈살이 찌푸려지며 얼굴 전체가 고양이 얼굴처럼 오므라들었다. 그 애는 내게 등을 돌리며 다리를 심하게 절뚝거리며 멀어져 갔다. "왜 다리를 저는 거냐?" 그 애는 머리만 내 쪽으로 돌린 채 온몸은 달아날 준비를 하고서 뚝 하니 멈춰 섰다. 그러고는 아까처럼 어깻짓을 해 보였다. 나는 천천히 다가갔다. 그 애는 회색 모직 치마를 제 무릎 쪽으로 기를 쓰며 잡아당기고 있었다. 긴 양말의 찢어진 틈으로 그 애의 다리가 자줏빛으로 질려 있는 것이 보였다. "저런, 이래서 저는구나. 이게 다 뭐냐?" 그 애는 뒤로 깡충 뛰듯 물러났다. 나는 그 애 손을 공중에서 낚아 잡았다. 그 애가 뿌리치는 바람에 종아리 약간 위쪽이 드러났는데 거기에는 굵은 노끈이 얼마나 세게 졸라매져 있었는지 살이 양쪽으로 부풀어 올라 가지 빛을 띤 혹이 둘 솟아 있었다. 그 애는 획 빠져나가 성당 의자들 사이로 한 발로만 디디 뛰며 달아났다. 나는 성당 입구에서 두어 걸음밖에 떨어지지 않은 곳까지 따라가서야 그 애를 붙잡았다. 그 애의 심각한 태도에 말도 나오지 않았다. "샹탈 아가씨한테 이야기한 나를 벌하려고 그런 거예요. 오늘 저녁까지 노끈을 풀지 않으려 작정했어요."

"어서 끊어 버려라!"라고 나는 말했다. 내가 주머니칼을 꺼내 주니 그 애는 아무 말 없이 시키는 대로 했다. 별안간 피가 통하는 것이 너무나 아픈 모양이었다. 그 애는 몹시 얼굴을 찌푸렸다. 내가 붙들어 주지 않았더라면 그 애는 분명 쓰러졌을 것이다. "다시 이러지 않는다고 약속해 다오." 그 애는 여전히 심각하게 고개를 숙이고 손으로 벽을 짚으며 나갔다. 하느님께서 저 아이를 지켜 주시기를!

∞ 내가 간밤에 피를 쏟은 모양이다. 정말 대수롭지 않은 것이지만 그래도 코피와는 도저히 혼동할 수 없어 보인다.

릴행을 자꾸만 미루는 것은 타당하지 않기에 나는 15일에 가도 되겠느냐고 의사에게 편지를 보냈다. 엿새 후다…….

나는 루이즈 양에게 했던 약속을 이행했다. 성관 방문은 나로서는 정말 고통스러운 일이었다. 그나마 다행스럽게 정원 길에서 백작과 마주쳤다. 그는 나의 요청에 전혀 놀란 것 같지 않았다. 오히려 그것을 기다리고 있었던 것처럼 보였다. 나도 생각했던 것보다 훨씬 더 능하게 대응했다.

∞ 의사로부터 곧바로 회답이 왔다. 내가 잡은 날짜를 수락한다고 했다. 진료 후 다음 날 아침이면 돌아올 수 있을 것이다.

나는 포도주 대신 블랙커피를 아주 진하게 마시기로 했다. 그랬더니 몸이 가뿐하다. 그러나 이렇게 하니 잠이 오지 않는다. 결국 적지 아니 걱정이 되는, 심장이 두근거리는 것만 아니라면 너무 괴롭지는 않고 때로는 유쾌하기도 한 불면증. 새벽이 주는 해방감은 내겐 언제나 감미롭다. 그것은 하느님의 어떤 은혜, 미소와도 같다. 나날의 아침에 축복이 있기를!

입맛이 좀 당기면서 기운도 소생한다. 게다가 날씨가 좋아 건조하고 차갑다. 목초지들은 하얀 서리로 덮였다. 지난 가을과 달리 마을이 아주 딴 판이다. 대기가 청명해서 무겁게 가라앉아 보였던 것들이 가벼워 보인달까, 해가 기울기 시작하면 마을은 허공에 떠 있다고 생각할 정도로, 대지에 닿아 있지 않고 나에게서 벗어나 날아오르는 듯 보인다. 나만 둔중하게, 아주 묵직하게 땅에 내려앉아 있는 것처럼 느껴진다. 때로는 이런 환상이 하도 심해서 일종의 공포심과 설명하기 어려운 혐오감을 가지고 내 투박한 구두 짝을 내려다본다. 이 빛 속에서 그것들은 무얼 하는지? 구두가 땅속으로 내려 박히는 것이 보이는 성싶다.

확실히 기도도 좋아졌다. 그러나 나는 내 기도가 낯설다. 예전 기도는 고집스러운 탄원 같았다. 예를 들어 성무일도 중 어떤 교훈의 말씀이 내 주의를 끌 때도 나는 때로는 호소하고 때로는 조르며 강압하는, 하느님과의 말 겨루기를 속으로 계속 이어가는 듯 느끼곤 했다. 그렇다. 나는 그분에게서 당신의 자비를 앗아 내고 억지를 써서라도 그분의 자애를 받고 싶었다. 그런데 이제는 어떤 것이든 소망한다는 것이 어렵게 되었다. 마을처럼 내 기도도 하중을 잃고 위로 떠오른다……. 좋은 일인가? 나쁜 일인가? 모를 일이다.

∽ 또 약간의 출혈. 아니 각혈. 죽음에 대한 두려움이 나를 스쳤다. 그야 물론 죽음에 대한 생각이 자주 들고 때로는 염려도 된다. 그러나 그런 염려는 두려움과는 다르다. 이번 두려움은 일순간밖에 머물지 않았다. 이런 순식간의 인상을 무엇에다 비교해야 할지 모르겠다. 채찍 한 자락이 심장을 후려치는 것 같다고나 할까……? 오, '주님의 거룩한 수난!'

내 폐 상태가 나쁜 것은 더없이 분명하다. 그래도 델방드 의사가 정성껏 청진해 주지 않았던가. 결핵이라면 불과 몇 주만에 그렇게 많이 진행되었을 리 없다. 뿐만 아니라 결핵이라 해도 기운을 차리고 낫겠다는 의지가 있으면 곧잘 이겨 내기도 한다. 나는 양쪽 다 해당된다.

토르시의 본당 신부님이 가택 탐색이라고 비꼬아 부르시던 사목 방문을 오늘 마쳤다. 동료 신부들이 흔히 쓰는 어휘에 큰 거부감을 가졌던 나이지만 여하간 나의 가정 방문은 그들 말처럼 매우 '위안이 되는' 것이었다고 말할 수 있으리라. 그렇다 해도 좋은 결과를 얻어 내기가 가장 어려워 보이는 방문은 끝 무렵에 하기로 미뤄 놓았더랬다. …… 그런데 사람과 일에 대해 이리 수월하게 느껴지는 것은 무슨 연유일까? 그저 그리 생각해서일까? 이런저런 사소한 망신에 대해서 내가 무감각해진 것일까? 아니면 나의 부족함이 모두에게 다 알려진 마당이라 사람들이 나에 대해 가졌던 의혹이나 반감이 누그러져 버린 것일까? 모든 것이 그저 꿈같다.

(죽음에 대한 공포. 두 번째 발작은 첫 번째보다는 덜했던 것 같다. 그러나 꼭 짚어 말할 수 없는 가슴의 어떤 점을 중심으로 온 몸이 이리 위축되고 떨리는 것은 정말 이상한 일이다⋯⋯.)

∾ 막 누구를 만나다. 실은 뭐 그리 놀랄 일도 아닌 만남이라 할 수 있을지! 지금 내 상태에서는 아무리 사소한 사건이라 해도, 마치 안개 속 풍경이 그러하듯, 제 본래의 비례와 규모에서 벗어나 버린다. 요컨대, 나는 친구를 한 사람 만나 우정의 계시를 받은 것이라 믿는다.

이리 고백하면 내 옛 동창들 중 많은 이가 뜻밖이라 할 것이다. 왜냐하면 나는 청춘기에 나눈 동료애에 아주 충실한 사람으로 알려져 있으니 말이다. 예를 들어 서품 기념일들을 잊지 않고 꼭꼭 축하를 보내는, 특정 날짜에 관한 정확한 기억은 유명하여 사람들의 웃음을 사기까지 한다. 그러나 나로서는 호의에서 그런 것일 뿐이다. 그런데 이제 나는 세인들이 사랑의 계시에서만 인정할 뿐인 그 돌연하고 격렬한 성격을 띤 우정이 두 사람 사이에 갑자기 생겨날 수 있음을 알게 되었다.

내용인즉, 내가 메자르그 쪽으로 걸어가고 있을 때 등 뒤 아주 멀리서 바람이 변덕을 부리는 데 따라, 또는 굽이굽이 길의 굴곡에 따라 커지다가 또 작아지는 경적음, 그 우르릉 소리가 들려왔다. 며칠 전부터 그 소리는 사람들 귀에 친숙한 것이 되어 아무도 새삼 그 소리에 고개를 들지 않게 되었다. 사람들은 그저 "올리비에 씨의 오토바이군."이라고 말하고 만다. 올리비에 씨의 원 이름은 트레빌솜므랑쥐로 백작 부인의 조카다. 그가 여기서 어린 시절을 보낸 것을 아는 노인네들은 그의 얘기만 나오면 그칠 줄 모른다. 다루기 아주 어려운 소년이어서 열여덟 살에 군대에 넣어야 했다 한다.

나는 숨을 돌리려고 언덕 마루에서 잠시 멈춰 섰다. 엔진 소리는 몇 초 동안 들리지 않더니 (필경 디온의 급한 모퉁이 길 때문이리라.) 갑자기 다시 들려왔다. 상대를 위압하고 위협하며 안간힘을 쓰는 야수의 부르짖음 같았다. 그와 거의 동시에 내 앞쪽에 보이는 고갯마루는 불꽃 다발 같은 것으로 후광처럼 에워싸였다. 잘 닦인 강철판에 햇살이 똑바로 강하게 반사된 것이다. 그런데 벌써 오토바이는 힘찬 숨을 헐떡이면서 언덕 아래까지 잠겼다가, 단숨에 뛰어올랐다고 생각할 만큼 재빨리 올라왔다. 길을 내주느라 옆으로 비키면서 심장이 가슴속에서 덜컹 떨어지는 것처럼 느껴졌다. 잠시 지나서야 굉음이 멈추었다는 것을 나는 깨달았다. 이제는 브레이크가 내는 날카로운 삐익 소리와 바퀴들이 땅에 벅 긁히는 소리밖에는 들리지 않았다. 이어서 그 소리마저 그쳤다. 이어 온 고요는 굉음보다 더 크게 느껴졌다.

올리비에 씨는 내 앞에 서 있었다. 회색 스웨터를 양쪽 귀 밑까지 추켜올리고 머리에는 아무것도 쓰지 않았다. 나는 그를 이렇게 가까이에서 본 적이 없었다. 침착하고 주의 깊은 얼굴에 눈은 정확한 색을 말할 수 없을 만큼 말갛다. 그 두 눈은 나를 보며 미소 짓고 있었다.

"한번 타 보시렵니까, 신부님?" 하고 그는 상냥하면서도 꿋꿋한 목소리로 말했다. 아아, 나는 그 목소리가 백작 부인의 목소리 그대로임을 즉각 알아챘다. (나는 사람 얼굴은 잘 기억하지 못하지만 목소리는 잘 기억해서 절대 잊어버리는 법이 없고 그 목소리들을 사랑한다. 무슨 사물들 때문에 산만해질 리 없는 시각장애인은 목소리로 많은 것을 알게 될 것임이 짐작되어 마지않는다.) "그럴까요?" 하고 나는 대답했다.

우리는 아무 말 없이 서로 바라보았다. 나는 그의 눈에서 놀람과 약간의 빈정거림도 읽어 낼 수 있었다. 찬란한 불꽃 같은 이 기계 옆에서 내 수단은 검고 우중충한 얼룩처럼 보였다. 정녕 그 무슨 기적으로 이때 나는 자신이 젊게, 아주 젊게 — 정말이지 대단히 젊게 — 그래, 저 승리에 찬 아침 기운만큼이나 젊게 느껴졌던 것일까? 전광석화처럼 순식간에 나는 내 초라했던 소년 시절을 다시 보았다. 물에 빠진 사람이 물밑으로 완전히 곤두박질치기 전에 자신의 일생을 되돌아보는 그런 식으로는 아니었다. 왜냐하면 그것은 거의 순식간에 파노라마를 이루는 일련의 그림처럼 펼쳐진 것이 정녕 아니었기 때문이다. 그것은 한 인격체로, 한 존재로 (산 자였는지 죽은 자였는지는 하느님께서만 아실 일이다!) 내 앞에 있었다. 나는 그 존재를 제대로 알아보았는지 장담할 수는 없다. 그 존재를 잘 알아보기란 어려웠다. 왜냐하면…… 이런 말은 아주 이상하게 들리겠지만 나는 그 존재를 예전에는 결코 본 적이 없었고 그때서야 처음 보았기 때문이다. 그 존재는, 형제로 삼을 수 있었겠지만 그대로 영원히 멀어져 가는 많은 타인들이 우리 곁을 스쳐 지나가듯 예전에 그리 지나가 버렸던 것이다. 나는 감히 엄두를 내지 못했기에 진정으로 젊었던 적이 한 번도 없었다. 내 주위 인생은 추측컨대 그 자연스러운 행로를 이어갔을 것이고 내 동료들은 그 알싸한 봄을 나름대로 알고 음미했을 것이다.

그러나 나는 그에 대한 생각을 굳이 접고 멍하도록 공부에만 골몰했던 것이다. 내게도 공감 어린 우정이 없었던 것은 물론 아니다. 그러나 가장 가까운 친구들도 빈곤이 주는 치욕감을 어려서부터 체험한 나의 아주 어린 시절이 내게 남겨 놓은 표징을 자기네도 모르는 새 두려워했던 것 같다. 내가 그네들에게 마음을 활짝 열었어야 했을 것이다. 그런데 내가 털어놓고 말하고 싶었던 것이 바로 내가 어떻게 해서든 감추고 싶었던 것이었으니……. 아아, 지금은 그런 일이 정말이지 간단해 보이는데! 아무도 나와 젊음을 나누고자 하지 않았기에 나는 젊음을 결코 모르고 살아 왔던 것이다.

그렇다, 그런 일이 갑자기 간단하게 느껴졌다. 이 추억은 결코 내게서 사라지지 않을 것이다. 이 맑은 하늘, 황금 햇살이 새어나오는 엷은 황갈빛 안개, 아직도 서리가 하얗게 덮인 언덕들, 그리고 햇볕 속에서 부드럽게 그르렁거리는 저 눈부신 오토바이……. 나는 청춘이 축복받은 것임을, 도전하여 질주할 모험임을, 그 모험마저 축복받은 것임을 깨달았다. 그리고 내가 설명할 수 없는 어떤 예감에 의해 하느님께서는 때가 이르렀을 때 이 모험을 얼마간 ─ 내 희생이 온전한 것이 되기에 족할 정도만큼만 ─ 체험하지 않고는 내가 죽기를 원하지 않으신다는 것도 나는 이해하고 '알고 있었다…….' 나는 바로 이 영광의 오죽잖은 일순간을 체험한 것이다.

참으로 평범한 해후를 두고 이리 말하는 것이 퍽이나 어리석어 보일 것이라는 사실도 나는 느끼고 있다. 그러나 무슨 상관이랴! 행복을 누리면서도 우스꽝스러워 보이지 않으려면 행복이라는 말을 더듬거리며 발음할 수도 없으리만큼 아주 어려서부터 그것을 알고 있어야 했을 것이다. 나로서는 단 한순간 이라도 그런 확신, 그런 품위는 전혀 가질 수 없을 것이다. 행복! 일종의 의연함, 경쾌함, 이치와 조리를 떠난 희망, 순전히 육체의 희망, 희망의 육체적 형태, 나는 바로 이런 것이 사람들이 행복이라 부르는 것인 줄 안다. 그런데 마침내 나는 나만큼 젊은 이 동행자를 앞에 마주하고서 나 자신이 젊다고, 정녕 젊다고 느끼게 된 것이다. 우리는 둘 다 젊었다.

"어디로 가시는 길입니까, 신부님?"

"메자르그에 갑니다."

"이걸 타 보신 적 없으시죠?" 나는 웃음을 터뜨렸다. 20년 전이었다면 엔진의 느린 회전으로 부르르 떨고 있는 길쭉한 탱크 쪽을 지금처럼 손으로 쓰다듬어 보는 것만으로도 좋아서 얼이 빠졌을 것이라는 생각이 들었다. 그러나 나는 어린 시절, 가난한 집 꼬마들로서는 꿈만 같은 이런 유의 장난감, 기계 장치가 달린 장난감, 움직이는 장난감을 하나 가졌으면 하는 염을 한 번이라도 품어 보았던 기억조차 없다. 그러나 그런 꿈은 내 안에 정말이지 고스란히 남아 있었다. 그러다가 그것이 과거로부터 솟아올라 아마도 죽음의 손길이 이미 와 닿아 있는 내 병든 가여운 가슴속에서 갑자기 폭발한 것이다. 그 꿈은 가슴 안에서 여태 태양처럼 빛나고 있었던 것이다.

"아이 참, 신부님 덕분에 정말 놀랐습니다. 기계가 무섭지 않습니까?"

"아뇨! 왜 그러리라 생각하십니까?"

"그저, 이렇다 이유는 없습니다만."

"자, 여기서 메자르그까지 우리는 아무도 마주치지 않을 성

싶습니다. 저 때문에 당신이 우스개가 되는 것은 원치 않습니다."라고 나는 말했다. "제가 어리석었습니다."라고, 그는 잠시 조용히 있더니 대답했다.

나는 꽤 불편한 작은 보조 안장에 그럭저럭 기어올랐다. 그러자 그와 거의 동시에 우리 앞에 내려다보이던 긴 내리막길이 우리 뒤로 껑충 뛰어 달아나는 것 같더니, 모터 소리는 끝도 없이 높아져 마침내는 기막히게 순수한 단 하나의 음을 내뿜었다. 그것은 마치 빛의 찬가, 아니 빛 그 자체였다. 나는 그것이 그리는 무한한 곡선, 그 놀라운 상승을 눈으로 응시하며 따라 오르는 것 같았다. 풍경은 우리 쪽으로 다가오지 않고 사방으로 탁탁 트였다. 그리고 갑자기 가파르게 기운 길의 저 조금 너머로 풍경은 마치 다른 세계로 열린 문처럼 장엄하게 빙그르르 자전하듯 돌았다.

주파한 길도, 시간도 도저히 잴 수 없었다. 나는 그저 우리가 빨리, 아주 빨리, 점점 더 빨리 질주했다는 것을 알 뿐이다. 질주로 인해 생기는 바람은 내 온몸의 무게로 맞받던 처음과는 달리 역풍의 장애물이 아니라, 이제는 현기증 나는 통로가 되어 주었으니 무서운 속도로 휘저어져 생긴 두 바람기둥 사이로 진공상태를 만들어 냈다. 나는 그 바람기둥이 마치 거대한 액체 장성처럼 내 양옆으로 흘러가는 것을 느꼈다. 그리고 팔을 조금 벌리려 하면 그것은 저항할 수 없는 힘으로 내 옆구리에 찰싹 달라붙었다. 우리는 이렇게 메자르그의 굽은 길에 도달했다. 운전자는 잠시 나를 돌아보았다. 보조 안장에 올라앉아 있는 나는 그의 어깨 높이 이상으로 큰지라 그는 나를 아래에서 위로 치켜 보아야 했다. "주의하십시오!"라고 그는 내게 말했다. 긴장된 그의 얼굴에서 두 눈은 웃음 짓고 있었고, 바람은 그의 긴 금발을 머리 위로 곤두세워 놓았다. 나는 길 두렁이 우리를 향해 돌진하더니 별안간 기우뚱거리며 기를 쓰듯 달아나는 것을 보았다. 거대한 지평선이 두 번 흔들리더니 벌써 우리는 제브르 내리막길을 내달리고 있었다. 내 동행은 무어라 모를 소리를 내게 질렀고 나는 그저 웃음으로 답했다. 나는 모든 것에서 그토록 멀리 해방되어 행복감을 느꼈다. 이윽고 내 안색이 그에게 걱정을 끼쳐 그는 아마도 자신이 나를 무섭게 했다고 생각하고 있음을 깨달았다. 메자르그는 이미 우리 두 사람 너머 저 뒤에 있었다. 나는 항변할 용기가 없었다. 걸어서는 한 시간은 족히 되는 길이었는데 그래도 앞당겨진 것이라고 생각했다…….

우리는 갈 때보다는 훨씬 얌전하게 사제관에 돌아왔다. 하늘에는 구름이 덮이고 쌀쌀한 북풍이 약간 불었다. 꿈에서 깨어나는 중임을 잘 느낄 수 있었다.

다행히 길에는 인적이 없어서 나뭇단을 묶고 있던 마들렌 할머니밖에는 마주친 사람이 없었다. 노파조차도 우리를 돌아보지 않았다. 나는 올리비에 씨가 성관까지 가려니 생각했는데 그는 정작 나에게 사제관에 좀 들어가도 되느냐고 정중하게 물어 왔다. 나는 그에게 어떻게 대답할지 몰랐다. 나는 정말이지 어떻게 해서라도 그에게 조금이라도 잘 대접하고 싶었다. 왜냐하면 나 같은 농촌 출신 머리에서는 군인은 늘 배고프고 목마르다는 생각이 떠나지 않기 때문이다. 그런데 별로 내놓을 만한 것이 물론 되지 못하는, 텁텁한 탕약 꼴에 지나지 않는 내 포도주를 그에게 감히 대접할 수도 없었다. 대신 우리는 장작불을 활활 피웠고 그는 파이프에 담배를 쟀다. "내일 제가 떠나야 하니 유감입니다. 한 번 더 달려 볼 수 있을 텐데……."

"오늘 타 본 것으로 족합니다."라고 나는 답했다. "더구나 사람들은 본당 신부가 급행열차 속도로 길을 내지르는 걸 그리 좋아하지 않을 겁니다. 게다가 저는 죽을 수도 있겠죠."

"그게 무서우십니까?"

"천만에요……. 아니, 별로……. 하지만 주교님이 어떻게 생각하시겠어요?"*

"신부님은 제 마음에 무척 듭니다. 우리는 친구가 될 수도 있었을 겁니다."

"제가 당신의 친구요?"

"그럼요! 그런데 제가 신부님에 관해 별로 아는 게 없으면서 이리 말하는 것도 아닙니다. 저어기에선 신부님 이야기뿐이죠."

"나쁘게들 얘기하죠?"

"그런 편이죠……. 내 사촌 누이는 펄펄 뛰죠. 그 애는 그야말로 솜므랑쥬 핏줄이죠."

"그건 무슨 말씀이신지?"

"말씀드리죠. 저도 솜므랑쥬 집안입니다. 욕심 많고 가혹하고 결코 무엇에 만족하는 법이 없고 어떻게 손댈 수 없는 무언가를 가지고 있어서 이것이 우리 집안에서 마귀에게 돌아가는 몫이 될 겁니다. 이 때문에 우리는 우리 자신을 극도로 적대시

---

* 사제를 오토바이 사고로 잃으면 그의 웃어른인 주교의 마음이 어떻겠느냐는 농담.

해서, 우리의 덕이 우리의 악행과 닮아 버리게 되고, 하느님조차도 우리 집안의 성인들과 ─ 우연히, 요행히, 성인이 있다고 치고 말입니다. ─ 악동들을 구별하기 힘드실 지경일 겁니다. 우리 집안사람들에게 공통된 유일한 장점이라면 감상(感傷)을 극히 꺼린다는 겁니다. 우리는 기쁨을 남과 나누기를 싫어하는 대신 적어도 우리의 고통으로 남을 곤란하게 만들지 않는 꿋꿋함을 지녔습니다. 이것은 죽을 적에 귀한 장점이 되지요. 그리고 우리 집안사람들은 사실 꽤 깨끗이 죽습니다. 자, 신부님도 우리 집안에 대해 저만큼 아시게 되셨네요. 이 모든 것을 합하면 쓸 만한 군인이 되지요. 불행하게도 군인이라는 길이 여자들에게는 개방되질 않아서…… 그래서 우리 집안 여자들은…… 원! ……돌아가신 숙모는 우리 집안 여자들에게 '전부 아니면 전무'라는 표어를 일찍이 주셨지요. 그런데 어느 날 제가 숙모님께 이 표어는 거기에다 어떤 내기의 성격을 부여하지 않으면 별로 큰 의미가 없지 않느냐고 말씀드린 적이 있지요. 그런데 이 내기라는 것은 죽음의 순간 외에는 진정으로 할 수 없는 것이지요. 그렇지 않습니까? 내기에 이겼는지, 혹은 졌는지, 졌다면 누구에게 그런 건지 죽은 뒤 다시 돌아와 얘기해 준 집안사람들은 없지만 말입니다."

"저는 당신이 하느님을 믿으신다고 확신합니다."

"우리 집안에서는 그런 질문은 하지 않는 법입니다."라고 그는 답했다. "우리 집안사람은 모두 하느님을 믿습니다. 가장 고약한 사람들까지도 말입니다. 이들이 다른 사람보다 더 믿는지도 모르겠습니다만. 아무 위험도 감수하지 않고 악을 행하기에는 우리는 너무 콧대가 높다고 생각합니다. 이런 우리에게는 도전에 대응할 증인이 언제나 있는 법. 바로 하느님이십니다."
이런 그의 말은 독성(瀆聖)적인 말로 해석하기 쉬운 말이었
던 만큼 내 가슴을 찢어 놓을 수도 있었다. 하지만 정작 그 말
은 나에게 아무 동요도 일으키지 않았다. 나는 그에게 말했다.
"하느님께 도전하는 것이 그리 나쁜 것은 아닙니다. 그렇게 하
려면 사람은 자신을 끝까지, 모두 걸어야 하기 때문이지요. 희
망을, 자기가 품을 수 있는 온 희망을 다 걸어야 합니다. 하지
만 때로는 하느님께서 피해 버리시지요……." 그는 그 말간 눈
으로 나를 응시했다. "숙부는 당신을 아무것도 아닌 고약한 본
당 신부로 여기고 계세요. 게다가 그는 주장하기를……." 내 얼
굴로 피가 솟구쳤다. "숙부의 의견이야 신부님께는 아무렇지도
않으실 줄 저는 압니다. 숙부야 얼간이 중의 얼간이니까요. 그
런데 사촌 누이는……."

"그만 해 두십시오, 부탁입니다!" 하고 나는 말했다. 나는
눈에 눈물이 가득 고이는 것을 느꼈다. 이렇게 급작스레 심약
해지는 것을 나로서는 거의 어찌할 수 없었다. 나약함에 무너
질까 두려운 나머지 온몸이 떨려 왔고 나는 벽난로 귀퉁이 재
위에 가서 쭈그리고 앉았다. "제 사촌 여동생이 그토록…… 감
정을 드러내는 것을 저는 처음 보았습니다. 평상시, 남에게서
그 어떤 경솔하기까지 한 무례함을 겪어도 꼿꼿하니 냉정하던
그 애가 말입니다."

"차라리 저에 관한 이야기를 해 주십시오……."

"아, 신부님요! 그 검은 자루 복장만 아니라면 신부님도 우
리 같은 사람 누구와라도 비슷하시죠. 저는 첫눈에 알아보았
습니다." 나는 무슨 말인지 이해할 수 없었다.(하기는 아직까지

도 이해하지 못하고 있다.) "당신 말씀은 혹시……."

"아니, 제 말이 바로 그 말입니다. 그런데 신부님은 아마 제가 해외 부대에 복무한다는 것을 모르시겠죠?"

"무슨…… 부대요?"

"외인부대 말입니다! 소설가들이 이 말을 유행시킨 이래 저는 이 말이 아주 싫습니다만."

"하지만 사제가 어찌……!" 하고 나는 더듬거렸다. "사제들? 거기엔 사제들도 얼마든지 있습니다. 예컨대 내 사령관의 부관만 하더라도 프와투 지방*의 한 본당 신부 출신이었습니다. 우리는 나중에야…… 그걸 알았습니다."

"나중이라니……?"

"그야 그가 죽은 뒤 말입니다!"

"그런데 그는 어떻게……."

"그가 어떻게 죽었느냐는 말씀이시죠? 짐 싣는 노새 등에 소시지처럼 칭칭 묶여서요. 복부에 총탄을 한 방 맞았더군요."

"제가 묻는 것은 그게 아닙니다."

"신부님 앞에서 전 거짓말을 하기 싫습니다. 사내들이니 그런 순간에 허세 부리기를 좋아하죠. 신부님들이 독성적 언사라고 부르는 것과 꽤나 흡사한 두어 개 문구를 그네들은 입에 달고 있지요. 그게 솔직한 현실입니다!"

"끔찍한 일이군요!" 내 마음에 무어라 설명할 수 없는 일이 일어났다. 이런 강골들과 그들의 무섭고도 알 수 없는 소명에 대해 내가 지금껏 많이 생각해 본 적이 없었다는 것은 사실이

---

* 프랑스 중서부 도시 프와티에를 중심으로 한 지방. 보수적 성향이 강하다.

다. 왜냐하면 내 세대에 속한 모든 이들에게는 군인이라는 이름은 동원된 시민이라는 평범한 모습밖에는 머릿속에 불러일으키지 못하기 때문이다. 군인용 배낭을 둘러메고 와서는 바로 그날 저녁 벨벳 옷을 입고 다른 농사꾼들과 꼭 같은 모습으로 돌아간 휴가병들이 떠오른다. 그런데 이 알 수 없는 한 사람이 던진 말이 문득 내 안에 표현할 길 없는 호기심을 일으킨 것이다. 그는 거의 엄하다고 할 차분한 목소리로 말을 이었다. "독성도 가지가지죠. 그네들 (그는 그니들이라고 발음했다.) 생각으로는 배수진을 치는 한 방법이죠. 그니들은 그런 일에 늘 익숙하죠. 나는 이런 일이 어리석다고 생각하지만 추하다고는 생각하지 않습니다. 이 세상의 법 밖에 살던 자들이라 그니들은 내세에서도 스스로를 법외자로 만듭니다. 혹 천주께서 모든 병정들을 병정이라 해서 구(救)하지 않으신다면 더 말할 필요가 없습니다. 독성적 언사의 더 풍성한 잔치판을 위해, 동료들과 운명을 같이하기 위해, 우대받는 소수에게나 주어질 무죄 석방 같은 것은 아예 외면해 버리기 위해, 그래요, 한 마디 더 독성적 말을 던지고는 껄⋯⋯! 하는 겁니다. 그러니 그곳도 여전히 같은 구호의 세계죠. '전부 아니면 전무' 말입니다. 그렇다고 생각하지 않으십니까? 필경 신부님도⋯⋯."

"제가요!"

"아, 그야 물론 미묘한 차이가 있긴 하지요. 하지만 신부님이 자신의 얼굴을 들여다보시기만 해도⋯⋯."

"내 얼굴을 보라고요!" 그는 억제하지 못하고 웃음을 터뜨렸다. 우리는 함께 웃어 버렸다. 아까 저기, 길 위에서, 햇살 아래 웃었던 것과 마찬가지로 말이다. "제 말은 신부님 얼굴에 나타나는 것이 혹⋯⋯." 그는 말을 멈추었다. 그러나 그의 맑은 눈은 나를 더 이상 당혹케 하지 않았다. 나는 그의 시선에서 그의 생각을 똑똑히 읽을 수 있었다. "기도의 습관이 아닌가 합니다."라고 그는 말을 이었다. "젠장! 이런 말은 제게 그리 친숙한 게 아니어서⋯⋯."

"기도라! 기도의 습관이라! 아아, 만일 당신이 아신다면⋯⋯ 제가 얼마나 제대로 기도를 드리지 못하는지⋯⋯." 내 말에 그는 이상한 대답을 했는데 그 후 줄곧 나는 곰곰 그 말을 생각해 보게 되었다. "기도의 습관이란 제 생각으로는 기도에 대해 끊임없이 걱정하는 것, 투쟁이요 노력이라고 봅니다. 용감한 사람의 얼굴을 빚어 내는 것은 공포에 대한 끊임없는 두려움, 공포에 대한 공포입니다. 신부님 얼굴은, 이렇게 말씀드려도 될까요, 기도로 닳은 것 같습니다. 그래서 아주 오래된 미사 경본이나 아니면 석관 뚜껑에 끌로 새겨졌다가 닳은 와상(臥像)의 얼굴을 연상시킵니다. 비유야 어쨌든 좋겠지요! 저는 신부님의 얼굴이 우리 같은 법외자 얼굴과 같아지기가 그리 어렵지 않다고 생각합니다. 더구나 숙부는 신부님께서 사회생활에 대한 관념이 없다고 그럽니다. 우리들의 범주와 질서는 그네들과 다르다는 것, 신부님도 인정하실 테지요."

"저는 그분들의 질서를 거부하지 않습니다. 사랑 없이 살아가는 것을 그분께 나무랄 뿐입니다."

"우리 같은 사내들은 그 점에 대해서는 신부님만큼 제대로 알지 못합니다. 명예를 배제한 정의이기에 우리로서는 무시하는 부류의 정의와 하느님도 한통속일 거라고 생각들 하죠."

"명예 자체는⋯⋯." 하고 나는 말문을 열었다. "아, 그야 물론 저네들 기준에 따른 명예죠…… 그들의 법은 당신네들의 결의론자(決疑論者)*에게는 너무나 거칠어 보여도 그 법은 적어도 값지다는, 아주 값진 것이라는 장점이 있어요. 그 법은 제물(祭物)을 올려놓는 제석(祭石)과 비슷하지요. 그저 돌덩이인데 다른 돌보다야 아주 조금 더 클 뿐이지만 정결케 하는 희생의 피로 흠씬 적셔진 돌이지요. 물론 우리의 경우는 분명하지 않아요. 그러니 신학자들이 시간의 여유가 있어서 우리 문제를 생각해 본다면 그들은 애를 먹을 겁니다. 그런데 그들 중 아무도, 살아 있건 죽었건 우리가 2000년 전부터 '복음'이라는 유일한 저주가 곧바로 내려와 꽂힌 이 세상에 속한 사람이라고는 감히 주장하지 못할 겁니다. 왜냐하면 이 세상의 법은 거부인데, 우리는 아무것도 거부하지 않기 때문입니다. 우리의 육체 생명까지도 말입니다. 그리고 쾌락도요. 우리는 잠에서 그러하듯이 방탕 속에서도 휴식과 망각만을 요구할 뿐이니까요. 그다음은 금전에 대한 갈증이겠죠. 그런데 우리들 중 대부분은 땅속에 묻힐 때 입고 갈 깨끗한 헌 옷 한 벌도 갖고 있지 못합니다. 이런 가난은 비범한 영혼 감별이 전문인, 요새 유행하는 어떤 수도자들의 가난과 비교될 수 있다는 데에 동의하시겠죠……!" 나는 그에게 말했다. "잠깐…… 그리스도교의 군사라는 것이 있습니다……." 내가 무슨 짓을 하건 내 말이 하느님의 뜻에 따라 위로가 되거나 아니면 추문의 빌미가 되리라는 것을, 어떤 정의 내릴 수 없는 표징으로 내가 감지하게될 때 늘 그러하듯, 내 음성은 떨리고 있었다. "기사(騎士) 말

---

* 공연히 까다로운 구별을 짓는 사람, 궤변가.

이죠?" 하고 그는 미소를 지으며 대꾸했다. "우리가 중학교 다닐 적에 선생님이셨던 신부님들은 무슨 맹세를 하더라도 여전히 기사의 투구와 작은 방패를 걸고서야 하셨고 『롤랑의 노래』*를 프랑스판 『일리아드』라고 들이미셨죠. 물론 그 유명한 기사 양반들은 숙녀들이 생각하는 것 같은 사람들은 아니었죠. 그러나 어쩌겠어요! 그들이 적과 맞서는 그대로를 보아야만 하는 법이죠. 방패와 방패를 맞대고 팔꿈치와 팔꿈치를 겨누는 그대로 말입니다. 그들은 자기네들이 닮고자 애를 쓰던 고상한 이미지에 준하는 가치는 지니고 있었습니다. 그런데 그 이미지라는 것도 그들이 누구에게서 빌려온 것은 아닙니다. 우리 민족은 피 속에 기사도를 지니고 있었고, 교회는 단지 그것에 강복만 주면 되었죠. 병정, 오직 병정, 그들은 바로 이런 존재였고 세상은 다른 유의 병정은 보지 못했습니다. '거룩한 도성'의 수호자들인 그들은 그 도성을 섬기는 종이 아니라 그 도성과 대등한 위치였습니다. 고대사에서 군사의 가장 드높은 화신이었던 고대 로마의 농병상(農兵像)을 우리 기사들은 역사에서 지우다시피 했던 것이죠. 아, 그야 물론 저들 모두가 의롭거나 순수한 건 아니었습니다. 그래도 그들은 정의를, 수세기 전부터 비참한 사람들의 슬픔에 찬 뇌리를 떠나지 않거나 혹은 꿈에 나타나는 어떤 정의를 대변하는 일에는 미흡함이 없었습니다. 요컨대 강자의 손에 들어간 정의는 그저 다른 것과 마찬가지로 통치의 한 방편밖에는 안 되지요. 어찌 그런 것이 정의

---

* 기사 롤랑이 등장하는 프랑스 최초의 무훈시로 12세기 작품. 4002행에 이르는 운문시.

라고 불려야 하는지? 차라리 부정의, 불의(不義)라고 해야겠지요. 그것은 약자의 저항과 고통, 모욕과 불행에 대해 그 약자의 수용력에 대한 잔인한 경험에 전적인 바탕을 둔, 치밀하게 계산된 효과적인 불의지요. 부자들을 생산해 내는 거대한 기계 장치의 열 가마가 터지지 않고 최대한 돌아갈 수 있도록 적정 압력에 맞추어 놓은, 관리된 불의(不義) 말입니다. 그런데 어느 날 주 예수의 헌병대 같은 것이 생겨날 것이라는 소문이 전 그리스도교계에 퍼졌습니다……. 소문이 도는 것이야 큰일은 아니라고, 그렇다 칩시다! 하지만 보십시오! 『돈키호테』 같은 책이 엄청나고 끝없는 성공을 거두고 있음을 생각해 보면 인류는 실망으로 끝난 그의 큰 희망을 웃음으로나마 끝없이 한풀이하고, 그 희망을 참으로 오랫동안 지녀 왔고, 그래서 그 희망은 사람들 가슴에 깊이 박혀 버렸음을 깨닫지 않을 수 없습니다! 과오를 교정하는 자는 철권으로 교정합니다. 이네들이 그 묵직한 철권을 내리쳐서 사람의 양심 문을 활짝 열어 놓았다 해서 무슨 소용이겠습니까. 오늘날까지도 여성들은 아주 비싼 대가를 치르고서야 그런 이름, 병정으로서의 안쓰러운 이름을 간신히 얻게 되고, 어떤 수사가 병정들의 방패 위에 서툰 솜씨로 그려 놓았던 소박한 우의도(寓意圖)는 석탄왕이며 석유왕, 그리고 강철왕 같은 탐욕스러운 패권자들의 꿈의 대상이 되었어요.* 신부님은 이런 일이 우습다고 생각지 않으세요?"

"아닙니다."라고 나는 대답했다. "저는 우습다고 생각합니

---

* 부자들의 값비싼 골동 취미 대상으로 화한 기사들의 방패. 방패 구입자인 부자들이 방패 위에 그려진 기사도적 이상적 인간상과 자기 자신을 동일시하는 태도를 올리비에 씨는 꼬집고 있다.

다! 세상의 잘났다는 사람들이 굴종과 나태, 그리고 방종의 700여 년을 넘어서 저 고귀한 모습 속에서 자기 자신을 발견한다 믿고 있으려니 생각하면 너무나 우습습니다. 하지만 그네들 하고 싶은 대로 하라지요. 저 옛 병정들은 오직 그리스도교 공동체에만 속해 있었는데 이 그리스도교 공동체는 이제 더 이상 그 누구에게도 속하지 않아요. 그리스도교 공동체는 더 이상 없습니다. 앞으로도 결코 없을 겁니다."

"왜요?"

"왜냐하면 이제 병정들이 없기 때문이죠. 병정이 없으니 그리스도교 공동체도 없는 겁니다. 아, 신부님은 그래도 교회는 살아남았으니 괜찮다고 말씀하시렵니까? 물론 그럴지도 모르죠. 하지만 그리스도의 지상 왕국은 더 이상 없을 겁니다. 종식된 겁니다. 그 희망은 우리와 함께 죽었습니다."

"당신들과 함께요?"라고 나는 소리 질렀다. "병정이 어디 부족합니까!"

"병정이라니요? 군인이라고 칭하셔야 합니다. 진실된 마지막 병정은 1431년 5월 30일에 죽었습니다.* 그리고 그를 죽인 것은 당신 같은 교회 사람들이었습니다! 죽인 것 이상이죠. 죄의 선고에 이어 파문하고 끝내 화형 했으니까요."

"우리는 그분을 성녀로 시성하기도 했습니다……."

"차라리 하느님께서 그리 원하셨다고 하십시오. 그리고 하느님께서 그 병정을 그렇게까지 높이 올리신 것은 그가 마지막 병정이었기 때문입니다. 그런 마지막 혈통은 성인일 수밖에 없

---

* 잔 다르크의 죽음을 가리킴.

지요. 하느님께서는 더구나 그 성인이 여성이기를, '성녀'이기를 원하신 거고요. 하느님은 기사도의 옛 언약을 존중하신 겁니다. 패배를 결코 몰랐던 의연한 고검*이 이제 무릎 위에 놓여 있으니 우리들 중 아무리 꿋꿋한 자라도 울면서 그 검을 껴안을 수밖에 없지요. 저는 '귀부인들께 경의를!' 하고 외치던, 기마 시합의 고함 소리를 이렇게 은근히 회상하는 것을 좋아합니다. 여성이라면 경계해 마지않는 당신네 신학 박사들이 원망조로 눈을 흘길 만한 일이죠, 그렇죠?" 이 농담은 나에게서 웃음을 자아낼 수도 있었을 것이다. 왜냐하면 내가 신학교에서 수도 없이 들었던 농담들과 많이 비슷했으니까 말이다. 그러나 나는 그의 시선에 슬픔이 어린 것을, 나도 잘 알고 있는 그런 슬픔이 어린 것을 보았다. 그리고 그 슬픔은 내 영혼의 급소를 찌르는 것 같아 나는 그 앞에서 극복할 수 없는 어리석은 소심함을 느꼈다. "당신은 대체 교회 사람들이 무얼 잘못했다고 비난하시는 겁니까?"라고 나는 바보처럼 말하고 말았다. "저요? 아, 뭐 큰일은 아닙니다. 저희들을 세속화한 것을 비난하죠. 진정한 최초의 세속화는 병정의 세속화였습니다. 그리고 그것은 최근 일이 아닙니다. 신부님네들이 국가주의의 팽배에 탄식한다면 예전에, 그리스도교 법은 자기네 호주머니에 집어넣고 당신네들 눈앞에서, 바로 턱 밑에서, 자기 복락이라는 법밖에 모르는 이교적(異敎的) 국가를, 탐욕과 교만으로 가득 찬 무자비한 국가들을 열심히도 만들어 가던 르네상스 당시 법률학자들을 당신네들이 일찍이 미소로 용인하셨다는 사실을 기

---

* 잔 다르크의 검.

억하셔야 할 겁니다." 나는 대답했다. "들어 보십시오. 저는 역사는 잘 모릅니다. 그러나 봉건제도의 무정부 상태도 그 나름의 위험이 있었던 것 같은데요."

"아, 그야 물론이죠……. 당신네들은 그 위험을 무릅쓰려 하지 않았습니다. 당신네들은 그리스도교 공동체를 미완의 상태로 내버려두었어요. 그것은 완성되기에 너무 시간이 걸렸고 너무 비용이 많이 들었던 반면 수익은 적었으니까요. 그런데 일찍이 이교 신전의 석재로 당신네들은 대성당을 짓지 않았던가요? 유스티아누스 법전*이 손 닿는 데 있는데 새로운 법이 또 있다는 겁니까……? "국가는 모든 것을 지배하고 교회는 국가를 지배한다……."라는 이 우아한 문구는 당신네 정치인들 마음에 들었을 겁니다. 하지만 우리들, 병정들이 거기 있었습니다. 우리는 우리 나름의 특권을 가지고 있었고 국경을 넘어 거대한 공동체를 이루고 있었습니다. 우리에겐 우리들의 수도원까지 있었지요. 수도자-기사들! 그들은 무덤에 든 고대 로마 총독의 눈이라도 번쩍 뜨게 할 만한 존재였고 당신네들도 겁을 먹기는 마찬가지였죠! 병정의 명예는 결의론자들의 함정에 걸려 넘어질 그 무엇이 아닙니다. 잔 다르크 소송 서류만 읽어 보아도 알 수 있어요. "그대의 성녀들**에게 드린 맹세와 군주께 바쳐야 할 충성과 프랑스 왕의 정통성에 의거하여 그대는 우리의 결정에 맡겨라. 우리는 그대를 완전 면책하노라."라고 재판관들은 말했지요. 그러자 그녀는 부르짖었습니다. "저

* 6세기 유스티아누스 황제가 만든 로마법 대전.
** 잔 다르크에게 신적 계시의 음성을 들려준 안티오키아의 마르가리타 성녀와 알렉산드리아의 카타리나 성녀.

는 그 무엇에서도 면책되고 싶지 않습니다." "그럼 우리가 그대를 파문해도 좋은가?" 그녀는 이 말에 이렇게 대답할 수 있었을 겁니다. "그렇다면 저는 제 선서를 지닌 채 파문당하겠습니다." 왜냐하면 우리의 진정한 법은 바로 그런 선서였으니까요. 당신네들은 이 선서를 강복했지만, 우리는 그 선서에 속했던 것이지 당신네들에게 속한 것이 아니었습니다. 그야 어떻든 좋습니다! 당신네들은 우리를 국가에 넘겨 버렸습니다. 우리에게 무기, 의복, 음식을 제공하는 국가는 이제 우리의 양심도 맡아 봅니다. 판단 금지, 이해 금지 운운하며. 그리고 당신네 신학자들은 그런 일을 옳다고 인정합니다. 그들은 면상을 찌푸린 채, 사형집행인에게 처형권을 주듯이 우리에게 아무 데서나 무슨 방법으로나 죽일 수 있는 허락, 명령에 의한 살해권을 허락합니다. 국토 방위자인 우리는 폭동 진압자이기도 하고, 혹 폭동이 승리를 거두면 우리는 그것을 섬깁니다. 충성심의 면제. 이런 제도하에 우리는 직업군인으로 변해 왔습니다. 온갖 종류의 굴종에 길든 민주주의 체제하에서 군인 출신 장관들의 비굴함은 변호사들까지 거북하게 할 만큼 직업군인화해 온 겁니다. 리요테* 같은 훌륭한 부류의 인물은 이 불명예스러운 명칭을 늘 거부했을 만큼, 다른 병정들은 아주 정확하고 완벽하게들 직업군인화되었습니다. 그런데 곧 이런 군인도 없어질 겁니다. 일곱 살부터 예순 노인까지 모두가……. 모두, 뭐랄까……? 민족들이 서로를 향해 덤벼들 때는 군대라는 것조차 아무 의

---

* Lyautey(1857~1934). 인도차이나, 마다가스카르 등지에서 무공을 세운 프랑스군 원수로서 국방부 장관을 지냄.

미 없는 빈말이 되어 버립니다. 말하자면 아프리카 부족들처럼 1억 인구의 부족이 되어 가는 거죠! 그러니 신학자들은 점점 더 염오(厭惡)를 느끼며 아마 국가 양심부 편수관들이 만들어 놓은 일정 서식의 형태를 한 면제증에 그냥 서명이나 해 댈 겁니다. 그런데 우리끼리 얘기지만, 당신네 신학자들, 그네들은 어디까지 가야 멈출 건가요? 가장 유능한 살인자는 내일이면 아무 위험 부담도 없이 살인을 하게 될 겁니다. 지표에서 3만 자나 떨어진 허공에서 정말 얼간이 같은 기사(技士)라도 따뜻한 실내화 차림으로 전문 직공에게 둘러싸인 채 한 도시를 전멸시키는 데 그저 단추 하나만 누르면 그만일 겁니다. 그런 다음 그는 저녁식사를 놓치지 않을까 하는 유일한 걱정을 안은 채 집으로 부리나케 돌아오겠죠. 물론 이런 고용인에게 병정이라는 이름을 그 누구도 부여하지 않을 겁니다. 이런 그가 직업군인이라고 불릴 자격조차 있겠습니까? 그런데 17세기의 저 가여운 떠돌이 광대들에게 거룩한 땅을 거절했던* 당신네들은 이 사람을 어떻게 장사 지내 주렵니까? 우리 직업이 그러니 그렇게도 천박해져서 우리는 우리 행동들 중 단 하나도 전혀 책임질 수도, 책임질 필요도 없이 그저 강철 기계 같은 저 가공할 무죄함을 나눠 가지고 있는 건가요? 아아, 정말이지! 봄날 저녁, 자기가 좋아하는 여자를 이끼 위에 넘어뜨리는 별 볼일 없는 놈팡이는 당신네들로부터 대죄를 지었다고 지탄받는데, 도시들을 깡그리 멸망시키는 자는 방금 그가 퍼뜨린 독 때문

---

* 17세기의 광대들은 교회에서 파문된 자들로서 공동묘지에도 정식 매장되지 못했다.

에 꼬마들이 제 어미 품의 섶에 폐를 모두 쏟아 내듯 토를 해 댈 무렵, 바지나 갈아입고 축복된 빵*을 나눠 주러 간다구요? 당신네들은 정말 어처구니없는 가식꾼들입니다! 로마 황제들 과 흥정**하는 척해도 소용없습니다! 고대의 그 도시***는 그 도시의 제신들과 더불어 넘겨졌고 현대 도시의 수호신은 삼척 동자도 다 알듯이 시내에서 외식을 하는 자들로, 그 이름은 은 행가입니다. 원하는 만큼 정교조약을 그려 보십시오!**** 그리 스도교 공동체 밖에는, 서양의 경우, 조국이나 병정을 위한 자 리는 없고 당신네들의 비겁한 회유책은 양자의 명예를 오래지 않아 다 훼손해 놓고야 말 겁니다!"

그는 일어서 있었고 말을 하면서 여전히 말간 푸른색이지만 그늘 속에서는 금빛으로 보이는 그 묘한 시선으로 나를 감싸 고 있었다. 그는 담배를 화난 듯 재 속으로 던져 버렸다. 그리 고 말을 다시 이었다.

"저야 상관없습니다. 나는 그 전에 죽을 거니까요."

그의 말 한마디 한마디가 내 마음 깊은 곳까지 뒤흔들어 놓 았다. 아아! 하느님께서는 우리 손에, 당신을, '당신의 몸과 영 혼'을, '몸'과 '영혼', '신의 영광'을 우리 사제들의 손에 의탁하시 고, 저 사나이들이 세상 길 이르는 곳마다 아낌없이 퍼주는 그

---

* 미사 때 영하는 성체가 아니라 미사 후 성당 문에서 나눠 주는, 사제가 축복 한 빵으로서, 영성체하지 못한 사람들에게도 공동체적 위로의 표시로 분배했 다. 지금은 없어진 관행이다.

** 세상 권력과의 정교조약을 통한 종교적 입지 확보 노력.

*** 로마시.

**** 이미 1905년에 이루어진 프랑스의 정교 분리를 염두에 둔 비아냥.

것*을 맡겨 주셨다……. 그런데 우리는 죽는 것만이라도 저들처럼 죽을 수 있을까? 하고 나는 되묻고 있었다. 잠시 나는 손으로 얼굴을 가렸다. 손가락 사이로 눈물이 흘러내리는 것을 느끼고 나는 당혹했다. 그 앞에서 어린아나 여자처럼 울다니! 그러나 우리 주님께서는 내게 용기를 약간 되돌려 주셨다. 나는 일어서서 팔은 축 늘어뜨린 채 큰 용을 쓰면서 ─ 지금 생각하면 마음이 아프다. ─ 내 초라한 얼굴, 내 수치스러운 눈물을 그에게 봉헌하듯 드러내 보였다. 그는 오래도록 나를 지켜보았다. 아아! 교만이 내 속에 아직도 이처럼 생생하게 살아 있다니! 나는 결연한 그의 입술에서 경멸의 미소, 적어도 연민의 미소를 찾아보려 했다. 그의 경멸보다 그의 연민을 더 무서워하면서 말이다. "신부님은 멋진 사나이입니다. 저는 임종 때 신부님 아닌 다른 신부를 모시고 싶지 않습니다."라고 그는 말하며 아이들끼리 하는 모양으로 내 양 뺨에 작별 인사를 했다.

∞ 나는 릴에 가기로 결심했다. 대신 본당을 보아줄 동료가 오늘 아침에 왔다. 그는 나더러 안색이 좋아졌다고 말했다. 사실 몸이 좀 나아졌다. 훨씬 나아졌다. 나는 적잖이 허황한 수많은 계획을 세운다. 내가 지금껏 나 자신을 너무 의심한 것은 분명하다. 자신에 대한 의심은 겸손이 아니라, 때로 거의 미친 듯 들끓는 교만의 가장 극단적 형태라는 생각까지 든다. 불행한 자로 하여금 자기 자신과 대항하게 만드는 질투 어린 흉포로 결국은 자신을 잡아먹게 만드는 그것, 지옥의 비밀이 바로 여

---

* 그리스도교 병정들로서 그들이 신의 영광을 수호하며 바치는 몸과 영혼.

기에 있을 것이다.

내 안에 커다란 교만의 싹이 있지 않은지 염려된다. 소위 이 세상의 헛됨이라고들 불리는 것에 대해 내가 오래전부터 느끼는 무관심은 만족감보다는 경계심을 내게 불러일으킨다. 내 우스꽝스러운 인격에 대해 스스로 느끼는 극복할 수 없는 일종의 혐오감 속에 무언가 불순한 것이 있는 것 같다는 생각이 든다. 나 자신을 별로 돌보지 않는 것, 더 이상 고쳐 보기를 포기한 저 타고난 서투름, 심지어는 사람들이 내게 씌우는 어떤 자질구레한 불의 —사실은 그런 것들이 다른 많은 것들보다 더 아픈 것이지만 —에서 외려 느끼는 쾌감까지도 하느님 시선으로 보면 순수하지 않을 원인에서 오는 실망을 감추고 있는 것이 아닐까? 물론, 이 모든 것이 합하여 나로 하여금 가까운 사람들을 잘 감내하는 심경을 유지하도록 해 준다. 왜냐하면 나는 우선 잘못은 나에게 돌리고 남의 의견은 곧잘 수용하기 때문이다. 그러나 이러면서 나는 차츰 신뢰감, 열정, 나아짐에 대한 희망을 상실하고 있는 것도 사실이 아닐까……? 내 청춘은 —내가 얼마간 갖고 있는 그 작은 몫 그대로 말이다! —내게 속한 것이 아니니, 내가 그것을 뒷박 아래 감추듯 계속 감출 권리가 있을까? 올리비에 씨의 말이 내게 기쁨을 준 것은 사실이지만 나를 현혹하지는 않았다. 아주 여러 면에서 나보다 나은 그와 같은 부류의 사람들의 동료 의식을 대번에 획득할 수 있었다는 것만을 나는 마음에 간직해 두련다. 그 것은 어떤 징표가 아닐까?

"자네는 소모전에 쓰일 만한 사람이 아닐세."라던 토르시 본당 신부님의 말도 기억해 둔다. 그런데 여기서 벌어지는 것,

그것은 소모전 아닌가.

아아, 내가 나을 수 있다면! 내가 고생하고 있는 병의 고비가 그저 때로 서른 살 고비를 나타내는 육체의 변화 중 첫 증세에 지나지 않는다면……. 어디서인가는 잊었지만 우연히 읽은 글 한 줄이 이틀 전부터 머리를 떠나지 않는다. "내 마음은 최전선에 있는 자들과 함께, 내 마음은 죽음을 기꺼이 당하는 자들과 함께 있다." 죽음을 기꺼이 당하는 자들…… 병정들, 선교사들…….

날씨가 내…… 기쁨이라고 적으려 했으나 이 말이 적절하지는 않은 듯하다. 날씨가 내 기대와 너무나 잘 들어맞는다는 말이 더 적절할 것이다. 그렇다. 커다랗고 놀라운 기대, 잠을 자는 동안에도 지속되는 그것. 왜냐하면 어젯밤 그 기대가 나를 정말 깨워 놓기까지 했으니 말이다. 나는 캄캄한 가운데 눈을 뜨면서 무척 행복하게 느꼈는데 그 인상을 무어라 설명할 수 없어 벅찰 정도였다. 나는 자리에서 일어나 물을 한 잔 마시고 새벽까지 기도를 드렸다. 그것은 영혼의 커다란 웅얼거림 같았다. 그것은 해돋이 전에 나뭇잎들이 온통 웅성대는 것을 연상시켰다. 어떤 날이 내 안에서 밝아 오려는지? 하느님께서 내게 은총을 베푸시는 것일까?

∞ 우편함에서 올리비에 씨가 릴에서 보낸 짧은 글을 발견했다. 그는 휴가 마지막 며칠은 베르트 거리 30번지에 있는 친구 집에서 보낼 것이라고 적었다. 같은 도시로 나도 곧 여행을 갈 것이란 말을 그에게 했는지는 기억나지 않는다. 기이한 우연의 일치다!

비그르 씨의 자동차가 오늘 아침 5시 30분에 나를 데리러 올 것이다.

─────────────────────────────────────
─────────────────────────────
─────────────────────────────────

어제 저녁 아주 얌전히 자리에 누웠다. 잠은 오지 않았다. 일어나서 이 일기를 계속 쓸까 하는 유혹과 오랫동안 버둥거렸다. 이 일기는 내게 얼마나 소중한지! 비록 아주 짧은 부재 기간이나마 이 일기장을 여기 두고 간다는 생각은 그야말로 견디기 어렵다. 나는 결국 참지 못하고 마지막 순간에 일기장을 가방 안에 집어넣으리라는 생각이 든다. 하긴 내 책상 서랍은 잘 잠기지 않아 무렴한 남의 눈에 띌 염려도 없지 않다.

아아! 사람들은 자신이 아무것에도 애착을 가지고 있지 않다고 믿다가 어느 날 문득 자기네들이 제 생각에 걸려 넘어졌다는 것을, 더없이 가난한 사람도 감추어 둔 보물이 있음을 깨닫게 된다. 겉보기에 가장 값이 덜 나가는 것이라 해서 반드시 그 소중함이 덜한 것도 아니다. 그 반대다. 내가 이 일기장에 대해 가지는 애착에는 분명 무언가 병적인 것이 있다. 그렇다 해서 이 일기가 시련을 당할 때 큰 도움을 아니 준 것도 아니다. 그리고 오늘 읽어 보니 이 일기는 내가 자족감을 느끼기에는 너무 수치스럽지만, 내 생각을 가다듬기에는 충분히 정확한 아주 소중한 증언들을 전해 준다. 이 일기는 나를 몽롱함에서 벗어나게 해 주었다. 이것을 아무것도 아니라고는 하지 못할 것이다.

이 일기가 앞으로는 내게 불필요할 수 있고 그럴 가능성도 크다. 하느님께서는 수많은 은총들, 너무나 의외롭고 너무나 신묘한 은총으로 나를 채워 주신다! 나는 신뢰감과 평화로 넘친다.

나는 아궁이에 나뭇단을 넣고 이 글을 쓰기 전 그 나뭇단에서 불이 퍼오르는 것을 바라보았다. 내 조상들이 술은 너무 마시고 식사는 제대로 못한 채 살았다면 그들은 또 늘상 춥게 지냈을 것이다. 왜냐하면 나는 활활 타오르는 불길 앞에서는 언제나 어린이나 미개인이 지녔을 법한, 무어라 정의할 수 없는 멍한 경이감을 느끼기 때문이다. 밤은 얼마나 고요한지! 아무래도 더는 잠을 이룰 수 없을 것임을 똑똑히 느끼게 된다.

―――――――――――――――――――――――――
　　―――――――――――――――――
―――――――――――――――――――――――――


오늘 오후, 준비를 다 마쳐 가던 즈음 출입문이 삐걱하는 소리가 들렸다. 나는 대리 동료 신부를 기다리던 터라 그의 발소리거니 여기고 있었다. 사실을 전부 털어놓자면 나는 그때 우스꽝스러운 작업에 몰두하고 있었다. 내 구두가 상태는 괜찮지만 습기를 머금어 불그레해져서 구두약을 먹이기 전에 잉크로 구두에 검정 칠을 하고 있었던 것이다. 더 이상 소리가 들리지 않아 부엌까지 가 보았는데 샹탈 양이 벽난로 화덕에 들어갈 만큼 낮은 의자에 앉아 있는 것을 보게 되었다. 그녀는 나를 쳐다보지 않고 재만 뚫어져라 응시하고 있었다.

사실을 말하자면 나는 별로 놀라지도 않았다. 내가 일부러 저질렀건 아니건 내 과오의 모든 결과를 받아들이기로 이미 체념한 터여서 나는 집행유예랄까, 특사를 누리는 느낌과 더

불어 아무것도 예측하고 싶지 않은 상태였다. 기실 예측한들 무슨 소용이랴? 내가 인사를 건네자 그녀는 약간 당혹하는 듯했다. "내일 떠나신다죠?"

"그렇습니다."

"다시 오실 건가요?"

"봐야 알지요."

"그야 신부님에게 달린 일이죠."

"아닙니다……. 의사에게 달린 겁니다. 왜냐하면 저는 릴에 진찰차 가는 것이니까요."

"신부님은 병이 들어서 좋으시겠어요. 병은 꿈을 꿀 시간을 주는 것 같거든요. 저는 결코 꿈을 꾸는 법이 없어요. 모든 것은 제 머릿속에서 끔찍하리만큼 정확하게 진행되거든요. 집행관이나 공증인의 장부 같아요. 우리 집안 여자들은 굉장히 실무적이거든요. 아시겠어요?" 내가 구두에 정성스레 잉크를 칠하는 동안 그녀는 내게 다가왔다. 나는 일부러 좀 천천히 했다. 우리 대화가 웃음을 터뜨리는 일로 끝난다면 물론 싫지 않을 것이다. 아가씨는 아마 내 생각을 간파한 모양이었다. 그녀는 갑자기 색색대는 목소리로 말했다. "제 사촌 오빠가 제 이야기를 하던가요?"

"그래요. 그러나 그분이 하신 말은 하나도 아가씨께 알려 드릴 수 없을 겁니다. 하나도 기억이 나지 않거든요."라고 나는 말했다. "상관없어요! 사촌 오빠나 신부님이 무슨 생각을 하건 전 아무렇지 않아요." 나는 그녀에게 말했다. "아가씨는 내 생각을 알고 싶어 절절매고 있지요." 그녀는 잠시 머뭇대더니 간단하게 "네."라고 답했다. 왜냐하면 아가씨는 거짓말하기를 싫어하기 때문이다. "사제에겐 의견이라는 것이 없습니다. 그 점을 이해해 주셨으면 합니다. 세상 사람들은 서로에게 행하는 선행이나 악행과 관련지어 상대방을 판단합니다. 그러나 아가씨는 저에게 선도 악도 행할 수 없습니다."

"적어도 신부님은…… 뭐랄지…… 계명이나 윤리 같은 것에 기준을 두고 저를 판단하실 테죠?"

"저는 은총을 따라서가 아니라면 당신을 판단할 수가 없을 겁니다. 그런데 아가씨에게 주어진 은총이 무엇인지 저는 알지 못하고 앞으로도 영원히 모를 것입니다."

"그게 무슨 말씀이에요! 신부님도 눈과 귀가 있고 다른 사람들과 마찬가지로 듣고 보시잖아요?"

"아, 눈이나 귀는 아가씨에 관해 별로 가르쳐 주는 바가 없을 겁니다!" 나는 빙그레 웃었던 것 같다. "다 말씀해 보세요! 전부 다요! 무슨 말씀을 하시려는 겁니까?"

"아가씨 역정이나 돋울까 걱정스럽습니다. 제가 어렸을 적 월만에서 어느 명절날 본 인형극이 기억납니다. 꼭두각시는 보물을 오지 항아리에 미리 감춰 두고 경찰의 주의를 다른 데로 돌리려고 무대 저 한끝에서 손짓 발짓을 하고 있었어요. 저는 아가씨도 영혼의 진실을 모든 이에게 감추거나 그걸 외면할 수 있으리라는 희망을 품은 채 너무 부산을 떠는 게 아닌가 생각합니다." 그녀는 양 팔꿈치를 탁자에 얹어 턱을 양 손바닥에 괴고 왼손 새끼손가락은 이 사이에 꼭 문 채 내 말을 주의 깊게 듣고 있었다. "저는 진실이 두렵지 않아요. 제게 그리 윽박지르시면 저는 당장 신부님께 고해를 할 수도 있어요. 저는 무엇 하나 감추지 않겠어요, 맹세합니다!"

"저는 아가씨께 도전을 하는 것이 아닙니다."라고 나는 말했다. "그리고 제가 아가씨의 고해를 듣는 것을 수락한다면 아가씨는 죽을 위험을 무릅써야 할 것입니다. 사죄는 제때에 오겠지만 나 아닌 다른 이의 손을 통해 올 겁니다. 분명합니다!"

"아, 그런 예측이야 어렵지 않게 할 수 있지요. 아빠는 당신을 경질하기로 작정하셨고 이곳 사람 모두는 신부님을 주정뱅이로 생각하니 말입니다. 왜냐하면……." 나는 휙 몸을 돌렸다. "그만 두시오! 아가씨께 결례를 하고 싶지 않지만 어리석은 짓거릴랑 다시는 하지 마십시오. 그러다가는 제가 무안해지고 말겠습니다. 이왕 여기 왔으니 — 이번에도 부친의 뜻을 어기고 말입니다! — 집 안 정리나 도와주십시오. 혼자서는 생전 끝이 안 날 것 같습니다." 지금 돌이켜 보니 아가씨가 내 말에 복종했던 것이 이해되지 않는다. 그러나 그때는 그것이 지극히 자연스럽게 생각되었다. 사제관의 모습은 거의 순식간에 달라졌다. 그녀는 침묵을 지켰고 내가 곁눈질로 바라보니 그녀의 안색은 점점 창백해지고 있었다. 아가씨는 결국 가구를 닦던 걸레를 휙 집어던지고 분노로 일그러진 얼굴로 다시 내 곁에 다가왔다. 나는 무서운 생각이 들기까지 했다. "이만하면 됐지요? 만족하세요? 정말이지 신부님은 의뭉스러우세요. 신부님은 나약하고 불쌍한 생각까지 불러일으키지만 사실은 엄한 분이세요!"

"엄한 것은 제가 아닙니다. 다만 아가씨 자신의 그 굽힘 없는 몫, 하느님께 돌아갈 그 몫이 엄한 것입니다."

"그게 대관절 무슨 소립니까? 저는 하느님이 양순한 사람, 겸손한 사람밖에는 사랑하지 않는다는 걸 훤히 알고 있습니다……. 하기는 만일 제가 인생에 대해 생각하는 바를 당신께 말해 버린다면!"

"아가씨 나이에는 인생에 대해 별로 생각하는 게 없습니다. 이것, 아니 저것이 갖고 싶다, 그게 전부죠."

"그런데 전 악이고 선이고 모든 것을 다 갖고 싶어요. 저는 모든 것을 다 알고야 말겠습니다!"

"곧 그리 될 겁니다." 나는 웃으면서 그녀에게 말했다. "그만 하세요! 제가 아무리 어린 여자애라도 많은 인간들이 그렇게 되기 전에 죽어 갔다는 걸 저도 잘 알고 있습니다."

"그건 그네들이 진정으로 추구하지 않았기 때문입니다. 그들은 그저 꿈이나 꾼 것이죠. 그런데 아가씨는 전혀 꿈속에서 헤매질 않죠. 아가씨가 말한 사람들은 방 안에서 여행을 하는 격입니다. 곧장 제 앞으로 걸어가면 지구는 작은 것입니다."

"인생이 저를 실망시켜도 상관없어요! 저는 복수를 할 겁니다. 악은 악으로 갚겠어요."

"바로 그때 아가씨는 하느님을 뵙게 될 겁니다."라고 나는 말했다. "아, 물론 제 표현도 서투르고, 아가씨도 아직 어리니. 하지만 요컨대 저는 아가씨께 말할 수 있겠습니다. 아가씨는 세상을 등지고 길을 떠나는 것이라고. 왜냐하면 세상은 반항이 아니라 수용이고, 그것도 우선 거짓의 수용이기 때문이죠. 그러니 아가씨가 가고 싶은 한껏 앞으로 나아가 보세요. 언젠가 장벽이 무너지고 하늘이 모두 벌어져 열릴 것이니까요."

"신부님은…… 마구잡이로…… 막 말하시는 겁니까, 아니면……."

"양순한 자들이 지상을 차지할 것은 사실입니다. 그런데 아가씨 같은 이들은 그들과 그걸 두고 다투지 않을 겁니다. 가져 보았자 그걸 가지고 어찌할 바도 모르니까요. 진정한 약탈자는 천국만을 약탈합니다." 아가씨는 얼굴이 새빨개져서 어깨를 들먹거렸다. "뭐랄까……. 신부님께 욕으로라도 응수하고 싶어요. 신부님은 저를 제 뜻과 달리 이리저리 맘대로 할 수 있다고 생각하세요? 저는 제가 원하면 저 자신을 저주하고 지옥에라도 갈 겁니다."

"저는 영혼을 걸고 아가씨를 책임지겠습니다."라고 나는 무심결에 대답했다. 그녀는 부엌 수도에서 손을 씻고 있었다. 그녀는 뒤도 돌아보지 않았다. 그러고선 일하느라고 벗어 두었던 모자를 조용히 쓰고는 천천히 나를 향해 다시 왔다. 내가 그녀 얼굴을 그토록 잘 알지 않았다면 나는 그 얼굴이 고요해 보였다고 말할 수 있을 것이다. 그러나 그녀 입 귀퉁이가 약간 떨리는 것을 보았다. "신부님께 흥정 하나를 제안합니다."라고 그녀는 말했다. "신부님이 제가 생각하는 그런 분이시면……."

"저는 마침 아가씨가 생각하는 그런 사람이 아닙니다. 당신이 내 안에서 보고 있는 것은 바로 당신 자신입니다. 마치 거울에 비춰보듯 말입니다. 그리고 당신의 운명도 아울러 보고 있고요."

"신부님이 어머니께 이야기하실 때 저는 창문 너머에 숨어 있었어요. 그런데 갑자기 어머니 얼굴이 너무나…… 너무나 부드러워지더군요! 그 순간 저는 신부님을 증오했어요. 아, 물론 저는 귀신도 기적도 믿지 않습니다. 그러나 제가 아마도 어머니는 잘 알고 있었겠지요! 어머니는 미사여구를 우습게 여기셨어요. 무슨 비결을 가지신 건가요? 그래요, 안 그래요?"

"그것은 잃어버린 비밀입니다." 나는 말했다. "아가씨도 그것을 찾아냈다가 또 잃어버리게 될 것이고, 아가씨 다음에는 다른 사람들이 그것을 전해 내려갈 겁니다. 왜냐하면 아가씨 같은 부류의 사람들은 이 세상이 있는 한 존속할 것이니 말입니다."

"네? 어떤 부류를 말씀하시는 건가요?"

"하느님께서 친히 움직여 놓으신 부류, 그리고 모든 것이 성취되기 전까지는 결코 멈추지 않을 부류 말입니다."

# 3

펜을 가누지도 못하니 수치스러운 일이다. 양손이 다 떨린다. 지속적인 것은 아니고 가끔, 아주 짧게, 수초간 간헐적으로만 떨린다. 나는 다음 글을 적어 두려 안간힘을 쓴다.

돈이 쓸 만큼 남아 있다면 아미앵행 열차를 탈 텐데. 아까 의사 댁에서 나오면서 이런 턱없는 시도에 휘둘리기까지 했다. 얼마나 어리석은가! 내게는 돌아갈 기차표와 37전밖에는 남아 있지 않다.

그것*이 아주 좋게 나왔다고 가정해 보자. 그렇더라도 지금처럼 나는 이 장소에서 아마 무언가를 적고 있을 것이다. 엉성

---

* 진찰 결과.

하게 사각으로 잘라 만든 투박한 나무 테이블들이 놓여 있고
텅 비었지만 매우 편해 보이는 홀이 안쪽에 마련된 이 조용하
고 조그만 카페를 눈여겨봐 둔 것도 기억에 또렷하다.(옆집 빵
가게에서는 갓 구운 빵의 향긋한 냄새가 피어오르고 있었다.) 나는
식욕을 느끼기까지 했으니…….

그래, 정말 그렇다……. 나는 내 가방에서 바로 이 공책을
꺼냈을 것이고 펜과 잉크를 좀 달라고 청했을 것이며 같은 종
업원 여인이 같은 미소를 지으며 그것들을 가져다 주었을 것이
다. 나도 역시 미소로 응했을 것이다. 한길은 햇볕으로 넘치듯
환하다.

내가 내일, 6주 후, 아니 어쩌면, 누가 알리, 6개월 후에 이
글들을 되읽게 된다면 이 안에서, 오 하느님, 이 안에서 뭐랄
까, 그래, 오늘 여느 때처럼 왔다갔다 했다는 증거만을 발견하
고 싶은 심경임을 나는 지금 분명 느낀다. 유치한 생각이다.

나는 우선 앞으로, 기차역 쪽으로 곧장 걸어갔다. 나는 이
름 모를 오래된 성당에 들어갔다. 사람들이 너무 많았다. 역시
유치한 짓이겠지만 나는 성당 바닥 돌에 자유롭게 무릎을 꿇
고 싶었던 것이다. 아니 엎드려 얼굴을 바닥에 대고 부복하고
싶었다. 나는 이때처럼 기도에 대한 육체적 저항을 강하게 느

긴 적이 없었다. 그 반항심은 너무나 커서 어떤 회한조차도 일지 않을 정도였다. 내 의지로 그것을 어찌할 수 없었다. 흔히 분심(分心)*이라는 평범한 말로 지칭하는 것에 이토록 분열력과 분쇄력이 있는 줄 몰랐다. 나는 두려움과 싸우는 것이 아니라 명백히 수를 헤아릴 수 없는 두려움들, 신경 가닥가닥마다 하나씩 달라붙은 두려움, 무수한 두려움과 싸우고 있었다. 두 눈을 감고 생각에 집중해 보려 들면 캄캄하기 이를 데 없는 한밤인 양 내 고뇌의 깊숙한 곳에 웅크린 보이지 않는 거대한 군중의 수군거림 같은 그런 웅성거림이 들려오는 것 같았다.

땀이 이마와 양손에 흥건했다. 나는 급기야 성당에서 나와 버리고 말았다. 거리의 추위가 엄습했다. 나는 잰 걸음을 옮겼다. 만일 그때 통증에 시달렸다면 나 자신을 불쌍히 여기고 내 처지와 불행 때문에 울기라도 했을 것이다. 하지만 이해할 수 없는 경쾌함만 느껴졌다. 왁자한 군중과 접하며 내가 느낀 어리둥절함은 희열에 사로잡힌 느낌과도 흡사했다. 날개라도 달린 듯 위로 떠오르는 것만 같았다.

나는 솜 외투 주머니에서 5프랑을 발견했다. 비그르 씨의 운전사에게 주려고 거기 넣어 두었다가 그에게 주고 오는 걸 잊었던 것이다. 나는 진한 커피와 아까 향긋한 냄새를 맡았던 조

---

* 가톨릭에서 흔히 쓰는 용어로서 수도나 수행을 방해하는 산만한 마음을 뜻한다. 주의 산만.

그만 빵 하나를 가져다 달라고 했다. 이 작은 카페의 여주인은 뒤플루이 부인인데 예전 토르시에서 일하던 석공의 미망인이다. 아까부터 그녀는 홀 내부 칸막이 너머의 높은 계산대에서 나를 몰래 관찰하고 있었다. 그녀는 결국 내 곁에 와 앉더니 내가 먹는 양을 지켜보면서 말했다. "신부님 나이 때는 돌도 삼키는데요." 나는 개암 향기가 나는 플랑드르 특산 버터를 결국 사양할 수 없었다. 뒤플루이 부인의 외아들은 폐결핵으로 죽었고 그의 어린 딸도 돌 지난 지 여덟 달만에 뇌막염으로 죽었다. 부인도 당뇨병을 앓아서 다리가 부어올라 있었지만 손님이라고는 없는 이 작은 카페를 살 사람을 찾지 못하고 있다. 나는 정성껏 그녀를 위로해 주었다. 형편이 이러한 이 모든 사람들의 체념에 나는 부끄러움을 느낀다. 이들은 그 체념을 그들의 언어로, 더 이상 그리스도교적이지 않은 말로 표현하기에 그 체념에는 얼핏 초월적 성격이 전혀 없는 듯 보인다. 결국 저들은 그들의 체념을 표현하지 않고, 자기 자신을 더 이상 표현하지 않는다는 말이다. 그들은 속담이나 신문에서 얻은 구절로 얼버무리고 만다.

내가 오늘 저녁 돌아가는 기차를 타지 않으려는 것을 알고 뒤플루이 부인은 안쪽 홀을 기꺼이 내주었다. "이렇게 하면 아무 방해도 받지 않고 강론 준비를 계속하실 수 있을 겁니다."라고 그녀는 말했다. 그녀가 난로에 불을 지피겠다는 것을 만류하는 데 퍽 애를 먹었다.(하기는 지금도 약간 몸이 오스스하다.) "내가 젊었을 때 본 신부들은 너무 잘 드셔서 피가 펄펄 끓었는데 요즘 신부들은 주인 잃은 고양이보다 더 말랐어요."라고 그녀는 말했다. 내가 찡그린 것을 보고 오해한 모양인지 그녀는 얼른 덧붙였다. "처음에는 언제나 힘들지요. 괜찮아요! 나이를 보면 창창하게 오래 사실 거니까요."

나는 대답을 하려고 입을 벌렸다. 그러나…… 나는 처음에는 이해하지 못했다. 그렇다. 무언가를 결심하기도 전에, 무언가 제대로 생각하기도 전에, 나는 내가 침묵을 지키리라는 것을 깨달았다. 침묵을 지킨다니 얼마나 이상한 말인가! 침묵이 바로 우리를 지켜 주는 것이거늘.

(하느님, 당신이 이렇게 원하셨습니다. 저는 당신의 손길을 느꼈습니다. 나는 내 입술 위로 얹히는 당신 손을 느꼈나이다.)

———————————————————
  ——————————————
———————————————————

뒤플루이 부인은 나를 혼자 남겨 두고 계산대의 자기 자리로 돌아갔다. 손님들이 막 들어왔다. 새참을 먹으러 온 노동자들이었다. 그들 중 한 사람이 칸막이 너머로 나를 보았고 나머지 패거리들이 웃음보를 터뜨렸다. 그들이 내는 소음은 내게 방해가 되지 않았다. 아니 그 반대였다. 내적 고요 — 천주께서 강복하시는 바로 그 고요 — 는 나를 사람들에게서 고립한 적이 결코 없었다. 그들이 바로 그 고요 속으로 들어오는 것 같았고 나는 마치 내 집 문지방에서인 양 그들을 맞아들인다. 그런데 그들은 분명 자기들도 모르는 새 거기에 들어오는 것이다. 내가 그들에게 이처럼 일시적 피난처밖에는 제공하지 못하니 얼마나 아쉬운 일인가! 하지만 어떤 영혼들의 정적은 아주 넓은 피난처처럼 상상되곤 한다. 가여운 죄인들은 기진하여 더듬더듬 그곳을 찾아들어 잠이 들었다가, 그네들이 잠시나마 무거운 짐을 내려놓았던 그 보이지 않는 커다란 성전에 대해서는 아무런 기억도 갖지 못하지만 그래도 위안을 받고 다시 떠나는 그런 피난처 말이다.

물론 내가 막 취한 결단에 대해, 더구나 그저 인간적 조심성이라는 차원에서도 그렇게 했어야 마땅했을 처신*에 대해 말하면서 '성인들의 통공'이 가지는 가장 신비한 양상 중 하나를 환기한다는 것은 좀 어리석은 짓이다. 내가 늘 어떤 순간의 영감에 좌우되거나 아니 진정으로 말하자면 내가 자신을 맡겨 드리는 하느님의 저 그윽한 자비의 움직임에 좌우된다 해도 그건 내 탓이 아니다. 요컨대, 의사를 만난 후 내 비밀을 털어놓고 그 괴로움을 누군가와 나누고 싶은 마음이 가득하다는 것을 문득 깨달았고 그와 동시에 평온을 회복하기 위해서는 오직 내가 침묵을 지키는 것으로 족하다는 것도 깨달았던 것이다.

———————————————————————
———————————————————————
———————————————————————

내 불행이 특출난 것도 아니다. 오늘도 세상 곳곳에서 수백, 어쩌면 수천 명의 사람이 나처럼 멍하니 이런 선고를 받을 것이다. 그런 사람들 중에서 나는 아마 최초의 내적 동요를 제어하는 데 가장 미력한 사람 중 하나일 것이다. 나는 내 약함을 너무 잘 안다. 그러나 경험에 의해 나는 모친으로부터, 더 거슬러 올라가 우리 집안의 수많은 가난한 여성들로부터 끝내 거의 불가항력적인 인내심도 이어받았다는 것을 알고 있다. 왜냐

---

\* 침묵을 지키겠다는 입장.

하면 그 인내심이란 고통과 비례하여 커지기보다는 고통 안에 잠입하여 고통을 그저 습관처럼 만들어 버리기 때문이다. 우리 부류의 힘은 거기에 있다. 그렇지 못하다면 남편의, 아이들의, 그리고 친인척의 매정함과 부당함까지도 그 무서운 인내심으로 삭여내 버리기에 이르는, 저 무수한 불행한 여인들의 삶에 대한 억척스러움을 어떻게 달리 설명할 수 있겠는가! 아, 비참한 자들을 껴안고 키워 내는 여인들이여!

오직, 침묵을 지킬 일이다. 침묵이 허락하는 한 입을 다물고 있어야 한다. 그런데 이 일이 몇 주, 몇 달까지 갈 수도 있다. 아까만 해도 필경 어떤 한마디 말, 어떤 동정 어린 눈길 한 번, 어쩌면 단순한 질문 하나만 받았어도 이 비밀이 그만 내게서 새어나갔으리라는 것을 생각하노라면……! 비밀이 내 입술 위에 벌써 올라왔지만 곧바로 하느님께서 그것을 붙잡아 주셨다. 물론 사람들의 동정이 한 순간의 위안이 되어 준다는 것을 나도 잘 안다. 그러기에 그걸 경멸해서가 아니다. 그러나 그것은 갈증을 진정으로 풀어 주지 못하며 구멍 뚫린 체를 거쳐 물이 새듯 영혼에서 흘러나가 버린다. 그리고 우리의 고통이 마치 입에서 입으로 건너가듯 이 동정심에서 저 동정심으로 옮겨 다닌다면 우리는 그 고통을 더 존경하거나 사랑할 수 없을 것이라고 생각한다…….

다시 같은 테이블에 앉다. 오늘 아침 나 자신에 대해 너무나 큰 수치감을 느끼며 나와 버렸던 성당을 다시 찾아가고 싶었다. 다시 찾은 그곳은 정말이지 춥고 어둡다. 내가 기대하던 것은 오지 않았다.

---

돌아오니 뒤플루이 부인이 자기 점심을 나눠 주었다. 나는 감히 사양할 수가 없었다. 우리는 토르시의 신부님에 대해 얘기를 나누었는데, 부인은 신부님이 프렐에서 보좌신부로 있을 적에 그분을 알았다고 했다. 그 여자는 그분을 퍽이나 무서워했다. 나는 삶은 고기와 채소를 먹었다. 내가 나간 사이 그녀가 난로를 지펴 놓았고 식사를 마친 후 그녀는 진한 커피 한 잔과 함께 따뜻한 그곳에 나를 혼자 남겨 놓고 자리를 떴다. 나는 기분이 좋아져서 잠시 졸기까지 했다. 잠이 깨자⋯⋯.

(오, 천주여, 저는 적어 두어야만 합니다. 이 아침들, 지난 며칠 동안의 아침들, 그 아침들이 어떻게 저를 맞아 주었는지를. 그리고 수탉들의 합창을⋯⋯. 저 고요한 높은 창문의 유리 한 칸, 언제나 같은 그 유리창, 오른쪽 유리창이, 아직 밤 그늘로 가득한 중에도 불타오르듯 환해지던 것을 저는 떠올리나이다⋯⋯. 이 모두 그 얼마나 신선하고 순수한 것이었는지요⋯⋯.)

---

되짚어 보자면, 나는 아주 이른 아침에 라비뉴 의사 댁에 도착했다. 나는 거의 곧바로 안으로 인도되었다. 대기실은 어수선한 상태였고 하인 한 사람이 무릎을 꿇고 양탄자를 말고

있었다. 덧창과 커튼이 쳐진 채였고 식탁 위에는 식탁보도 그대로 있고 빵 부스러기가 신발에 밟히며 바스락 소리를 내고 꺼진 여송연의 냄새가 풍기는 걸로 보아서 어제 저녁 식사 후 그대로 방치되었던 것이 분명한 식당에서 몇 분 기다려야 했다. 마침내 등 뒤로 문이 열리더니 의사가 들어오라는 손짓을 했다. "이런 데서 진료해서 미안합니다. 제 딸의 놀이방입니다. 오늘 아침 집 꼴이 뒤죽박죽입니다. 한 달에 한 번 집주인이 이렇게 용역 업체에다 진공청소를 맡기거든요. 어리석은 짓이죠! 그런 날은 10시에야 환자를 보는데 신부님 형편은 급한 것 같군요. 어쨌든 긴 의자가 하나 있으니 거기 누워 보십시오. 그럼 되겠습니다."

그가 커튼을 열자 환한 빛 아래서 그를 볼 수 있었다. 나는 그가 그렇게까지 젊은 줄 몰랐다. 그의 얼굴은 내 얼굴만큼이나 말랐고 혈색이 하도 이상해서 처음에는 햇빛의 조화려니 생각했다. 청동빛 같다고나 할까. 그는 일종의 초탈과 초조가 뒤섞인 검은 두 눈으로, 하지만 전혀 냉혹한 기 없이 나를 응시했다. 내가 털실로 짠, 여러 번 기운 속옷을 어렵사리 벗고 있자니 그는 등을 돌렸다. 나는 드러누울 엄두를 못 내고 바보스레 긴 의자 위에 앉아 있었다. 그 의자에는 게다가 정도의 차이는 있지만 부서진 장난감들로 가득했고 잉크 얼룩이 묻은 천 인형도 하나 놓여 있었다. 의사는 그것을 다른 의자에 옮겨 놓고서 몇 가지 질문을 한 다음 가끔 눈을 감아 가며 아주 정성스레 촉진(觸診)했다. 그의 얼굴이 내 얼굴 바로 위에 있어서 길고 검은 머리 가닥이 내 이마를 스쳤다. 나는 샛노랗게 찌든, 끼웠다 뺐다 할 수 있는 싸구려 셀룰로이드 옷깃 속에 갇힌 여윈 그의 목덜미를 볼 수 있었다. 그의 뺨은 차츰 밀려 올라오는 피로 인해 이제는 구릿빛을 띠었다. 그런 그를 보고 있자니 무섭기도 하고 약간은 혐오감도 들었다.

진찰은 오래 걸렸다. 나는 그가 내 병든 폐에는 거의 주의를 기울이지 않는 데 놀랐다. 그는 가볍게 휘파람을 불면서 손으로 내 왼쪽 어깨, 쇄골 있는 자리를 여러 번 만져 보았을 따름이다. 창은 조그만 안뜰 쪽으로 열려 있어서 유리창 너머로, 너무나 좁기에 성벽의 총안(銃眼)과 비슷한 틈들이 나 있고 그을음으로 시커먼 담벼락이 보였다. 정말이지 나는 라비뉴 교수와 그의 거처에 대해 아주 다른 상상을 했던 터인데 이 작은 방은 끔찍하게도 더러워 보였다. 이유는 모르겠지만 부서진 장난감이며 인형을 보니 가슴이 아렸다. "옷을 입으시지요."라고 그는 말했다.

일주일 전이었더라면 나는 최악의 말을 예기했을 것이다. 그러나 며칠 전부터 몸 상태가 아주 좋은 듯했다! 아무튼 그 몇 분이 길게만 느껴졌다. 나는 올리비에 씨를, 지난 월요일 함께 했던 산보를, 저 불타오르듯 환히 빛나던 길을 생각해 보려고 애쓰고 있었다. 손이 하도 떨려서 구두를 다시 신으면서 구두 끈을 두 번이나 끊어뜨렸다.

의사는 실내를 이리저리 서성거렸다. 이윽고 그는 웃음을 띠며 내가 있는 쪽으로 왔다. 그의 미소도 나를 완전히 안심시킬 수는 없었다. "자, 그런데, 그래도 방사선 촬영은 한번 해 보았으면 합니다. 그루세 의사가 부서 책임자로 있는 병원에 의뢰서를 써 드리죠. 그런데 딱하게도 월요일까지는 기다리셔야겠습니다."

"꼭 찍어야 하나요?" 그는 잠시 머뭇거렸다. 아아, 그때였더라면 나는 무슨 소린들 잠자코 들어 낼 수 있었을 것이다. 그러나 기도에 앞서 저 내적이고도 그윽한 부름의 소리가 내 속에서 일어날 때면 내 얼굴은 고뇌하는 얼굴과 흡사한 표정을 짓고야 만다는 것을 나는 경험으로 알고 있다. 지금 생각해 보니 의사는 그때 내 표정을 잘못 해석했던 것이다. 그의 미소, 매우 환하고 거의 정겹다고까지 할 그의 미소가 더 커졌다. "아닙니다." 하고 그는 말했다. "그저 형식을 밟는 거죠. 당신을 이곳에 더 오래 붙잡아 놓아서 무얼 하겠습니까! 그러니 마음 놓고 댁으로 돌아가십시오."

"제가 사목 일을 계속해도 되겠습니까?"

"물론입니다."(나는 내 얼굴에 혈색이 환히 도는 것을 느낄 수 있었다.)

"아 물론 당신이 겪는 소소한 통증이 다 끝났다고는 말씀드릴 수 없습니다. 고비가 다시 찾아올 수도 있습니다. 어쩌겠습니까? 누구나 제 병을 지닌 채 사는 데 익숙해져야죠. 정도의 차이야 있겠지만 우리 모두 다 말입니다. 특별한 식이요법도 강요하지 않겠습니다. 조심해 가면서 속이 받아 주는 것만 드세요. 그러다가 받던 것이 받지 않으면 너무 억지를 부리지 마시고 도로 그냥 우유나 설탕물 정도를 드시도록 하십시오. 저는 친구처럼, 동료로서 말씀드리는 겁니다. 처방을 써 드릴 테니 통증이 너무 심할 때는 이 물약을 수프 숟가락으로 한 번 드십시오. 두 시간마다 한 번입니다. 하루에 총 다섯 숟가락을 넘어서는 안 됩니다. 아셨지요?"

"네, 교수님."

그는 내 앞의 안락의자 곁으로 조그만 원탁을 하나 밀고 왔는데 그러다보니 자기를 향해 물렁한 머리를 치켜들고 있는 듯이 보이는 천 인형과 코를 맞닥뜨린 형국이 되었다. 인형의 칠은 조각 나며 떨어져 내리고 있는 형세여서 마치 비늘을 떨어뜨리고 있는 것 같았다. 그는 화가 난 듯 그것을 실내 저쪽 끝으로 집어던졌다. 인형은 벽에 부딪히며 이상한 소리를 내더니 바닥에 나뒹굴었다. 이제 인형은 저만치 팔과 다리를 허공으로 치켜든 채 자빠져 있다. 나는 의사도 인형도 감히 쳐다볼 염을 내지 못했다. "그런데 말입니다." 하고 그는 갑자기 말을 꺼냈다. "아무래도 방사선을 찍어 보아야 할 것 같습니다. 하지만 서둘 이유는 없습니다. 일주일 후 다시 오십시오."

"꼭 필요한 일이 아니라면……."

"저는 달리 말씀드릴 권한이 없습니다. 누군들 실수하지 않겠습니까. 그렇지만 그루세 말을 다 믿진 마십시오! 사진장이야 사진장이일 뿐이죠. 그가 무슨 설명을 할 입장은 아니니까요. 사진이 나온 후 신부님과 저 둘이서 함께 얘기를 하도록 합시다……. 여하간 내 말을 들으시려거든, 습관을 조금이라도 바꾸려고 하지는 마십시오. 비록 나쁜 습관이라 할지라도 습관이란 놈은 인간의 친구니까요. 당신이 당할 최악의 사태는 이유야 어디 있건 하시던 일을 중단하는 것입니다." 나는 그의 말을 간신히 듣고 있었다. 나는 어서 거리로 나와 자유가 되고 싶었다. "잘 알았습니다, 교수님……. 나는 몸을 일으켰다. 그는 소맷부리를 신경질적으로 만지작거리고 있었다. "대체 어떤 작자가 당신을 여기로 보낸 겁니까?"

"델방드 의사 선생님입니다."

"델방드? 모르는데요."

"델방드 선생님은 돌아가셨습니다."

"그래요? 안됐군요! 일주일 후 다시 오시오. 곰곰 생각해 보니 제가 직접 당신을 그루세에게 모시고 가야겠어요. 다음 주화요일, 괜찮겠어요?" 그는 나를 방 밖으로 밀어내다시피 했다. 그렇게도 어두운 그의 얼굴은 몇 분 전부터 야릇한 기색을 띠고 있었다. 쾌활해 보이는 얼굴이었지만 그것은 초조함을 억지로 숨기고 있는 사람이 흔히 보이는 경련적이고 황망한 쾌활함이었다. 나는 악수를 청할 엄두도 못 낸 채 밖으로 나왔다. 그런데 막 대기실로 나왔을 즈음 처방전을 잊고 온 것이 떠올랐다. 문은 그야말로 방금 닫혔고 의사의 발걸음이 응접실 쪽으로 옮겨간 것으로 여겨져서 나는 아까 그 방이 비어 있으리라고 생각했다. 그럼 탁자 위의 처방전을 집어 오면 그만이고 누굴 방해할 일도 없으리라는 생각에서 움직였다. 그런데 그는 거기 있었다. 좁다란 창문이 있는 우묵한 벽면에 기대서서, 바지 한 자락은 꺾어 내린 채 금속 바늘이 번쩍이는 주사기를 손가락 사이에 끼우고 자기 넙적 다리에 갖다 대고 있었다. 놀란 기색을 즉시 지워 버리지 못한 그의 일그러진 미소를 나는 잊을 수 없다. 시선은 화가 나서 나에게 꽂혀 있으면서도 미소는 그의 입술 언저리 어딘가에 어려 있었다. "웬일이십니까?"

"처방전을 찾으러 왔습니다." 하고 나는 우물거렸다. 내가 탁자를 향해 한 걸음 다시 갔으나 종이는 이미 거기에 없었다. "제가 아마 주머니에 도로 집어넣었나 봅니다. 잠시 기다리십시오."라고 그는 말했다. 그는 주삿바늘을 단호한 태도로 빼내더니 주사기를 여전히 손에 든 채 나에게서 시선을 떼지 않고 내 앞에 꼼짝도 않고 서 있었다. 그는 내게 도전을 하는 듯이 보였다. "이놈만 있으면, 여보세요, 하느님 없이도 살 수 있답니다." 당황한 내 꼴에 그의 경계심이 풀린 것 같았다. "자, 그건 의대생 놈들이나 하는 농담일 뿐이죠. 저는 여러 견해를 다 존중합니다. 종교적인 견해도 포함해서 말입니다. 하긴 저는 종교에 관해서는 아무 의견도 없습니다만. 의사에겐 의견이란 없습니다. 그저 가정(假定)이 있을 뿐이죠."

"교수님……"

"왜 저를 교수라 부르십니까? 무슨 교수란 말입니까?" 나는 그가 미친 줄 알았다. "대답해 보십시오, 빌어먹을! 이름도 모르는 동업의의 소개로 왔다질 않나, 나를 교수 취급하질 않나……"

"델방드 의사 선생님이 라비뉴 교수에게 가 보라고 하셨습니다."

"라비뉴? 아니, 절 놀리십니까? 당신이 안다는 그 델방드 의사는 정말 대단히 넋 나간 사람인가 봅니다. 라비뉴는 작년 정월에 78세로 죽었소! 누가 제 주소를 당신께 주던가요?"

"전화번호부를 보고 제가 찾았습니다."

"그래요? 저는 라비뉴가 아니라 라빌입니다. 아니 글을 읽을 줄 아세요?"

"제가 멍청해서입니다. 사과드립니다." 그는 나와 출입문 사이에 서 있었다. 내가 이 방에서 과연 나갈 수나 있을까 걱정이 되면서 덫에, 깊은 함정에 걸린 듯한 느낌이 들었다. 땀이 양 볼 위로 흘러내렸다. 땀 때문에 눈앞이 보이지도 않았다.

"제가 용서를 청합니다. 원하시면 다른 교수에게, 이를테면 뒤프티프레에게 의뢰서를 써 드릴까요? 하지만 우리 사이니까 말입니다만 불필요할 것 같습니다. 이 지방에서 잘났다는 의사들만큼은 저도 의술을 알고 있습니다. 파리 여러 병원에서 인턴으로 일했고 국가고시에서는 3등도 했습니다! 자화자찬을 해서 미안합니다. 하긴 당신 증세는 진단하기 까다로울 것도 없어서 누구라도 저처럼 진단하고 말았을 겁니다." 나는 다시 출입문 쪽으로 걸어갔다. 그의 말이 어떤 경계심을 일으킨 것은 전혀 아니다. 다만 그의 시선이 견디기 힘들 정도로 거북했다. 과하리만큼 번득이면서도 쏘아보는 시선이었다. "제가 선생님을 너무 붙들어선 안 되겠습니다."라고 나는 말했다. "당신 때문에 방해되는 건 없습니다.(그는 회중시계를 꺼내 들여다보았다.) 진찰은 10시부터니까요. 사실을 말하자면 나는 당신 같은 사람, 즉 사제들, 그중에서도 젊은 사제와 이처럼 맞대면하는 것이 처음입니다. 이상하게 들리십니까? 사실 꽤 이상한 일이긴 하네요."라고 그는 말을 이었다. "우리 사제들 전체에 대해 이리 나쁜 인상을 주는 계기가 되어서 죄송합니다. 저는 아주 평범한 사제일 뿐입니다."

"아니, 전혀, 천만에요! 당신은 제게 외려 무척 흥미를 일으킵니다. 당신의 얼굴에는 매우…… 매우 특징이 있습니다. 이런 말을 들은 적 없습니까?"

"물론 없습니다." 나는 외쳤다. "저를 놀리시는 듯합니다." 그는 어깨를 으쓱하면서 내게서 등을 돌렸다. "당신 집안에서 사제가 많이 났습니까?"

"전혀요. 하긴 우리 집안에 대해 별로 아는 바도 없습니다.

저희 같은 집안은 별 내력도 없습니다."

"그게 바로 틀린 생각입니다. 당신 가계의 역사는 당신 얼굴 주름 하나하나에 새겨져 있습니다. 그런데 그 주름살이 얼마나 많습니까!"

"나는 내 얼굴에서 집안 내력을 읽고 싶지 않습니다. 무슨 소용이겠습니까? 죽은 자들이 죽은 자들을 장사 지내면 되지 않겠습니까?"*

"죽은 자들이 산 자들을 곧잘 장사 지냅니다. 당신은 자유롭다고 스스로 생각하세요?"

"저는 제 자유의 몫이 큰지 작은지 모릅니다. 다만 하느님께서는 언젠가 그분 손에 되돌려드릴 수 있을 만큼의 자유는 제게 허락하셨다고 믿을 뿐입니다."

"용서하십시오." 하고 그는 오랜 침묵 후에 입을 열었다. "제가 거친 사람으로 보일 겁니다. 저도 집안이…… 아마도 당신 집안과 비슷한 그런 쪽이거든요. 제 생각입니다만. 당신을 아까 뵈었을 때 저는 뭐랄까, 바로 제 앞에…… 제 분신과 마주친 것 같은 불쾌한 느낌을 받았어요. 제가 미쳤다고 생각하시죠?" 내 시선이 무의식적으로 주사기에 옮겨 갔다. 그는 웃어 대기 시작했다. "아니오, 모르핀으로는 취하지 않으니 안심하십시오. 이놈은 골속을 꽤나 분명하게 정리해 주죠. 저는 아마도 당신이 기도에서 구하는 것을 이것에서 구할 뿐이죠. 망각 말입니다."

"죄송합니다만 기도를 통해 망각을 구하는 것이 아니라 힘

---

*「마태」 8장 22절 참조.

을 구하는 것입니다."라고 나는 말했다. "힘은 제게는 더 이상 아무 소용이 없을 겁니다." 그는 방바닥에서 천으로 된 인형을 집어 올려 벽난로 위에 고이 얹어 놓았다. 그는 꿈꾸는 듯한 목소리로 말을 이었다. "기도라고요. 제가 살가죽 밑에 이 바늘을 꽂는 것처럼 쉽게 당신도 그리 기도할 수 있기를 빕니다. 당신같이 불안한 사람들은 기도를 하지 않거나 혹은 잘 못 드립니다. 그러니 기도라지만 오히려 당신은 그러려는 노력, 그 억압만을 사랑하는 것이라고 털어놓으시지요. 그건 바로 당신이 당신도 모르는 중 자신에게 가하는 폭력입니다. 몹시 과민한 사람들은 언제나 자기 자신만을 도살하고 말죠." 이 말을 되짚어 보아도 이 말들이 나를 어떤 종류의 수치감 속에 몰아넣었는지 잘 알 수 없다. 나는 그때 눈을 들 엄두도 못 내고 있었다. "저를 구식 물질주의자로 여기지 마십시오. 기도에 대한 본능은 우리 각자의 맘 깊은 데 존재할 것이고 다른 본능들만큼이나 설명할 수 없습니다. 생각해 보면 그건 혈족에 대한 각자의 막연한 투쟁의 한 형태가 아닐까요. 하지만 결국 모든 것을 삼키는 것은 결국 그 혈족이죠. 또 그 위 단계인 종족은 혈족을 삼키고 죽은 자들의 멍에가 산 자들을 좀 더 짓누르게 되죠. 수세기를 내려오는 동안 내 선조들 중 그 누구도 제 선대 어른들보다 더 많이 배우려는 욕망을 지닌 양반이 있었다고는 생각하지 않습니다. 저희 집안이 대대로 살아온 맨느* 지방 남녘에서는 흔히들 "트리케처럼 고집불통이다."라고 말하죠. 트리케는 바로 우리 집안 별명이지요. 오래전부터 내려온

---

* Maine, 프랑스 서부 지방.

별명이죠. 고집이 세다는 건 우리 고장에선 저돌적이란 뜻이에요. 바로 이 나는 당신네들이 리비도 시엔디 *libido sciendi*라고 말하는 맹렬한 학구열을 타고났어요. 나는 집어삼키듯 공부에 몰두했죠. 내 젊은 시절, 쟈콥 거리*에 있던 작은 방에서, 그 시절의 밤들을 어떻게 보냈나 생각하면 일종의 공포감, 거의 종교적이기까지 한 두려움을 느낀답니다. 근데 이 모두가 어디에 이르기 위한 것이었을까요? 결국 어떻게 되었나 여쭤보고 싶어요……. 우리 집안에는 없던 나의 그 호기심을 이제는 조금씩 모르핀을 찔러서 콕콕 죽여 가고 있습니다. 그러다 너무 오래 걸리면…… 당신은 자살의 유혹을 겪어 본 적이 한 번도 없습니까? 사실 드문 일이 아니죠. 당신같이 과민한 사람들에게는 꽤나 당연한 일이기까지 하지요……." 나는 대꾸할 말을 찾지 못한 채 홀린 듯 듣고 있었다. "사실 자살에 대한 취향은 하늘로부터 받은 육감이죠. 뭐랄까, 타고나는 것이겠죠. 나는 자살을 하더라도 눈에 안 띄게 할 겁니다. 저는 지금도 사냥을 합니다. 사냥꾼이면 누구나 자기 등 뒤로 사냥총을 끌어당기면서 울타리를 넘어야 할 때가 있죠. 그러다가 탕! 할 수 있죠. 그런 다음 날 새벽녘, 당신은 코가 풀숲에 박힌 자세로 온통 이슬에 덮인 채 신선하기까지 한 고요한 모습으로 발견됩니다. 나무들 위로는 아침 첫 연기가 피어오르고 수탉들의 합창과 새들이 지저귀는 가운데 말입니다. 어때요, 매혹적이지 않습니까?" 아아, 나는 한순간 그가 델방드 의사의 자살에 대해 알고서 일부러 이런 끔찍한 연기를 하는 것이라는 생각이 들

---

* 파리 시내 대학가(소위 라틴 구역)의 한 거리 이름.

었다. 그러나 그건 아니었다! 그의 시선은 진지했다. 나 자신도 너무 마음이 동요되기는 했으나, 내가 거기에 있는 것 자체가, 이유야 모르겠지만, 상대를 뒤흔들어 놓고 있었고, 1초 1초 시간이 흐를수록 그에게는 더 참을 수 없이 여겨지고 있다는 것과, 그런데도 그의 마음 상태는 나를 가도록 내버려 두지 못하고 있음을 나는 느낄 수 있었다. 우리는 서로가 서로에게 포로 신세였다. 그는 낮게 깔린 목소리로 말을 이었다. "우리 같은 사람들은 그냥 제 분수에 맞는 자리에 박혀 있었어야 했겠죠. 우리는 몸을 사릴 줄 모르고, 다른 것에도 적당히 넘어가지 못하니 말입니다. 당신의 신학교 시절 모습이 나의 프로뱅* 고교 시절과 꼭 같았을 거라고 저는 장담합니다. 하느님이냐 과학이냐, 우리는 각자 그에 투신했죠. 뱃속에서 이글거리는 불같은 정열로. 그런데 말입니다! 우리 처지는 이제 꼭 같이……." 그는 갑자기 입을 다물었다. 그때 이미 그의 말뜻을 알아들었어야 했을 것이다. 하지만 그때는 여전히 그 방에서 빠져나올 생각뿐이었다. 나는 그에게 말했다. "당신 같은 사람은 목적에 등을 돌리지 않습니다."

"목적이 제게 등을 돌리더군요."라며 그는 대답했다. "저는 6개월 내에 죽습니다." 나는 그때까지도 그가 자살에 대해 언급하는 줄 알았다. 그는 내 시선에서 아마 이런 내 생각을 짚어 냈던 것 같다. "제가 왜 당신 앞에서 엉터리 배우짓거리를 하는지 저도 모르겠군요. 당신 시선을 보면 무엇이든 털어놓고

---

* Provins, 센에마른(Seine-et-Marne) 도의 군청 소재지로 유적지가 많은 옛 도읍.

싶은 생각이 듭니다. 제가 자살을 한다고요? 아이쿠! 그건 귀족이나 시인의 심심풀이지 저 같은 사람의 손에는 닿지 않는 사치입니다. 그렇다고 당신이 저를 비겁한 사람이라 생각하시는 것도 사양합니다."

"저는 당신을 비겁한 사람이라 생각하지 않습니다. 다만 제 생각에는 그 약물이……"라고 나는 말을 꺼냈다. "모르핀을 두고 함부로 말하지 마십시오. 당신도 언젠가는……." 그는 나를 부드럽게 쳐다보았다. "림프종에 대해 들어 본 적 있습니까? 없죠? 하긴 흔한 병이 아니죠. 제가 전에 쓴 논문이 바로 이 병에 대해서인데요. 기가 막히죠. 자, 그러니 제가 잘못 짚을 리가 없습니다. 저는 검사 결과를 기다릴 필요조차도 없습니다. 아직 석 달, 최대로 잡아서 여섯 달 더 살 수 있다고 봅니다. 보다시피 저는 목적에 등을 돌리지 않았죠. 나는 그것과 대면하고 있습니다. 가려움이 너무 심하면 긁죠. 그렇지만 어쩝니까. 환자들은 나름대로 요구가 있어서 의사는 낙천가가 되어야 하는걸요. 그래서 진료가 있는 날은 마약을 좀 쓰는 겁니다. 환자들에게 거짓말하는 것은 우리 의사 입장에서는 필수 사항이죠."

"당신은 너무 거짓말을 하는 게 아닌지……."

"그렇게 생각하세요?"라고 그는 말했다. 그의 목소리는 여전히 부드러웠다. "당신 역할은 제가 하는 일보다 덜 어렵습니다. 당신은 임종하는 자만을 상대하시겠죠. 대부분의 임종은 행복감을 수반합니다. 한 인간의 온 희망을 한마디로 한 번에 확 꺾어 버리는 일은 다른 일입니다. 저도 이런 일을 한두 번 경험했죠. 아, 당신이 무슨 대답을 하실지는 저도 잘 압니다. 당신네 신학자들은 희망을 덕으로 삼았지요. 그런 당신네 희망은 두 손을 합장하고 있죠. 희망은 또 그렇다 칩시다. 그런 신성(神性)을 바로 곁에서 바싹 본 사람은 아무도 없으니까요. 하지만 인간적 희망은 짐승입니다. 정말이지, 인간 안에 있는 힘 세고 사나운 짐승입니다. 제풀에 조용히 숨이 꺼지게 그놈을 내버려두는 것이 낫습니다. 그렇지 않으면 고삐를 놓치지 말아야 합니다! 그놈을 손아귀에서 놓쳐 버리면 그 짐승은 할퀴고 물 겁니다. 그리고 환자들은 정말 약죠! 환자들을 잘 안다고 생각하지만 언젠가는 그들한테 걸려 넘어지죠. 예를 들어 볼까요. 프랑스 식민지 부대에 있었던 정말 만만치 않은 한 강골 퇴역 연대장이 친구로서 진실*을 말해 달라고 한 적이 있습니다……. 아이쿠……!"

"조금씩 죽어 가야죠. 그리고 습관이 들어야겠지요."라고 나는 우물거리며 말했다. "아니! 당신은 그런 훈련을 받으셨단 말입니까?"

"저는 적어도 시도는 해 보았습니다. 하긴 저 같은 사람을 각자의 직업과 가족을 가진 세상 사람들에 비교하는 것은 아닙니다. 저 같은 일개 신부의 목숨이야 누구에게도 중요하지 않습니다."

"그럴 수도 있겠죠. 그러나 운명이니 달게 받으라는 것만 설교한다면 새로울 것이 없습니다."

"기쁘게 그걸 받아들여야지요."라고 나는 말했다. "흥! 거울에 얼굴을 비춰보듯 자기 기쁨에 자신을 비춰보면서도 제 얼

---

* '임박한 죽음'이 그가 말해야 했던 내용.

굴을 못 알아보는 것이 어리석은 인간이죠! 인간은 자신을 탕진해서만, 제 고유한 실체를 희생해야만 기쁨을 누리죠. 기쁨과 괴로움은 결국 하나입니다."

"당신이 기쁨이라고 부르는 것은 필경 그럴 겁니다. 하지만 교회의 사명은 그 잃어버린 기쁨의 근원을 되찾아내는 데 있습니다." 그의 시선은 목소리만큼이나 부드러워졌다. 나는 뭐라 말할 수 없는 피곤함을 느꼈다. 벌써 몇 시간째 거기 있었던 느낌이 들었다. "이젠 정말 가 봐야겠습니다." 하고 나는 소리쳤다. 그는 호주머니에서 처방전을 꺼냈으나 내게 건네주지는 않았다. 그러더니 갑자기 고개를 기울이고 눈을 끔뻑대면서 팔을 내밀어 한 손을 내 어깨 위에 올려놓았다. 그의 얼굴을 보니 내 어린 시절의 온갖 모습들이 떠올랐다! "결국······." 하고 그는 말을 꺼냈다. "당신 같은 사람에게는 진실을 알려드려야 할 것 같습니다." 그는 말을 계속하기에 앞서 머뭇거렸다. 정말 이치에 닿지 않게 보이겠지만 그의 말은 내게 그 어떤 생각도 일깨우지 않은 채 그저 귀에만 울릴 뿐이었다. 이 집에 체념한 채 들어왔던 20분 전만 하더라도 나는 무슨 말이든 다 들었을 것이다. 앙브리쿠르에서 보낸 마지막 한 주가 안도감과 신뢰감, 행복의 약속과 같은 설명할 수 없는 인상을 내게 남겨 주긴 했어도 우선 듣기에 그저 안도감을 주는 라빌 씨의 말도 그에 못지않은 기쁨을 불러일으켰더랬다. 나는 지금 그 기쁨이 내가 생각하던 것보다 분명 훨씬 더 큰 것이었음을 깨닫고 있다. 그것은 내가 메자르그로 가는 길에서 체험한 것과 바로 꼭 같은 해방감, 경쾌함이었다. 그러나 이상한 초조함에서 오는 두근거림이 섞여 든 것이기도 했다. 나는 무엇보다 먼저 이 집과 이 벽들에서 벗어나고 싶었다. 그리고 의사의 묵언의 질문에 내 시선이 어떤 대답을 하려는 듯 보였을 바로 그 순간, 나는 그저 거리의 아련한 소음에만 정신이 팔려 있었다. 탈출한다! 도망친다! 오늘 아침 기차의 차창 너머로 여명이 터 오는 것을 본 그 맑은 겨울 하늘을 다시 만난다! 라빌 씨는 그런 내 모습에서 오해를 한 것 같다. 내 안은 문득 어떤 각성의 빛으로 환해졌다. 그가 말을 다 맺기도 전에 나는 벌써 산 자들 속에 끼여 있는 한 죽은 자에 불과했다.

암…… 위암…. 이 단어 자체가 생경하게 들렸다. 나는 다른 말을 기대하고 있었다. 나는 결핵이라는 이야기를 들을 줄 알았다. 내 나이 또래의 사람들에게서는 실제 아주 드물게 보게 되는 병으로 내가 곧 죽으리라는 것을 스스로 납득하기 위해서는 한껏 집중을 해야만 했다. 어려운 문제가 떨어질 때처럼 나는 아마 눈썹만 찌푸렸던 것 같다. 나는 하도 깊은 생각에 골몰하여 얼굴이 창백해졌던 것 같지는 않다. 의사의 눈길은 내 시선에 고정되어 있었는데 나는 그의 시선에서 믿음과 동료애, 그리고 무언가 알지 못할 어떤 것을 읽을 수 있었다. 그것은 친구, 동행자의 시선이었다. 그의 손이 내 어깨 위에 다시 와 얹혔다. "그루세에게 진단은 받아 봅시다. 그렇지만 솔직히 말해서 그 고약한 덩어리를 수술할 수 있을 것 같지 않습니다. 당신이 이렇게 오랫동안 견뎌 내신 것이 정말 대단하다고 저는 생각합니다. 복부의 덩어리가 크고 대단히 부풀어 올랐고 왼쪽 쇄골 밑에 불행하지만 매우 확실한 징후, 우리 의사들이 트뢰지에 결절이라고 부르는 것도 막 확인할 수 있었죠. 진행에는 다소 차이가 있지만 느릴 수 있습니다. 그렇긴 해도, 당신 같은 나이엔 솔직히 말하면……."

"얼마나 더 견딜 것 같습니까?" 내 목소리가 떨리지 않았기 때문에 그는 이번에도 분명 잘못 짚었던 것 같다. 아아, 나의 침착함은 그저 실성에 가까운 멍함에 지나지 않았건만! 전차가 땡땡 종을 울리며 굴러가는 소리가 똑똑하게 들렸다. 내 머릿속에서 나는 이 불길한 집 문턱까지 나와 있었고 바쁜 군중들 틈으로 섞여 들고 있었다……. 하느님께서는 나를 용서하소서! 나는 '그분'을 생각하고 있지 않았다……. "대답드리기 어렵습니다. 무엇보다 출혈에 달렸습니다. 출혈 자체가 치명적인 경우는 매우 드물지만 그래도 자주 반복되면……. 하긴 누가 어찌 다 알겠습니까? 가셔서 하시던 일을 동요 없이 계속하라고 아까 말씀드렸던 것은 거짓이 아니었습니다. 운이 좀 좋다면 저 유명한 황제*처럼 선 채로 혹은 그 비슷하게 죽을 수도 있습니다. 정신력의 문제죠. 적어도……."

"적어도 무엇 말입니까?"

"당신에겐 버티는 힘이 있습니다. 의사가 되었더라면 명의가 되었을 겁니다. 당신이 의학 사전을 뒤적거리게 만드는 것보다 지금 여기서 다 말씀드리는 것이 낫겠습니다. 자! 며칠 안 돼 왼쪽 허벅지 안쪽이 아프고 열이 좀 나면 누우십시오. 그런 정맥염은 당신 병에는 꽤 흔히 나타나고 색전 위험이 따르죠. 자, 이제는 당신도 저만큼 병에 대해 아시게 되었습니다."

그는 마침내 처방전을 내게 내밀었고 나는 그것을 그저 무

---

* 몽테뉴의 『수상록』 2권 21장에서 인용된 로마의 베스파시아누스 황제. 그는 "황제 된 자는 서서 죽어야 한다."라고 늘 되뇌었고 하드리아누스 황제도 즐겨 이 말을 인용했다 한다.

의식 중에 수첩에 끼워 넣었다. 내가 왜 그 시각에 그 집을 나오지 않았을까? 모를 일이다. 어쩌면 자기 소유물이나 되는 듯이 나를 태연자약하게 처단해 버린 이 초면의 사람에게 분노와 반항이 치미는 것을 억제하지 못했던 것일까. 또 아니면, 그 불과 몇 초 사이에 내 생각과 계획과 추억 들까지도 합한 내 전 생명을, 나를 딴 사람으로 만들어 버린 새롭고도 확실한 사실과 일치시키려는, 이치에도 닿지 않는 시도에 너무 골몰했던 것일까? 나는 그저 보통 때처럼 소심함 때문에 얼어붙어 있었다고 생각한다. 나는 어떻게 하직을 하고 자리를 떠나야 할지 몰랐던 것이다. 나의 침묵이 라빌 의사를 놀라게 했던 것 같다. 떨리는 그의 목소리에서 나는 그 사실을 깨달았다. "오늘날 세상에는 한때 의사들로부터 가망 없다는 선고를 받고서도 백수(白壽) 가까이, 또 그 너머까지 누리는 환자들이 몇천 명이고 있다는 것도 사실입니다. 악성 종양이 흡수된 사례도 보고되고 있어요. 여하튼 당신 같은 분은 얼간이들이나 안심시킬 뿐인 그루세의 장광설에 오랫동안 질질 현혹되어 있지는 않았을 겁니다. 자기가 했던 말도 허세까지 부리며 부인하기를 주저하지 않는 그런 겁쟁이들로부터 진실을 조금씩 알아내는 일처럼 굴욕스러운 일도 없습니다. 추키거나 내리거나 냉탕 온탕 왔다 갔다 하다 보면 사람은 자존심을 잃게 되고 더없이 용감한 사람들도 다른 사람들과 비슷해져서 그 떼거리에 섞여 들어 운명에 굴종하고 맙니다. 일주일 지나 다시 오시죠. 제가 병원에 동행해 드리겠습니다. 지금부터 그때까지는 미사도 드리시고 열심히 여신자들 고해도 들어 주시고, 늘 하시던 일에서 아무것도 바꾸지 마십시오. 저도 당신 본당을 아주 잘 압니다.

메자르그에 친구도 한 명 있습니다."

그는 내게 손을 내밀었다. 나는 여전히 멍하니 허탈한 상태였다. 도대체 무슨 끔찍한 이변으로 이런 상황에서 천주의 이름까지 잊었는지, 아무리 몸부림을 쳐도 나 스스로는 결코 해명하지 못하리라는 것을 나는 잘 안다. 나는 혼자였다. 내 죽음과 마주하고 형언할 수 없이 고독했다. 그런데 이 죽음은 존재의 상실, 그 외에 아무것도 아니었다. 눈에 보이는 이 세계는 음산하다기보다는 오히려 눈부시게 빛나는 환영(幻影)의 혼돈을 이루며 무서운 속도로 내게서 빠져 흘러나가는 것 같았다. '이럴 수가 있단 말인가? 나는 이다지도 사랑했더란 말인가?'라며 나는 자문에 잠겨 있었다. 이 아침과 저녁들, 이 길들을. 변화무쌍하고 신비스러운 저 길들, 사람들의 발자취가 가득 새겨진 저 길들. 대체 나는 저 길들, 우리 길들, 이 세상의 길들을 그리도 사랑했더란 말인가? 그 먼지 속에서 자라난 어린아이라면 누군들 그 길에 제 꿈을 싣지 않았으리? 그 길들은 그 꿈을 천천히 도도(滔滔)히 알지 못할 무량한 바다로 실어 간다. 오, 가난한 이들의 꿈을 싣고 흐르는 빛과 그림자의 장엄한 강이여! 내 마음을 이토록 저며 놓은 것은 메자르그라는 말이었다고 생각한다. 올리비에 씨나 그와 함께한 드라이브에서 내 생각이 아주 멀어져 버린 것 같았지만 결코 그런 것이 아니었다. 나는 의사의 얼굴에서 시선을 떼지 않았는데 갑자기 그 얼굴이 사라져 버렸다. 그래도 나는 울고 있다는 것을 금세 깨닫지 못했다.

그렇다, 나는 울고 있었다. 나는 조금도 흐느끼지 않은 채 울고 있었다. 한숨 한 번 쉬지도 않았던 것 같다. 나는 두 눈을 크게 뜬 채 울고 있었다. 임종하는 이들이 우는 것을 본 적이 있는데 나도 그리 울고 있었다. 그것 역시 내게서 빠져나가는 생명이었다. 수단 소맷자락으로 눈물을 닦자 의사 얼굴을 다시 알아볼 수 있었다. 그는 무어라 말할 수 없는 당혹스럽고 연민에 찬 표정을 짓고 있었다. 사람이 혐오로 죽을 수 있다면 나는 이미 죽었을 것이다. 나는 도망쳐 나와야 했을 테지만 그러지 못했던 것이다. 나는 하느님께서 단 한마디, 사제다운 단 한마디의 말을 내게 불어넣어 주시기를 고대하고 있었다. 그 한마디를 위해서라면 내 목숨을, 내 목숨에서 남아 있는 나머지 그 모두를 바쳤을 것이다. 하다못해 나는 용서를 청하고 싶었다. 그러나 나는 그저 눈물에 목이 메어 그 말을 더듬거리기만 했다. 나는 눈물이 목으로 흘러드는 것을 느꼈다. 그 눈물은 피 맛이었다. 사실 눈물이 진정 피가 되어 줄 수 있다면 나는 그 무엇이든 희생으로 바치지 않았겠는가! 눈물은 어디로부터 오는 것일까? 그걸 말할 수 있는 사람이 어디 있으랴? 내가 나 자신 때문에 우는 것은 정녕 아니었다. 그 점은 확신한다! 자신을 증오하는 감정에 그토록 가까이 가 본 적은 여태없었다. 나는 내 죽음 때문에 우는 것은 아니었다. 어렸을 적 이처럼 흐느끼며 잠에서 깨어난 적도 있었다. 이번에는 도대체 어떤 꿈을 꾸다가 막 깨어난 것일까? 아아, 나는 빛나는 군중들 속으로 두 눈을 내리깔고 걷는 것처럼 이 세상을 거의 쳐다보지 않고 스쳐 지나간다고 생각했었고 때로는 세상을 무시한다고까지 스스로 여기고 있었다. 그런데 내가 이번에 부끄러움을 느낀 것은 세상에 대해서가 아니라 나 자신에 대해서였다. 나는 사랑하면서도 감히 그 말을 하지 못하고, 심지어 사랑하고 있다는 사실조차도 스스로 인정하지 못하는 불쌍한 사람과도 같았다. 정말이지 눈물이 비겁할 수 있다는 것을 부정하지 않는다! 그러나 나는 그때의 눈물이 사랑의 눈물이었다고 생각한다…….

마침내 나는 돌아서서 밖으로 나왔고 한길에 다시 섰다.


자정, 뒤프레티 씨 집에서.


뒤플루이 부인에게서 20프랑을 꿀 생각이 왜 나지 않았는지 모르겠다. 그랬더라면 호텔에서 잘 수 있었을 것이다. 하기야 어제 저녁 나는 생각을 제대로 할 수 있는 상태가 아니었다. 기차를 놓친 것 때문에 낙망이 컸다. 그래도 내 측은한 옛 친구는 나를 아주 잘 맞아 주었다. 모든 것이 좋아 보인다.

단 하룻밤이기는 하지만 상황이 정상적이지 못한 (아니 훨씬 나쁜) 사제의 후의를 덜컹 수용했다고 사람들은 나를 분명 비난할 것이다. 토르시의 신부님은 나를 미련퉁이라 할 것이다. 그분 말씀이 틀린 것도 아니리라. 나 자신도 어제 너무나 고약한 냄새가 나던 어두운 계단을 오르며 그런 생각을 했다. 나는 호실(號室) 문 앞에서 몇 분인가 그렇게 서 있었다. "대리점 대표 루이 뒤프레티"라고 적힌 명함이 샛노랗게 바랜 채 압정 네 개로 고정되어 문에 나붙어 있었다. 흉한 꼴이었다.

몇 시간 전이었더라면 나는 아마 감히 들어갈 엄두를 내지 못했을 것이다……. 하지만 나는 이미 혼자가 아니다. 내 안에는 그것이, 그 물건이 들어앉아 있다……. 하여간 나는 아무도 없기를 막연히 바라며 초인종을 눌렀다. 그가 문을 열어 주었다. 그는 웃옷 없이 셔츠만 걸친 채 우리들이 수단 아래 입곤 하는 면바지 차림으로 맨발에 슬리퍼를 신고 있었다. 그는 거의 신랄하게 이렇게 말했다. "미리 좀 알려 주지 그랬나. 옹프루아 거리에 사무실이 있고 여기는 그저 임시로 자는 곳일 뿐이네. 집이 말이 아닌데." 나는 그를 포옹했다. 그는 갑자기 기침을 해 댔다. 내색을 하기 싫어하면서도 그는 사실 꽤 감격한 것 같았다. 식사 후 남은 음식이 식탁에 그대로 있었다. 가슴을 에는 침울한 어조로 그는 말을 이었다. "영양 섭취는 해야 하는데 불행하게도 식욕이 거의 없다네. 신학교에서 먹던 썰렁한 콩 생각나나? 제일 고약한 건 여기, 방구석에서 조리를 할 수밖에 없는 일이지. 지글거리는 비계 냄새가 역겨워졌어. 신경 거슬리는 일이지. 다른 데서였다면 흔쾌히 잘 먹을 텐데." 우리는 나란히 앉았는데 그의 모습은 알아보기가 어려웠다. 그의 목은 엄청나게 길어져 있었고 그 위에 얹힌 머리는 너무나 조그마하게 보여서 쥐 대가리 형상이었다. "와 줘서 고맙네. 솔직히 말하지만 내 편지에 자네가 답장을 주어서 놀랐네. 우리끼리 얘기지만 거기 신학교 있을 때 자네가 그리 탁 트인 사람은 아니지 않았나……." 나는 무어라고 대답을 했다. 그는 말했다. "미안하지만 간단히 세수라도 좀 하고 오겠네. 오늘은 느긋했지만 이런 날은 외려 드문 편이지. 어쩌겠나? 바쁜 생활에도 좋은 점이 있지. 하지만 내가 미욱한 사람이 되었다고는 생각지 말게. 나는 책을 굉장히 많이 읽네. 이렇게 많이 읽은 적도 없었어. 어쩌면 혹시 어느 날…… 매우 흥미롭고 생생한 독서 기록을 해 둔 게 있지. 그것에 관해서는 다음에 얘기하세. 예전에 자네는 시를 곧잘 지었던 것 같은데 자네 조언이 아주 소중할 거야."

나는 조금 뒤, 그가 우유 통 하나를 손에 들고 계단 쪽으로 슬며시 나가는 것을 반쯤 열린 문으로 보게 되었다. 나는 다시 그것……*과 더불어 혼자 남겨졌다. 아아! 할 수 있었다면 나는 다른 죽음을 택했을 것이건만! 물속에 넣은 각설탕 한 덩어리가 녹듯 조금씩 삭아 가는 폐라든가, 끊임없이 인공 자극을 주어야만 하는 쇠진한 심장이라든가, 이름은 그새 잊어버렸지만 라빌 의사의 그 이상한 병까지 포함한 그런 온갖 병의 위협은 그저 막연하고 추상적으로 느껴진다……. 그런데 의사 선생의 손가락이 그토록 오래 머물렀던 부위의 수단 위로 손을 가져가기만 해도 확실히 집히는 것이 있으니……. 그러리라 생각해서일까? 어쩌면 그럴지도 모를 일 아닐까? 그야 그렇다 치자! 여러 주 전부터 내 안에는 변한 것이 아무것도 없다고 스스로에게 되뇌어 보아도 아무 소용이 없었다. 아니, 이것…… 이 물건을 지닌 채 돌아가야 한다는 생각에 수치심이 들고 구역질이 난다. 나는 나 자신의 사람됨에 혐오심을 느끼는 유혹을 너무 심하게 받아 왔던 터라 이런 감정은 끝내 내게서 용기를 깡그리 앗아가 버릴 것이라는 위험을 잘 안다. 나를 기다리는 시련의 이 초입에서 내가 해야 할 첫 임무는 분명 내가 나 자신과 화해하는 일일 것이다…….

나는 오늘 아침 느낀 굴욕감에 대해 깊이 성찰해 보았다. 그 감정이 비겁함 때문이라기보다는 판단의 실수 때문이라고 생각한다. 나는 분별력이 없다. 죽음을 앞둔 나의 태도는 내가

---

* 암덩이를 가리킴.

우러러보는 나보다 훨씬 뛰어난 사람들, 이를테면 올리비에 씨나 토르시의 본당 신부님 같은 분들의 태도와 같을 수 없을 것임은 분명하다.(나는 이 두 분의 이름을 굳이 나란히 적어 본다.) 이런 상황을 맞아도 그 두 사람은 위대한 영혼의 천성이자 자유의 표현에 다름 아닐 고결한 품격을 분명 지키셨을 것이다. 백작 부인도……. 아, 물론 이런 것들은 덕성이라기보다는 타고난 자질이어서 배워서 되는 일이 아님을 모르지 않는다. 아아! 내가 남들에게서 발견하는 그런 모습들을 그토록 사랑하는 만큼 내 안에도 그것들이 조금이라도 있어야 하지 않겠는가……. 그런 자질들은 마치 내가 듣기는 썩 잘하면서도 할 줄은 모르는 말과도 같다. 나는 실패를 거듭했지만 나아지지도 못했다. 모든 용기가 필요할 계제에 나는 나의 무능함에 너무나 강하게 조여 들며 휩싸여, 마치 서툰 연사가 자기가 해야할 연설의 줄기를 놓쳐 버리듯 오죽잖은 용기의 가닥까지 놓치고 만다. 이런 시련이 새로운 것도 아니다. 하도 그래서 예전에는 어떤 기묘하고 예측 못 할 사건을 기대함으로써, 어쩌면 순교를 상상하며 스스로를 위로한 적도 있었다. 나 같은 나이에 죽음은 너무나 멀리 느껴져서 우리 자신의 범용에 대해 매일같이 겪는 체험으로도 그다지 실감나지 않는 법이다. 우리는 이 사건이 별 이상한 것도 아닐 것이고 필경 우리 자신보다 더도 덜도 범용하지 않아서 우리 자신의 모습, 우리 운명의 모습 그대로일 것이라는 사실을 믿으려 하지 않는다. 이 사건은 우리에게 친숙한 이 세상에 속한 것이 아닌 듯하고 우리는 책을 통해 이름을 듣게 되는 이상한 미답의 나라를 생각하듯 이 사건을 생각하는 것이다. 사실 나는 조금 전까지 나의 두려움은 급작스레 순식간에 들이닥친 실망에서 온 것이라고 생각했다. 상상의 대양 저 너머 아득히 묻혀 있을 거라고 생각하던 것이 내 앞에 있었다. 내 죽음이 여기 있다. 이 죽음은 다른 그 어떤 죽음과 마찬가지고 나는 지극히 평범하고 지극히 통상적인 한 인간의 감정을 지니고 그리로 들어갈 것이다. 내가 나 자신을 다스리곤 하던 꼴보다 조금이라도 더 나은 모습으로 죽을 수 없으리란 것까지도 벌써 확실하기까지 하다. 나는 죽는 데도 여전히 서투르고 여전히 어색할 것이다. "단순해지시오!"라는 말을 여러 번 들어 왔다. 나는 최선을 다해 본다. 그런데 단순해지기가 어찌 그리 어려운지! 그런데 세상의 잘난 사람들은 '단순한 자들'이라 말할 때 마치 '비천한 자들'이라 말할 때처럼 짐짓 너그러운 체하는 미소를 짓곤 한다. 정작은 그들을 왕(王)으로 칭해야 하는 것이건만.

하느님, 저는 모든 것을 당신께 기꺼이 바치나이다. 다만 저는 제대로 바치는 방법도 몰라 마치 앗기는 대로 두는 것 같은 모습으로 바치나이다. 저의 최선은 가만히 있는 것이나이다. 저는 바칠 줄 모르오나 당신, 당신께서는 취하실 줄 아시기 때문이외다……. 하오나 한 번만은, 오직 이 한 번만이라도 저는 '당신'을 향해 너그러이 손 큰 사람이 되었으면 하고 얼마나 소망하였던지요!

베르트 거리에 머물고 있을 올리비에 씨를 찾아가 보고 싶은 생각도 간절했다. 그래서 길에 나서기까지 했다가 되돌아오고 말았다. 내가 그를 만났더라면 내 비밀을 감출 수가 없었을 것이라는 생각이 든다. 2~3일 후면 그는 모로코로 떠날 것이니 그것이 그리 중대한 일은 아니었겠지만 그 앞에서 나는 마음에도 없이 연극을 하고 나답지 못한 말을 했을 것만 같다. 나는 그 어느 것에도 허세 부리며 도전하고 싶지 않다. 내 격에 맞는 영웅심은 그것을 가지지 않는 것이다. 그리고 내게는 힘이 없는 만큼 나는 이제 내 죽음은 작은 것이기를, 가능한 한 작은 죽음이어서 그것이 내가 살아 오면서 겪은 다른 사건과 특별히 구분도 안 되는 것이기를 소망한다. 돌이켜 보면, 내가 토르시의 본당 신부님 같은 분의 포용력과 우정을 누린 것도 나의 천성적인 서투름 때문이다. 나의 서투름은 어쩌면 그런 후의를 받기에 부당한 것은 아닌 듯하다. 나의 서투름은 어쩌면 어린아이 같은 서투름일까? 내가 자신을 때로 정녕 가혹하게 판단하기는 하지만 내가 가난의 정신을 가진 것을 의심한 적은 결코 없다. 어린이 정신은 가난의 정신과 닮았다. 그 둘은 분명 하나를 이룬다.

올리비에 씨를 다시 찾아가 만나지 않은 것에 만족한다. 나는 내 시련의 첫날을 여기서, 바로 이 방에서 시작하게 되어 기쁘다. 하긴 이곳은 방이라 할 수도 없는 장소다. 내 친구가 견본 약들을 정리해 두는 좁은 복도에 간이침대를 놓아 준 것이다. 약상자들에서는 몹시 고약한 냄새가 났다. 어떤 추함, 그 추함에서 오는 어떤 황량함보다 더 깊은 적막과 고독도 없다. 아마 파피용*이라고 불릴 가스등 하나가 내 머리 위로 쉭쉭 대며 불똥을 튀긴다. 나는 이 추함, 이 비참함 속에 웅크리고 있는 것처럼 느껴진다. 예전 같으면 이런 비참은 내게 혐오감을

---

* 나비. 나비 날개 모양의 불꽃을 내뿜는 화구(火口) 때문에 붙은 이름.

불러일으켰으리라. 그런데 오늘은 그것이 내 불행을 보듬어 맞아 주는 것 같아 안도가 된다. 내가 이 비참을 굳이 찾아다녔던 것도 아니고 그것을 곧바로 알아본 것도 아님은 말해 두어야 할 것이다. 어제 저녁 내가 두 번째로 의식을 잃었다가 깨보니 이 침대 위에 있었고, 그때 내가 한 생각은 분명 여기에서 도망치는 것, 어떻게 해서라도 벗어나자는 것이었다. 나는 뒤무셸네 울타리 앞에서 환할 때 넘어졌던 일이 떠올랐다. 그때 일이 더 참혹했지만 그 움푹한 길만 떠오른 것이 아니라 동시에 내 집과 작은 정원까지 보이는 듯했다. 더없이 고요한 밤, 새벽이 오기 훨씬 전에 깨어나는 키 큰 포플러 나무의 수런거림도 들리는 듯했다. 나는 바보같이 심장 박동이 멈출 것 같다는 생각이 들었다. "여기서 죽고 싶지는 않소! 아래층으로 내려 주시오. 어디든 좋으니 끌어내려 주오!"라고 나는 소리를 질렀다. 분명 의식을 잃었던 상황이었지만 내 가여운 친구의 음성은 그래도 알아들을 수 있었다. 성이 났으면서도 떨리는 음성이었다.(그는 층계참에서 다른 어떤 이와 옥신각신 중이었다.) "내가 어쩌란 말이오? 나 혼자서는 저이를 옮길 수도 없고 당신도 알겠지만 우리는 더 이상 수위에게 무얼 부탁해 볼 처지도 아니잖소!" 그 말을 듣고 나니 나는 그만 부끄러워졌다. 내가 비겁했던 것이다.

───────────

여기서 내 처지를 마지막으로 한번 해명해 두어야 할 것 같다. 그래서 몇 페이지 앞에서 멈추었던 그 지점부터 이야기를 다시 이어가려 한다. 내 친구가 나간 다음 나는 꽤 오래 혼자 남아 있었다. 그러고는 복도 쪽에서 수군수군거리는 소리가 들려오더니 마침내 그가 우유 통을 여전히 손에 든 채 숨을 몹시 헐떡이며 얼굴까지 시뻘개져서 들어왔다. "자네 여기서 저녁을 들겠지."라며 그는 말을 꺼냈다. "식사를 기다리는 동안 우리 서로 얘기를 나누세. 내가 쓴 것 몇 장 자네에게 읽어 줄까……? 일종의 일기인데 『나의 인생 경력』이라 이름 붙였지. 내 경우는 분명 많은 사람의 흥미를 끌 거야. 아주 특색이 있으니 말일세." 그가 말을 하는 중 내가 첫 번째로 혼미해졌던 모양이다. 그는 내게 억지로 포도주를 큰 잔으로 한 잔 마시게 해서 기분이 좀 나아지기는 했다. 다만 배꼽 근처가 심하게 아팠는데 그것도 차츰차츰 가라앉아 갔다. "어쩌겠나……." 하고 그는 다시 운을 떼었다. "우리네 혈관 속에는 탁한 피뿐이니. 소신학교에서는 위생의 진보 같은 문제에는 조금도 관심이 없으니 끔찍한 일이지. 어느 의사가 이런 얘기를 하더군. "당신 네들은 어려서부터 영양 결핍에 빠진 지식인들이오."라고 말이야. 이 말이 많은 걸 설명해 주지 않겠나?" 나는 빙긋 웃지 않을 수 없었다. "내가 자기변호나 하려 든다고 생각하지 말게! 내 결심은 그저 한 가지, 자기 자신에 대해서나 타인들에 대해서도 전적으로 성실할 것, 그것 하날세. 각자에게 각자의 진리가 있다, 이건 어느 유명 작가의 뛰어난 작품 제목이기도 하네."

나는 그의 말을 그대로 여기 적어 둔다. 내가 만일 그의 얼굴에서 그 고백을 기대하지 않았던 어떤 고뇌의 생생한 흔적을, 말을 듣는 동시에 볼 수 없었더라면 그 말 마디마디만은 내게 우스꽝스럽게 들릴 수 있었을 것이다. 그는 한참 침묵을 지키더니 말을 이었다. "내 병만 아니었더라면 나도 자네와 같은 지점에 여전히 머물러 있었을 거란 생각이 드네. 나는 책을 많이 읽었지. 그러던 요양원에서 나오면서 직업을 구하고 내 인생의 운을 가늠해야 할 입장이었지. 의지와 호담한 용기, 특히 용기의 문제지. 필경 자네는 상품 판매업보다 더 쉬운 일이 어디 있겠는가라고 생각하겠지? 틀린 생각이야. 정말 틀린 생각이라니까! 약을 팔건 금광을 통째로 팔건 포드*이건 하잘 것 없는 외판원이건 언제나 사람을 다루는 문제거든. 사람 다루는 일이 의지 단련에는 최고지. 이젠 경험도 좀 생겼어. 다행히도 가장 극적인 어려움은 넘겼네. 달포 정도 있으면 벌써 내 사업은 본 궤도에 오를 거야. 그때는 독립의 기쁨을 맛보겠지. 그렇다 해서 내가 했던 대로 따르라고 누굴 부추길 생각은 없네. 고된 고비들이 있거든. 그럴 때마다 나를 위해 더없이 훌륭한 지위를 희생해 준 사람, 그녀…… 에 대한 책임감이 나를 버티게 해 주지 않았더라면 나도…… 용서하게나, 이런…… 상황을 암시한다는 것이……."

"알아듣겠네."라고 나는 답했다. "그래…… 분명 그렇겠지……. 하긴 이 건에 대해서 우린 아주 객관적으로 얘기할 수 있을걸세. 자네도 잘 이해하겠지만 오늘 저녁 그런…… 만남을 자네가 피할 수 있도록 조처해 놓았어……." 그는 내 시선이 분명 거북했던 것 같다. 그는 내 시선에서 자기가 읽어 내고 싶었던 것을 정녕 찾지 못한 것이다. 나는 고문당하듯이 상

---

* 미국 포드 자동차 회사 창립자인 헨리 포드(1863~1947)를 가리킴.

처 입고 뒤틀린 이 가여운 허영심을 마주하고서, 며칠 전 루이즈 양을 대면했을 때 느꼈던 고통스러움을 느꼈다. 어찌 동정해 줄 수 없고, 그 무엇도 나눌 수 없기에 그저 가슴만 죄어드는 예의 그 무력감이었다. "그녀는 이 시간이면 보통 귀가하는데 오늘 저녁은 친구네, 이웃 여자 분 댁에서 보내라고 해 두었네……." 그는 탁자 너머로, 너무나 헐렁한 소매 밖으로 나온 창백하고 마른 팔을 나를 향해 쭈뼛쭈뼛 내밀어 그 손을 내 손 위에 얹었는데 땀으로 범벅이 되어 아주 차가웠다. 나는 그가 마음만큼은 진심으로 뭉클해졌다는 생각이 든다. 다만 그의 시선만은 여전히 거짓말을 하고 있었다. "그녀가 나의 지적 발전에 아무 역할을 하지 않았다고는 할 수 없어. 그녀와의 우정이 처음에는 그저 사람이나 인생에 대한 시각, 판단의 교환에 지나지 않았지만 말이야. 그녀는 요양원에서 간호부장 직책을 수행하고 있었지. 학식 있고 교양을 갖춘, 중간을 훨씬 넘는 교육을 받은 사람이지. 그쪽 숙부 한 분은 랑뒤플리에의 세무관이지. 요컨대 나는 내가 요양원에 있을 때 그녀에게 했던 약속을 지켜야 한다고 생각한 것일세. 무엇보다 충동에 지거나 빠져서 벌어진 일이라고는 생각지 말게! 놀랐나?"

"아닐세. 하지만 자네가 선택한 여인을 사랑하는 일에 자기 방어를 하는 건 옳지 않은 것 같네."라고 나는 말했다. "나는 자네가 그리 감상적인 줄 몰랐는데."

"들어 보게." 하고 나는 말을 이었다. "만일 내게 언젠가 사제서품 때의 언약을 어기는 불행이 닥친다면 나는 그것이 자네가 말하는 지적 발전의 결과 때문이라기보다는 한 여인을 사랑해서 생기는 일이면 더 낫겠네." 그는 어깨를 으쓱했다.

"나는 자네와 같은 의견이 아닐세."라고 그는 냉랭하게 뱉었다. "자네는 자네가 알지도 못하는 일에 대해 지금 말하고 있음을 지적하고 싶네. 나의 지적 발전은……."

그는 아마 얼마 동안 말을 계속했던 것 같다. 왜냐하면 나는 그의 장황한 독백을 무슨 소리인지 채 알아듣지도 못하면서 듣고 있었던 기억이 나기 때문이다. 그러더니 역겨운 진흙 같은 것이 입안에 가득 차 오르고 그의 얼굴이 놀랍게도 선명하고 뚜렷이 나타나 보이더니 어둠 속으로 잠겨 버렸다. 내가 눈을 다시 떴을 때는 잇몸에 달라붙어 있던 그 끈끈한 것들을 (그것은 핏덩이였다.) 다 토해 가는 길이었는데 곧 여자의 목소리가 내 귀에 들려왔다. 그 여자는 랑스 억양으로 말했다. "움직이지 마세요, 신부님, 곧 괜찮아질 겁니다."

의식이 곧 돌아왔다. 피를 토해 버린 것이 몸을 한결 편하게 해 주었던 것이다. 나는 침대 위에 일어나 앉았다. 그 가여운 여자가 나가려고 하기에 나는 팔을 붙잡아 만류해야 했다. "용서하세요. 저는 복도 건너편 이웃 여자 집에 있었어요. 루이 씨는 좀 당황했어요. 로벨 씨 약국까지 뛰어가려고 했어요. 로벨 씨는 그의 친구죠. 하지만 하필 밤이라 약국이 열려 있지 않았고 루이 씨는 제대로 빨리 걷지 못해요. 조금만 벅차도 헐떡이거든요. 건강으로 본다면 약한 사람이죠."

그 여자를 안심시키려고 나는 방 안을 몇 걸음 걸어 보았다. 그러자 그녀도 마침내 다시 자리에 앉았다. 그 여자는 하도 몸집이 작아서 광산촌에서 볼 수 있는, 나이 짐작이 어려운 어린 소녀처럼 생각될 정도였다. 그녀의 얼굴은 밉지 않았다. 그 반대였다. 그러나 고개를 돌리기만 하면 곧 잊힐 듯한 얼굴이었다. 하지만 파리한 눈빛에는 너무나도 체념한, 지극히 겸손한 미소가 어려 있어 그 시선은 노파들의 눈, 실 잣는 노인네의 눈을 연상시켰다. 그녀는 다시 말을 꺼냈다. "좀 나아지시면 곧 가겠습니다. 루이 씨는 제가 여기 있는 걸 보면 좋아하지 않을 겁니다. 우리가 얘기 나누는 걸 그는 원치 않아요. 나가면서 저보고 제가 이웃집 여자라고 말씀드리라고 단단히 당부했어요." 그녀는 나지막한 의자에 앉았다. "신부님은 저에 대해 좋지 않게 생각하시겠지요. 방도 정리되어 있지 못하고 온통 더럽기만 한 상태죠. 제가 아침에 아주 일찍, 5시에 일하러 나가기 때문이랍니다. 그리고 저도 보시다시피 그리 튼튼한 편이 아니랍니다……."

"간호사이십니까?"

"간호사라니요? 천만에요! 저는 요양원에서 청소부였어요. 그때 그이…… 를 만난 거고요……. 그런데 우리가 같이 살면서 제가 그이를 루이 씨라고 부르는 것을 신부님은 아마 이상하게 생각하시겠지요?" 그녀는 머리를 숙이더니 초라한 치마의 주름 매무새를 바로 잡는 시늉을 했다. "그이는 이전…… 그의 옛…… 동창들을 아무도 만나지 않아요. 신부님이 처음이에요. 어떤 면으로는 저도 그이에게 걸맞지 않는다는 걸 잘압니다. 다만, 그이는 요양원에서 다 나은 줄 알고 이런저런 계획을 가졌던 걸 어쩌겠어요? 종교 문제로 보더라도 남편과 아내로 사는 것이 나쁠 게 없다고 생각합니다. 하지만 그이는 언약*을 했었다면서요? 안 그렇습니까? 언약은 언약인데. 어쩌겠

---

* 사제 수품 시의 독신 서약.

습니까! 당시에는 그이에게 이런 얘기를 할 수 없었어요. 더구나…… 죄송합니다……. 전 그를 사랑하고 있었거든요."

그 여자는 사랑했노라는 이 말을 너무나 슬픈 어조로 말해서 나는 무어라 답할 수 없었다. 우리 두 사람 다 얼굴이 붉어져 버렸다.

"다른 이유가 하나 더 있기도 했어요. 그이처럼 교육을 받은 사람을 보살피기란 쉽지 않아요. 의사만큼 병에 대해 알고 치료법도 알죠. 그가 지금 약 파는 일을 하기에 55퍼센트 할인을 받기는 하지만 약값이 만만치 않아요."

"자매님은 무슨 일을 하십니까?" 그녀는 잠시 머뭇거렸다. "파출부 일을 합니다. 이런 직업상 힘든 건 오히려 이 동네 저 동네 뛰어다녀야 하는 일이죠."

"그러면 그의 장사는 어떻습니까?"

"곧 수익이 많아질 거랍니다. 다만 사무실이며 타자기를 임대해야 했어요. 그리고 그이는 별로 나가는 일이 없어요. 말을 하는 게 그이한테는 굉장히 피곤한 일이랍니다! 하긴 저 혼자만이라도 어떻게 꾸려 갈 수 있을 겁니다. 그러나 그이는 나를 교육할 생각, 그이 말을 따르자면 학업을 이수시킬 생각을 머리에 굳게 박아서요!"

"언제 수업을?"

"그야 저녁이나 밤이죠. 그이는 별로 잠을 자는 사람이 아니죠. 그렇지만 나 같은 사람들, 막노동꾼은 잠을 제대로 자야 하거든요. 그야 그가 일부러 그러는 건 아니고 그런 생각을 못 하는 것일 뿐이지요. "벌써 자정이군." 그는 이렇게 말한답니다. 그이 생각에는 내가 귀부인이 되어야 하는 거죠! 그이 같은 격을 갖춘 분이니, 물론…… 이해하시겠지요. 결단코 저는 그이의 동반자가 될 수 없었을 겁니다. 만약……." 그녀는 자기가 말하려는 내용, 그녀가 막 털어놓으려는 그 비밀에 자기 목숨이라도 달려 있기라도 한 양 질릴 정도로 찬찬히 나를 응시했다. 그녀가 나를 경계해서가 아니라, 그런 결정적인 말을 낯선 이 앞에서 입 밖에 낼 용기가 없어서라 생각한다. 그녀는 오히려 수치심에 싸여 있던 것이다. 불쌍한 여인네들이 병에 대해 말하기를 이토록 꺼리고 부끄러워하는 것을 나는 자주 봤다. 그녀 얼굴이 새빨개졌다. "그이는 곧 죽을 겁니다. 하지만 그이는 정작 아무것도 몰랐어요." 나는 펄쩍 뛰듯 놀라지 않을 수 없었다. 그녀의 얼굴은 더 새빨개졌다. "예, 신부님이 어떻게 생각하실지 저도 짐작이 됩니다. 본당 보좌신부가 여길 한 번 왔었지요. 루이 씨는 알지 못하는 분이었지만 매우 친절한 분이었어요. 그분 말에 따르면 루이 씨가 본 직무로 되돌아가는 걸 제가 막고 있답니다. 직무라 하지만 저로서는 잘 모르겠어요. 물론 그분들이 저보다 더 잘 루이 씨를 간호하실 겁니다. 이 집의 나쁜 공기로 보나 여하튼 제대로 된 것이라고 보기 어려운 식사로 보나 말입니다.(식사의 질이야 그럭저럭 저도 기준에는 맞추긴 하지만 변화가 없지요. 한데 루이 씨는 입이 짧아 금방 질리거든요!) 여하간 저는 그런 결정은 루이 씨가 먼저 해 주었으면 합니다. 그게 더 낫다고 생각지 않으세요? 내가 떠나버린다고 가정해 보세요. 그이는 배반당했다고 생각할 겁니다. 신부님께는 죄송하지만 제가 거의 종교를 믿지 않는다는 걸 그이도 알거든요. 그러니……."

"두 분은 혼인하셨습니까?"라고 나는 그녀에게 물어보았다.

"아니오." 나는 그 여자 얼굴에 그림자가 스치는 것을 보았다. 그런데 그녀는 갑자기 작심한 듯 보였다. "신부님께 거짓말을 하고 싶지 않습니다. 결혼을 원치 않은 건 바로 저입니다."

"왜요?"

"그건…… 그건…… 그래요, 그이 신분 때문이지요! 그이가 요양원을 나오던 무렵 나는 그이가 앞으로 건강이 더 좋아져서 완쾌될 줄 알았어요. 그러면 그가 언젠가 혹 마음이 내키면…… 여하간 나는 그이에게 골칫거리가 되어서는 안 되겠다고 생각한 거죠."

"그래, 그 사람은 그걸 어떻게 생각하던가요?"

"아, 뭐, 별 생각 없던걸요! 재산은 좀 있지만 사제들을 싫어하는, 우체부 일을 했던 랑뒤플리에의 제 숙부 때문에라도 제가 결혼을 원하지 않는다고 그이는 지레 여기고 있었어요. 숙부는 제게 유산을 주지 않을 거라는 얘기를 한 적이 있었지요. 우스운 일은, 늙은 숙부님이 정작 상속권을 인정하지 않은 것은 제가 미혼으로, 숙부님 말로는 내연 관계에 있었기 때문이랍니다. 숙부는 주위 사람들 중에서는 아주 훌륭한 분으로 마을의 촌장 격이었어요. "너는 네 사제와 혼인도 못 하는 것을 보니 보잘것없는 애가 되고 만 모양이구나."라는 편지를 보내 온 적도 있었어요."

"그러나 그가 만약……." 내가 감히 말을 맺을 엄두를 내지 못하자 그녀는 나 대신 말을 맺어 주었다. 많은 이들에게는 무심하게 들렸겠지만 나로서는 잘 아는, 그리고 내 안에서 아주 많은 추억을 불러일으키는 목소리, 나이를 알 수 없는 목소리, 주정꾼을 어르고 말 안 듣는 어린것들을 꾸짖고 기저귀도 차지 못한 젖먹이를 달래 주고 무자비한 장사치들과 다투기도 하며 집정관에게 통사정을 하고 임종하는 이들을 평온케 해 주는 그 목소리, 수세기를 내려오면서도 분명 언제고 변함없는 주부이자 아낙네의 목소리, 이 세상의 온갖 불행에 의연히 대항하는 바로 그런 목소리로 말이다……. "그이가 죽으면 저는 파출부 일을 하겠죠. 요양소에서 일하기 전에 저는 남부지방 이에르* 쪽에 있는 아동 결핵 요양원에서 주방 일을 했어요. 아이들보다 더 착한 건, 신부님, 정말 없어요. 아이들은 하느님이죠."

"어쩌면 그와 비슷한 일자리를 찾을 수 있겠지요."라고 그녀에게 나는 말했다. 그녀의 얼굴은 한층 더 붉어졌다. "저는 그렇게 생각하지 않습니다. 왜냐하면, 같은 일을 반복하고 싶지도 않지만, 사실을 말씀드리자면 제가 예전에도 그리 튼튼하지 못했는데 이젠 그이 병까지 옮고 말았거든요." 나는 잠자코 있었고 그녀는 내 침묵이 몹시 어색한 모양이었다. "제가 전부터 그 병에 걸려 있었을 수도 있지요."라면서 그녀는 변명처럼 말을 고쳤다. "친정 엄마도 튼튼한 편이 아니었습니다."

"제가 도움을 드릴 수 있으면 좋겠습니다만." 하고 나는 말을 이었다. 그녀는 분명 내가 돈을 줄 거라 생각했다가 나를 가만히 쳐다보더니 안심한 듯 미소까지 띠었다. "신부님, 저는 신부님께서 이번 기회에 그이에게 그이가 날 교육하겠다는 생각에 대해 한 말씀만 슬쩍 해 주셨으면 합니다. 생각하면…… 신부님, 저희 둘이 함께 지낼 수 있는 시간이 얼마 남지 않은

---

* Hyères, 남불 툴롱(Toulon)에서 가까운 지중해 연안의 따뜻한 휴양지.

걸 생각하면 정말 힘들어요! 전부터 그이는 참을성이 있는 사람이 결코 아니었어요. 환자니까 그렇겠지요! 그런데 그는 제가 배울 수 있을 텐데 일부러 거부한다고 해요. 하기는 제가 아프니까 좀 그럴 수도 있겠지요. 저도 그리 바보는 아니니까요……. 하지만 정작 어떻게 대답해야 합니까? 그이가 저한테 라틴어를 가르치기 시작한 걸 생각해 보세요! 초등학교 졸업장도 갖지 못한 제게 말입니다. 게다가 파출부 일을 끝내고 나면 머리는 죽은 것 같고 그저 잠 생각밖에 없어요. 정 그러면 서로 조용히 얘기나 하면 좋으련만." 그녀는 고개를 숙이고 손가락에 낀 반지를 만지작거렸다. 내가 그 반지를 보는 것을 느끼자 그녀는 놀란 듯 손을 앞치마 밑에 감춰 버렸다. 나는 그 여자에게 질문을 무척 하고 싶었지만 감히 그러지 못했다. "결국 생활이 그리 고생스러운데…… 결코 절망한 적은 없으십니까?"라고 나는 말했다. 그녀는 내가 무얼 캐려고 덫을 놓은 것으로 생각했던지 얼굴이 어두워지더니 긴장했다. "반항하고 싶은 생각이 드신 적 한 번도 없으십니까?"

"아뇨, 하지만 뭐가 뭔지 이해가 안 되는 때가 가끔 있기는 해요."라고 그녀는 답했다. "그럴 때는요?"

"그런 생각은 쉴 때나 나죠. 전 그걸 '일요일 생각'이라고 해요. 고단할 때, 정말 고단할 때도 가끔……. 하지만 왜 제게 그런 걸 물으십니까?"

"우정으로 묻는 겁니다." 하고 나는 말했다. "왜냐하면 저역시도 어떤 때는……." 그녀의 시선은 내 시선에 꽂혀 있었다. "정직하게 말씀드리자면 신부님도 안색이 좋지 못하십니다……. 그래요, 다리로 서 있을 수도 없고 옆구리가 쿡쿡 결려서 아무것도 못 할 만큼 아프게 되면 저는 한구석에 혼자가 숨어서 — 웃으실지 모르겠지만 — 즐거운 일, 기운을 돋워 주는 일들을 떠올리는 대신에 제가 알지는 못하지만 저와 비슷한 처지의 사람들을 생각한답니다. 그런 사람들은 많고도 많죠. 땅덩이는 넓지 않습니까! 비를 맞으며 신발을 끌고 헤매 다니는 거지들, 집 잃은 아이들, 병자들, 달을 보고 소리를 지르는 정신병원의 미친 사람들, 그리고 또 얼마든지 많이 있지요! 나는 그들 사이로 살그머니 기어 들어가 몸을 자그마니 움츠려 봅니다. 살아 있는 사람뿐만이 아니죠. 우리처럼 힘들어하다가 죽은 사람들, 또 장차 태어나 괴로움을 당할 사람들도 있지 않겠어요······? 그네들은 모두 말합니다. "왜 이런 일을 겪지? 왜 고통을 겪어야 하지?" 저도 그들과 함께 같은 말을 하는 것 같고 그들 소리가 정말 들려오는 것 같아요. 그건 나를 흔들어 위로하는 커다란 속삭임같이 느껴져요. 그런 순간 저는 제 처지를 백만장자의 처지 하고라도 바꾸고 싶지 않아요. 행복하다고 느껴지니까요. 어쩌겠어요? 자연히 그렇게 되어서 왜 그런지 이유도 따져 보지 않습니다. 저는 엄마를 닮았어요. "운 중의 최고 운은 운이 없는 거다. 나는 대접 잘 받은 거다!"라고 어머니는 말씀하시곤 했지요. 나는 어머니가 불평하는 걸 들은 적이 한 번도 없습니다. 하지만 어머니는 두 번 결혼을 다 주정뱅이하고 했으니 얼마나 불운입니까! 제 아버지가 더 고약했지요. 정말 아귀 같은 사내아이 다섯을 데리고 있는 홀아비였어요. 어머니는 믿을 수 없을 만큼 뚱뚱해지셨어요. 피가 전부 지방이 되고 말았어요. 그건 그렇다 하고, 어머니는 또 이런 말씀도 했어요. "아낙처럼 참을성 있는 것은 없단다. 여자는 그저 죽을 때나 드러눕는 법이다." 어머니는 가슴, 어깨, 팔이 아파 오는 병에 걸려서 숨도 제대로 못 쉬게 되셨지요. 마지막 날 저녁, 아버지는 다른 날처럼 술이 꼭대기까지 취해서 들어왔어요. 어머니는 불 위에 커피 주전자를 올려놓다가 놓쳐 버렸어요. 손에서 미끄러진 것이죠. "내가 정말 미친 바보짓을 했네. 옆집에 얼른 가서 주전자를 하나 빌려와. 아빠 깨실까 무서우니 냉큼 오너라."라고 말씀하셨죠. 제가 집에 돌아왔을 때 어머니는 거의 반 주검이 되어 계셨어요. 얼굴 한쪽이 거의 꺼멓게 타고 입술 사이로 나온 혀도 꺼멓게 되어 있었어요. 어머니는 "좀 누워야겠다. 안 좋구나."라고 말씀하셨어요. 하지만 아버지가 침대에서 코를 골고 있어서 어머니는 아버지를 깨울 생각도 감히 못 하고 불 옆에 가서 쭈그리고 앉으셨어요. "수프에 이제 돼지비곗덩이를 넣어도 된다. 끓어오르니 말이다."라고 마지막으로 말씀하시더니 돌아가셨어요."

나는 그 여자의 말을 끊고 싶지 않았다. 그 여자가 그 누구에게도 이렇게 긴 이야기를 한 적이 없었다는 것을 나는 알고 있었기 때문이다. 그녀는 갑자기 꿈에서 깨듯 소스라치더니 몹시 당황했다. "말을 길게도 했군요. 루이 씨 돌아오는 소리가 들려요. 그이 발소리를 한길에서부터 알 수 있어요. 저는 가는 게 낫겠어요." 그 여자는 얼굴을 붉히며 덧붙였다. "아마도 그이가 저를 다시 부르긴 할 겁니다. 그러나 그 사람에게 아무 말 마세요. 무슨 말이든 들으면 그는 화를 단단히 낼 겁니다."

내가 서 있는 것을 보더니 내 친구는 너무나 기뻐했고 나도 가슴이 뭉클했다. "약사 말이 옳았어. 그가 나를 놀리더군. 하긴 아주 가벼운 실신인데 내가 너무나 겁을 집어먹은 거지. 별 일은 없고 자네는 아마 소화를 잘 못 했던가 봐."

　내가 여기서, 이 접이 침대에서 밤을 나기로 우리는 정했다.

———————————————————————
———————————————————————
———————————————————————
———————————

　나는 다시 한 번 잠을 청해 보았으나 헛일이었다. 가스등의 불빛과 특히 그 쉭쉭대는 소리가 친구에게 방해가 되지 않을까 걱정스러웠다. 나는 문을 뱅긋 열어 그의 방 안을 들여다보았다. 그 방은 비어 있었다.

　아니다. 나는 여기 머문 것을 후회하지 않는다. 그 반대다. 토르시 본당 신부님도 내 처신을 이해하실 거라는 생각까지 든다. 이것이 어리석은 일이라 하더라도 새삼 중요한 일이 될 것도 아니리라. 나의 온갖 어리석음은 이제 더 이상 문제가 되지 않는다. 나는 이제 어떤 경주의 틀에서 벗어난 것이다.

　내게는 웃어른들을 불안하게 했을 요소가 많이 있었음은 분명하다. 그러나 그것은 우리가 문제를 어긋 제기한 데 있다. 예를 들어 블랑제르몽 참사 신부님이 나의 처신 방법, 내 장래에 대해 의심을 품으신 일이 잘못된 것은 아니었다. 다만 내게는 미래가 없었던 것이고 우리 둘 다 그 사실을 몰랐던 것뿐이다.

　나는 젊음이란 주님이 주신 선물이라고 생각하는데 모든 주님의 은혜가 그렇듯 나의 젊음에도 회한이 없다. 젊음을 잃은 후까지 살아남지 못하도록 그분께서 지정한 자들밖에는 젊은 사람, 진정으로 젊은 사람이 없는 법이다. 나는 그 부류에 속한다. 쉰 살이나 예순 살이 되어 무엇을 할 것인가 자문해 본 적도 있다. 그런데 당연하게도 나는 그 답을 찾지 못했다. 그 어떤 대답 하나도 상상조차 할 수 없었다. 내 안에는 늙은이가 없었다.

이 확신은 내게 평화를 준다. 여러 해 만에 처음으로, 어쩌면 난생 처음으로 나는 내 젊음과 대면한 것처럼 느껴지고 나는 그것을 경계심 없이 바라본다. 나는 그 젊음의 얼굴, 잃어버렸던 얼굴을 이제 알아본 것 같다. 젊음도 나를 바라보며 나를 용서한다. 나로 하여금 그 어떤 발전도 이뤄 낼 수 없게 했던 나의 타고난 서투름에 대한 의식에 압도되어 나는 젊음에게, 젊음이 미처 줄 수 없었던 것을 요구하려 들었고, 젊음을 우스꽝스럽게 여겼고, 부끄러워했다. 그러나 이제 우리 둘은 헛되었던 언쟁에 지쳐 길가에 나란히 앉아 서로 말없이, 우리가 함께 들어가려는 저녁의 그저 크넓은 평화를 한동안 호흡하듯 들이마시며 맛볼 수 있게 되었다.

아울러 그 누구도 나에 대해 지나치게 엄격 — 부당이라는 너무 심한 말은 쓰지 않기로 한다. — 했던 것을 자책할 사람이 없다는 것도 내게는 큰 위안이 된다. 물론, 나는 부당함에 희생되었다는 의식 속에서도 힘과 희망의 근원을 발견할 수 있는 영혼들을 기리고 칭찬해 마지않는다. 그 어떤 일에서건 내가 남의 과오의 원인 — 비록 아주 가벼운 것이라 하더라도 — 아니, 그 기회만이라도 제공했다는 것을 안다면 나는 영원토록 마음이 꺼림칙할 것이라는 것을 분명히 느낀다. '십자가' 위에서도, 수난 고통 속에서 당신의 '거룩한 인성'을 완성하시면서 '우리 주님'은 당신이 불의의 희생이 되었다고 말씀하지 않으셨다. "저들은 무엇을 하는지 모르나이다. *Non sciunt quod facient*." 아주 어린아이들도 아는 이 말, 어린이 같다고 할 수 있을 이 말은, 그러나 마귀들은 점점 더 당혹해하며 이해하지 못한 채, 그 일* 후로 두고두고 되뇌게 될 말 아닌가. 저들은 벼락이 칠 줄 알았으나 뭐랄까, 천진한 손 하나가 그들 위에서 심연의 아가리를 막아 버렸던 것이다.

내가 때로 괴로워하며 받아야 했던 비난들은 나나 비난자나 양측이 다 나의 진정한 운명을 모르기에 내게 과해졌다는 생각이 들어 매우 기쁘다. 블랑제르몽 참사 신부님 같이 분별력을 갖추신 분은 내가 나중에 어떻게 될까 너무 신경을 쓴 나머지 부지불식간에 내 미래의 과오를 미리 비난했던 것이 이제 명백하다.

나는 사람들의 영혼을 우직하고 소박하게 사랑했다.(하기는 나로서는 달리 사랑할 수도 없었을 것이다.) 이런 우직함이 오래간다면 나에게나 가까운 이들에게 위험한 것이 될 수 있었을 것이라는 느낌이 든다. 나는 내 마음이 자연스레 기우는 것에 너무나 서툴게 늘 저항해 왔기에 나는 그런 끌림을 추스르거나 다른 길로 향하게 할 수 없는 것이라고 여겨 왔다. 이런 투쟁도 이제는 더 이상 그 대상이 없어져서 이제 곧 끝나리라는 생각은 이미 오늘 아침에 들었지만 그러나 그때는 라빌 의사의 선고로 한창 망연자실에 빠져 있었다. 이 생각은 내게 정말

---

* 예수의 십자가 수난. 앞의 라틴어 인용구는 예수가 십자가에 매달려 하신 말씀.(「루카」 23장 34절 참조.)

조금씩 계속 스며들어 왔다. 처음에는 투명하고 가녀린 한 줄기 물이었는데 이제 그것은 내 영혼에서 넘쳐나고 나를 쇄신하고자 하는 생각으로 가득 채우고 있다. 침묵과 평화.

아, 물론, 하느님께서 내게 남겨 두실 마지막 몇 달, 마지막 몇 주 동안, 내가 본당 직무를 맡을 수 있는 한 나는 예전처럼 진중하게 행동하도록 애써 보겠다. 그러나 마침내 나는 미래 걱정은 덜하고 현재를 위해 일할 것이다. 이런 유의 일이 내 격에 맡고 내 능력에 합당한 것 같다. 왜냐하면 나는 작은 일들에서밖에는 성공을 거두지 못하기 때문이고 불안에 너무나 자주 시달리는 터라 그저 작은 기쁨을 거둘 수 있을 뿐임을 인정해야겠다.

이 중대한 날도 다른 날들과 마찬가지일 것이다. 이날이 그저 두려움 속에 다 저문 것은 아니지만 곧 시작되려는 날도 영광 속에 터 오지도 않을 것이다. 나는 죽음에 등을 지지는 않으나 올리비에 씨라면 정녕 잘 해낼 것처럼, 죽음과 대적하지도 않는다. 나는 죽음을 할 수 있는 한 가장 겸손한 눈으로 바라보려 애썼다. 그런 나의 시선은 죽음을 무장 해제하듯 달래 보려는 은근한 희망을 가지지 않았던 것도 아니었다. 비유가 너무나 어리석은 것이 아니라면 나는 죽음을 예전 쉴피스 미토네나 상탈 양을 바라보았던 그런 시선으로 바라보았다고 말할 수 있으리라……. 슬프다! 정녕 그리되려면 어린아이들의 무지와 단순성이 필요하리라.

내 운명에 대해 이리 각오를 하기 전, 때가 왔을 때 제대로 잘 죽음을 맞지 못하진 않을까 하는 두려움이 여러 번 엄습한 적이 있다. 왜냐하면 나는 정말이지 심약하기 때문이다. 이 일기에 써 둔 적 있다고 생각하는 친애하는 델방드 노의사의 한 마디가 생각난다. 수사나 수녀들이 언제나 임종을 잘 받아들인 것은 아니라고들 한다. 이런 걱정을 지금 나는 하지 않아도 좋다. 자기 자신에 대해, 자기 자신의 용기에 대해 확신을 가진 사람이라면 자신의 최후가 완벽하고 완결되기를 원할 수 있으리라는 생각은 나도 잘 이해한다. 나로서는 그럴 수도 없으니 나의 임종은 그저 저 생긴 대로 진행될 것이다. 만약 이런 말이 너무 대담하게 들리지 않는다면, 진정 사랑에 빠진 사람에게는 그 아무리 아름다운 시구절이라 하더라도 더듬거리는 고백만 못하다고 나는 말하련다. 그리고 곰곰 생각해 보면 이 비유가 아무에게도 거슬리지 않을 것 같다. 왜냐하면 인간의 임종은 우선 사랑의 행덕(行德)이니까.

하느님께서 나의 임종을 하나의 모범, 하나의 교훈으로 만드실지도 모른다. 나는 그것이 사람들에게 측은지심을 일으킬 수 있다면 좋겠다. 그러지 말란 법이 있는가? 나는 사람들을 무척 사랑했고 산 자들의 이 땅은 내게 아늑했음을 지금 생생히 느끼고 있다. 나는 눈물 없이는 죽지 못할 것이다. 극기주의적 냉정함보다 나와 동떨어진 것이 없는데 내가 어찌 저 무감동한 자들의 죽음을 바라겠는가? 『플루타르코스 영웅전』의 주인공들은 내게는 모두 섬찟함과 권태를 동시에 불러일으킨다. 내가 만일 그런 유로 가장하고 천국에 들어간다면 내 수호천사마저도 웃을 것 같다.

왜 걱정하고 왜 지레 판단한단 말인가? 무서우면 무섭다고 부끄럼 없이 말하리라. 그러니 그분의 '거룩한 얼굴'이 내 앞에 나타날 때 주님의 첫 눈길은 안도시켜 주시는 눈길이기를!

 

 

탁자에 팔꿈치를 괸 채 잠깐 잠이 들었다. 새벽이 멀지 않은 모양이다. 우유 배달 차 소리를 들은 것 같다.

나는 다시 아무도 만나지 않은 채 떠나고 싶었다. 그러나 불행하게도 그렇게 하기가 쉬운 일은 아닐 듯하다. 탁자 위에 곧 다시 오겠노라는 약속 한마디를 적어 놓는다 하더라도 내 친구는 이해하지 못할 것이다.

나는 그를 위해 무엇을 할 수 있을까? 그가 토르시의 본당 신부님은 뵈려 하지 않을 것 같아 걱정이다. 그보다 더 걱정이 되는 바는, 토르시의 본당 신부님도 이 친구의 허영심을 가차 없이 찌르며, 신부님 특유의 추진력으로 능히 그러실 수 있는 어떤 가당치 않은 절망적인 계획에 그를 밀어 넣지 않을까 하는 일이다. 그야 길게 보면 결국에는 노신부님께서 이길 것이 분명하다. 그러나 이 가여운 여인의 말이 정말이라면 시간이 없다.

그 여인을 보더라도 다급하다……. 어제 저녁, 나는 눈길을 드는 것을 피했다. 그녀가 내 시선에서 내 생각을 짚어 내어, 나 스스로 확신이 없음을 읽어 낼까 봐 염려되어서였다. 정말이지 나는 자신이 없었다! 나 아닌 다른 이였다면 내가 아직도 확신이 없어 하는 그 말을 미적대는 대신 터뜨리고야 말았으리라고 되뇌어 보아도 소용이 없다. 아직도 확신이 들지 않는다…… 다른 이라면 "떠나시오, 저 친구가 하느님과 화해하고 당신과 멀리 떨어져 죽음을 맞도록 놔두고 떠나시오."라고 촉구했으리라는 생각이 든다. 그랬더라면 그녀는 떠났을 것이다. 그러나 그녀는 전혀 이해하지 못한 채 그저 저 옛적부터 목 따는 이의 칼에 맡겨질 것이 예정된, 자신이 속한 그 온순한 종속, 그 종속의 본능에 다시 한 번 복종하며 떠나갔으리라. 그녀는 자신의 그 오죽잖은 불행을 간직하고, 수락의 말로밖에는 표현할 수 없는, 결백한 반항을 품은 채 저 무수한 사람들의 무리 속으로 사라져 갔을 것이다. 그러나 나는 그 여자가 저주의 말 한마디 하지 않으리라 생각한다. 왜냐하면 그 이해할 수 없는 무지, 그녀 가슴의 저 초자연적 무지는 수호천사가 지키는 영역이기 때문이다. 그런데 '전적 수용의 그 시선'*을 향해 하소하는 눈길을 용감히 올려 보낼 수 있음을 그녀가 아무에게서도 배우지 못한 사실은 너무한 일 아닐까? 무엇을 드리는지도 모르는 손이 올려 드리는, 값을 헤아릴 수 없는 선물**을 어쩌면 나를 통해 하느님께서는 받으실 수도 있었을 것이련만 나는 감히 그리하지 못했다. 토르시의 신부님은 당신 원하시는 대로 행하시게 될 것이다.

---

---

---

---

* 십자가에 달린 수난 예수의 시선.
** 사제인 자신의 중재를 통해 이루어질 수도 있었을, 귀한 영혼을 지녔으되 신앙을 모르던 그녀와 하느님의 만남.

나는 캄캄한 우물처럼 보이는 안마당을 향해 창문을 열고 묵주기도를 올렸다. 내 머리 위, 동쪽을 향한 큰 벽의 한 귀퉁이가 하얗게 밝아 오는 듯하다.

나는 담요로 몸을 두르고 그 한쪽 자락으로는 머리까지 감쌌다. 춥지 않다. 늘 따르는 통증은 이제 더 이상 고통스럽게 느껴지지 않는다. 다만 속이 메슥거릴 뿐이다.

할 수만 있다면 이 집에서 나갈 것이다. 텅 빈 길을 가로질러 오늘 아침 걸었던 길을 다시 걸으면 좋겠다. 라빌 의사 선생을 찾아간 길, 뒤플루이 부인 카페에서 몇 시간 보낸 일이 지금은 그저 아득한 기억으로 남아 있을 뿐이다. 정신을 좀 가다듬어 그 일들을 자세히 떠올려 보려 하면 견디기 어려운 이상한 피곤을 느낀다. 내가 느끼던 고통은 더 이상 남아 있지 않고, 남아 있을 수도 없게 되었다. 내 영혼의 한 자락은 무감각하게 되었고 최후까지 그러리라 생각한다.

물론 나는 라빌 의사 앞에서 나약한 꼴을 보인 것을 후회한다. 그러면서도 아무런 가책을 느끼지 않았던 것을 부끄러워해야 할 것이다. 왜냐하면 그토록 결연하고 단호한 사람에게 나는 도대체 사제에 대해 어떤 인상을 주었겠는가 말이다. 어쩔 수 없이 이제 그것도 지나 버린 일이다. 내가 자신에 대해, 나의 사람됨에 대해 늘 갖고 있던 일종의 불신이 막 사라져 간 것 같다. 그것도 영원히 말이다. 이 투쟁도 이제 끝이 났다. 이 싸움이 어떤 것이었던지도 더 이상 알 수 없다. 나는 나 자신과, 이 가련한 껍질과 화해했다.

자기 자신을 미워하는 일은 생각보다 쉬울 것이다. 은총은 자기 자신을 잊는 일이다. 그러나 만일 우리 안에서 모든 교만이 사라져 버린다면 은총 중의 은총은 자기 자신을 예수그리스도의 수난 지체(肢體) 중의 그 어느 지체처럼 사랑하는 일일 것이다.

———————————————————————————
——————————————————
———————————————————————————
————————————

루이 뒤프레티 씨가 토르시의 본당 신부님께 드린 편지


전문 의약품 및
일반 약품 도매 공급
수입-수출 전문

루이 뒤프레티, 대표 책임자

릴, 19XX년, 2월 XX일.


본당 신부님께

신부님께서 요청하오신 정보를 지체 없이 보내 드립니다. 제 건강 상태로 인해 마지막 손질은 하지 못했으나, 제가 망중한을 타서 기고하곤 하는 매우 조촐한 잡지, ≪릴 청년 회보≫에 보내기로 한 작품을 통해, 지금 황망히 보내 드리는 정보를 향후 보충하겠습니다.

서점가에 나오는 대로 그 잡지의 해당 호를 삼가 틀림없이 올려 드리겠습니다.

제 벗의 방문은 제게 큰 기쁨을 주었습니다. 저희들 청춘의 가장 아름다운 시기에 싹텄던 우정은 시간의 흐름에 따라 옅어질 거라고는 도무지 염려할 필요가 없는 것이었습니다. 더욱이 그가 처음에는 유쾌한 형제애적 대화를 나누는 데 필요한 시간 이상으로는 방문하지 않을 생각이었음을 저는 확신합니다. 저녁 7시쯤 그는 몸이 약간 거북하다고 했습니다. 저는 그를 집에 머물도록 붙잡아 두어야 마땅하다고 생각했습니다. 제 처소는 매우 소박하지만 그의 마음에 퍽 들었던 모양이어서, 거기서 하룻밤을 나기를 그는 주서 없이 승낙했습니다. 그가 편히 쉬게 예우하려는 뜻에서 저는 제 아파트에서 그리 멀지 않은 한 친구의 집에 하루 유숙을 청했다는 말씀도 덧붙여 올립니다.

잠을 이룰 수 없었던 저는 새벽 4시쯤 조심스레 그의 방에 가보았는데 제 불쌍한 친구가 의식을 잃고 방바닥에 쓰러져 있는 것을 발견했습니다. 우리는 그를 침대로 옮겼습니다. 아무리 조심을 했다지만 이렇게 환자를 옮긴 일이 그에게 치명적이지 않았나 생각합니다. 그는 이내 크게 피를 토했습니다. 저와 동서(同棲)하고 있던 사람은 의학 공부를 심도 있게 한 사람이어서 그에게 필요한 간호 조치를 해 주고 그의 상태에 대해 제게 정확히 일러 줄 수 있었습니다. 예측은 더없이 암담한 것이었습니다. 그러던 중 토혈이 그쳤습니다. 의사를 기다리는 동안 저희들의 그 가여운 친구는 의식을 회복했습니다. 그러나 그는 말을 하지 않았습니다. 굵은 땀방울이 이마와 양 뺨에서 흘러내리고, 약간 벌어진 눈꺼풀 사이로 겨우 보이는 그의 시선은 크나큰 고뇌를 표출하고 있었습니다. 저는 그의 맥박이 급속히 약해져 감을 확인했습니다. 이웃집 사람이 당번 신부인 생트오스트르베르트 본당 보좌 신부에게 알리러 갔습니다. 임종하는 친구는 자기 묵주를 원한다는 것을 손짓으로 알려 주었으므로 저는 그의 바지 주머니에서 그것을 꺼내 주었고 그는 그때부터 그 묵주를 가슴 위로 꼭 모아 잡고 있었습니다. 그러기를 얼마 후 그는 기운을 차린 것 같았는데 거의 알아들을 수 없는 목소리였으나 분명 저에게 사죄경(赦罪經)을 청했습니다. 그의 얼굴은 보다 더 평온해졌고 미소까지 떠었습니다. 사안에 대한 합당한 판단은 저로 하여금 그의 요청에 너무 성급하게 응하도록 허락하지는 않았지만 인정으로 보나 우정으로 보아서 그것을 거절할 수 없었습니다. 저는 신부님을 전적으로 안도시킬 수 있는 올바른 감정으로 그 직무를 수행했다고 믿는 바임을 덧붙여 말씀드립니다.

사제가 여전히 당도하지 않았기에, 임종하는 이를 위해 교회가 베푸는 위로를 제 가엾은 친구가 받지 못할지도 모를 것 같다는 유감을 그에게 알려 주어야 한다고 저는 생각했습니다. 그는 제 말을 제대로 알아들은 것같이 보이지 않았습니다. 그러나 잠시 후 그는 자신의 손을 제 손 위에 얹으며 제 귀를 그의 입에 가까이 대라는 분명한 눈신호를 보냈습니다. 그러더니 그는 매우 느리기는 하지만 분명하게 다음과 같이 말했습니다. 저는 그 말을 여기 아주 정확히 옮겨 적었다고 믿습니다.

"아무려면 어떤가? 모든 것이 은총이니."

그런 후 그는 바로 숨을 거두었다고 생각합니다.

# 작품 해설

 

"나 죽거든 나 감히 고백하지 못했던 것보다 더 깊이
사랑하였노라고
이 그윽한 지상의 왕국을 향해 말 전해주오."
— 베르나노스, 『어느 시골 신부의 일기』한 헌사에서

 

20세기 프랑스 소설 중 최고 걸작의 하나로 꼽히게 될 이 작품을 쓰던 무렵의 작가는 나이 쉰이 가까워 오는 여섯 자녀의 아버지로서 생활고로 프랑스 내 여러 지방을 전전하던 끝에 물가가 싸다는 단 하나의 이유로 스페인의 한 섬에서 귀양과도 같은 이민 생활을 하던 중이었다. 의연한 기상의 표현으로 질주하며 즐기던 오토바이로 인해 사고를 겪고 목발에 의지하게 된 몸으로, 부패와 추문을 거듭해 가는 유럽의 정신적 기류에 대한 선견자적 고뇌를 간직한 채, 파리 출판사에 부분 원고가 가는 데 따라 고료, 즉 여덟 식구의 생계비가 송금되던 전업 소설가의 지난한 나날들. 그런 중에도 "작가란 직업이라기보다는 하나의 모험, 무엇보다 정신적 모험입니다. 그런데 모든 정신적 모험은 갈바리아*의 그것입니다."라고까지, 표백(表

---

\* 예수가 십자가에 못 박혀 죽은, 예루살렘 교외의 해골산. 골고다.

白)된 글쓰기에 대한 진정성의 모색으로 일관한 자세로 1934년부터 이듬해까지 집필해 1936년 간행한 이 작품은 절망과 광기가 끊임없이 틈타는 성덕(聖德)의 길 가운데 던져진 애처롭도록 유약해 보이는 젊은 신부가 남긴 내면 일기다. 3개월여 짧은 직무 수행 중 느닷없이 찾아온 죽음으로 끝나는 그의 사목 성찰 기록이기도 한 이 작품은 1930년대 프랑스 시골의 한 본당이지만 여느 본당과 마찬가지이며 그러기에 보편성을 획득하는 본당 내 여러 영혼들의 내면 모습도 신부의 고백과 아울러 그려 내고 있다. 프랑스 북쪽 아르트와 지방의 한 촌락인 앙브리쿠르 본당을 휘감은 늦가을의 안개와 는개, 떠나지 않을 듯한 눅눅함을 남겨 놓으며 끝도 없이 내리는 가랑비에 갇힌 그렇고 그런 마을 모습은 권태와 타성에 젖어 탈그리스도교 과정에 접어든 20세기 초반 서구의 보편적 풍경과 다름없다. 그 속에서 놀랍도록 순수한 사제가 우직하리만큼 열정적으로 다가가는 영혼들을 향한 절절한 사랑은 절망과 믿음의 초월적 비극, 신비극을 일상 속에서 손에 잡히듯 가시화하고 있다. 그러기에 이 작품은 한마디로 완숙기에 든 "글쓰는 한 가톨릭 신자" 베르나노스의 깊은 영성에서 걸러진 정수라 아니할 수 없겠다.

1935년, 그를 가장 잘 이해하고 후원하던 한 친구에게 보낸 편지들을 보자.

아름답고도 친근한 한 작품을 쓰기 시작했네. (중략) 막 본당 사목을 맡은 젊은 신부의 일기일세. 이 신부는 열성이 지나쳐 고

생을 사서 하고 동분서주하며 온갖 놀라운 계획을 세우지만 물론 다 실패할걸세. 그러고도 어리석은 이들, 사악한 이들, 나쁜 놈들의 농간에 계속 걸려들겠지. 그래서 그가 정말로 패배하고 다 잃었다고 생각하게 되는 바로 그때, 천주를 섬기지 못했다고 자책하는 만큼 그는 그분을 섬긴 것이 될 거야. 신부의 순수함이 모든 것을 눌러 이기고, 그는 암으로 조용히 죽어 갈 걸세.

나는 이 작은 마을이 우리나라의 '압축판'이길 원하네. 거기엔 백작이 있고 부면장이 있고, 잡화상이 있고, 아이들도 있어 그들 모두를 실제 보는 듯하네. 그리고 그들 가운데에는 자기 자신에 대해 모를뿐더러 서로도 모르는 몇몇 아주 귀한 영혼들이 있다네. 그네들은 자기들도 알지 못한 채 오직 하느님 안에서만 서로 만날걸세.

"그네들" 중 몇을 꼽자면 주인공과 정신적으로 동질인 부류, 그러나 겉으로는 전혀 다른 운명을 짊어진 델방드, 백작 부인, 올리비에, 성직을 떠나 버린 동창 신부의 동반자를 들 수 있을 것이다. 임종이 가까운 우리의 화자를 위로하며 인간 고통이 지닌 통공의 신비를 자신도 모른 채 살아가던 청소부 여인, 겉으로는 사회의 추문을 피해 갈 수 없을 이 여인은 ─ 성급히 말하자면 ─ 피에타의 성모를 연상시키기까지 한다. 이 책도 다른 책과 마찬가지로 인간의 비겁함, 탐욕에 관한 고발에 치우쳤다는 한편의 반응에 대해 "사실은 그렇지 않다! 이 책에는 토르시의 신부, 델방드 의사, 백작 부인, 샹탈, 환속 신부의 그 사랑스러운 동반자가 있으니, 나는 그 어떤 다른 책에서

도 이처럼 많은 어린이와 영웅 들을 풀어놓은 적이 없었다."라
고 작자 자신이 구체적으로 거명하지 않았는가…….

"어린이와 영웅"에 대한 각별한 영적 감각과 함께 "간결, 진
솔, 진정성"을 다하고 "노력을 기울여" 쓴 "이 책이 빛을 던지
기를, 빛나기를 원한다."라던 작가의 토로를 다시 들어 보자.

　이 책에 대해 나 스스로 이야기한다는 것은 무척 어려운 일
입니다. 왜냐하면 이 작품을 사랑하기 때문입니다. 이 책을 쓰
면서 나는 이 책을 나 혼자만을 위해 간직할까 하는 생각을 여
러 번 했습니다……. 내가 그저 책상 서랍에 넣어 놓기만 했더
라도 이 책은 내가 죽고 난 후에야 나왔겠지요. 그럼 우린 모두
즐거울 텐데. 벗들은 이 세상에서, 나는 저 세상에서, 그리고 내
이 겸허한 여린 신부는 우리들 사이에서, 가시적인 세계와 비가
시적인 세계 사이에서. ─ 아, 내 환희의 비밀을 아는 귀한 벗이
여……! ─ 한데 사람들은 그들의 인생을 마음대로 어쩌지 못하
는 것처럼 자기가 쓰는 책에 대해서도 그런가 봅니다!
　그렇습니다. 나는 이 책을 사랑합니다. 마치 이 책이 내 작품
이 아닌 것처럼. 나는 다른 작품들은 사랑하지 않았습니다. 『사
탄의 태양 아래』는 폭풍우 휘몰아치는 저녁에 쏘아 올린 폭죽이
나 다름없었고 『환희』는 하나의 중얼거림에 지나지 않아 소망하
던 찬가, 마니피캇*은 그 작품 어느 곳에서도 울려 퍼지지 않았

---

* Magnificat, 라틴어로 '찬양하다.'라는 뜻. 수태고지를 받은 마리아의 노래를
통칭한다.(「루카」 1장 46~55절 참조.)

으며 『기만』은 돌처럼 굳은 얼굴, 그러나 진솔한 눈물을 흘리는 그런 얼굴을 하고 있었습니다.

1935년 9월, 40쪽의 원고를 출판사로 보내며 작가는 이미 어떤 확신에 이르러 이렇게 썼다.

나는 내 다정한 신부가 나의 대변자, 겉으로만 보고 판단해서 나를 오해하고 있는 많은 가톨릭 교우들과 나를 화해시켜 주는 자가 될 것을 기대합니다. (중략) 작가로서의 내 이정에서 가장 아름답고 알차게 어우러진 음조의 문장으로, 진정한 의미가 나중에서야 드러나게 될 소소한 일들을 통해, 점점 더 커져 가다가 종내 파국으로 터져 버리는 비극적 오해가 드러날 수 있도록 최선을 다해 쓰고 있습니다. 그건 바로 경험 없는 젊은 성인 신부와 그를 에워싼 범용한 군상들 간의 비극적 오해지요. 내가 쓰고 있는 이 묘한 작은 이야기에 대해 말하면서 대가들의 이름을 들먹이는 것이 너무 우스꽝스럽지만 않다면 나는 이 작품이 『사탄의 태양 아래』에 비견해 가질 위치는 라신*이 코르네유**에 대해 가지는 위치와 마찬가지라 말하겠습니다.

베르나노스를 가장 잘 이해한 문학 비평가 알베르 베갱은 "완전히 내적인 책, 문체와 예술이 작가의 독창성뿐만 아니라

---

* 코르네유보다 한 세대 후의 작가로서 이른바 '있는 그대로의 인간'을 그려 낸 순수 고전 비극 작가.
** 격양된 영웅주의를 드러내는 '있어야 할 바로서의 인간'을 그려 낸, 고전주의 초기 극작가.

그의 더없이 영적인 삶으로 아주 깊이 각인된 책"이라는 말로 위의 진술에 호응했다. 그럼 이 작품의 "아름답고 알차게 어우러진" 문학적 기량과 짝을 이루는 내용의 아름다움, 그 감동의 진원지는 어디에 있을까? 집필이 거의 완료된 시점인 1935년 말 어느 귀부인에게 보낸 베르나노스의 다른 편지가 해명의 실마리를 줄 수 있을 것이다.

나는 『어느 시골 신부의 일기』를 지난 겨울 어느 저녁 문득, 어디로 가게 될지 전혀 알지 못한 채 쓰기 시작했습니다. (중략) 그러나 어쨌든 (중략) 붓을 든 바로 그 순간, 내 속에서 곧바로 떠오르는 것이 있었으니, 그것은 나의 어린 시절, 너무나 평범하여 다른 모든 어린 시절들과 닮은 그런 어린 시절, 그러나 마치 마르지 않는 꿈의 샘에서인 양 내가 써 내려가는 모든 내용을 길어 오는 그런 어린 시절이었습니다. 내 어린 시절에 본 얼굴들과 풍경들이 한꺼번에 섞여 들고 무의식적인 어떤 기억에 의해 휘저어져 어울려 들어 나로 하여금 지금의 나, 즉 소설가, 그리고 이렇게 말하는 것이 허락된다면 시인이 되도록 해 준, 바로 그런 어린 시절이었습니다. (중략) 나는 무언가 꾸며 대는 게 아니라, 내가 보는 것을 이야기할 따름입니다.

베르나노스에게 있어서 어린 시절과 그 시절을 보낸 북 프랑스의 불안하게 음울하며 드라마틱하고 형이상학적인 풍경은 그의 작품 대부분의 작중 인물들이 반복적으로 살게 될 각별한 정신적 공간이다. 이런 각별한 공간 속에서 무르익은 베르나노스의 인물들은 단순히 종이 위의 인물들로 남지 않고 미지의 독자, 타인들, 그리고 베르나노스 자신과 함께 죽음의 순간, '옛적 나였던 어린 소년'의 통솔로 하느님 나라의 문 앞까지 함께 걸어갈 영혼의 길벗들이 되기까지 한다. 이런 정황은 『어느 시골 신부의 일기』 간행 다음 해, 그가 살던 스페인 내란의 참변까지 겪은 작가가 이제 세평가, 정치 및 현대 문명 비평가로서 새 길로 접어들며 막 내놓은 『달빛 아래의 대 공동묘지』 서문에 잘 나타나 있다.

미지의 길벗들, 내 다정한 형제들이여, 우리는 언젠가 함께 하느님 나라의 문 앞에 도착할 것입니다. 우리 여정의 먼지를 하얗게 뒤집어 쓴 몹시 피로하고 기진한 무리, 내가 땀을 닦아 줄 수 없었던 거칠지만 다정한 얼굴들, 선도 악도 다 보았고 그 임무를 완수하며 삶과 죽음을 다 받아 안은 눈길, 오, 결코 내려 깔리지 않았던 눈길들이여! 나는 여러분들을, 내 오랜 형제들을 바로 그런 모습으로 다시 만나 볼 것입니다. 내 어린 시절이 상상했던 바대로의 여러분을. 왜냐하면 나는 당신들을 만나러 길을 떠나, 당신들을 향해 달려왔던 것입니다. 첫 번째 모퉁이 길에서 당신들이 지새우던 숙영지의 야영불이 영원히 붉게 빛나는 것을 보았던 것 같습니다. 내 어린 시절은 오로지 당신들에게만 속한 것이었습니다. 어쩌면 어느 날, 내가 기억하는 어느 날 하루, 나는 굽힘 없는 당신들 무리의 앞장을 섰을 것도 같습니다. 청소년기가 그림자 자락을 펼치고 죽음의 즙이 핏줄을 타고 들어 심장의 피에 섞이던 때 내가 그만 당신들의 자취를 잃어버린 그런 길들일랑 내 결코 다시 만나지 않게 되기를 바랄 뿐! 가을이 끝나 갈 무렵, 짐승들처럼 엷은 황갈색 빛에 냄새를 띤 아르트와 지방의

길들, 11월의 비를 맞고 썩어 가는 오솔길들, 거대한 기마 행렬
과 같은 구름, 웅성거리는 하늘, 괴어 죽어 버린 물……! 나는 도
착해서 철책을 밀고 들어가 소나기를 맞아 붉은 물이 든 장화를
불 옆에 가져갔습니다. 이제 겨우 형체를 갖추어 가는 저 상상의
인물들, 이를테면 사지를 아직 갖추지 못한 태아와 같은 상상 속
의 인물들, 무셰트와 도니상,* 세나브르와 샹탈,** 그리고 당신, 내
가 만든 인물들 중에서 유일하게 내가 가끔 얼굴을 알아볼 수
있다고 생각하지만 아직 감히 이름을 붙이지 못한 당신, 상상 속
앙브리쿠르의 친애하는 사제, 당신이 영혼의 침묵, 영혼의 깊은
곳으로 들어오기도 훨씬 전에 새벽이 오곤 했습니다. 그 즈음 당
신들은 내 주인이었던 걸까요? 오늘도 당신들이 나의 주인인지?
오! 나는 이런 과거로의 되짚음이 허망한 것임을 잘 알고 있습니
다. 정말이지 내 삶은 벌써 죽은 이들로 가득 차 있습니다. 그러
나 죽은 이들 가운데 정녕 진실로 죽은 사람은 바로 예전에 나였
던 어린아이입니다. 그러나 때가 되면 바로 그 어린아이가 내 삶
의 머리에 자기 자리를 다시 잡을 것이고, 내 가련한 세월 조각
들을 마지막까지 다 모아 들일 것입니다. 그리고 젊은 대장이 퇴
역 노병들을 집결시키듯 혼란스러운 무리를 모아 들여 첫 번째
로 '아버지 집'에 들어갈 것입니다. 요컨대 나는 그의 이름, 어린
시절의 이름으로 말할 권리를 가지고 있을 것입니다. 세상이 어
린 시절의 이름으로 말하지 않는 만큼 정녕, 바로 어린 시절의
언어로 말해야 할 것입니다. 그것은 잊힌 언어, 바로 그러한 언어

---

\* 『사탄의 태양 아래』의 주인공들.
\*\* 『기만』과 『환희』의 주인공들.

가 씰 수 있고 어쩌면 씐 것이기라도 한 양 내가 이 책 저 책을 쓰며 바보처럼 찾고 있는 바로 그런 언어입니다. 그러나 그게 무슨 상관이겠습니까! 가끔 그 언어의 어떤 음조를 내 다시 발견하는 때가 있기에…… 우연히 혹은 심심해서 어느 날 내 책을 펼쳤던, 세상에 흩어져 있는 내 길벗들, 당신들로 하여금 내 말에 귀를 기울이게 하는 것이 바로 그 음조이겠습니다. 글 따위를 무시하는 사람들을 위해 글을 쓴다는 이 기이한 생각이여! 아직도 구속(救贖)을 받을 수 있는 이 세상의 몫은 오로지 어린이들, 영웅, 그리고 순교자들에만 속한다는 내 깊은 확신에도 불구하고 설득하고 납득시키려 드는 씁쓸한 아이러니여.

너무나 사랑했기에 작위적 이름을 주어서 3인칭으로 객체화할 수 없었다는『어느 시골 신부의 일기』의 앙브리쿠르 본당의 젊고 순수한 신부야말로 베르나노스적 인간의 진정성, 어린이 정신의 구현자로서 베르나노스적 영웅, 순교자, 즉 성인과 등가되며 이 작품에 고유한 내적 깊이를 마련한다. 이 소설의 주인공은 파스칼적인 격정적 믿음에 부추겨져 있지만 또 파스칼처럼 병으로 고문받고 있으며 (둘 다 요절한다.) 저 고전인의 '섬세의 정신'에 비견되는 그의 초월적 형안은 심지어는 일기를 써내려가는 자신의 고독을 위로하려는 듯한 자기연민의 정 속까지 파고든 악마적 정신을 통찰하게 하니 그의 불안과 탈진의 저항은 얼마만 할 것인가. 그 고통이 어떠할 것인가. 누구건 언제고 사탄에게 노략질당할 수 있는 취약한 인간의 내면, 그 두려운 분열을 무고한 신부가 겪는 정신적 위기가 대신하고 있다. 신비가 십자가의 성 요한의 밤을 연상시키는 밤들을 환각에 시달리며 지새우는 그는 세속적 기준으로 판단되지 않는 사람이다. 양각으로 두드러지며 드러나 보이는 인물이 아니라 음각으로 팬 인물이랄까, 어떤 가능성의 불안정성 속에서 끊임없는 고뇌에 시달리는 인간이다. 미약한 건강, 해진 신부복, 세상 물정 모르는 듯한 방심한 태도가 낳는 몰이해, 불가능해져 버린 기도, 덕으로서의 희망마저도 거부하고 싶은 분심과 분열로 시달리며 자살의 유혹까지 겪는 이 신부뿐 아니라 베르나노스의 여러 주인공들의 모습은 클로델처럼 머리에서 발끝까지 요지부동한 신앙으로 버티고 서서 신앙의 숭엄함을 노래하는 자들이 아니다. 베르나노스는 클로델이나 모리아크와 마찬가지로 신앙이 깊지만 모범적 정숙주의가 그리스도교라는 등식을 거부하고 가시적 교회의 타성과 편협성 관료주의에 대해 양보 없는 비판을 온갖 어려움을 무릅쓰고 가하였으니 우리는 그 증언을 주인공 신부와 공감의 대화를 나누는 토르시의 신부나 외인부대 장교 올리비에 그리고 자살한 델방드 의사를 통해 통렬하게 듣게 된다. 그러기에 소위 말하는 여타 가톨릭 작가들과 그 유를 달리 하는 베르나노스의 세계 인식은 오히려 사르트르나 카뮈를 환기시킨다. 그러나 『어느 시골 신부의 일기』를 두고서만 보더라도, 안팎으로 갉아 드는 고통에도 정녕 어린이 같은 그 욕심 없는 사랑으로 순수하기에 종내 사제의 위엄을 확보하는 신부의 영적 혜안, 그 초월적 힘에 대한 확신이야말로 베르나노스적이다. '어린이' 신부와 대갓집의 나이 든 백작 부인과의 극적인 대좌야말로 그런 베르나노스의 사제상을 놀랍도록 보여 준다.

사제를 주인공으로 내세운 여러 작품을 거치며 성숙해 온 작가의 성인(聖人)관은 『사탄의 태양 아래』에 등장한 도니상에 이어 두 폭 병풍을 이루는 『기만』과 『환희』의 슈방스 신부로 이어지다가 이 작품에서는 바로 주인공이 구현하듯이 우선 어린이 정신과의 일치로 귀결한다. 베르나노스는 이 정신에 대해 "성인과 영웅은 어린이 시절을 벗어나지 않는 사람, 그러나 그들 삶이 커져 감에 따라 차츰 커 가는 어린 시절을 간직한 사람들이다."라고 작품 속에서 강조한다. "성인들이란 영웅이며 천재이며 동시에 어린이들이다." 앙브리쿠르의 신부 속에 화육된 베르나노스적 성인의 또 다른 면모는 몸과 영을 다하여 고통 받는 자라는 사실이다. 그가 어떤 사회적 고통과 내적 고통을 받는 자인지는 위에서 열거하지 않았던가. 더하여 허약함을 넘어 죽음이 임박하도록 육체의 고통을 받는 그는 작가의 말대로 "복된 암"으로 이미 수난 중이다. 이는 수난 예수와 일치될 수 있는 은총, 「이사야서」 53장이 그려 보이는 구속자(救贖者)와 일치할 수 있는 은총이다. 그는 한 인간, 각별히 사제로서 대사제, 저 '상처 입은 치유자'이신 예수와 이렇게 일치해 간다. 밤 깊은 진흙 길에서 객혈 끝에 쓰러진 그의 얼굴을 닦아 주는 세라피타, 간특하기까지 하던 맹랑한 소녀는 이 수난자 앞에서 문득 면포를 든 베로니카로, 어린 성모로 변모된다. 결핵이려니 진료차 찾은 릴에서 암 선고를 받고 방문을 약속한 친구 집, 그 도시의 더러운 빈민 아파트, 3~4층쯤일까, 환속의 이유를 지적 발전의 귀결로 허장성세 가장하고 있는 옛 동창 뒤프레티의 집 복도 간이침대에서 맞이하는 주인공의 임종은 골고다 사건의 재현이다. 그 치욕의 객사, 임종의 순간 그는 구속의 예수와 자신의 고통을 화해시키니 숨지며 간신히 웅얼거린 "모든 것이 은총"이란 말은 타협적 신앙의 주절거림이 아니라 끈질긴 밤의 끝에 '자신과 화해'한 인간만이 표백할 수 있는 절대적인 고백이다. 본의 아니게 성인의 임종을 지킨 뒤프레티의 편지를 잘 읽어 보라, 우리 성인신부는 성무 집행권을 상실한 환속자에게 사죄경을 발할 신묘한 기회를 주고 죽어 가면서 끝내 그 불행한 옛 친구까지도 베르나노스의 평소 믿음처럼 사랑의 행덕 현장인 임종의 신비에 참여시킨다.

이 소설에 표백된 작가의 사회와 문명에 대한 독특한 관점은 또 어떤가. 토르시의 노신부와 젊은 반항아 올리비에를 통해 듣게 되는, 당대 상승일로에 있던 물질주의, 이기주의, 타협주의, 회칠한 무덤에 지나지 않은 신앙에 안주한 보수주의, 만연한 정신적 해이를 향한 질타와 가난의 정신이 가지는 위대성에 대한 웅변을 제대로 새겨듣자면 여러 번 호흡을 가누어야 할 정도다. 박력 있는 장중한 산문으로, 소설 집필을 떠나 정치 문명 비평가로 활약할 베르나노스 만년의 면모가 예감되는 이런 대목, 사회 역사적 상황의 육화(肉化)는 위에서 말한 성인의 이야기에 구체적 진정성을 부여하여 작품의 조직성을 긴밀히 하는 매력적인 부분이지만 "한 연대(聯隊)나 되는" 이미지들을 거느리고 시적 아우라로 번지고 있기도 해서 프랑스어권을 떠나면 얼마나 전달 가능할지 번역자를 괴롭히는 부분이기도 하다.

1930년대, 베르나노스 외에도 앙드레 말로 등이 양차대전 사이 시대의 중압, 죽음과 불안에 저항하려는 기류를 통해 프랑스 문학에 비극적 감정과 영웅적 행동 추구라는 새롭고 진지한 톤을 허락한 것이 사실이지만 특히 베르나노스의 경우 반교권주의와 무신론이 번져 가던 당시 프랑스 정신계의 상흔을 파스칼, 보들레르, 도스토예프스키에 비견할 관점으로 드라마틱하게 전개했다. 부르주아 가정의 세속적 혹은 위선적 암투를 그려 낸 모리아크에게는 종교가 소설의 배면을 이루었지만 베르나노스에게서는 종교가 소설의 내용이 됨으로써 더 큰 폭으로 과거 문학을 청산하고 그리스도교적 형이상학의 진경을 개척했던 것이다. 사실 베르나노스에게 있어서 소설을 쓰는 행위 자체가 영적으로 신부다움, 아니 사제직의 신비에 상응하는 것이었고 『무셰트의 새로운 이야기』에 앞서 이미 그런 면모를 보여 주는 이 작품은 스페인 내란 발발 4개월 전에 출간되었다. 내란의 참화를 그 땅에서 목도한 작가는 향후 소설 집필을 접고 서구 문명 전반을 반성하는 목소리를 드높이는 문명 비평가로서 가위 독기사(獨騎士)적으로 백의종군하게 된다…….

소설가로서건 평문가로서건 베르나노스에게 있어 『어느 시골 신부의 일기』의 이해와 관련하여 각별한 '어린이 정신'은 영원한 주제다.

인간은 그들이 저지른 악덕에 의해서가 아니라 너무나 깊이 숨어 들어 자칫 찾아내기 어려울 때도 있지만 그들의 어린 시절로부터 남아 간직된 손상되지 않은 몫, 순수한 몫을 헤아려서 이해되어야 할 것임을 나는 경험으로 이윽고 알게 되었다.

스스로 다 알고 어른인 척 굴고 싶어 하는, 20세기에 어린이 정신의 미덕을 역설한 베르나노스는 독특한 설득력으로 세계는 선한 자와 악한 자로 이분되는 게 아니라, 어린이 정신으로 충만하여 사는 성인과 그것을 잃어버린 (죄인이라기보다는) 불행한 사람들로 나눠지는 것임을 알려 준다. 세상살이가 씌워 놓은 무겁고 두꺼운 허위를 헤치고 범용한 영혼들에게서도 인간 실존의 깊은 곳에서 어린이 정신이 되살아나 단 한순간만이라도, 그러니 죽음의 순간만이라도 삶의 모든 마디마디를 하느님 앞에 집결시키며 우리의 참 존재와 우리를 화해시켜 줄 수 있는 한, 그 많은 슬픔, 절망의 유혹, 자살까지도 종종 목도하게 되는 베르나노스의 작품 세계는 얼어붙은 비극적 세계가 아니다. 더구나 이 비루하고 추악한 세상 속으로 어린이 정신의 인물들, 즉 샹탈, 올리비에가 끊임없이 진정성을 건 길을 걸어가고 있음에야. 브라질 이민 시절, 한 어린 브라질 소녀가 사인을 하나 해 주십사고 이 유명 프랑스 작가에게 내민 앨범 위에 적어 준 글은 우리가 읽은 작품이 드러내고자 했던 어린이 정신의 위대함을 달리 웅변한다.

아가씨,
천성으로 게으른 나는 5분 전까지만 해도 당신의 앨범 위에 무엇을 써 줄 것인지 혼자 막연히 자문하고 있었습니다. 그런데 앨범을 하나 간직하겠다는 의도는 사실 매우 감동적이고 사람의 마음을 움직이며 그런 것이 바로 어린이 정신이라는 생각이 문득 들었습니다. 그런데 모든 어린이 정신이 그렇듯이 그런 의도는 보통 망신이나 당합니다. 왜냐하면 세상 사람들은 어린 시절에 대해 전혀 이해하지 못하기 때문이지요. 세상 사람들이 어린 시절을 증오한다고 말하는 것이 아닙니다. 그러나 어린 시절은 세상 사람들을 난처하게 만드는데, 모든 것을 잘도 눈감아 주는 그들은 누가 자신을 난처하게 만드는 것은 참지 못하지요.

요컨대, 소녀들은 마치 가난한 사람들이 손을 내미는 것처럼 자기 앨범을 소위 대단하다는 어른들에게 내밉니다. 그러나 소녀들과 가난한 이들 양쪽 모두는 보통 실망하게 되지요. 왜냐하면, 이 세상에서 진실로 기만을 당하는 사람은 지복(至福)을 특전으로 받은 사람들, 즉 가난한 이들과 어린이들밖에 없기 때문입니다.

당신이 손을 내밀었던 상대방인 대부분의 어른들, 고위 성직자며 신학자, 역사가, 평문가, 소설가들은 당신에게 겨우 사인이나 하나 해 주었습니다. 여기서 사인이란 사람들이 가난한 이에게 던져 주는 푼돈 같은 것입니다. 말이 났으니 말이지만 전체주의 체제가 승리한다면 그들은 더 이상 사인할 필요조차도 없게 될 것이고, 군인이나 죄수처럼 단지 자신의 등록번호만을 적어 주게 될 것입니다.

그러나 당신은 그런 어른들에게만 손을 내민 것이 아니라 시인들에게도 손을 내밀었습니다. 그런데 시인들은…… 오, 기적이여! 당신에게 계산하지 않고 주었습니다. 왜냐하면 시인들은 천성이 자유롭고 넉넉하기 때문입니다. 이 추악한 세상은 오직 시인들과 아이들의 다정한 공감에 의해서 지탱된다는 것을 잊지 마십시오. 이 공감의 연대는 항상 공격을 받지만 또한 항상 부활합니다.

시인들에게 충실하고 어린 시절에 충실하십시오! 절대로 어른이 되지 마십시오! 어른들은 어린 시절에 대항하는 음모를 꾸미고 있는데 그것을 알아채기 위해서는 복음서를 읽는 것만으로 충분합니다. 좋으신 하느님은 고위 성직자, 신학자, 평문가, 역사가, 소설가들, 요컨대 모든 사람들에게 한결같이 이렇게 말씀하셨습니다. "어린이들을 닮아라." 한데 고위 성직자, 신학자, 역사가, 평문가, 소설가들은 기만당한 어린 시절을 향해 여러 세기에 걸쳐 이렇게나 되풀이 합니다. "우리들을 닮아라."

당신이 오랜 세월이 지나 이 글을 다시 읽을 때, '세도가'들은 무력하고 '박사들'은 무지하고 '권모술수가들'은 어리석고 '점잖은 체하는 사람들'은 고질적으로 경박한 사람들이라고 점점 더 믿게 된 이 늙은 작가를 떠올리고 기도를 올려 주세요. 세계 역사에 있어서 아름다운 모든 것은 인간의 겸손하지만 강렬한 인내와 '하느님'의 자비로운 '은총'의 신비로운 조화를 통해 우리도 모르는 새 이뤄지는 것입니다.

용기를 가지십시오. 그리고 행운이 있기를! 우리는 모두 삶을 극복해야 합니다. 그런데 삶을 극복하는 유일한 방법은 바로 삶을 사랑하는 것입니다. 정녕 '탐욕'과 '권태'야말로, 모든 중죄를 다 합한 것보다도 더 사람들을 저주하는 것이니만큼.

여기서 우리는 베르나노스가 『어느 시골 신부의 일기』를 누군가에게 헌정하며 썼던 헌사,* 앙브리쿠르 신부의 남은 유언이기도 했을 삶에 대한 사랑의 고백과 다시 만난다.

---

* 이 작품 해설의 발문.

∾ 기억하건대 1970년대 초, 학계 큰 스승 정명환 선생님께서 당시 학부 전공에 진입한 우리 몇몇을 광화문의 한 외국서 수입 전문 서점에 데리고 가셔서 개학을 맞아 풍성하게 들어온 여러 프랑스 문학작품들을 소개해 주시던 중 바로 이 작품을 가리키며, 어쩐 일이었을까, 그 즐겁도록 복작하던 책과 사람 들 틈에서 나를 향하여 "프랑스어로 된 가장 아름다운 작품"(중 하나)라고 선언하셨을 때 나의 프랑스 문학 공부 방향은 정해졌고 이 작품과 선생님께 갚을 수 없는 빚을 지게 되었다! 무신론자 사르트르 전공자이신 선생님께서 골수 가톨릭 작가라는 베르나노스를 어찌 그리도 상찬하셨는지 그 비의를 알고 싶어 시작한 것이 베르나노스의 문학성에 대한 나의 주제 비평적이고 세밀한 글 읽기였던 것이고, 그의 영성의 각별함에도 무디나마 감응을 받게 된 이제는 그런 측면도 소개되어야 하지 않을까 생각한다. (발타사르라는 거장 신학자가 쓴 깨알 같은 조판의 600쪽에 이르는 베르나노스 연구서는 그런 나에게 일찍부터 충격이었다.) 여하간 스승을 통해 이 작품과 조우한 지 30년이 넘어 오랜 준비와 여러 번의 퇴고를 거쳐 이제 그 번역을 내놓으면서도 그 막막한 빚에 대한 송구스러움은 여전하다. "(이 책을) 다 쓰면 내 영적 운명은 다 채워지는 것일 터입니다. 영혼들이 내 빵을 먹을 것이기에 말입니다."라고 했던 작가처럼 역자도 이 작품 소개에 각별한 애정을 가지면서도 결국 부족한 번역 원고를 정리하며 돌이켜보니 그 무렵의 베르나노스보다 이미 더 나이 들어 있다…… "우리네 인생의 반 고비 나그네 길에 올바른 길 잃고서 어두운 숲 속"에 서 있는 자신을 돌이키던 옛 시인의

탄식*에 공감하며 "나는 나 자신과 이 가련한 껍질과 화해했다."라고 고백한 저 젊은 희생자, 앙브리쿠르 신부의 죽음 앞에서의 고백을 역자이기에 앞서 한 인간으로서 깊은 감동으로 반추한다. 그 성덕의 거울 앞에서 어찌 부끄럽지 않으리.

∞ 베르나노스 사후, 작품 전집의 결정판이라 할 플레이아드 판이 나온 지 다시 9년 후, 긴 연구 서문을 붙여 이 책의 신판을 1970년 간행한 앙드레 말로의 베르나노스에 대한 존경과 사랑, 깊은 이해는 그 서문의 존재만으로도 짐작이 가능할 것이다. 학계에는 익히 알려진 전 세계의 베르나노스 연구가들 외, 다른 전공의 지식인들의 베르나노스에 대한 평가가 궁금하던 차, 하버드 대학교 심리학 교수이자 도덕 지능(MQ) 창안자이며 퓰리처 상을 수상한 로버트 콜스가 '일용할 양식'으로서 머리맡에 둔 책이 이 책이라는 이야기를 들었다. 더하여 베르나노스를 실존 철학에서 정신분석 이론까지를 잇는 서양의 지성사 속에 위치시키면서, 인간 정신의 인류학자로, 키르케고르, 도스토옙스키, 가브리엘 마르셀, 마르틴 부버, 폴 틸리히, 카를 융, 미르체아 엘리아데, 질베르 뒤랑, 에리히 뉴만, 가스통 바슐라르의 계보에 놓고 살피기까지 한, 캐나다 퀸즈 대학교 교수를 역임한 우크라이나 출신 학자 슬라바 쿠쉬니르의 작품 연구서를 최근 만났다.** "학식과 교양을 과시하는 신부는 언제

---

* 단테, 『신곡』에서 인용.
** 도서관 혹은 서점에서 접할 수 있는, 베르나노스 소개가 담긴 책들: 휴즈, 김병익 역, 『현대 프랑스 지성사』(문학과 지성사, 1981), 알베레스, 정명환 역, 『20세기의 지적 모험』(을유문화사, 1961), 곽광수, 『바슐라르』(민음사, 1995) 등.

나 내게 거부감을 불러일으킨다는 것이 솔직한 심경이다. 세련된 사상을 가까이 자주 접한다는 것은 요컨대 시내에서 멋진 외식을 하는 것이다. 하지만 배고픔으로 죽어 가는 사람들 코앞에서 멋진 나들이 저녁 식사를 하지는 않는 법이다."라고 한 앙브리쿠르의 우리 신부로서는 소스라칠 현학이겠지만 번역자로서는 사람에 따라서는 울림이 이다지도 큰 이 작품과의 공명, 혼의 공감이 이제 행복한 독자 각자의 몫이리라 여겨 베르나노스에 대한 존경의 표시로 소개해 둔다.* 소설인데도 군이 많은 주를 단 것은 "춘풍대아능용물(春風大雅能容物)/ 추수문장불염진(秋水文章不染塵)" 경지에 달한 작가의 글이 문화권의 차이에도 불구하고 독자들에게 잘 전달되기 바라는 역자의 염원에서다.

2009년 여름
정영란

---

* 베르나노스 작품들, 특히 이 작품에 대한 거장 감독 로베르 브레송의 영상적 해석(1951)도 잊을 수 없거니와 베르나노스가 유아 영세를 받은 파리 도심의 생 루이 당탱 성당은 작가를 기려 '베르나노스 문화 공간'을 개설했고, 세계의 젊은 대학생들이 대거 머무는 큰 기숙사가 면한 파리의 한 간선도로가 베르나노스 대로라 명명되어 있음도 첨언해 둔다.

# 작가 연보

1888년    파리, 주베르 거리 26번지에서 출생. 아버지는 실내 장식업자였고 어머니는 베리 지방 농부 집안 출신. 프랑스 북쪽 파드칼레의 작은 시골 마을, 프레생에서 유년 시절을 보냄. 예수회에서 경영하는 학교 및 소신학교 등, 네 번의 전학을 거치며 초중등 교육 과정을 이수.

1899년    첫 영성체. 발자크, 위고, 파스칼의 작품 탐독.

1906년    소르본 대학교에서 7년간 수학. 문학과 법학 전공.

1913년    악시옹 프랑세즈에서 2년간 왕당파 운동에 참여. 왕당파 기관지 《아방가르드 드 노르망디》 편집장.

1914년    1911년에 이미 병역 면제를 받았으나 1차 대전 중 최전선에 지원병으로 참전. 부상 수차례.

1917년    잔 다르크가의 후예인 잔 탈베르 다르크와 혼인. 향후 여섯 자녀를 둠.

| | |
|---|---|
| 1918년 | 보험회사 지방 순회 감독관으로 일하면서 출장 중 틈틈이 기차와 역전 카페, 호텔 등에서 집필. |
| 1922년 | 단편소설 『다르장 부인』 발표. |
| 1926년 | 작가로서의 소명을 확신, 『사탄의 태양 아래』를 발표, 문단에 최대 돌풍을 일으킴. 이후 펜으로만 살기로 하고 보험 회사 퇴직. |
| 1927년 | 국가 최고 유공 훈장인 레지옹 도뇌르를 첫 번째로 거부.(1938년, 1946년에도 그러함.) 소설 『기만』 발표. |
| 1929년 | 소설 『환희』 발표.(페미나상 수상.) 잔 다르크의 오를레앙 해방 500주년을 맞아 산문 『배교자이자 성녀인 잔 다르크』 발표. |
| 1931년 | 소설 『악몽』과 『윈 씨』 집필 시작. 정치평문집 『보수파들이 가장 두려워하는 일』 발표. |
| 1932년 | 샤를르 모라스가 이끌던 악시옹 프랑세즈와 결별. |
| 1933년 | 오토바이 사고로 중상, 한쪽 다리 불구로 평생 목발에 의지하게 됨. 생활고로 프랑스 내에서 여러 곳을 전전. |
| 1934년 | 생활비가 싼 스페인 발레아레스 제도의 마요르카 섬 팔마로 이주. 단편 소설 『어떤 범죄』 발표. |
| 1936년 | 3월, 소설 『어느 시골 신부의 일기』 발표.(아카데미 프랑세즈 소설 대상 수상.) |
| 1937년 | 스페인 내란 참변 체험의 증언으로 소설 『무셰트의 새로운 이야기』 발표. |
| 1938년 | 정치평문집 『달빛 아래의 내 공동묘지』 발표. 이후 최후 소설 대작이 될 『윈 씨』를 제외하고는 소설 집 |

필을 중단하고 시대의 직접적 증언으로서 정치 문명론 속속 발표. 파시즘과 정치적 야합이 판치는 유럽의 정신적 위기에 환멸 어린 고뇌. 뮌헨 조약 예견.

7월, 파라과이로 이민. 곧이어 향후 거의 7년간 체류하게 될 브라질로 이주.

1939년   2차 세계대전 발발. 바르바세나 외곽 '영혼의 십자가의 길' 언덕에 위치한 누옥에서 투쟁의 글과 BBC 방송 연설을 통해 레지스탕스 운동에 동참.

『진리의 스캔들』, 『우리들 프랑스인』 발표. 성인전 『성 도미니코』 출간.

1942년   『영국인들에게 보내는 편지』 발표.

1945년   드골 장군의 부름을 받고 브라질에서 귀국하였으나 입각 제의를 뿌리치고 많은 세평 기사 집필, 유럽 순회 강연.

1946년   소설 대작, 『윈 씨』 프랑스에서 간행.

『로봇에 대항하는 프랑스』를 브라질과 프랑스에서 간행.

1947년   제4공화국의 사회적, 정치적 풍토에 환멸을 느끼고 튀지니로 떠남. 간경변 발병.

1948년   브라질에서 1943년~1945년까지 네 권으로 출간되었던 『영혼의 십자가의 길』 프랑스판 출간.

작가 최후의 심혈을 기울인 유언적 성격의 작품인 희곡 『갈멜 수녀들의 대화』 집필.

『예수의 생애』 집필 계획(미완).

지병이 위중하여 파리로 호송되어 옴. 1948년 7월 5일,

파리 근교의 병원에서 영면. 모친의 고향인 펠브와쟁에 묻힘.

희곡 『갈멜 수녀들의 대화』(1949), 산문집 『모욕받은 어린이들』(1949), 소설 『악몽』(1950) 사후 출간에 더하여 『무엇을 위한 자유인가?』(1953), 『프랑스인들이여, 그대들이 아신다면……』(1953), 『진리를 위한 투쟁』(1971), 『자유를 위한 투쟁』(1971), 『프랑스의 영성적 소명』(1975) 등 정치 평문, 문명론, 미공개 서한집 속속 발간.

세계문학전집 **210**

# 어느 시골 신부의 일기

1판 1쇄 펴냄  2009년 6월 5일
1판 22쇄 펴냄  2022년 12월 21일

지은이  조르주 베르나노스
옮긴이  정영란
발행인  박근섭, 박상준
펴낸곳  (주)민음사

출판등록  1966. 5. 19. (제 16-490호)
서울특별시 강남구 도산대로1길 62(신사동) 강남출판문화센터 5층 (우편번호 06027)
대표전화 02-515-2000  팩시밀리 02-515-2007
www.minumsa.com

ISBN 978-89-374-6210-8 04800
ISBN 978-89-374-6000-5 (세트)

# 세계문학전집 목록

세계문학전집은 계속 간행됩니다.